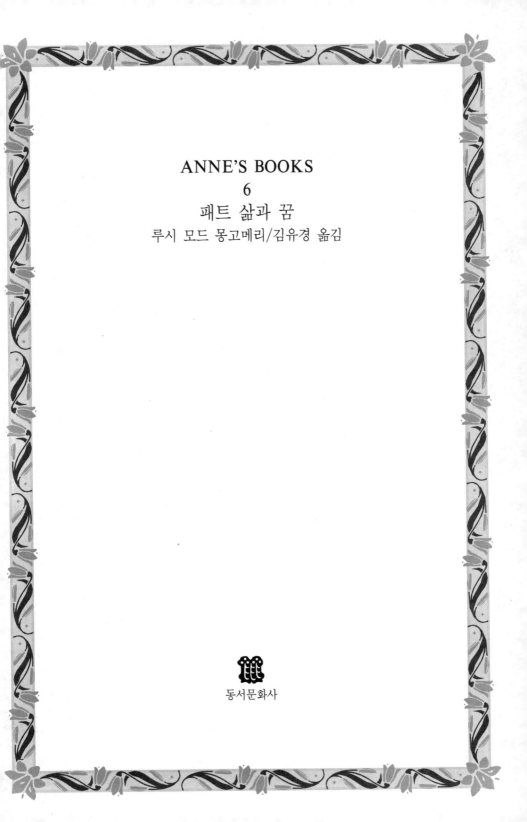

ANNE'S BOOKS
6
패트 삶과 꿈
루시 모드 몽고메리/김유경 옮김

동서문화사

패트 삶과 꿈
차례

첫해

1

'은빛숲' 농장에는 크고 작은 수백 그루의 나무가 있는데, 그 한 그루 한 그루가 모두 패트의 친구였다. 그중 한 그루라도, 가령 그것이 숲 뒤쪽에 숨어 있는 혹투성이 가문비나무 고목이라 할지라도, 베어 넘어진다고 생각하면 견딜 수가 없었다. 나무를 베는 것은 살인이 아니라는 것을, 패트에게 납득시킬 수 있는 사람은 아무도 없었다. 난로에 땔 장작을 마련하기 위해 어쩔 수 없이 나무를 베어야 한다는 것은 알지만, 패트로서는 그 또한 살생으로 여겨졌다.

그래서 뒤편 자작나무 숲에서는 지금까지 한 그루의 나무도 베어내지 않았다. 나무를 베어내는 것은 신성모독과도 같았다. 이따금 가을철 세찬 바람에 나무가 쓰러지면, 패트는 쓰러진 나무 등걸에 이끼가 끼고 양치식물이 자랄 때까지 몹시 슬퍼했다.

패트만큼은 아니었지만, '은빛숲' 사람들 모두 이 자작나무 숲을 좋아했다. 그러나 패트에게 이 숲은 살아 있는 것이었다. 패트는 이 자작나무들을 잘 알았고, 자작나무들 또한 패트를 잘 알았다. 향기로운 냄새가 나는 양치식물 위에 해그림자가 지는 주변의 고요함도 패트를 알고 있었다. 나뭇가지를 스치는 바람은 언제나 반갑게 패트에게 인사를 했다.

기억할 수 있는 먼 옛날부터 패트는 이 숲에서 놀고 어슬렁거리며 꿈을 꾸었다. 패트의 공상은 모두 이 숲에서 솟아나고 패트의 생활은 이 숲의 지배를 받았다. 어린 시절에는 주디 플럼 아주머니의 이야기에 나오는 초록색 사람들이나 착한 요정들이 이 숲에 살고 있다고 믿었다. 그렇지만 그처럼 그립고 아름다운 믿음이 희미한 망령처럼 손을 흔들며 사라진 지금도 '은빛숲'에는 아직 마법의 힘이 남아 있었다. 다른 사람들에게는 하얀 껍질의 나무들과 움푹 파인 곳에 양치식물이 자라는 평범한 숲에 지나지 않지만, 패트에게는 그렇지 않았다. 패트는 가족들이 보기에도 다른 사람과는 달랐다.

커다란 눈을 한 어린 시절에도, 햇빛에 타서 마른 10대의 개구쟁이 시절에도, 주디 아주머니의 생각에 슬슬 애인이 생겨야 할 나이인 20살이 되어서도 패트는 다른 사람들과 달랐다.

패트에게는 과거에 한두 사람의 남자 친구가 있었지만, 주디 아주머니는 그것이 한때의 사귐에 지나지 않는다고 생각했다. 그러나 패트는 주디 아주머니의 은근한 암시에도 애인을 구할 생각이 없는 듯했다. 패트가 진정으로 원하는 것은 '은빛숲' 농장을 꾸려나가고, 병약한 어머니를 돌보고, 가능한 한 '은빛숲'에 변화가 일어나지 않도록 돌보는 것이었다. 만약 요정이 나타나서 패트에게 소원을 들어주겠다고 말한다면, 패트는 틀림없이 '은빛숲'을 100년 뒤에도 지금과 같은 상태를 유지할 수 있게 해달라고 했을 것이다.

패트는 자기 집에 대해서라면, 좋은 점이건 나쁜 점이건——물론 나쁜 점 같은 것은 없다고 생각하겠지만——그 모두를 열렬히 사랑했다. 자기 집 일이라면 아무리 사소한 일에도 큰 기쁨을 느꼈고, 남의 집을 방문했을 때는 집에 돌아가고 싶어 좀이 쑤셨다.

이런 패트를 두고 브라이언 삼촌이 "'은빛숲'은 패트에게는 집일 뿐만 아니라 신앙의 대상이야"라고 놀린 적도 있었다.

패트에게는 집 안에 있는 방 하나하나가 의미가 있었고, 중대한 메시지를 띠고 있었다. 그 집에서는 아무도 마음이 조급해지지 않았고, 집을 나갈 때는 누구나 기분이 좋아져서 나갔다. 항상 웃음소리가 끊이지 않는 그 집은 벽에까지 웃음소리가 스며든 듯했다. 집 안에 한 발짝 들여놓는 순간, 누구나 환영받는 기분이 드는 집이다. 사람을 끌어들이고 편안하게 해 주기 때문에 의자까지도 마치 어서 앉으라고 권하는 것같이 이 집의 대접은 후하다. 게다가 이 집에는 아름다운 고양이가 많다. 털이 복슬복슬하고 통통한 고양이들이 창문 문지방에서 햇볕을 쬐고 있는가 하면, 비단결같이 보드라운 새끼 고양이들이 과수원 저편 가족묘지 안의 편평한 바위 위에서 졸고 있었다. 이 고양이들을 달라고 섬 안 여기저기서 사람들이 찾아오기도 했다. 패트는 남에게 주고 싶지 않았지만 새끼고양이가 자꾸 불어나기 때문에 나누어주지 않을 수 없었다.

주디 아주머니가 말했다.

"오늘 톰 베이커가 고양이를 달라고 왔어. 잘난 척하면서 무슨 종류냐고 묻는 거야. 그 베이커 집안 사람들은 원래 분별력이 없으니까. 그래서 내가 말해주었지. '종류고 뭐고 없어요. 우리 집 고양이는 흔해 빠진 집고양이일 뿐이니까. 그렇지만 우리는 고양이들에게 좋은 환경을 제공하고, 말을 걸어준다오. 가끔 칭찬도 해가며 자존심이 있는 고양이가 듣고 기뻐할 만한 말을 해준답니다. 그러면 고양이들도 우리를 위해 최선을 다하고 많은 새끼를 낳아주지요. 우리 집에선 쥐 구경을 못한 지 오래예요'라고 말이야. 나는 어쩐지 그에게 새끼고양이들을 내주기가 싫었어. 물론 알아서 잘 키우겠지. 그 점은 염려하지 않아. 그러나 그 집 사람들이 고양이와 아침저녁으로 인사를 나누는 것까진 바랄 수 없는 일이야."

그러자 귀염둥이가 나른하게 말했다.

"고양이가 우리를 기르고 있는 것이죠. 에디스 고모 말로는 우리가 너무 귀여워해줘서 고양이들이 버릇이 없대요. 고모는 우리 집 고양이보다 못한 삶을 사는 그리스도교인이 너무나 많은데 고양이를 침대발치에 재운다는 것은 당치 않은 일이라고 했어요."

"여봐, 너는 젠틀맨 톰을 화나게 했어. 고양이라는 것은 저에 대해 무슨 말을 하는지 다 알고 있어. 젠틀맨 톰이 얼마나 예민한데."

주디 아주머니의 말에 귀염둥이는 한가롭게 젠틀맨 톰을 바라보았다. 젠틀맨 톰은 주디 아주머니의 훌쭉한 검은 고양이로, 시드 말에 의하면 너무 나이가 들어 죽는 것도 잊어버릴 정도였다. 고양이는 화난 듯이 오솔길의 양치식물 사이를 걸어서 사라져 버렸다.

귀염둥이, 패트, 주디 아주머니 세 사람은 어느 늦여름의 오후 한 때를 '은빛숲'에서 보내는 중이었다. 그들은 적막이 감도는 나무 사이로 새들이 지저귀고, 다람쥐가 뛰놀고, 숲을 지나가는 바람이 중얼거리듯이 주문을 외는 그곳에서 여러 가지 일을 하곤 했다. 패트는 편지를 쓰고, 귀염둥이는 학과 공부를 했다. 때때로 어머니도 뜨개질이나 바느질감을 가지고 나올 정도로 그곳은 일하기에 아주 기분 좋은 곳이었다. 그러나 귀염둥이는 그곳에서 주로 빈둥거리는 편이었고, 일은 패트와 주디 아주머니가 했다.

주디 아주머니는 이끼 낀 통나무 위에 앉아서 잼을 만들 버찌에서 씨를 빼고 있었고, 패트는 식당에 걸 새로운 초록빛 커튼을 만들고 있었다. 귀염둥이는 그 통나무가 혼자 앉기에도 좁아서 두 손을 한껏 뒤로 뻗치고는 나뭇가지 사이로 오팔색 하늘을 우러러보았다.

"'고약한 놈' 같으면 삐치지 않을 텐데. 그 녀석은 별로 예민하지 않거든요."

"물론 그 녀석이라면 기분 상할 일이 없지. 그 녀석에게는 기분이라는 것이 없으니까."

주디 아주머니는 패트 옆에 있는 통나무에 걸터앉은 커다란 회색 고양이를 싸늘한 눈초리로 노려보았다.

나무 위에서 가운데에 검은 선이 그어진 연녹색 눈을 깜박이던 고양이는 매끄러운 금갈색 개를 내려다보고 있다. 개는 행복한 표정으로 냄새나는 뼈다귀를 물어뜯고 있었는데, 가끔씩 물어뜯는 것을 멈추고 패트의 얼굴을 쳐다보았다. 그러면 패트는 개의 머리를 쓰다듬어 주거나 뾰족한 귀를 잡아당겨주었고, 그 모습을 보고 있던 '고약한 놈'은 더욱 서먹한 표정이 되었다. '고약한 놈'은 이전부터 맥긴티를 침입자로 생각하고 있었다.

2년 전 힐러리 고든이 토론토에 있는 대학에 가면서 이 개를 패트에게 부탁했을 때 맥긴티는 가슴이 찢어질 듯 슬퍼했지만, 패트가 귀여워해 준다는 것을 알고 나서는 조금 힘을 되찾고, '고약한 놈'에게 보복을 해주었다. '고약한 놈'은 맥긴티의 코를 할퀴었을 때 패트에게 얼마나 야단을 맞았는지 잊지 않고 있었기에 둘 사이는 임시 휴전 상태였다. 맥긴티 쪽에서는 사이좋게 지내려고 하지만 '고약한 놈'은 전혀 그럴 기분이 아니었다.

"아, 저녁 식사 전까지 버찌 씨를 다 빼려고 했는데 아직도 이렇게 많이 남았네. 옛날 맥더못 성에 나왔던 유령이라도 와주면 좋으련만."

주디 아주머니는 크게 한숨을 쉬었다.

"지금 생각해 보니까 그것은 유령이었어. 유령이 어떤 일을 했는지 너희들은 믿어지지 않을 거야. 죽을 저어주고, 감자 껍질을 벗기고, 놋그릇을 닦는 등, 무슨 일이든 싹싹하게 해치웠지. 그러나 어느 날 성주가 일하는 자에게는 그만한 품삯을 주는 것이 마땅하다면서 부엌 조리대 위에다 동전 몇 푼을 놓았는데, 그 뒤 안타깝게도 유령은 다시 나타나지 않았대. 기분이 상한 거지. 덕분에 맥더못 성주는 일꾼을 한 사람 더 두어야 했어. 유령 다루는 방법을 모르면 손해를 보지. 그중에는 감사 표시를 제대로 안 하면 화를 내는 놈도 있기는 하지만 그런 유령이라도 때로 '은빛숲'에 있어 주면 도움이 되지 않을까?"

다행히도 주디 아주머니는 패트와 귀염둥이가 얼굴을 마주 보고 웃는 것을 알아차리지 못했다. 그들은 주디 아주머니의 애기를 어렸을 때는 믿었지만 요즘에는 반쯤은 놀리는 기분으로 즐기고 있다. 그러나 맥더못 성에서 일하는 유령에 대해서도 얼마 전의 패트와 귀염둥이라면 절대적으로 믿었을 것이다.

"주디 아주머니, 나더러 버찌 씨 빼는 것을 거들라는 뜻에서 그런 애기를 하는 거라면, 나는 사양하겠어요."

귀염둥이는 이를 드러내고 웃었다.

"나는 바느질하고 잼 만들기가 제일 싫어요. 패트 언니는 가정적이지만 나는 그렇지 않아요. 여기 있을 때는 그저 풀밭에 앉아서 아주머니 애기 듣는 것이 제일이에요. 버찌 씨를 빼다가 내 파란 옷에 얼룩이 지면 어떻게 해요? 게다가 배가 아프거든요. 가끔은 정말로 배가 아프다구요."

"배가 아프면 사과도 못 먹겠네?"

주디 아주머니는 냉정하게 말했다.

"더구나 우리가 젊었을 때에는 그렇게 드러내놓고 배가 아프다고 말하는 것은 점잖지 못한 일이었지, 귀염둥아."

귀염둥이는 부루퉁해졌다.

"아주머니는 아직도 나를 '귀염둥이'라고 부르는군요. 그렇게 부르지 말라고 모두에게 말했는데도. 집 밖에서 나는 레이철이에요. 나는 그 이름이 더 좋아요. 그런데도 '은빛숲'에서는 누구를 막론하고 나를 귀염둥이라고 불러요. 마치 갓난아이 같지 않아요? 나도 이젠 13살인데."

"네 말이 맞구나, 귀염둥아. 그렇지만 나는 나이가 들어서 새로운 이름을 기억하기 힘들단다. 너는 내게 언제나 귀염둥이야. 게다가 네 이름을 지을 때 얼마나 법석을 떨었던지! 기억하니, 패트? 귀염둥이가 태어나던 날 밤 내가 파슬리 밭으로 갓 태어난 갓난아기를 찾으러 갔다고 네가 기분 나빠하지 않았니? 그날 밤은 끔찍했단다. 너희 엄마가 살 수 없을 것만 같았거든. 그런데 벌써 13년이 지났구나!"

패트가 꿈꾸는 듯한 표정으로 말을 받았다.

"그날 밤 안개언덕 위에 크고 붉은 달이 올라왔던 것을 기억해요. 아, 아주머니, 지난주에 안개언덕에 있는 서양고리버드나무 하나가 벼락에 맞은 것을 아세요? 그 나무를 베어내야 하다니 견딜 수 없을 것 같아요. 나는 늘 그 세 그루의 나무를 좋아했거든요. 내가 기억하는 한 그 나무들은 늘 그 자리에 있었어요. 이것 봐, 맥긴티. 그런 짓을 하면 안 돼. 그렇게 꼬리를 늘어뜨리고 있지 마. 그렇게 하고 싶은 것도 무리는 아닐 테지만. 잘했어, '고약한 놈'아, 둘둘 말아버려. 그리고 내가 자는 침대까지 쥐를 가지고 올 필요는 없어. 정말이지, 쥐를 잡았다는 네 말을 모두 믿을 테니까."

"'고약한 놈'이 2층으로 쥐를 끌고 갈 때 그 울음소리는 정말 굉장하지! 누가 봐 주지 않으면 무척 슬퍼할 거야."

주디 아주머니가 이렇게 말하자 귀염둥이는 킥킥 웃었다.

"조금 전에 '고약한 놈'에게는 기분 같은 것은 없다고 하셔놓고는."

주디 아주머니는 귀염둥이의 말을 못 들은 척 패트 쪽을 봤다.

"내일 버찌 푸딩을 만들까, 패트?"

"예, 그렇게 하려고 해요. 조 오빠가 버찌 푸딩을 얼마나 좋아했는지 기억하세요?"

"뭐, 조의 일이라면 절대로 잊을 수가 없지. 패트, 요전번 조의 편지는 상하이에서 온 거지? 중국인들은 버찌 푸딩 같은 것은 만들 줄 모를 거야. 건포도 푸딩도. 크리스마스에 조가 돌아오면 둘 중 하나를 만들어야지."

"정말로 돌아오는 건지 모르겠어요. 집을 떠나고 나서 크리스마스에 돌아온 적이 한 번도 없으니까요. 언제나 집에 오려고 생각은 하지만 꼭 무슨 일이 생기더라구요." 패트는 한숨을 쉬었다.

"트릭스 비니의 말에 의하면 조 오빠는 코에 문신을 해서 돌아올 수 없대요. 데이브 비니 선장이 작년에 부에노스아이레스에서 조 오빠를 만났는데, 너무 끔찍한 얼굴을 하고 있어서 몰라봤대요. 정말일까요?"

주디 아주머니는 경멸조로 말했다.

"비니 집안 사람 말이라면 믿을 게 못 되지. 걱정하지 말거라, 귀염둥아."

"걱정하지 않아요. 나는 그게 정말이면 좋겠어요. 재미있을 것 같지 않아요? 조 오빠가 정말 문신을 했다면, 집에 돌아왔을 때 나도 해달라고 해야지."

주디 아주머니는 이런 말을 들으면 할 말을 잃는다. 아주머니는 다시 패트 쪽을 바라보았다.

"크리스마스쯤에는 선장이 될 거라고 씌어 있었지 아마? 이제, 그 애도 출세를 했어! 너희들의 호러스 삼촌이 자기 배를 갖게 되었을 때보다 1년이 더 빠르구나. 그해 여름에 호러스 삼촌은 원숭이를 데리고 집에 왔었지."

"원숭이라고요?"

"얘기해 줄게. 그 원숭이가 마귀에 씌어서, 너희 할머니는 어쩔 줄 몰라했어. 그리고 더 불쌍했던 것은 짐 애플비 노인이야. 짐은

술이 깨어 있을 때가 없었어. 잘해야 다른 때보다 조금 덜 취한 정도였지. 그 노인이 ‘은빛숲’에 돼지를 사러 왔다가, 호러스 삼촌의 원숭이가 돼지우리 위를 제멋대로 뛰어 돌아다니는 걸 봤대. 할머니 말에 의하면 짐은 코만 빼놓고 온통 하얗게 질렸다는군. 짐은 이렇게 말했지. ‘벌을 받은 거야! 어머니가 늘 벌받을 거라고 했는데, 정말 벌을 받은 거야. 앞으로 술은 한 방울도 마시지 않겠어’라고 말이야. 그는 2달 정도는 그 약속을 지켰지만, 기분이 나빠서 성질만 내고 있었대. 노인이 원숭이 일을 잊었을 때는 집안 사람이 모두 고마워했다는군. 짐의 부인은 호러스 가드너 씨가 근처에 동물원을 세우면 좋겠다고 말했다지, 아마. 가족 모임에 짐도 참석하면 재미있을 거야, 패트.”

“그렇군요. 위니 언니와 프랭크 형부도 오니까 온 가족이 다 모이게 돼요. 곧 계획을 세워야겠어요. 나는 계획 세우는 것이 좋아요.”

“에디스 고모는 계획 따위를 세우는 것은 헛일이라고 그랬어요. 꼭 무슨 일이 생겨서 계획을 망친대요.”

귀염둥이가 우울한 소리를 했다.

“그런 말은 믿지 말거라. 또 계획대로 안 됐다고 해서 어떻다는 거야? 유쾌한 기분으로 계획을 세우는 것만으로도 기분이 좋지 않아? 시드가 뭐라고 그랬지? 에디스 고모 때문에 뭐가 될 수는 없다구?”

“비관주의자요.”

“맞아. 정말 에디스는 비관주의자야! 어쨌든 에디스 고모 말을 들으면 안 돼. 설령 조가 돌아오지 않더라도 위니와 프랭크와 헤이젤 고모의 아이들이 찾아올 테니까. 그날 저녁에 먹을 칠면조는 지금도 교회 헛간 뒤 울타리에서 포동포동 살이 쪄가고 있단다. 패트가 그때까진 잡지에서 요리법이나 메뉴를 전부 모았으면 좋겠구나. 정말 준비할 게 많을 거야. 고상한 에디스의 한숨도 파티를 망치지는 못할 거야. 에디스는 인생에 대한 적의를 가지고 있는 것 같아. 패트, 네가 이곳에서 달빛 속에 벌거벗고 춤추던 것 기억하니? 그러다 에디스 고모에게 들켰었지?"

"벌거벗고 춤을 추었다고요? 그런데 나에게는 집 근처에서 반바지도 못 입게 했단 말이에요?" 귀염둥이가 불평을 했다.

패트는 그 말을 한 귀로 흘려듣고 말했다.

"그리고 모두들 나를 따돌렸죠. 그게 얼마나 잔인한 일인지 아무도 모를 거예요. 밤에 아주머니가 돌아왔지요. 햄 굽는 냄새가 났어요!"

"전에는 맛있는 간식을 자주 먹었지. 패트, 앞으로도 그랬으면 좋겠어. 그리고 귀염둥이는…… 앞으로는 레이철이라고 불러야겠지만……. 버찌 씨를 빼기 싫으면 저녁 식사로 블루베리 머핀을 만드는 게 어떨까? 패트는 감침질을 마저 끝내야 하니까 말이야. 블루베리 머핀은 시드가 무척 좋아하지."

"그럴게요. 나는 블루베리가 들어간 것이라면 무엇이든 좋아요. 그렇지, 다음 주에는 외갓집 '해변가'에 가서 위니 언니와 복숭아를 따기로 했어요. 위니 언니는 '해변가'에 텐트를 치고 그 속에서 자게 해주겠다고 했어요. 언젠가는 이 '은빛숲'에서도 그렇게 자보고 싶어요. 저 큰 두 그루의 나무 사이에 해먹^(그물
침대)을 달면 정말 멋질 거예요. 아주머니, 톰 삼촌은 젊었을 때 연애한 적 있어요?"

"이런, 또 얘기가 엉뚱한 데로 번지네! 물론 다른 젊은이들과 마찬가지로 처녀들과 어울렸지. 어째서 진지한 교제가 없었는지는 모르겠지만 말이야. 그런데 어쩌다가 삼촌 생각을 한 거지?"

"올 여름에 실버브리지에서 편지를 보내달라는 부탁을 세 번이나 받았어요. 북글렌 우체국 사람들은 호기심이 많아서 싫다나요?

여자 앞으로 보내는 편지였어요.”

패트와 주디 아주머니는 서로 의미 있는 눈짓을 교환했다. 주디 아주머니는 흥분을 누르며 아무렇지도 않은 투로 말했다.

“그 여자의 이름을 보았니, 귀염둥아?”

“예, 무슨 부인이라고 했어요.” 귀염둥이는 하품을 했다. “이름은 잊었어요. 톰 삼촌의 얼굴이 새빨개지기에 무슨 일일까 궁금했어요.”

“그 사람도 60살이 가까울 거야. 사람에 따라서는 여자 일로 또다시 바보 같은 짓을 할 때지. 그렇지만 에디스가 있으니까 크게 엉뚱한 일은 벌이지 못할 거야. 금광 붐이 일었을 때 너희 톰 삼촌이 클론다이크에 가고 싶어서 안달이 났던 것을 나는 지금도 잘 기억하고 있지. 아무도 말릴 수가 없었어. 그런데 에디스가 그 싹을 뽑아버린 거야. 그는 지금까지도 마음속으로는 에디스를 용서하지 못했을걸. 어쨌든 우리들 누구에게나 이루지 못한 꿈이라는 것이 있지. 나만 하더라도 지금 당장 옛날로 달려가서, 맥더못 성이 옛날과 다름없이 훌륭한지 어떤지 보고 왔으면 좋겠어. 그렇지만 이제 와서는 불가능한 일이야.”

“사람에게는 누구나 자기만의 카르카손느(카르카손느는 프랑스의 유적지. 여기서는 그리워하는 고향을 뜻함)가 있다…….” 패트는 힐러리 고든이 읽어준 시를 생각하면서 꿈꾸듯이 중얼거렸다.

그러나 언니보다 현실적인 귀염둥이는 침착하게 말했다.

“왜 불가능한 일이라는 거죠, 아주머니? 이제 나도 패트 언니를 도울 수 있을 만큼 컸으니까, 아주머니는 두 달 정도 여름 휴가를 갈 수 있다구요. 2등칸이라면 뱃삯도 그다지 안 비쌀 테고, 그 정도로 친척들을 모두 만나 즐거운 시간을 보낼 수 있다면 얼마나 좋아요?”

그러자 주디 아주머니는 누군가에게 얻어맞기라도 한 것처럼 눈을 깜박였다.

"오, 귀염둥아, 그렇게 말하니까 정말 그럴듯하게 들리는구나. 왜 나는 그런 생각을 못했을까? 그렇지만 나는 예전처럼 젊지 않아. 먼 곳을 돌아다니기에는 너무 늙었어."

"아주머니는 정정한 편이세요. 내년 여름에는 가세요. 그렇게 결심하기만 하면 돼요."

"말은 쉬워도 실제로는 쉽지가 않단다, 귀염둥아. 생각 좀 해 봐야겠구나."

"생각 같은 건 안 해도 돼요. 그냥 떠나세요." 귀염둥이는 엎드려서 맥긴티의 귀를 잡아당겼다. "생각을 많이 하면 절대로 갈 수 없어요."

"나도 13살 때는 너처럼 아는 것이 많았지만, 그 이후로 점점 바보가 됐지." 주디 아주머니는 냉소적으로 말했다. "아일랜드에 가는 것은 실버브리지로 소풍 가는 것과는 달라. 알고 지내던 사람들은 모두들 늙었을 것이고, 이렇게 올빼미처럼 머리가 하얘진 나를 알아볼 수나 있을까 몰라. 맥더못 성에는 표준어를 쓰는 새 영주가 살고 있겠지. 예전의 영주는 기분 좋은 토박이 아일랜드 사투리를 쓰셨거든."

"아주머니가 성에 살면서 영주의 시중을 들었다니, 정말 멋져요. 어머니의 먼 친척이 영국 귀족한테 시집 간 것보다 더 멋있었어요. 그런데 그 친척분을 만날 수 있을까요? 패트 언니, 우리 언제 한 번 거기 가서 귀족 친척을 방문하고 올까?"

패트는 싱긋 웃었다.

"그쪽에서는 우리가 있다는 것조차 알지 못할 거야. 워낙 먼 친척인 데다 그분은 어릴 적에 영국으로 가서 큰어머니와 같이 살았으니까. 어머니는 한 번 만난 적이 있다지만 말이야."

"아, 그렇고말고. 그분은 10살 때 '해변가'로 찾아오셨지. 그날 하루를 그 집 아이들과 즐겁게 놀았어. 지금은 찰스 그레섬 남작의 부인이 됐지. 그분의 큰어머니는 백작한테로 시집가셨어." 주디 아주머니가 말했다.

"그분은 견장을 붙인 백작인가요? 견장을 붙인 백작이 붙이지 않은 백작보다 훨씬 백작다운 느낌이 들어요."

"모든 면에서 백작다운 분이었지. 무슨 백작인지는 잊었지만 어쨌든 아주 귀족적인 이름이었어. 너희 친척이 결혼했을 때는 결혼식 기사가 신문에 실렸었지. 그레섬 남작부인은 젊지는 않았지만 아름다웠어. 그 소식을 알게 되던 날 '해변가'의 할머니들이 어땠는지는 지금도 잊혀지지가 않아. 평소에도 자긍심이 대단하던 그분들은 너무나 자랑스러운 나머지 오히려 겸손해졌지. 프랜시스 셀비 할머니가 뭐라고 말했는지 알아? '물론 우리와는 상관없는 일이지. 그 사람은 이제 남작부인이 되었으니 우리 같은 평민들을 상대하기는 힘들 거야'라고 했단다. 프랜시스 셀비 할머니가 자신을 평민이라고 말할 정도였으니 말 다했지!"

"트릭스 비니는 그레섬 남작부인이 우리 친척이라고는 믿을 수가 없대요."

금빛 제비꽃 같은 얼굴을 한 노란색 고양이가 양치식물 사이를 빠져 나오자 귀염둥이는 그 고양이를 들어올려 턱밑으로 끌어당겼다.

"믿을 수 없대? 그렇지만 먼 친척이라는 건 사실이야. 그분의 삼촌뻘 되는 주교님이 '해변가'에 묵던 날 밤에 은으로 만든 물품이 없어져서, 사람들이 모두들 그 주교님을 의심했었지."

"은으로 만든 물품이 없어졌다고요, 아주머니?" 패트는 어렸을 때부터 집안 이야기를 주디 아주머니에게서 많이 전해 들었지만 이 이야기는 처음이었다.

"이야기해 줄게. '해변가'의 응접실에는 조그마한 거울과 두 개의 향수병 말고도 은으로 만든 멋진 머릿솔과 빗이 있었지. 그것들은 그 집안의 자랑거리였어. 보통 손님 같았으면 절대로 내놓지 않았겠지만, 주교님이니만큼 침실 책상 위에 멋있게 늘어놓았었지. 그런데 다음날 아침에 보니까 없어진 거야. 그때는 한나 외증조할머니가 병상에 눕기 한참 전이어서 혈기왕성할 때였는데, 그 한나 외증조할머니가 미칠 듯이 화가 나서, 주교님에게 편지를 써서 어떻게 된 일이냐고 추궁했단다. 그러자 주교님에게서 답장이 왔는데, 거기에는 이렇게 써 있었다는 거야. '나는 가난하지만 정직합니다. 은제품은 담요를 넣어두는 상자에 간수해 놓았습니다. 나 같은 천한 사제가 쓰기에는 너무 사치스럽고 약이라도 엎지르면 어쩌나 해서요'라고 말이지. 그래서 찾아보니까, 은제품은 담요 위에 잘 보관돼 있었단다. 그 뒤로 한나 외증조할머니는 두 번 다시 남을 의심하지 않았다고 해. 주교님을 도둑으로 몰아 붙였으니! 패트, 편지라니까 생각이 나는데 오늘 아침 징글에게서 온 편지에 뭔가 새로운 소식이라도 있었어?"

"특별한 소식이 있어요. 오늘 오후에 여기서 말하려고 아껴 두었지요. 힐러리가 어느 큰 콘테스트에 창문 디자인을 출품했는데 그것이 1등상을 탔대요. 160명의 경쟁자를 제치고요."

"징글은 똑똑한 아이야. 그 애의 마음을 얻는 처녀는 복받은 거야."

패트는 그 말을 무시했다. 패트는 힐러리 고든을 친구로밖에는 여기지 않았다. 그러나 누가 될지는 모르지만 '복받은' 처녀를 생각하면 별로 좋은 기분은 아니었다.

"힐러리는 원래부터 창문을 좋아했어요. 특이한 창문을 보면 언제나 정신 없이 기뻐했지요. 메리 앤 맥클레나한 할머니 집의 천창을 보았을 때는……. 주디 아주머니, 우리를 그 집에 보내서 맥긴티가 돌아오도록 마법을 써달라고 부탁하게 했던 것을 기억하세요?"

"그래서 정말 맥긴티를 찾았었지, 안 그래?"

"그 할머니는 맥긴티가 어디 있는지를 이미 알고 있었어요." 패트는 한숨을 쉬었다. "그 할머니가 마녀라는 것을 믿고 있었을 때가 훨씬 세상이 재미있었어요."

주디 아주머니는 잘라서 손질한 흰머리를 신비스럽게 끄덕였다.

"그건 말이야, 마법을 믿는 사람이 적어질수록 세상이 냉랭해진다는 거야. 저 숲을 좀 봐. 그 속에 요정이 가득했던 때가 좋지 않았니?"

"예, 어떤 점에서는요. 그러나 요정은 사라졌지만 아직도 그 숲에는 마법의 힘이 감돌고 있어요."

"그것 봐. 그것은 네가 요정의 존재를 믿은 적이 있기 때문이야. 요정을 믿을 기회가 없는 아이는 불쌍해. 그 때문에 한평생 얼마나 손해를 보는지 몰라."

"아주머니한테 들은 이야기들 중에 지금 생각나는 것이 하나 있어요. 이곳 같은 숲에서 놀고 있던 작은 여자아이가, 음악에 이끌려 요정나라로 끌려갔다는 얘기였지요. 나는 언제나 해질 무렵이 되면 이곳에 와서 음악이 들리나 귀를 기울였지만 사실은 듣고 싶지 않았어요. 요정나라에 가 버리면 돌아오지 못할 것이라고 생각했기 때문이죠. 게다가 어떠한 요정나라도 '은빛숲'만큼 아름답지는 않을 거구요."

패트의 갈색 눈에 무언가 아름다운 것을 회상하는 듯한 표정이 떠올랐다. 패트는 가드너 집안의 딸들 중에 가장 예쁘다고는 할 수 없지만 이 표정이 나타나면 더없이 매력적이었다. 패트가 일어서서 바느질감을 접어가지고 집 쪽으로 걸어가자 맥긴티가 그 뒤를 따라갔다. 솔새가 지저귀고 숲 위 구름은 연분홍빛으로 변했다. 오솔길의 양치식물이나 길게 자라난 풀들이 서쪽으로 기우는 햇빛을 받아 금빛으로 빛났다. 저 멀리 오른쪽에 있는 목장에 길게 그림자가 지고,

낮은 들녘 저편에는 안개에 싸인 8월의 바다가 보였다.

뒤뜰에서 시드가 고집센 송아지에게 물을 먹이려 할 때, 귀염둥이가 귀여워하는 하얀 집오리 두 마리는 우물 곁에 웅크리고 있었다. 이것은 감사절에 바치기로 되어 있지만, 주디 아주머니는 아직 귀염둥이에게 그 얘기를 하지 못하고 있다. 아빠는 조생종 귀리를 베고 있고, 낮잠에서 깨어난 엄마는 뜰에 내려가서 비로드 같은 미국 패랭이꽃을 감상하고 있다. 그리고 부엌 지붕 위를 다람쥐 한 마리가 뽐내며 달리고 있다.

'은빛숲'에 있는 모든 사람과 모든 사물이 행복에 잠기는 고요한 저녁이 찾아왔다. 패트는 이 순간을 좋아했다. 패트는 사람이나 사물의 행복한 모습을 보는 것을 좋아했고, 또한 작은 일에서 큰 기쁨을 찾아내는 재능을 갖고 있었다. 달이 뜨면 박쥐가 나오고, 집을 둘러싼 푸른 밭이 끝없이 펼쳐지는 이 집은 집이라기보다는 패트에게는 언제나 인격을 지닌 사람처럼 여겨졌다.

"패트 언니는 늘 '은빛숲'에 푹 빠져 있어요. 여기를 떠나야 한다면 아마 죽어 버릴 테니까, 결혼 같은 것은 생각할 것 같지도 않아요. 아주머니, 나도 '은빛숲'을 아주 좋아하지만, 그렇다고 여기서 한 평생 살고 싶지는 않아요. 어디 가서 모험도 하고 싶고 세상 구경을 하고 싶어요."

"누구나 다 집에 있기를 좋아하면 곤란하지만, 패트는 원래부터 '은빛숲'을 좋아했지. 마음속 깊이 말이야. 저 애가 5살쯤 됐을 때 어느 화창한 날, 엄마에게 하느님은 어디 계시냐고 물었대. 엄마가 하느님은 어느 곳에든 다 계신다고 말하자 패트는 안됐다는 표정으로 '하느님은 집이 없어요? 아, 엄마. 하느님은 불쌍해요'라고 말했다는 거야. 하느님이 불쌍하다는 말을 들어 본 적이 있니? 패트는 그런 정도였단다, 귀염둥아."

패트의 모습도 보이지 않고 목소리도 들리지 않는데, 주디 아주머니는 음모라도 꾸미듯이 목소리를 낮추었다.

"요즘 젬 로빈슨이 이 근처를 어슬렁거리는 것 같지? 젬은 훌륭한 젊은이야. 1년만 더 있으면 대학을 졸업할 텐데, 패트에게 좀 생각이 있는지 모르겠어?"

"생각이 없는 것 같아요, 아주머니. 말로는 그 사람의 결점은 얼굴에 구레나룻이 없고, 한 세대 늦게 태어났다는 것뿐이라지만 말이에요. 시드에게 그렇게 말하는 것을 들었어요. 그것이 무슨 뜻이에요, 아주머니?"

주디 아주머니는 큰 소리로 말했다.

"하느님만이 아시겠지, 귀염둥아. 물론 조금은 까다로워도 괜찮아. '은빛숲'의 처녀들은 비니 집안 사람들과는 다르니까. 언젠가 비니 부인이 올리브에게는 일주일 동안 매일 밤 다른 숭배자가 생겼다고 자랑을 하기에 '질보다 양이로군요' 하고 응수해 주었지. 그러나 지나치게 까다로운 것은 좋지 않아. 귀염둥아, 네 생각은 어떠니?"

"나는 아직 나이가 어려서 숭배자 같은 것은 없으니까 좀더 기다려 주세요. 누군가 나에게 사랑한다고 말해주는 사람이 있다는 건 멋진 일일 거예요."

주디 아주머니는 옛날 일이 생각났다.

"나도 전에 술꾼 톰한테 그런 소리를 들은 적이 있었지만, 아무 느낌도 없었어."

2

"어느 달이나 다 친구 같지만, 사과가 익는 달은 정말 좋다네."

패트가 노래하듯 읊조렸다.

'은빛숲'의 10월, 패트와 주디 아주머니와 귀염둥이는 날마다 오후가 되면 새 과수원에서 사과를 땄다. 새 과수원이라지만 20년이

나 지나고 보니 그렇게 새롭지는 않았다. 그렇지만 옛 과수원은 너무 오래 되어 거기서 따는 사과는 대부분 너무 달아서 돼지를 먹이고 있었다. 꺽다리 앨릭 가드너는 옛 과수원의 나무를 베어 내고 더 많은 소득을 올리면 좋겠다고 생각한 적도 있었지만, 패트가 좀처럼 이를 받아들이려 하지 않았다.

패트는 새 과수원보다는 옛 과수원을 더 좋아했다. 옛 과수원에 나무를 심은 것은 증조할아버지였다. 그곳에는 사과나무 못지않게 오래된 가문비나무들이 신비스러울 만큼 무성하게 자라고 있었고, 특히 한쪽 구석에는, 몇 대에 걸친 사랑스러운 고양이들이 묻혀 있어서, 옛 과수원을 정리해 버리면 패트가 지적한 대로 묘지가 드러나게 된다. 묘지의 삼면이 옛 과수원으로 둘러싸여 있기 때문이다. 패트의 고집에는 꺽다리 앨릭도 어쩔 수 없었다.

앨릭도 자기 나름대로 오래된 가족 묘지에 자부심을 지니고 있었다. 지금은 그곳에 누구의 묘도 쓰지 않지만, 그곳에는 프린스에드워드 섬 개척 시대부터 이어져 내려온 가드너 집안의 훌륭한 조상들이 잠들어 있었다. 그런 이유로 옛 과수원은 없어지지 않았고 봄이 되면 새 과수원에 못지않게 아름다웠다. 옹이가 울퉁불퉁한 나무들도 기분 좋은 봄날의 햇볕을 쬐거나 봄밤의 선선한 바람과 희롱하면서 잠깐 화려한 젊음으로 되돌아가는 것이다.

그날 오후는 꿈처럼 평온했으며, '은빛숲'도 꿈처럼 평온했다. 패트에게는 이 오래된 농장에 그날그날의 기분이 있고, 그때그때의 기분이 있는 것처럼 느껴졌다. 분주한 때가 있는가 하면 푹 가라앉고, 친절미가 넘치는가 하면 엄해지고, 잿빛인가 생각하면 금빛이 되기도 했다. 오늘은 금빛이었다. 안개언덕은 갈색 어깨에 파란 안개 스카프를 두르고, 수수께끼 같은 아름다움에 싸여 있었고, 그 뒤로는 연보라색 그림자를 드리우는 성 모양의 거대한 흰 구름이 솟아 있다.

어젯밤의 눅눅한 비 때문에, 묘지의 작게 파인 땅에는 서리에 말라죽은 양치식물의 향기가 공중에 차 있다. 가을치고는 얼마나 푸른 목장인가! 뒤뜰은 엷은 금빛 고리버들로 덮여 있고, 칠면조 우리는 옻나무의 진홍빛 불길에 싸여 있다. 먼 옛날, 이름 모를 신부가 심어놓은 자작나무는 '은빛숲'에서 '제비들판'까지 호박색 자태를 드러내고 있고, 우물에 가지를 뻗은 커다란 단풍나무는 불꽃처럼 붉었다. 패트는 2, 3분 간격으로 일손을 멈추고 단풍나무를 바라보며 중얼거렸다.

　　울려퍼지는 목동의 피리 소리같이
　　붉게 물든 단풍이 내 가슴을 흔드네.

"무엇을 혼자서 중얼거리고 있어, 패트? 우스운 이야기가 있으면 우리에게도 해주렴. 뭔가 재미있는 일이라도 있어?"
패트는 눈썹을 가느다란 날개처럼 치켜올렸다.
"시예요, 아주머니. 아주머니는 시 같은 것은 좋아하지 않잖아요."
"뭐, 시라고? 시도 좋다만, 요즘 같은 때 밤에 서리라도 내리면 사과는 어쩌고? 안 그래도 수확이 너무 늦어서 걱정인데…….
그리고 앞으로는 더 바빠질 거야. 아빠가 애덤스 집안의 집터를
사서 목장을 만들고 가축업을 시작하신다니까.”

“하지만 일꾼을 고용할 거예요.”

“이것 봐, 그럼 그 일꾼은 누가 돌봐줘야 하지? 먹을 것도 만들
어 줘야지, 빨래도 해주어야지, 옷도 꿰매어 주어야 할 텐데. 내
가 일하기 싫어서가 아니야. 게다가 그 사람이 어떤 사람인지도
모르는데. ‘은빛숲’에서 사람을 쓰는 것도 무척 오래간만이야. 네
말처럼 변화가 있는 거지.”

“나는 새로 생기는 변화는 사라져가는 변화만큼 싫지는 않아요.”

패트는 나무 둥치에서 술래잡기를 하고 있는 새끼고양이들을 겨
냥해서 벌레 먹은 사과를 던졌다.

“아빠가 애덤스 씨네 집터를 사서 정말 기뻐요. 힐러리와 둘이서
요르단 강에 만든 작은 돌다리도, ‘유령의 샘’도 이제 우리 것이에
요. 그리고 ‘행복들판’도.”

주디 아주머니는 킥킥 웃었다.

“어머나, 행복을 살 수 있다면 얼마나 좋겠니! 그럴 수 있다고
생각해? 나는 엄두도 못 내는데, 패트!”

“아주머니, 힐러리와 내가 ‘유령의 샘’ 곁에 있는 그 작은 들판에
‘행복’이라는 이름을 붙인 것을 잊었어요? 우리는 거기서 정말 유
쾌하게 지냈어요.”

“잊을 리가 있나. 지금 한 얘기는 농담이야, 패트. 행복을 산다고
생각하니 좀 이상해졌어. 하느님이 자신의 것으로 해 두시는 것이
몇 가지 있는데, 행복도 그중 하나야. 내가 아일랜드에 있을 때,
돈을 주고 영생을 사려고 한 남자가 있었지.”

“그런 일은 할 수 없지 않아요, 아주머니?”

패트는 한숨을 쉬고 나서, 어렸을 때 단짝 친구인 아름다운 베츠

가 죽은 그 어두운 날의 일을 떠올리고 몸을 떨었다. 그 때문에 패트의 생애에는 평생 채워지지 않는 공백이 생겼다.

"그런데 그는 그렇게 했어. 그러나 그가 죽고 싶어져서 죽음의 신에게 와 달라고 빌자, 죽음의 신은 '아니야, 계약은 계약이야'라고 말하고 오지 않았어. 그건 그렇고 이번에 오게 될 일꾼 말인데, 어디서 자게 될까? 나는 그게 좀 걱정이구나. 네 아빠가 나더러 아늑한 부엌방을 그 남자에게 넘겨주고, 현관 계단 위 어느 방으로 옮기라고 말씀하시지 않을까?"

주디 아주머니의 목소리에는 걱정이 배어 있었다. 패트는 햇볕에 탄 가느다란 손을 흔들며 말했다. 그 손짓은 말보다 더 분명히 그렇지 않다는 뜻을 전하고 있었다.

"그럴 리 없어요, 아주머니. 그 부엌 방이 아주머니의 왕국이라는 것을 아빠는 알고 계세요. 이번에 오는 사람은 곡식 창고의 시원한 2층에 방을 준비해준대요. 난로와 침대와 가구를 조금 들여놓으면 아주 안락할 거예요. 그 사람은 저녁때 그곳에서 지내면 좋지 않을까요? 아주머니, 나는 그 사람이 저녁때 부엌 주변을 왔다갔다해서 우리들의 즐거운 시간을 망칠까봐 걱정이에요."

"뭐, 어떻게든 되겠지!"

주디 아주머니는 갑자기 기운이 났다. 만약 껑다리 앨릭이 부엌방을 내주라고 했다면 꼼짝없이 내주어야만 했을 것이기 때문이다. 그러나 그렇지 않으리라는 것을 알게 된 지금도 그 불안감에서 완전히 헤어나오지는 못했다. 주디 아주머니는 그 방에서 40년 이상이나 기분 좋게 잠을 잤던 것이다.

"나는 네 아빠가 심 레드베리를 고용하지 않기만을 바랄 뿐이야. 그 사나이는 이곳에 오고 싶어한다지만."

"걱정하지 말아요. 아빠는 레드베리 집안 사람은 고용하지 않을 테니까." 귀염둥이가 말했다.

"지금 입맛대로 고를 형편이 아니야, 귀염둥아. 일하고 싶어하는 사람은 적은데, 아버지에게는 소를 잘 다루는 사람이 필요하거든. 심 레드베리는 자기가 소에 대해서 잘 안다고 생각하고 있어. 그래도 레드베리 집안 사람이 내 부엌을 마음대로 드나드는 것은 싫다구. 그는 얼굴이 비석 돌을 꼭 닮은 데다가 태어날 때부터 고양이를 싫어했단 말이야. 그 남자가 여기 왔을 때, 젠틀맨 톰은 그 남자를 한번 보더니 슬금슬금 어디론가 가버리더구나. 고양이와 사이좋게 지낼 수 있는 남자이고, 품삯만큼의 일만 해주면 나도 불평을 하지 않겠는데. 어쨌든 이제 여기서 할 일은 다 끝났으니까 나는 집에 들어가서 자두를 구울게."

"나는 해질 때까지 밖에 있겠어요. 아주 나이를 먹으면 그저 가만히 앉아서 양지에서 햇볕이나 쬘 작정이에요. ……나는 양지에서 햇볕 쬐는 것이 제일 좋아요. 귀염둥아, 해 지기 전에 '비밀들판'까지 달려볼까?"

귀염둥이는 금갈색 머리를 흔들었다.

"그러고 싶지만 아침에 발을 삐어서 아직도 아파. 묘지에 가서 '울보 윌리'의 묘석에 앉아 잠시 공상에나 잠겨 있다 올게. 오늘 어쩐지 내게서 번쩍번쩍 빛이 나는 듯한 기분이 들어, 햇빛처럼."

귀염둥이가 이런 말을 할 때마다 패트는 '머리가 좋은 애야. 좀더 교육을 시킬 수 있으면 좋으련만' 하고 막연히 생각하게 되었다. 그러나 지금까지 귀염둥이도 다른 식구들과 마찬가지로 교육에 대해서는 무관심한 듯 '재미있게' 살아가는 일에만 열심이었고, 고양이가 쥐를 쫓는 듯한 열정으로 삶에 달려들고 있었다.

패트는 즐겁게 '비밀들판'을 보러 갔다. '비밀들판'은 농장 바로 뒤에 있는 나무로 둘러싸인 아늑한 장소로, 예전에 시드와 둘이서 발견한 이래, 패트는 이곳을 아주 좋아했다. 패트와 시드는 일요일 저녁이면 거의 거르지 않고 농장을 한 바퀴 돌며 이야기를 나누고 여러 가지 계획을 세우곤 했는데——시드는 농부가 될 생각이었다——
——마지막에는 늘 '비밀들판'에 꼭 들렀다.

'비밀들판'에는 늘 풀이 무성했고, 언제나 탐스러운 산딸기가 열려
있었다. 그때 시드는 그곳만은 절대로 파헤치지 않겠다고 약속했었
다. 어쨌든 그곳은 개간할 가치가 없는 좁은 땅이었다. 게다가 그
땅을 갈아엎으면 주디 아주머니의 유명한 산딸기케이크를 먹을 수
없게 될 뿐만 아니라 그보다 더 맛있는 패트의 딸기 크림 파이도 맛
볼 수 없게 된다.

이 들판에는 시드와 같이 오는 것도 즐거웠지만 혼자서 오는 편이
더 즐거웠다. 혼자 올 때면 자신과 이 들판 사이의 고요하고 기쁨에
찬 마음의 교류를 방해하는 것이 아무것도 없었기 때문이다. '비밀
들판'은 농장 안에서 가장 쓸쓸하고 아름다운 장소였다.

마치 주변 숲 속에서 사람이 걸어오는 것처럼 '비밀들판'에서는
자욱한 고요함이 걸어나오는 듯했다. 그곳에는 바람도 불지 않고,
비나 눈도 조금밖에 오지 않았다. '비밀들판'은 여름에는 햇빛의 연
못이 되고, 겨울에는 서리의 연못으로 바뀐다. 또 가을이면 알록달
록한 색채의 연못이 된다.

'비밀들판'의 낡은 회색 울타리 주변은 향기로운 나무 그늘이 흔
들거리는 것처럼 보였다. 패트에게는 늘 이 들판이 스스로의 아름다
움을 기뻐하는 것처럼 느껴졌다. 해가 질 때까지 거기서 머물다가
다가오는 어둠의 순간순간을 맛보고 즐기면서 패트는 천천히 집으
로 발걸음을 옮겼다.

'황혼이 다가올 무렵'이란 얼마나 아름다운 말인가. 주디 아주머니
의 '어슴푸레함'이라는 말만큼이나 멋지다. 비록 '어슴푸레함'이라는
말에서는 기분좋은 요기가 느껴지지만.

언덕 정상에서 패트는 여느 때처럼 멈추어 서서 은빛숲을 내려다
보았다. 부엌문과 창에서 불빛이 비친다. 주디 아주머니가 저녁 준

비를 하고 있는 것이리라. 고양이들은 간식을 얻어 먹으려고 주디 아주머니를 지켜보고 있을 것이고, 맥긴티는 패트의 발자국 소리가 나지나 않나 뾰족한 귀를 쫑긋하고 있을 것이다. 꼭 필요하다는 낯선 일꾼이 저녁 식사를 기다리며 서성거리고 있게 되면, 부엌이 지금처럼 정겹게 느껴질까? 물론 그렇지 않을 것이다. 그 남자는 이 방인이고 침입자가 될 것이다. 일꾼을 생각하니 패트는 화가 치밀었다.

이제 저녁 식사 때 램프 불이 필요하게 될 것이다. 패트는 처음 한동안은 그것을 몹시 싫어할 것이다. 그것은 스산한 바람이 여름을 몰아내고, 겨울밤이 다가오는 것을 의미하기 때문이다. 그러다가 얼마 지나면 램프가 좋아지겠지. 램프 불은 창문 주위를 덮은 담쟁이 덩굴 사이로 주디 아주머니의 '어슴푸레함'이 고개를 내밀 때 아주 아늑하고 기분 좋고 그야말로 '은빛숲'다운 분위기를 자아낸다.

가을 저녁 황혼 속에 떠오르는 '은빛숲'은 독특한 빛깔을 띠는데, 주변을 에워싼 나무들도 모두 이 빛깔을 좋아하는 것 같다. 집은 나무, 뜰, 초록빛 언덕이나 과수원의 일부분을 이루고, 그것들도 또 집의 일부분을 이루고 있다. 패트는 그 모든 것이 하나이고 별개의 것이 아니라고 느꼈다. 그녀는 전부터 나무 없는 집에 어떻게 사람이 살 수 있는지 의아하게 생각해왔다. 그것은 벗은 몸처럼 꼴불견으로 느껴졌다. 나무는 베일처럼 집을 가리고 사랑스럽게 어루만지며 그늘을 드리워준다. 그리고 나무는 뒤로 물러서라고 주의를 주거나 앞으로 나오라고 손짓을 한다.

서양고리버들은 위엄을, 자작나무는 소녀의 우아함을, 단풍나무는 우정을, 가문비나무와 전나무는 신비로움을, 포플러는 비밀을 간직한 듯하다. 귀를 기울이고 있는 동안은 나무들의 마음을 알 것 같은 기분이 들지만, 곁을 떠나자마자 나무들이 그저 나를 비웃고 있었음을 알게 된다……. 가늘고 매끄러운 비단 같은 웃음소리로. 모든 나무에게는 비밀이 있다. 하루 종일 사슴의 다리처럼 곧게 서 있는 저 자작나무도 밤에 달빛이 비치면 우아한 자태로 자리를 벗어나 발끝으로 목장 안을 돌아다니고, '민스파이 들판'을 둘러싼 어린 가문비나무가 사라반드(속도가 느린 3박자의 장중한 스페인 춤)를 춤추고 있는지도 모를 일이다.

이런 생각이 들자 빙긋 웃음을 띠던 패트는 밝고 환한 기운이 넘치는, 주디 아주머니의 하얗게 칠한 부엌으로 활기차게 뛰어들어갔다.

3

"틸리턱이라고? 그런 이름 들어 본 적이 있어? 이 섬에서는 처음 듣는 이름인데." 주디 아주머니는 생전 처음이라는 듯이 당황하는 모습이었다.

"몇 년 동안 남해안에서 일했다는데, 실은 노바스코샤 사람이래요. 아빠가 그러셨어요." 귀염둥이가 말했다.

"오, 그렇다면 말이 되지. 노바스코샤 사람이라면 이상한 이름을 가진 사람을 많이 알고 있단다. 뭐라고 불러야 할까? 젊은 사람이라면 이름을 부르면 되겠지만, 나이 든 사람이라면 틸리턱 씨라고 해야겠지. 요즘 일꾼들은 자존심이 세어서 말이야. 입을 열 때마다 '틸리턱 씨'라고 불러야 한다면 나는 견딜 수 없을 거야. 틸리턱 씨!"

주디 아주머니는 자신의 익살에 만족스러워했다.

"아빠 말씀으로는 무척 나이가 들었다고 하셨어요. 50살이 넘었대요. 게다가 좀 이상한 사람이래요."

귀염둥이가 말했다.

"이상한 사람이라고? 나도 조금은 이상하니까, 그러면 이 집에 이상한 사람이 둘이나 되는 셈이군. 이상한 사람이라면 품삯만큼 일을 할 수 있을까? 문제는 그거지."

"믿을 만한 추천장을 가지고 왔대요. 게다가 아버지는 당장 일꾼을 구해야 할 형편이거든요."

"틸리턱 씨에게는 아내가 있을까? 틸리턱 부인이라고 해야 되나! 호호."

"그런 얘기는 없었어요. 하지만 내일 오기로 되어 있으니까 그때 여러 가지를 물어볼 수 있을 거예요. 아주머니, 그 냄비에는 무엇이 있어요?"

"점심 식사 때 조금 남겨 놓았던 수프야. 자기 전에 한 입 먹으면 어떨까 하던 참이지. 시드의 몫은 따로 남겨둘 거야. 시드는 이 추운 밤에 여자아이들을 쫓아다니고 있으니까 말이야."

주디 아주머니의 '여자아이들을 쫓아다닌다'는 말에는 조금도 멸시하는 뜻은 섞여 있지 않았다. 여자아이들을 쫓아다니는 것은 젊은 이로서 당연히 즐길 수 있는 일이라고 생각했기 때문이다.

비바람이 심하게 몰아치는 11월의 밤이었다. 바깥에서는 비가 창문을 때리며 물보라를 일으키고 있었지만, 안에서는 난롯불이 빨갛게 타고 있었다. 젠틀맨 톰은 오랜 세월 자기 것으로 정해 놓은 의자에 몸을 말고 잠들어 있고, 맥긴티는 깔개 위에서 자고 있다. 난로 한쪽 옆에 자리 잡은 '고약한 놈'과 다른 쪽 옆에 자리잡은 줄무늬 고양이 스퀴덩크는 쿨쿨 코를 골며 즐거운 합창을 하고 있다.

짙은 분홍빛 옷을 입은 귀염둥이의 머리칼에 윤기가 흘렀다. 귀염둥이의 머리카락 색깔이 참 곱다는 생각에 패트는 뿌듯함을 느꼈다. 도트 로빈슨처럼 빨아서 색이 바랜 듯한 금발이 아니라 따뜻한 금갈색이다.

주디 아주머니의 수프는 견딜 수 없이 맛있는 냄새가 난다. 주디 아주머니는 수프 만드는 솜씨가 일품이었다. 냄비 위에서 손을 한 번 휘두르기만 하면 된다고 꺽다리 앨릭이 입버릇처럼 말할 정도였다. 테이블 옆에서는 엄마가 옷을 고치고 있다. 수술을 하고 나서도 건강이 좋아지지 않은 엄마를 바라보며, 패트는 저릿한 애정을 느끼며 엄마는 좀 쉬어야 한다고 생각했다. 그렇지만 엄마는 원래부터 옷 수선하는 것을 좋아했다.

"이것만은 포기할 수 없어, 패트. 대부분의 여자들은 옷 수선하는 것을 싫어하지만 나는 본래 좋아했어. 너희들이 어렸을 때 입던 작고 낡은 옷들은…… 너희들의 일부 같은 생각이 들었지. 지금은 너희들의 비단옷을 만지는 게 내 즐거움이야. 조금도 힘들지 않단다. 아직 나도 보탬이 되고 있다는 생각에 기분이 좋아."

"어마, 두 번 다시 그런 말씀은 하지 마세요. 엄마야말로 이 '은빛숲'의 심장이에요. 엄마도 아시잖아요? 엄마 없이는 하루도 살 수 없을 거예요."

엄마의 얼굴에는 사랑스럽고 신비로운 웃음이 천천히 피어올랐다. 현명하고 애정에 넘치는 부인의 웃음이었다. 물론 웃음뿐만 아니라 모든 면에 있어서 엄마는 현명하고 애정이 깊다. '은빛숲'에 시끄러운 웃음소리가 울려퍼지면, 엄마도 소리를 내서 웃는 시늉을 했다. 그러나 엄마가 소리를 내어 웃는 일은…… 실제로는…… 한 번도 없었다.

귀염둥이가 말했다.

"오늘 밤은 아주 즐겁게 보내기로 해요. 만약 그 틸리턱이라는 사람이 밤에 곡식 창고 2층에 들어가 있기를 싫어한다면, 부엌에서 보내는 즐거운 시간도 오늘이 마지막이니까요. 아주머니, 이야기를 해주세요. 내가 사과를 구울게요."

패트는 시를 인용했다.

장작을 쌓아 올려라.
몸을 에는 바람이 불어닥친다.

"난로에 장작을 두세 개 더 넣으라고 하는 것보다는 장작을 쌓아 올리라고 하는 편이 훨씬 로맨틱하게 들려요." 패트가 말했다.

그러자 구석 쪽에 앉아서 뜨개질을 하며 가끔 마법의 손으로 수프 냄비를 휘젓고 있던 주디 아주머니가 말했다.

"로맨틱하다든지 하는 것이 없는 게 훨씬 더 편한 것 같아. 맥더 못 성에 있을 때 수없이 장작을 쌓아올렸지만, 얼굴만 뜨겁고 등은 얼어붙는 듯했지. 아, 나는 뭐니뭐니해도 지금의 방식이 좋아."

패트는 난로 앞에 깔아 놓은 낡은 깔개 위에 터키식으로 몸을 웅크리고 있었다. 그 깔개는 코바늘로 짠 것으로, 닳기 시작하기는 했어도 세 마리의 고양이 무늬가 놓여 있다. 패트가 말했다.

"하늘의 불이라는 것을 생각하면 우스워져. 하지만 때로는 하늘에도 불이 있는 편이 좋아. 오늘 밤처럼 쌩쌩 거칠게 바람이 불어대는 밤은 하늘의 불과 좋은 대조를 이룰 거야. 자, 이번에는 아주머니의 유령 이야기요!"

"이야깃거리가 다 떨어져버렸어." 주디 아주머니는 투덜거렸지만, 그 말은 오래전부터 해오던 말이다. 주디 아주머니는 반드시 새로운 유령을 만들어 가지고 아주 자세하게 이야기하기 때문에 때로는 패트와 귀염둥이조차도 믿지 않을 수 없었다. 더 이상 요정 같은 것은 믿을 수 없다 하더라도 유령의 존재까지 믿지 않는 것은 아니니까.

"내가 우리 삼촌이 어느 날 밤 맥더못의 전전 영주가——내가 모시던 영주의 할아버지——그분의 묘 위에 앉아서 화라도 내는 것처럼 혼자 떠들고 있는 것을 봤다는 얘기를 했던가?"

"아니요, 아직요. 해 주세요."

귀염둥이가 재촉했다.

그렇지만 그때 부엌문을 힘껏 두드리는 소리가 세 번 들렸기 때문

에 결국 그 이야기는 듣지 못하고 말았다. 소스라쳐 놀라서 일어난 세 사람이 채 움직일 사이도 없이 문이 열리고 틸리턱이 방으로——그때는 아무도 그를 알지 못했지만——'은빛숲'의 생활의 심장부로 들어온 것이다. 세 사람은 조금 뒤에야 그가 틸리턱이라는 것을 알았다. 다른 사람일 수가 없다.

틸리턱은 안으로 들어와 문을 닫았다. 문이 완전히 닫히기 전에 여위고 털이 매끄러운 까만 개가 미끄러지듯이 옆으로 들어왔다. 맥긴티는 일어나서 낯선 개를 바라보았는데, 낯선 개도 앉아서 맥긴티를 바라보았다. 그러나 그 순간 '은빛숲'의 3인조는 틸리턱밖에는 눈에 들어오지 않았다. 최면술에 걸린 것처럼 그들은 눈을 깜박이며 자세히 그를 쳐다보았다. 틸리턱은 키가 작은 데다 가로 세로가 거의 같은 체구였다. 네모난 빨간 얼굴에 바랜 생강 색깔의 구레나룻을 기르고 있어서 더욱 사각으로 보였다. 입은 길게 일자로 다물어져 있고 코는 마치 동그란 단추 같았다. 머리털은 낡은 털모자 밑에 가려서 보이지 않았다. 빛바랜 외투를 걸치고 목에는 꽤 사치스런 스카프를 두르고 있었다.

그는 한쪽 손에는 커다랗고 불룩한 구식 여행 가방을 들고, 다른 손에는 플란넬 주머니에 넣은 바이올린같이 보이는 물건을 들고 있었다.

틸리턱은 선 채로 통통한 볼에 파묻힌 조그맣고 까만 눈을 재미있다는 듯 반짝이며 세 사람을 보았다.

"당신들은 나를 만나서 그렇게 기쁜가! 마치 마비가 돼서 사족을 못 쓰는 것 같군. 미남으로 태어난 것은 내 잘못이 아니지."

틸리턱은 속으로 크게 웃고 있는 듯했다.

패트는 최면 상태에서 깨어났다. 엄마는 2층으로 올라갔다. 누군가 무언가를…… 무슨 말이라도…… 해야 한다. 주디 아주머니가 꼼짝도 못하고 아무 말도 하지 못한 것은 아마 생전 처음일 것이다.

패트는 일어서서 한 발짝 앞으로 나갔다.

"저, 틸리턱 씨죠?"

"그렇습니다. 이름은 조사이어입죠."

새로 온 사람은 머리를 숙였다. 목이 좀 길었더라면 우아한 인사처럼 보일 동작이었다. 패트는 나중에서야 기분 좋은 목소리라는 것을 깨달았다.

"나이는 쉰 다섯, 정당은 자유당, 종교는 정통파 그리스도교도, 실업자, 그리고 오렌지 당원이올시다."

틸리턱은 백마 탄 윌리엄 왕이 보인 강(아일랜드 동부에 있는 강. 길이 113킬로미터. 1690년 이 부근에서 오렌지공 윌리엄 3세가 제임스 2세를 격파함)을 건너고 있는 그림을 보고 있다.

"저, 외투를 벗고 앉으세요. 오늘 밤에 뵙게 될 줄은 몰랐어요. 내일 오실 거라고 아빠가 말씀하셨기 때문에." 패트는 멍한 상태로 말했다.

"마침 실버브리지까지 오는 트럭이 있어서 그것을 얻어 타고 왔지요."

틸리턱이 말했다. 모자를 벗어 못에 걸자 희끗희끗한 곱슬머리가 드러났다. 스카프와 외투도 벗었기 때문에 한쪽 겨드랑이가 불룩했던 이유가 밝혀졌다. 그 속에서 박제를 한 커다란 흰색 북극 올빼미가 나온 것이다.

그는 그것을 자랑스럽게 시계가 놓여 있는 선반에 얹어 놓았다. 그리고 나자 그의 재빠른 판단력으로 부엌에서도 가장 앉기 편한 의자를 골라——고조할아버지 니어마이아 가드너가 사용하던 광택이 있는 낡은 목제 의자로, 빨간 쿠션이 얹혀 있다——깊숙이 앉더니 주머니에서 굵고 검은 담배 파이프를 꺼냈다.

"괜찮겠습니까? 숙녀분들이 반대를 하시면 절대로 피우지 않기로 하고 있습죠."

"괜찮아요, 우리는 톰 삼촌의 담배에 익숙해 있는걸요."

패트가 말했다.

틸리턱은 파이프에 천천히 담배를 담고서 불을 붙였다. 10분 전까지만 해도 이 방의 누구도 틸리턱을 만난 적이 없었는데, 지금은 마치 그가 이 집 식구인 양, 오래전부터 여기 있었던 기분이 드는 것은 왜일까? 그는 남이라거나 집에 변화를 몰고 온 사람이라고는 전혀 생각되지 않았다.

남자들이 자기 옷차림을 어떻게 보고 있는지에 대해 평상시에는 생각지도 않던 주디 아주머니조차도 마침 새 옷을 입고, 하얀 에이프런을 걸치고 있어서 다행이라고 생각했다. 맥긴티는 호의를 표시하고 틸리턱의 냄새를 맡아보더니 새로 온 개를 무시하고 다시 잠들어 버렸다.

두 마리의 회색 고양이는 여전히 콜콜 자고 있다. 젠틀맨 톰만 아직 마음을 정하지 못하고 수상하다는 듯이 틸리턱을 노려보고 있다.

얼굴만큼이나 네모난 틸리턱의 몸을 감싸고 있는 낡은 회색 스웨터 속으로 빨간 플란넬 셔츠가 보이자 갑자기 주디 아주머니가 눈을 반짝였다. 봄이 되기 전에 만들려는 깔개의 장미꽃 봉오리 무늬를 꼭 그런 색으로 하고 싶었던 것이다.

"담배에 대해 이의가 없으시다면, 개에 대해서는 어떤가요? 괜찮으시다면 저 구석에 있게 해도 될까요?"

주디 아주머니는 지금이야말로 자신이 나설 때라고 생각했다. 누가 뭐라 해도 여기는 자신의 부엌이지 틸리틱의 부엌이 아니다.

"여보세요, 그 개는 얌전한 편인가요, 틸리틱 씨?"

"그렇습지요."

틸리틱은 엄숙하게 대답했다.

"그렇지만 이놈은 운이 나쁜 개라서요. 확실히 불행하게 태어났어요. 믿으실지 모르겠지만, 미스…… 미스…… ?"

"플럼입니다."

주디는 짧게 말했다.

"미스 플럼, 저 개는 고생을 많이 했습죠. 옴과 전염병에 한 번씩 걸리고, 늘 벌레에게 시달렸지요. 또 지난여름에는 트럭에 치였고, 그 전해 여름에는 스트리키니네를 먹고 죽을 뻔했습죠."

"저 개는 고양이처럼 목숨이 여러 개인가 보군요?" 귀염둥이가 킥킥 웃었다.

"지금은 많이 건강해졌지요. 지난주에 유리 조각에 발을 다쳐서 좀 절룩거리고 있지만, 곧 나을 겁니다. 그리고 가끔 발작을 일으켜요. 간질병으로 입에 거품을 머금고 비틀거리다가 툭 쓰러져버립죠. 그리고 10분쯤 지나면 다시 일어나서 아무 일 없었다는 듯이 씩씩하게 어디론가 가버려요. 그러니 발작하는 것을 보더라도 절대로 걱정할 필요는 없습죠. 그렇지만 이 개는 좋은 개입니다. 다만 예민할 뿐이죠. 게다가 소떼를 잘 돌봅지요. 나는 개를 존경한답니다. 길을 가다 개를 만나면 늘 모자에 손을 대요."

"이름은 뭔데요?" 패트가 물었다.

"나는 '그냥 개'라고 부릅지요."

이렇게 해서 이 개는 '은빛숲'에 사는 동안 '그냥 개'로 통했다.

주디 아주머니는 속으로 틸리틱이 지나치게 말이 많다고 생각했지만 그저 이렇게만 말했다.

"그럼 고양이에 대해서는 어떻게 생각하나요?"

"아아." 틸리턱 씨는 만족스러운 듯이 담배를 피웠다.

"미스 플럼, 나는 고양이를 좋아한답니다. 요전 날 아침에 이곳에 왔을 때 이 집 사람들이 마음에 든 것도 창문틀에 고양이가 걸터앉아 있었기 때문입지요. 나에게는 육감 같은 것이 있습죠. 그래서 나는 생각했어요. '이 댁에는 정감이 있구나. 이곳에서 일하는 것도 나쁘지는 않겠군' 하고 말입지요. 정말 제가 생각한 대로였어요!"

"전에는 어디 있었어요?"

"해안 남쪽 끝에 있는 여우 농장입죠. 이름은 말할 수 없지만 거기서 3년 있었어요. 살기 좋고 마음에 드는 곳이었습죠. 그동안에 마나님이 세상을 떠나고 주인이 재혼을 했어요. 새로 온 부인은 내 맘에 안 들었어요. 음식은 전부 사먹는 것뿐이고, 그것도 겨우 굶주리지 않을 정도였습죠. 무척 까다로운 부인이라서 날씨 이야기를 해도 말다툼을 할 정도였죠. 날씨가 좋지 않다고 한 마디 하면 자신을 바보 취급한다고 받아들여요. 그리고 그 여자는 내 개를 어찌나 구박하던지 '개에게도 조금은 권리가 있다'고 내가 말해 줬어요. 그리고 '나하고 당신하고는 뜻이 맞지 않는다'고, '친구하기에는 싸우기 좋아하는 여자보다 내 개가 낫다'고도 말해 줬구요. '나는 누구의 노예도 아니다'고도 말해 줬지요. 결국 일을 그만두기로 했습죠. 사람들과 마찰 없이 일을 하자면 내가 다른 데로 가면 돼요. 여기는 당분간 있을 만하군요. 내게는 아늑한 정박지 같은 생각이 들어요. 이 팔걸이의자도 내 기호에 딱 맞구요. 나는 여러 가지 일을 겪어 왔습죠. 타이타닉 호의 재난을 모면한 일도 있지요."

"어마!"

귀염둥이와 패트의 눈이 둥그래졌다. 무척이나 흥미로운 이야기였던 것이다. 드디어 주디 아주머니의 이야기 경쟁 상대가 나타난 것일까? 별안간 주디 아주머니는 거칠게 수프를 휘저었다.

"그 배에는 아예 타지도 않았으니까요!"

틸리틱은 다시 파이프를 입에 물고 껄껄거리는 소리를 냈다. 모두들 그것이 그가 웃는 소리라는 것을 알아차렸다.

'흥, 당신이 생각하는 농담이란 그런 것이군. 당신이라는 인간의 됨됨이를 알았어, 틸리틱.' 주디 아주머니 마음속으로 생각했다.

"지독한 일만 당한 것은 아닙지요."

틸리틱은 스웨터의 소매를 걷어올리고 뼈대가 굵은 팔에 나 있는 하얀 상처 자국을 가리켰다.

"이것은 젊어서 미국 서커스단에서 맹수 조련사로 일할 때 표범에게 당한 거랍니다. 아, 유쾌한 생활이었습죠. 나는 동물을 잘 다룰 수 있어요. 어떤 동물도 내 눈을 똑바로 바라볼 수 없을 거예요." 틸리틱은 무게 있게 말했다.

"그래요? 당신은 결혼했나요?"

주디 아주머니는 가차없이 밀어붙였다.

"당치도 않아요!"

틸리틱이 벼락같이 소리를 지르는 바람에 모두들 놀라 벌떡 일어났다. 젠틀맨 톰조차도 껑충 뛰었다. 잠시 뒤 틸리틱은 평온을 되찾았다.

"아니요. 내게는 아내도 자식도 없어요, 미스 플럼. 몇 번이나 아내를 얻으려고 했지만 그때마다 무엇인지 모르게 꼭 무언가 방해를 하더라구요. 어떤 때는 모두들 좋다고 하는데 결혼할 당사자가 내켜하지 않았구, 또 어떤 때는 아무도 원치 않았구요. 때때로 결혼에 대한 생각을 머릿속에서 떨쳐 버릴 수가 없었지요. 내가 단단히 절제를 하며 살아오지 않았더라면 결혼을 해도 몇 번을 했을 겁니다."

틸리턱은 패트에게 윙크를 해 보였다. 그러자 패트도 윙크를 하고 싶어지는 것이었다. 상대방에 따라서는 전혀 불가사의한 행동도 할 수 있을 것 같았다.

"나는 전부터 나 자신만큼 나를 잘 아는 사람이 없다고 생각했습죠. 이제 와서 아내를 얻을 수 있을 것 같지는 않아요. 그러나 살아 있는 동안에는 희망이 있는 법이죠."

이번에는 그는 주디 아주머니를 향해서 윙크를 했다. 주디 아주머니는 자신이 생각보다 화가 덜 나는 것이 이상했다. 주디 아주머니는 수프를 마지막으로 한 번 더 휘저어 섞고 나서 민첩하게 일어났다.

"우리와 같이 수프를 드시겠어요, 틸리턱 씨?"

"글쎄요, 야식을 조금 먹는 것도 나쁘지 않겠습죠. 나는 적당히 음식을 즐기는 것을 수치라고는 생각하지 않아요. 그렇기 때문에 이 집에 들어오면서부터 당신이 그 냄비를 저을 때마다 마음속으로 '온갖 냄새 중에서 저렇게 맛있는 냄새를 맡아 본 적이 없다'고 중얼거리고 있었습죠." 틸리턱은 기쁜 듯이 말했다.

패트와 귀염둥이는 저녁상을 차리기 시작했다. 두 사람을 지켜보고 있던 틸리턱이 주디 아주머니만이 들을 수 있게 쉰 목소리로 속삭였다.

"두 사람 모두 기품 있는 아가씨예요. 어쩌면 지체 높은 집으로 시집을 가겠어요. 작은 아가씨는 귀족의 손목을 하고 있군요."

"그래요, 당신도 알아차렸군요."

주디 아주머니는 기뻐했다.

"당연하죠. 나는 여자에 대해서는 전문가니까. 문을 여는 순간 '이 집은 품위가 있다'고 느꼈습죠. 여우 농장 딸들은 아주 틀렸어요. 우리끼리 얘기지만 미스 플럼, 그 댁 처녀들은 줄에 매단 마른 사과 같고, 그중 하나는 족제비처럼 마른 주제에 더 말라야 한다면서 양상추만 먹고 있어요. 그런데 이 댁의 두 아가씨를 보니 큐피드가 바쁘겠군요. 젊은이들이 뻔질나게 찾아올 테니 당신도 귀찮겠어요."

"글쎄요, 전혀 그렇지 않다고는 못하죠. 그럼, 틸리턱 씨 앉으세요."

틸리턱은 자리에 앉았다.

"'씨'자는 붙이지 마세요. 그렇게 불려본 적이 없어서 어쩐지 순례자나 식객 같은 기분이 들어요. 괜찮으시면 조사이어라고 불러주세요."

"아뇨, 그건 괜찮지 않아요. 남글렌에서 조사이어 밀러가 부인을 살해한 일이 있은 이후로 조사이어라는 이름은 듣기조차 끔찍하다구요."

주디 아주머니는 단호히 거절했다.

틸리턱은 스푼을 들면서 말했다.

"나는 조사이어 밀러와 잘 알고 지냈습죠. 그는 처음에 아내의 숨을 막고서 목을 조르고, 다음에 돌을 매달아서 강에 가라앉혔어요. 도저히 살아날 수가 없었지요. 아, 그 남자라면 잘 알고 있습죠. 사실 한때는 친한 사이였는데, 그 일이 있고 나서부터는 물론 왕래를 끊었어요."

"교수형을 당했나요?" 흥미를 느낀 귀염둥이가 물었다.

"아니. 그가 범인이라는 걸 누구나 알고 있었지만, 증거가 없었어. 사람들은 그를 동정했지. 주위 사람들을 위해서는 죽는 편이 더 나은 여자도 있으니까 말이야. 그는 늙어서 죽었지만, 그의 유령은 지금도 거리를 배회하고 있지. 나도 한 번 만났더랬어."

"어머나! 정말이에요, 틸리턱 씨?" 귀염둥이는 주디 아주머니가 언짢은 얼굴을 하고 있는 것을 알아차리지 못하고 물었다.

"정말이고말고. 대개의 유령은 쥐로 판명되고 말지만, 그것은 거짓말 보태지 않고 망령이래."

"그 유령이 아저씨에게 말을 했어요?"

틸리턱은 고개를 끄덕거렸다.

"'너도 나처럼 산책하러 나왔구나'라고 그 유령은 말했는데, 나는 대답하지 않았어. 유령 같은 것과는 관계하지 않는 편이 좋다는 것을 알고 있었으니까. 흥미롭지만 위험한 놈이잖아. 책임감이 없이 로맨틱한 말을 하지. 그놈이 길 한복판에 버티고 있어서 나는 길을 지나갈 수가 없었어. 그래서 그놈의 몸속을 뚫고 지나갔지. 그 후로는 두 번 다시 안 만났어. 미스 플럼, 이 수프는 정말 맛이 좋군요."

주디 아주머니는 저녁 내내 틸리턱이 괜찮은 사람인지 아닌지 판단을 내릴 수가 없었다. 그것은 틸리턱이 '은빛숲'에 묵고 있는 동안 계속됐다.

틸리턱은 칭찬의 대가로 수프 한 그릇을 더 받았다. 패트는 아빠가 '제비들판'에서 빨리 돌아왔으면 좋겠다고 생각했다. 틸리턱은 곡식 창고에서 자야 한다는 것을 아마 모를 것이다. 그런데 틸리턱은 식탁에서 일어서자 말했다.

"내 숙소는 곡식 창고 2층이라지요? 미안하지만 장소를 가르쳐 주었으면 좋겠는데……."

"레이철 양이 손전등을 들고 안내할 거예요. 침대에는 폭신한 담요가 많이 있지만, 추울지도 모르겠군요. 당신이 오늘 오리라고는 생각을 못해서 불을 때지 않았거든요."

"내가 곧 때지요."

"지금 불을 때면 연기 때문에 고생할 거예요. 한 시간은 지나야 연기가 그치니까요. 연통의 상태가 좋지 않아요. 껑다리……, 아니 가드너 씨가 고친다고 말씀하셨는데."

"제가 고치겠어요. 몇 년 동안 석공 일을 한 경험이 있지요. 여우 농장에서도 막힌 연통들을 내가 깨끗이 고쳤어요."

"그래, 공기가 통했어요?"

주디 아주머니는 의심스럽게 물었다.

"공기가 통했느냐고요? 미스 플럼, 그 연통은 어느 날 밤 고양이까지 빨아들였답니다. 불쌍하게도 두 번 다시 그 고양이를 본 사람이 없습지요."

주디 아주머니는 두 손을 들고 말았다. 틸리턱은 가방과 바이올린과 올빼미와 개를 한곳으로 모았다.

"자, 준비가 됐어요, 가드너 양. 그리고 내 이름에 대해서 말씀인데 미스 플럼, 내가 앨버타에 있는 왕자 전하 농장에서 일하던 여름 내내 왕자 전하께서도 나를 조사이어라고 부르셨으니까요. 완전히 민주적인 젊은 분이었습지요. 그렇지만 아무래도 그럴 기분이 안 난다면 그냥 틸리턱이라고 해도 좋아요. 그리고 만약 손에 사마귀 같은 것이 생기거든……."

그러자 귀염둥이는 슬그머니 손을 뒤로 숨겼다.

"눈 깜짝할 사이에 낫게 해드릴게요."

주디 아주머니는 새침하게 말했다.

"고맙습니다. 그렇지만 '은빛숲'에서 쓰는 방법이 따로 있답니다. 처녀 시절에 우리 할머니한테서 배운 방법을 쓰면 효과가 있지요. 편히 쉬어요, 틸리턱 씨. 따뜻하게 잘 수 있으면 좋겠군요."

"나는 곧 곯아떨어지고 말 거요." 틸리턱은 확신에 찬 어조로 말했다.

곡식 창고까지 가는 도중 빗속에서 계속 귀염둥이의 웃음소리가 들려왔다. 틸리턱이 무엇인가 재미있는 이야기를 하고 있는 것 같았다.

"확실히 저 사람은 괴짜예요. 하지만 괴짜가 있어서 세상이 즐거운 거예요. 그렇죠, 아주머니?"

귀염둥이가 달려왔다. 비바람을 맞아서 얼굴이 빛나고 있었다.

"좋은 사람 같지 않아요? 노바스코샤에서도 가장 좋은 집안에서 태어났대요."

"과연 그럴까? 그 남자는 비유적으로 말한 것이 아닐까? 게다가 너희들도 들었겠지만, 그 남자가 나한테 하듯 남의 이야기를 가로 채는 것은 예의에 어긋나는 일이야. 그래도 악의는 없는 사람 같으니까, 집의 동물들만 그 남자를 견뎌낸다면 나도 견딜 수 있겠지."

"그 사람은 아주머니를 멋진 사람이라고 생각해요. 그리고 조사이어라고 불러달라고 했고요."

"그럴 수는 없어. 그렇지만 하루이틀 지나서까지 '씨'자를 빼지 않겠다는 말은 아니야. 내일 네 손의 사마귀를 치료해 줄게. 오래전에 치료했어야 하는데, 사람이 오고가고 새 사람을 고용하는 일로 그만 깜박 잊었어. 어쨌든 구레나룻을 기르고 있는 틸리틱 같은 사람에게 우리 가족의 사마귀 치료를 맡길 수는 없지!"

패트는 웃었다.

"저 사람 일을 모두 힐러리에게 써보내야지. 힐러리가 기뻐할 거예요. 11월의 이런 밤에 예전처럼 힐러리가 불쑥 찾아주면 더할 나위 없이 좋으련만. 힐러리가 떠나고 나서 2년이 지났지만, 마치 200년이나 지난 듯한 기분이 들어요. 시드에게 줄 수프는 남아 있지요, 아주머니?"

"많이 남아 있어. 시드는 남글렌의 댄스파티에 나가 있는 거지?"

"어디인지는 모르지만, 시드는 매지 로빈슨을 데리고 갔어요. 요즈음 매지에게 열을 올리고 있어요. 여름 동안은 계속 세라 러셀을 좋아했었는데. 시드는 대단한 바람둥이예요."

귀염둥이의 말을 듣고 패트는 만족한 듯이 웃었다. 여자 친구가 많다면 안심이다. 역시 베츠가 죽은 뒤 시드는 누구도 진심으로 사랑할 수가 없는 것 같았다. 패트는 시드가 패트처럼 평생 베츠의 아름다운 추억을 고이 간직할 것을 생각하면 기뻤다.

패트는 두 번 다시 단짝 친구를 가질 생각이 없었다. 자신은 독신 노부인이 되고 시드는 행복한 독신 노인이 돼서, '은빛숲'을 돌보면서 한평생 함께 유쾌하게 사는 것이다. 그러면 위니 언니나 귀염둥이나 조 오빠가 저마다 가족을 데리고 한가롭게 묵으러 온다. 맥긴티와 고양이들은 영원히 살고, 주디 아주머니는 부엌에서 옛날 얘기를 들려 준다. 주디 아주머니가 없는 '은빛숲'은 생각할 수가 없다. 주디 아주머니는 늘 이곳에 있었고, 앞으로도 영원히 그럴 것이다.

귀염둥이는 침실로 가려다가 마루 문턱에서 되돌아보고 엄숙하게 말했다.

"아주머니, 절대로 조사이어와 연애하면 안 돼요. 조사이어가 아주머니에게 윙크하는 것을 봤다구요."

주디 아주머니는 대답 대신에 '흥' 하고 코웃음을 칠 뿐이었다.

4

귀뚜라미의 마지막 노랫소리가 그친 뒤에도 황금빛을 띤 행복의 강이 흐르는 듯한 나날이 계속되었다. 엄마의 건강도 걱정할 정도는 아니었고, 풍작으로 아빠의 기분도 좋았다. 귀염둥이는 이전보다 공부에 흥미를 갖게 됐다. 여름에 태어난 새끼고양이들도 모두 좋은 주인을 만났다. 패트는 사교 생활에는 그다지 관심이 없었지만 때때로 댄스파티에 참석하기도 했다. 그러나 패트는 파티에 나가느니보다는 주디 아주머니가 있는 부엌에서 사과를 굽거나 멋진 괴담을 듣는 편을 더 좋아했다.

그것을 귀염둥이는 이해할 수 없었다. 귀염둥이는 어서 어른이 돼서 춤추러 가기도 하고, 남자 친구도 생겼으면 하고 애타게 기다리고 있었기 때문이다. 귀염둥이는 심각한 얼굴로 주디 아주머니에게 말했다.

"나는 사람들의 주목을 받고 싶어요. 두세 번 멋진 연애를 해서 말이에요, 아주머니. 그리고 나서 분별 있는 연애를 할래요."

주디 아주머니는 눈을 깜박거렸다.

"글쎄. 그럴 수 있을까? 분별 있는 연애라고 했니? 내게는 어쩐지 따분하게 들리는걸."

"패트 언니는 아무하고도 연애하지 않는대요. 정말 노처녀가 될 작정인가 봐요."

"처녀들이 그런 말을 하는 것은 새삼스러운 일이 아니야."

주디 아주머니는 콧방귀를 뀌었지만, 내심 불안하게 생각했다. 대대로 '은빛숲'의 처녀들 중에 바람둥이는 없었지만, '은빛숲'에 찾아와 댄스나, 영화나, 식사나, 스케이트나, 달밤의 산책에 패트를 데리고 나가는 청년들에게 패트가 좀더 관심을 가져줬으면 좋겠다고 생각했다.

패트에게 남자 '친구'들은 얼마든지 있었지만, 모두 친구에 지나지 않았다. 패트가 남글렌의 밀턴 테일러와 외출하는 것을 보고, 주디 아주머니는 기대를 많이 했지만, 패트는 주디 아주머니가 기뻐할 만큼 자주 외출하지는 않았다.

"여봐, 패트. 그 애는 곧 남글렌에서 제일 가는 농장을 갖게 될 테고, 게다가 좋은 아이지 않아? 틀림없이 애정이 깊은 남편이 될 거야."

패트는 킥킥 웃었다.

"애정 깊은 남편이라고요? 아주머니는 너무나 빅토리아 왕조풍이에요. 애정 깊은 남편은 이제 시대에 뒤떨어졌다구요. 우리는 동굴에 사는 사람을 좋아해요. 그렇지, 귀염둥아?"

귀염둥이와 패트는 서로를 마주보고 싱긋 웃었다. 나이 차이는 있어도 자매는 친구처럼 지냈다. 패트는 자기를 쫓아다닌 남자들이 어떤 일을 했으며 어떤 말을 했는지 전부 귀염둥이에게 들려주곤 했다. 패트는 마음먹기에 따라서 매우 신랄하게 말했으므로 당사자들이 그 이야기를 들었다면 기쁘지만은 않았을 것이다.

"그렇지만 언젠가는 결혼할 생각이지, 패트 언니?"

언젠가 귀염둥이가 이렇게 묻자 패트는 귀찮다는 듯이 갈색 머리를 흔들었다.

"그래, 언젠가는. 아무래도 그렇게 해야만 된다면……. 하지만 아직 몇 년이나 뒤의 일이야. 지금 '은빛숲'에는 내가 있어야 해."

"그런데 그 전에 시드에게 아내가 생긴다면?"

그러자 패트는 벌컥 성을 냈다.

"시드는 그렇지 않을 거야. 시드가 결혼한다고는 생각할 수 없어. 시드가 베츠를 사랑하고 있던 것을 너도 알고 있잖아? 언제까지나 베츠를 생각하며 살 거야."

"남자는 그렇지 않다고 주디 아주머니가 말했어. 게다가 메이 비니가 시드에게 목을 매고 있다고 모두들 말하고 있고."

"시드는 절대로 메이 비니 같은 애와는 결혼하지 않을 거야! 그것만은 확실해."

그런 것은 생각만 해도 오싹하다. 패트와 메이는 서로를 미워하고 있었다.

패트의 일에 대해서는 틸리턱도 주디 아주머니 못지않게 관심이 많았다. '은빛숲'을 방문하는 젊은이들은 모두들 자기도 모르는 사이에 틸리턱의 작고 검은 눈의 엄중한 심사를 거치고 있었다. 그는 젊은이들에 대한 패트의 농담을 듣는 것이 즐거웠다.

어느 날 밤 패트와 밀턴 테일러가 나간 뒤에, 틸리턱이 감탄하는 소리를 질렀다.

"패트는 남자를 다룰 줄을 알아! 나중에 좋은 아내가 되겠어. 패

트의 태도에는 나도 감탄했어요, 주디."

"그렇고말고요. '은빛숲'에서는 모두들 남자 다루는 법을 잘 알고 있답니다, 틸리틱."

주디 아주머니는 거만한 태도를 취했다. 이제 '주디'와 '틸리틱'의 사이는 잘 유지되고 있다. 주디 아주머니는 조사이어라고 부르는 것은 아무래도 싫었고, '씨'는 너무 딱딱해서 오래 부르지 않았다.

두 사람은 마음이 맞는 친구가 됐다. 다른 사람도 다 그렇지만 주디 아주머니도 틸리틱이 예전부터 '은빛숲'에 있었던 것같이 느껴졌다. 올빼미와 바이올린과 '그냥 개'를 데리고 나타난 것이 불과 6주일 전이라는 것은 도무지 믿어지지 않는 일이었다. 고양이들조차도 틸리틱이 집에 들어오면 한층 소리를 높여 가르랑거렸다.

젠틀맨 톰은 틸리틱을 그다지 좋아하지 않았지만, 톰은 원래부터 서먹서먹하고 말이 없어서, 주디 아주머니 말고는 아무에게도 친하게 굴지 않는 고양이인 것이다.

틸리틱은 부엌 한구석에 자기 전용 의자를 가지고 있고, 언제나 그곳에 들어와서 차 한 잔만 달라고 주디 아주머니에게 부탁했다. 패트와 귀염둥이가 우스워 견딜 수 없는 것은, 주디 아주머니가 불평 한 마디 없이 차를 부어 주는 일이었다. 틸리틱이 파이나 케이크를 좋아한다는 것을 알게 된 이후로 주디 아주머니는 틸리틱에 대해서 기분이 좋을 때면 그에게 삼각형 파이나 케이크 한 조각을 주었다. 패트와 귀염둥이는 그것이 재미있어서 주디 아주머니가 틸리틱에게 '열을 올리고 있는 것'이라고 놀려 주디 아주머니의 눈총을 받았다. 때로는 난로 양쪽에 틸리틱을 마주 보고 앉아서 주디 아주머니도 함께 차를 마실 때도 있었다. 아무래도 잔소리를 해야겠다고 주디 아주머니가 생각할 때마다 틸리틱은 칭찬으로 주디 아주머니를 달랬다.

"내가 여자 다루는 솜씨를 보았지? 결혼하지 않은 것이 유감일 정도야." 틸리틱은 흥이 나서 패트에게 속삭였다.

"아직 결혼할 수 있잖아요?"

패트는 담황색 레몬 파이 한복판에 반짝이는 루비 같은 빨간 제리를 한 방울 떨어뜨리며 대답했다.

"아마도…… 내가 주디를 불쌍히 여기기로 결심이 서면."

틸리틱은 눈을 찡긋해 보였다.

"주디와 내가 서로 어울린다고 생각해 본 적이 있어. 주디는 떠드는 것을 좋아하고 나는 듣는 것을 좋아하니까."

이런 시시한 이야기에 주디 아주머니는 모르는 척했다. 그리고 "어쨌든 틸리틱의 인간됨됨이를 어느 정도는 알고 있으니까"라고 패트와 귀염둥이들에게 말했다.

그러나 틸리틱이 교회에 나가지 않는 것에는 압박이 심했다. 주디 아주머니 생각으로는 고용된 사람들은 모두 교회에 가야 했다. 그렇지 않으면 '은빛숲'에서는 고용인을 평상시 너무 심하게 부리기 때문에, 일요일에 교회에 나갈 힘조차 없다는 터무니없는 소문이 난다는 것이다.

그러나 틸리틱은 꿈쩍도 하지 않았다.

"나는 인간의 찬송 따위는 인정하지 않아요. 교회에서는 다윗의 시편만을 노래해야 한다는 것이 나의 원칙이고, 나는 그 원칙을 고수할 거요. 나는 잠들기 전에 늘 시편을 노래하고 매주 주일 아침에는 성경의 한 장(章)을 읽고 있지요."

"'울보 윌리'의 묘석에서 말이죠?"

주디 아주머니는 무뚝뚝하게 말했다. 묘지에 가서 성경을 읽는 틸리턱의 습관이 왠지 마음에 들지 않았던 것이다.

드디어 크리스마스가 다가오고 가족 모임을 위한 준비가 시작됐다. '가족 모임'이라는 말을 할 때 틸리턱의 목소리에는 한층 더 힘이 들어갔다. 위니 언니와 프랭크 형부가 오고, '제비들판'에서는 톰 삼촌, 에디스 고모, 바바라 고모가 올 것이다. 헤이젤 고모와 로버트 매디슨 고모부와 그들의 아이들 5명, 그리고 '해변가'에서는 할머니들이 류머티즘만 도지지 않으면 참석하기로 돼 있다.

이 모임만 생각하면 패트의 가슴은 기쁨과 기대로 가득 찼다. 패트가 실질적으로 '은빛숲'의 살림을 맡고 나서 처음으로 맞는 '진짜' 크리스마스였다.

작년 크리스마스에는 프랭크 형부가 기관지염에 걸려서 위니 언니가 오지 못했고, 재작년에는 헤이젤 고모네가 빠진 데다 처음으로 힐러리마저 빠져서 전혀 크리스마스답지 못했다.

그러나 올해는 다르리라. 집 떠난 조 오빠도 처음으로 크리스마스를 지내러 돌아오기로 돼 있다. 주디 아주머니의 칠면조는 살이 오를 대로 올라 있다. 아버지가 좋아하는 거위고기 요리와 톰 삼촌이 좋아하는 오리고기 요리도 해야 한다. 패트는 틈나는 대로 요리책을 열심히 읽었다. '은빛숲'에 전해져 내려오는 요리책에는 집안 대대로 전해 내려오는 독특한 요리법이 많이 있었고, 그 요리들 대부분에는 요리법을 개발한 사람과 관계가 있는 이름이 붙어 있다. 대부분이 죽거나 먼 나라로 간 사람들이다. 패트는 감동을 느끼며 되풀이해서 읽었다. 셀비 할머니의 양배추 샐러드와 젤리, 헤이젤 고모의 생강이 들어간 쿠키, 사촌언니 미란다의 비프스테이크 파이, '해변가'의 푸딩, 외증조할머니의 과일 케이크, 조 핑글 노인의 민스파이, 호러스 삼촌의 건포도 그레이비 등이 있었다. 패트는 조 핑클 노인이 누군지 아무리 생각해도 알 수가 없었다. 누구 한 사람, 주디 아주머니조차도 모르는 모양이었다. 그러나 건포도 그레이비 요리법은 호러스 삼촌이 첫 항해에서 돌아올 때 가지고 온 것이라고 했다. 호러스 삼촌은 그것을 얻기 위해 사람 하나를 죽였다고 했지만, 그 이야기를 믿는 사람은 아무도 없었다.

주디 아주머니는 가족모임을 위해 '정장'용 옷을 새로 지을 계획을 세웠다. 전에 입던 옷은 낡아서 빛이 바랜 파란색 드레스였는데, 이제는 유행에 뒤떨어진 것이었다.

"게다가 언제가 될지는 모르지만 잠깐 아일랜드에라도 갔다오려면 새 드레스가 필요하지 않겠어? 전에 귀염둥이가 했던 얘기가 내내 머리에서 떠나질 않아. 아일랜드에 가게 되면 아는 사람들 앞에 좋은 옷차림을 보여 주고 싶어. 물론 맥더못 성도 들러야 할 테지. 와인 컬러가 어떨까, 패트? 올 가을에 유행하는 색이라던데. 그리고 옷감도 보통 비단이 아니라 공단으로 하고 말이야."

패트는 비록 일시적인 방문이라 할지라도 주디 아주머니의 아일랜드행을 생각하면 마음이 괴로웠지만, 기꺼이 새 옷을 맞추는 문제를 의논했다. 또한 주디 아주머니와 같이 시내에 가서 옷감을 고르고 재봉사에게 압력을 가해 주디 아주머니가 바라는 대로 옷을 만들게 했다.

그날 그들은 톰 삼촌이 시내의 한 보석점에서 나오는 것을 보았다. 그는 예쁘게 장식한 조그마한 꾸러미를 미처 감추지 못한 채 그들과 맞부딪히자, 누군가를 만나기로 했다며 옆길로 돌아가 버렸다.

"요즈음 톰 삼촌이 어쩐지 이상해요. 저 가게에서 무엇을 샀는지 모르겠어요. 에디스 고모나 바바라 고모에게 드릴 것이 아닌 건 확실해요."

"톰 삼촌은 결혼하려는 걸 거야. 눈치가 그렇거든."

패트는 새삼스럽게 불쾌한 감정을 느꼈다. '제비들판'의 변화도 '은빛숲'의 변화 못지않게 싫었다. 톰 삼촌과 고모는 늘 그곳에 살아 왔으며 언제까지나 그렇게 살아갈 것이다. 패트에게는 그 속에 톰 삼촌의 부인이 끼어 있는 것은 상상할 수 없었다.

"아주머니, 톰 삼촌이 그런 바보짓을 한다는 것은 생각할 수 없어 요. 그 나이에! 벌써 60살이지 않아요!"

"톰 삼촌이 편지를 읽고 있는 것을 이 눈으로 똑똑히 봤어. 내가 보고 있는 것을 알아차리자 톰 삼촌은 얼굴이 빨개져서 편지를 주 머니에 쑤셔 넣었지! 그 나이에 얼굴이 빨개진다면 무엇인가 수 상한 일이 있는 거야. 올여름 귀염둥이가 톰 삼촌의 부탁을 받고 어떤 여자에게 편지를 부쳤던 것 기억나지?"

패트는 한숨을 쉬고, 그런 불유쾌한 일을 머리에서 지워 버렸다. 모처럼의 오후를 엉망으로 만들면 안 된다. 주디 아주머니의 옷감 말고 사야 할 물건이 많았다. 패트는 물건 사는 것을 좋아해서, 커 다란 백화점에 들어가서 이것저것 물건을 고르는 것이 매우 즐거웠 다. 수많은 화려한 물건 중에서 아름다운 물건이 자기 집의 일부가 되기를 바랐다. 식당에 걸 새로운 햇빛 가리개, 응접실 쿠션에 씌울 커버, 패트가 크리스마스 만찬의 첫 번째 코스로 내놓으려고 생각하 는 프루트 칵테일용 유리 접시도 한 벌 사야만 했다. 그러나 주디 아주머니는 별로 내켜하지 않았다. '은빛숲'은 옛날부터 술을 멀리해 오지 않았던가.

"어머, 아주머니. 그런 칵테일이 아니에요. 다만 과일 조금에다 쥬스를 넣고, 맨 위에 위스키에 담근 빨간 버찌 한 개를 얹을 뿐 이에요. 정말 아주머니도 좋아하게 될 거예요."

주디 아주머니가 지고 말았다. 패트가 고급요리를 만들려고 한다면 하는 대로 놔두어야지. 어쨌든 비니 집안에서는 칵테일로 식사를 시작한 적이 없었으니, 그들보다 앞선다는 것은 기분 좋은 일이었다. 주디 아주머니는 시내에서 즐거운 시간을 보낸 뒤 맥더못 성에서조차 눈부시게 느껴질 와인 컬러의 공단 옷감을 집으로 가지고 돌아왔다. 그날 밤, 주디 아주머니가 자랑스럽게 옷감을 펼쳐놓자 틸리턱은 눈이 어지러운 듯했다.

"색이 조금 요란하지 않아요?"

이것이 그가 한 말의 전부였다. 그날 밤 그는 파이를 받지 못했다. 곡식 창고로 가면서 틸리턱은 자기 생각이 모자랐다고 인정했다.

주디 아주머니가 틸리턱과 둘이서 '한입' 먹을 작정으로 찬장 안에 오리 구이와 구운 감자를 넣어둔 것을 알았다면, 틸리턱은 자신의 재치가 부족했던 것을 한층 깊이 느꼈을 것이다. 결국 귀염둥이가 그 음식을 발견하여, 자기 전에 패트와 주디 아주머니와 함께 깨끗이 먹어치웠다. 조금 늦게 방에 들어온 시드는 칠면조의 모이 주머니에서 잃어버린 다이아몬드 반지가 나왔다는 주디 아주머니의 이야기에 귀를 기울였다.

"이제 생각이 나네. 헤이젤 고모가 아직 호리호리한 소녀 시절에 점심 식사로 처음 칠면조 요리를 했을 때의 이야기인데, '은빛숲'에서 그런 수치는 없었지. 면목을 되찾는 데 몇 년이나 걸렸으니까."

"어떤 일이 있었는데요, 아주머니?"

"내가 이야기했다고 헤이젤 고모한테 말하면 안 돼. 어느 날 헤이젤 고모는 점심에 먹을 칠면조를 혼자서 갈라서 요리를 한다고 버티고 아무도 손을 대지 못하게 했어. 그날은 방문객이 아무도 없어서 식구들끼리만 칠면조를 먹을 작정이었지. 우리는 농장에서 나는 것은 모두 팔아버리고 감자만 먹고 사는 비니 집안과 다르니까. 그런데 뜻밖에 손님이 온 거지. 시내에서 온 높은 분이었어. 의원님 내외분이었지. 우리는 마침 칠면조가 있어서 다행이라고 생각했지. 그런데 네 아빠가 흰 살코기를 여자 손님에게 드리려고 가슴살을 한 조각 잘랐을 때 일이 벌어진 거야!"

"어떤 일이 있었는데요? 그렇게 뜸들이지 말구요."

"뜸을 들인다고? 뭐, '은빛숲'에서 그런 일이 일어났다는 것을 말하기가 꺼려졌을 뿐이야. 나중에 너희 아빠가 배가 아플 정도로 웃어댄 것을 말하려는 게 아니야. 실은 헤이젤 고모가 칠면조의 모이 주머니를 빼내지 않아서, 아빠가 한 조각을 잘랐을 때 보리 알갱이와 귀리 알갱이 뭉치가 접시 위에 흩어진 거야. 물론 나는 그 자리에 없었지. 어려운 손님이 오시면 나는 절대로 식탁 시중을 들지 않았으니까. 내가 없어서 잘됐어. 있었더라면 어떻게 됐겠어? 너의 할머니한테 그 얘기를 듣기만 해도 괴로웠는데. 불쌍하게도 네 할머니는 두 번 다시 고개를 들지 못했지. 이것 봐, 지금은 웃음거리에 지나지 않지만, 그때는 비극이었지."

이 이야기를 듣고 귀염둥이는 킥킥 웃었지만 패트는 마음이 좀 무거웠다. 아무리 25년 전의 일이라고는 하지만, '은빛숲'에서 그런 일이 있었다는 것은 견딜 수 없었다.

비니네 집에도 이런 일은 없었을 텐데…… 패트는 걱정이 됐다.

"우리들의 크리스마스 식사 때는 그런 일이 없어야 할 텐데."

"걱정할 것 없어, 패트. 지금 집에는 공작의 깃털 한 개조차 없으니까. 그 일이 일어난 다음 날, 나는 공작의 깃털을 모조리 태워버렸어. 호러스 삼촌은 내가 한 일을 미신이라고 심하게 화를 냈지. 그 깃털을 집에 가지고 온 사람이 바로 호러스 삼촌이었으니까. 어쨌든 이제 재난을 일으킬 만한 것은 아무것도 없어. 그러나 이렇게 말은 하지만 모든 일이 끝나야 안심이 되겠지. 어제 틸리턱도 말했지만, 정신을 바짝 차리고 있으면 도움이 돼."

"오늘 틸리턱에게 들었는데 그 사람의 할아버지는 해적이었대요.

또 틸리턱은 핼리팩스에서 군수품을 실은 배가 폭발하는 재난을 당했대요, 아주머니. 정말 틸리턱이 그런 일을 겪었을까요?"
귀염둥이의 물음에 주디 아주머니는 가소롭다는 듯한 웃음으로 대답을 대신했다.

5

크리스마스는 시시각각으로 다가오고, 할 일은 산더미처럼 많았다. 패트와 귀염둥이는 비버처럼 부지런히 일하고, 주디 아주머니는 몸이 셋이라도 모자랐다. 토론토의 쓸쓸한 하숙집에서 크리스마스를 보내게 된 가엾은 힐러리에게 보낼 커다란 과자 상자를 포장해야 하고, 민스파이와 크리스마스 케이크 재료도 섞어야 한다. 주디 아주머니는 새로 맞춘 옷의 가봉을 하러 가야 하고, 은식기나 놋그릇을 닦아야 하고, 모든 것을 깨끗이 해야 한다. 스푼을 닦으면서 귀염둥이는 중얼거렸다.
"이 집 물건은 모두 멋진 것뿐이야."
"몇 년 동안이나 소중히 간직해왔기 때문이야. 나는 이 집 물건이라면 어느 것이나 견딜 수 없이 좋아, 귀염둥아."
패트가 조용히 대답했다.
"언니는 좀 지나치다고 생각해. 나도 좋아하지만, 언니는 마치 숭배하는 것 같아."
"할 수 없어. 내게 '은빛숲'은 무엇보다도 소중한 곳이야. 그리고 해가 갈수록 더 소중하게 생각돼. 정말 이번 크리스마스를 잘 치르면 좋겠는데. 누구나 다 즐겁게 말이야. 아주머니, 민스파이는 6개면 되겠지요? 모든 것이 충분해야 해요."
"충분해. 톰 로빈슨의 부인이라면 우리더러 무척 사치스럽다고 할 거야. 요전에 나한테 이불을 빌리러 왔을 때도 '부엌이 사치스러우면 유언장 내용이 빈약해진다'는 등 한숨 섞인 말을 하고 있었으니까. 그래서 나는 '예, 그래요. 우리는 다리께에 살고 있는 버트휘슬 씨와는 다르답니다. 거기서는 손님이 다녀가면 외상값을 다 갚을 때까지, 버터 한 조각 먹지 않으니까요'라고 말해 줬어. 그 여자는 성이 나서 턱을 비쭉 올렸지만, 느낀 바가 있었겠지. 버트휘슬 할머니가 그 사람 어머니의 사촌이니까. 뭐, 이 근처 사람들은 모두 내가 잘 알고 있지. 누구라도 이 부엌에서 나를 빈정대도록 놔두지는 않을 거야. 뭐, 유언장 내용이 어떻다고? 하느님, '은빛숲'에서 유언장 얘기가 나오는 일이 먼 먼 훗날의 일이 되게 해주소서."

"하지만 '은빛숲'은 살림살이가 지나치게 화려하다고 에디스 고모가 말했어요. 더 절약해야 한다고요."

귀염둥이가 말했다.

"절약이라고? 나는 그 말이 제일 싫어! 강냉이죽이 생각이 나서. 조 오빠가 제때 돌아오면 좋으련만. 그러면 크리스마스와 설날 사이에 조 오빠를 위한 파티를 열 텐데. 나는 파티를 여는 것이 좋아. 사람들이 멋진 옷차림을 하고, 싱글벙글 웃으면서 즐겁게 '은빛숲'에 오는 것을 보면 그렇게 행복할 수가 없어. 크리스마스날은 실컷 먹었으면 좋겠어. 나는 사람들이 맛있게 먹는 것을 보는 게 좋아."

패트가 이렇게 말하자 주디 아주머니는 만족한 듯이 말했다.

"여자들은 정말 세상 사람들에게 음식을 먹이기 위해서 존재하는 것이지. 나는 고양이가 우유를 핥고 있는 것만 보아도 기쁘다니까. 너희들이 '은빛숲' 사람답게 손님 대접하기를 좋아하니 마음이 놓이는구나.

언젠가 제시 고모 집에 뜻밖의 손님이 왔을 때, 대접할 만한 것이 없어서 제시 고모가 안절부절못했던 일을 지금도 기억하고 있어. '은빛숲'에서는 그렇게 곤란하고 난처한 일에 빠졌던 적은 한 번도 없었지."

한쪽 구석에서 도끼자루를 사포로 문지르고 있던 틸리턱은 주디 아주머니의 콧대를 꺾어줄 필요가 있다고 생각했다.

"하지만 여기는 젭네 집만큼은 재미가 없어. 거기에서는 언제나 누군가 싸우고 있지. 두 사람이 싸움을 시작하면 나머지 사람들이 모두 합세를 한다구. 여기 사람들은 전혀 싸우지를 않아. 이렇게 화목한 집안은 본 적이 없어."

패트는 화가 났다.

"싸움 같은 것은 하지 않아요. '은빛숲'에서 싸움이 일어난다고 생각하면 소름이 끼쳐요. 절대로 그런 일이 없기를 바라고 있어요."

"그럼 너희 집은 행복한 집이야. 대개 다른 집에서는 가끔 소동이 벌어지거든."

"우리 집에서 누가 싸우기라도 한다면, 나는 죽어 버릴 거예요. 그런 일은 비니 집안 사람에게나 맡겨 두는 게 좋겠어요."

조 오빠가 오리라는 희망은 좀처럼 버릴 수가 없었다. 그러나 여러 날이 지났는데도 조 오빠에 대해서도, 배에 대해서도 아무 소식이 없다. 조 오빠가 집을 떠난 지 벌써 3년이 넘었다. 패트는 무슨 이야기 도중에 문득 엄마의 눈을 보고 엄마가 선원이 된 자식을 그리워하고 있음을 알았다.

크리스마스 때 조 오빠가 돌아오지 않는다면, 엄마는 몹시 서운할 것이다. 패트는 크리스마스에는 상쾌하게 날씨가 개기를 바랐다. 서리가 버석버석 소리를 내는 투명하고 맑은 날씨에 들판은 발자국 하나 없이 온통 흰 눈으로 덮이고, 오솔길 끝에 있는 문기둥은 아름다운 흰 털모자를 쓰고 있는 것을 보게 되었으면 했다.

그러나 크리스마스 전날 밤늦게 부엌문 입구에 서서 마지막으로 바깥을 한 번 내다본 패트는 조 오빠가 올 가능성이 적다고 생각했다. 패트와 주디 아주머니는 칠면조 구이와 오리 구이, 거위 구이에

속을 채워 넣기 위해 늦게까지 부엌에서 일했지만, 지금 주디 아주머니는 부엌방에 누워 두 손을 맞잡고 있었고, 틸리턱도 아마도 지금쯤 곡식 창고 2층에서 코를 골고 있을 것이다.

사나운 바람이 자작나무와 격투를 하며 헛간 둘레에서 울부짖고 있다. 내일은 맑을 것 같지 않지만, 주디 아주머니의 말대로 희망을 버려서는 안 된다. 패트는 창문을 닫아 밤바람을 내몰고 아늑한 부엌 안을 한 바퀴 둘러보았다. 그녀가 사랑하는 모든 것이 그녀의 집 지붕 아래서 안식을 취하고 있다. 집은 조용히 만족스럽게 숨을 쉬며 자고 있는 듯했다. 인생은 얼마나 즐거운 것인가.

맑게 갠 날을 맞기를 바랐던 패트의 희망은 헛된 것이 되었다. 크리스마스날 아침은 심한 안개와 비가 뒤섞인 채로 밝아왔다. 비란 정직한 것이라고 패트는 늘 생각했다. 안개도 아름답고 신비하다. 그러나 이 두 가지가 함께 섞이면 견딜 수 없이 싫었다. 틸리턱도 패트와 같은 생각이었다. 아침 식사 때 방에 들어온 틸리턱은 우울한 목소리로 말했다.

"안개예요, 주디, 심한 안개요. 비는 참을 수가 있지만, 앞을 내다볼 수 없는 안개는 속마음을 알 수 없는 여자 같아서 나는 싫습죠, 전혀 싫습죠."

"여봐요, 모처럼 깨끗이 해 놓은 마루를 더러운 구두로 짓밟아 놨으니 이제 어쩐단 말이에요!"

주디 아주머니는 시끄럽게 꾸짖었다.

"여기서도 노바스코샤의 방법을 쓰면 좋아요, 주디."

"노바스코샤에서는 어떻게 하는데요?"

주디 아주머니는 함정에 빠졌다.

"되는 대로 맡기는 것입죠."

틸리턱은 그럴싸하게 말을 하고는 젖 짜는 양동이를 들고 나갔다.

요즈음 틸리턱은 대개 젖짜기를 하고 있었다. 주디 아주머니는 마지못해 이 일을 넘겨줬다. 꺽다리 앨릭으로부터 그렇게 하라는 말을 들었을 때, 주디 아주머니는 자신이 늙어서 그런 일을 할 수 없다고 판단한 것은 아닌가 걱정을 했다. 그녀는 틸리턱이 소젖 짜는 일을 제대로 잘하고 있다고 믿을 수가 없었다. 게다가 그는 헛간에 사는 새끼고양이들의 입에다 젖을 짜넣거나 해서 고양이들을 괴롭히고 있지 않은가? 그렇게 해서는 고양이들을 길들일 수가 없다. 젠틀맨 톰이나 '고약한 놈'이나 스퀴덩크에게는 그런 방법이 통하지 않는다.

아침 식사가 끝난 뒤 파랑, 금빛, 보라, 은빛의 선물 꾸러미가 분배되었다. 모두들 선물을 받고 기뻐했다. 패트는 시드의 것으로 약간 호화스런 실크 파자마를 샀다. 시드의 마음에 들지 않을까 걱정을 했지만, 시드는 맘에 들어했다.

"내가 지금까지 본 것 중에서 이렇게 사치스런 파자마는 처음이야."

귀염둥이가 잘라 말했다.

"그래, 그런 많은 파자마를 어디서 보고 오셨어요, 아가씨?"

꺽다리 앨릭은 귀염둥이를 '화나게' 하려고 했다.

"세일 매장에서요."

귀염둥이에게 반격을 당하고 웃는 것은 오히려 아빠 쪽이었다. '은빛숲' 사람들을 웃게 하는 데는 별로 힘이 들지 않았다. 그들은 사소한 일에도 잘 웃었다.

"정말 영리한 아이야."

주디 아주머니는 감탄했지만, 다음 순간 몸이 오싹해졌다.

틸리턱이 의기양양하게 '안주인'에게 크리스마스 선물을 드렸기 때문이다. 예루살렘 체리! 광택이 나는 녹색 잎에 루비 같은 빨간 열매가 달린 매우 아름다운 것이었다. 엄마는 매우 기뻐했다. 그러나 주디 아주머니는 부엌으로 들어가 버렸다. 패트가 따라갔다.

"아주머니, 어떻게 된 거예요? 오늘은 아프면 안 돼요!"

"패트, 이렇게 즐거운 날, 내가 병에 걸리는 정도로 끝나면 차라리 잘된 거야. 저 틸리틱이 엄마에게 무엇을 드렸는지 봤겠지? 예루살렘 체리가 아니냐? 그것을 봤을 때 나는 정말 소름이 돋았어!"

"하지만 그것이 어때서요? 아름답지 않아요? 틸리틱이 엄마를 생각하는 마음이 고마울 뿐이에요."

"오, 너는 예루살렘 체리가 재앙을 가져온다는 것을 '모르는 거야? 30년 전에도 이 집에 예루살렘 체리가 들어온 날 밤, 톰 삼촌이 계단에서 떨어져서 갈비뼈가 세 개나 부러진 적이 있었어. 알겠니, 패트? 적어도 점심 식사가 끝나기 전까지 저것을 어느 방이나 혹은 밖으로 내보내지 않으면 안 돼. 무슨 방법이 없을까?"

패트는 머리를 흔들었다.

"그것은 안 돼요. 그런 짓을 하면 틸리틱이 기분 나빠해요. 어쨌든 엄마가 그런 일은 승낙하지 않을 거예요. 미신 같은 것은 믿지 않으니까요. 아주머니, 예루살렘 체리같이 깨끗한 것이 재앙을 가져올 까닭이 없지 않아요?"

"그랬으면 좋겠지만, 그러나 얼마 안 가서 알게 될 거야. 그는 '안개예요, 주디'라고 말했어. 안개가 낀 것은 그때 이미 곡식 창고에 그 예루살렘 체리가 있었기 때문이야! 하지만 이렇게 준비할 것이 많은데, 여기 서서 쓸데없는 이야기나 하고 있을 수는 없지."

패트는 힘차게 말했다.

"나는 손님 침실에 가서 모든 것이 갖춰져 있는지 보고 올게요. 그리고 다락방에 넣어둔 아주머니의 새 깔개를 침대 옆에 깔아도 돼요? 그 크고 보드라운 장미꽃이 있는 것 말이에요."

"좋아. 그것은 네가 시집갈 때 주려고 만든 것이지만, 너처럼 남자들에게 퇴짜를 놓다가는 어느 세월에 시집을 갈지 모르니까. 침대에는 담요를 잔뜩 깔아야 해, 패트. '해변가'의 외갓집 식구들이 오면 묵어가야 할 테니까. 모양만 번드르르하고 불편한 것은 '은빛숲'의 방식이 아니야. 글렌우드의 헬렌 고모는 얼마나 겉치레를 좋아하는지 너도 알고 있지? 실크 이불에 레이스와 리본이 잔뜩 달린 쿠션을 사용하지. 그러나 그곳에서 묵은 사람들은 한결같이 잠자리가 춥다고 불평을 하거든. 어느 날 밤, 목사님이 그곳에 묵게 되었는데, 너무 추워서 밤중에 담요를 찾으려고 나갔다가 뒤쪽 계단에서 굴러떨어졌어. 부끄러운 일이지."

손님 침실의 침대 정돈을 마친 귀염둥이는, 패트가 다시 해야겠다고 말하자 몹시 화를 냈다.

"언니는 아직 서른도 안 된 주제에 에디스 고모 못지않게 지독해. 패트 언니, 에디스 고모는 어떤 일이든 자기 손을 거치지 않으면 안 된다고 생각하고 있어. 주디 아주머니도 마찬가지야. 몇 주에 걸쳐서 나에게 그레이비 만드는 방법을 가르쳐 주고서, 오늘 내가 만든다니까 못하게 하는 거야. 모두들 왜 그런지 모르겠어. 지긋지긋해."

"기분 나쁘게 생각하지 말아, 귀염둥아. 네가 한 것은 참 잘되었어. 하지만 담요를 더 들여놔야 해. 내가 피곤에 지친 사람들이 편히 쉬도록 침대를 정돈하는 것을 좋아한다는 걸 너도 알잖아. '은빛숲'에서 자다가 추위에 떠는 사람이 있어서는 안 되겠지? 너는 광내는 약으로 거울을 닦아주었으면 좋겠어. 다이아몬드처럼 반짝반짝하게 말이야. 특히 거실에 있는 거울은 공들여 닦아야 해."

거실 거울은, 고조할머니인 마리 보네가 프랑스에서 가져온 것으로, 붉으스름한 구리테에 끼여 있는 긴 거울이다. 귀염둥이는 이 거울을 좋아했다. '은빛숲'의 어느 거울보다도 이것에 비친 자신이 멋

지게 보였기 때문이다.

귀염둥이가 거울의 테를 닦고 있으려니까 주디 아주머니가 말했다.

"사람을 기분좋게 하는 거울이지. 거울 속에 비친 수많은 얼굴을 아름답게 만들어 주니까."

귀염둥이가 제대로 닦고 있는지 어떤지를 확인하러 온 패트는 거실을 지나가면서 황홀한 듯 중얼거렸다.

"달빛이 비치는 밤에 여기 와서 보면 지금까지 이 거울을 들여다본 얼굴들이 모두 어렴풋이 비쳐 있을지도 몰라."

주디 아주머니는 킥킥 웃었다.

"그러기 위해선 맥더못 성의 요술 거울이 필요하지. 그 거울은 다른 거울과는 달라. 나는 언제나 그 거울이 두려웠어. 저주에 걸린 거울이었거든. 어떤 때는 우리편 같기도 하다가 또 어떤 때는 적의 편 같기도 했지. 그래서 무서운 생각이 들면서도, 늘 뭔가 비치지나 않나 보고 싶어 견딜 수가 없었어."

"그래 무엇이 비쳐 있었어요, 아주머니?"

"아무것도. 그 거울은 나 같은 보통 사람이 쓰는 것이 아니었어. 나에겐 점투성이인 내 얼굴밖엔 안 보였지. 그렇지만 무언가를 본 사람도 있었으니까.”

“무얼 봤대요, 아주머니?”

“하지만 지금은 그런 얘기를 할 시간이 없단다. 건포도 그레이비를 만들어야 해.”

패트는 거실 문을 닫고, 그 문에 등을 기대고 섰다.

“아주머니, 이번 크리스마스에 건포도 그레이비를 못 먹는 한이 있어도 난 그 얘기를 들어야겠어요. 맥더못 성의 거울에 무엇이 비쳤었는지 얘기해 주기 전에는 이 거실에서 한 발짝도 움직일 수 없어요.”

“큰일났군.” 주디 아주머니는 항복했다. “틸리틱이 자기가 그 거울 속에서 나왔다고 말하기 전에 얘기해 버리는 것이 좋겠군. 일전에 내가 어느 토요일 밤, 남글렌에서 늦게까지…… 자정 넘어까지…… 열렸던 댄스파티에 지옥의 악마가 들어왔다는 이야기를 하고 있는데, 틸리틱이 그러는 거야. ‘그 얘기라면 나도 잘 알고 있어요. 나도 그곳에 있었으니까.’ 자못 엄숙한 목소리로 그러지 않겠어? 그래서 내가 비웃어주었지. ‘그래요? 당신은 아주 늙은이가 틀림없군요, 틸리틱. 그 댄스는 80년 전의 일이니까요’라고 말이야. 그러나 그는 싱긋 웃었을 뿐 태연했어. 부끄러움을 모르는 사람이니까.

그렇지만 지금 그 거울 이야기를 전부 기억해낼 수는 없을 것 같구나. 캐슬린 맥더못이라는 한 불행한 여자가 있었는데, 애인과 함께 멀리 도망치려고 어느 날 밤 서둘러 집을 나왔지. 그런데 그녀의 애인은 캐슬린이 있는 곳으로 오는 도중에 살해당했고, 캐슬린은 들키지 않으려고 서둘러 되돌아왔지만 문이 닫혀서 안으로 들어가지를 못했어. 맥더못의 영주가 거울로 전부 보고 있었던 거야. 또 브리짓 맥더못은 군인이었던 남편이 인도에서 죽던 날 밤, 그가 죽어가는 것을 거울로 봤다고 해. 그러나 노라 맥더못이 무엇을 봤는지는 아무도 아는 사람이 없어. 불쌍하게도 그 처녀는 들고 있던 램프를 떨어뜨리는 바람에 옷에 불이 붙어서 두 시간쯤 뒤에 죽어 버렸으니까."

"어머나, 어째서 그렇게 무서운 것을 성 안에 놓아 두었을까?"

귀염둥이는 기쁜 듯 몸을 떨었다.

주디 아주머니는 수수께끼 같은 소리로 말했다.

"뭐, 거기 있어야 할 것이니까. 그곳 사람들은 그것을 옮기려 하지 않아. 게다가 거울은 다정하게 느껴질 때도 있거든. 아일린 맥더못은 거울을 보고 자신의 남편이 살아 있는 것을 알았어. 남해섬에서 배가 난파되는 바람에 모두들 그가 빠져 죽었을 거라고 생각했는데 말이야. 또 맥더못의 영주도 어느 날 밤, 거울 속에서 미뉴에트를 추는 모습을 보았지만, 그 뒤로 더 나쁜 일은 없었대. 이제 부엌으로 가야 해. 너희들과 시시한 이야기를 하느라 시간을 낭비했어."

귀염둥이는 '어떤 일을 준비하는 즐거움의 반은 사전 의논에 있다'고 생각하면서 거울을 닦는 마지막 손길에 힘을 주었다. 거울 속에 유령은 숨어 있지 않았지만, 귀염둥이는 거울에 비친 자신을 보고 마음속으로 흐뭇했다.

6

만반의 준비가 끝났다. 식탁은 아름답게 꾸며지고…… 귀염둥이는 식탁보를 세 번이나 다시 깐 뒤에야 패트의 마음에 들 만큼 평평하게 깔 수 있었다. 집 안에는 온통 맛있는 냄새가 가득했다. 주디 아주머니 말고는 모두 멋지게 차려 입었다.

"점심 식사가 끝날 때까지 나는 새 옷으로 갈아입지 않아야겠구나. 얼룩이 지면 안 되니까. 접시닦는 일이 끝나면 살짝 방에 올라가서 옷을 갈아입고 와야지. 저녁 식사 자리에서 나의 멋진 차림을 보일 수 있도록 말이다. 정말 아름다운 식탁이로구나, 패트. 그런데 저 예루살렘 체리가 식탁 한복판을 차지하지 않았더라면 더 나았을 텐데."

"저렇게 하면 틸리턱이 기뻐하지 않을까 해서요. 그 사람은 예민하잖아요. 게다가 만약 재앙이 일어난다면 어디에 놓든 똑같지 않겠어요?"

"속으로는 바보 아주머니라고 웃고 있는 거지? 뭐, 곧 알게 될 거야, 패트. 역시 조는 돌아오지 않는군. 왜 돌아오지 않는지 짐작이 가."

패트는 기쁜 듯 주변을 둘러봤다. 모든 것이 잘 정돈돼 있다. 시드의 넥타이를 매어 주러 가야지. 패트는 시드의 넥타이를 매어 주는 것을 좋아했다. 다른 사람들이 하는 것은 마음에 들지 않았다. 바깥에 차가운 비가 내리는 것은 문제가 되지 않았다. 이 안은 이렇게 아늑하고 따스하며 크리스마스 분위기가 넘쳤으므로.

드디어 현관의 낡은 놋쇠 문고리 소리가 울렸다. 첫 번째 손님이 도착했다. 브라이언 삼촌과 제시 고모였다. 그들은 초대는 받지 않았지만, 가까운 친척이니만큼 편한 마음으로 찾아온 것이다. 마침 그들 집을 방문한 뉴브런즈윅에 사는 부유한 친척 니콜러스 가드너 할아버지와 함께였다.

패트는 안으로 안내를 하면서 식탁의 미관을 해치지 않고 세 사람의 자리를 만들 수 있을지를 살펴보기 위해 식당 안쪽을 들여다 보고는, 그것이 불가능하다는 것을 알았다. 벌써 예루살렘 체리가 불운을 몰고 오기 시작한 것이다.

곧 모든 사람이 도착했다. 프랭크 형부와 위니 언니, 헤이젤 고모와 로버트 매디슨 고모부와 그 아이들, '해변가' 농장에서 온 프랜시스 할머니와 오너 할머니, '제비들판'의 톰 삼촌과 바바라 고모와 에디스 고모. 에디스 고모는 변함 없이 불만스런 얼굴을 하고, 2층으로 올라가면서 코를 킁킁거렸다.

"건포도 그레이비로군. 내가 먹지 못할 것을 알고 주디 플럼이 일
부러 만든 거야. 그것을 먹으면 소화가 안 되거든."

그러나 이번 크리스마스 오찬에서 소화불량을 일으킨 사람은 아
무도 없었다. 처음에는 모든 일이 잘 되어갔다. 식탁 끝에 앉아 있
는 금갈색 눈에 은빛 머리칼을 한 온화한 부인의 빙긋 상냥한 웃음
이 모든 사람에게 환영받고 있음을 느끼게 했다.

주디 아주머니를 도와서 식탁 심부름을 하는 패트 말고는 모두 자
리에 앉았다. 아이들은 관습에 따라 작은 응접실에 따로 준비된 식
탁에 앉았다. 칵테일이 돌았다. 손님이 3명 늘었으므로 귀염둥이가
서둘러 칵테일을 더 만들었다. 귀염둥이는 서두르다가 술에 담근 버
찌를 위에 얹는 것을 깜박 잊어 버렸는데, 공교롭게도 버찌가 없는
칵테일 하나가 에디스 고모에게로 돌아갔다.

에디스 고모는 주디 플럼을 원망했다. 또 하나는 프랜시스 할머니
가 받고, 모욕을 느꼈다. 마지막 것은 니콜러스 가드너 할아버지에
게 돌아갔다. 하지만 할아버지는 전혀 신경을 쓰지 않았다.

톰 삼촌은 에디스 고모로부터 술에 담근 버찌는 늙은이에게는 소
화불량을 일으킨다는 주의를 받았음에도, 그것을 먹었다.

"나는 늙은이가 아니야."

패트와 주디 아주머니가 재빨리 알아차렸듯이 아닌 게 아니라 톰
삼촌은 놀랄 만큼 젊어 보였다.

예전에는 늘어져서 텁수룩하던 턱수염도 여름내 점점 짧아졌고,
안경은 금테 안경으로 바뀌었다. 패트는 지난번 캘리포니아 편지가
생각났지만, 단호하게 그런 생각을 물리쳤다.

어떤 일이 있어도 크리스마스 만찬을 망쳐서는 안 된다. 그런데
위니 언니는 말하지 않아도 될 만한 이야기를 하고 있었다. 주디 아
주머니는 부엌까지 퍼지는 위니 언니의 맑은 목소리를 듣고 깜짝 놀

라서 뻣뻣이 서 있다.

"프랭크와 내가 결혼한 지 얼마 안 됐을 때였어요. 어느 날 저녁 때 뜻밖의 손님이 와서 나는 서둘러서 요리를 하고 얇게 썬 햄을 사러 프랭크를 가게로 보냈지요. 그 햄을 나는 분홍색이 유난히 짙다고 생각하면서 접시에 담았어요. 파슬리를 곁들여서 담았더니 아주 보기 좋았어요. 프랭크는 모두에게 나누어주고 나서 자신도 한입 먹었는데, 입에 넣자마자 포크를 놓고 나를 보는 거예요. 무엇인가 큰일이 생긴 것을 알고서 나는 차를 따르는 것을 멈추고 서둘러서 햄을 한입 씹었더니 어떻게 됐겠어요 ?"

위니 언니는 장난기가 섞인 눈으로 테이블을 바라보았다.

"그 햄이 날것이었어요 !"

한꺼번에 웃음소리가 식당에 퍼졌다. 사람들이 웃는 소란한 틈을 타서 패트는 부엌으로 뛰어들어와 주디 아주머니와 둘이서 화를 가라앉혀야 했다. 위니 언니가 '은빛숲'에서 처음 이 이야기를 했을 때는 패트도 웃었지만, 그러나 이것을 모든 세상 사람에게 알리게 되면 이야기는 달라진다.

주디 아주머니는 신음했다.

"맙소사 ! 저런 이야기를 에디스와 브라이언의 부인이 듣다니 ! 그렇지만 위니에게 화를 내서는 안 돼, 패트. 위니가 어째서 저렇게 말이 많은지 나는 잘 알고 있으니까. 그리고 귀염둥이가 브라이언 삼촌에게 앉으라고 갖다준 녹색 의자는 다리 하나에 금이 가 있어. 방에 들어 갈 때마다 조금씩 벌어지는 것이 보였는데, 식사가 끝날 때까지 견딜 수 있을까 ? 게다가 틸리턱은 미끄러져서 개 위로 넘어졌다고 화가 나 있고. 그는 내가 자기쪽 구석에 그레이비를 흘렸기 때문에 미끄러졌다는 거야. 조심성 없는 사람 같으니라구……. 수프를 날라야겠네."

주디 아주머니의 말이 떨어지기가 무섭게 예루살렘 체리가 문제

를 일으키기 시작했다. 모든 것이 단번에 일어난 듯싶었다. 주디 아주머니의 말에 더욱 화가 난 틸리턱은 문을 열고 빗속으로 나가버렸다. 이때 마침 '제비들판' 사람들을 따라온 톰 삼촌의 개, 뉴펀들랜드가 물방울을 떨구면서 뛰어들어왔다. 조금 전에 틸리턱에게 깔렸던 '그냥 개'는 화가 나서 견딜 수 없던 차라 바로 침입자에게 달려들었다. 두 마리의 개는 뒤엉켜서 눈덩이처럼 구르면서 패트에게 부딪혔다. 패트는 주디 아주머니가 만든 맛있는 치킨 수프를 쟁반 가득 담아서 식당으로 나르던 참이었다. 패트는 개들과 부서진 접시와 흩어진 수프 한복판을 굴렀다. 요란한 소리를 들은 사람들은, 사정을 알아차린 니콜러스 가드너 할아버지를 제외하고 전부 바깥으로 뛰어나갔다. 헤이젤 고모의 두 살배기 갓난아기가 덴 것처럼 울어댔고, 에디스 고모는 심장 발작을 일으켰다. 주디 아주머니는 생전 처음으로 이성을 잃었다. 그녀는 조리대에서 커다란 후춧그릇을 집어들더니 그 내용물을 허우적거리며 짖는 개의 얼굴에 뿌렸다. 그러자 효과가 바로 나타났다. 톰 삼촌의 개 뉴펀들랜드는 몸을 털고 나서 미친 듯이 식당으로 뛰어들었다. 그러더니 개는 제시 고모에게 부딪쳐서 그녀의 새 드레스를 못 쓰게 만들어놓고, 거실을 빠져나가 2층으로 뛰어올라갔다. 2층에서 우아한 파스텔 색조의 벽에 부딪혔다가 다시 뛰어내려온 그 개는 침착한 빌 매디슨이 열어놓은 현관으로 도망쳤다.

한편 '그냥 개'는 열려 있던 지하실 문으로 뛰어들어가서 계단 위에 걸쳐놓은 선반에 부딪혀, 선반과 양철 양동이 세 개, 그리고 자두를 설탕에 재워 놓은 12개의 병과 함께 데굴데굴 지하실 계단으로 굴러떨어졌다!

15분 동안 계속된 사건은 '은빛숲'을 아수라장으로 만들었다. 에디스 고모는 호흡 곤란을 일으켜서 찬 물수건을 대어주어야 했다. 바바라 고모가 에디스 고모를 2층으로 데리고 가서 간호했다.

"흥분하면 언제나 심장발작을 해. 주디 플럼은 그렇다는 걸 알고 있으면서도."

에디스 고모는 가련한 목소리를 냈다. 톰 삼촌과 제시 고모는 배를 움켜쥐고 웃었고, 외가쪽 할머니들은 '해변가'에서는 이런 일은 없다는 듯한 얼굴을 했다.

가련한 패트는 바닥에서 비틀비틀 일어섰다. 그녀는 수프를 뚝뚝 떨구면서 부끄러워서 얼굴이 새빨개져 있었다. 이 난처한 상황을 해결한 사람은 귀염둥이였다. 귀염둥이는 정말 훌륭했다. 그녀는 한순간도 안정을 잃지 않았다.

"여러분 자리로 돌아가 주세요. 버디, 킥킥거리지 말아요. 그치라니까! 패트 언니는 2층에 가서 옷을 갈아입고 와요. 주디 아주머니, 깨진 것을 치워 주세요. 수프는 아직 많이 있어요. 패트 언니는 사람 수의 반만큼만 쟁반에다 날라왔고, 식당에는 주디 아주머니가 남겨둔 수프가 아직 한 냄비나 있어요. 내가 곧 준비해 오겠어요. 지하실로 들어간 개가 눈에서 후춧가루를 다 털어낼 때까지 지하실 문을 닫아 주세요."

주디 아주머니는 나중에 '은빛숲'의 어느 누구도 그때의 귀염둥이만큼 대견해 보이지는 않았다고 입버릇처럼 말했다. 그러나 그때 당시에 주디 아주머니는 다시없는 괴로움과 굴욕을 느낄 수밖에 없었다. 이런 수치스런 일이 '은빛숲'에서 일어났던 적은 없었던 것이다.

두고 봐, 틸리틱을 혼내 줄 테니까. 그 예루살렘 체리도 그냥 두지 않겠어. 놀란 손님들은 곧 식탁으로 돌아왔다. 식탁에서는 니콜러스 할아버지가 이 소동 속에서도 유유히 크래커를 먹고 있었다. 귀염둥이와 주디 아주머니 두 사람이 수프를 날랐다.

패트는 옷을 갈아입고 안정을 회복한 뒤 아래층으로 내려왔다. 신경이 곤두선 두 마리의 고양이는 평화로운 주디 아주머니의 부엌방으로 도망쳐 들어갔다. 예루살렘 체리는 아직 그 자리에 있다. 거위구이와 오리구이, 칠면조구이는 대성공을 거두었다. 주디 아주머니의 건포도 그레이비는 절찬을 받았다. 디저트도 맛있었다. 니콜러스 할아버지가 소스 병을 엎었지만 주디 아주머니가 들어와 침착하게 닦았다. 제정신을 찾은 주디 아주머니는 이제 어떤 일이 일어나도 눈 하나 깜짝하지 않았다.

디저트를 먹을 때에는 패트도 식탁에 앉았기 때문에 활기를 띠었다. 사람들은 패트가 늘 웃음이라는 선물을 주기 때문에 패트를 찾았다. 그러나 패트도 남모르게 애를 태우고 있었다. 제시 고모는 푸딩을 세 숟갈밖에 뜨지 않았다. 맛이 없었던 것일까? 게다가 위니 언니가 어쩐지 이상했다. 갑자기 말이 없고 얼굴색이 나빠졌다.

주디 아주머니는 안심이 됐다. 그 금이 간 의자는 브라이언 삼촌이 움직일 때마다 기분 나쁘게 삐걱거렸지만, 그래도 식사가 끝날 때까지 견뎌주었기 때문이다. 드디어 부엌에서는 주디 아주머니의 '설거지 작전'이 벌어졌다. 주디 아주머니와 패트와 귀염둥이가 분주하게 힘을 합쳐서 끝마쳤다.

결국 파티는 그다지 나쁘지 않았다. 큰 응접실에서는 친척들이 속을 털어놓고 이야기를 즐기고 있고, 작은 응접실에서는 어린아이들이 틸리틱을 에워싸고 그가 들려주는 옛 이야기에 귀를 기울이고 있었다. 주디 아주머니의 말에 의하면 '무서운 거짓말'이었지만, 언젠가 틸리턱은 이렇게 말한 적이 있다. "내가 참말만 한다면 얼마나 지루하겠어?"

어쨌든 틸리턱 덕분에 아이들이 조용하게 있어서 다행이었다.

<h2 style="text-align:center">7</h2>

설거지가 끝났다. 패트와 주디 아주머니는 저녁 식사에 대해 생각하기 시작했다. 주디 아주머니는 과감히 예루살렘 체리를 선반 한쪽 구석으로 옮기고, 그 위태로운 의자를 거실의 한구석에 숨겨 놓았다. 그리고 데이지꽃이 수놓아진 새로운 식탁보를 꺼내어 덮었다. 패트는 즐거운 기분이 됐다. 결국 손님을 즐겁게 하는 것이 중요한 일이었다. 얼굴이 아직 창백한 에디스 고모조차 아래층으로 내려와 있다. 아까의 소동을 용서하고 용감하게 참아내려는 듯한 태도였다. '그냥 개'는 지하실에서 기어나와 자기 구석자리에 둥글게 엎드려 있다. 즐거운 목소리들이 울려퍼지고 난롯불이 접시를 반짝반짝하게 비췄다. 맛있는 음식이 요리실과 지하실에서 운반되었다. 양초로 장식한 저녁 식사 테이블은 점심때보다 훨씬 아름다웠다. 패트는 기분이 좋았다. 식탁을 둘러싼 사람들의 얼굴은 행복해 보였고 명랑하고 정다웠다.

"위니 언니는 어떻게 됐어요?"

귀염둥이가 물었다. 귀염둥이는 주디 아주머니와 패트를 도와서 음식을 나르고, 나중에 주디 아주머니와 패트와 함께 부엌에서 식사할 생각이었다.

"마치 완두콩처럼 파란 얼굴을 하고 있잖아. 병이 난 것일까?"

이렇게 말하는 순간 프랭크 형부가 당황해서 식당에서 나와 무엇인가를 패트에게 속삭였다. 패트는 놀라 소리를 질렀다.

"위니 언니를 오게 한 것이 잘못이었어. 너무나 오고 싶어해서…

…. 앞으로 2주는 더 있어야 할 거라고 생각했는데……. "

패트는 프랭크 형부를 제치고 전화기로 달려가서 의사에게 연락을 했다. 또다시 '은빛숲'은 혼란에 빠졌다. 이윽고 위니 언니를 2층 '시인의 방'으로 데리고 갔다. 패트와 주디 아주머니는 허둥대며 미친 듯 뛰어다녔다.

엄마도 식탁에 앉아 있을 수만은 없었다. 귀염둥이는 혼자서 심부름을 잘 해치웠다. 틸리틱이 단언했듯이 귀염둥이는 머리가 좋았다.

그러나 어쨌든 맥빠진 식사였다. 웃음소리도 나지 않았다. 니콜러스 할아버지 말고는 아무도 식욕이 나지 않는 듯했다. 억수같이 퍼붓는 빗속에 의사와 간호사가 도착하고, 손님들은 서둘러서 집으로 돌아갔다. 니콜러스 할아버지만 이 사태를 알아차리지 못하고 '은빛숲'에서 2, 3일 묵을 작정이라고 했다.

사람들이 돌아가자, 주디 아주머니는 무서운 얼굴을 하고 식당으로 들어와서 예루살렘 체리를 들고 틸리틱을 찌를 듯이 하며 화를 벌컥 냈다.

"당장 이것을 내다 버려요! 조사이어 틸리틱, 나쁜 일은 이것으로 충분하니까. 2층에서 앞으로 일어날 일을 생각하면, 한시라도 더 여기 놔둘 수 없어요."

틸리틱은 고분고분 말을 들었다. 여자들에게 화를 내봤자 소용없다고 생각하는 듯했다. 묘한 적막이 '은빛숲'을 덮었다. 예상했던 대로다.

저녁 설거지를 마치고 나서, 주디 아주머니와 패트와 귀염둥이는 부엌 난로 앞에 앉아서 기다리기로 했다. 그리고 잊고 있었던 저녁 식사 대신 사과를 먹었다. 여러 가지 일이 벌어졌음에도 세 사람의 명랑한 기질이 고개를 들었다. 결국 웃을 수 있다는 것은 좋은 일이다. 틸리틱은 구석에 앉아 파이프로 연기를 뿜고 있었고, 그의 발치에는 '그냥 개'가 앉아 있었다. 맥긴티는 가능한 한 패트 가까이에다가와서 기대고, '고약한 놈'과 스퀴덩크는 아래층으로 내려갔다.

　작은 응접실에서는 아버지와 니콜러스가 집안의 옛날 일로 이야기꽃을 피우고, 시드는 식당에서 살인 사건에 관한 탐정소설을 읽고 있다. 위층에서 들려오는 나지막한 애기 소리나 흰 모자를 쓴 간호사가 이따금 부엌에 오는 일만 빼놓고는 집안은 다시 평온해졌다.

　"휴, 정말 정신없는 날이었어!"

　주디 아주머니는 한숨을 쉬었다. 패트도 동감이었다.

　"그래요. 하지만 언젠간 웃으며 애기할 날이 있겠죠. 세상 일이 반드시 순조롭지만은 않은 것은 그 때문인 것 같아요. 그래야 재미난 역사도 만들어질 테니까요. 힐러리도 여기 있으면 좋을 텐데. 편지에 오늘 애기를 자세히 써보내야겠어요. 수프와 개들 틈에서 버둥댔으니 내 꼴이 얼마나 우스웠겠어요? 게다가 고급 수프접시가 8개나 깨졌고, 그토록 예쁜 의자도 못 쓰게 되었고⋯⋯ 내년 가을까지 설탕에 재운 자두도 먹을 수 없고⋯⋯. 하지만 손해는 이게 전부예요."

　주디 아주머니는 천장 쪽으로 귀를 기울였다.

　"그렇다면 다행이지만. 당신, 체리는 어떻게 했지요? 혹시 곡식창고에 넣어 두었다면, 그곳은 오늘 밤에 화재가 일어날 거야."

　"돼지우리에 던져 버렸어요." 틸리턱은 언짢은 목소리로 대답했다.

　"오, 하느님, 불쌍한 돼지들을 구해주소서."

　"나는 프랜시스 할머니의 얼굴을 잊을 수가 없어요."

　귀염둥이가 킥킥 웃었다.

　"뭐야, 프랜시스 할머니라고? 그분의 일이라면 신경 쓰지 않아도 돼, 귀염둥이 양. '해변가'에서도 일이 있었으니까. 지금도 기억하고 있지만, 언젠가 손님이 오게 돼서 내가 심부름하러 간 적이 있었지. 그런데 프랜시스 할머니가 설탕에 재운 밤을 담은 큰 접시

를 마침 테이블 위에 놓으려다가 갑자기 무서운 소리를 지르는 거
야. 할머니는 접시를 든 채 뒤로 벌렁 나자빠졌어. 수프 같은 것
과는 비교가 안 됐지. 할머니는 마치 죽어서 접시 속에서 구르고
있는 것 같았어. 처음에는 발작을 일으켰나보다고 생각했지. 그런
데 작은 개구쟁이 강아지가 테이블 밑으로 기어들어와서, 할머니
의 다리를 물었다는 것을 알았어. 그때 일을 생각하면 얼마나 웃
음이 나는지……. 옷이 엉망이 되어 버린 할머니가 어찌나 화를
내던지……. 참, 패트!"

"왜 그러세요, 아주머니?"

"아무것도 아니야. 나들이옷으로 갈아 입는 것을 잊었을 뿐이야!
소동이 벌어지는 통에 잊고 있었어. 평상시에 입는 헌옷을 걸친
채로 손님들 앞에서 왔다갔다 했으니……."

주디 아주머니는 풀죽은 모습으로 대답했다.

주디 아주머니가 속상해 하는 것을 보고 패트가 위로했다.

"신경쓰지 마세요. 아주머니. 아무도 몰랐을 거예요. 게다가 새
옷을 입었다면 얼룩이 졌을지도 모르는데, 그렇게 되면 맥더못 성
에 갈 때 입을 수가 없잖아요?"

"에디스 고모가 내게는 거친 양탄자 같은 옷밖에는 입을 옷이 없
다고 생각했을 거야." 주디 아주머니는 신음했다. "그렇지만 그 사
람도 옷에 실밥이 나와 있던데 뭐……. 부엌에서 개가 싸우는 데는
익숙지가 않아서……." 주디 아주머니는 틸리턱을 심술궂게 힐끗
바라보았다. "그런 것을 본 지가 몇 년 만인지 몰라. 마지막으로 본
것이 10년 전에 남글렌 교회에서였지. 아, 그때는 대단했어. 빌 가
드너는 언제나 교회에 개를 데리고 다녔는데, 사람들은 그것을 눈감
아주었지. 언제나 빌은 반 시간밖에 그곳에 머물지 않는 것을 알고
있었고, 빌과 개는 모두 뒷자리에 얌전히 앉아 있었으니까. 언젠가
그 개가 도시에서 온 여자 손님이 독창을 할 때 무섭게 짖어댄 적이

있었지만, 그래도 그 개를 나쁘게 여기는 사람은 없었어. 그런데 어느 날 다른 개가 들어온 거야. 마침 문이 열려 있어서 빌의 개가 그 개를 쫓아갔지. 딴 데서 온 개가 빌의 개에게 쫓겨 통로를 달려가다가, 결국 설교단 밑에서 붙잡혔어!"

속상한 것도 잊은 채, 주디 아주머니는 그때 일을 생각하며 크게 웃었다.

"그래서 어떻게 됐어요, 아주머니?"

"어떻게 됐느냐고? 지미 가드너 장로와 로빈슨 장로가 저마다 한 마리씩 붙잡아 목덜미를 움켜쥔 채 끌고 나갔어. 아, 상상해 봐. 긴 수염을 기르고 거드름을 피우는 그 늙은 장로들이, 크리스천답지 않은 얼굴을 하고 양쪽 통로로 나란히 개를 껴안고 걸어갔으니 말이야."

"아, 나도 그날 그 교회에 있었어. 전부 기억하고 있고말고." 틸리턱이 불쑥 말했다.

그 말에 주디 아주머니는 웃음을 더 참지 못하고 벌떡 일어나 조리실로 들어가 버렸다. 시드가 와서 니콜러스 할아버지가 쉬고 싶다며 더운물이 담긴 물병을 달란다고 전했다. 패트는 니콜러스 할아버지를 손님 침실로 안내했다. 틸리턱은 아무도 자신을 반기지 않는 눈치에 곡식 창고로 물러났다.

패트가 아래층으로 내려왔을 때, 문 두드리는 소리가 났다. 밤늦은 시각에 누구일까? 귀염둥이가 문을 열었다. 별도 보이지 않는, 비 내리는 밤에 문간에 서 있는 사람은 바로 조 오빠였다! 몇 년 동안이나 중국 연안의 바다에서 태풍에 시달려 왔기 때문에 피부가 빨간 구릿빛으로 변했고 몰라 볼 만큼 키가 컸지만, 그는 조 선장, 틀림없는 조 오빠였다.

"핼리팩스에서 여기까지 날아왔어. 해질 무렵에 샬럿타운에 도착해 여기까지 자동차를 대절했지. 어떻게든 저녁 식사 전까지 도착

하려고 생각을 했는데, 그 차가 계속 말썽을 일으키더니, 결국 차
바퀴 굴대가 부러졌어. 그렇지만 이렇게 도착했지. 그런데 어째서
이렇게 늦게까지 안 자고 있는 거지? 그렇게 엄숙한 얼굴들을 하
고?"

패트가 까닭을 이야기하자 조 오빠는 휘파람을 불었다.

"그 조그마하던 위니가 말이야? 늘 어린아이라고만 생각하고 있
었는데. 이런 밤에 황새가 난단 말이지? 요리실에 먹을 거 좀 있
어요?"

싱긋 이를 드러내며 옛날처럼 웃는 조 오빠의 얼굴을 보자 잔소리
도 쏙 들어가 버렸다. 요리실에 먹을 게 있으리라는 것을 조 오빠는
알고 있었다. 주디 아주머니는 수프 한 냄비뿐만 아니라 칠면조도
통째로 한 마리 남겨두었다. 엄마가 아래층으로 내려와서 조 오빠를
껴안고, 위니 언니가 마음에 걸리는 듯 서둘러 2층으로 되돌아갔을
때쯤에는, 주디 아주머니가 새로 식탁을 차리고 모두 식탁을 둘러싸
고 앉았다. 틸리턱도 와 있었다. 귀염둥이가 곡식창고에서 불러온
것이다.

"아, 이래서 집이 좋은 거야. 귀염둥아, 벌써 어른이 다 되었구
나. 패트는 아직 애인이 없니?"

"정말 좋은 것을 물어줬어. 슬슬 '은빛숲'에서도 또 혼례를 치러도 좋을 때가 됐다고 생각지 않아? 패트는 지난주에 엘머 무디에게 너무 심하게 타박을 줘서 엘머는 두 번 다시 '은빛숲' 같은 데는 발도 들여놓지 않겠다고 말하면서 돌아갔어." 주디 아주머니가 말했다.

"그 사람은 숨을 입으로 쉰다구요." 패트가 말했다.

"이 애 말하는 것 좀 봐. 패트는 불쌍한 젊은이들한테서 반드시 결점을 찾아내고야 만다니까. 그런데 너는 어떠냐, 조? 아내를 구하러 돌아온 거야?"

조 오빠는 얼굴이 새빨개졌다. 패트는 그것이 별로 마음에 들지 않았다. 조 선장으로부터 가끔 편지를 받고 있는 몇 사람의 처녀에 대한 소문은 패트도 듣고 있다. 그중에 조 오빠에게 어울리는 사람은 한 사람도 없다. 그것은 오래된 얘기다…… 변화…… 변화. 패트는 변화를 제일 싫어했다. 어떤 일이든 아무리 즐거울 때라도 희미하고 싸늘한, 생각지도 않은 변화의 입김이 차가운 불안을 느끼게 한다.

"역시 문신은 하지 않았군요, 조 오빠."

귀염둥이는 좀 실망한 것 같았다.

"손에만 했어."

조 오빠는 한쪽 손에는 푸른 닻, 또 다른 손에는 자기 이름 머리글자를 새긴 것을 보여 주었다.

"내 손에도 문신을 해주겠어요?"

귀염둥이가 열심히 부탁을 했다. 그러나 조 오빠의 대답이 떨어지기도 전에, 가운을 걸친 니콜러스 할아버지가 불같이 화가 나서 갑자기 부엌으로 들어왔다. 니콜러스 할아버지는 확실히 화가 나 있었다.

"그 고양이 새끼가! 내가 기분좋게 자고 있는데, 커다란 고양이가 내 배 위에 올라 탄 거야. ……글쎄, 내 배 위에! 나는 고양이를 제일 싫어해."

할아버지는 시끄럽게 떠들었다.

"틀림없이…… '고약한 놈'일 거예요."

"그 고양이는 손님 침실의 침대에 들어가는 것을 좋아한답니다. 죄송해요, 할아버지."

"죄송하다고? 나는 한 번 깨면, 다시 잠들 수가 없다구. 죄송하다고 해서 해결될 일이야? 그 고양이를 찾아서 가둬두려는 생각으로 내려온 거야. 어디 있는지 나는 모르니까……. 아마 침대 밑에 있을지도 모르지. 또 다른 나쁜 짓을 꾸미면서 말이야."

"대단한 일도 아닌데 엄청나게 화내시는군!"

틸리턱이 다 들리게 중얼거렸다. 귀염둥이는 야옹하고 고양이 소리를 흉내냈다.

니콜러스 할아버지는 귀염둥이를 노려봤다.

"'은빛숲'의 예절은 예전과 많이 달라졌구나. 나는 좀처럼 잠을 이룰 수가 없었어. 2층에 사람이 계속 왔다갔다해서 말이야. 누가 아프기라도 한 거냐?"

"예, 하지만 전염은 안 돼요." 주디 아주머니가 안심시켰다.

패트가 웃음을 참으며 서둘러 2층에 올라가 보니, '고약한 놈'은 구석에 웅크리고 앉아서 앞으로 목숨이 얼마나 남았나 세고 있는 모양이었다 (고양이는 9번 산다는 말이 있다). 태어나서 처음으로 '고약한 놈'은 겁을 내고 있다. 패트는 '고약한 놈'을 안고 아래층으로 내려와서 뒤쪽 차고에 가두었는데, 가두기 전에 한두 번 어루만져 주었다. 패트도 니콜러스 할아버지에게 그다지 정이 가지 않았기 때문이었다.

화가 잔뜩 난 노신사는 마침내 침실로 돌아갔다. 아무리 늙었다고 해도 무슨 일이 일어나고 있는지 어느 정도 상황파악이 되는 듯, 걸음걸이가 위태로워 패트의 부축을 받고 계단을 올라가면서 속삭였다.

"아마, 이런 일을 너 같은 젊은 처녀에게는 물을 게 못 되지만……… 갓난아기냐?"

패트는 고개를 끄덕였다.

"그렇다면. 그 고양이를 조심하는 게 좋아. 고양이라는 놈은 갓난아기의 입을 빠니까 말이야." 니콜러스 할아버지는 수상쩍은 듯 주위를 둘러봤다.

부엌으로 돌아온 패트는 슬프기도 하고 우습기도 한 듯 말했다.

"니콜러스 할아버지는 '은빛숲'을 어떻게 생각할까. 우리 집 고양이나 개까지 버릇이 없고. 게다가 너도, 귀염둥아……. 생각하면 부끄러운 일이야. 왜 그분한테 야옹 소리를 낸 거지?"

"그분한테 야옹이라고 한 게 아니야. 나는 그저 야옹했을 뿐이야."

귀염둥이는 진지하게 말했다.

"뭐, 그 양반이 고양이를 어떻게 생각하든 마음에 둘 필요는 없어." 주디 아주머니는 코웃음을 쳤다. "지금까지 나는 아무 말도 하지 않았지만 말이다. 그분은 너희들의 친척이고 뭐라 해도 피는 물보다 진하다고 하니까. 하지만 그 훌륭한 니콜러스 씨가 어떤 식으로 세상살이를 시작했는지 들어 봤니? 그분의 어린 동생이 죽었을 때 니콜러스 영감님은――그 무렵에는 11살이었지만――근처 아이들에게 1센트씩 받고 관 속에 들어 있는 가련한 시체를 보여줘서 50센트를 벌었어. 그것이 그 사람 재산의 토대가 된 거야. 그는 그 50센트를 몇 번이고 굴렸는데, 굴릴 때마다 불어났어. 한 번도 허탕친 적이 없었지."

"아주머니, 그게 정말이에요? 저, 아주머니. 니콜러스 할아버지를 누군가 다른 사람과 혼동하고 있는 것 아니에요?"

"당치도 않아. 가드너 집안 사람이라고 전부 천사는 아니란다. 몇

해 동안 집안 사람들은 이 이야기를 하고서 웃었지. 그분 어머니
도 웃었는걸. 니콜러스 영감님의 어머니는 보면 집안 사람이고,
그분의 그 묘한 방식은 어머니에게서 물려받은 거야. 보기보다는
불쌍한 분이야."

"정말 그래요. 비로드 같은 멋진 고양이를 귀여워하는 즐거움을
모르다니…… 안됐어요."

패트가 동의했다.

"하지만 굉장한 부자지요?"

귀염둥이가 물었다.

"그래 그래. 어느 의미에서는 부자란다, 귀염둥이 양. 하지만 가
난하지만 마음은 부유한 편이, 부자이면서 마음이 가난한 것보다
나아, 조용히!"

갑자기 주디 아주머니는 손을 들었다.

"저게 뭐지?"

"차고 지붕 위에서 울고 있는 고양이 소리 같아." 시드가 말했다.

패트는 2층으로 뛰어올라갔다가 잠시 뒤 흥분된 얼굴로 돌아왔
다.

"이리 와봐, 귀염둥이 이모." 패트가 웃으며 말했다.

8

조 오빠와 시드 오빠 그리고 아버지는 자러 갔다. 틸리틱은 하루
동안 충분히 많은 일을 겪었다면서 곡식 창고로 물러났다. 그러나
패트, 귀염둥이, 주디 아주머니는 밤을 새우기로 정했다. 벌써 3시
다. 세 사람은 난롯가에 둘러 앉아 그날 일을 얘기했다. 니콜러스
할아버지의 표정을 생각하고는 모두들 웃었다.

"정말 그분도 고양이 한 마리 때문에 그렇게 소란을 피울 필요는
없었는데. 나는 몇 년 전 실버브리지에서 어떤 남자에게 일어났던

일을 지금도 기억하고 있지. 어느 날 밤, 이 남자가 자기 침대에 뛰어 들어갔는데 담요와 시트 사이에 죽은 사람이 있는 거야."

"아주머니!"

"정말이야. 바로 그 남자의 형제였어. 그렇지만 틸리턱이 여기 있었다면 그 송장이 바로 자기였다고 말했겠지. 자, 하나 더 먹을 래? 개싸움에다 연로한 친척에다, 새처럼 날아 돌아다니던 사람들 때문에 나는 마치 몇 주일 동안 제대로 식사를 못한 기분이야. 조가 핼리팩스에서 출발하기 전에 그 예루살렘 체리를 밖으로 가져가게 한 것은 잘한 것 같아."

"엄마가 할머니가 되고 우리가 이모가 된다고 생각하니 갑자기 나이 든 느낌이야. 아기가 여자애라서 기뻐. 예쁘게 꾸며줄 수 있잖아. 아기 이름은 할머니 두 분의 이름을 따서 메리 로라 패트리샤라 하고 보통 때는 메리라고 부를 거래. 패트리샤라는 이름을 집어넣은 사람은 프랭크 형부인데, 언니가 아니었으면 그 애는 태어나지 않았을 것이기 때문이래. 그게 대체 무슨 소리야?"

"엉뚱한 생각일 뿐이야. 프랭크 형부는 위니 언니를 결혼시키려고 내가 장래 꿈을 체념했다고 생각하고 있는 거야. 아기에게 엄마

이름을 붙인 것은 기뻐. 하지만 두 번째 이름이란 슬픈 거야. 그다지 자주 불리지 않으니까. 게다가 세 번째 이름이라면 유령에 지나지 않고."

"이 소식을 듣고 틸리틱은 꽤 흥분했지, 아마?"

"틸리틱도 이전에는 갓난아기였다는 것이 상상이 되세요?"

패트는 꿈꾸듯 말했다.

"물론, 갓난아기였고말고. 아마, 누군가의 자랑이고 기쁨이었을 거야." 주디 아주머니는 감상적으로 한숨을 쉬었다. "나이를 먹으면서 우리가 어떻게 변화해 가는지 겁이 날 정도야. 또 한 번의 크리스마스가 지나갔고, 이번 크리스마스 역시 여러 가지로 재미있었어."

드디어 날이 밝았다. 비는 그쳤다. 온 세상이 흠뻑 젖어 있었다. 동쪽이 앵초빛으로 밝아오면서, 연한 햇빛 속에 갈색의 가슴 같은 안개언덕이 드러났다. 한바탕 소동과 흥분이 지나간 뒤라 집은 어지럽고 냉소적이고 창피한 듯한 분위기를 하고 있다. 패트는 집의 침착성과 자존심을 회복시키고 싶었다.

핼쑥한 위니 언니의 웃음은 '나의 기습적인 파티를 어떻게 생각하느냐'고 묻는 듯했다. 시드는 갓난아기가 원숭이 같다고 말해서 귀염둥이를 화나게 했다. 녹초가 된 엄마는 하루 동안 누워 있으라고 명령을 받았다. 주디 아주머니는 돼지에게 예루살렘 체리의 재난이 미치지 않았는지를 살피러 살짝 밖으로 나갔다.

9

5월의 어느 이른 아침이었다. 주디 아주머니가 말했다.

"아, 오늘은 봄 기운이 느껴지는군."

지난 겨울은 길고 추웠다. 그러나 댄스나 모임 행사가 많이 열려서 즐거웠다. '은빛숲'에서는 조 오빠를 위해 두 번 댄스 모임을 열었다. 한 번은 조 오빠가 돌아오고 나서 1주일 뒤에, 또 한 번은 조 오빠가 다시 출발하기 전날 밤에 열렸다.

두 번 다 틸리턱이 바이올린 연주를 맡았다. 춤을 몇 곡 춘 귀염둥이는 이제 어른이 된 기분이 들었다. 패트를 좋아하고 있던 네드 에버리가 귀염둥이에게 남글렌의 댄스파티에 같이 가자고 청했을 때, 귀염둥이는 집안의 놀림거리가 됐다. 그러나 엄마는 그것을 허락하지 않았다. 너무 어리다는 것이다. 귀염둥이는 화가 났다.

"무엇을 좀 해볼까 하면 너무 어리다든지 너무 나이 들었다고 한다니까. 팔에 문신을 하는 것도 안 된다고 하고. 문신을 하면 유명해질 텐데. 학교에서는 문신을 한 사람이 없으니까. 트릭스 비니가 정말 부러워했을 텐데."

귀염둥이의 불평에 주디 아주머니는 코웃음을 쳤다.

"흥, 가드너 집안 사람이 언제부터 비니 집안 사람의 생각에 신경을 썼다구?"

그해 봄은 늦게 왔다. 주디 아주머니가 늘 하는 말이 있다.

'안개언덕의 눈이 녹지 않으면 봄이 오지 않은 것이고, 봄이 오지 않으면 안개언덕의 눈은 녹지 않는다.'

봄이 올 기미가 보일 듯 말 듯 했다. 강한 샛바람 뒤에 잿빛 망령 같은 안개가 끼거나 얼음처럼 차가운 북서풍 뒤에 서리가 내리거나 하면, 그 다음에는 화창한 날씨가 이어지기도 했으니까. 그러나 오늘은 정말 봄이 온 것 같았다. 황홀한 빛과 흐린 날씨가 교차하는 따뜻한 날이다. 은빛 소나기가 안개언덕과 '기다란 집'과 '연못들판'과 '은빛숲' 위를 낮게 달려서 항만으로 사라진다.

드디어 날씨는 맑게 개기로 마음을 정했나 보다. 먼 곳은 물빛 아지랑이가 길게 끼고, 나무가 있는 곳곳에는 에메랄드 같은 안개가 끼어 있었다. 전망은 아름답고 연못은 커다란 사파이어 같았다. 노래하는 요르단 강가에서는 흰색과 보라색 제비꽃들이 나타나고, 자

작나무 숲에서는 어린 양치식물이 뭉쳐 있는 머리를 풀기 시작했다.

풀밭에서 수선화가 얼굴을 내밀고 있는 것을 알아차린 패트는 베츠로부터 그것을 받던 때를 생각하고 가슴이 아팠다. 베츠는 그렇게 봄을 좋아했는데 이제는 봄이 부르는 소리에 대답할 수가 없다. 패트는 슬픈 눈으로 언덕 위 '기다란 집'을 쳐다봤다. 그것은 다시 '기다랗고 쓸쓸한 집'이 되어 있었다. 윌콕스 집안 사람들이 사라진 뒤에 들어온 사람들이 또 이사를 가버렸기 때문이다. 어린 시절 패트는 이 집 창문에도 다른 집들처럼 밤에 불이 들어와 있으면 좋겠다고 생각했었다.

그러나 지금은 그렇게 생각하지 않는다. 아직도 저녁 해가 서쪽 창문을 비칠 때면 집이 생명과 색채를 되찾은 것 같아 몹시 기뻤기 때문이다. 비록 달빛이 비치는 겨울 밤에 춥고 쓸쓸한 모습을 하고 있을 때는 몸이 다 떨려왔지만 말이다. 베츠가, 귀엽고 사랑스런 베츠가 가버리고 두 번 다시 돌아오지 못하게 되었을 때, 패트는 이 집에 사람이 산다는 것은 생각만 해도 싫었다.

사람이 없어야 베츠는 이곳에 계속 있을 것 같았고, 무덤에서 어떤 것이라도 불러올 수 있을 것 같은 이런 봄날 저녁이면, 잊을 수 없는 청명한 그날처럼 금방이라도 베츠가 언덕을 달려 내려올 것만 같았기 때문이다.

주디 아주머니가 봄 기운이 느껴진다고 말할 때쯤이면 대청소를 시작할 시기가 된다. 이날 틸리턱은 '원래 애덤스 집의 땅'이었던 옆 농장에 나가 있었기 때문에, 주디 아주머니와 패트는 이 기회에 곡식 창고의 방을 청소하기로 했다. 주디 아주머니는 청소를 거칠게 해치웠다. 틸리턱에게 감정이 상해 있었던 것이다. 그 이유는 '그냥 개'가 어제 주디 아주머니의 닭을 세 마리나 죽이고 시드의 카키색 바지 한 끝을 물어뜯은 탓도 있지만 틸리턱이 '어젯밤 또 취해서 돌아와 마구간에서 잤기 때문'이었다.

주디 아주머니가 '또'라고 한 것을 보면 틸리턱이 자주 취해서 돌아오는 것 같지만, 실제로는 이번이 두 번째에 지나지 않는다. 그가 유능한 일꾼이라서 꺽다리 앨릭은 그런 잘못쯤은 눈감아주고 있다.

"취하지 않았다면서 구두를 벗지 않는 거야. 벗기는커녕! 다리가 조금밖에 흔들리지 않는다고 말하지 않겠어. 그리고 자기가 나와 이야기하기를 좋아한다고 해서 나와 결혼해줄 것이라고 생각하면 곤란하다지 뭐야. 이런 사람에게 화를 낸들 무슨 소용이 있어? 나는 둥그런 창문을 통해 그가 곡식 창고의 사다리를 올라가려 하는 것을 보았지. 참 볼만하더라고. 틸리턱은 발이 말을 안 듣는지 생각을 바꿔 먹고 마구간으로 걸어갔어. 몸을 꼿꼿이 세우고 거드름을 피우면서. 그런 남자가 사는 소굴에서 무엇이 나올지 모르겠어. 산양 새끼가 나온다 해도 놀라운 일이 아니지."

"틸리턱은 라디오를 살 거라고 했어요." 귀염둥이가 말했다.

토요일이라서 귀염둥이는 학교에 가지 않았던 것이다.

"뭐, 라디오라고? 그렇다면 안심이야. 라디오라도 사면 이런 시시한 책은 읽지 않겠지."

주디 아주머니는 틸리턱의 테이블 위에서 발견한 책을 화가 나서 쳐들었다.

"이것 좀 봐?《모세의 실수》라……. 이런 불경스러운 책을 실버브리지의 로저 매디슨 노인에게서 빌려온 거야. 그런 것을 읽는다고 야단을 치니까 자기는 사물의 양면을 보는 것을 좋아한다고 말하는 거야. 그 남자 호기심하고는!"

화가 치밀어오는 듯 주디 아주머니는 책을 창문 너머 돼지우리로 던져 버리고 보란 듯 손을 씻었다.

"그렇지만 틸리턱을 교리에 가둬 놓을 수는 없지 않아요? 게다가 그는 성서를 읽는 데는 정말 능숙해요." 패트가 말했다.

"하지만 요나와 고래 이야기에는 의심을 품고 있어요. 나에게 그렇게 말한걸요." 귀염둥이가 말했다.

주디 아주머니는 깜짝 놀랐다. "아이들에게 그런 얘기를 했어? 그런 사람의 말을 마음에 두면 안 돼. 귀염둥아, '은빛숲' 사람이라면 신을 의심해서는 안 돼. 설령 모세가 한두 가지 실수를 했다 해도, 그는 조사이어 틸리턱과 로저 매디슨 노인을 한데 합쳐놓은 것보다는 잘 알고 있을 테니까 말이야."

"아주머니가 이야기할 때 틸리턱이 자꾸 아는 척하니까 아주머니는 기분이 나빠진 거예요."

귀염둥이가 이렇게 말한 것은 이틀쯤 전에, 부엌에서 한바탕 소동이 벌어졌기 때문이다. 주디 아주머니가 남쪽 어느 부인이 가족에게 먹일 팬케이크 속에 베이킹파우더 대신에 실수로 쥐약을 넣어 버렸다는 이야기를 하자, 틸리턱이 자기도 그 팬케이크를 한 개 먹었다고 해서 벌어진 소동이었다.

주디 아주머니는 화가 나서 말했다.

"나는 엉터리 말을 하고 있는 게 아니야. 나는 사실만 얘기하는데 틸리턱은 중간에서 말을 만드니까 하는 말이야."

"하지만 그리고 나서 아주머니는 틸리턱에게 캔디를 만들어 주지 않았어요?"

"만들어 줬지." 주디 아주머니는 빙긋 업신여기는 듯한 웃음을 지었다.

"틸리턱은 그런 쓸데없는 얘기로 사람을 설득시키려는 거야. 때로는 그 말 잘하는 입으로 무쇠솥의 발까지 떼어갈 사람이라고. 하지만 나한테는 어림도 없지. 가끔 다투기는 해도 우리는 서로를 잘 알고 있단다. 내가 자기를 좋아한다고 생각하고 싶다면 그러라지. 그에겐 즐거운 일도 별로 없는 모양이니까. 자, 이제 방청소를 끝냈으니까……."

"돼지가 묘지에 들어갔어요, 아주머니." 귀염둥이가 소리를 질렀다.

"혼을 내줘야겠네."

놀란 주디 아주머니는 무섭게 화가 나서 소리 지르며 곡식 창고의 사다리를 내려갔다. 그렇지만 과연 불쌍한 돼지를 나무랄 수 있을까? 돼지들이 제정신이 아닌 것은 그 예루살렘 체리를 먹었기 때문인 것이다.

오후에는 지붕 밑 방을 치웠다. 패트는 원래부터 청소를 좋아했지만 지붕 밑 방을 청소하는 것을 특히 좋아했다. '은빛숲'을 봄에 걸맞게 깨끗하고 아름답게 하는 것은 즐거운 일이었다. 여기는 새 커튼을 치고, 저곳에는 벽지를 새로 바르고, 또 저쪽에는 페인트를 칠하면 좋을 것이다. 약간의 변화에는 마음이 상하지 않으니까…….

그렇지만 패트는 언제나 낡은 벽지가 불쌍해서 마음이 쓸쓸했다. 그녀는 지붕 밑 방에서 거의 잊고 있던 물건들을 많이 발견하고, 집 안의 망령들을 모두 몰아내 버렸다.

"내가 알기로는 위에서 시작해서 아래로 내려가는 것은 청소와 우물파기의 두 가지뿐이야. 자, 지붕 밑 방은 다 되었는데, 이것으로 나는 여기를 40번 청소한 셈이야. '은빛숲'에 온 지도 이번 5월로 41년째가 되니까. 패트, 할머니께서 내가 맘에 든다고 하셔서, 내가 여름 한철 이곳에 있고 싶다고 말한 것이…… 지금까지 여기 이렇게 있는 거야. ”

패트는 주디 아주머니를 껴안았다.

“앞으로 40년 동안도 이렇게 있어 줘요. 하지만 청소가 다 끝난 것은 아니에요, 아주머니. 저 구석의 오래된 까만 상자 안에 무엇이 들어 있는지 보고 싶어요. 몇 년 동안 속에 든 것을 꺼내 본 적이 없으니까요. ”

“뭐, 옛날 물건이겠지. ”

“정말 살펴봐야겠어요. 좀이 슬었을지도 모르니까요. ”

“핑계가 좋구나. ” 눈치 빠른 주디 아주머니는 말했다. “하지만 저녁 식사를 마칠 때까지 기다리렴. 해질녘에 여기 올라와서 속에 무엇이 있나 살펴보자. ”

그래서 저녁 식사를 끝내고 패트는 지붕 밑 방으로 올라갔다. 방 안은 어둠침침해지기 시작했지만, 바깥은 아직 저녁 노을로 불타오르고 있었다. 봄의 저녁 노을이다. 엷은 금빛, 보드라운 핑크, 엷은 연녹색이 자작나무 근처에서 은빛으로 녹아 있다. 그 아름다움에 패트는 가슴이 아플 지경이었다.

먼산에는 보랏빛 안개가 베일처럼 걸려 있다. ‘제비들판’ 근처의 녹색 치마를 두른 작은 단풍나무는 마치 춤추는 처녀와 같고, 그 뒤에는 빽빽한 가문비나무가 노처녀처럼 버티고 있다. 그날은 시드가 ‘민스파이 들판’을 갈아서 붉은 밭고랑이 보기 좋게 깨끗이 줄지어 있었다. 조용한 봄날 저녁때 ‘연못들판’에서 개구리 소리가 황홀하게 들려오고, 모든 것은 이상한 아름다움에 잠겨 있었다. 어린 시절 저녁때 가끔 이런 적이 있었다. 여러 가지 물건들이 묘하게 보인 적이.

패트는 주디 아주머니가 숨을 헐떡이며 계단을 올라오자 말했다.

“오늘 같은 저녁때에는 아주머니한테 들었던, 귀염둥이가 태어나던 날 밤이 생각나요. 아주머니, 저기 저녁 해 좀 봐요. ”

"뭔가 특별한 일이라도 있어?"

주디 아주머니는 짧게 말했다. 계단을 두 번밖에 오르지 않았는데 숨이 차다니 그래서 그런지 기분이 좋지 않았던 것이다.

"모든 저녁 해에는 특별한 점이 있어요, 아주머니. 저런 모양, 또 저런 색 구름은 아직 본 적이 없어요. 보세요, 저 높은 전나무 위를."

"아름답기도 해라. 나는 남글렌의 로브 페녹 할아버지하고는 다르니까. 그 부인은 그 할아버지 감각이 둔하다는 것을 부끄럽게 생각했지. '저녁 해 같은 것이 있는 것조차 모르니까'라고 부인이 언젠가 내게 한탄을 하더군."

"아름다움을 느끼지 못하다니 얼마나 끔찍할까요? 나는 작은 것에서도 아름다움을 볼 수 있어서 행복해요. 창밖을 내다볼 때마다 선물을 받는 듯한 기분이에요. 저 연못 둘레에 빽빽한 전나무 고목을 보세요. 저 연못 물이 마르고 있다고 생각되지 않아요? 전만큼 깊지가 않은 것 같아요." 패트는 중얼거렸다.

"내 보기에도 그런 것 같아. 연못이란 그런 것이란다. 내가 처음 여기 왔을 무렵에는 '제비들판' 아래쪽에 연못이 하나 있었어. 그런데 이제는 녹색 웅덩이같이 돼 버려서 그 속에는 양치식물이 자라고 있지."

"저 연못이 말라버리면 어떻게 해요? 무척 좋아했는데."

"이 근처에서 네가 좋아하지 않는 것이 뭐가 있지, 패트?"

"좋아하는 물건과 사람이 많을수록 더 행복해져요, 아주머니."

"그래 그래. 그리고 더 슬퍼지기도……. 아이고, 이게 무슨 말이람! 나도 모르게 입에서 나와 버렸어."

패트는 생각에 잠겼다.

"그 말이 옳다고 생각해요. 사랑하는 데에는 대가가 따라요. 만약 내가 베츠를 그렇게 좋아하지 않았다면, 베츠가 죽었어도 그토록 괴롭지 않았을 테니까요. 하지만 괴로울 만한 가치는 있었어요, 아주머니."

"그렇단다. 그러니까 내가 슬프다는 둥 바보 같은 말을 해도 신경 쓰지 마라." 주디 아주머니는 부드럽게 말했다.

"그럼 저 까만 상자는 어떻게 해요, 아주머니?"

"귀염둥이가 자기가 올 때까지 기다려 달라고 그랬어. 시간이 오래 걸리지는 않을 거래. 라틴 어 책을 조금 보고 온단다. 이제 귀염둥이도 책에 흥미가 생긴 모양이야. 가끔 조가 귀염둥이한테 조언을 해주고 있지."

"귀염둥이에게 정말 훌륭한 교육을 받게 해주고 싶어요. 우리 집에는 돈이 많지 않은 것 같지만."

"어떤 사람들은 우리가 손님 접대를 좋아하기 때문이라고 하지. 비니네 안주인이 그러는데 우리는 남자들이 삽으로 돈을 벌어와도, 그 이상을 숟가락으로 퍼낸다는 거야. 과연 비니네답지 않아? 우리 집안 남자들은 생활의 질을 생각하지. 그리고 설령 우리에게 돈이 없다 해도 그것이 어떻다는 거지? 우리는 돈으로 살 수 없는 것을 갖고 있어. 귀염둥이에게 교육비가 필요하게 되면, 어떻게든 융통이 될 테니 걱정할 것 없어. 하늘에 계신 하느님이 마련해 주실 거야."

뒤뜰에서 기름 뽑아내는 기계의 우르릉거리는 소리가 단조롭게 들려 왔다. 우물에서 뻗어난 커다란 단풍나무 밑에서, 기계를 조작하면서 낭랑한 소리로 찬송가를 부르고 있는 틸리턱 옆에 맥긴티와 고양이 두세 마리가 노래를 듣고 있었다. 갑자기 패트는 틸리턱의 목소리가 놀랄 만큼 좋다는 것을 알았다. 게다가 그는 주디 아주머니처럼 요정에게 작은 접시를 바치고 있었다.

"전에는 정말 요정이 와서 그 접시의 우유를 마신다고 믿었어요. 지금도 그렇게 믿을 수 있으면 얼마나 좋을까요, 아주머니."

"어떻든 믿는다는 것은 유쾌한 거야. 나는 이따금 이런 생각을 해. 의심 많은 사람들은 손해를 본다고 말이야, 패트. 접시의 우유는 지금은 대부분 맥긴티가 먹어치우지. 저기 맥긴티가 앉아 있는 것을 봐. 틸리턱의 노래 하나가 끝나면 그 작은 꼬리를 탁탁 치고 있어. 음악 들을 줄은 모르겠지만 틸리턱의 기분은 알고 있는 거야."

"아주머니, 맥긴티같이 귀여운 개에게는 틀림없이 영혼이 있을 거예요."

"어쩌면 그럴지도 모르지." 주디 아주머니는 조심스럽게 말했다. "나는 그 '개들은 성 밖에 있으리라'(요한계시록 22장 15절)는 구절에는 납득이 안 가. 패트, 내가 이런 얘기하는 것을 목사님이나 틸리턱에게는 말하지 마라. 맥긴티를 볼 때마다 징글이 생각나. 오늘 아침 네가 받은 편지는 징글에게서 온 것이니? 올여름에 돌아온다디?"

"아니요." 패트는 한숨을 쉬었다. 그녀는 힐러리가 돌아오기를 바라고 있는 것이다.

"방학 때도 일을 해야 한대요, 아주머니."

"그 애 어머니는 여전히 그 애를 생각하지 않고 있겠지?"

"모르겠어요. 힐러리가 요즘 어머니 얘기를 하지 않아요. 물론 힐러리의 어머니는 힐러리에게 필요한 돈을 기꺼이 보내주고 있겠지요. 하지만 힐러리는 지독하게 독립심이 강해요, 아주머니. 필요한 만큼은 스스로 벌 결심을 하고 있어요. 돌아온다고 해도…… 그 애 삼촌이 돌아가시고 숙모도 도시로 나가서 사실 힐러리가 돌아와도 묵을 집이 없어요. 물론 제가 '은빛숲'을 힐러리의 집처럼 생각해 달라고 몇 번이나 말했지만요. 아주머니, 기억하세요? 힐러리를 이곳에 부를 일이 있을 때는 늘 이 창문에 등불을 켜 두었던 것을요?"

"그래, 그렇게 해두면 꼭 왔었지, 패트. 오늘 밤에도 이 창문에 등불을 놔두면 징글이 그것을 보고 올 것만 같구나." 주디 아주머니의 말투가 은근하게 바뀌었다. "너도 조금은 징글을 생각하지? 그렇지?"

패트는 호박색 눈에 장난기가 가득한 웃음을 머금었다.

"아주머니, 아주머니는 힐러리와 나를 결혼시킬 생각인 듯한데 안 됐지만 그럴 일 없어요. 힐러리와 나는 친한 친구이기는 하지만 친구 아닌 다른 관계는 될 수가 없어요. 우리는 너무 친해서 친한 친구 이상 다른 아무것도 될 수 없어요."

주디 아주머니는 한숨을 쉬었다.

"너는 누구나 다 차버릴 생각이구나. 나는 늘 징글이 마음에 들었는데. 남편과 사이좋은 친구처럼 지내는 건 나쁘지 않아."

"어째서 아주머니는 내게 애인이 있기를 그렇게 바라는 거예요? 다들 내가 방해라도 되어 치워버리려고 그러는 줄 알아요."

"그렇지 않다는 것을 너는 잘 알고 있잖니, 패트? 네가 '은빛숲'에서 나가버리면, 이 주디 아주머니의 눈빛도 너와 같이 가 버릴 테니까."

"그렇다면 내가 여기 있는 것을 기뻐해 주세요. 나는 정말이지 '은빛숲'을 떠나고 싶지 않아요. 이 집은 벽조차도 좋아요. 보세요, 아주머니. 위로 뻗쳐오른 등나무의 줄기가 지붕까지 닿았어요. 여기는 등나무가 많아서 좋아요. 하지만 아빠가 집에 칠을 다시 해야 하는데, 올해에는 그럴 여유가 없다고 했어요."

"'제비들판'에서는 톰 삼촌이 칠을 다시 하고 있어. 흰색에 녹색 테를 두르는 모양이야. 오늘 시작했지."

"그래요."

패트의 얼굴에 그늘이 졌다. 요즈음 톰 가드너가 캘리포니아의 어느 부인에게 편지를 보내고 있다는 것을 북글렌 사람들 모두가 알고 있었다. 그러나 누구보다도 소문에 민감한 사람들조차도 그 이상의 것은 모르고 그 부인의 이름조차 알지 못한다.

"'제비들판'의 집도 칠을 다시 해야 할 필요는 있지만, 그건 몇 년 전부터 그런걸요. 그런데 톰 삼촌은 요즘들어 열심히 주변을 깨끗이 하려고 해요. 그 정다운 빨간 문까지 나뭇결이 안 보이게 페인트칠을 할 생각인가봐요. 전부터 내가 좋아하던 그 빨간 문을요. 아주머니, 톰 삼촌이 결혼한다는 소문은 정말이 아니겠지요?"

"모르지, 에디스 고모가 좋아하지 않는 것 같지만……."

주디 아주머니의 어조에는 톰 가드너의 결혼을 환영하는 듯한 기분이 담겨 있었다.

"또 한 가지 소문이 있는데, 패트, 조가 이니드 서튼과 약혼을 할 거래. 정말일까?"

"모르겠어요. 조 오빠가 집에 와 있는 동안 이니드를 자주 만나고는 있었지만. 글쎄요, 이니드는 좋은 사람이니까 조 오빠에게 좋은 아내가 되어줄 거예요."

패트는 조 오빠의 상대를 이렇게 인정해 주고 있는 자신이 대단히 마음이 넓은 사람으로 여겨졌다. 그것이 시드였다면…… 패트는 몸을 떨었다. 그러나 시드는 앞으로 몇 년 동안은 결혼을 생각하지 않을 것이다.

"그래 그래. 결혼을 하게 된다면 웨딩드레스 문제에 있어서 이니드가 그 어머니 때보다 운이 좋았으면 좋겠구나. 이니드 어머니의 드레스는 시내의 재봉사가 만들었어. 서튼 집안에서는 실버브리지의 재봉사는 마음이 안 든다고 거만을 떨었지. 시내의 재봉사는 병에 걸려 있었지만, 옷을 결혼식까지 반드시 보내 주겠다고 해서 맞추었는데, 그날 아침이 되자 기차로 보냈다고 전화가 왔어. 하지만 기차는 왔는데 옷이 오지 않았지 뭐야. 그 뒤에도 옷은 끝내 오지 않았지. 패트, 불쌍하게 신부는 감색 서지 옷을 입고 울면서 결혼식을 올렸어."

"그 옷은 도대체 어떻게 됐어요, 아주머니?"

"하늘의 하느님만 아시지. 하느님밖에 몰라. 샬럿타운의 운송회사에서 기차에 실었다는데 그 뒤 그 옷을 본 사람도 들은 사람도 없어. 레이스가 달린 흰색 실크 옷이라는데! 그런데 생각해 보면 그쪽이 그래도 맥더못 성의 신부보다는 운이 좋았어."

"그 신부에게는 어떤 일이 생겼어요?"

"뭐, 내가 태어나기 100년 전의 일이야. 얘기만 들어서 알고 있지. 그 신부는 웨딩드레스를 꺼내려고 옷장 속에 손을 넣었는데 글쎄……."

저녁 어둠이 다가오는 가운데 주디 아주머니는 연극적인 몸짓을 했다.

"글쎄, 뼈만 앙상한 손이 그 신부의 손을 붙잡은 거야."

"그게 누구의 손인데요?"

패트는 즐거움에 몸을 떨었다.

"글쎄, 누구의 손이냐고? 그것이 문제야, 패트. 착실한 크리스천의 손이 아닌 것만은 확실해. 신부는 불쌍하게도 기절을 해버려서 결혼식은 연기됐고, 신랑은 집으로 돌아가는 도중 말에서 떨어져서 죽어 버렸어. 내가 거기서 일하고 있을 때 몇 번이고 그 옷장을 봤지만, 맥더못 집안에서는 그 옷장 문을 두 번 다시 열지 못하게 했지. 소문에 의하면 그 옷장 속에는 지금까지도 그때의 웨딩드레스가 그대로 걸려 있대. 아아!"

주디 아주머니는 한숨을 쉬었다.

"올가을에는 아일랜드에 갔다 올 생각이야. 이렇게 가고 싶어 견딜 수 없는 것이 몇 년째인지 몰라."

단번에 3계단이나 뛰어올라오는 '고약한 놈'을 따라 귀염둥이가 계단을 뛰어올라왔다.

"아, 늦지 않았는지 모르겠어요. 겨우 라틴 어 공부를 마쳤어요. 라틴 어가 죽은 언어인 게 당연해. 정말 사람들이 라틴 어로 이야기를 주고받았을까요? 우리가 지금 이야기하는 것처럼? 믿을 수 없어! 그런데 조 오빠에게 라틴 어는 반에서 1등을 하겠다고 약속했어요. 그래서 만약 1등을 하게 되면 다음 번에는 아무리 말려도 팔에 문신을 새기겠다고 그랬지. 안 그러면 울화통이 터져 견딜 수 없을 테니까."

"맥더못 성의 아가씨들은 절대로 울화통이 터진다는 말은 하지 않았어."

주디 아주머니가 나무라자 귀염둥이가 응수했다.

"그래요. 그 사람들은 칼로 자르는 듯한 심한 사투리로 얘기했을 테니까요. 자, 저 오래된 상자를 열어보기로 해요. 오래된 상자를 뒤지는 것은 정말 재미있어요. 어떤 물건이 나올지 모르니까요. 잠깐 과거 세계에 살고 있는 것 같을 거예요."

10

세 사람은 오래된 상자를 구석 쪽에서 끌어내어 창가로 옮겨놓았다. 고양이에게는 아무런 좋은 일도 없으리라고 생각한 '고약한 놈'은 마루 밑 어둠 속으로 기어들어가서 뱅골의 호랑이가 된 듯 엎드려 있었다. 까만 상자에는 지붕 밑 방에 놓여 있는 오래된 상자들에서 흔히 볼 수 있는 여러 가지 물건들이 가득했다. 꽃 장식과 레이스가 붙어 있는 낡은 비로드 모자, 크리스마스 카드 뭉치, 구겨진 타조 깃털, 색 바랜 가족 사진, 실에 꿴 새알, 끝이 뾰족한 등받이 옷, 몇 시대 전의 부인복 등 헌옷류, 낡은 교과서, '은빛숲' 아이들이 그린 지도, 누렇게 된 편지 뭉치, 앞머리를 크게 부풀린 부분 가발, 그전에는 아름다웠지만 지금은 색이 바랜 물건 등. 세 사람은 퍽 재미있었다.

"도대체 이것은 뭐예요?"

귀염둥이가 정체를 알 수 없는 철사 뭉치를 들어 올리며 묻자 주디 아주머니는 큰소리로 웃었다.

"응, 그것은 헬렌 고모의 허리받침이야. 지금도 기억하지만 헬렌 고모가 그것을 집에 가져왔을 때, 너희 아빠가 얼마나 웃었는지 몰라. 헬렌 고모는 집안 사람들 가운데서 늘 가장 먼저 유행을 받아들였지. 그날 밤 헬렌 고모는 고모를 따라다니는 숭배자와 함께 음악회에 갔는데, 숭배자는 부끄러워서 귀까지 빨개졌다고 했어. 그로부터 2, 3주 뒤에는 허리받침쯤 누구든 사용하는 흔한 물건이 되었다고 하던데 말이야. 그나마 헬렌 고모가 허리받침을 남글렌의 매기 짐슨처럼은 하지 않았으니까 그 숭배자는 고맙게 생각해야 해. 매기 것은 보스턴에서 일하는 매기의 언니가 보내 준 것이야. 전체가 파란 비단에 싸여 있는 아주 사치스러운 것이었지."

"그것을 어떤 식으로 끼워요, 아주머니?"

"옷 바깥쪽에다가. 그날 교회에 있던 사람들은 모두 눈이 휘둥그레졌어. 정말 유행이라는 것은 변하기 마련이야. 이 낡은 허리받침도 아마 곧 가보가 되어 아래층 응접실 선반을 장식하게 될지도 몰라."

주디 아주머니는 진지하게 말했다.

"이것 좀 보세요."

귀염둥이는 커다란 갈색 모자를 치켜들었다. 그 커다란 비로드 모자에는 땅에 끌릴 만큼 긴 초록색 타조 깃털이 붙어 있었다.

"이런 모자를 쓰고 다녔다니!"

"응, 그것은 헤이젤 고모 모자야. 그 깃털은 버들 깃털이라 불리던 것이지. 헤이젤 고모가 쓰면 잘 어울렸어. 어느 일요일에 실버브리지의 교회에서 루벤 러셀 부인의 비로드 모자에서 쥐가 튀어나온 일이 있은 뒤로 나는 비로드 모자를 좋아하지 않게 되었지만 말이야. 정말 그것은 대사건이었지."

"틸리턱이 여기 있었으면, 자기가 그 쥐라고 말했을 거예요." 귀염둥이가 킥킥 웃었다.

패트는 잊었던 물건을 발견했다.

"아주머니, 내 치즈 테(치즈를 만들 때 쓰는 테)를 찾았어요. 어디로 사라져 버렸는지 궁금했는데, 아주머니가 이 테로 저에게 조그마한 치즈를 만들어 준 기념으로 언제까지라도 간직하고 싶었거든요. 매년 내 몫이라면서 하나씩 만들어 주셨잖아요. 아주머니가 치즈를 만들던 것을 너는 모르지, 귀염둥아? 하지만 나는 기억하고 있어. 정말 재미있었어."

"이것은 너희들 증조할머니인 가드너 할머니의 주름잡힌 모자야. 내가 몇 번이나 이 모양을 만들어 드렸는지 몰라. 가드너 할머니는 언제나, '주디야, 너처럼 제대로 주름을 잡을 수 있는 사람은 아무도 없다'고 말씀하셨지. 아, 그 무렵에는 나도 '주디야'로 불렸으니까. 그 주름 잡는 법은 맥더못 성에서 배웠지. 가드너 할머니는 언제나 모자를 직접 만드셨어. 모자 테 장식을 잘 만드셨지. 어떤 사람은 할머니가 너무 도도하다고도 했지만, 가드너 할머니는 참 훌륭한 분이었어. 내가 이야기했던가? 어느 날 밤, 가드너 할머니가 열린 창가 침대 곁에서 무릎을 꿇고 기도를 하고 계셨지. 한창 기도에 빠져 있을 즈음이었던가? 그때 커다란 고양이가 창으로 기어 올라와서 갑자기 두 개의 발톱으로 가드너 할머니를 할퀴려고 덤벼든 거야."

"어머나!"

귀염둥이는 기뻐서 날카로운 소리를 냈다.

"증조할머니는 뭐라고 했어요?"

"뭐라고 했느냐고?"

주디 아주머니는 조심스럽게 주위를 둘러보고 나서 말했다.

"39년 전의 일이지만, 아직 아무에게도 얘기하지 않았어. 가드너 할머니는 '이'로 시작해서 '새끼'로 끝나는 말을 하셨어."

패트는 허리가 끊어질 듯이 웃었다. 큰 응접실에 흰 모자를 쓰고 성자 같은 얼굴을 한 증조할머니의 초상화가 걸려 있는데, 그 엄숙한 증조할머니가 정말?

주디 아주머니는 위엄 있는 분들의 뜻밖의 일들을 알고 있었다.

주디 아주머니는 소매주름이 많이 들어간 빛바랜 옷을 집어 들고 말했다.

"이 줄무늬가 있는 실크 옷은 너희 할머니가 젊었을 때 입으셨던 거야. 확실하지는 않지만, 어쩌면 이것이 너희 할머니가 두 번밖에 입지 않았다던 그 옷일지도 모르겠다."

"왜 두 번밖에 안 입었어요?"

"글쎄, 만약 이것이 그 옷이라면…… 확실치는 않다고 내가 말했지?…… 어쨌든 너희 할머니는 옷 입는 데 있어서 할머니의 사촌인 톰 테일러 부인과는 소문난 경쟁 상대였어. 두 분 모두 화려한 색깔을 좋아했지. 어느 날 너희 할머니가 화려한 줄무늬 옷을 차려입고 교회에 나가자, 테일러 부인이 안색이 변하더니 한 마디 말도 하지 않고 다음날 시내에 나가서 똑같은 천을 사다가 실버브리지에 있는 청소부 아주머니에게 준 거야. 청소부 아주머니는 좋아서 바로 옷을 만들어 다음 일요일에 교회에 입고 왔지. 정말 테일러 부인은 잔인한 일을 한 거야. 그래서 천벌이 내렸지. 테일러 부인의 아버지가 돌아가셔서 2년 동안 상복을 입어야 했거든. 그 분에게는 검정색이 어울리지 않아서 무척 속상했을 거야. 그렇지만 너희 할머니는 두 번 다시 그 줄무늬 옷을 입지 않으셨어."

"어리석은 일이에요."

귀염둥이가 잘난 척을 했다.

"뭐, 재미있는 이야기란 모두 어리석은 사람들 얘기니까. 너나 할 것 없이 모두 영리한 사람뿐이라면 얘깃거리가 없어져. 어머, 시드의 곰 인형이구나. 그 애는 하룻밤이라도 이것 없이는 잠을 자지 못했지. 네드 비니가 이 곰인형의 눈을 파내 버려서 시드가 몹시 슬퍼하는 바람에 내가 구두 단추로 눈을 만들어 준 것이 기억나는구나.”

“학교에서는 시드가 제니 매디슨과 사귄다는 소문이 돌고 있어요.”

귀염둥이가 말하자 패트가 가볍게 말을 받았다.

“시드는 두 달마다 새로운 상대를 바꾸는걸요. 이 옷은 새것이었을 때는 아름다웠겠지요. 아주머니, 소매에 주름 장식이 달린 은빛 드레스군요.”

“은빛이라고? 너희들도 원래 어떤 빛깔이었는지 봤어야 하는데! 이 옷은 내가 여기에 오던 해 여름에 너희에게는 아주머니뻘되는 로레인이 처음으로 파티에 입고 가기 위해 만든 옷이야. 나는 로레인의 눈처럼 파란 눈은 본 적이 없어. 로레인은 파티에 나가기 전에 우리에게 보여주려고 이 옷을 입고 달빛 비치는 과수원에서 춤을 추었지. 그 뒤로 40년 동안 로레인은 무덤 속에 있단다. 최초의 파티가 최후의 파티가 된 거야. 그 무덤에 갓난아기의 머리가 붙어 있고 날개가 나와 있는 흰 대리석 묘비가 세워졌지. 여자아이 묘비로는 적당치 않다고 생각했지만, 그것은 갓난아기가 아니고 천사라고 하더군. 시드가 6살 때, 남글렌의 묘지를 지나며 그 천사를 보고는, 나에게 ‘나머지 몸은 어디 있어요, 아주머니?’ 하고 묻던 것이 지금도 잊혀지지가 않아.”

“이것은 그 아주머니 편지예요?”

귀염둥이가 누렇게 된 한 뭉치의 편지를 가리켰다.

“그것은 마사 할머니의 것일 거야. 그분도 젊어서 돌아가셨어. 그렇지만 그분에겐 편지를 잘 쓰는 숭배자가 있었는데, 마사 할머니의 아버지가 그 남자를 맘에 들어하지 않아서, 마사 할머니가 죽어버렸다는 사람도 있고, 겨울에 너무 얇은 양말을 신어서 죽었다는 사람도 있어. 로맨틱한 쪽이든, 생각하기 싫은 쪽이든, 좋은 쪽으로 생각해."

"어째서 아버지가 마음에 들어하지 않았어요?"

"본인에 대해서는 그다지 반대하지 않았지만, 그 청년의 삼촌이 걸렸던 거야. 그의 삼촌은 무슨 모반사건에 연루되어 교수대에 목이 매달렸다가 간신히 살아 돌아왔다고 해. 그리고 나서 말을 잃었지. 목을 다쳤기 때문이라고 하는 사람도 있고, 뭔가 무서운 것을 봐서 영원히 말을 못하게 되었다는 사람도 있어. 마사 할머니의 아버지는 목이 졸려 죽을 뻔했던 사람을 친척으로 하고 싶지 않았지."

"어머나, 여기 뭐가 있어요."

패트가 소리를 지르면서 사슬 모양의 은팔찌를 끄집어냈다.

"조금 검어졌지만 닦으면 돼요."

"열쇠와 자물쇠가 없으니까 그다지 쓸모는 없어, 패트. 이것도 헤이젤 고모의 것이구나. 그때는 이것이 큰 유행이었어. 나도 하나 갖고 싶었지만 '해변가'의 시시 모건의 얘기를 듣고는 완전히 열이 식었지."

"어떤 얘기인데요?"

"시시의 애인은 선장이었는데, 마지막이 될 항해를 떠나기 전에 시시의 팔에 팔찌를 끼워 주고——금팔찌였지——자물쇠를 채우고 열쇠는 자기가 가지고 갔어. 그리고 시시에게 자신이 돌아와서 자물쇠를 열 때까지는 다른 사람과 결혼하지 말라고 약속을 하게 했던 거야. 모건 집안 사람들은 약속을 잘하니까. 시시가 미인이어서 선장은 시시에게 열을 올리고 있었지. 그런데 그 선장이 폭풍우에 휩쓸려 바다 속에 빠지고, 열쇠도 같이 대서양 밑바닥에 가라앉아 버린 거야. 시시는 울며 법석을 떨었지만, 모건 집안 사람은 금방 잊는 편이야. 1년이 지나자 시시는 피터 스노와 결혼하고 싶어했어. 그렇지만 팔찌의 약속이 두려웠지. 피터가 경제적으로 넉넉했기 때문에 시시의 아버지는 그 결혼이 성사되기를 원했지만, 시시는 결혼을 안 하겠다고 버텼지. 그 때문에 몇 번 소동이 일어났었어. 그런데 재미있는 일이 있었지."

"어떤 일이요?"

"어떤 일이냐고? 어느 날 밤 시시가 침대에서 푹 자고 있다가 눈을 떠보니, 팔찌의 자물쇠가 열려 있는 거야. 그것뿐이야. 사람도 무엇도, 아무것도 안 보이는데 자물쇠가 열려 있었어."

"재미있는 게 아니라 무서워요."

귀염둥이는 몸을 떨었다.

"그때는 재미있었어. 피터 스노는 유령이 남긴 것은 필요 없다고 하면서 시시와 결혼하지 않았어. 다른 남자들도 모두 그런 기분이 들어서 시시는 결국 노처녀로 죽었지."

"어머나, 조 오빠의 은수저가 있어요. 이것이야말로 찾던 물건인데. 어떻게 됐는지 몰랐어. 도대체 어떻게 이런 곳에 들어가 있었을까. 엄마가 기뻐하실 거야!" 패트는 뛸 듯이 반가워했다.

조 오빠의 이빨자국이 난 작은 은수저……. 조 오빠는 지금 중국으로 가는 배에 올라 있다. 패트는 한숨을 쉬며 일어섰다.

"이게 전부군요. 이 오래된 편지는 태우는 편이 좋을까요? 오래된 편지에는 어쩐지 마음이 끌려서 읽어보고 싶기도 해요. 망령의 나라의 문을 여는 것 같은 느낌일 거예요. 하지만 마사 할머니가 싫어하겠죠?"

패트는 편지 뭉치를 들어올렸다. 그 속에서 오래되어 얇아진 네 잎 클로버가 한 장 미끄러져 떨어졌다. 이 클로버로 누가 행복을 찾았을까? 마사 할머니가 아닌 것은 확실하다. 편지는 너덜너덜하고

색깔이 바래 있었다. 지금은 사라지고 없는 두 사람이 오래전에 마음을 주고받던 사랑의 밀어가 가득했을 편지……. 그 옛날 가슴이 터질 것 같은 기쁨과 고민의 흔적이, 낡고 흐릿한 세월의 슬픔으로 배어나왔다.

"이 상자를 제자리로 끌고 가야 해. 저것 좀 봐요, '고약한 놈'이 저기서 보고 있어요."

구석에 몸을 숨긴 '고약한 놈'의 눈이 번쩍번쩍 빛나며, 고양이의 눈에서 자주 볼 수 있는 기분 나쁜 표정을 띠고 있다. 마치 눈 속에서 불꽃이 활활 타오르는 것 같았다.

"마사 할머니 애인의 삼촌 눈도 때로는 저렇게 됐었대."

주디 아주머니는 낮은 소리로 말하고 나서 아래층으로 내려갔다.

기분 나쁜 것도 정도가 있다. 귀염둥이는 주디 아주머니 뒤를 쫓아 도망쳤다. 그러나 패트는 혼자 남아서 창가로 갔다. 창문으로 보름달이 비쳐 들어오면서 방바닥에 아름다운 담쟁이덩굴의 잎 모양을 수놓기 시작했다. 지붕밑 방이 으시시할수록 패트는 더욱 마음에 들었다. 그녀가 손에 든 편지는 그날 도착한 힐러리의 편지를 생각나게 했다. 힐러리의 편지에는 독특한 느낌이 있었다. 살아 있다는 느낌. 편지를 통해서 힐러리의 목소리가 들려오는 것 같고, 웃고 있는 그의 눈이 보이는 것 같았다. 그의 편지는 다시 읽을 때마다 무언가 새로운 것을 발견하게 된다.

오늘 받은 편지에는 스케치가 하나 동봉되어 있었다. 언덕 중턱에 서 있는 집의 디자인인데, 이번에 상을 받은 것이다. 그 스케치에는 희미하게 '은빛숲'을 생각나게 하는 면이 있다.

가끔 생각하곤 하지만, 그때도 패트는 힐러리가 어디든지 근처에 있었으면 하는 생각에 사로잡혔다. 예전처럼 손을 잡고 요르단 강의 오래된 돌다리를 뛰어서 건너고 싶었다. 예전에 그들은 달빛을 받으며 '행복들판'과 '유령의 샘'으로 나가 형언할 수 없는 고요 속에 그 일대를 거닐곤 했다. 그러면 남 모르는 웃음이 희미하게 주변에 메아리치고, 서늘한 밤의 향기가 풍겨오는 것이었다. 그리고 언덕 위에 흰 양들이 보이기 시작했다. 분명 '행복들판'에는 그들의 옛 추억이 깃들어 있었으며, 그들은 '행복들판'에서 어린 시절을 되찾을 것이다.

패트는 몸을 떨었다. 바람이 일어서 높은 창 둘레에서 기분 나쁜 소리가 났기 때문이다. 패트는 갑자기 향수와도 같은 외로움을 느꼈다. 그녀가 그렇게도 사랑하는 '은빛숲'에서 외로움을 느끼다니, 이상한 일이었다. 그녀는 지붕밑 방을 유령에게 맡겨두고 아래층으로 달려내려왔다.

11

어느 날 밤, 주디 아주머니가 〈샬럿타운〉지의 '금주의 소식' 난을 '은빛숲'의 아가씨들에게 읽어 주었을 때, 아가씨들은 가벼운 기쁨과 흥분을 일으켰을 뿐이다. 신문에는 메드체스터 백작부인이 밴쿠버에서 영국으로 돌아가는 도중, 오타와의 친지를 방문할 것이라고 씌어 있었다. 주디 아주머니는 자랑스럽게 설명했다.

"너희들의 친척인 그레섬 남작부인의 백부이신 백작에게 시집간

분이야. 이 기사를 읽고 우리도 어느 정도 이분과 관련이 있다고 생각하니 몸이 다 떨려 와."

"메드체스터 백작부인이 우리를 전혀 알지 못한다 해도요? 그레섬 남작부인이 캐나다의 농장에 사는 하찮은 사람들과 먼 친척이 된다는 것을 자랑하고 다녔을 리가 없잖아요." 패트가 웃으며 말했다.

그러자 귀염둥이가 싱긋 웃었다.

"어쩌면 우리를 인디언이라고 생각할지도 모르지. 그래도 역시 아주머니가 말한 것처럼 몸이 떨려오는걸."

"이번에 메이 비니를 만나면 이렇게 말해주렴. 물론 속으로 말이야. '너에겐 귀족 친척이 없지?'라고. 그러면 아주 만족스러울걸." 주디 아주머니가 말했다.

"트릭에게 그렇게 말할래요."

귀염둥이의 말에 패트가 소리질렀다.

"안 돼, 귀염둥아. 어리석게 굴지 마. 메드체스터 백작부인의 눈으로 보면 우리도……, 그분이 아무리 우리를 안다 해도……, 비니네와 마찬가지로 형편없을 테니까. 게다가 그런 것이 무슨 상관이람? 칠면조 우리 뒤편에 흐드러지게 피어 있는 저 벚꽃을 봐. 메드체스터 성에도 저렇게 아름다운 것은 없을 거야. 만약 성이 있다면 말이지만."

"물론 성이 있지." 주디 아주머니는 주의 깊게 기사를 오려 내면서 "백작이라면 성보다 초라한 장소에서는 살지 않아. 이것을 조리대 위의 벽에 붙여놓고, 틸리턱에게 보여 줘야겠어. 너희들이 그레섬 남작부인과 친척이라고 아무리 얘기해 줘도, 믿으려 하지 않았으니까."

"그냥 친척도 아니고 아주 먼 친척이라구요, 아주머니."

"뭐, 그런 건 아무래도 좋아. 아무튼 그러면 틸리턱도 알아들을 거야. 그는 오늘 아침, 식사할 때 몹시 기분이 언짢아 있었지. 그 이유는 자신도 꼬집어 말할 수 없었지만. 마치 지네의 다리 하나가 류머티즘에 걸렸는데 어느 발이 아픈지 모르는 것과 마찬가지야. 그 남자는 나한테 아닌 체해 보이지만, 이것에는 깜짝 놀랄 거야. 시녀에게 구두 단추를 끼우게 하는 진짜 백작부인이니까! 아, 어젯밤에 어쩐지 기분이 이상했었지."

그날 편지가 왔다. 도로 옆 우편함에 다른 편지들과 함께 들어가 있는 것을 틸리틱이 지저분한 손으로 들고왔을 때, 주디 아주머니는 다시 이상한 기분을 느꼈다. 크림색의 묵직한 봉투인데, 접힌 부분에 고상한 은빛 문장이 찍혀 있었다. 수신자는 프린스에드워드 섬, 북글렌, 앨릭 가드너 부인이라고 똑똑히 검은 글자로 쓰여 있고, 오타와 소인이 찍혀 있었다. 그 문장과 소인을 보고 주디 아주머니는 매우 흥분했다. 주디 아주머니는 숨을 들이키고 젠틀맨 톰 쪽을 바라보았다. 젠틀맨 톰은 알았다는 듯한 눈짓을 해 보였다.

"누가 죽었어요?"라고 묻는 틸리틱의 말에, 주디 아주머니는 대답을 하지 않고 흥분한 목소리로 패트를 불렀다. 패트는 정원에 있다가 깃털 같은 라일락을 가득 안고 들어왔다. 맥긴티가 천천히 그 뒤를 따라왔다. 귀염둥이는 뒤뜰에서 뛰어왔다. 봄 햇살에 귀염둥이의 금갈색 머리가 빛났다. 주디 아주머니는 부엌 한복판에 우뚝서서 그 편지를 내밀었다.

"무슨 일이에요, 아주머니?"

"이 문장과 소인을 봐."

패트는 편지를 받아들었다.

"나는 몸이 떨려와요. 오싹오싹 말이에요."

귀염둥이는 작은 소리로 속삭였다.

"몸이 오싹하다구? 내 짐작이 맞다면 아마도 넌 아마 질리도록 오싹거릴 거야."

"엄마한테 온 거네요."

패트가 천천히 말했다. 엄마는 글렌우드에 가 있었다.

"급한 일일지도 모르니까 편지를 뜯어보는 게 좋겠어요."

주디 아주머니는 패트에게 과도를 넘겨주었다. 이 편지는 보통 편지처럼 함부로 뜯어볼 것이 아니라는 예감이 들었기 때문이다. 패트는 봉투를 열고 편지를 꺼냈다. 거기에도 문장이 찍혀 있었다. 편지 내용을 죽 훑어보던 패트의 얼굴이 빨개졌다가 다시 창백해졌다. 패트는 말없이 주디 아주머니와 귀염둥이를 쳐다봤다. 귀염둥이가 작은 소리로 말했다.

"뭔지 빨리 가르쳐 줘. 나는 이상하게 등골이 얼어붙는 것 같아."

"이것은 메드체스터 백작부인한테서 온 것이야. 백작부인은 영국으로 돌아가기 전에 그레셤 남작부인의 친척을 만나고 오겠다고, 그레셤 남작부인에게 약속을 했대요. 친지를 만나러 샬럿타운에 왔다가 여기에 들르고 싶다고 씌어 있어요. 여기로요. 이번 토요일에, 토요일에요!"

패트는 얼빠진 목소리로 설명했다.

가련한 패트는 마치 토요일이 세상 끝을 의미하듯 되풀이했다. 잠시 아무도 입을 여는 사람은 없었다. 틸리턱까지도 혼수 상태에 빠진 것 같았다. 조용해진 가운데 젠틀맨 톰이 발을 내밀어 틸리턱의 발을 할퀴었지만, 틸리턱은 꼼짝도 하지 않았다.

제일 먼저 정신을 차린 사람은 귀염둥이였다.

"메드체스터 백작부인이 여기에 온다니…… 그럴 리가 없어." 귀염둥이가 가쁜 숨을 내쉬며 말했다.

주디 아주머니도 이미 제정신으로 돌아와 있었다. 주디 아주머니는 전례가 없는 사태를 처리하는 데 능숙했다.

"그럴 리가 없지……. 하지만 백작부인이 온다해도 끄떡 없어. 백작부인이라도 결국 평민처럼 먹고 마시고 할 테니까. 몇 시경에 오신대, 패트?"

"오전 중에요. 밤배로 오신대요. 그렇다면 여기서 점심을 드시게 되겠군요, 아주머니."

"잘된 거야. '은빛숲'으로서는 영광이고, 백작부인으로서는 더없이 훌륭한 식사를 할 수 있게 된 거지. 그러나 계획을 세워야 해, 자, 힘을 내야지, 패트, 그리고 요령 있게 해나가는 거야. 떠들고 있을 시간이 없어. 백작부인이라고 해서 라일락꽃을 먹을 수는 없으니까."

패트는 숨이 가빠오기 시작했다. 자신이 부끄러워졌다. 이렇게 당황하다니 비니 집안 사람들과 똑같다.

"아주머니 말이 맞아요. 어, 오늘은 화요일이죠? 식당과 큰 응접실에 칠을 해야 해요. 볼품없어졌으니까요. 내가 오늘 초벌을 칠해 놓고 내일 한 번 더 칠할게요. 현관문도 다시 칠했으면 좋겠는데…… 페인트가 전부 벗겨져 있거든요. 하지만 거기까지는 손을 댈 수 없을 것 같아요. 그냥 열어 놓은 채로 두고 백작부인의 눈에 띄지 않길 바랄 수밖에 없어요. 그리고 귀염둥아, 이번 주 안에 위니 언니한테 가서 바느질을 거들어야 해. 지난주에 갔어야 하는데 야생사과나무에서 꽃이 피는 것을 보고 싶어서 이번 주까지 미뤄뒀던 거야. 목요일에 같이 가. 그러면 손님 맞을 준비를

금요일에 할 수 있으니까. 백작부인은 '시인의 방'으로 안내해야
해. 그곳 천장은 다른 손님 침실 천장처럼 금이 가지 않았으니까.
그리고 침대에는 엄마가 수놓은 침대 커버를 씌워야지. 금요일 저
녁때 시드더러 엄마 마중을 나가라면 돼. 몇 년 만에 한 나들이인
데 중간에 그만두시게 할 수는 없지. 하지만 엄마도 백작부인을
만나보고 싶으실 거야."

"자, 그러면 우리 쪽에도 두 분의 멋진 부인이 있군. 너희 엄마라
면 이 세상의 어떤 백작부인에게도 뒤지지 않고, '해변가'의 셀비
할머니는 매우 당당한 분이니까."

패트는 안정을 되찾았다. 그것을 본 틸리턱은 감탄해 마지않았다.
그때부터 '은빛숲'은 들뜬 분위기 속에서도 빈틈없는 계획, 검사, 청
소, 장식, 의논의 장으로 바뀌었다. 틸리턱조차 의견을 제시했다.

"점심이 문제야. 훌륭한 식사는 결코 무시할 수 없는 것이니까."

그 말에는 모두 동감이었다. 패트는 비웃음을 사지 않을 점심 식
사를 대접해야 한다고 생각하고, 요리책을 전부 꺼내서 언제 끝날지
도 모르는 연구에 착수했다. 귀염둥이는 학교를 일찍 마치고 돌아와
서 거들었다. 라틴 어나 문신 따위는 이 일과 비교하면 아무것도 아
니었다.

대접할 요리는 닭튀김으로 결정되었다. 주디 아주머니의 닭튀김은
환상적이었다.

"솔잎땅두릅으로 반찬을 만들자. 정말 솔잎땅두릅은 귀족에게 알
맞은 채소니까. 너는 요리 강습에서 배운 그 소스를 만드는 것이
좋겠어, 패트. 새 냅킨에 장식을 붙일 시간이 있을까?"

"귀염둥이와 같이 밤을 새서라도 다 할 작정이에요. 디저트는 얼
린 멜론과 아이스크림, 그리고 레몬 코코넛 케이크로 하려고 해
요. 너무 여러 가지를 내놔도 안 되니까요."

"너무 허영에 치우쳐서는 안 되지."

주디 아주머니는 가끔 거창한 말 쓰는 것을 좋아했다.

"하지만 백작부인이 다이어트 중이면 어쩐다지?"

귀염둥이가 싱긋 웃으며 말했다. 귀염둥이는 다시 평소처럼 태평해졌다. 이 이야기를 들으면 트릭스 비니는 깜짝 놀라겠지. 분명히 놀랄 거야.

"'은빛숲'이 그분 마음에 들었으면 좋겠는데."

패트가 정말로 마음 쓰이는 것은 그 점이었다.

"반드시 마음에 들 거야. 토요일이 맑은 날씨가 되기를 바라자구나. 비라도 오는 날엔……."

폭풍우 속에서 백작부인을 대접하게 된다면 어떻게 될까. 주디 아주머니는 그 다음을 저마다의 상상에 맡겼다.

"틀림없이 맑을 거예요."

패트가 단언했다.

"좋은 날씨가 되게 해 달라고 기도하는 편이 좋지 않을까?"

막연히 바라고만 있을 수는 없다고 생각한 귀염둥이가 이렇게 말하자, 주디 아주머니는 심각한 얼굴을 하고 고개를 흔들었다.

"너희들, 그것은 안 돼. 그런 기도를 하면 어떻게 될지 모르니까. 언젠가 남글렌 교회에서 매커리 노목사님이 비가 내리게 해 달라고 간절히 기도했을 때의 일을 나는 지금도 잘 기억하고 있어. 교회에서 집으로 돌아가는 도중에 천둥이 치고 비가 내려서 모두 함빡 젖어버렸지. 제임스 마틴 노인과 토머스 어쿠어트 노인이 같이 있다가, 토머스 노인이 말하기를 '우리가 집에 가기 전에 기도를 하지 말았어야 했어. 매커리 집안 사람들은 '정도껏'이라는 걸 몰라'라고 했어. 그러니까 너희도 날씨에 대해서는 되도록 그냥 두는 편이 좋아. 백작부인이 오시면 물론 나는 안으로 들어가 있을 테야, 패트. 하지만 어쩌면 나도 여기저기 다니다 보면 눈에 뜨일지도 모르겠지. 그 외출복을 입는 편이 좋겠지?"

"물론 입는 편이 좋아요, 아주머니. 그리고 아, 아주머니. 틸리틱에게 그 지저분한 털모자를 하루만 쓰지 않도록 잘 말해 줄 수 없어요? 뒤뜰로 지나가는 것을 백작부인이 보면 어떻게 해요!"

"틸리틱의 일은 걱정하지 않아도 돼. 아빠가 판 송아지를 끌고 시내에 나가기로 돼 있으니까. 그래서 지금 기분이 별로 안 좋은 것 같아. 백작부인을 한 번 보고 싶어했거든. 내게 비꼬는 말을 하더군. '뽐내는 편이 좋아, 주디. 결국 당신 할머니는 마녀였고, 상징적으로 말하면 마녀도 귀족이니까'라고 말이야. 그래서 나는 '내가 뽐낼 필요가 어디 있담. 나는 내 분수를 지킬 줄 아는 사람이라오. 그리고 나는 비유가 아니라 명확한 사실만을 말해요'라고 말해 주었어. 틸리틱은 어쩐지 일이 손에 잡히지 않는 모양이야. 오늘도 묘지에서 담배를 피우고 있었어, 뻔뻔스럽게. '울보 윌리'의 묘석에 앉아서 말이야."

"에디스 고모와 바바라 고모는 몹시 흥분하셨어요. 점심 식사에 오시라고 했지만, 두 분 다 안 오신대요. 에디스 고모가 안 된다고 했어요. 하지만 에디스 고모는 수프용 은스푼을 빌려주겠다고 말씀하셨어요. '백작부인이라면 한눈에 이 스푼이 순은인지 은도금을 한 것인지 알 테니까'라고 하면서요. 우리 티스푼이 순은이라서 잘됐어요. 아주 오래되고 닳긴 했지만."

"뭐, 그러니까 더욱 귀족에게 어울리는 거야. 백작부인은 이 집 사람들에게는 훌륭한 가족이 있다고 마음속으로 생각하실 거야. 그런데 '제비들판'의 톰 삼촌의 수염이 달라지지 않았니?"

그러자 패트는 한숨을 쉬었다.

"예, 거의 없어져서 아래 입술 밑에 조금 남았을 뿐이에요."

"그 수염마저 없어지면 어떤 소식이 들려올 거야."

주디 아주머니는 수수께끼 같은 표정으로 고개를 끄덕였다.

그러나 그때의 패트에게는 톰 삼촌의 수염에 신경을 쓸 여유가 없었다.

수요일 밤쯤에 '은빛숲'은 백작부인만이 아니라 왕족이라도 맞을 준비가 다 되어 있었다. 목요일에 시드는 패트와 귀염둥이를 바닷가 위니 언니네 집에 데려다 주었다. 세 사람은 오전내내 열심히 바느질을 했다. 오후가 되자 위니 언니가 말했다.

"이제 좀 쉬자꾸나. 바깥에 나가서 바람과 햇볕을 쏘이는 거야. 이렇게 우리가 함께 오후를 보내는 오랜만이니까."

그래서 세 사람은 바깥에 나와 뜰을 서성거리며 꽃을 따기도 하고, 야생 사과꽃에 취하기도 하고, 항구를 바라보며 장난삼아 노래를 만들기도 했다. 한창 유쾌하게 지내고 있는데 집 안에서 전화벨 울리는 소리가 들렸다.

12

위니 언니가 크리스마스에 태어난 갓난아기를 안고 있었기 때문에, 패트가 전화를 받으러 갔다. 주디 아주머니의 목소리를 듣는 순간 무엇인가 큰일이 생긴 것을 알았다. 주디 아주머니는 여간한 일이 아니면 전화를 걸지 않기 때문이다.

"패트냐? 너한테 할 얘기가 있어. 그분이 오셨어."

"아주머니, 누구요? 설마 백작부인은 아니겠지요?"

"그렇지만 사실이야. 하지만 전화로는 자세한 말을 할 수가 없어. 될 수 있는 대로 빨리 돌아와, 패트. 시드와 아빠는 시내에 나가 있으니까."

"곧 돌아갈게요."

패트는 가쁜 숨을 쉬었다. 그러나 어떻게 하면 빨리 돌아갈 수가 있을까. 프랭크 형부는 자동차로 외출을 했다. 늙은 말이 끄는 낡은 마차를 타고 가는 수밖에 방법이 없었다. '은빛숲'까지 한 시간은 걸릴 것이다. 그리고 브라이언 삼촌 댁에 전화를 걸어 엄마에게 곧 집

으로 돌아오시라고 말해야 한다. 패트와 귀염둥이는 말을 마차에 맸다. 몇백 년처럼 느껴지는 시간이 지난 뒤에 두 사람은 '은빛숲' 뒤뜰에 도착했다.

'그냥 개'는 계단 입구에서 자고 있고, 우물 옆의 널빤지 위에는 공처럼 몸을 둥글게 만 새끼고양이 세 마리가 졸고 있다. 뒤뜰은 언제나와 다름없이 조용하고 평온했다.

"백작부인은 큰 응접실에 계실 거야. 부엌으로 살그머니 들어가서 우선 아주머니 얘기부터 들어야 해."

패트의 말에 귀염둥이는 숨을 들이켰다.

"백작부인에게는 어떻게 이야기를 해야 해, 패트 언니? 나는 헛간 2층에 숨어 있을 테야."

"말도 안 돼! 너는 비니 집안 사람이 아니잖아! 아주머니를 만나고 나서, 2층에 가서 옷을 갈아입고, 용기를 내서 사자굴로 뛰어드는 거야."

패트는 애프터눈 드레스를 입고 있었다. 그것은 우연히도 패트가 가지고 있는 옷 중에서 그녀에게 가장 어울리는 옷이었다. 귀염둥이는 수 놓인 흰 리넨 칼라가 달린 초록색 스웨터를 입고, 바람에 흩어진 머리는 10월 해변을 내리쬐는 햇볕처럼 빛나고 있었다. 그들은 가슴이 두근거렸다. 그들은 웃으며 삼목나무 무늬로 깔아놓은 벽돌길을 통해 부엌 입구로 달려가서 갑자기 안으로 들어갔다. 들어가자마자 둘은 멈춰 섰다. 귀염둥이가 패트에게 눈짓을 보냈다.

"이대로 살아갈 수 있을까? 죽어 버리게 되지나 않을까?"

주디 아주머니는 메드체스터 백작부인과 테이블을 마주하고 앉아 있었다. 테이블 위 접시에는 구운 소시지와 감자가 조금 남아 있었다. 패트와 귀염둥이가 들어갔을 때 주디 아주머니는 '젖소'에 든 우유를 백작부인의 컵에 따르고 있었다. 백작부인은 주디 아주머니의 소위 '비숍 빵'이라는 것을 맛있게 먹고 있는 중이었다. 방 한복판에서는 젠틀맨 톰이 털을 가다듬고 있고, '고약한 놈'은 백작부인의 무릎에 앉아 있다. 맥긴티는 백작부인이 앉아 있는 의자 옆에 웅크리고 앉아 있다. 구석에는 틸리턱이 앉아 있다. 다행히 털모자는 쓰고 있지 않았지만 의자에 걸쳐 놓았다. 주디 아주머니는 거친 줄무늬 옷을 입고 있었지만, 그 위에 두른 빳빳하게 풀 먹인 흰색 앞치마는 아름다웠다. 주디 아주머니는 백작부인 앞에서도 마치 청소부를 대하듯 자유롭게 움직이고 있다. 패트는 멍한 가운데에서도 메드체스터 백작부인이 대단히 유쾌한 기분이라는 인상을 받았다.

"저 애들이 아까 말씀드렸던 이 집 딸들입니다. 패트리샤와 레이철이죠"라고 주디 아주머니는 믿기지 않을 정도로 어려워하지 않는 말투로 말했다.

백작부인은 곧 일어서서 패트리샤와 레이철에게 악수를 건넸다. 백작부인의 머리는 회색이고 붉고 각진 얼굴을 하고 있었지만, 큰 입가에 빙그레 감도는 웃음은 아름다웠다.

"내가 가기 전에 돌아와 줘서 정말 잘됐어. 집에 가서 클라라에게 친척들을 만나지 못했다고 보고해야 한다는 것은 괴로운 일이지. 클라라는 어릴 적에 프린스에드워드 섬에서 며칠 동안 즐겁게 지냈던 추억을 지금도 그리워하고 있어. 이렇게 갑자기 방문을 해서 미안해. 하지만 어젯밤에 아무래도 오늘 밤 떠나야 한다는 전화가 와서 오늘 오후에 찾아오게 된 거야. 너희들의 주디 아주머니는……."
백작부인은 주디 아주머니에게 빙긋 웃음 지어보였다. "나를 따뜻하게 환영해주었고, 이 아름다운 집을 구경시켜주었어. 그리고 마지막으로…… 그러나 중요한 일이지…… 아주 맛있는 음식을 해 주었어. 나는 몹시 허기져 있었거든."

어느 사이에 모두들 테이블을 둘러싸고 앉아 있다. 주디 아주머니가 현명하게도 제일 좋은 테이블보를 씌우고 은스푼을 내놓은 것을 알고 패트는 다행이라고 생각했다.

그런데 도대체 왜 식당에서 식사를 하지 않았을까? 그리고 은주전자가 요리대 위에 놓여 있고, 오래된 갈색 도자기 주전자가 테이블을 장식하고 있는 것은 어찌된 일일까?

게다가 틸리턱이 셔츠 바람으로 앉아 있다니! 이 모양으로는 정말 죽고 싶은 마음이 들 뿐이다. 어떻게 말해야 좋을까? 패트는 어느 잡지에 실려 있는 '처음 만난 사람과 대화를 시작하는 방법'이라는 기사를 필사적으로 떠올리려고 했지만, 그 어느 것도 여기서는 적당치 않은 것처럼 여겨졌다. 그러나 그럴 필요가 없었다. 백작부인은 친절하고도 사람을 끄는 듯한 꾸밈없는 어조로 자연스럽게 아무하고나, 틸리턱까지도 한데 어울려 거리낌 없이 이야기를 하는 것이다.

패트는 이제 어떻게 되든 상관없다는 기분이 되어 부담을 벗어버리기로 했다. 귀염둥이도 무슨 일에든 오래 입을 다물고 있지 못하는 성격이어서 자리는 금세 떠들썩해졌다.

백작부인은 두 사람에게도 차와 비숍 빵을 권하면서 자신은 이제 석 잔째 차를 마신다고 말했다. 주디 아주머니는 식품 저장실로 가서, 잊고 있던 오렌지 쥬스와 비스킷을 가져 왔다. 메드체스터 백작부인은 엄마에 대해 여러 가지를 물었고, '은빛숲' 고양이를 영국으로· 데리고 갈 수 없어서 유감이라고 말했다.

"저것 봐, 고양이 한 마리는 벌써 내가 맘에 든 모양이야."

백작부인은 편안하게 숨을 쉬는 '고약한 놈'의 통통한 배를 내려다보면서 웃었다.

"사실을 말하자면, 그 고양이는 아무에게나 몸을 굽히지는 않아요, 마나님." 틸리턱이 말했다.

패트는 머리가 혼란스러워졌다. 여왕에 대해서는 '마나님'이라고 부르는 것은 당연하지만, 백작부인에게 쓰는 말은 아니라는 생각이 들었다. 백작부인! 조금 풀기가 빠진 소박한 트위드 슈트를 입은, 풍채좋고 사근사근한 이 부인이 정말 백작부인이란 말인가? 하지만…… 하지만 다른 사람들과 전혀 다를 바 없잖아! 남글렌의 초라한 매디슨 부인과 이상하게 닮았다. 다만 매디슨 부인 쪽이 조금 더 예쁠 뿐이다. 그러나 확실히 백작부인은 빵과 비스킷을 맛있게 먹고 있다.

"고양이는 그렇지요. 그러니까 개가 친근하게 굴 때보다 고양이가 친근하게 굴 때가 더 기쁘지요. 개하고 친해지기는 쉬운 일이니까요. 그렇지 않아요?" 메드체스터 백작부인은 연한 갈색 눈으로 틸리턱에게 빙긋 웃음을 보내며, 소시지를 먹고 싶어하는 맥긴티에게 한입 주었다.

"좋은 말씀을 하셨습니다, 마나님."

그때까지 얌전히 앉아 있던 귀염둥이는 차를 마시다가 사레가 들려서 기침을 해댔다. 사방을 둘러보던 패트의 눈길이 뜻밖에 메드체스터 백작부인의 눈길과 마주쳤다. 두 사람 사이에 무언가가 통했다. 공감이랄까 동류의식이랄까……. 이 상황을 즐기고 있는 유머 감각 같은 것. 패트는 더 이상 누가 무슨 말을 하든 신경쓰지 않게 되었다. 그것은 다행이었다. 왜냐하면 2, 3분 정도 지나고 나서 마침 메드체스터 백작부인이 타이타닉 호에 아는 사람이 탔었다는 이야기를 하는데 틸리턱이 동정적인 어조로 "아, 내가 아는 사람도 타고 있었어요, 마나님"이라고 말했기 때문이었다.

"이 거짓말쟁이 !"

주디 아주머니가 작은 목소리로 말했다. 그러나 모두에게 다 들렸다. 이번에는 메드체스터 백작부인이 비스킷을 먹다가 실수를 했다. 그러자 장난스럽게 반짝이는 백작부인의 눈길이 또다시 패트의 눈을 찾았다.

백작부인이 무릎 위의 고양이를 내려놓고 일어서는 것을 보고 패트가 말했다.

"엄마가 돌아오실 때까지 계실 수 없을까요 ?"

"유감이지만 그럴 수가 없어. 지금까지 너무 오래 있었는걸. 그 기선 환승열차 시간에 대어야 하니까. 하지만 즐거웠어. 이것으로 클라라에게 적어도 메리의 귀여운 딸들을 만났다고 말할 수 있게 되었어. 너희도 언젠가는 영국에 올 수 있겠지. 그때는 반드시 나를 찾아 줘. 정말 이 귀여운 고양이를 두고 가야 하는 것이 유감이구나."

"옷에 털이 잔뜩 묻어 있어요, 마나님. 개는 그런 일이 없는데요." 틸리턱이 말했다.

만약 눈으로 사람을 죽일 수 있다면 주디 아주머니는 정말 살인을 했을 것이다. 그러나 백작부인은 패트의 어깨에 두 손을 얹고 볼에 키스를 한 뒤 머리를 떨구고 몸을 흔들며 웃었다. 그리고 작은 목소리로 패트에게 말했다.

"저 사람은 좋은 사람이야. 정말 좋은 사람이야. 너의 주디 아주머니도 그렇고. 아, 더 있다 가면 좋을 텐데."

백작부인은 실버브리지의 가게에서 중고품을 사온 듯한, 금갈색 깃털 한 개가 붙어 있는 챙 넓은 모자를 집어들고, 은빛 여우 목도리를 걸쳤다. 집 한 채의 값어치가 있는 목도리였다.

백작부인은 귀염둥이에게 키스를 하고서, 주디 아주머니와 식품 저장실에 들렀다가 긴 구식 장갑을 끼고 밖으로 나가서 자동차 쪽으로 갔다. 자동차에 타기 전에 백작부인은 주변을 둘러봤다. '은빛숲'은 다른 사람에게와 마찬가지로 백작부인에게도 특유의 매력을 풍겼다.

"사는 보람을 느낄 수 있는 조용하고 아름다운 장소야."

백작부인은 혼잣말처럼 중얼거리고는 주디 아주머니에게 손을 흔들었다.

"얘기 즐거웠어요."

그리고 사라져갔다.

집 안으로 들어가면서 주디 아주머니는 "아, 오늘 '은빛숲'에 영광이 있었노라"고 말했다.

"아주머니, 모두 다 얘기해 주세요. 나는 이제 터져 버릴 것 같으니까요. 어째서 부엌에서 식사를 하게 됐어요?"

"뭐, 나를 책망하지 말아. 얘기를 하면 길어. 이런 오후는 태어나서 처음이야. 틸리틱, 식사하지 않겠어요? 좋다면 감자와 소시지가 조금 남아 있으니까."

"백작부인이 좋아하는 것은 나도 좋아하니까."

틸리틱은 대단한 기세로 식탁에 앉았다. "훌륭한 풍채를 지닌 분이야. 백작부인치고는 좀 지나치게 뚱뚱한지 모르지만 어딘지 모르게 나는 매료당했어."

주디 아주머니는 패트와 귀염둥이에게 작은 목소리로 말했다.

"묘지로 가자. 거기라면 방해 받지 않고 얘기할 수가 있어. 물론 이 일은 '은빛숲'의 역사에 남을 만한 일이지."

"지금 막 브라이언 삼촌으로부터 전화가 걸려 왔는데, 엄마는 헬렌 고모의 친구들과 피크닉을 가 있대요. 그래서 어디에 있는지 모른다고 해요."

귀염둥이의 말에 패트는 한숨을 쉬었다.

"이젠 상관없어. 아, 도대체 어째서 일이 계획대로 되지 않았는지 모르겠어. 하지만 괜찮아. 그분은 기분 좋게 있다 가셨으니까."

"맞아. 기분 좋게 있다 가셨지." 주디 아주머니가 동의했다.

주디 아주머니는 '울보 윌리'의 묘석 위에 앉고, 패트와 귀염둥이와 맥긴티는 '난폭한 딕'의 묘석 위에 웅크리고 앉았다.

"그분은 냉랭하거나 위엄에 넘치는 분은 아니었지만, 나는 그분의 자동차가 왔을 때 무척 당황했지. 나는 그분을 '시인의 방'으로 안내하고 손을 씻게 했어. 그리고 손님 맞는 일에 정성을 다했어. 요전날 네가 가지고 온 그 반짝반짝하는 종이로 싼 특별히 고급스런 비누와 자수를 놓은 최고급 수건까지 갖다 드렸어. 침대 커버는 새로 깔 시간이 없었어. 하지만 백작부인이 그 아름다운 누비이불을 얼마나 맘에 들어 하던지. 너희들도 그 칭찬하는 소리를 들었어야 하는 건데. 나는 서둘러 내 방에 뛰어올라가서 《실용백과》를 들여다봤지만, 귀족을 접대하는 방법에 대해서는 한 마디도 쓰여 있지 않았어. 그래서 나는 맥더못 성에서의 기억을 되살릴 수밖에 없었지. 새로 맞춘 옷으로 갈아입는 것을 깜빡 잊은 것이 유감이야. 나도 모르게 흥분했었나 봐. 너희들에게 전화로 알렸다고 백작부인에게 말하고 나서, 다음은 집 안을 안내하는 것밖에 달리 무엇을 해야 할지 몰랐어. 그분은 진짜 캐나다의 농가를 자세히 살펴보고 싶다고 말씀하셨어.

그러는 편이 내게도 편했지. 그분을 혼자 놔두는 것이 예의인지 어떤지도 모르겠고, 그렇다고 해서 커다란 응접실에서 백작부인과 마주앉아 있다는 것은 생각만 해도 두렵고 해서, 그분을 과수원에서 '은빛숲'으로, 그리고 고양이 묘지로 한 바퀴 모시고 다녔어. 그러고서 묘지를 전부 돌아다니면서 옛날 이야기들을 있는 대로 다 해드렸지. 그러자 '울보 윌리'의 일로 울고 웃었어! 그리고 나

서 집으로 돌아오자 내 부엌을 보고 싶다고 해서……. '그냥 개'
가 어떤 행동을 할지도 모르는데 말이지. 부엌에 들어서자 그분은
나에게 마치 옛 친구 대하듯이 '차 한 잔 주지 않겠어요, 주디?
그 맛있는 냄새는 무엇이죠?'라고 말씀하시는 거야. 자, 너희는
그것이 무엇인지 알겠지? 다른 사람은 다 외출을 하고 틸리턱과
나뿐이라고 생각하고 우리끼리 먹으려고, 구운 소시지와 감자를
부뚜막에 놔두었던 거야. '나도 저것을 맛볼 수 있을까요?'라고
그분은 부탁하듯이 말씀하시는 거야. '이 부엌에서는, 주디, 창문
너머로 라일락 향기가 들어오는군요. 그리고 벽에 걸린 흰 고양이
그림은 옛날 내 방 벽에 걸려 있던 그림과 똑같네요.' 이렇게 그
분은 말씀하셨어.

백작부인에게 거역할 수도 없고 해서, 그분이 말씀하시는 대로
따르기로 했지. 나는 제일 좋은 은제 찻잔을 내놓고, 응접실에서
의자를 날라왔지. 그런데 그분은 네 고조할아버지의 의자에 털썩
앉아서 '차는 저 갈색 주전자에다 만들어줬으면 해요. 그래야 차
맛이 제대로 나거든요'라고 말씀하시는 거야. 그래서 나도 하는
수 없이 그분과 한자리에 앉아서 소시지와 감자를 같이 먹게 된
거지. 그렇지만 많이 먹지는 못했어. 식욕이 없어서 말이야. 7개
의 소시지가 없어졌지만, 나는 하나밖에 먹지 않았어. 생각해 봐.
내가 백작부인과 차를 마시고 있었으니까 말이야. 그리고 우연히
생각이 나서 새끼손가락을 고상하게 구부리고 말이야!

비니네 안주인은 결코 믿지 못할 거야. 너희들도 못 믿겠지?
그분은 처녀 시절에 맥더못 성에 가신 적이 있었대. 나에게 그 성
얘기를 전부 해주셨지. 그 얘기를 들으니까 빨리 가보고 싶어졌
어. 그러는 동안 '고약한 놈'이 와서 '나도 껴도 되나요?' 하고 묻
는 듯한 표정으로 그분의 무릎으로 뛰어올라갔어. 어쨌든 너희도
봐서 알겠지만, 그분은 니콜러스 영감님과는 다른 부류이니까. 우

리는 아늑한 분위기 속에서 이야기를 하고 있었는데, 뒤뜰 차고 쪽에서 세상에서는 들어 보지도 못한 이상한 소리가 들려왔지. 나는 틸리턱이 양치질하는 소리라는 것을 알았어. 아침에 목이 조금 아프다고 했으니까. 나는 걱정이 돼서 백작부인 쪽을 봤는데, 그분은 나의 '젖소'에 정신이 팔려서 그 소리를 알아차리지 못한 것 같았어. 나는 틸리턱이 양치질을 마치면 시편을 읊조리지나 않을까 걱정이 됐지. 그러나 안으로 들어올 만큼 뻔뻔스러우리라고는 생각지도 못했어.

그런데 그가 문턱에 우뚝 서 있는 거야. 나는 정말 당황해 버렸어. 나는 그에게 밖으로 나가라고 열심히 신호를 했지만, 틸리턱은 모르는 체하고 백작부인이 의자 위에 놓아둔 모자 위에 앉으려고 하는 거야. 그가 털썩 주저앉기 직전에 가까스로 내가 모자를 집어들 수 있었지. 그런데 믿을 수 없게도 백작부인은 틸리턱에게 빙긋 웃음 띤 얼굴을 보이고, 날씨 이야기를 꺼냈어. 그러자 틸리턱은 팔이 쑤시고 아프면 비가 온다느니 하면서 헛소리를 하지 않겠니! 그러고는 의자를 뒷다리만 닿게 기우뚱하게 기울이더니 엄지손가락을 허리띠에 끼운 채 그 '비극'을 얘기하기 시작했어. 사자가 우리에서 뛰어나와 자기를 할퀴었다느니 하면서 말이야. 그래서 내가 한마디 해주지 않을 수 없었지. '요전번에는 표범이었잖아요'라고. 나는 백작부인이 틸리턱이라는 인물을 꿰뚫어보고, 얘기를 이끌어 가고 있는 것을 알 수 있었어. 그런데 틸리턱은 상류 사회 사람들을 대하는 방법을 내게 가르칠 생각을 하고 있었던 거지. 그러는 중에 '그냥 개'가 사고를 치려 해서 틸리턱이 재빨리 밖으로 내보냈지. 순식간의 일이라 백작부인은 아마 무슨 일인지 모르셨을 거야. 이 모든 것 때문에 내가 신경이 날카로워질 대로 날카로워져 있는데. 마침 그때 오솔길에서 러셀 집안의 그 늙은 말의 발굽소리가 들려와서 말할 수 없이 기뻤어."

"아주머니의 그 검은 병의 것을 백작부인에게 한 잔 드렸어요, 아주머니?" 시드가 물었다. 시드는 집에 돌아와서 아무도 자신의 저녁 식사 준비를 해놓지 않은 이유를 알게 된 것이다. "백작부인이 식품 저장실에 뭐라도 남겨 두었으면 좋았을 텐데."

"돌아오는 길에 어째서 식품 저장실로 모셨어요, 아주머니?" 패트가 물었다.

"내가 만든 딸기 잼을 한 병 드린다고 약속을 했기 때문이야. 하지만 그것을 무사히 가지고 갈 수 없을 거야. 바다를 건너는 도중에는 생각지도 않은 일이 일어나니까. 절반도 건너가기 전에 바다속에 빠져 버릴지도 몰라. 백작부인은 식품 저장실에서 나에게 패트는 웃는 모습이 참 아름답고 유머감각이 있다고 말씀하셨어. 나는 백작부인이 남긴 비스킷을 기념으로 내 보물 상자에 넣어 둘 거야. 저 비스킷은 세 개째였으니까 남겼다고 해서 실례가 되는 것은 아니지. 자, 이제 모두 끝났네. 오늘 밤에 내가 잠을 잘 수 있을지는 하느님만이 아시는 일이야."

패트와 귀염둥이가 잠자리에 들 무렵에는 주디 아주머니가 이미 부엌방에서 쿨쿨 코를 골고 있었다.

그날 밤, 조 메리트가 '은빛숲'에 와서 패트에게 영화를 보러 가자고 했지만 패트는 거절했다. 주디 아주머니는 왜 조가 늘 퇴짜를 맞는지 알고 싶어했다. 정말 좋은 청년인 데다가 샬럿타운의 메리트 집안 친척이 아닌가.

패트는 진지한 어조로 말했다.

"저 사람에게는 결점을 찾을 수 없어요, 아주머니. 하지만 농담을 할 때는 우리와 너무 달라요."

"그래 그래. 그것은 중요한 일이고말고." 주디 아주머니도 동의를 하고, 조 메리트의 이름을 그녀의 후보자 명단에서 지워버렸다.

"블라인드를 올리고 밤을 맞아들여봐. 불은 아직 켜지 않는 게 좋

아. 불을 켜면 어둠을 적으로 돌리는 게 돼서, 어둠이 원망스러운 듯 우리를 노려보니까. 그렇지만 이렇게 하고 있으면 어둠은 친절하고 친밀해져. 이 창가에 앉아서 이야기하자구나. 이런 밤에 너무 일찍 잔다는 것은 아깝지."

"잔다고? 나는 다시는 잠들 수 없을 것 같아."

귀염둥이는 크게 한숨을 쉬었다. 귀염둥이는 마루에 쪼그리고 앉아서 패트의 무릎에 기대어 샌드위치를 마구 먹어치우고 있었다.

이렇게 자기 방 창가에서 나무들과 별만이 듣는 가운데 즐거운 얘기를 나누는 것이 두 사람의 습관이 되어 있었다. 그날 밤은 라일락 향기가 방 안에 가득하고, 향긋한 내음이 넘쳐 흐르는 듯한 밤이었다. 먼 언덕의 가문비나무 근처에서 바람이 불어 왔다. 솔새의 지저귐은 아직도 계속되고 있었고, '은빛숲'은 신비에 싸여 있다. '고약한 놈'이 어슬렁거리고 들어오더니 옆으로 드러누워 가르랑가르랑 목을 울리며 기쁜 듯이 발톱을 오므렸다폈다했다. '고약한 놈'은 누구의 무릎이건 상관하지 않았다.

"오늘은 너무 몸이 떨려서 자고 싶지 않아. 오싹하기도 하고 멋있기도 하고. 메드체스터 백작부인이야말로 멋진 분이지 않아, 패트 언니? 백작부인이라서가 아니라, 어딘지 모르게 세련된 면이 있어. 조금도 미인은 아닌데…… 백작부인이 매디슨 부인과 닮았다는 사실을 눈치챘어? …… 입고 있는 옷도 정말 초라했지. 물론 그 여우 목도리는 예외지만. 그런데 그 모자는……. 그래, 마치 틸리틱이 깔고 앉았던 것같이 보여. 그래도 그분에게는, 패트 언니, 우리가 백년 걸려서도 얻지 못할 그 무언가가 있어."

"그분이라면 비니 집안 사람들이 어떻게 생각하든지 신경 쓰지 않을 거야." 패트는 장난스럽게 말했다.

"그런 말 하지 말아, 부끄러워져. 나는 트릭스에게 이 얘기를 하지 않을 생각이야. 샌드위치 먹지 않을 테야, 패트 언니? 배가 고플 거야. 우리는 점심 후에 비스킷 한 개와 '비숍 빵'밖에 먹은 게 없잖아. 백작부인 앞이라 나는 먹는 흉내만 냈을 뿐이야. 패트 언니, 화내지 마. 나는 백작부인이 집에 돌아가서 유쾌한 이야기 보따리를 풀 거라고 생각해. 주디 아주머니와 틸리턱에 관한 이야기로 엄숙한 영국 성에 웃음소리가 울려퍼질 거야."

"틸리턱의 이야기는 우습게 생각하겠지. 하지만 아주머니에 대해서는 아니야. 사람들은 아주머니와 함께 웃지. 아주머니에 대해 웃지는 않으니까. 백작부인은 아주머니가 맘에 든 것 같았어. 그분이 고운 목소리를 지니고 있는 것을 알고 있어? 그것은 몇 세기 동안 소중히 여겨 온, 오래된 고요함과 평화로움을 생각나게 했어. 귀염둥아, 나는 우리가 부엌으로 뛰어들어갔을 때의 광경을 언제까지나 잊지 못할 거야. 이야기를 나누는 주디 플럼과 메드체스터 백작부인! 그 옆에서는 틸리턱이 보고 있고 말이야. 정말 믿을 수 없는 일이야. 우리에게 손자가 생긴다면 그 애들에게 이 이야기를 해 줄 거야."

"나는 손자가 많았으면 좋겠어."

귀염둥이는 넉살좋게 말했다.

패트는 창밖으로 몸을 내밀고, 모든 피조물 중에서 가장 아름다운, 저녁 하늘에 떠오르는 초승달을 바라보았다.

"메드체스터 백작부인이 놓친 것이 하나 있지. 내가 만든 레몬 코코넛 케이크와 아주머니의 닭튀김. 이 사실을 백작부인은 영원히 모를 거야. 힐러리에게 이 얘기를 써 보내야지."

둘째 해

1

메드체스터 백작부인이 '은빛숲'을 방문한 기사가 어떻게 해서 샬럿타운의 신문에 실렸는지, 패트는 짐작할 수 없었다. 그러나 그 기사가 '금주의 소식' 난에 실려 있었다.

샬럿타운의 친지집에 며칠 동안 묵고 있던 메드체스터 백작부인은 지난주 목요일에 북글렌의 '은빛숲'을 방문하였다. 레이디 메드체스터는 앨릭산더 가드너 부부의 먼 친척이다. 백작부인은 우리의 아름다운 섬을 맘에 들어했으며, 이 섬은 지금까지 캐나다에서 본 그 어느 곳보다도 고국과 비슷하다고 말했다.

'은빛숲' 사람들은 이 기사가 마음에 들지 않았다. 선전의 요소가 너무 강하게 느껴졌기 때문이다. 시드의 말을 빌리면 '너무 과장되었다.' 확실히 그 기사는 비니 집안 사람들을 놀라서 입이 떡 벌어지게 만들었다. 다음 일요일에 남글렌 교회 사람들은 모두들 가드너 집안을 마치 왕족을 대하듯 어려워하는 눈초리로 바라보았다. 이것을 패트는 고상하지 못한 태도라고 불만스럽게 여겼다. 틸리턱조차도 '단적으로 말하면 너무 노골적이다'라고 말할 정도였다.

가장 많이 화를 냈어야 할 주디 아주머니가 별로 말이 없고 이 문제를 피하는 것을 알아차린 사람은 아무도 없었다. 결국 이 일은 차츰 잊혀져갔다. '은빛숲'에는 그 밖에도 신경을 써야 할 큰일들이 많았기 때문이다.

백작부인은 올 수도, 안 올 수도 있지만, 헤매고 돌아다니는 칠면조는 밤이 되면 몰고와야 하고 백합 뿌리를 나누어야 한다. 레이디 메드체스터의 방문은 이제 겨울에 난롯가에서 이야기되는 즐거운 추억으로 남았다.

한편 톰 삼촌은 원래 빨갛던 현관문을 무늬도 보이지 않게 칠해버리고, 사과 창고는 녹색으로 칠하고 나서 갈색으로 단을 둘렀다. '은빛숲' 사람들이나 '제비들판' 사람들이나 모두 톰 삼촌이 그러는 것에 대해서 많건 적건 불안감을 느꼈다. 물론 사과 창고는 오래돼서 색이 바래고 현관문은 오랫동안 벗겨진 채였지만, 톰 삼촌은 전혀 신경을 쓰고 있지 않다가, 이렇게 불경기가 계속되고 건초 수확도 줄고 감자가 해충의 피해를 입고 있을 때, 더구나 순무 같은 것은 전혀 수확을 하지 못하는 형편인데 필요 없는 일에 돈을 쓰고 있는 것이다.

"톰 삼촌은 날이 갈수록 젊어져 가는데, 정말 수상쩍어." 주디 아주머니가 말했다.

"내가 생각하기에는, 단적으로 말하면, 사건 뒤에는 여자가 있는 거야." 틸리턱도 이렇게 말했다.

그해에 패트 앞에 그늘을 드리우는 구름은 그것뿐이었다. '제비들판'에 무언가 변화가 일어나려고 하는데, 패트는 '제비들판'의 변화가 '은빛숲'의 변화에 못지않게 싫었다. 몇 년 동안이나 그곳에서는 모든 일이 똑같이 진행되어 왔다. 에디스 고모와 바바라 고모는 웬만한 일에는 사이좋게 지내면서 집안 일을 잘 단속하고 톰 삼촌의 영혼과 육체의 건강을 위해 저마다 참견을 해왔는데, 이제 톰 삼촌이 그들의 간섭에서 벗어나려 하는 것이다.

바바라 고모는 한심한 듯이 패트를 향해서 말했다.

"이것은 그 캘리포니아에서 오는 편지와 관계가 있는 것이야……. 틀림없어. 톰이 편지를 받고 있는 것은 우리도 알고 있지만……. 우체국 사람들이 말해주었지……. 우리는 한 통도 본 적이 없어. 도대체 어디다 챙겨 두는지 모르겠어……. 모든 곳을 다 찾아봐도 없으니 말이야. 에디스는 발견만 하면 모두 태워서 재로 만들어 버리겠다고 하지만, 그렇게 한들 무슨 소용이 있어? 그 여자가 누군지 우리는 짐작조차 못하고…… 톰은 틀림없이 시내 우체국에서 답장을 보내는 거야."

"만약 여기에, 아…… 아내를 데리고 온다면 우리는 이곳에서 나가지 않으면 안 돼, 바바라." 에디스 고모는 목이 메었다.

"아, 그런 말 하지 마, 에디스!"

바바라 고모는 금방이라도 울음을 터뜨릴 것 같았다. 바바라 고모는 패트가 '은빛숲'을 사랑하는 것 못지않게 '제비들판'을 사랑하고 있었다.

"그래, 말해야겠어. 말하고말고." 에디스 고모는 단호하게 되풀이했다. "새로 온 안주인의 말에 따르면서, 우리가 1분이라도 여기 있을 줄 알아? 우리는 실버브리지에 작은 집을 장만할 수 있을 거야."

"설마, 톰 삼촌이 그 나이에 그런 바보짓을 하리라고는 믿어지지 않아요." 패트가 말했다.

"나는 남자가 아니라서 모르겠어. 하지만 남자는 몇 살이 되든 바보짓을 할 수 있다는 것만은 알고 있지. 너도 그런 속담을 알고 있을 텐데. 톰은 59살이야. ”

바바라 고모는 이렇게 말한 뒤 한층 목소리를 낮추었다.

“나는 가끔 언니가, 아니 우리가 잘못한 게 아닐까 생각해. 예전에 멀 헨더슨과 헤어지게 한 것 말이야. ”

“바보 같은 소리 하지 마! 헤어지다니? 약혼을 한 것도 아니었는데, 누가 누구와 헤어진단 말이야? 톰은 멀에 대해 어린애다운 동경을 품고 있었던 것뿐이야. 그렇지만 바바라, 헨더슨 집안과 사돈을 맺는다는 것은 말도 안 되는 일이라는 걸 너도 알고 있잖아? ”

에디스 고모가 나무랐다.

“멀은 똑똑하고 아름다운 처녀였어. ”

“무슨 소리! 혀짤배기 소릴 하는 데다 멀의 할머니는 정신이 좀 이상했지. ”

“하지만 닥터 벤틀리의 말로는 누구나 어딘가 한 군데쯤 이상한 곳이 있대. 우리가 참견할 일이 아니었어. ”

바바라 고모의 ‘우리’라는 말은 화해를 하기 위한 말이었다. 에디스가 한 일이었다는 것은 두 사람 다 알고 있었기 때문이다.

패트는 두 사람을 동정했다. 따라서 ‘소곤소곤길’의 중간쯤에 있는 낡은 계단이 있는 곳에서 패트를 기다리고 있던 톰 삼촌을 봤을 때, 서먹서먹한 기분이 들었다. 그곳에는 나무가 무성해서 그들의 모습은 ‘제비들판’에서도 ‘은빛숲’에서도 보이지 않았다. 패트는 고개를 끄떡하고 빨리 지나가려고 했다. 그런데 톰 삼촌이 조심조심 패트의 어깨에 손을 얹고 거북한 듯이 말했다.

“패트, 좀…… 할 얘기가 있는데, 네가…… 네가 혼자 있는 것을 좀처럼 볼 수가 없어서. ”

패트는 무뚝뚝한 표정을 하고 계단에 앉았다. 톰 삼촌이 무엇을 말할 것인지 예측할 수 있을 것 같았다. 그러나 절대로 톰 삼촌의 부탁을 들어 주지 않을 것이다. 삼촌이 여름 내내 두 집안 사람들을 얼마나 걱정시켰던가.

"저…… 좀 말하기 거북한 일이라서." 톰 삼촌은 주저했다.

패트는 삼촌이 편하게 말할 수 있게 해주고 싶은 생각이 없었다. 그녀는 무뚝뚝하게 자작나무 사이로 밭을 노려보고 있었다. 밭에서는 여문 보리이삭으로 바람이 무늬를 만들고, 호박색 술이 흐르듯 출렁이는 그림자가 드리워져 있었지만, 생전 처음으로 패트는 그 아름다움이 눈에 들어오지 않았다.

가련한 톰 삼촌은 밀짚모자를 벗고 이마의 땀을 씻었다. 30년 전에는 지금처럼 머리가 벗어지지는 않았었다.

"네가 들었는지는 몰라도, 저…… 그…… 저…… 멀 헨더슨이라는 여자가 있는데."

패트는 그날 에디스 고모가 이야기하기 전까지는 들은 적이 없었지만, "들었어요"라고 매정하게 대답했다.

톰 삼촌은 안심한 듯싶었다.

"그럼…… 그럼, 아마…… 벌써…… 훨씬 이전에…… 내가 젊었을 때…… 에헴, 더 젊었을 때…… 나는…… 나는…… 결국 그…… 멀이라는…… 그…… 결국……."

톰 삼촌은 폭발하듯 사실을 털어놓았다. "나는 멀을 정말 좋아했었어."

패트는 자기 마음이 누그러지는 것을 알고 매우 화가 났다. 패트는 원래부터 톰 삼촌을 좋아했다. 톰 삼촌은 언제나 친절하다. 삼촌은 보기에도 가련한 모습을 하고 있었다.

"왜 그분과 결혼하지 않았어요?"

패트는 부드럽게 물었다.

"멀이…… 승낙하지 않았어." 톰 삼촌은 부끄러운 듯 웃었다. 일단 말을 꺼낸 이상 그는 모든 것을 털어놨다. "에디스는 자기가 내 결혼을 막았다고 생각하고 있지만, 그렇지 않아. 만약 멀이 나하고 결혼할 마음만 있었다면 에디스 같은 방해자 한 부대가 왔대도 상관하지 않았을 거야. 멀이 나를 거절한 것은 당연했어. 나를 사랑한다는 것이 도리어 이상한 일이지. 나는 미숙하고 세련되지 못한 소년이었는데 그녀는…… 너무도 아름다웠으니까. 패트, 난 그리 낭만적이지는 못하지만…… 그녀가 마치 이 세상 사람이 아닌 것처럼 느껴졌단다. 뭐랄까…… 그러니까…… 요정처럼 말이다."

패트는 갑자기 톰 삼촌을 이해할 수 있을 것 같았다. 톰 삼촌에게 멀은 멀이었을 뿐만 아니라 젊음이고, 아름다움이고, 신비이자 로맨스였다. 두 사람의 노처녀에게 눌려서 재미없게 살아 온, 중년을 넘긴 농부의 생활에 결여된 것들이다.

"멀은 부드럽게 굽슬거리는 적갈색 머리칼에 상냥한 적갈색 눈동자, 그리고 조그맣고 사랑스러운 붉은 입술을 하고 있었지. 패트, 네가 멀의 웃음소리를 들었다면…… 나는 그 웃음소리가 잊혀지지가 않아. 우리는 파티에서 같이 춤을 추곤 했지. 그녀는 깃털처럼 가벼웠어. 달빛을 받고 서 있는 저 흰 자작나무처럼 늘씬하고 아름다웠지. 그녀가 걷는 것은 마치…… 마치…… 봄이 걸어오는 듯했단다. 나는 멀 아닌 다른 사람을 사랑한 적이 없어. 한평생 그녀만을 사랑해왔지."

"그 사람은 어떻게 됐어요?"

"캘리포니아로 갔어……. 큰어머니가 거기 있었고…… 거기서 결혼을 했는데 지금은 미망인이야. 패트, 2년 전에 스트리터 가족이 캘리포니아에서 잠깐 이곳을 방문한 것을 기억하고 있지? 조지 스트리터는 예전부터 나와 알던 사이로, 멀의 일을 전부 얘기해 줬어……. 혼자 된 뒤로 형편이 좋지 않아서 일을 나가지 않으면 안 됐는데, 대중연설과 강의를 하고 있대. ……똑똑한 사람이지. 패트, 그녀의 편지는 참으로 훌륭해. 나는…… 나는 조지로부터 그 얘기를 듣고 나서, 멀의 일이 머리에서 떠나지 않았어. 그래서 …… 나는…… 편지를 보냈지. 그렇게 해서 우리는 편지를 주고 받게 된 거야. 나는 멀에게 결혼해 주지 않겠느냐고 말했어, 패트."

"그래서 저쪽에서는요?"

패트는 친절히 물었다. 톰 삼촌의 기분을 상하게 하고 싶지 않았다. 불쌍한 톰 삼촌……. 사랑했고, 사랑을 잃었고, 그러고도 여전히 옛 사랑에 충실하다는 것은 너무나 로맨틱하다.

"아, 그것이 문제야. 패트." 톰 삼촌은 수수께끼 같은 말을 했다. "아직 결심을 못하고 있어. 그렇지만 마음이 아주 없지는 않은 것 같아. 혼자 사는 일에 지친 거지. 그래서 사실은 너의 도움을 받으려고 해, 패트."

"제 도움이요?"

패트는 어리둥절해졌다.

"멀은 지금 친지를 만나러 뉴브런즈윅에 와 있어. 그래서 이 섬에도 금방 다녀갈 수가 있다고 해. 이곳에 와서 주변을 둘러볼 생각인 거지. 그리고 나라는 인간이, 함께 살기에 믿을 만한 사람인지 확인하고 싶은 거지. 나더러 뉴브런즈윅에 와 달라고 하는데, 지금은 추수 때라 일꾼에게만 맡겨 놓고 이곳을 비울 수가 없어. 무슨 말을 하고 있는지 읽어 봐 줘, 패트."

패트는 약간 주저하면서 편지를 받아들었다. 두꺼운 물빛 편지지에서 짙은 향수 냄새가 풍겼다. 그러나 그녀가 방문하는 데 대해서는 요령 있게 쓰여 있었다.

"우리는 둘 다 많이 변했겠죠, 그리운 톰. 그래서 마음을 정하기 전에 서로 보는 것이 좋을지도 모르겠어요."

'그리운'이라는 말에 패트는 겨우 웃음을 참았다.

"내가 어떤 역할을 해야 할지 전혀 모르겠어요, 톰 삼촌."

"나는…… 나는…… 네가 멀을 2, 3일 동안 '은빛숲'에서 지낼 수 있게 초대해 주었으면 좋겠어. '제비들판'으로 부를 수는 없어……. 에디스가 히스테리를 일으킬 거야……. 그리고 어쨌든 멀도 와 있으려 하지 않을 거고. 하지만 네가 편지를 보내서……. '멀 메리듀 부인께'라고 말이야……. '은빛숲'에 초대를 하면……. 멀은 앨릭과 함께 초등학교를 다녔지……. 지금 곧 그렇게 해줘, 패트." 톰 삼촌은 열심히 설명했다.

패트는 자신이 심히 곤란한 일에 끌려들어가고 있는 것을 알았다. 에디스 고모는 용서하지 않을 것이고, 주디 아주머니는 제정신이 아니라 생각할 것이고, 귀염둥이는 장난으로 받아들일 것이다. 그러나 다시 한 번 행복해질 기회를 붙잡으려 하는 톰 삼촌의 부탁을 거절할 수는 없는 노릇이다. 패트는 당장 승낙하지는 않았지만 엄마와 의논해 보겠다고 말했다.

다음날 패트는 초대장을 보냈다. 그 뒤 1주일은 후회와, 불안과, 어떤 일이 있더라도 톰 삼촌 편에 서겠다는 결심이 교차하는 초조한 나날이었다.

식구들이 패트가 한 일을 알게 되었을 때 '은빛숲'에는 큰 소란이 일었다. 아빠는 어떻게 해야 할지 마음을 정하지 못하고 있었지만 ……. 그러나 결국 이 문제는 자신이 결정할 일이 아니라 톰이 결정할 일인 것이다. 시드와 귀염둥이는 패트가 예상했던 대로 장난으로 알고 있었다. 틸리틱은 완강히 의견을 말하지 않았다. 이것은 단적으로 말한다면 톰 자신의 문제고 여자들은 간섭할 권리가 없다는 것이다.

주디 아주머니도 처음에는 어이가 없어서 "너도 좀 분별이 있어야 해, 패트!"라고는 했지만, 곧 이 로맨스에 어느 정도 흥미를 느꼈으며 그 잘난 에디스가 어떻게 받아들일지 보고 싶다는 은밀한 욕망까지 생겼다. 에디스는 이 일을 받아들이기 힘들어했다. 그녀는 가엾은 바바라 고모를 끌고 와서 집요하게 패트를 공격했다. 바바라 고모는 온 집안을 울면서 돌아다니면서도 그들이 간섭할 일은 아니라고 생각하고 있었다. 패트는 에디스 고모와 불유쾌한 한때를 보냈다.

"어떻게 그런 일을 할 수가 있지, 패트?"

"톰 삼촌의 부탁을 거절할 수 없었어요. 그렇지만 초청하든 안 하든 큰 차이는 없을 거예요, 에디스 고모. 만약 내가 초대하지 않았다면 삼촌이 뉴브런즈윅으로 만나러 가실 테니까요. 게다가 그분은 삼촌과 결혼을 안 할지도 모르고요."

에디스 고모는 신음했다.

"위로하는 척하지 마. 물론 그 여자는 톰과 결혼할 거야. 손자까지 있는 주제에. 조지 스트리터가 그렇게 말했다구. 그런데도 자기가 이팔청춘인 줄 아나보지. 생각만 해도 소름이 끼쳐. 나는 도저히 참을 수가 없어. 나는 흥분하면 심장에 무리가 가. 그것은 모두 알고 있는 일이야. 너도 알고 있을 텐데, 패트?"

확실히 패트는 알고 있었다. 만약 이 일로 에디스 고모가 죽기라도 하면 어떻게 하나. 그러나 이미 때는 늦었다. 톰 삼촌은 이제 도저히 어찌해 볼 도리가 없게 되었다. 그는 이 상황을 마음껏 즐기고 있었다. 갑자기 인생이 다시 로맨틱해졌다. 에디스 고모가 무슨 짓을 하든 무슨 말을 하든 조금도 신경 쓰지 않았다. 그는 '고모들'의 거처로 실버브리지에 아담한 방갈로를 알아보기까지 했다.

에디스 고모의 경멸스러운 기분은 말로 다 표현할 수 없을 정도였다.

"방갈로라고! 패트, 지금 저렇게 날뛰는 인간을 움직일 힘이, 조금이라도 그를 진정시킬 힘이 있는 사람은 너밖에 없어. 어떻게든 그를 말릴 수 없을까? 적어도 노력은 해볼 수 있지 않겠니?"

패트는 에디스 고모가 심장 발작을 일으킬까 두려워 그렇게 하겠다고 약속을 했다. 그러고는 손님용 침실로 올라가서, 커다란 갈색 책상 위에 노란 국화 화분을 얹어놓았다. 새로 큰어머니가 생긴다면 그분과 사이 좋게 지내야 한다. '제비들판'과 사이가 멀어진다는 생각은 해본 적이 없다. 패트는 한숨을 쉬었다. 아, 정말 유감스러운 일이다. 그토록 행복하고 만족스럽게 여러 해를 보냈건만! 패트는 그 어느 때보다 변화가 싫었다.

2

톰 삼촌이 오후 기차로 도착하는 메리듀 부인을 마차로 마중나가기로 했다.

"자동차를 사야 할 텐데, 패트. 그 사람은 이렇게 마중하는 것을 구식으로 생각할 거야."

"이렇게 깨끗한 마차는 어디 가서도 찾아볼 수 없어요."

패트의 격려에 힘을 얻은 톰 삼촌은, 자기 생각에는 자연스럽고 로맨틱한 태도로 마차를 몰고 길을 떠났다. 겉모습은 가족 앨범 속 사진처럼 무뚝뚝한 얼굴을 하고 있었지만, 마음만은 20살 청년으로 되돌아가 있었다.

틸리틱은 바깥에 무슨 일이 났느냐고 하는 주디 아주머니의 빈정거림에도 아랑곳 없이 그 주변에서 서성거리며 "나는 원래부터 청혼하는 일에 흥미가 있어서"라며 뻔뻔스러운 말을 하고 있었다.

실버브리지에서 기적이 울리고 나서 톰 삼촌이 집에 돌아올 때까지는 모두에게 한없이 긴 시간처럼 느껴졌다. "톰 삼촌은 깜짝 놀라서 죽어 버린 거야"라고 시드가 더할 나위 없이 로맨틱하지 않은 의견을 말했다. 그러는 동안에 문에서 마차 멈추는 소리가 들려왔다.

"야, 신부가 도착했다!"

틸리틱은 부엌 문을 통해 살그머니 바깥으로 나갔다. 패트와 귀염둥이는 잔디밭으로 뛰어나갔다. 주디 아주머니는 베란다 창문으로

내다봤다.

틸리턱은 라일락 숲 뒤에 숨었다. 몸이 안 좋아 침대에 누워 있던 어머니조차도 베개 위에서 몸을 일으키고, 등나무 넝쿨 사이로 아래를 내려다봤다.

모두들 톰 삼촌이 말 두 필이 끄는 네 바퀴 마차에서 거대한 부인을 부축해서 내려놓는 것을 봤다. 그 부인은 흰옷을 입고 펄럭펄럭 나부끼는 커다란 흰 모자를 쓰고 있었기 때문에 더욱 거대해 보였다. 그녀는 살찐 두 다리로 오솔길을 걸어서 패트와 귀염둥이가 기다리고 있는 현관 쪽으로 갔다. 패트는 자기 눈이 의심스러운 듯 똑바로 쳐다봤다. 이 여자가, 하이힐을 신은 발이 통통한 이 여자가, 톰 삼촌이 옛날에 꿈꾸었던 댄스의 요정이었을까?

"이쪽이 패트인가요? 안녕, 패트 양?"

메리듀 부인은 패트를 꽉 껴안았다.

"이쪽은 귀염둥이 양이군…… 예쁘기도 해라!"

귀염둥이도 똑같이 껴안았다. 겨우 입이 떨어진 패트는 2층으로 올라오시라고 말했다. 톰 삼촌은 한 마디도 말을 하지 않았다. 틀림없이 충격을 받아서 성대가 마비돼 버린 것이라고 귀염둥이는 은근히 생각했다.

"저 사람이 전부 한 사람 분의 여자일까?"

틸리틱은 라일락 숲을 향해서 물어봤다.

"나는 마른 여자를 좋아하는 것은 아니지만……, 하지만 그렇다고 해서……."

"저 여자가 '제비들판'에 들어가 있다고 한번 생각해봐. 톰 가드너는 대문을 칠하는 대신 문 입구를 넓혔어야 했는데." 주디 아주머니는 젠틀맨 톰에게 말했다.

젠틀맨 톰은 늘 그렇듯이 아무 대답도 하지 않았지만, 맥긴티는 부엌의 긴 의자 밑으로 기어들어갔다. 2층에서는 엄마가 베개에 등을 기대고 몸을 흔들며 웃고 있었다.

"톰도 불쌍하군! 정말 불쌍해……."

메리듀 부인은 2층으로 올라가면서 계속 떠들어대며 웃고 있었다. 그녀가 굉장히 뚱뚱한 팔을 들어올려 모자를 벗자, 눈처럼 흰 머리칼이 멋진 웨이브를 그리며 흘러 떨어졌다. 한때는 아름다웠을 얼굴이지만, 지금은 볼의 군살 속으로 적갈색 눈동자가 푹 파묻혀 있다. '사랑스러운 붉은 입술'은 여전히 붉었지만……, 그러나 색깔이 너무 진했다. 립스틱은 '은빛숲'에서는 유행하고 있지 않았다. 그러나 금니의 강렬한 빛이 입술의 아름다움을 손상시키고 있었다. 톰 삼촌의 기억 속에 남아 있는 청량한 웃음소리는 지금은 윤기가 없는 메마른 소리에 지나지 않았다. 그래도 어딘지 모르게 마음씨가 좋아 보이는 듯한 웃음소리였다. 메리듀 부인은 다시 아래층으로 내려오자 "자, 바깥에 나가서 앉읍시다" 하고 소리질렀다. 모두 그 뒤를 따라 뜰로 나갔다. 아직도 말이 없는 톰 삼촌은 맨 뒤에 따라왔다. 패트는 차마 톰 삼촌의 얼굴을 쳐다볼 수가 없었다. 도대체 톰 삼촌은 무슨 생각을 하고 있는 걸까? 메리듀 부인은 통나무로 만든 의자에 털썩 앉았다. 의자는 기분 나쁘게 삐걱거렸다. 부인은 환하게 웃으며 주변을 둘러보았다.

"나는 앉아서 황금빛 벌들이 클로버의 꿀을 빨아먹는 게 바라보는 것을 대단히 좋아요. 시골을 동경해요. 도시는 인공적이니까. 정말 도시는 인공적이지 않아요, 패트 양? 도시에서는 진정한 영혼의 교류라는 것이 없어요. 이 아름다운 시골에서는, 하느님의 푸른 하늘 아래에서는" 메리듀 부인은 반쩍이는 반지를 낀 양손을 하늘로 쳐들었다. "인간은 참모습으로 되돌아가서 최고의 자신을 발휘할 수 있습니다. 그대도 나의 생각에 찬성하겠죠, 천사 양?"

"물론이죠."

패트는 얼빠진 대답을 했다. 천사가 된 패트는, 이 세상의 애기는 어느 것 하나도 생각해 낼 수가 없었다. 하지만 그것은 문제될 것이 없었다. 메리듀 부인이 모든 사람을 대신해서 얘기해 주었기 때문이다. 그녀는 마치 강연회의 단상에 서 있고, 청중은 그저 앉아서 듣기만 하면 되는 것처럼 떠들어댔다.

"그대는 정신 분석에 흥미가 있나요?"라고 패트에게 물었지만 메리듀 부인은 패트의 대답을 기다리고 있지 않았다.

주디 아주머니가 저녁 식사가 준비되었다고 알렸기 때문에, 패트는 톰 삼촌에게 식사를 하고 가라고 권했다. 그러나 톰 삼촌은 가까스로 거절의 의사를 밝힐 수 있었다. 그는 일이 있어서 집에 가봐야 한다고 했다. 그러자 메리듀 부인이 애교스럽게 말했다.

"오늘 밤에 드라이브 가기로 한 것을 잊으면 안 돼요. 글쎄, 여러분, 내가 기차에서 내렸을 때 이분은 나를 몰라봤어요. 생각 좀해 봐요...... 옛날에는 애인 사이였는데."

"당신은...... 그 무렵에는...... 훨씬 말랐으니까." 톰 삼촌은 무거운 말투로 얼버무렸다.

메리듀 부인은 뚱뚱한 손가락을 흔들어 보였다.

"우리는 양쪽 다 변했어요. 당신도 많이 늙었어요, 톰. 하지만 상관없어요. 마음은 옛날과 다름없이 젊으니까요. 그렇지요, 톰?"

톰은 집으로 돌아갔다. 패트와 귀염둥이와 메리듀 부인은 저녁 식사를 하러 집 안으로 들어갔다. 부인은 뜰의 오솔길 옆 제비고깔꽃이 보이는 자리에 앉고 싶다고 했다. 그녀는 평생 아름다움을 추구해왔다고 했다.

패트네 식구들은 그녀를 제비고깔꽃이 잘 보이는 장소에 앉게 하고, 홀린 듯 얘기를 듣고 있었다. 이런 사람은 '은빛숲'에서는 처음이었다. 뚱뚱한 부인이 묵었던 적도 있었고, 이야기를 좋아하는 부인이 다녀간 적도 있었고, 인상 좋은 부인이 왔던 적도 있었다. 그러나 메리듀 부인처럼 뚱뚱하고 이야기하기를 좋아하고 인상이 좋은 부인은 한 사람도 없었다. 패트와 귀염둥이는 서로 눈을 마주칠 수가 없었다. 다만 메리듀 부인이 '잠재력의 이성분적 밀집(異成分 的 密集)'이라는 말을 마치 '제비고깔꽃의 푸른 빛'을 말할 때처럼 가볍게 말했을 때, 귀염둥이는 테이블 밑에서 패트의 다리를 차고, 부엌에서는 주디 아주머니가 틸리틱을 향해 "나도 전에는 우리 말을 잘 알아들었는데"라고 말했다.

다음날 아침, 파란 옷차림으로 식사를 하러 내려온 메리듀 부인은 터무니없이 크게 보였다. 그녀는 아침 식사 내내, 오전 내내, 점심 식사 내내 계속 떠들어댔다. 오후에는 톰 삼촌과 외출을 하느라 집에 없었지만 저녁 식사 때는 또다시 식사 시간 내내 계속 떠들었다.

메리듀 부인은 초저녁에 잠깐 얘기를 그쳤다. 얘기하기에 지쳤기 때문일 것이다. 그녀는 잔디밭의 통나무 의자에 앉아서 비단옷 위로 손을 모아쥐고 있었는데, 톰 삼촌이 오자 또다시 입을 열더니 계속 떠들었다. 얘기를 그친 것은 피아노 있는 곳에 가서 〈그리운 지난날〉이라는 노래를 불렀을 때뿐이었다. 목소리가 고와서 모습만 보지 않는다면 크게 감탄할 정도였다. 부엌에서 그녀의 노래하는 모습을 보지 못한 틸리틱이 황홀했다고 말할 정도였다. 그러나 주디 아주머니는 피아노 의자가 망가지지나 않았을까 하는 것에만 신경이

쓰였다.

"그분은 자신이 강연장의 연단에 서 있지 않다는 것을 잊고 있는 것뿐이야." 패트가 말했다.

메리듀 부인에게 화제의 대상이 되지 않는 것은 한 가지도 없었다. 크리스천 사이언스와 비타민에 대해서, 볼셰비즘과 소극장에 대해서, 만주에 대한 일본의 속셈과 텔레비전에 대해서, 신지학(神智學)과 금본위제에 대해서, 영기(靈氣)의 색깔 및 소극적인 사고방식에 대한 적극적 사고방식의 가치에 대해서, 부활설과 고등 비평에 대해서, 미행성설(가스 유출로 인해 미행성이 만들어지고 미행성들이 모여 행성이 만들어졌다는 몰턴의 태양기원설)과 현대 소설의 경향에 대해서, 털옷에 좀이 슬지 않게 하는 가장 좋은 방법과 고양이에게 피마자유를 주는 방법에 대해서 등등 화제는 무궁무진하였다. 패트는 힐러리에게 보내는 편지에 메리듀 부인에 대해 묘사하면서 학창 시절에 암기했던 시를 첨부했다.

바위에서 들로
세차게 흐르는 시내
그녀의 얘기는 이 시냇물처럼
잉꼬에서 동음이의어로
마호메트에서 모세로
팡팡 튀면서 흘러간다

주디 아주머니가 신음하듯 말했다.

"그 사람은 머리가 이상해. 그러고 보니까, 헨더슨 집안에는 이상한 점이 있었어. 그 사람의 할머니라는 분은 가끔 정신이 이상해졌고, 할아버지라는 사람은 죽기 몇 년 전부터 객실 침대 밑에 관을 놓아 두었으니까. 아주 소문이 자자했었지."

"그 사람이라면 내가 어렸을 때 보아서 알아요. 그 사람 부인이

그 관 속에 과일케이크와 멋진 시트를 넣어 두곤 했지." 틸리턱이
참견을 했다.

주디 아주머니는 못 들은 척하고 이야기를 계속했다.

"그렇더라도 나는 왠지 모르게 그 사람이 좋아."

실제로 집안 사람들은 '왠지 모르게' 메리듀 부인에게 호감을 느
끼고 있었다. 엄마도 메리듀 부인을 좋아했지만, 부인의 이야기를
듣느라 피곤해지면 큰일난다고 패트가 되도록 침대에서 쉬게 했다.

메리듀 부인은 마음이 넉넉했고, 그녀의 미소는 사람의 마음을 끌
었다. 걸을 때마다 마루가 삐걱거렸지만, 부인의 마음은 깃털처럼
가벼웠다. 그녀는 버터 바른 빵 위에 흑설탕을 3센티 두께로 얹어
먹는 것을 좋아할지는 모르지만 마음속에는 한 조각의 악의도 숨어
있지 않았다. 주디 아주머니는 메리듀 부인이 계단에서 굴러떨어지
면 어떻게 될 것인가 하는 비관적인 생각도 해봤다. 메리듀 부인은
맥긴티를 아주 귀여워하고, 어느 고양이하고도 친한 친구가 되었다.
젠틀맨 톰조차도 메리듀 부인의 매력에 굴복하여, 귀 뒤를 긁어주면
가는 꼬리를 살랑살랑 흔들어 보였다. 인간의 성격에 대한 젠틀맨
톰의 통찰력을 절대적으로 신뢰하는 주디 아주머니는 결국 톰 가드
너는 생각보다는 바보가 아닐지도 모른다고 생각했다. 비록 무섭게
뚱뚱한 몸집이었지만 메리듀 부인은 '집안일에 대해서는 아주 능숙'
했기 때문이다. 허드렛일을 거든다고 하면서 그녀는 접시닦기라든
지, 은그릇 광내기라든지 청소까지도 깜짝 놀랄 정도로 솜씨 있게
해치웠다. 그러면서 그 사이에도 별로 힘들어하지도 않고 계속 떠들
어댔다. 그리고 저녁때는 톰 삼촌과 함께 달빛을 받으며 정원에 앉
아 있거나 드라이브를 하거나 했다.

톰 삼촌이 어떤 생각을 하고 있는지는 아무도 몰랐다. 패트조차도
몰랐다. 고모들은 체념을 했는지 조용했다. 두 사람 모두 메리듀 부
인을 찾아오지 않았다. 어떤 형태로든지 그녀를 인정하지 않으려고

했다. 톰 삼촌이 최면에 걸려 있다는 게 고모들의 의견이었다.

어느 날 밤, 패트는 '은빛숲'에서——그녀의 사랑스런 '은빛숲'은 어렴풋한 달 그림자로 가득했다——통나무에 앉아 있었다. 잠시 혼자 있고 싶어서 살짝 빠져나온 것이다. 메리듀 부인은 부엌에서 도넛을 먹으면서 주디 아주머니에게 여행이 얼마나 안목을 넓혀주는지에 대해 이야기하면서 아일랜드에 꼭 갔다오라고 권하고 있었다. 주디 아주머니의 부엌은 확실히 이전과 달라졌다. 패트는 메리듀 부인이 갈 때가 다가오고 있다는 것을 생각하고 내심 안도 했다. 만약 메리듀 부인이 다시 돌아온다 하더라도 그것은 '제비들판'의 일이고 '은빛숲'의 일은 아니다.

누군가 오솔길을 걸어와서 패트 곁에 앉으며 깊은 한숨을 쉬었다. 톰 삼촌이었다! 패트는 말하지 않아도 톰 삼촌의 마음을 알 것 같았다. 톰 삼촌의 '화사하고 화려한 꿈'은 그림자도 없이 사라져 버린 것이다. 가련한 톰 삼촌은 옛날의 마법을 되돌릴 수 있다고 착각을 한 것이다.

톰 삼촌은 한참을 말없이 앉아 있다가 마침내 입을 열었다.

"그 여자는 내가 다시 한 번 결혼신청을 할 줄 알고 있어, 패트."

"꼭 그렇게 해야 하나요?"

"남자로서 그렇게 하지 않으면 안 돼……. 그것도 오늘 밤에."

톰 삼촌은 엄숙하게 말하고 그 뒤로 말이 없었다.

패트는 '침묵은 금'이라고 생각하기로 했다. 잠시 뒤에 두 사람은 일어서서 집으로 돌아왔다. 두 사람이 숲에서 나오자 부엌의 블라인드에 뚱뚱한 여자의 그림자가 비쳤다.

톰 삼촌은 공허한 신음 소리를 냈다.

"저것 좀 봐. 나는 사람이 저렇게까지 변할 줄은 꿈에도 몰랐어. 패트, 패트. 나는…… 나는…… 저 사람의 늙은 모습을 안 봤더라면 좋았을 텐데, 패트." 톰 삼촌은 말을 더듬었다.

두 사람이 방으로 들어오자 메리듀 부인은 톰 삼촌을 작은 응접실로 끌고 갔다. 그런데 다음날 이상한 일이 일어났다. 메리듀 부인은 아침 식사를 하러 내려와서 10시 15분 상행 열차를 타야 하니까 미안하지만 실버브리지까지 데려다 달라고 시드에게 부탁했다. 메리듀 부인은 집안 사람들에게 명랑하게 이별을 고하고, 패트를 옆으로 불러서 가만 가만히 이야기했다.

"나를 나쁘게 생각하지 말아 줘, 패트 양. 네가 이 일을 모두 알고 있다고 그 사람한테 들었으니까……. 여기에 올 때에는 정말 그 사람과 결혼할 작정으로 왔는데, 보는 순간……. 그래, 아무래도 그렇게는 되지 않으리라는 것을 알았어. 물론 이렇게 누군가를 낙심케 하는 것은 끔찍한 일이지만, 아름다움이라는 것에 대해서 나는 꽤 까다로운 편이거든. 그 사람은 너무 늙었고 변해 버렸어. 내가 알고 있던 톰 가드너와는 전혀 닮지 않았어. 그 사람에게 특별히 잘 해줘. 그리고 우리 모두를 둘러싸고 있는 행복의 파장에 저 사람의 정신이 다시 어울릴 수 있도록 기운을 북돋워 줘. 그 사람은 말이 별로 없고, 내 결심에 크게 영향을 받았으리라고 생각하지만, 조금 지나면 이것이 가장 좋은 일이라는 것을 스스로도 알게 될 거야."

메리듀 부인은 기다리고 있던 마차에 올라타고, 통통해서 보조개가 진 손을 흔들고 사라졌다.

"역에 도착할 때까지 저 마차의 스프링이 견뎌낼지 모르겠어. 그래, 결혼식은 언제야, 패트?"

주디 아주머니가 묻자 패트는 싱긋 웃으며 대답했다.

"결혼식 같은 건 없어요. 모든 것이 끝나 버렸어요."

"하느님, 감사합니다. 네가 그 사람을 여기로 초대한 것은 잘한 일이었어. 톰 삼촌이 편지로 결혼을 약속했더라면, 만나서 어떤 느낌이 들든 약속은 지켰을 테니까. 내가 그 사람을 싫어해서가 아니야, 패트. 그 사람이 실망을 했을 것을 생각하면 불쌍하다는 생각이 들어. 하지만 그 사람은 톰 가드너의 아내로는 적당치 않아. 톰 삼촌이 마지막 순간에나마 그것을 알았으니 다행이야."

패트는 아무 말도 하지 않았다. 톰 삼촌도 아무 말도 하지 않았다. 그때도 그 다음에도 그는 입을 굳게 다물고 있었다. 삼촌의 작은 로맨스는 끝났다. 실버브리지의 방갈로 교섭은 갑자기 중단됐다. 고모들은 패트가 톰 삼촌을 설득했다면서 아주 고마워했다. 패트가 자기는 아무 일도 한 것이 없다고 아무리 말해도 소용이 없었다.

"그런 말은 하지 말아. 톰은 그 여자가 왔을 때부터 매혹된 것 같았으니까. 마치 꿈속을 걷듯 돌아다니고 있었어. 그런데 마지막 순간에 무언가가 톰을 되돌아오게 한 것이야. 그 무언가가 바로 너야, 패트. 물론 그 여자는 톰을 놓쳐서 무섭게 화를 내고 있을 거야."

패트는 잠자코 있었다. 메리듀 부인 쪽에서 거절했다는 것과 톰 삼촌이 이를 감사히 여기고 있다는 것을 고모들은 도저히 믿지 못할 것이다.

'제비들판'과 '은빛숲'은 다시 일상의 평온한 생활로 되돌아갔다.

'이 일을 모두 힐러리에게 써보내야겠다.'

패트는 저녁 노을이 비치는 창가에 앉아서 생각했다. 엷은 앵초빛이 깔려 있고, 창 밑의 뜰에서는 솔새들이 번잡하게 오가고, 제비는 낮게 목장을 날아다니고 있다. 언덕에는 황금빛 밀밭이 출렁이고, 그 맞은편에는 비로드처럼 빼곡이 들어선 가문비나무가 수정 같은 하늘을 어루만지고 있다. 모든 것이 어쩌면 이렇게도 아름다울까! 모든 것이 내게 손짓을 하고 있는 듯하다! '은빛숲'은 얼마나 친절함이 넘치는 농장인가! 다시 조용한 저녁을 맞이하고, 주디 아주머니와 둘이서 '한입' 먹기도 하고, 농담을 즐길 수 있다는 것은 얼마나 멋진 일인가. 게다가 '제비들판'에 아무 변화도 일어나지 않아서 좋았다. 이 소식을 들으면 힐러리도 기뻐할 것이다.

저 저녁해를 봉투에 넣어서 힐러리에게 보낼 수 있다면 좋을 텐데. 내가 6살 때쯤에 주디 아주머니에게 "아주머니, 석양이 지는 세계에 산다는 것은 멋지지 않아요?"라고 말한 적이 있지만, 지금도 역시 그런 생각이 든다.

3

패트의 하늘에서 '제비들판'의 그림자가 사라진 뒤 '은빛숲'에서는, 가을과 겨울 사이 즐거운 생활이 계속됐다. 그해 겨울은 추웠다. 너무나 추워서 창문에는 언제나 서리가 끼어 있을 뿐만 아니라 눈의 깃털로 가려져 있었다. 자작나무와 가문비나무로 눈이 많이 내리고 매서운 바람이 불었다. 1월에도 눈이 녹는 날이 없었다. 그래도 틸리틱은 희망을 버리지 않았다.

"나는 무수한 1월을 났지만, 눈 쌓인 1월은 본 적이 없어."

틸리틱은 단언했다. 그리고 모두들 웃자 언짢아했다. 그러나 그해 처음으로 틸리틱은 그런 1월을 만났다. 추위는 끊이지 않고 계속됐다. 주디 아주머니의 화단 둘레에 놓여 있는 돌은 언제나 눈모자를 쓰고 있어서 등이 굽은 작은 땅의 신처럼 보였다. 패트는 눈 덮인 뜰을 보고 기뻐했다. 눈이 많이 오지 않는 겨울의 뜰을 보면 마음이 아팠던 것이다. 단단히 얼어붙은 지면에서 꽃대가 삐죽이 슬프게 솟아 나와 있고, 잎이 떨어진 관목이 몸을 허우적거리고 있는 것을 보면, 이것이 6월 동산에서 예쁜 꽃을 피우리라는 것이 믿어지지 않을 만큼 쓸쓸하게 보였다. 이 뜰이 새하얀 이불 밑에서 잠자며, 수선화와 함께 찾아올 봄을 꿈꾸고 있을 거라고 생각하면 즐거웠다.

모든 곳이 아름다웠다. 때때로 패트는 흰빛에 싸여서 두려움 없이 벌거벗은 모습을 내보이고 있는 겨울 숲이야말로, 드물게 보는 멋진 광경이라고 생각했다. 잎이 떨어진 나무가 회색을 띤 진줏빛 겨울

하늘을 배경으로 우뚝 서 있는 것은 참으로 아름다웠다. 조용히 눈이 내려쌓인 뒤의 연분홍빛 저녁 노을 속에 보이는 자작나무 숲만큼 아름다운 것이 또 있을까?

기분좋고 아늑한 '은빛숲'은 눈보라가 몰아치는 어둑한 밤에도 불빛이 가득한 창가에서 새어나오는 즐거운 웃음소리로 거센 밤과 맞섰다. 집안 식구가 모두 주디 아주머니의 부엌에 몰려와서 사과나 과자를 먹고, 고양이들은 즐거운 듯이 가르릉거리며, 늙어서 조금 귀가 먼 작은 개는 패트의 발밑에서 코를 골고 있다.

엉터리 같고, 신비하고, 즐겁고, 무서운 얘기를 주디 아주머니와 틸리틱이 서로 경쟁해서 '은빛숲' 사람들은 가끔 배를 움켜쥐고 웃었다. 주디의 얘기는 대부분 아일랜드를 배경으로 한 것이었다. 그래서 아주머니가 지옥의 악마와 거래한 남자에 대한 얘기를 할 때는 틸리틱도 그 남자를 알고 있다든지 또 자신이 그 남자였다고는 말할 수가 없었다.

"어떤 거래였어요, 아주머니?"

"아, 자기 아내의 목숨이 걸린 거래였지. 그 남자가 하느님께 빌지 않는 이상 그의 아내는 언제까지나 살 수 있지만, 하느님께 빌기만 하면 아내는 죽어버리게 돼 있어. 그 남자 본인은 영원히 악마의 것이 되고 말이야. 확실히 아내는 오래 살았는데, 언젠가 돼지 다리 한 개가 부러지자 그 남자는 무심코 '아, 하느님……'이라고 말해 버린 거야. 그래서 그만 그의 아내는 그날 밤에 죽어 버렸지."

"하지만 그것은 기도가 아니잖아요, 아주머니?"

"아니야, 그것이 기도야. 무엇인가 곤란할 때 그렇게 하느님을 부르면, 그것이 기도가 되는 것이야. 지옥의 악마는 그것을 잘 알고 있었지."

"그 남편은 어떻게 됐어요, 아주머니?"

"악마가 데려가 버렸지."

주디 아주머니는 말할 수 없이 무섭게 말했기 때문에, 모두 다 등이 오싹해졌다. 그 효과에 만족한 주디 아주머니는 원망스러운 듯 말을 이었다.

"하지만 나의 시시한 옛날 얘기 같은 것 들어 봤댔자……. 그것보다는 빵이라도 굽는 편이 낫겠어."

주디 아주머니가 빵을 굽고 있는 동안, 틸리턱이 어느 달밤에 스케이트를 타다가 이리에게 쫓긴 얘기를 정말 재미나게 했기 때문에 모두들 즐거워 했다.

그러나 주디 아주머니는 차갑게 말했다. "그 얘기라면 나도 읽은 적이 있어요, 틸리턱. 나의 파란 상자 안에 넣어둔 〈로열 리더〉에서."

틸리턱은 태연스러웠다.

"그런 얘기를 읽은 적이 있겠지. 이리에게 쫓겨다닌 것은 나 혼자만은 아니었으니까."

그러고 나서 다 같이 빵을 '한입' 먹었다. 바깥에서는 세찬 바람이 불고 있었다. 그들은 따뜻하고 기분 좋은 침실로 들어갔다.

그해 겨울, 드와이트 매디슨은 발이 닳도록 '은빛숲'을 드나들었다. 시드의 말처럼 드와이트는 확실히 '결혼하고 싶은 무서운 병'에 걸려 있는 것 같았다. 패트는 퇴짜를 놓으려 했지만, 드와이트는 퇴짜를 당하지 않으려 했다. 어떤 처녀든 자기를 거절하리라고는 생각지도 못한 것이다. 헤이젤 고모는 드와이트를 아주 마음에 들어 했지만 이상하게 주디 아주머니는 그렇지 않았다. 주디 아주머니에게는 그가 너무 착실하고 너무 점잖고 진지하게 생각되었다.

"저 사람을 애인으로 삼을 셈이냐?"

드와이트가 처음 왔다간 날 주디 아주머니는 이렇게 물었다. 마치 고양이가 물고 온 물건에 대해 얘기하는 것 같은 말투였다. 패트는 저 사람은 코를 골 거라고 했고, 귀염둥이는 시금치같이 생겼다고 말했다. 그러고는 그만이었다. 꺽다리 앨릭은 드와이트에게 혼자 사는 삼촌이 있어서 재산을 물려받으리라는 점에 기대를 걸고 있었으나, 요즈음 처녀들은 너무 까다롭다면서 체념했다. 헤이젤 고모는 한동안 패트에게 냉정하게 대했다.

3월에 '고약한 놈'이 폐렴에 걸렸다가 나았다. 틸리턱의 간호 덕분이었다. 틸리턱은 곡식 창고의 자기 방에서 꼬박 이틀 밤을 새우며 '고약한 놈' 곁을 지켰다. 그는 '고약한 놈'을 담요에 싸서 상자 안에 넣고 열려 있는 창가에 놓아 주었다. 주디 아주머니는 하룻밤에 두 번씩 눈을 헤치며 더운 차와 '한입' 먹을 음식을 틸리턱에게 날랐다. 젠틀맨 톰은 폐렴에는 걸리지 않았지만 다른 이유로 죽을 뻔했다. 주디 아주머니는 초조하게 말했다.

"얘들아, 이런 얘기는 듣도 보도 못했다. 지난 일요일에 불고기를 먹은 것 기억하지? 그때 고기를 묶은 끈을 장작 통에 버렸는데, 아, 글쎄 오늘 젠틀맨 톰이 난로 옆에 앉아 그걸 입에 물고 있는 게 아니겠어? 그래서 그것을 잡아당겨 봤더니 그 끈이 1야드나 딸려나오는 거야. 그 녀석은 그것을 삼키다가 3센티미터쯤 남은 덕분에 살아난 거야. 그런 것이 소화가 될 까닭이 없으니까. 너희들도 내가 끈을 잡아뺄 때의 톰의 얼굴을 봤어야 하는데! 이제부터는 불고기를 묶었던 끈은 반드시 태워버려야겠어. 또 그렇게 고양이들이 자살을 시도하면 곤란하니까."

"힐러리에게 써 보낼 이야기가 또 하나 생겼네, 패트 언니." 귀염둥이가 놀려댔다.

드디어 창문을 열고 봄을 맞아들일 수 있게 되었다. 패트는 초록색 황혼에 가지가 흔들리는 어린 벗나무, 달밤에 풍겨오는 사과꽃 향기, 식당 창 밑에 무리지어 피고 있는 히아신스 등 모든 것이 새로이 아름답게 느껴졌다.

그러나 패트의 지평선에는 구름이 끼어 있었다. 그 크기는 사람 손바닥 만했지만 불안한 가능성을 가득 품고 있었다. 대청소가 끝난 뒤에도 패트는 마음이 완전히 안정되지 않았다. 페인트칠할 곳이 몇 군데 남아 있고, 커튼을 수선해야 하고, 웃자란 당근을 솎아내야 하고, 그 밖에 자잘한 즐거움을 주는 몇 가지 일들이 남아 있었다.

이따금 19세기 미국의 소설가 호손이 얘기했던 '변화가 임박했음을 알려주는 어두운 예감'이 패트의 행복한 마음을 어둡게 했다. 마치 한적한 8월 오후에 9월의 써늘한 바람이 불어닥친 듯한 느낌이었다. 그 한 가지 예로서 혹독한 겨울 추위 때문인지 또는 무슨 병 때문인지, 가는 곳마다 나무가 말라죽었다. 뜰의 문 옆에 비스듬히 자란 작은 가문비나무도 말라죽었다. 좋아하는 나무는 아니었지만, 그래도 나무가 죽자 패트는 견딜 수 없이 슬퍼졌다. 뒤쪽에 있는 숲을 걸으면서 여기저기 갈색으로 변해버리기도 하고 잎이 떨어지기도 한 것을 보면, 가슴이 찢어지는 듯했다. '행복들판'에 있는 그 커다란 가문비나무와 힐러리의 '쌍둥이 뾰족탑'의 한 그루도 죽어가고 있었다.

또 한 가지는 주디 아주머니가 요즘에 와서 가을에 아일랜드에 간다고 결심을 굳히고 있는 일이었다. 패트는 마음이 괴로웠지만, 그렇게 자기 생각만 하면 안 된다고 자신을 책망했다. 주디 아주머니는 오랜 세월 '은빛숲'에서 충실하게 일해 왔으니까, 휴가를 갈 자격이 있다. 패트는 괴로운 마음을 속으로 삭이고 힘을 냈다.

물론 아주머니는 가지 않으면 안 된다. 아무것도 방해될 것이 없으니까. 귀염둥이는 6월에 입학시험을 치르게 된다. 만약 합격하면 내년에는 퀸즈아카데미로 가야 한다. 하지만 아주머니가 없는 동안 나를 도와줄 사람이 있을까. 물론 아주머니는 겨우내 그곳에 머무를 것이다. 겨울에 대서양을 건넌다는 것은 무리다.

대서양! 자신과 주디 아주머니 사이에 대서양의 파도가 물결치고 있다는 것을 생각하면, 패트는 마음이 아득해지는 느낌이 들었다. 그러나 귀염둥이는 이것에 스릴을 느꼈다.

"스릴이라고? 나 대신 보브 로빈슨 아주머니가 오면, 스릴을 실컷 맛볼 수 있을 거야. 그 사람에게 부탁해 놓을 테니까. 아, 그 사람에게 맡겨 놓으면 내 부엌이 어떻게 될까?"

주디 아주머니는 언짢은 얼굴을 했다.

"하지만 돌아와서 원래대로 해놓는 것이 즐거움이지 않아요, 아주머니?"

그러자 주디 아주머니는 힘이 났다.

"그래 그래. 네가 말한 대로야. 오늘 아일랜드의 사촌한테서 온 편지 얘기를 했던가?"

모두들 그 편지에 대해 궁금해했다. 주디 아주머니에게 편지가 온다는 것은 '은빛숲'에서는 없던 일이기 때문이다. 그런 만큼 주디 아주머니는 대단히 감동을 받았다. 그녀는 그 편지를 묘지로 가지고 가서 읽었다. 하루 종일 주디 아주머니는 이상하게 조용했다.

"나는 이 사촌에게 편지를 한 통 써 보냈어. 20년 이상이나 소식이 없었기 때문에 '죽었을지도 모르지만 어쨌든 써보자'고 생각했었지. 그런데 오늘 답장이 온 거야. 그녀는 건강하고, 내가 가는

것을 기뻐하고 있구나. 그리고 마이클 삼촌도 95살로 아직 살아
계시고. 자식이 말을 안 들을 때는 70살이나 되는 자식인데도 건
방진 놈이라고 말한대! 그 구절을 읽는데 기분이 정말 묘했어,
패트. 부활하는 날 어떤 기분일지 알 것 같구나."

"힐러리는 이번 달에 유럽으로 건너갈 거예요. 베니스터 장학금을
받았다나요. 이번 여름은 프랑스에 가서 프랑스의 시골집 스케치
를 하고 온대요."

패트는 그 편지 내용을 모두 얘기한 것은 아니었다. 힐러리가 다
시 어떤 일을 물어 온 것은 전혀 이야기하지 않았다. 만약 패트가
힐러리가 바라는 답장만 하면, 힐러리는 프랑스에 가는 대신 프린스
에드워드 섬에 와서 여름을 지낼 것이다. 그러나 패트는 힐러리가
바라는 대답을 할 수 없었다. 힐러리는 패트에게는 소중한 친구일
뿐이었다. 패트의 답장은 다음 내용으로 끝을 맺고 있었다.

"이 편지 속에 과수원의 한 부분과 초록 잎으로 뒤덮인 어린 전나
무, 너도 기억하고 있을 달빛 속의 요르단 물굽이, 야생 자두나무
의 작은 가지, 향기로운 양치식물, 어린 고양이가 가르릉거리는
소리, 작은 개가 너에게 인사하며 짖는 소리……, 그리고 언제나

처럼 나의 우정을 넣어 보낸다. 그것으로 충분하지 않니, 힐러리? 네가 이곳에 돌아와서 이 모든 것을 감상할 수 있기를 바랄게. 그리고 올여름도 예전처럼 즐겁게 지내자꾸나."

그렇게 생각만 해도 패트의 마음은 밝아졌다. 힐러리같이 사이 좋은 놀이 친구는 세상 어디서도 찾을 수 없다. 그러나 힐러리의 생각은 조금 달랐다. 그는 프랑스로 가기로 했다. 어쩌면 힐러리는 어떤 것들에 대해서는 패트가 말한 것 이상을 알고 있었는지도 모른다. 귀염둥이가 가끔 편지를 써서, 패트에 대해서 패트가 꿈에도 모를 정도로 자세하게 알려 주고 있기 때문이다. '은빛숲'을 찾아오는 남자들 이야기를 힐러리는 다 알고 있었다. 귀염둥이의 이야기에는 조금 과장된 점도 있었다. 힐러리는 패트가 바람둥이이고 숭배자가 줄을 잇는 처녀라는 인상을 받았다.

드와이트 매디슨에 대해 쓸 때도, 귀염둥이는 그가 농기구 중개상을 하고 있다는 말은 하지 않고, 그가 성서연구회 회장이고, 독신인 삼촌이 죽으면 산더미처럼 돈이 들어온다는 등의 이야기를 썼다. 귀염둥이가 이런 드라마틱한 편지를 보내지 않았다면——귀염둥이로서는 패트를 위하여 힐러리에게 질투심을 일으키게 할 작정이었다——그해 여름 힐러리는 결국 섬에 왔을지도 모른다. 힐러리는 패트에게 거절당하는 것에 너무나 익숙해 있었다.

그동안에 시드가 도로시 밀턴하고 약혼했다는 소문이 들려왔다. 그런 이야기가 들려올 때마다 패트는 바늘로 찌르는 듯한 질투를 느꼈다. 토지 대금을 지불하고 거기에 새 집을 세울 때까지 시드는 결혼할 수 없을 것이라고 생각해 봐도, 마음이 가라앉지 않았다. 원래 있던 집을 허물고 그 재목을 새 집의 마구간을 짓는 데 사용한 것도 패트에게는 슬픈 일이었다. 그곳은 힐러리가 살던 곳이었고, 두 사람이 서늘한 여름밤에 서로 신호를 주고받던 곳이다.

도로시 밀턴은 확실히 좋은 처녀이니까 어쨌든 시드가 결혼을 해야 한다면 괜찮은 아내가 될 것이다. 패트는 그것을 몇백 번이고 되뇌어 보았지만, 가슴의 응어리는 풀리지 않았다. 그것이 사실이라 해도, 시드가 자기에게 말해 주지 않은 것이 패트의 마음에 상처를 주었다. 그것만 제외하면 시드는 패트의 단짝친구나 마찬가지였다. 시드는 그것을 제외한 모든 일을 패트와 의논했다.

꺽다리 앨릭이 또 한 곳의 땅에서 목축업에 열중하고 있었기 때문에, 시드는 농장 일을 더 많이 맡게 되었다. 매주 일요일 저녁때면 패트와 시드는 농장 곳곳을 돌아다니면서 작물이나 울타리 등을 살펴보고 앞으로의 계획을 짰다.

'은빛숲'을 북글렌에서 제일 가는 농장으로 만들겠다는 것이 시드의 포부였고, 그것에는 패트도 마음으로부터 찬성했다. 모든 일이 언제까지나 지금 상태로 계속된다면 좋겠지만! 어느 날 밤 성서를 읽다가 '변화를 도모하는 자와는 상종하지 마라'라는 구절을 만난 패트는 그 구절에 밑줄을 세 번 그었다. 그녀는 솔로몬이 사물의 진상을 꿰뚫어 보고 있다고 느꼈다.

게다가 귀염둥이를 이제부터는 '레이'라고 불러야 한다. 귀염둥이는 생일날 가족을 모아놓고, 이제부터는 자신을 귀염둥이라고 부르면 안 된다고 선언했다. 그리고 '레이'라고 부르지 않으면 무슨 말도 듣지 않겠노라고 말하고는 정말 그대로 실천했다. 처음에는 상당히 힘이 들었다. 집안 식구들은 모두 귀염둥이의 정다운 추억과 연결되어 있는 이름을 버리기 싫어했다. 사랑스런 갓난아기 시절, 막 초등학교에 들어갈 무렵, 팔과 다리만 멀쑥했던 어린아이 시절, 우아한 10대로 들어섰을 때의 그리운 추억들…… 그러나 귀염둥이는 완강했기 때문에, 식구들 모두 생각보다는 빨리 새로운 습관을 익힐 수가 있었다.

하지만 주디 아주머니는 아무리 노력해도 귀염둥이 레이라고 부르는 것이 고작이었다. 그것이 너무 이상하게 들려서 귀염둥이도 결국 한 발짝 양보해서 주디 아주머니에게만 옛날 이름으로 불러도 좋다고 했다.

얼마 전부터 '은빛숲' 사람들은 레이가 가족 가운데 제일 가는 미인이 될 것으로 생각했는데, 결국 그것은 사실로 나타났다. 못생긴 딸이 세 명이나 있는 마틴 매디슨은 레이 가드너에게 봐줄 만한 것은 보조개 두 개와 웃는 얼굴뿐이라고 말했다.

그러나 레이에게는 그것 이상의 것이 있었다. 틸리턱은 북글렌의 어떤 처녀도 레이와는 비교가 안 된다고 한 자신의 말이야말로, 간단하면서도 적절하다고 생각했다. 그 처녀들이 지니지 못한 '매력'이 레이에게는 있었다. 실제로 레이는 굉장히 머리가 좋았으며, 의사가 될 작정이라고 말했다. 그러나 그것은 주디 아주머니를 놀라게 해주려고 한 말일 뿐이다. 실은 레이에게는 장래 직업에 대한 생각이 별로 없었다.

게다가 레이는 머리가 좋다는 것을 숨길 정도로 똑똑했다. 특히 '은빛숲'을 방문하기 시작한 젊은이들에게 이를 숨겼다. 그들은 패트보다 한 세대 뒤의 젊은이들이어서 패트가 무척 나이가 많은 줄 알았다. 레이는 그들에게 인기가 있었다.

레이의 정체를 알 수 없는 태도가 그들의 흥미를 끌고, 거울 앞에서 열심히 연습을 한, 레이의 먼 곳을 바라보는 듯한 신비스러운 미소를 보고, 젊은이들은 레이가 무엇을 생각하고 있는지를 알려고 정신을 잃었다. 하지만 이들 젊은이들 중에 레이가 방 벽에 핀으로 꽂아 놓은 영화배우들 이상으로 레이의 흥미를 끄는 사람은 아무도 없었다. 그러나 레이는 그들이 결혼 상대로는 괜찮다고 태연하게 패트에게 말했다.

레이는 활기가 넘쳤다. 춤추듯 걸었고, 동작은 우아하고 힘이 있었다. 레이는 흥미진진한 일을 찾아다녔고, 실제로 찾았다. 패트는 달걀형의 조그맣고 천진한 레이의 얼굴을 보면서, 이 귀여운 동생이 인생에 대해 어떤 준비를 하고 있을까 하는 생각이 들어 한숨을 쉬었다. 패트는 레이의 장래 일에 자신의 일 이상으로 마음을 태웠고, 레이가 어처구니없다고 생각할 만큼 간섭을 했다. 로맨틱한 기분에 잠겨 있는데 방한용 덧신을 신으라는 등 주의를 들으면 누구라도 화가 나지 않겠는가! 샬럿타운의 청년과 그의 여동생을 작은 응접실에서 접대할 때, 부엌에서 이상한 소리를 내는 틸리틱에게 불평을 했다고 '속물'이라는 소리를 들으면 당연히 화가 난다!

"나는 속물이 아니야, 패트 언니. 틸리틱은 항상 이상한 얘기만 하잖아. 물론 재미있지. 우리는 듣고 웃지만 모르는 사람들은 이해를 못하잖아. 게다가 저 작은 응접실 문은 잘 닫히질 않는다구. 어젯밤, 아주머니와 틸리틱이 말싸움을 하는 것을 들은 제리 아놀드의 얼굴을 잊을 수가 없어."

레이의 말이 끝나자 패트는 예리하게 파고들었다.

"제리 아놀드의 아버지라고 해봤자 20년 전에는 헌옷가게를 했어."

"그것 봐, 속물은 언니라구. 제리는 부자가 될 거야. 아, 그렇게 보지 말아, 패트 언니. 뭐, 제리 아놀드와 결혼할 생각은 없으니까……. 그 사람은 내 마음에 드는 타입이 아니야."

이 애가…… 이 애가…… 어제까지만 해도 갓난아기였던 귀염둥이란 말인가?

"하지만 결혼을 하게 되면 나는 부자와 결혼할 생각이야. 나는 내가 세속적이라는 것을 인정해. 나는 돈이 좋아. 언니도 알다시피 '은빛숲'에서는 돈이 충분했던 적이 없잖아?"

"하지만 그 밖에도 여러 가지가 있잖아? 돈은 많지 않지만 그 밖의 소중한 것은 다 있잖아? 게다가 우리에게는 언제나 내일이 있고."

패트는 부드럽게 말했다. 귀엽고 엉뚱한 레이의 말을 너무 진지하게 받아들이면 안 된다.

"듣기 좋은 말이긴 하지만, 그게 대체 무슨 의미가 있는데?"

올봄부터 레이는 하드보일드(감상에 빠지지 않고 냉혹한 태도
와 문체로 사실을 표현하는 수법)적으로 말한다.

"아니야, 언니. 이 세상에서는 현실적인 것이 중요해. 나는 깊이
생각한 끝에 돈과 결혼하기로 결정했어……. 그리고 일생을 안락
하게 살 작정이야."

"누군가 염두에 둔 사람이라도 있니?"

패트는 비꼬듯 물었다.

검은 속눈썹에 덮인 파란 눈에 웃음이 흘렀다.

"없어, 패트 언니. 그렇지만 아직 기회는 많아. 트릭스 비니는 열
일곱에 결혼을 했지만……. 생각해 봐……. 그때 그 애는 나보다
겨우 2살 많았지. 식을 올릴 때 트릭스의 얼굴은 정말 이상했어.
처음으로 쥐를 잡은 새끼고양이와 똑같았다고 제리 아놀드가 말
했어."

"우리는 메이의 멋진 어깨뼈를 15분이나 감상했지."

패트가 말했다. 패트는 그때 가드너 집안을 결혼식에 초대한 비니
집안의 뻔뻔스러움에 화가 나서 결혼식에 가지 않으려던 것을, 귀염
둥이가 저녁내 달래서 겨우 참석했던 것이다.

"확실히 그렇게 뼈가 튀어나온 아가씨들은 등이 파인 드레스를
입는 게 아니야." 레이는 자기 어깨를 만족스러운 듯이 내려다보며
말했다. "트릭스는 정말은 넬스 로이스를 좋아하지 않았지만, 작년
입시에 떨어지는 바람에 달리 도리가 없었던 거야. 그런데 비니 아
주머니는 트릭스가 시험에 합격했어도 퀸즈아카데미에 가지 않았을
것처럼 말하니 우습지 뭐야. '트릭스에게 학교 선생 같은 것을 시킬
수는 없어. 내 딸을 대중의 노예가 되게 하다니, 어림 없는 일이지'
라고 했대."

패트는 크게 웃었다. 레이는 비니 부인의 흉내를 정말 그럴싸하게

해보였던 것이다.

"트릭스가 자기보다 먼저 시집을 가 버려서 메이는 무척 화가 났을 거야. 시드가 도로시 밀턴과 약혼한 이 마당에, 결국 시드를 단념했을 테니까."

"너는…… 시드가 정말 약혼했다고 생각해?"

"응, 물론이야. 도로시가 반지를 끼고 있었어. 어젯밤, 성가대 연습 때 보았어. 언제 식을 올릴지는 모르지만……."

패트는 몸을 떨었다. 문득 자신이 넓은 세계 안에 있는 작은 고양이처럼 느껴졌다. 저녁 하늘에서 황금빛이 희미해져 갔다. 어둠 속을 커다란 흰나방 한 마리가 날아갔다. 언덕의 가문비나무 숲이 어두워갔다.

안개언덕에서 달이 올라오고 있다. 아득히 먼 아래쪽에서는 바다가 황홀하게 은빛으로 흔들리고 있다. 모든 것이 아름다웠다. 그러나 공중에는 어떤 분위기가 감돌고 있다. 또 하나 추위를 느끼게 하는 변화가……. 레이는 갑자기 어른이 되었고, 시드는 벌써 이 집 사람이 아니다.

그러나 갑자기 패트는 여느 때의 기분으로 돌아갔다. 결국 세상은 6월의 분위기로 가득 차 있고, '은빛숲'은 전과 다름없지 않은가. 그녀는 벌떡 일어섰다.

"달밤에 일찍 잔다는 것은 시간이 아까워. 너의 세속적인 기준으로 보면 우리는 가난할지 몰라도 6월의 넉넉함은 모두 우리의 것이야. 자동차에서 내려서 위니네 집까지 달려가자."

그해 봄, 패트는 자동차 운전을 배웠다. 주디 아주머니는 몹시 놀라며 실버브리지의 어느 아가씨의 비화를 들려 줬다. 그 아가씨는 아버지의 자동차를 운전하다가 브레이크 대신에 액셀레이터를 밟는 바람에 건초 창고를 뚫고 나갔다는 것이다. 그러나 패트는 그런 불운은 겪지 않고 운전 기술을 배웠다. 비록 틸리턱은 패트 때문에 언젠가 개집을 뛰어넘어서 겨우 목숨을 건졌다고 말했지만 말이다. 패트가 차고에서 자동차를 후진하는 것을 보면 주디 아주머니는 지금도 소름이 돋는다.

"시대가 무척 변했지? 슬슬 자야 할 시간인데, 패트와 귀염둥이가 저렇게 자동차를 달리고 있으니! 야옹아, 이런 일에 익숙지 않은 것은 내가 나이를 먹은 탓일까?"

주디 아주머니가 젠틀맨 톰에게 얘기했다.

젠틀맨 톰은 약간 기분 나쁜 듯이 한쪽 발을 어깨 위로 들어 올렸다. 아마 자기도 나이를 먹었다고 느끼고 있는지도 모른다.

4

패트와 귀염둥이는 위니네 집에서 '기다란 집'에 새로운 세입자가 들어온다는 소식을 들었다. 현재 그 집은 윌콕스 부부 다음 주인에게서 그 농장을 사들인 하몬드 씨의 소유로, 새로 세들어 오는 사람은 여름 동안만 그곳에서 지내기로 했으며, 그 사이에도 농장은 소유주인 하몬드 씨가 경작할 것이라고 한다.

패트는 이 소식을 듣고 언짢은 기분이 들었다. '기다란 집'은 베츠가 죽고 난 이후로 계속 빈집이었다. 어떤 부부가 농장을 사서 2, 3개월 살다가 결국 존 하몬드에게 팔아버렸을 때, 패트는 기뻤다. 그 집에 사는 사람이 없어야 베츠가 아직도 거기 살고 있는 것처럼 생각되기 때문이었다. 어릴 때에는 이 집이 텅 비어서 쓸쓸한 것이 싫었다. 빨리 사람이 살고 따뜻하게 불빛이 비치면 좋겠다고 바랐다. 그러나 지금은 달랐다. 그곳에는 옛 시절의 향기와 과거의 기쁜 기억들이 고스란히 남겨져 있는 것 같았다. '지나간 나날의 유령들이 쓸쓸하고 편안하게 거기 있는' 한 그 집은 어쩐지 자기 집 같은 기분이 들었다.

다음날 아침 주디 아주머니가 새로운 소식을 듣고 왔다. 새로 그 집에 들어오는 사람은 오빠와 여동생으로, 성이 커크라고 했다. 또한 그 오빠는 홀아비이고 최근까지 핼리팩스의 어느 신문사 편집장을 지냈으며, 그들은 그 집을 빌린 것이 아니고 산 것이었다.

"정원과 가문비나무 숲도 포함해서야. 존 하몬드는 농장은 내놓지 않았다더구나. 존은 어젯밤 너희들이 나간 뒤에 여기 와서 아내의 수술 비용을 걱정했어. 그래서 내가 동정하는 척하고 '그거 불쌍하게 됐군. 장사지내는 편이 싸게 먹힐 텐데'라고 말해 줬지. 그런데 패트, 레스터 콘웨이가 결혼했다는 얘기는 들었니?"

"누군가가 신문의 그 난에 표시를 해서 보내주었어요. 틀림없이 메이 비니일 거예요. 그런 일이 나와 관계가 있다고 생각하다니." 패트는 웃으며 말했다.

레스터 콘웨이에게 그토록 열중했던 것이 10년 전 일처럼 느껴졌다. 요즈음은 어째서 그런 연애를 할 수 없을까? 뭐, 그러고 싶어서 그런 것은 아니지만…… 그러나 어째서? 너무 늙은 걸까? 말도 안 돼!

친척들은 패트가 어떤 사람을 원하는지 자신도 모르고 있는 거라고 말하기 시작했다. 그러나 패트는 자신이 원하는 것을 잘 알고 있었으며, 자신에게 구애하는 남자들에게서 그것을 찾지 못한 것뿐이다. 남자에 관한 한 패트는 외고집을 부리고 있는 것같이 보였다. 친구나 친지처럼 사귀는 동안은 멋지게 보이더라도 연인으로 발전할 기미가 보이면 패트는 참지를 못했다. 패트의 마음속에서는 '은 빛숲'에 필적할 만한 상대가 없었다.

저녁때 패트는 뜰에 서서 '기다란 집'을 쳐다봤다. 저녁 노을 속에 그 집은 갑자기 아름다운 연분홍색을 띠었다. 베츠의 장례식 날 이후로 패트는 이 집 근처에 간 적이 없지만, 낯선 사람들이 와서 이 집을 자신으로부터 영원히 거두어가기 전에 한번 가보고 싶은 생각이 들었다. 거기에서 이전의 신성한 추억을 만나고 싶어졌다.

패트는 살짝 집에 들어가서 목에 핑크빛 주름 장식이 달린 갈색 옷 위로 화려한 스카프를 둘렀다. 패트는 늘 이 옷을 입을 때가 자신이 가장 아름답게 보인다고 생각했다. 어찌된 영문인지 사람들은 패트가 아름답다거나 그렇지 않다거나 하는 것에 별로 관심이 없었다. 아마 그녀가 매우 활기차고 건강하고 기쁨에 넘쳐 있어서 다른 것들은 다 부차적인 것으로 느껴졌기 때문이리라. 그러나 패트는 짙게 파도치는 갈색 머리칼에 도전적인 금갈색 눈동자와 명랑하게 치켜올라간 입매를 한, 아름다운 처녀였다. 그날 밤의 패트는 동그란 크림색 볼이 상기되어 아주 아름답게 보였다. 그녀는 마치 과거로 되돌아간 듯한 느낌이었다.

부엌에서는 주디 아주머니가 '은빛숲'에 묵으러 와 있는 헤이젤 고모의 두 아이들에게 이야기를 들려주고 있었다. 밖으로 나가려던 패트의 귀에 그 이야깃소리가 들려왔다.

"정말, 그 사람 귀에는 언덕을 스쳐 지나가는 바람 소리도 들리고, 동틀 때 풀들이 주고받는 이야기까지 다 들리니까 말이야."

정다운 아주머니! 저렇게 이야기를 잘하는 사람도 없을 거야!

조 오빠와 위니 언니와 시드 오빠와 내가 뒷문 계단에 앉아서 달빛을 쐬며 아주머니한테 옛이야기를 듣곤 하던 것이 지금도 기억이 난다. 아주머니가 들려주는 얘기는 무엇이든지 정말로 있었던 일처럼만 생각됐지. 그것이 아주머니의 얘기와 틸리턱의 이야기의 차이점이다. 아, 가을이 되면 아주머니는 아일랜드로 떠나서 겨우내 돌아오지 않을 것이다.

패트는 '제비들판'을 지나 시내를 건너서 산에 있는 목장으로 나오는 유쾌한 지름길을 통해 '기다란 집'으로 갔다. 이 요정의 오솔길을 그녀는 오랫동안 걷지 않았지만 이 길은 조금도 변하지 않았다. 산에 있는 들판들은 여전히 서로를 사랑하고 있는 것 같고, 시냇가의 커다란 은빛 자작나무는 지금도 통나무 다리 위로 가지를 늘어뜨리고 있다. 발밑의 풀밭에서는 예전처럼 박하향기가 풍기고, 베츠와 같이 산딸기를 따러 왔던 돌담 틈새에는 그때처럼 여러 종류의 야생화가 피어 있다. 돌담 밑에는 양치식물이 소귀나무의 파도에 묻혀 있다.

언덕 위에서는 '파수꾼 소나무'가 지금도 망을 보고 있다가 패트에게 손을 흔들어 보였다. 정상으로 나오자 허물어져 떨어진 낡은 문이 있고, 그 저편에 가문비나무 숲 사이로 난 오솔길이 보인다. 오솔길에는 고요가 회색 옷을 입은 수녀처럼 무릎을 꿇고 있고, 그 길을 따라 꿈꾸는 듯한 눈빛의 베츠가 어둠을 헤치고 마중 나올 것 같다.

숲을 지나자 뜰이 나오고 그 한가운데에 집이 있었다. 패트는 멈추어 서서 주변을 둘러봤다. 보이는 모든 것에 즐겁고 고통스러웠던 추억이 깃들어 있었다. 오래된 뜰은 많은 것을 이야기하고 있었다. 이 오래된 뜰은 이전에 베츠가 무척이나 사랑했던 뜰이다. 그녀가 사랑한 꽃들 사이로 어느 결에 베츠가 돌아와 있는 듯했다. 곳곳에 베츠의 숨결이 느껴졌다.

저기 한 줄로 늘어선 백합도 베츠가 심은 것이다. 저 등넝쿨을 울타리 위로 뻗게 한 것도 베츠이다. 현관 계단 옆에 장미를 심은 것도 베츠이다. 그러나 전체적으로는 잡초가 우거져 있고, 그 한복판에 빈집이 슬픈 듯 서 있다. 가문비나무 그늘이 진 지붕에는 지붕밑방의 작은 창문이 보인다. 저 창문이 있는 방에서 패트는 베츠의 죽은 얼굴에 아침해가 비치는 것을 보았던 것이다. 견디기 어려운 적적함이 패트의 가슴을 쥐어뜯는 듯했다.

"나는 네 속에서 살려는 사람들이 미워. 그들은 틀림없이 너를 뒤집어엎을 거야. 그것을 보면 나는 몹시 마음 아플 거야. 너는 너 아닌 다른 어떤 것이 될 테니까." 패트는 집에게 말했다.

패트는 뜰을 가로질렀다. 이끼 낀 오솔길을 따라서 가보니, 전에 본 적이 없는 가시덤불이 마치 패트를 끌어당기려는 듯 옷에 달라붙었다. 패트는 풀이 무성한 잔디를 가로질러 벚나무 과수원의 모퉁이를 도는 순간 깜짝 놀라서 멈추어 섰다.

작은 반원을 그리며 서 있는 어린 가문비나무들 사이로 사과나무 모닥불이 밤의 장미처럼 타고 있었다. 그 앞에는 잔디 위에 두 사람이 앉아 있고, 그 곁에 개와 고양이가 있었다. 흰색과 금빛 털이 섞인 멋진 개는 마치 농담을 아는 듯한 얼굴을 하고 남자 옆에 앉아 있고, 고양이 주제에 이렇게 큰 놈이 있나 할 정도로 커다란 검은 고양이는 연한 초록색 달 같은 눈을 하고 소녀 옆에서 몸을 웅크리고 있었다. 고양이는 희고 아름다운 손을 눈처럼 흰 가슴 밑으로 끌어당겨 넣고 있다.

패트는 까닭 모를 분노에 사로잡혔다. 반원형을 그리고 있는 저 나무들은 베츠가 심어놓은 것인데⋯⋯. 그녀는 무뚝뚝하게 말했다.

"실례했습니다. 방해할 생각은 아니었어요."

이곳에서 그녀가 방해자가 되다니! 마음이 쓰렸다.

그러나 패트가 방향을 돌려 사라지기 전에 소녀가 벌떡 일어나 달려와서 패트의 팔을 잡았다.

"가지 말아요. 가지 말고, 우리 인사 나눠요. 당신은 '은빛숲' 가드너 씨의 따님이죠? 얘기 듣고 있어요."

"패트 가드너입니다." 패트의 어조는 여전히 무뚝뚝했다.

패트도 자신이 속이 상한 나머지 어리석게 굴고 있음을 알고 있었지만 그때는 그럴 수밖에 없었다. 그 소녀는 밉기도 했지만 어딘지 끌리는 면이 있었다. 그것은 그 소녀를 처음 본 순간부터 그랬다. 소녀는 패트보다는 조금 키가 크고, 반바지에 카키색 셔츠를 입고 있었다. 눈꼬리가 길고 비스듬한 회녹색 눈에 긴 속눈썹이 금빛이어서 머리도 금빛이어야 할 것 같았지만, 머리는 야생 자두처럼 검었다. 그녀는 윤기 흐르는 머리를 땋아 올려서 뒤로 흔들리게 하고 있었다. 크림색 피부에는 주근깨가, 느낌이 좋은 주근깨가 후춧병으로 뿌려놓은 듯 코 위와 볼에 흩어져 있었다. 영리한 듯한 입은 반항적으로 뻗쳐올라가 있다. 아름다운 얼굴은 아니었지만, 패트는 왠지 모르게 그 얼굴에 끌렸다.

"나는 수잰 커크예요. 수잔이 아니라 수잰이에요. 원래 그렇게 이름을 지었지요. 자, 이제 서로 인사를 나눈 거죠. 아니, 몇백 년 전부터 알고 지낸 사이처럼 느껴져요. 나는 처음 당신을 본 순간 당신이라는 것을 알았어요. 자, 여기 와서 우리 옆에 앉으세요."

패트는 아직 서먹했지만, 그래도 모닥불 있는 곳으로 따라갔다. 패트도 친절하게 대해주고 싶었지만, 그러나 마음이 쉽게 열리지 않았다.

"이쪽은 우리 오빠 데이비드이고, 이쪽은 미스 가드너."

데이비드 커크는 일어나서 여윈 갈색 손을 내밀었다. 꽤 나이 들어 보였는데 40살은 됐을 것이다. 귀 부근에는 하얀 머리가 있었다. 미남이라고는 할 수 없지만 주디 아주머니가 말하는 '품위'가 있어 보였다. 얼굴은 여동생처럼 사람을 끄는 데가 있고, 눈은 회녹색이 아니고 회청색이었으며, 입매는 여동생과 비슷하면서도 보다 단호하고 냉소적인 면이 있어 보였다. 그는 "뵙게 돼서 기쁩니다, 미스 가드너"라고만 했을 뿐이지만, 그 목소리에는 위엄이 있었다.

"그리고 이 개는 이카보드라고 해요." 수잰이 개에게 손을 흔들어 보이자 개는 꼬리를 흔들었다.

"물론 이렇게 위엄 있는 개에게는 어울리지 않는 이름이지만, 그래도 데이비드가 어느 개한테도 붙였던 적이 없는 이름으로 정하고 싶어했거든요. 이카보드라는 이름의 개는 없었다고 생각해요. 그렇지 않을까요?"

"처음 듣는 이름이에요."

패트는 무심코 끌려들어가는 것을 느꼈다. 확실히 이 사람들은 전부터 알고 있었다는 느낌이 들었다.

"고양이는 '에메랄드 눈을 한 알폰소'라고 해요. 알폰소, 미스 가드너에게 인사드려."

알폰소는 꼬리를 흔들지는 않았다. 오만한 눈을 깜박여 보였을 뿐 '에메랄드 눈을 한 알폰소'답게 처신했다.

수잰이 패트에게 속삭였다.

"이놈은 오래된 가문의 교만한 고양이지만 귀밑을 긁어 주면 좋아해요. 그 점은 할아버지가 누군지 모르는 고양이와 다를 게 없지요. 알폰소는 우리가 이야기하는 것을 모두 알아듣지만 절대로 떠들지는 않아요. 부드러운 곳을 골라 앉으세요. 셋이서 여유로운 시간을 보냅시다, 미스 가드너."

패트는 좀 주저하다가 알폰소 곁에 웅크리고 앉았다.

"사유지를 침범해서 미안하게 되었군요. 나는 당신들이 아직 안 오신 줄 알고, '기다란 집'에 작별 인사를 하려고 온 거예요. 나…… 나는 이곳에 자주 오곤 했지요. 나에게는 그리운 추억이 있는 곳이에요."

"하지만 작별 인사는 하지 마세요……. 그리고 여기 자주 들러주세요. 우리는 좋은 친구가 될 거예요. 데이비드와 나에게는 이웃이 필요하답니다……. 아주 절실히요……. 게다가 우리는 아직 완전히 이사 들어온 것이 아니에요……. 오늘 밤은 건초 창고에서 자야 해요. 가구는 그곳에 뒤죽박죽 날라다 놨어요. 제자리에 놓여 있는 것은 현관 위에 걸려 있는 저 낡은 쇠로 된 등뿐이에요. 저 안에 양초를 켜두었지요. 저것은 우리에게 길을 안내하는 별이에요……. 매일 밤 켜놓을 거예요. 멋있죠? 프랑스에 갔을 때 발견한 것인데…… 어느 임금님이 오래된 성에서 사랑하는 사람을 위해 만든 거래요. 데이비드가 신문사 일 때문에 프랑스에 가게 되는 바람에 나도 내 장래를 몇 년 저당잡히고 따라 갔어요.

일을 후회한 적은 한 번도 없어요. 이상하죠……. 하지만 내가 후회하는 일이 있다면 모두 신중히 생각해서, 아니 그 당시에는 신중을 기했다고 생각했던 일뿐이에요. 우리는 오늘 밤 그냥 주위를 배회하고 있던 참이에요. 두 시간쯤 전에 몹시 덜거덩거리는 낡은 차로 도착했어요……. 지난주에 산 중고차지요. 이 집을 사느라고 남은 돈을 다 써버렸지만, 아깝다는 생각은 들지 않아요. 이 집을 본 순간 어떻게든 사야겠다는 생각이 들었어요. 기분 좋은 개성을 지닌 집이지요?"

"나는 언제나 이 집을 좋아했어요." 패트는 조용히 말했다.

"어머나, 나도 이 집을 처음 본 순간 매우 사랑받았던 집이라는 것을 알았어요. 어떤 집이 사랑받은 집인지 아닌지는 금세 알 수 있어요. 하지만 이 집은 오랫동안 잠을 자고 있었던 것 같았어요. 그리고 쓸쓸해 보였구요. 쓸쓸한 느낌을 주는 집을 보면 나는 언제나 마음이 아파요. 나는 이 집에 다시 활기를 불러 일으켜야겠다는 생각을 했어요. 우리가 이 집과 친구가 되기로 하자 집이 기뻐한다는 걸 알 수 있었어요."

패트는 마음속까지 따뜻해졌다. 이 소녀는 집에 대해 자신과 같은 생각을 품고 있는 것이다……. 결국 사물로서가 아닌 살아 있는 것으로 보고 있는 것이다.

"여기에 사과나무 가지가 쌓여 있는 것을 보고 가지에 불을 지피지 않을 수가 없었어요. 사과나무 모닥불보다 더 좋은 것은 없으니까요. 오늘 밤 우리는 정말 행복했어요. 두 사람 다 집이 그리웠거든요……. 나무와 꽃이 있고, 가르랑대는 고양이 한두 마리가 있는 집 말이에요. 우리에겐 어릴 적부터 우리 집이라는 것이 없었어요. 데이비드가 결혼했을 때조차도 그랬지요. 오빠 부부는 불쌍한 새언니가 살아 있는 얼마 동안은 아파트에서 살았으니까요. 우리에게는 친척이 없어서 이웃에게 기댈 수밖에 없어요. 우리를 웃게 하는 것은 그다지 어렵지 않아요. 또 우리는 매우 영리하지만 그렇다고 사람들이 두려워할 정도로 영리하지도 않아요. 엉뚱한 짓도 못하구요……. 데이비드가 20살 때 프랑스 어디에선지 전쟁신경증(폭발 등 충격으로 기억력이나 시력 등이 일시적으로 상실되는 증상)에 걸렸기 때문에 조용한 생활을 해야 한답니다. 그래도 우리는 즐겁게 지낼 작정이에요."

"아까는 당신들과 친하게 지낼 기분이 아니었어요. 사실은 당신들에게 화가 났어요……. 아마 이곳에 오는 사람이 누구이든 마찬가지였을 거예요. 이곳은 전에 여기서 살다가 6년 전에 죽은, 내 소중한 친구의 집으로만 생각되었으니까요." 다시 기분이 누그러진 패트는 솔직하게 말했다.

"하지만 더 이상 우리에게 화나 있는 것은 아니겠지요? 이제 우리도 이곳을 소중히 여긴다는 것을 알았을 테니까요. 우리는 당신의 추억을 존중할 거예요, 미스 가드너."

"그냥 패트라고 부르세요."

"나는 그냥 수잰이에요."

갑자기 모두 편안하고 화목한 느낌이 됐다. 이카보드는 옆으로 누웠고 알폰소는 완전히 잠이 들었다. 사과나무 장작은 '탁탁' 기분 좋은 소리를 냈다. 다가오는 밤의 비로드 같은 그림자가 모두를 둘러싸고 저편에서는 나무들이 달빛 속에 꿈을 꾸고 있다. 가문비나무 숲 속에서는 약한 바람이 옛날 얘기를 하고 멀리 떨어진 아래쪽에서는 초록빛 언덕을 휘감은 강이 파란 리본처럼 흐르고 있다.

"집이 주변 경관과 조화를 이루어 기뻐요. 보기만 해도 마음이 풍요로워지는 경치로군요. 오래된 뜰은 내가 예전부터 꿈꿔온 것이에요. 등나무와 비연초와 디기탈리스와 풍령초와 접시꽃만은 어떻게든 갖고 싶었는데, 그것이 여기 전부 있지 않아요? 전율이 느껴져요. 나무들이 초승달 모양으로 둘러싼 이곳에 돌난로를 만들 생각이에요. 난로가 만들어 달라 말하고 있어요."

"베츠가……, 내 친구가…… 이 나무들을 심었어요. 그러니까 이 나무들은 베츠의 것이에요……, 정말은……. 하지만 당신들에게 빌려 주는 것을 싫어하지는 않을 거예요."

수잰은 알폰소 너머로 손을 내밀어 패트의 손을 꼭 잡았다.

"고마워요. 물론 싫어하지 않을 거예요. 우리는 저 나무들을 소중히 여기고 있어요. 소중히 여기는 사람에게는 물건을 빌려 주는 것이 그리 싫지 않겠지요? 그리고 가문비나무 숲 한쪽에 아이리스를 심는 것도 친구는 묵인해줄 거예요. 나는 예전부터 나무에 둘러싸인 아이리스 꽃밭을 만들고 싶었어요. 그 꽃밭은 나무에 둘러싸여 있기 때문에 보고 싶어하는 사람만 볼 수 있을 거예요. 우리는 혼자 있고 싶을 때 그곳에 들어가는 거지요. 인생을 살면서 약간의 고독은 필요한 법이니까."

세 사람은 앉아서 이야기를 하고 있는 동안에 1시간이 지났는지, 1세기가 지났는지 알지 못했다. 그들의 대화에는 색깔이 있었다. 그것을 패트는 금방 알아차렸다.

그들이 이야기한 것은 모두 그들의 입에 오르는 순간 흥미 있는 것이 됐다. 가끔 데이비드 커크의 웃음이 냉소를 띠고 그의 기지가 독설적일 때도 있었다. 패트는 그가 조금 신랄하다고 생각했지만, 그의 신랄함에는 자극적인 데가 있었다. 패트는 갑자기 웃음이 스치는 그의 여위고 약간 검은 얼굴이 마음에 들었다.

데이비드는 대화에 활기를 불어넣는 방법을 알고 있었다. 그는 수잰과 공을 주고받듯 대화를 이끌어 나갔는데, 늘 공이 공중에 떠 있는 듯한 그 방식에 패트는 매료되었다.

"달이 구름 뒤로 들어가네요……. 은빛을 띤 하얀 구름. 나는 저런 구름이 좋아요." 수잰이 말했다.

패트도 꿈꾸는 듯한 어조로 말했다.

"그런 기쁨을 주는 것이 세상에는 많이 있어요. 작은 것이지만…

… 그러면서도 큰 기쁨을 주는 것이."

"알아요……. 아직 피지 않은 꽃봉오리처럼." 수잰이 중얼거렸다.

"혹은 가문비나무 숲의 콕 쏘는 향기처럼." 데이비드가 말했다.

"우리 아름다운 것들을 하나씩 말해 보기로 해요. 어떤 것이라도 상관없으니까, 우리들을 기쁘게 해주는 것을 머리에 떠오르는 것부터 말해봅시다. 나는 해가 지기 조금 전에 생기는 이상하게 진한 그림자가 좋아요. 그리고 창문에 부딪히는 풍뎅이, 손으로 만든 빵, 추운 겨울 밤을 따뜻하게 해주는 뜨거운 물주머니, 시냇가의 이끼낀 돌, 해묵은 소나무 가지 위에서 노래하는 바람 소리. 자, 패트는 어때요?" 수잰이 말했다.

"고양이가 가슴 밑에 발을 끌어당겨 넣을 때의 동작, 꽁꽁 얼어붙은 겨울 아침에 솟아오르는 파란 연기, 조카 메리의 눈에 주름이 잡히는 웃음, 달밤에 꿈꾸는 듯한 오래된 목장, 11월의 '은빛숲', 발밑에서 바삭바삭 소리를 내는 마른 잎, 갓난아기의 발가락, 빨래줄에서 거두어들일 때의 세탁물 냄새."

"데이비드는?"

"얼음의 차가움, 알폰소의 눈, 심한 가뭄 뒤에 내리는 비의 냄새, 밤에 보는 강, 춤추듯 너울거리며 올라가는 불꽃, 겨울밤의 이상하게 어두운 흰 빛, 소녀의 시냇물을 연상시키는 갈색 눈동자." 데이비드는 천천히 말했다.

패트는 데이비드가 자신에게 찬사를 보내고 있다고는 꿈에도 생각지 못했다. 패트는 자기 눈이 노란색이라고 생각하고 있었던 것이다. 메이 비니가 '고양이 눈'이라고 말했던 눈이니까. 패트는 데이비드 커크의 죽은 부인이 시냇물을 생각나게 하는 갈색 눈을 하고 있었나 보다고 생각했다.

데이비드와 수잰이 패트를 따라 내려왔기 때문에, 패트는 두 사람을 부엌으로 안내하고, 주디 아주머니의 오렌지 비스킷에 우유를 한 잔 곁들여서 내놨다. 다른 곳으로 두 사람을 데리고 갈 곳이 없었기 때문이다. 큰 응접실에서는 레이가 방문객을 맞고 있었고, 작은 응접실에는 어머니의 옛친구들이 와 있었고, 식당에서는 아버지가 목사님과 정답게 얘기를 나누고 있었다.

그러나 커크 남매는 허물없이 부엌으로 데리고 갈 수 있는 사람들이었다. 수잰의 반바지와 셔츠 차림을 보고서도 주디 아주머니는 정중한 태도를 취했다. 실제로 너무 지나치게 정중할 정도였다. 주디 아주머니는 이렇게 갑자기 친해진 것을 어떻게 받아들여야할지 몰라했다.

"당신을 자주 만났으면 해요……. 우리는 좋은 친구가 될 거예요."

패트는 시드가 집 안으로 들어오려고 하다가 입구에서 남매에게 말을 거는 것을 보고 놀라서 물었다.

"시드, 저 사람들과 아는 사이야?"

"오늘 오후에 실버브리지의 가게에서 만났어. 여동생 쪽에서 산기슭에 있는 저 이상한 옛날식 집에는 누가 살고 있느냐고 물었어."

부자가 된 듯한 기분이었던 패트는 갑자기 가난해진, 매우 가난해진 기분이 들었다. 패트는 마당에 나가서 '은빛숲'을 바라보았다. 전 세계를 환영하는 것처럼 반짝이는 정다운 '은빛숲'.

밤공기에 싸늘해진 꽃들이 패트를 둘러싸고 있지만 그런 것은 패트에게는 아무래도 좋았다. 스퀴딩크가 제비고깔 속을 미끄러지듯이 빠져나와서 패트의 몸에 비벼댔지만, 패트는 본 척도 하지 않았다. 모든 것이 빛을 잃었다. 패트는 집에게 속삭였다.

"그녀는 너를 비웃었어……. 너를 옛날식이라고 말했으니까."

패트는 어둠을 향해 햇볕에 탄 주먹을 휘둘렀다. 어떤 식으로든 '은빛숲'을 얕보는 것은 견딜 수가 없다. 지난주에는 브라이언 삼촌이 '은빛숲'은 토대가 상해 가기 때문에 마루가 삐걱거리기 시작했다고 해서 패트는 브라이언 삼촌이 미웠다. 이번에는 수잰 커크가 미웠다. 수잰은 정말! 이제 수잰 같은 것, 필요 없다. 그런 사람을 친구로 받아들이려 했다니…… 베츠를 대신할 수 있으리라고 생각했다니! 사과나무 모닥불을 둘러싸고 저런 사람과 마음을 터놓고 이야기하고, 자신의 신성한 일들을 이야기하다니! 이제 두 번 다시 그런 일은 없을 것이다.

"나는…… 나는 마치 누군가가 밟고 지나간 애벌레 같은 기분이 들어."

패트는 목이 메었다.

부엌에서는 갑자기 영감이 떠오른 틸리틱이 예언했다.

"저 두 사람은 언젠가는 결혼할 거요. 내 말을 잊지 말아요, 주디."

주디 아주머니는 대답했다.

"당신은 밖에 나가서 달이라도 바라보는 편이 좋겠어요. 패트가 저런 사람과 결혼할 정도로 '은빛숲'에 숭배자가 없지는 않으니까요. 저 사람은 패트의 아버지뻘이라 해도 좋을 나이잖아요. 하지만 우리는 저 사람을 정중하게 대하지 않으면 안 돼요. 저 사람은 책을 쓰고 있다니까. 아마 화나게 하면 우리 얘기를 책에 써버릴 거예요."

'기다란 집'에서는 데이비드 커크가 수잰에게 얘기하고 있었다.

"패트를 보면 숲의 시냇물이 생각이 나."

5

수잰이 패트에게 시드와 함께 집들이에 와달라고 전화를 하자, 패트는 이를 거절했다. 다른 약속이 있어서 못 가겠다고 한 것이다. 그것은 사실이었다. 수잰이 집들이 날짜가 다가오는 것을 알고, 남글렌의 댄스파티에 가기로 약속을 해놨기 때문이다. 또 어느 날 밤에는 데이비드와 수잰이 '은빛숲'에 들러 패트에게 해변가 호텔의 손님들이 북글렌의 해변에서 개최하기로 한 달밤 음악회에 가자고 권했을 때도, 패트는 이를 데 없이 정중하고도 서먹한 태도로 "유감이지만 도저히 갈 수 없습니다"라고 말했다.

사실은 패트도 가고 싶었지만, 그녀의 마음속에 있는 무언가가 너무나 깊은 상처를 입은 것이다. 운이 나쁜 레스터 콘웨이가 몇 년 전에 겪은 것처럼 패트는 누구든 '은빛숲'을 비웃거나 무시하는 사람은 용서할 수가 없었다. 패트는 예의를 갖추어 거절하는 것에 심술궂은 즐거움을 느꼈다.

주디 아주머니는 "지나치게 정중해서 섬뜩할 정도였지요"라고 틸리턱에게 보고했다. '기다란 집' 사람들과의 바람직하지 못한 우정이 구체적인 형태로 나타나지 않는 것을 주디 아주머니는 대단히 기쁘게 생각했다. '홀아비는 속을 알 수 없으니까.'

수잰은 일을 민감하게 알아차리는 기질이어서, 그 이후 패트는 초대 때문에 걱정할 필요가 없어졌다. 저녁때가 되면 '기다란 집'에서 불빛이 비쳤지만, 패트는 한사코 눈을 돌렸다. 별이 가득한 하늘 아래에서 수잰이 연주하는 바이올린 소리가 언덕 아래로 흘러내려왔지만, 패트는 귀를 막고 듣지 않으려고 했다.

그러면서도 가끔 패트는 알 수 없는 적막감에 사로잡혔다. 지금까지는 알지 못했던 기분, '단조로움'이라는 말로 표현되는, 마치 인생이 회색 플란넬로 덮여 있는 듯한 느낌이었다. 그러자 죄책감이 들었다. '은빛숲'의 삶이 그런 것일 수는 없기 때문이다. 그녀는 '은빛숲'과 가족 말고는 아무것도 필요 없다, 아무것도!

그해 여름, 레이의 여학생다운 맹렬한 연애는 생활에 희극적인 색채를 부여했다. 그 대상은 조너스 몽크맨 씨의 넓은 창고에서 부흥회를 열고 있는 젊은 순회 전도사였다. '조직화된 교회'에 불만을 느

끼고 있던 그는 자유로운 분위기 속에서 예배를 인도하였고, 그 활기찬 분위기에 이끌려 많은 사람들이 몰려들었다. 그중에는 비웃어 주려고 왔다가 그 자리에 주저앉아서 기도를 드리는 사람도 있었다. 확실히 이 젊은 전도자에게는 청중의 감정을 뒤흔들어 음악회같이 흥을 느끼게 하는 능력이 있었다. 그는 대리석같이 하얀 아름다운 얼굴에 지나치게 크고, 지나치게 부드럽고, 지나치게 윤기가 나는 갈색 눈을 가지고 있었다. 그는 마호가니 색 긴 곱슬머리를 언젠가 레이가 '고상한 이마'라고 말했던 곳에서부터 뒤로 빗어 넘기고 있었으며, 달래듯 호소하듯 표정 풍부한 목소리를 가지고 있었다. 그의 앞에서 십대 청소년들은 모조리 굴복했다. 남글렌과 북글렌의 젊은이들에 의해 성가대가 조직되고, 아름다운 목소리를 가진 레이는 소프라노로 뽑혔다. 레이가 눈을 하늘로 향하고, 아니 최소한 창고 천장의 거미줄이라도 바라보며 노래를 부를 때면 마치 그 노래 속에 나오는 장미가 곧 그녀인 듯했다.

레이는 매일 밤 나갔다. 집 근처에서 반바지를 입겠다고 조르던 것도 그만두고, 귀고리도 하지 않았다. 전도사가 보석은 '저속한 장식품'이라고 말했기 때문이었다. 레이는 그 전도사에 대한 자신의 '감정'에 대해 심각하게 고민했지만 겉으로는 드러내지 않고 있었다.

때문에 패트 아닌 다른 사람들은 일시적인 열정으로밖에 생각하지 않았다. 사실 정도의 차이는 있지만 모든 소녀들이 이 전도사에게 사모하는 마음을 품고 있어서 로빈슨 장로가 비꼬아 말한 것처럼 어디까지가 연애감정이고 어디까지가 신앙인지 모를 정도였다. 로빈슨 장로는 부흥회가 순회 전도사──'순례 설교사'라고 그는 말했다── ──에 의해 행해지는 것을 좋게 생각하지 않았다. 그 때문에 레이나 레이 같은 사람들은 로빈슨 장로를 편협하고 완고한 사람이라고 생각했다. 몇 년 동안이나 교회에 발을 끊은 실버브리지의 제디디아 매디슨이 어느 날 밤 창고에 와서 3분 만에 구원을 받았는데도 로빈슨 장로는 대단히 성공을 거둔 어느 순회 전도사가 은행 강도가 되었다는 얘기를 읽었다고 덧붙였다고 한다. 휠러 씨가 강도일 걱정은 없었지만, 그를 싫어하는 패트는 레이가 그에게 열중해 있는 것을 보고 놀라고 당혹스러워했다.

틸리틱도 엄격하여, 그런 집회는 단지 종교적인 기분 전환에 불과하다고 말했다. 주디 아주머니는 호기심에 이끌려서 한번 가봤다가 두 번 다시 가지 않았다. 그날 밤 휠러 씨가 바이올린 연주를 하는 것을 보고 몹시 놀랐던 것이다. 집회를 창고에서 여는 것까지는 상관없지만, 예배 장소에 바이올린은 부적절하지 않은가. 게다가 설교도 맘에 들지 않았다. 주디 아주머니는 이렇게 말했다.

"설교가 대단치 않더라구요. 물론 그 사람이 한 말은 다 알아들었지."

그래서 빠지지 않고 나가는 사람은 패트와 레이뿐이고──패트는 레이가 꼭 가야 한다고 우겨서 따라갔다──얼마 뒤 가드너 자매는 장로교를 떠나 순회 전도사의 교인이 되려 한다는 소문이 온 마을에 퍼졌다.

이 말을 들은 패트는 자존심이 상해서 집회가 끝난 뒤에 휠러 씨가 자매를 집까지 데려다 줄 때도 이를 데 없이 무뚝뚝한 태도를 취했다. 휠러 씨는 레이가 아니라 패트 옆에서 걸어갔지만, 패트는 동생을 감시의 눈으로 지켜보는 언니였다. 아이들 연애라고 웃어 넘길수도 있겠지만 레이를 보호해야 한다. 6주 뒤에 휠러 씨가 새로운양 떼를 찾아서 떠나가고 몽크맨 씨의 창고가 다시 쥐와 침묵으로되돌아갔을 때 패트는 안심했다.

시드는 몇 주일 동안 남자친구의 일로 레이를 놀렸고, 그때마다레이는 얼굴이 빨개졌다. 이 세상에 아직도 얼굴이 빨개질 수 있는소녀들이 있다는 것은 즐거운 일이라고 휠러 씨가 말한 적이 있다.그러나 그것뿐으로 아무 일도 없었기 때문에 패트의 근심은 사라졌다. 남글렌의 성가대에서 노래를 불러 달라고 부탁을 받은 레이는테너 파트의 성가대원에게 속눈썹의 효과를 시험해 보기도 하고, 다시 '저속한 장식품'을 달고 다니기 시작했다. 전도사의 몇몇 충실한제자들이 교회에 발을 끊고 집에서 예배를 보는 것을 제외하고는 모든 것이 원래대로 돌아갔다.

6

어느 날 저녁 패트가 시내 상점에 있을 때 수잰 커크가 다가왔다.패트가 차갑게 인사했지만 수잰은 상냥하게 말을 걸었다.

"집에 가는 길에 저를 좀 태워다 주실 수 있을까요, 미스 가드너? 데이비드가 마중나오기로 돼 있었는데 차가 고장이 난 모양입니다."

"예, 좋아요." 패트는 기분좋게 허락했다.

"불편하지 않으시겠어요?"

"그렇지 않아요."

패트는 더욱 너그럽게 대답했다. 그러나 속으로는 화가 났다. 패트는 금빛으로 반짝이는 8월 저녁 무렵, 아무도 다니지 않는 뒷길로경치를 감상하며 호젓한 드라이브를 즐길 생각이었다. 패트는 시내에서 집으로 돌아가는 길을 다 알고 있고 그 길에 있는 모든 것을 좋아했다. 그러나 이제 수잰이 나타나 모든 것을 망치고 말았다. 그렇다면 보통 길로 빨리 집에 돌아가는 것이 좋다. 첫 모퉁이를 돌 때 패트는 차를 심하게 삐걱댔다. 차가 패트의 마음을 알아주는 것 같았다.

"이 길로 가지 맙시다." 수잰이 부드럽게 말했다. "교통이 번잡하고 너무 길이 곧아요. 곧은 길은 싫지 않아요? 나는 양치식물이나 가문비나무의 경치가 멋진 모퉁이나…… 시냇물에 닿기도 하고 …… 모퉁이를 돌 때마다 전조등 불빛이 비치면서 여러 가지 것들이 놀란 요정들처럼 튀어나오기도 하는 길이 좋아요."

"천둥이 치고 비가 내릴 것 같아요." 패트는 말할 때마다 더 공손해졌다.

"아, 비오기 전에 도착할 수 있을 거예요. 우리, 저쪽 길로 나갑시다. 지난주에 데이비드와 함께 저 길을 지나왔는데…… 예쁘고 사람 눈에 뜨이지 않는 멋진 길이에요."

아, 나도 다 알고 있다! 패트는 갑자기 뒷길 쪽으로 방향을 틀어 하마터면 다른 차와 충돌할 뻔했다. '은빛숲'을 옛날식이라고 말하는 수잰이 어째서 이런 길을 좋아하는 걸까! 모욕당한 것이나 마찬가지다. 패트는 자신이 좋아하는 것을 수잰도 좋아하자 기분이 좋지 않았다. 그렇다, 길은 울퉁불퉁하고 바퀴 자국이 깊이 나 있다. 게다가 비를 피하기 위해서라도 차를 빨리 달려야 한다. 덜컹대며 차를 험하게 몰면 수잰 커크도 뒷길에 진저리를 낼 것이다.

패트는 이야기를 하지도 않고 하려고도 하지 않았다. 두세 번 대화를 시도하던 수잰도 곧 입을 다물고 말았다. 반쯤 왔을 때 수잰은 걱정스러운 듯 말했다.

"폭풍우가 빨리 올 것 같지 않아요?"

패트도 조금 전부터 폭풍우의 조짐을 감지하고 곤란하다고 생각

하고 있었다. 어두워졌다. 갑자기 불어닥친 바람을 거슬러서 북서쪽
에 커다란 먹구름이 몰려오는 이런 길에서 비를 만나면 큰일이었다.
좁고 굽은 데다가 양쪽은 갈대가 무성한 도랑이 아닌가. 날씨만 좋
다면 모퉁이나 웅덩이, 놀라서 뛰쳐나오는 요정들을 만나도 상관없
지만 비가 내리고 바람이 부는 어둠 속에서라면 이야기가 다르다.
그런데 이 세 가지가 한꺼번에 두 사람을 에워싼 것같이 보였다. 앞
은 암흑이었고, 쏟아지는 비는 바다가 내리 퍼붓는 것 같고, 미친
듯 울부짖는 폭우에, 새파랗게 번쩍이는 번개, 귀를 찢는 듯한 천둥
소리……, 그리고 재난까지. 자동차가 별안간 미끄러지고 다음 순
간 두 사람은 도랑에 빠진 것이다.

  아직은 불행 중 다행이었다. 자동차가 뒤집히지 않고 도랑도 깊지
는 않았다. 그러나 양치식물 밑이 보드라운 진흙으로 가득 차 있어
서 차를 길로 되돌릴 수가 없다는 것을 알고 있었다.

  "폭풍우가 지나가고 누가 올 때까지 여기 가만히 있을 수밖에 없
  어요. 도랑에 빠뜨려서 죄송……해요, 미스 커크."

  "절대 그렇지 않아요. 이것은 모험인걸요. 대단한 폭우로군요!
  하루 종일 폭우의 조짐이 보이긴 했지만, 이렇게 빨리 올 것이라
  고는 생각지 못했어요. 몇 시예요?"

  "8시 반이에요. 문제는 이 길이 인적이 드문 곳이라는 데 있어요.
  평상시에도 사람이 거의 지나가지 않는 데다가, 이 부근에는 집도
  적고, 그나마 뜨문뜨문 떨어져 있지요. 하지만 조금 전에 번갯불
  빛으로 오른쪽에 집이 한 채 보인 듯싶은데 비가 그치면 곧 그곳
  에 가서 우리를 끌어내줄 사람이 있는지, 또 전화를 빌릴 수 있는
  지를 알아봐야겠어요."

  폭우는 한 시간쯤 뒤에 그쳤다. 한 치 앞도 내다볼 수 없는 어둠
속에서 두 사람이 웅크리고 앉아 있는 도랑은 세차게 흐르는 강이
돼 있었다.

"집을 찾아볼게요." 패트는 단호한 어조로 말했다.

"나도 같이 가겠어요. 혼자서 여기 있기는 싫어요. 그리고 내 가방 속에 손전등이 있어요."

두 사람은 간신히 자동차에서 기어나와서 도랑 밖으로 나올 수가 있었다. 문이 있다 해도 문을 찾는 것은 헛수고였을 것이다. 그러나 손전등이 기어 넘을 만한 울타리를 비추자 두 사람은 울타리를 넘어서 전면에 펼쳐진 산딸기 들을 빠져나갔다. 저편에 헛간이 어렴풋이 나타났다. 두 사람은 진창 속에서 헛간을 한 바퀴 돌아 겨우 안채에 도착했다.

엉망이 된 베란다로 가기 위해 삐걱대는 계단을 올라가면서 패트가 말했다.

"불빛이 없군요. 아무도 안 사는 집인지도 모르겠어요. 이 길을 따라서 빈집이 몇 채 있는데, 운좋게 그중 하나를 만난 거예요."

"아주 이상한 옛날식 집이군요!" 수잰이 손전등으로 휙휙 비추면서 말했다. 무심코 한 말이겠지만 하필 그런 말을 하다니, 너무나 운이 없었다. 어느 정도 부드러워졌던 패트의 마음이 다시 얼어붙었다.

패트는 문을 톡톡 두드렸다. 대답이 없자 한 번 더 두드렸다. 손에 닿는 판자를 힘껏 쳐 보기도 하고 큰 소리로 부르기도 했다. 나중에는 소리를 질렀지만 여전히 대답이 없었다.

수잰은 "자물쇠가 잠겼는지 확인해 봅시다"라고 말하고 자물쇠의 상태를 봤다. 자물쇠는 걸려 있지 않았다. 두 사람은 안으로 들어갔다. 손전등 빛이 오랫동안 사람이 살지 않은 듯한 부엌을 비쳤다. 낡고 녹이 슨 난로가 한 개, 간이 테이블과 부서진 의자 몇 개, 그리고 그보다 더 심하게 낡은 소파가 놓여 있었다.

수잰이 유쾌한 듯이 말했다.

"폭풍우가 몰아칠 때는 어느 곳에든 들어가 있고 싶지요. 오늘 밤

에는 여기서 야영을 합시다. 또 비가 내리기 시작하고…… 들어
보세요……. 게다가 인가가 있는 곳에서 몇 킬로미터나 떨어져
있는지도 모르잖아요. 우리는 깔개를 사용할 수 있을 거예요. 당
신은 그 소파에서 쉬세요. 나는 바닥의 제일 부드러운 곳에서 쉴
테니까요. 적어도 이젠 비를 피할 수 있게 되었어요. 아침이 되면
도움의 손길을 찾기도 더 쉬울 거예요.”

패트도 그 방법밖에 없다고 생각했다. ‘은빛숲’에서도 아마 근심은
하지 않을 것이다. 오늘 밤에 확실히 돌아간다고 말하지 않았으니
까. 퀸즈아카데미 시절의 동급생이 자기 집에 오라고 했었기 때문이
다. 두 사람은 자동차 있는 곳으로 되돌아가서 차에 자물쇠를 잠갔
다.

패트는 수잰이 소파에서 자야 한다고 했고, 수잰은 자꾸 패트에게
거기서 자라고 했다. 그래서 동전을 던져서 정하기로 했다.

패트는 몸에 깔개를 두르고 소파에 웅크리고 누웠다. 수잰은 쿠션
을 베개로 베고 바닥에 누웠다. 그러나 두 사람 다 잠을 이룰 수 없
었다. 바로 옆에서 규칙적으로 빗방울이 똑똑 떨어지고 쥐가 머리
위를 뛰어 돌아다니는데 어떻게 잘 수 있겠는가. 몹시 길게 느껴지
는 시간이 흐른 뒤 방 저편에서 수잰이 조용히 말을 걸어왔다.

"자고 있어요, 미스 가드너?"

"아뇨……, 잠이 올 것 같지 않아요."

수잰이 일어나 앉았다.

"그러면 부탁인데요, 이야기나 해요. 이곳은 기분 좋은 곳이 아니에요. 나는 쥐가 죽도록 무서워요. 이 집에는 쥐가 우글우글한가 봐요. 얘기 좀 해줘요. 내가 싫거든 좋아하는 척하지 않아도 돼요. 당신은 왜 나를 싫어하는 거죠, 패트 가드너? 왜 나를 좋아하지 않으려고 해요? 그날 밤, 모닥불 옆에서는 나에게 호의를 보여 줬다고 생각하는데. 우리도 당신이 좋았어요……. 당신에게는 훌륭한 점이 있으니까요. 그런데 우리가 음악회에 가지고 들렀을 때…… 당신은 마치 유리 벽 너머에 있는 것 같았어요. 우리는 도저히 당신에게 가까이 다가갈 수가 없었어요. 데이비드는 기분이 나빴을 뿐이지만 나는 무척 화가 났어요……. 화가 나서 견딜 수가 없었어요. 피가 끓어올랐던 것 같아요. 혈관 속에서 부글부글 끓는 소리가 들릴 정도였어요. 아, 당신이 남편이라도 있으면 남편이 당신을 흠씬 패줬으면 좋겠다고 생각했어요!

그러면서도 매일 밤 당신 집 부엌의 불빛을 바라보며 지금 저기서 어떤 일이 벌어지고 있을까 궁금했어요. 그리고 우리가 가까운 친구 사이가 됐으면 좋겠다고 생각했지요. 당신과 내가 친구가 아니라는 것은, 마음을 터놓는 친구 사이가 아니라는 것은 생각할 수도 없어요. 우리는 친구가 되게끔 돼 있어요. '우정보다 좋은 선물은 없다'고 말한 것은 키플링^(19~20세기의 영국 작가)이었지요?"

"맞아요……. 〈픽〉에 나오는 파니셔스예요."

"어머, 당신도 〈픽〉을 알고 있군요? 그런데 왜 우리가 그 선물을 교환하지 못하는 걸까요?"

패트는 목이 메었다.

"나는 '은빛숲'을……, '은빛숲'을 무시하는 사람과는 친구가 될 수 없어요."

"'은빛숲'을 무시했다고요? 패트 가드너, 나는 무시한 적이 없어요. 어떻게 그런 짓을 할 수가 있어요? 데이비드와 둘이서 내려다볼 때부터 아주 마음에 들었는데요."

패트는 삐걱거리는 소파 위에서 일어나 앉았다.

"당신은…… 당신은 실버브리지의 가게에서 그 이상한 옛날식 집에는 누가 사느냐고 물었지요? 시드가 들었어요."

"패트, 잠깐 기다려 줘요. 그래요, 기억 나요. 나는 이상하다는 말은 하지 않았어요. 나는 '산기슭에 있는 아주 느낌이 좋고 운치가 있는 옛날식 집에는 누가 살고 있어요?'라고 말했어요. 시드는 수식어 중에 하나를 빠뜨리고, 하나는 잘못 들은 거예요. 패트, 내가 '은빛숲'을 이상하다고 했을 리가 없어요. 내가 '은빛숲'을 얼마나 멋지다고 생각하는지 당신은 모를 거예요. '은빛숲'이 옛날식이기 때문에 더욱 좋아요. '기다란 집'을 사기로 단번에 결정한 것도 그 집이 옛날식이기 때문인걸요."

패트는 가슴속의 얼음이 갑자기 녹아내리기 시작한 것을 느꼈다. '운치'는 찬사임이 분명했고 '옛날식'이란 말도 듣기 좋았다. 게다가 패트는 수잰과 친구가 되고 싶었다. 베츠를 시라고 한다면 수잰은 산문일지도 모른다. 그러나 얼마나 멋진 산문일까!

패트는 솔직하게 사과했다.

"화를 내서 미안해요. 나는 '은빛숲'에 관련된 것이라면 예민해진답니다. '은빛숲'이 이상하다는 소리를 듣고 참을 수가 없었어요."

"당신 잘못이 아니에요. 자, 이젠 모든 일이 잘돼갈 거예요. 어쩐지 우리는 같은 부류의 사람 같아요. 그렇게 생각하지 않아요? 당신네 식구들은 다 좋은 사람들이에요. 나는 주디 아주머니가 아주 좋아요……. 재치가 있고 동정심이 있고, 아일랜드식 인사가 아주 훌륭해요. 게다가 그 총명하고 유머러스한 얼굴이 좋아요…

…, 이 세상 어디에도 그 아주머니 같은 사람은 없을 거예요. 당신들도 우리가 맘에 들지요? 나도 어떤 점에서는 괜찮은 사람이고 데이비드도 좋은 사람이에요……. 그는 철학자가 되었다가 어린애가 되었다가 하죠."

"남자들이란 다 그렇지 않아요?"

패트는 무척 영리한 듯한 말을 했다.

"데이비드는 특히 더해요. 그는 험한 삶을 살았어요. 전쟁신경증을 고치는 데 몇 년이나 걸렸어요. 그 때문에 일생을 보람 없이 보냈지요. 한때는 야심도 있었던 사람인데 병이 나았을 때는 이미 늦었어요. 오빠는 여러 해 동안 핼리팩스의 신문사에서 부편집장을 지냈는데, 그 일을 싫어했지요. 오빠의 아내도 결혼하고서 불과 몇 달 뒤에 죽어버렸어요. 나는 학교에서 아이들을 가르쳤는데 그 일이 싫었어요. 그러는 동안에 서부의 머리 큰아버지가 돌아가시면서 우리에게 얼마쯤 돈을 남겨 주셨어요……. 재산이라고 할 정도는 아니지만, 그럭저럭 살아 갈 수 있을 정도는 되지요. 그런 이유로 우리는 자유로워진 것이지요. 자유 말이에요! 아, 패트. 당신은 속박당하면서 일하는 것이 어떤 것인지를 모르니까 자유라는 말의 의미를 모를 거예요. 나는 집을 지키는 것을 아주 좋아해요……. 집을 지킨다는 것, 정말 멋진 말이죠? 집을 파괴하려는 모든 폭력에 맞서서 단단히 지키는 거예요. 데이비드도 이제 전쟁 소설을 쓸 시간 여유가 생겼지요……. 전부터 쓰고 싶어했거든요. 우리는 정말 행복해요……. 게다가 당신과 친구가 되면 더 행복해질 거예요. 당신이 얼마나 멋진 사람인지 당신은 잘 모를 거예요. 자, 우리 밤새 이야기해요."

두 사람은 오랫동안 이야기를 나눴다. 그러다가 갑자기 수잰이 조용해졌다. 패트는 마루에 있는 수잰이 부러웠다. 적어도 마루는 소파처럼 울퉁불퉁하지는 않았다. '비가 과연 그치기는 그칠 것인가?

창문이 유난히도 덜거덩거린다. 어라, 저것은 무엇일까? 아, 굴뚝에서 날아온 기왓장이 지붕 위에 떨어졌다. 천장에서 뛰노는 저 쥐들 좀 누가 어떻게 해줬으면! 젠틀맨 톰이 한 시간만 여기에 있으면 조용해질 텐데! 정말…… 수잰과…… 친구가 돼서…… 잘됐다…… 나는…….' 거대한 잠의 파도가 밀려와서 패트를 삼켜버렸다.

잠에서 깨어났을 때는 비는 그치고 세상은 이른 아침의 신비한 빛 속에 싸여 있었다. 패트는 무릎을 꿇고 밖을 내다봤다. 오래된 사과나무에서 다람쥐 몇 마리가 떠들고 있다. 비탈 아래 작은 연못에는 맑은 물이 가득하고, 그 저편에는 거뭇거뭇한 가문비나무들이 조용히 서 있다. 폭풍우 같은 것은 몇백 년 동안 만난 적이 없다는 듯 은빛으로 갠 하늘에 엷은 망사처럼 구름이 떠 있다.

입구 계단에는 커다랗고 까만 개 한 마리가 앉아 있었다. 그 모습을 보니, 아일랜드에서 누가 죽을 때 그 집 문앞을 검정 개의 유령이 지키고 앉아 있었다는 주디 아주머니의 이야기가 생각났다. 그렇지만 이 개는 조금도 유령을 닮은 데라곤 없다! 수잰은 아직도 자고 있다. 패트는 주위를 둘러보았다. 그러자 좋은 생각이 떠올랐다. 그녀는 소리나지 않게 조심해서 일어섰다.

7

30분쯤 지나서 눈을 뜬 수잰은 깜짝 놀라서 주위를 둘러봤다. 난로 위의 프라이팬에서 지직거리는 소리와 함께 맛있는 냄새가 풍겼다. 그 안에 오그라든 베이컨 한 조각이 보였다. 난로 위에는 삼각형의 노릇노릇한 토스트가 접시 가득 담겨 있고, 패트는 오래된 찻주전자에 차를 한 숟가락 넣고 있는 참이었다. 테이블에는 접시가 놓여 있고 한복판에 놓인 오래된 피클병에는 피클이 담겨 있었다.

"패트, 이것은 무슨 마법이죠? 당신은 마녀인가요?"

"당치도 않아요. 잠에서 깨어보니 난로 뒤에 장작이 쌓여 있고,

벽에 프라이팬이 걸려 있는 것을 알았어요. 요리실에는 접시와 주전자와 나이프와 포크도 있구요. 이 집에는 이따금 사람이 와서 사는 모양이에요. 틀림없이 집주인은 어딘지 다른 농장에 살고 있으면서 건초를 만들 때나 추수 때만 여기에 와서 묵는 것 같아요. 나는 불을 피워 놓고 자동차에 갔다 왔어요. 개가 달려들지나 않을까 겁이 났지만……. 개 한 마리가 있더라구요……. 하지만 개는 나 있는 쪽을 돌아보지도 않았어요. 자동차에 베이컨 조금과 빵이 두 개쯤 있었어요. 엄마가 빵집 토스트를 좋아하시거든요. 또 식료품 저장실에 차가 있었구요……. 그런 연유로 이렇게 아침 식사가 마련되었습니다, 마님."

"당신은 타고난 살림꾼이군요, 패트. 이 무시무시한 장소가 정말 기분 좋은 집같이 보여요. 피클병에 꽂아 놓은 꽃이 이렇게 예쁠 줄은 몰랐군요. 게다가 나는 몹시 배가 고파요. 자, 듭시다. 처음으로 함께 하는 식사군요. 처음으로 우리가 같이 하는 식사예요. 나는 이 말을 좋아해요……. 같이 식사를 한다……. 당신은 어때요? '우정의 양식'이라고 말한 것이 누구인지 혹시 알아요?"

"카먼 (19세기 ⁽캐나다 시인⁾)이에요."

베이컨을 접시에 담으면서 패트가 대답했다.

수잰은 어슬렁거리며 일어섰다.

"오늘 아침에는 맑게 개었어요! 저것 좀 봐요, 패트. 저 연못 주변에 큰 소나무가 있어요. 나는 가슴이 아플 정도로 소나무를 좋아해요. 그리고 딱딱한 베이컨도, 베이컨보다 더 딱딱한 토스트도 무척 좋아해요. 아, 고마워요. 잔뜩 있군요. 이렇게 배가 고프기는 생전 처음이에요."

아침 식사가 반쯤 끝났을 무렵, 뒤쪽에서 목을 조르는 것 같은 기묘한 목소리가 들렸다. 두 사람은 눈이 휘둥그레졌다. 돌아다본 두 사람은 무서워서 자지러졌다. 현관 입구에 한 남자가 있다…… 수염이 텁수룩한 얼굴에 키 크고 마른 남자였는데, 여러 가지를 주워 걸친 듯한 옷차림을 하고 있었다. 양쪽에서 턱으로 늘어져 있는 긴 잿빛 수염은 턱이 길고 마른 얼굴에는 어울리지 않았다.

두 사람을 뚫어지게 바라보고 있는 것을 보면 이 괴물 쪽에서도 두 사람 못지않게 놀란 듯싶었다. 흰털이 섞인 머리를 흔들면서 애처롭게 중얼거렸다.

"이젠 괜찮을 줄 알았더니…… 자고 나면 대개는 낫는데……"

패트가 일어나서 더듬거리며 변명을 하자 그 신사는 패트에게 손을 저었다.

"괜찮아요, 마루에서 자게 해서 미안해요. 내가 깨어 있었으면 내 침대를 내어 주었을 텐데."

"우리가 문을 두드리고…… 소리를 질렀지만……"

"그래요, 그래요. 가브리엘 천사의 나팔 소리로도 엊저녁엔 나를 깨우지 못했을 테니까. 사실 나는 조금 취했어요. 하지만 저 개가 당신들을 발기발기 찢어놓지 않은 게 이상하군요. 무섭게 성질이 거친 놈이라서."

"우리가 여기 왔을 때는 없었어요…… 그리고 오늘 아침에는 아주 점잖게 있었어요."

"정말이요? 그러면 내가 속은 거로군. 처치 곤란하게 난폭한 놈이라고 해서 샀는데. 부랑자들 때문에 기르고 있어요. 나는 너대니얼 버터블룸이라고 해요. 추수 때만 여기에 머물고 있지요. 집은 스리코너스에 있어요."

"여기 와서 우리와 같이 아침 식사를 같이 하시겠어요?"

패트는 불안한 듯이 권했다.

"좋아요." 버터블룸 씨는 그 이상 더 권할 것도 없이 자리에 앉았다. "테이블보가 없어서 좋지 않군요. 한 장 있었는데 쥐가 갉아먹어 버려서."

패트와 수잰은 서로 마주보고 싱긋 웃으며, 그에게 차를 따라 주고 베이컨과 토스트를 대충 나누었다.

버터블룸 씨가 말했다.

"이것은 놀랍고도 고마운 일이군요. 나는 보통 이것저것 긁어모아서 적당히 때우고 식량이 떨어지면 고양이를 프라이하지요. 저쪽 헛간에는 고양이가 잔뜩 있어요. 2년 전에 세 마리를 처음 갖다 놓았는데 지금은 몇백 마리가 될 거예요."

"그런데 쥐를 잡아먹지 않는 게 이상하군요. 지붕이 심하게 새던데요, 버터블룸 씨." 수잰이 장난스럽게 말했다.

버터블룸 씨는 태연했다.

"뭐, 비가 올 때는 지붕에 올라가서 수리를 할 수가 없고, 갠 날은 비가 새지 않으니까요."

"우유가 부족해서 당신 차에는 넣지 못했어요. 죄송해요." 패트가 말했다.

"거미가 식료품 저장실에 기어 들어간 것이 아니라면 조금은 남아 있을 텐데."

"없었어요."

패트가 재빠르게 말했다.

버터블룸 씨는 차를 마시고 말없이 바삭바삭 소리를 내며 베이컨을 먹었다. 수잰이 점잔을 뺀 얼굴을 하고 패트에게 '매우 말없는 남자'라고 속삭였을 때, 버터블룸 씨는 손등으로 입을 닦고 다시 애기를 시작했다.

"당신들은 뭐하는 사람들이에요 ? "

"이쪽은 미스 커크이고, 나는 북글렌의 가드너 집 딸이랍니다. "

"두 분 다 잘 오셨습니다. 그럼 당신들은 아직 미혼이시군요 ? "

"예……, 그렇습니다. " 수잰이 침울하게 고개를 흔들어 보였다.

"나도 혼자랍니다. 스리코너스에서 미망인에게 집안 살림을 맡겨 놓고 있어요. 요리 솜씨는 그다지 좋지 않지만 내 등을 긁어주지요. 나는 매일 밤 자기 전에 30분쯤 등을 긁어야 하니까……. 취하지 않을 때는 말예요. 나도 가드너 집안에 대해서는 듣고 있어요. 훌륭한 집안이지요. 나는 북글렌에 간 적은 없지만, 남글렌의 노처녀에게 청혼했던 적이 있어요. 그때는 지금보다 젊었으니까. 그 여자는 1년 동안이나 기다리게 하더니 어느 날 홀아비한테로 시집을 가버렸어요. 그 뒤로는 아예 결혼에 대해서 생각이 없어졌어요. "

그는 말없이 한 접시를 더 먹어치웠다. 접시가 비자 그는 깊은 한숨을 내쉬었다.

"아가씨, 진짜 아침 식사다운 식사를 했습니다. 결혼하지 않은 것은 역시 잘못한 것인지도 몰라요. "

버터블룸 씨는 생각에 잠긴 듯 어둠침침한 눈으로 수잰을 한참 바라보았다.

"나는 배운 것은 없어도 농장을 두 개나 가지고 있고, 대금 지불도 거의 끝났답니다. "

수잰은 기분이 내키지 않았지만, 떠나기 전에 패트와 둘이서 접시를 닦겠다고 말했다.

버터블룸 씨는 음울한 목소리로 말했다.

"괜찮아요, 나는 접시는 닦지 않으니까요. 개가 깨끗이 핥아 주겠지요. 꼭 가야 하겠다면 내가 말을 끌고 가서 당신들의 자동차를 도랑에서 끌어내 주겠어요."

수고비를 지불하겠다는 말에 버터블룸 씨는 서글프다는 듯이 거절했다.

"당신들은 나한테 아침 식사를 만들어 주지 않았어요? 그런데 고양이를 한 마리 가지고 가지 않을래요? 적당한 고양이가 얼마든지 있으니까."

패트는 '은빛숲'에도 필요한 만큼의 고양이가 있다고 공손하게 설명했다.

"아무래도 괜찮아요." 그는 한숨을 쉬며 말했다. "찬장이 텅 빌 때는 필요할 때가 있으니까."

그 집이 보이지 않는 곳까지 오자 패트는 차를 세우고 둘이서 웃기 시작했다. 두 사람이 마음으로 같이 웃을 때 그 두 사람은 평생 친구가 되는 것이리라.

"시중을 드는 사람도 없이 두 처녀가 주정뱅이와 한집에서 하룻밤을 새웠다는 것이 〈북글렌 소식〉의 기자에게 알려지지 않기를 빕시다." 수잰이 말했다.

이 일은 주디 아주머니 말고는 아무도 몰랐다. 물론 주디 아주머니는 너대니얼 버터블룸의 일을 잘 알고 있었다.

"젊었을 때는 꽤 난폭했지만 이제는 나이를 먹었으니까 그다지 사람을 곤란하게 만들지는 않아. 어쨌든 너희들은 등을 긁으라는 소리를 듣지 않은 것을 고맙게 여겨야 해."

8

패트는 여느 때와 같이 상쾌한 기분을 느끼고 싶어서 '비밀들판'

으로 나갔다. 몇 해인지도 모를 만큼 오랜 세월 동안 햇빛을 쬐어 온 이 들판은 변함 없이 아름답고 초연하고 신비로웠다. 주변의 나무들은 패트를 기쁨으로 맞이했다. 패트는 깃털같이 늘어진 풀 속에 몸을 던졌다. 고요함에 귀를 기울이고 있는 동안 패트는 정적 속으로 녹아 들어가면서, 최근 마음을 괴롭히고 있던 어떤 문제에 초점이 맞춰졌다. 세상에 아직도 요정이 있다면 이곳이야말로 틀림없이 있을 것이라는 생각이 들었다. 이 아름다운 장소에 오면 고민은 반드시 해결된다. '비밀들판'의 마법 속에서 패트는 다시 어린아이로 돌아가고 어떤 일이라도 믿을 수 있게 되어 버린다.

거기서 패트는 양쪽으로 양치식물이 허리까지 자라서 가늘게 서 있는 오솔길을 지나 '행복들판'으로 갔다. 패트는 숲의 모든 오솔길을 알고 있었고 오솔길 쪽에서도 패트를 알고 있다.

오솔길들에게는 저마다 그 나름대로 기분과 변덕이 있다. 어떤 길은 언제나 은밀한 웃음과 은근한 발소리로 가득 차 있고, 어떤 길은 어디로 뻗어가고 싶은지 전혀 짐작이 가지 않는 듯한 모양을 하고 있다.

지금 지나가는 이 오솔길을 걸으면 언제나 성당에 있는 듯한 기분이 든다. 머리 위로 송진 냄새 나는 어린 전나무 가지가 바람을 받아 찬송가를 부르고 있다. 햇볕 잘 드는 오래되고 파인 곳이나, 사람 눈에 뜨이지 않는 구석에서 아치 밑으로 감도는 향기는 미사를 연상시키고, 숲을 가득 채우는 정교한 그림자는 성당의 복사 같고, 패트의 머리에 떠오르는 것은 기도 같았다.

패트는 언젠가 주디 아주머니에게 이렇게 말한 적이 있다.

"언제나 그런 기분이면 얼마나 좋을까요. 작은 고민 같은 것은 없어지고 쓸데없는 원망이나 근심이나 실망 따위는 잊어버리고, 사랑과 평화와 아름다움만 느낀다면 말이에요."

오솔길을 따라 가자 '행복들판'이 나왔다. 양치식물이 자라난 요람

같은 동산의 우묵한 곳에 있는 '행복들판'의 샘 근처에 패트는 앉았다. 멀리 아래쪽에 보이는 조용한 금빛 목장 저편은 사파이어같이 파란 항만으로 돼 있다. 왜송나무로 덮인 서쪽 언덕은, 짙은 분홍색과 따뜻한 금빛 저녁 노을이 엷어져서 맑은 연한 초록빛으로 변해 있었다. 이 모든 아름다움은 이것을 바라보고 있는 패트의 것이었다.

이 조용하고 추억으로 가득 찬 장소에 서 있으면 패트는 오래된 그리움과 여러 가지 일들이 생각났다……. 여기서 힐러리와 둘이서 바라보던 저녁 해……. 그는 지금쯤 유럽에서 여름을 지내고 돌아오는 도중에 대서양의 어느 곳에 있을 것이다. 힐러리가 편지에서 대단히 재미있다고 썼는데, 그가 곧 캐나다로 돌아온다고 생각하니 말할 수 없이 기뻤다. 이제 두 사람은 대서양을 사이에 두고 있지 않아도 된다. 힐러리가 토론토로 가는 도중 2, 3일 동안 섬에 묵어 가지 않는 것이 패트는 조금 서운했다. 그리고 편지에서 그렇게 말했는데도 힐러리는 그 일에 대해서는 한 마디도 말하지 않고, '은빛 숲에게 안부 전해줘'라고 끝에 써놓았을 뿐이었다.

패트가 앉아 있는 곳에서 단풍나무에 새긴 패트와 힐러리의 이름이 이끼에 덮여 있는 것이 보였다. 패트는 감상적인 기분이 돼서 한숨을 쉬었다. 고민 같은 것이 없는 어린 시절로 돌아가고 싶었다. 물론 그 당시에는 고민이 있다고 생각했다. 아빠가 서부로 갔던 것, 자신이 못생긴 얼굴을 하고 있었던 것, 조가 바다로 가버린 것 등등.

그러나 그때는 남자들 문제는 없었다. 연애 문제도 없었고, 이쪽에서는 친구로서의 교제를 원하는데 저쪽에서는 연인이 되기를 원하는 그런 문제도 없었다. 지금 패트에게 정신이 팔려 있는 사람은 짐 맬러리이다. 실버브리지의 댄스파티에서 알게 된 이후, 레이가 힐러리에게 보낸 편지에 의하면, 짐은 수킬로미터 사방으로 울려퍼질 만한 굉장한 소리를 내며 패트의 매력 앞에 쓰러졌다는 것이다. 실제로 짐은 멋진 남자였다.

"자, 이번에는 무언가 될 것 같구나."

짐이 처음으로 '은빛숲'을 방문하던 밤에 주디 아주머니는 이렇게 말했다. 패트는 짐이 굉장히 맘에 들었다. 힐러리와 데이비드에 비교해도 좋을 정도였다. 레이는 주디 아주머니에게 패트가 정말 짐을 사랑하고 있는 것 같다고 말했지만 겹치는 실망에 주디 아주머니는 비관적으로 되어갔다.

"오래 가지는 않을 거야."

그날 밤 집을 나설 때만해도 패트는 자신이 사랑에 빠져 있지 않다고는 전혀 생각지 못했다. 짐의 눈에 떠올랐던 빛, 아름다운 달빛 아래 '편히 쉬어요'라고 말할 때 짐의 손이 전해주던 그 감각……. 그것은 분명 레스터 콘웨이 이후 느껴본 적이 없는 기분이었다. 그러나 그녀는 '비밀들판'과 '행복들판'에서 시간을 보내고 있을 때 알았다. 좋아하는 것만으로는 충분하지 않다는 것을. 약간의 스릴이나 기쁨만으로는 충분하지 않다. 그 이상의 무엇인가가 없으면 '은빛숲'을 떠난다는 것은 꿈에도 생각할 수가 없다.

그리고 나서 짐 맬러리에게는 가련하게도 기회가 주어지지 않았다. 1, 2주가 지나고 나서 꺽다리 앨릭은 아내를 향해 언짢은 목소리로 도대체 저 애는 무엇을 바라고 있는 것이냐고 물었다. 누구든 자신에게는 부족하다는 것인가?

"그렇지요. 당신이 나타나기 전까지는 내게 어떤 사람도 눈에 차지 않았던 거나 마찬가지예요." 어머니는 부드럽게 달랬다.

"바보같이!"라고 꺽다리 앨릭은 말했지만 그 목소리는 부드러웠다. 결국 서둘러서 패트를 떠나 보낼 필요는 없으니까.

레이도 패트에게는 약간의 근심거리였다. 레이는 입학시험에 합격해서 퀸즈아카데미에 가고 싶어했다. 그러나 그 비용을 어떻게 마련할 것인가? 농작물의 소출은 그런대로 괜찮은 편이지만 가축 쪽에서는 큰 손해를 봐서 올해는 겨우 대출금 이자를 갚을 정도였다.

아빠는 레이에게 1년쯤 기다리라고 말했는데, 그 소리를 듣고 레이는 많이 울적해하고 있다. 그러나 어떻게 해서든 레이를 퀸즈아카데미에 보내겠다고 패트는 '행복들판'에서 결심했다. 돈은 톰 삼촌에게 빌리면 된다. 톰 삼촌은 선뜻 빌려 줄 것이다.

꺽다리 앨릭은 빚을 지는 것을 아주 싫어했다. 애덤스네 땅을 사기 위해 '은빛숲'을 저당잡히고서 며칠 밤을 잠 못 이룰 정도였다. 그러나 패트는 아빠를 설득할 수 있으리라고 생각했다. 레이가 운좋게 고향의 초등학교에 취직이 되면 1년 이내에 빚을 갚을 수 있다. 고향이 아니더라도 2년이면 갚을 수 있을 것이다. '행복들판'에서는 어떤 일이라도 가능한 것처럼 생각되었다.

주디 아주머니만 아일랜드에 가지 않는다면 얼마나 좋을까! 그러나 주디 아주머니의 결심을 막을 수 있는 사람은 아무도 없다. 11월에 출발할 예정인 주디 아주머니는 벌써 여권과 새 트렁크에 대해 말하기 시작했다.

"내 파란 상자를 가지고 갈 수는 없어. 저것은 좀 구식이야. 오스트레일리아에 갈 때도, 캐나다에서 올 때도 저것을 들고 다녔는데, 그 사이 시대가 바뀌지 않았어? 역시 시대에 맞추어 살아야 해. 그리고 실내복도 한 벌 만들어야 해. 브레넌의 가게에 핑크색 바탕에 흰 벚꽃 무늬가 있는 실크 실내복이 걸려 있던데 나처럼 나이 든 사람에게는 안 어울릴까?"

주디 아주머니가 흰 벚꽃무늬의 핑크색 실내복을 입는다는 것은 '은빛숲'에서는 생각만 해도 얼굴이 찌푸려지는 일이다. 그러나 아무도 반대하지 않았다. 패트는 이제 옷차림에 나이 구분 같은 것은 없어졌다고 아주머니를 안심시켰다.

그렇다, 아주머니는 출발한다. 그 사실을 받아들여야 한다. 그러나 그것이 미래를 막는 일은 없다. 겨울이 지나가면 봄이 오고 봄과 함께 아주머니도 돌아올 테니까. 그동안 아주머니가 '은빛숲'을 주머니 속에 넣고 아일랜드에 가버리는 것도 아니다. '은빛숲'은 원래 장소에 그대로 있는 것이다. '은빛숲'의 둘레에는 안정되고 조용한 목장이 둘러싸고 있고, 나무들이 지켜주고 있다. 집으로 돌아가는 길에 패트는 평상시와 같이 동산 꼭대기에서 발을 멈추고 '은빛숲'을 곰곰이 바라다보았다. '저 집에는 내가 소중히 여기는 사람들이 잠자고 있다.'

패트가 '행복들판'에 오래도록 있었기 때문에 '은빛숲' 사람들은 모두 잠들어 버렸다. 주디 아주머니의 부엌에만 아직 불이 켜져 있다. 아마 주디 아주머니가 《실용백과》에서 배멀미 치료법이라도 찾고 있는 것이겠지. 톰 삼촌이 주디 아주머니가 가지고 있는 검은 병이 곧 치료약이라고 말했지만.

패트는 행복했다. 뭐니뭐니해도 가을 경치는 아름다웠다. 가을에는 보랏빛 선물을 가져다 주는 나날이 있고, 평화를 가져다 주는 나날도 있다……. 어느 날이건 모두 아름답다.

"소중한 '은빛숲'이여! 누구라도 너한테서 떨어진다는 것은 생각할 수 없을 거야!"

어린 시절, 실버브리지의 제임슨 집안 사람들을——그들은 계속해서 이사만 했다——가엾게 여겼던 일을 패트는 생각했다. 제임슨 집안은 이사를 좋아하는 것 같았지만 패트는 그런 일을 생각만 해도 몸이 떨렸다.

패트가 레이를 1년간 퀸즈아카데미에서 공부시킬 비용을 빌려야 한다고 말하자 껑다리 앨릭은 당치도 않다고 딱 잘라 말했다. 그러나 패트는 아빠를 설득했다. '은빛숲'에서는 패트가 아빠를 자기 마음대로 할 수 있다고 생각하기 시작했다. 레이는 패트가 아빠한테 잘 보여서 그렇게 된 거라고 말했지만, 패트는 화를 내면서 그것을 부정했다. "아빠에게 잘 보여도 소용이 없어. 아빠는 그런 것을 받아주지 않는 걸 잘 알고 있으면서."

"그런 남자는 없어"라고 중얼거리며 주디 아주머니는 씽긋 웃었다.

잘 보여서든 어떻든 껑다리 앨릭은 져주었고, 얼마 뒤 모든 준비가 끝이 났다. 레이는 몹시 기뻐했다.

"만약 내년까지 기다려야 했다면 나는 이 세상 끝까지 가서 뛰어내렸을 거야. 내 친한 친구인 에미도, 도트 로빈슨도 금년에 가니까. 나는 공부할 거야, 패트 언니……. 아, 내가 공부를 하다니! 모든 사람이 '은빛숲'의 딸들은 얼굴이 예뻐서 남자아이들에게 인기는 있지만 머리는 나쁘다고 말하는 것을 나는 알고 있어. 본때를 보여 줄 테야. 바바라 고모는 여자아이는 예쁘기만 하면 머리 같은 것은 나빠도 상관없다고 하지만, 그런 생각은 빅토리아조 시대의 유물이야. 오늘날에는 아름다운 용모를 자본으로 만들기 위해서는 우수한 두뇌가 필요하다구."

"그건 네 스스로 한 생각이니?" 주디 아주머니가 물었다.

"아뇨." 레이의 장점 중 하나는 정직하다는 것이다.

"잡지에서 읽었어요. 그렇지만 너무 기뻐요! 패트 언니, 오늘은 세상도 16살밖에 안 된 것 같지 않아? 떠나기 전에 파티를 하면 어떨까?"

"물론 좋고말고. 내가 이미 계획을 세워 놓았지."

패트는 파티를 여는 것을 좋아했다. 파티를 연다면 어떤 파티라도 대환영이다. 게다가 이번 파티는 레이의 송별회를 겸한 것이므로 특별해야 한다.

"금요일 밤부터 세어서 1주일 뒤로 하자. '은빛숲'에 댄스용 무대를 만들고 나무에 종이로 만든 초롱을 다는 거야."

"패트 언니, 얼마나 멋질까! 마치 동화 나라 같아. 달이 뜨면 더욱 좋겠지?"

"물론 달이 뜰 거야. 꼭 뜨고말고." 패트는 자신 있게 말했다.

"너무 멋진 계획을 많이 세우는 것은 좋지 않아. 반드시 이상한 일이 생기니까."

시드가 주의를 주자 패트는 맞서듯이 갈색 머리를 번쩍 쳐들었다.

"상관할 것 없어. 나는 계획을 세우는 것이 좋으니까. 80살이 되어도 계획을 세울 거야. 레이, 음식 메뉴를 생각해서 곧 준비를 해야지. 요즈음 새로 생긴 리본 샌드위치도 만들어 봐. 노마가 지난주에 차 마실 때 내놓았었지. 정말 예뻤어."

그들은 갈색과 금빛 머리를 맞대고 요리책을 들여다 보았다. 즐거운 흥분이 모두에게 넘쳐났다. 패트와 레이가 너무 이 일에 대해서만 이야기를 하니까 좀 기분이 나빠진 껑다리 앨릭은 주디 아주머니를 향해서 세상에는 바보 같은 놈들이 아직도 다 죽어 없어지지 않았다고 불평을 했다. 그러자 주디 아주머니가 말했다.

"어머나, 바보가 다 죽어버리면 너무 시시하지 않겠어? 생각해 봐요." 여기서 아주머니는 달래듯이 목소리를 떨구었다. "앨릭은 저녁 식사로 베이컨과 감자가 들어간 파이가 먹고 싶지 않아?"

그러자 껑다리 앨릭의 얼굴이 밝아졌다. 결국, 곡식의 수확량은 얼마 안 되고 애덤스네 땅에 너무 돈을 썼는지는 모르지만, 주디 아주머니의 베이컨과 감자가 들어간 파이는 사는 보람을 느끼기에 충분한 것이었다. 게다가 딸들에게도 젊음은 한 번밖에 돌아오지 않으니까.

9

호러스 삼촌의 편지가 이들을 더욱 즐겁게 했다. 선장 자리에서 은퇴한 호러스 삼촌은 밴쿠버에 살고 있는데, 20년 만에 고향을 방문한다는 것이다. 어른들이 이 편지를 보고 흥분한 것은 당연하고, 주디 아주머니도 어쩔 줄을 몰라했다.

패트와 레이도, 아직 한 번도 만난 적은 없지만 로맨틱한 삼촌의 일을 생각하면 이상하게도 흥미가 생겼다. 이 삼촌에 대해서는 주디 아주머니로부터 여러 가지 얘기를 듣고 있었다. 검은 물감이 들어간 과일 케이크와, 원숭이, 봄베이 반란에 대한 이야기들을. 이 삼촌은 주디 아주머니의 말에 의하면 항아리 안에 바람을 가둬 두었다고 한다. 둘은 한때 이런 얘기를 진짜라고 믿은 적도 있어서, 신비롭고 아련한 그런 기억들이 삼촌을 매력적인 사람으로 기억하게 해 주었다.

아마 수요일 정도 도착할 것이라고 편지에 쓰여 있었기 때문에 패트는 화요일에 '은빛숲'을 완전히 새로 단장해 놓았다. 그것을 본 시드가 호러스 삼촌이 우리를 만나러 오는 거냐, 가구를 보러 오는 거냐 하고 빈정댈 정도였다.

"내가 걱정하는 것은 고양이들이야. 호러스 삼촌은 니콜러스 씨 못지않게 고양이를 싫어하니까." 주디 아주머니가 말했다.

"메리가 태어난 그 비 오던 크리스마스날 밤, 니콜러스 할아버지가 2층에서 내려왔을 때의 일을 기억하고 있어요?" 레이가 킥킥 웃으며 말했다.

"기억하느냐고? 염라대왕같이 무서운 얼굴을 하고 거기 서 있던 걸 어떻게 잊을 수 있겠어? 이번에는 세 마리 모두 호러스 삼촌 앞에 나타나지 않도록 해야 해. 젠틀맨 톰은 그다지 방해가 안 되지만, '고약한 놈'과 스쿼덩크가 아주 사람을 잘 따르니까. '시인의 방' 문이 잘 닫혀 있도록 신경을 쓰고 그 뒤는 하느님께 맡기는 거야. 포프카를 남에게 주어 버린 것은 운이 좋았어."

그러나 패트는 그렇게 생각할 수가 없었다. 동쪽 곶에 있는 먼 친척에게 포프카를 주어 버렸을 때는 슬퍼서 어떻게 할 수가 없을 정도였다. 포프카는 털이 푹신푹신하고 발이 하얀, 정이 많은 아름다운 고양이였다. 밤이 되면 정해 놓고 집을 한 바퀴 돌고 침실을 다 찾아다니며 자고 있는 사람에게 키스를 했다. 게다가 그 가르랑거리는 목소리! 가르랑거리는 데 있어서는 '고약한 놈'과 스쿼덩크 두 마리가 덤벼도 상대가 되지 않았다. 그런 포프카를 남에게 주어 버리다니 너무 심한 일이었다. 그러나 꺽다리 앨릭은 완강했다. 어떤 집이건 고양이는 세 마리면 충분하다, 아니 지나칠 정도라고 했다. 그리고 가끔은 고양이가 차지하지 않은 의자에 앉아 보고 싶으니 포프카를 주지 않으면 안 되고 포프카는 달라고 해서 주는 것이라고 했다. 포프카가 바구니 안에서 가엾게 울면서 새 주인에게 끌려갔을 때, 패트도 레이도 소리를 내어 울었다.

호러스 삼촌은 수요일에 오지 않았다. 목요일에도 금요일에도 오지 않았다. 꺽다리 앨릭은 실망한 듯 어깨를 움츠렸다. 출발 직전에 마음이 변해서 오지 않았을 것이다. 호러스답다.

"하지만 만약 온다면 너희들 모두 얌전히 굴어야 해." 앨릭은 주의를 주었다.

"호러스는 좀 특이한 면이 있으니까. 배에서는 까다로운 규칙을 잘 지켰던 모양이야. 그에게는 무엇이든지 기름처럼 매끄럽게 진행이 돼야 해. 집안 일도 마찬가지야. 호러스가 결혼을 하지 않은 것도 그 때문이야. 그의 마음에 들 만큼 단정하고 깔끔한 여자를 못 찾은 거지. 주디 아주머니에게서 그의 개구쟁이 짓에 대해 듣는 것도 괜찮아. 아주 장난꾸러기였으니까. 그의 장난에는 빈틈이 없었지. 호러스가 너희들의 댄스파티를 어떻게 생각할까? 요전에 돌아왔을 때는 춤추는 것을 경멸하고 있었으니까."

"40년 전에는 섬에서도 제일 춤을 잘 춘다는 말을 들었던 호러스가……?" 주디 아주머니는 눈이 동그래졌다.

"그 뒤로 마음을 고쳤어요……. 마음을 고친 사람은 대체적으로 무섭게 완고하니까. 어쨌든 모두 일을 원만하게 진행시켜 줘. 호러스가 돌아갈 때, 우리 집에 대해 마땅치 않게 생각하는 일이 없도록."

패트와 레이는 그렇게 하겠다고 약속을 했다. 그러나 파티 준비에 얽매여서 그런 일은 완전히 잊어버렸다. 파티 직전에 해야 할 일이 산더미처럼 많았다. 크림에 거품을 내야 하고, 마루와 가구를 닦아야 하고, 마지막으로 여분의 케이크를 하나 더 만들어야 했다. 모자랄지도 모르겠다고 패트가 걱정을 했기 때문이다. 주디 아주머니는 여왕님의 요리실도 이렇게 가득 채우지는 않는다고 반대를 했지만 패트의 주장에는 꺾일 수밖에 없었다.

"자, 여기서는 네가 여주인이니까"라고 주디 아주머니는 조금 위엄을 나타냈다.

패트는 옛날식 젤리 롤을 만들었다. 자르면 금빛 소용돌이가 되고, 그 사이에 루비와 같은 젤리가 들어가 있는 것이다. 아름다운 케이크다. 그 어떤 신기한 케이크에도 뒤지지 않는 케이크다. 레이는 도대체 어디로 갔을까? 물론 자기 방에서 모양을 내고 머리 때문에 법석을 떨고 있을 것이다. 하지만 패트에게는 할 일이 산더미처럼 많다! 패트는 이전부터 성경에 나오는 일만 하는 마르다를 은근히 동정했다. 그러나 지금은 매우 행복했다. '은빛숲'이 더 근사해졌기 때문이다. 모든 것이 가드너 집안의 전통에 의해 최상의 것으로 준비되어 있었다. 패트는 번쩍번쩍한 집안 곳곳에 꽂아 놓은 꽃, 식당에서 번쩍이고 있는 유리 그릇이나 은 그릇들이 너무도 보기 좋았다.

시드는 집 둘레 나무에 빙 둘러 종이등을 걸었다. 틸리턱이 바이올린을 맡고, 실버브리지의 매트 코코란 노인이 조수를 맡기로 했다. 황금빛 해가 지면 은빛 밤이 될 것이다. 날씨는 더할 나위 없이 좋았다. 저녁때가 되자 두 곳의 글렌 마을과 실버브리지와 바닷가에 살고 있는 처녀들은 아름답거나 아름답지 않거나 모두 거울을 들여다봤다. 주디 아주머니는 신음을 삼키며 그 포도주 빛 드레스를 입고, 곡식 창고에서는 틸리턱이 흰색 칼라를 끼우고 있었다.

고양이들조차도 자신들의 배를 두세 번 더 핥고 있었다. '은빛숲'에서의 파티는 이 계절의 최고 행사라는 것을 알고 있었기 때문이다.

패트는 서둘러서 수선화 빛깔의 시폰 드레스로 갈아입고, 구름 같은 어두운 갈색 머리를 부풀리며 만족스럽게 거울을 보았다. 조금 피곤했지만, 거울을 보는 순간 놀랄 만큼 힘이 솟았다. 패트는 자신이 꽤 예쁘다는 사실을 잊고 있었던 것이다. 물론 '미인이 아닌' 것은 확실했지만 패트는——한나 외증조할머니의 말을 결코 잊지 않았다——그러나 느낌이 좋은 얼굴이었다. 제비고깔꽃빛의 파란 드레스를 입은 레이는 꿈같이 아름다웠다. 패트는 '파란색이야말로 세상에서 가장 아름다운 색깔이야. 나한테 어울리지 않는 것이 유감이야'라고 생각했다.

그 드레스는 레이에게 잘 어울렸다. 어울린다는 점에서는 어느 옷이나 다 같았다. 레이의 옷은 꼭 레이의 일부같이 보였다. 다른 사람이 그 옷을 입는 것은 상상할 수가 없었다. 어느 옷이라도 레이의 물결치는 금갈색 머리로 미끄러져 들어가면, 그 옷을 입고 태어난 것이 아닌가 생각될 정도로 잘 어울렸다. 패트는 귀여운 여동생이 이렇게 아름답게 보이기는 처음이라고 생각하자, 자랑스러워서 몸이 오싹거렸다. 레이의 눈은 긴 속눈썹 그늘에서 별처럼 빛나고 있다. 숲의 제비꽃 같은 매력이 넘치는 눈이다. 그러나 레이로서는 자기 눈을 숲의 제비꽃이나 물망초 같은 것과 비교하는 것을 좋아하지 않을 것이다. 그런 것은 빅토리아 왕조풍이다. 지금은 파란 수레국화라고 한다. 그 편이 훨씬 현대적이다. 요전번의 클럽 댄스에서 돈 로빈슨은 레이에게 그녀의 눈이 파란 수레국화와 같다고 말했다.

비니 집안 사람들이 제일 먼저 도착했다. 주디 아주머니는 이를 두고 '상황을 살피기 위해서'라고 말했다. 오솔길의 저편 끝에서 메이의 웃음소리가 들렸다.

"보지 않아도 목소리로 알 수 있지." 주디 아주머니는 코웃음을 쳤다.

우편으로 주문한 싸구려 레이스가 발 둘레에서 큰 파도를 치고 있는 메이의 요란한 드레스는 등이 대부분 그대로 드러나다시피 했다. 그녀는 아주 친한 것처럼 패트의 어깨를 쳤다.

"몹시 피곤해 보이는구나, 패트. 내가 너라면 내일은 하루 종일 잘 거야. 파티 뒤에는 반드시 그렇게 하라고 우리 엄마가 말씀하셨어."

패트는 손톱을 산호색으로 물들인, 살이 쪄서 뚱뚱한 손에서 몸을 뺐다. '내가 너라면'이라니 이 얼마나 무례한 말인가! 비니 집안 사람이 가드너 집안 사람이나 된 듯이 말을 하고 있다! 마침 러셀 집안 사람들과 브라이언 집안 사람들이 도착해서, 대답을 하지 않고 끝내게 된 것이 고마울 따름이다. 오늘 밤의 위니는 어린애가 둘이나 있는데도 다시 소녀로 돌아간 것 같았다. 예전처럼 '해변가'의 아이를 돌보는 것 같아 주디 아주머니는 매우 흐뭇했다.

패트는 나중에야 춤을 출 수 있었다. 여기저기 신경쓸 일이 많았

기 때문이다. 일에서 해방이 된 뒤에도, 패트는 커다란 흰색 디기탈리스가 있는 뒤로 물러서서, 자작나무 숲을 배경으로 희미하게 빛나는 모든 광경을 바라보고 싶었다. 모든 진행이 순조로웠다. 향기 그 윽한, 꿈 같은 8월의 밤이었다.

틸리틱의 상쾌한 바이올린 소리는 그 소리에 반한 초록색 가지 사이를 통과하여 '은빛숲'과 그 너머의 안개 낀 목장 속으로 마법처럼 사라져 갔다. '난폭한 딕'이 무덤에서 뛰어나와서 이 바이올린 음률에 맞추어 춤을 추지 않는 것이 이상하게 여겨졌다.

무대는 꽃 같은 얼굴들과 꽃 같은 옷들로 넘쳐서 보기에도 아름다웠다. 모든 사람들이 행복해 보였다. 어머니가 어쩌면 저렇게 온화하게 보일까. 젊은 사람들 사이에 고귀한 여왕처럼 앉아 있는 어머니의 금갈색 눈은 즐거움으로 빛나고 있다. 톰 삼촌은 누구에게도 지지 않을 만큼 젊게 보이고, 메리듀 부인의 일 같은 것은 들은 적도 없다는 듯 힘차게 춤을 추고 있었다. 턱수염은 자라서 다시 이전 같은 위엄을 회복하고, 희끗희끗한 흰머리는 희미한 불빛 아래에서는 눈에 뜨이지 않았다. 수잰은 얼마나 멋진 드레스를 입고 있는 것일까. 초록빛 오글쪼글한 비단에 초록빛 레이스가 발 근처에서 소용돌이치고 있다. 수잰은 미인은 아니다. 그녀 스스로 자기 입이 지붕의 물받이 같다고 말했다. 그렇지만 멋져 보였다. 친구로서 자랑스러웠다. 그 곁에 대면, 메이 비니의 번쩍이는 아름다움은 우스꽝스럽기조차 했다.

가련한 렉스 밀러는 오지 않았다. 렉스가 집에서 우울하게 있을 것이라고 생각하자 패트는 자신의 행동을 후회하며 어깨를 움츠렸다. 이틀 전 밤에 분명하게 그를 거절한 것은 아니었다. 패트가 남자들에게 확실히 거절의사를 밝혀야 할 경우는 그다지 많지는 않았다. 주디 아주머니라면 패트에게는 외교 수완이 있다고 말했을 것이다. 패트는 어떤 일이 생기면 그들이 이해하도록 사정을 잘 설명하여, 다짜고짜 '싫다'는 둥 그런 소리를 해서 서로 간에 기분이 상하지 않도록 잘 처신할 줄 알았다.

시드의 도로시는 어디에 있을까? 다정하고 거무스름한 얼굴을 한 도로시도 오지 않았다. 어떻게 됐을까 하고 패트는 생각했다. 그러나 그 때문에 시드가 메이 비니하고만 저렇게 춤을 몇 번이고 춘다면, 자신이 시드와 도로시가 싸우기를 바랐던 데 대한 벌이라고 패트는 느꼈다. 물론 메이는 춤에 능숙했다. 젊은이들은 모두 기쁘게 메이와 춤을 추었다. 어쨌든 메이는 벽의 꽃(무도회에서 상대(가 없는 사람))이 될 걱정은 없었다.

에이미가 흐르듯이 지나갈 때 파트너의 어깨 위로 에이미의 새 반지가 번쩍였다. 에이미는 약혼을 한 것이다. 또 하나의 변화였다. 사람이 모두 자라고, 결혼을 하고, 떠나가야 한다는 것은 얼마나 슬픈 일인가. 패트는 원래부터 노마보다는 에이미 쪽을 좋아했다. 패트는 '은빛숲'을 놀려댄 노마의 따귀를 때려준 것을 떠올렸다. 노마는 그 이후로 두 번 다시 그런 소리를 하지 않았다.

파트너인 실버브리지의 키가 큰 청년을 지켜보고 있는 레이의 옆모습은 멋지다. 레이도 파트너로서는 부족한 점이 없다. 게다가 파트너들을 볼 때의 눈! 레이에게도 춤 신청자가 끊이지 않았다. 틸리턱 뒤쪽 어두컴컴한 곳에 누가 서 있는 것 같다 ! 몇 번이고 그런 생각이 들었다. 톰 삼촌의 고용인일지도 모른다.

데이비드가 패트를 찾아내서 꼭 춤추기를 바란다고 말하고, 춤이 끝난 뒤 춤 추는 무리에서 떨어져서 틸리턱의 바이올린이 요정의 곡조처럼 퍼지는 '은빛숲'에 앉고 싶다고 말했다. 어느 것이건 다 패트의 마음에 들었다. 데이비드는 춤을 굉장히 능숙하게 추었고, 그와 얘기하는 것도 패트는 마음에 들었다. 데이비드의 목소리에는 매력이 있었다. 때때로 얼마간 신랄한 말도 했지만, 그 신랄한 것에는 사람들에게 활기를 불어넣어주는 상쾌한 것이 있었다.

패트는 다른 청년들과 춤을 추기보다는 데이비드와 여기 앉아서 얘기하는 편이 훨씬 좋았다. 그들은 패트를 불쾌할 정도로 꼭 껴안고 쓸데없이 칭찬의 말을 한다. 게다가 그 칭찬하는 말도 대부분 영화에서 따온 것들이었다.

패트는 데이비드와 함께 있다가 갓난아기를 보러 집 안으로 달려 들어갔다. 잠들어 있는 갓난아기와, 나이든 마돈나처럼 아기를 굽어보며 낮은 목소리로 노래를 부르고 있는 주디 아주머니는 천국을 연상시켰다. 주디 아주머니는 몇 가지 문제로 고민하고 있다.

"패트, 비석 위에서 몇 패거리가 실랑이를 벌이는데, 괜찮아 ? "

"그리 좋은 일이라고는 할 수 없지만, 그렇다고 해서 쫓아 버릴 수도 없어요. '난폭한 딕'과 '울보 윌리'의 묘석 위에서만 그런걸요. '난폭한 딕'은 그 사람들에게 동정을 할 것이고 '울보 윌리' 쪽은…… '울보 윌리'가 어떻게 생각하든 상관없지 않아요 ? 우리는 용감하게 일에 달려들 생각은 하지 않고 앉아서 울기만 한 '울보 윌리'를 우리의 훌륭한 조상에 포함시키지는 않으니까요. 마음에 걸리는 것은 그것뿐이에요, 아주머니 ? "

"마음에 걸리는 것은 아니지만 알 수 없는 일이 있어. 물건이 없어졌거든. 요리실에 있던 젤리 롤이 없어졌고, 얼음 창고에 넣어

두었던 크림 그릇도 없어졌어. 시드가 얼음 창고에 자물쇠를 잠그는 것을 잊어 버렸거든. '고약한 놈'이 혀를 핥고 있는 것이 수상하지만, '고약한 놈' 같으면 그릇은 남겨 놓을 텐데. 물론 크림 같은 것은 다시 거품을 내어 만들면 상관없지만, 누가 그 케이크를 가져갔을까? 지금까지는 이런 일이 한 번도 없었는데. "

"남자들이 장난친 것 아닐까요? 상관없어요, 아주머니. 과자는 많아요……. 아주머니가 그렇게 말했잖아요. "

"하지만 뻔뻔스런 놈들이야……. 그런 식으로 내 요리실에 들어오다니. 틀림없이 샘 비니일 거야. 패트, 렉스 밀러가 오지 않았더구나. 렉스하고 싸운 것은 아니겠지? "

"그런 일 없어요, 아주머니. 그렇지만 그는 이제 이곳에 오지 않을 거예요. 나로서도 어쩔 수 없는 일이었어요. 그는 좋은 사람이었어요. 나도 그를 좋아했는데……. 그런데…… 아주머니, 그런 얼굴을 하지 말아요. 그 사람에게 무엇을 물으면…… 어떤 일이든…… 알면서도 대답을 하지 않아요. 게다가 한 번도……, 정말이에요……, 한 번도 웃어야 할 때 웃은 적이 없어요. "

"웃어야 할 때 웃는 법을 네가 가르쳐 주었으면 좋았을 텐데. " 주디 아주머니가 비꼬았다.

"그럴 수는 없어요. 그런 것은 태어나면서부터 아는 거예요. 그래서 나는 렉스에게 손을 흔들어 작별을 고해야 했어요……. '단적으로 말하면'요. "

"앞으로 그런 일이 자주 있겠구나, 패트. "

주디 아주머니가 어두운 표정으로 예언했다.

"아주머니, 연애란 매우 귀찮은 것이에요. '젊은 가슴으로 인생의 아침을 출발할 때'는 연애가 매우 로맨틱한 것이라고 생각했지만, 사실은 귀찮은 것일 따름이에요. 연애 같은 게 없다면 삶이 훨씬 단순할 텐데. "

"뭐, 단순하다고? 단순한 게 아니라 지루한 거겠지. 나는 이렇다 할 연애는 해보지 않았지만 다른 사람들이 연애하는 것을 보면 정말 재미있더라!"

렉스 밀러는 '외교적'으로 정리할 수가 있었지만, 새뮤얼 매클라우드의 경우는 그런 운이 따라주지 않았다. 새뮤얼이 자신에게 '특별한 감정'을 갖고 있다고는 생각지 못했기 때문이다. 새뮤얼은 아무도 '샘'이라고 부른 적이 없다. 그냥 그렇게 부를 수가 없는 것이다. 그는 청년회 운영에 관해서 패트와 레이에게 의논하러 가끔 '은빛 숲'을 방문했다. 그는 청년회의 회장을 맡고 있었다. 그러나 그가 숭배자로 변할 가능성이 있다고는 아무도, 주디 아주머니조차도 생각하지 않았다. 그런데 이제 그가 저녁 식사 후에 패트에게 춤을 신청하고——새뮤얼은 춤을 출 때도 청년회를 인도할 때처럼 엄숙하다고 레이가 말했다——그 뒤에 뜰을 산책하지 않겠느냐고 권했다. 그가 뜰이라고 생각하고 있는 묘지를 지나 패트는 제비고깔이 피어 있는 오솔길로 데리고 갔다. 오솔길에 서서 새뮤얼은 그의 긴 손발에 여느 때보다도 더 신경을 쓰면서, 패트를 향해 자신은 패트를 숭고한 애정의 대상으로 선택했다고 말했다. 그러고는 새뮤얼 매클라우드 부인이 될 마음이 있으면 그렇다고 한마디만 하면 된다는 것이다.

어리둥절한 패트는 처음에는 아무 말도 할 수가 없었다. 잠자코 있는 것을 처녀다운 승낙이라고 받아들인 새뮤얼이 조심조심 팔을 내밀어 패트를 안으려 하자 비로소 제정신으로 돌아온 패트는 간신히 이렇게 말할 수 있었다.

"어머, 안 돼요. 안 돼요. 아니에요……. 저는 그럴 생각이 없어요. 그럴 수 없어요."

그러자 저쪽 제비고깔 속에서 목이 메는 듯한, 웃음소리가 들려오더니 에미 매디슨과 도트 로빈슨이 구르듯 잔디를 걷어차고 도망을 쳤다.

"오, 정말 미안해요. 누가 있는 줄은 몰랐어요." 패트가 소리를 질렀다.

"괜찮아요. 나는 내가 당신을 숭배한 것이 사람들에게 알려지는 것이 부끄럽지 않아요."

새뮤얼은 이상하게도 그에게 어울리는, 위엄 있는 태도로 말했다.

좀 어색한 빅토리아식 표현에도, 패트는 비로소 새뮤얼에게 호감을 품었다. 그는 어쩔 수 없는 매클라우드 집안 사람이었다. 매클라우드 집안 사람들은 모두 그랬다. 패트는 이 이야기를 주디 아주머니에게도, 수잰에게도 하지 않겠다고 결심했다. 비록 에미와 도트가 온 동네에 소문을 퍼뜨릴 테지만.

어쨌든 마지막 손님이 돌아가고 마지막 등불이 꺼지고 '은빛숲'은 꿈과 달빛의 세계로 되돌아갔다. 패트는 안도의 숨을 내쉬었다. 파티는 대성공이었다. 수잰이 언덕길로 나가기 전에 속삭였다.

"이렇게 멋진 파티는 처음이에요. 게다가 그 저녁 식사는 정말! 내일 밤에 우리 집에 와요. 셋이서 오늘 일에 대해 이야기해요."

그러나 파티를 준비한 주인 쪽이 되고 보면 주디 아주머니의 말마따나 '얼마쯤 힘이 들기 마련이다'. 게다가 새뮤얼 매클라우드의 청혼까지 받고 보니 더욱 피곤했다. 패트는 문께에서 돌아서서 이슬에 젖은 박하를 밟으며 뒤쪽 오솔길을 달려왔다. 8월도 끝날 무렵의 밤은 쌀쌀했다. 커피물이 끓고 있는 주디 아주머니의 부엌이 기분 좋게 마음을 끌었다.

집 안으로 들어서려던 패트는 깜짝 놀라서 입구에 멈추어 섰다. 톰 삼촌, 고모들, 어머니, 레이, 주디 아주머니, 틸리턱, 아빠, 게다가 호러스 삼촌이 있는 것이 아닌가! 처음 보는 이 인물은 호러스 삼촌에 틀림이 없었다.

호러스 삼촌이 일어나서 악수를 청했을 때 패트는 좀 얼떨떨했다.

패트가 상상하고 있던 호러스 삼촌이 아니었던 것이다. 주디 아주머니의 애기에 나오는 기분 좋은 악당도 아니고, 아버지가 생각했듯 틀에 박힌 뱃사람도 아니었다. 키가 크고 마르고 머리가 희끗희끗하고 무뚝뚝한 사람이었다. 길고 여윈 얼굴에, 조개테 안경을 쓰고 있는 것이 은퇴한 선장이라기보다는 소화불량에 걸린 목사 같았다. 그의 입 언저리와 예리한 파란 눈 언저리에는 확실히 범접하기 힘든 무언가가 있었다. 패트는 자신이라면 이 삼촌에 대항하여 모반을 일으킬 엄두가 나지 않을 거라고 생각했다.

"애가 패트야." 껑다리 앨릭이 소개했다.

"흠! 네 애기를 듣고 있던 중이다."

악수를 하면서 호러스 삼촌은 큰 소리로 말했다.

칭찬을 하는 것인지 그 반대인지 짐작이 안 가서, 패트는 잠자코 있었다. 호러스 삼촌은 갑작스럽게 도착해서 실버브리지에서부터 걸어온 모양이다. 와보니 파티가 한창일 때라서 파티가 끝날 때까지 모습을 나타내지 않고 있었던 것이다. 그는 말했다.

"숲에서 사람들이 춤추는 것을 보고 있었는데 재미있었어. 아름다운 처녀들 몇 사람이 웃음을 띠고 있지만…… 그 밖에는 그다지 웃지 않았지. 프린스에드워드 섬의 처녀들이 옷도 입지 않고 춤추러 오리라고는 생각도 못했어."

"옷을 입지 않았다고?"

에디스 고모는 깜짝 놀랐다. 그녀는 파티에는 참석하지 않았지만 톰이 어째서 돌아오지 않나 보러 온 것이다.

"그래, 옷이라고 할 만한 것 말야. 등이 다 드러나 보이는 옷을 입은 처녀가 셋이나 되더군. 우리가 젊었을 때를 생각하면 엄청난 변화야, 앨릭."

"좋은 쪽으로 변했다고 봐요." 레이가 건방진 말을 했다. "예전에는 무척 힘들었겠지요. 몇 겹으로 안을 댄 옷에다가 소매라는 것은 풍선 같이 크고 머리에는 잔뜩 장식을 달고."

호러스 삼촌은 '이것이 무슨 벌레인가'라고 생각하듯이 레이를 바라보고, 손끝을 가지런히 모으고 자신의 애기를 계속했다. 생전 처음으로 레이 가드너는 아무 말 못하고 부끄럽다고 느꼈다.

"먹을 것이 좀 필요해져서 아무도 없는 틈을 타서 요리실로 숨어들어가서 케이크를 꺼내 왔어. 정말 맛있는 케이크였어. 젤리 롤이었어. 요즘도 그런 것이 있을 줄은 몰랐어. 그리고 우유가 없을까 찾다가 크림을 발견했어. 나는 '음식이 있는 곳에는 얼마든지 그 양이 많을 것이다'라고 생각하고 크림을 꺼내 먹었지. 상당히 고급 식사를 한 셈이야."

"그런 것도 모르고 나는 엉뚱한 샘 비니에게 화살을 돌렸으니. 아, 아무래도 샘에게 사과하지 않으면 안 될 것 같아." 주디 아주머니가 말했다.

"나는 다시 숲 속으로 들어갔어. 그렇게 하지 않을 수 없었지. 돌아다니면 쌍쌍이 걷는 남녀와 부딪히거든. 데이트하는 사람들이 많이 있었어." 호러스 삼촌이 말했다.

"'은빛숲' 안에는 사랑이 넘친답니다. 단적으로 말해서요. 그것은 꽤 유쾌한 일이에요. 이 집 처녀들의 연애 사건을 지켜보고 있노라면 인생이 보다 즐거워지지요." 틸리턱이 말했다.

"그러나 주디 아주머니는 아직 결혼하지 않았지요?" 호러스 삼촌은 엄숙한 표정을 하고 물었다.

"그것은…… 내게는 남편을 부양할 능력이 없으니까."

주디 아주머니는 한숨을 지어 보였다. 호러스 삼촌은 더욱 심각한 얼굴로 말했다.

"슬슬 때가 됐다고 생각하지 않아요? 우리는 누구나 더 젊어질 수는 없으니까요."

"하지만 좀더 현명해질 수는 있겠지."

주디 아주머니는 이렇게 대꾸하면서도 기분이 좋아 보였다. 전부터 호러스를 귀여워하고 있었고, 아직도 주디 아주머니 눈에 호러스는 어린아이였으니까.

호러스 삼촌은 말투를 바꾸었다.

"모두 저녁 식사를 하고 있는 동안에 나는 저 우물물을 퍼서 마셨어. 세상 어디에도 저만한 물은 없어. 나는 베들레헴의 우물물을 마시고 싶어한 다윗의 기분을 이해해. 게다가 실버브리지의 길을 따라 자라고 있는 양치식물은 훌륭하더군. 전 세계의 향기를 모두 맡아 봤지만 여름 밤 프린스에드워드 섬의 길에서 나는 양치식물 향기보다 더 나은 것은 없었어. 자, 네 딸들이나 주디 아주머니 같으면 하룻밤을 새워도 아무렇지도 않겠지만, 나는 이제 그런 것은 흉내도 낼 수가 없어. 아주머니, 아침 식사에 닭튀김을 먹을 수 있을까요?"

"남자들은 별도리가 없군!"

레이는 기가 막혀서 패트에게 눈짓을 했다. 파티가 끝나고 나서 4시인데 아침 식사로 닭튀김을 생각하다니! 그러나 주디 아주머니는 기쁘게 대답했다.

"마침 닭튀김이 되기를 원하는 수탉이 두 마리 있지."

사람들이 모두 자러 간 뒤 주디 아주머니와 패트와 레이는 남아서 더 이야기했다.

"정말, 녹초가 돼버렸어." 주디 아주머니가 한숨을 쉬었다.

"하지만 파티는 대성공이야. 틸리턱이 일도 없는데 요리실에 들어와서 파리 잡는 끈끈이 위에 앉아서 그 끈끈이를 붙인 채 잘난 척을 하고 무대 위를 쏘다녔지. 그래도 '은빛숲'의 불명예라고는 할 수 없어. 틸리턱은 그것에 몹시 화가 난 척했지만, 틀림없이 인기를 끌기 위해 일부러 그렇게 했을 거야. 나는 저녁 설거지까지 마치고 나니 물에 젖은 솜처럼 피곤했어. 그런데 덜컹하는 소리가

나는 거야. 나가 봤더니 네가 번쩍번쩍 닦아 놓은 마루 위에 호러
스가 큰대자로 넘어져 있었어, 패트. 그는 '무섭게 미끄러운 마루
로군'이라고 말했을 뿐이어서, 화가 났는지 아닌지는 알 수 없었
지."

"나는 그 삼촌이 좋아요."

호러스 삼촌이 우물과 양치식물 얘기를 했을 때부터 패트의 마음
은 정해져 있었다.

"패트, 새뮤얼 매클라우드와 도대체 뜰에서 무엇을 하고 있었
지?" 레이가 물었다.

"그냥 달구경 좀 하느라구." 패트는 시치미를 뗐다.

"언니하고 새뮤얼이 추는 춤처럼 이상한 춤은 본 적이 없어. 새뮤
얼은 마치 경련을 일으킨 풍차 같았어."

"불쌍하게도. 그 애를 놀리면 안 돼. 그 긴 손발은 그 애로서도
어찌할 수 없을 테니까. 그래도 톱으로 손발을 자르는 것보다는
낫지 않아? 말솜씨가 서툴기는 하지만 그래도 말은 통하니까."

'확실히 통했어'라고 패트는 생각했다. 그러나 그렇게 생각하는 것
만으로 만족했다.

10

호러스 삼촌은 다루기 힘든 사람은 아니었다. 아빠와 톰 삼촌과
주디 아주머니와 옛날 얘기를 하지 않을 때는 감상적인 소설을 읽고
있었다. 감상적인 것일수록 좋아했다. '은빛숲'의 책장에 있는 것을
다 읽어버리자 이웃집에서 빌려 왔다. 그러나 데이비드 커크가 빌려
준 책은 마음에 들어하지 않았다.

"마지막에 가서는 결혼을 해야 하잖아? 마지막에…… 제대로 결
혼을 하든지…… 교수형에 처해지든지 하는 책이 아니면 재미가
없어. 결말이 모호한 현대 소설이라는 것은 마음에 안 들어. 게다

가 현대 소설의 여주인공들은 너무 나이가 많아. 16살에서 하루라도 더 나이를 먹으면 별로거든."

"하지만 실생활에서는 제대로 결말이 나지 않는 경우가 가끔 있어요."

패트는 데이비드에게서 들은 것을 말했다.

"그러니까 더욱 책에서는 좋게 결론을 짓지 않으면 안 돼." 호러스 삼촌은 기분이 나쁜 듯했다. "실생활이라고? 실생활은 우리 생활로 충분해. 내가 좋아하는 것은 옛날 얘기야. 결말을 모호하게 남겨두지 말고 깔끔하게 마무리짓는 책이 좋아. 주디 아주머니의 이야기는 사건이 불완전하게 끝나지 않아. 그러니까 주디 아주머니는 언제나 얘기의 명인으로 성공을 하는 거야."

호러스 삼촌도 누가 조르면 대단히 얘기를 잘한다. 항상 이야기를 해주는 것은 아니지만. 쌀쌀한 저녁에 주디 아주머니의 부엌에서 난로에 둘러앉으면 호러스 삼촌의 입에서 이야기가 술술 풀려나온다.

삼촌은 첫 항해 때 매그달렌 섬에서 난파했던 얘기, 상어가 호러스 삼촌의 선실 유리 지붕을 뚫고 식탁 위에 올라앉은 얘기, 삼촌의 배 앞에 나타나서 불행을 예고하는 검은 개의 유령 얘기 등 여러 가지 이야기를 들려주었다.

"유령을 직접 보셨습니까?"

데이비드 커크의 입술이 의심스러운 듯이 비틀어졌다. 호러스 삼촌은 상대가 당황할 때까지 바라보았다.

"봤어요. 한 번뿐이지만. 봄베이의 반란이 있기 전이었죠."

듣는 사람들은 몸을 떨었다. 틸리턱이나 주디 아주머니가 유령을 봤다고 했을 때는 아무도 진심으로 받아들이지도 않고 믿지도 않았다. 그러나 호러스 삼촌이라면 경우가 다르다. 그래도 데이비드 커크는 고집을 꺾지 않았다. 뱃사람들은 원래 미신을 많이 믿지 않던가.

"설마 유령을 진심으로 믿고 계신 것은 아니시겠지요? 가드너 선장님?"

호러스 삼촌의 눈은 데이비드의 몸을 지나 먼 곳을 보고 있다.

"나는 본 그대로를 믿을 뿐입니다. 잘못 보았을 수도 있겠죠. 유령은 아무나 볼 수 있는 것은 아닙니다. 그런 능력은 타고 나는 것이죠."

"나는 그런 능력을 타고 태어나진 못한 것 같아요."

수잰이 약간 지나치게 상냥한 어조로 말했다. 호러스 삼촌은 그 특이한 눈초리로 수잰을 뚫어지게 노려보았다. 나중에 수잰은 패트에게 그 눈초리 덕분에 몸에 구멍이 뚫려서 속이 훤하게 들여다보이는 느낌이었다고 말했다.

그 다음에 있었던 행사는 에이미의 결혼식이었다. 주디 아주머니와 엄마를 제외한 '은빛숲' 사람들과 '제비들판' 사람들은 억수 같은 빗속을 뚫고 결혼식장으로 출발했다. 호러스 삼촌은 자동차를 타려하지 않았다. 그는 지금까지 한 번도 자동차를 타 본 적이 없으며, 앞으로도 타지 않고 지낼 셈이라고 했다. 그래서 톰 삼촌과 같이 쌍두마차로 출발했는데, 그런 고집 때문에 그만 옷이 흠뻑 젖어 버렸다. 그러나 호러스 삼촌은 좋은 기분으로 돌아왔다. 그는 물방울을 떨구면서 부엌으로 들어섰다.

"고맙게도 세상에는 신부다운 신부가 아직 한두 명은 남아 있더군." 그는 말했다.

부엌에서는 먼저 도착한 레이가 궁금해하는 주디 아주머니에게 신부의 망사 베일이 최신식이고, 세 겹으로 꿴 진주를 머리에 꽂고 있더라는 얘기를 하고 있는 중이었다. 주디 아주머니로서는 에이미가 그렇게 대단한 사람도 아닌데 운좋게도 신부가 될 수 있다는 것이 믿어지지가 않았다. 그러나 잔치 음식이 양보다는 모양새라는 것은 묻지 않아도 알고 있었기 때문에, 결혼식에 다녀온 모두를 위해

'한입' 먹을 거리를 준비해놓고 있었다. 패트는 제시 고모와 노마의 심부름을 하느라 시간이 걸렸기 때문에 제일 나중에 돌아왔다.

패트는 밝고 가정적인 광경을 만족스럽게 바라보았다. 어디를 가더라도 빗속을 뚫고 출발하는 것은 끔찍한 일이다. 그러나 빗속에 집으로 돌아오는 것은 즐거운 일이다. 춥고 축축한 바깥에서 가족이 기다리고 있는 따뜻한 집으로 돌아오는 것은 즐거운 일이다. 다만 한 가지, 고양이들이 없는 것이 안타까웠다. 호러스 삼촌이 도착한 이후 고양이들에게 엄중한 추방 명령이 내려졌기 때문이다. 젠틀맨 톰은 여유 시간을 부엌에서 지내고, 틸리틱은 기분 나빠하는 '고약한 놈'을 곡식 창고에 가두고, 스퀴덩크는 헛간에 참을성 많은 죄수로 갇혀 있다. 호러스 삼촌이 없을 때만 세 마리의 고양이는 몰래 부엌에 들어오는 것이 용납되었다.

그러나 그날 밤 '은빛숲' 사람들이 모두 기분좋게 자고 있을 때, 발을 다쳐 반죽음이 된 불쌍한 작은 고양이 한 마리가 오솔길을 기어왔다. 포프카였다. 추위와 피로와 배고픔에 시달리면서, 동쪽 곳에서 100킬로미터가 훨씬 넘는 여행의 마지막 단계에 들어선 참이었다.

그리운 현관 계단에 도착했을 때, 포프카는 발을 멈추고 젖은 털을 핥아서 어느 정도 몸매를 갖추고 나서, 약하고 가련한 목소리로 '들어가게 해 줘요'라고 울었다.

그러나 '은빛숲'의 문은 무자비하게도 닫혀 있는 그대로였다. 부엌 방에 있는 주디 아주머니조차도 그 가냘픈 울음소리를 듣지 못했다. 가련한 포프카가 몸을 끌면서 뒤쪽으로 돌아가보니, 지하실 창문 유리가 한 장 깨져 있었다. 그것은 1주일 전부터 주디 아주머니가 투덜대고 있던 것이었다. 부엌으로 들어가자 테이블 밑에 우유 접시가 있었다. 주디 아주머니가 저녁을 먹으려고 살며시 데려온 '고약한 놈'이 배불리 먹고 남긴 것이다. 그 우유로 힘을 되찾은 포프카는

기쁜 듯이 주위를 둘러봤다. 간신히 집에 돌아온 것이다. 부엌은 따뜻하고 기분좋고 앉기에 푹신한 쿠션도 있었지만, 포프카는 인간 친구가 그리웠다. 포프카는 지친 네 발로 계단을 올라갔다. 아, 문은 모두 닫혀 있고 오직 '시인의 방' 문만이 반쯤 열려 있어서 포프카는 미끄러지듯 그 안으로 들어갔다. 아, 친구가 있다. 포프카는 침대로 뛰어올랐다.

아침 일찍 아래층으로 내려가려던 패트는 '시인의 방' 문틈으로 보이는 광경에 당황하기도 하고 기쁘기도 했다. 늘 불쌍히 여기던 소중한 포프카가 호러스 삼촌의 배 위에 올라가서 공처럼 웅크리고 조용히 떨고 있지 않은가. 패트는 발소리를 내지 않고 안으로 들어가서 살짝 포프카를 안아들고 나왔다. 호러스 삼촌이 깬 기척은 없었다. 그러나 아침 식사 때 내려온 호러스의 첫마디는 이랬다.

"누가 방에 들어와서 내 고양이를 가져가 버렸어?"

"저예요. 삼촌이 고양이를 싫어한다고 생각했기 때문이에요." 패트가 고백했다.

"전에는 그랬었지. 몇 년 전까지만 해도 고양이라면 참을 수가 없었어. 그러나 지금은 달라. 고양이라는 것이 사는 보람을 느끼게 해 준다는 것을 알았어. 안 그래도 이 집에 왜 고양이가 없는가 이상하게 여기던 참이었어. 전에는 지나치다 싶을 정도로 많았기 때문이지. 고양이가 없어서 쓸쓸해. 고양이족과 어떻게 친구가 됐는지 오늘 밤에 얘기해줄게.”

그날 밤 부엌의 난롯가에서 호러스 삼촌의 무릎에 앉은 포프카가 가르랑거리고 있고, ‘고약한 놈’이 긴 의자에서 이쪽으로 눈짓을 해 보이고 있을 때, 호러스 삼촌은 귀에 나비리본을 단 검은 고양이의 이야기를 해주었다.

“내가 마지막 항해를 하고 있을 때 얘기야. 우리는 핼리팩스에서 중국을 향해 출항했지. 1등 항해사가 동생을 데리고 있었는데……열일곱이 되는 아이였어. 그 애가 귀여워하는 고양이를 같이 데리고 들어온 거야. 필스라는 이름이었지. 그 애 말고 고양이 이름이 말야. 아이 이름은 지오디였어. 필스는 검은색인데 그렇게 검은 것도 없을 거야. 한쪽 발이 하얗고 애완용 여우같이 귀여운 고양이였어. 양쪽 귀에 구멍을 뚫고 빨간 리본을 끼워서 나비 모양으로 묶었는데, 그것이 또 필스로서는 자랑거리였지! 언젠가 지오디가 새것으로 갈아 끼우려고 헌 리본을 빼내고 하루 동안을 그대로 놓아두었는데, 필스는 자기 리본을 되돌려 줄 때까지 화가 나 있었어. 뱃사람들은 모두 필스를 귀여워했지. 식인종 짐 말고는…….”

“식인종 짐이라고요? 어째서 그런 이름이 붙었어요?”

호러스 삼촌은 레이에게 얼굴을 찡그려 보였다. 얘기 도중에 참견하는 것이 싫은 것이다.

“모르겠는데. 물어본 적이 없으니까. 그런 것은 우리가 알 바가 아니었지. 나도 그때까지는 고양이가 싫었지만, 필스만은 좋아하지 않을 수가 없었어. 다른 사람들 못지않게 귀여워했지. 필스가 밤에 영광스럽게도 내 선실로 자러 왔을 때는 정말 기뻤어. 필스는 아무하고나 자려고 하지 않았거든. 어림도 없었지. 그 고양이가 같이 잘 친구로 고른 사람은 지오디와 나와 요리사 셋밖에 없었어. 필스는 우리 셋과 돌아가면서 같이 잤는데, 순서가 뒤바뀌거나 하는 일은 없었어. 어느 날 밤 내 차례였는데 요리사가 데리고 가자 필스는 발작을 일으켰어. 요리사가 놔주니까 1분도 지나지 않아서 내 배 위에서 발을 비비고 있지 않겠어? 다음 차례가 요리사였어. 필스는 요리사를 벌주기 위해서 갑판의 로프 묶음 있는 곳에서 잤어. 그런데 인도양 한복판에서 필스가 행방불명이 돼 버린 거야.

전혀 행방을 알 수가 없었어. 어디서든 그 모습을 나타내겠지 며칠이고 희망을 버리지 않았지만, 아무리 기다려도 나타나지 않는 거야. 승무원들이 식인종 짐에게 린치를 가하려는 것을 말리느라 애를 먹었어. 짐이 새파랗게 질린 얼굴로 그 고양이에게는 손가락 하나도 대지 않았다고 맹세를 하는데도 모두 다 짐이 필스를 바다에 던져버렸다고 믿고 있었지. 6개월 뒤에 이 고양이는 핼리팩스의 자기 집으로 돌아가서 자기의 특별한 쿠션 위에 웅크리고 있지 뭐야. 어떻게 생각하든 상관없지만 그것은 사실이야. 몹시 여위고 발에서는 피가 나오고 있었지만, 귀의 나비 리본으로 지오디의 어머니는 곧바로 필스임을 알아 보았지. 어머니는 배가 가라앉고 고양이만 어떻게 살아서 돌아왔다고 생각했기 때문에, 사실을 알 때까지는 미친 것처럼 지냈대. 나는 돌아오자마자 필스를 만나러 갔는데, 필스는 나를 알아봤어. 내 다리에 달라붙어서 가르랑거리는데, 필스라는 것은 의심할 여지가 없었어."

"하지만 호러스 삼촌, 어떻게 해서 필스가 집에 갈 수 있었을까요?"

"그래, 내가 생각할 수 있는 설명은 이것밖에 없어. 필스가 없어지기 전날 우리는 미국의 보스턴으로 가는 '앨리스 리'라는 배로부터 연락을 받았어. 배에 환자가 있는데 무슨 약인지는 잊었지만 어떤 약이 떨어져서 선장이 우리에게 어떻게 변통해 줄 수 없느냐고 했지. 마침 그 약이 우리에게 있어서 연락을 했더니, 선장이 보트에 부하를 두 사람 태워서 보냈어. 그중 한 사람이 고양이를 훔쳤다고 생각해. 나중에 지오디가 생각해냈는데 그들이 뱃전에 왔을 때 필스는 거만한 모습으로 로프 위에 앉아 있었다고 그래. 그 뒤 필스는 두 번 다시 나타나지 않았지. 다음날까지 아무도 그 생각을 못했어. 그날 밤은 지오디한테로 갈 차례였는데, 지오디는 요리사가 데려간 줄만 알았던 거야. 그리고 요리사가 이가 아파서 한쪽 볼이 부어 다람쥐 같은 얼굴을 하고 있었기 때문에 불쌍하게 생각하고 이러쿵저러쿵 말을 하지 않았대. 다음날 오후가 되어서야 비로소 지오디는 걱정을 하기 시작한 거지. 선원들은 모두 뱃사람이라는 자가 남의 배의 고양이를, 더구나 검은 고양이를 훔칠 까닭이 없다고 생각해서 아까 말한 것처럼 식인종 짐을 추궁한 거야.

그러나 나는 식인종 짐조차도 그렇게 위험한 일을 할 이유가 없다고 생각했어. 나머지 항해에선 스콜이나 태풍을 만난 게 전부였어. 마지막에 한 사람이 바다에 떨어졌지만. 이상한 것은 필스가 집에 도착하는 데 6개월이나 걸렸다는 점이야. 우리는 태평양에서 서쪽을 향해 가고 있었기 때문에 '앨리스 리' 호의 승무원들을 다시 만나지 못했지만, '앨리스 리' 호는 우리를 지나쳐 간 2개월 후에 보스턴에 도착했어. 필스가 '앨리스 리' 호에 타고 있었다 해도 나머지 4개월이 설명이 안 되는 거지. 그동안 필스는 어디에 있었을까? 어디 있었는지 가르쳐 주지. 보스턴과 핼리팩스 사이의 엄청난 거리를 검은 발로 여행했던 거야."

틸리턱은 믿을 수 없다는 듯이 콧방귀를 뀌었다.

호러스 삼촌은 분명한 어조로 말했다.

"걸었거나 헤엄을 친 거야. 걸어갔다는 쪽이 보다 가능성이 있지.

어떻게 해서 길을 알 수 있었느냐는 질문은 하지마. 이것만은 말해두겠는데, 나는 그때 고양이라는 것은 인간 이상으로 많은 것을 알고 있다는 것을 알았지. 그래서 고양이들과 교제를 하려고 결심을 하게 된 거야. 어젯밤 그 작은 놈이 내 위에 올라탔을 때, 내 늙은 몸의 부드러운 곳을 찾아 가까이 오라고 말해 줬어."

호러스 삼촌의 체류 기간도 슬슬 끝나갈 무렵, '은빛숲' 식구들은 호러스 삼촌을 아주 좋아하게 됐다. 비록 그들의 옷에 대해 비난하기도 하고, 월요일 아침에 빨랫줄에 걸려 있는 연초록이나 핑크색, 남색의 비단 팬티로부터 둥그렇게 뜬 눈을 다른 데로 돌리기도 하는 삼촌이었지만, 확신할 수는 없지만 삼촌 쪽에서도 자기들을 마음에 들어한다고 생각했다. 패트의 생각에 삼촌은 분명 '은빛숲'을 좋게 생각하고 있었다. 삼촌이 머문 마지막 날까지 모든 일들이 순조로웠다.

그런데 마지막 날 문제가 생겼다. 우선 첫째로 주디 아주머니가 준비해 놓은 아침 식사용 팬케이크 반죽을 시드가 바닥에 떨어뜨렸는데 그 위로 위니의 갓난아기가 기어갔다. 갓난아기를 끌어낼 사이도 없이 호러스 삼촌이 나타났다. 최악의 순간이었다. '은빛숲'에서는 갓난아기를 이렇게 놔두느냐고 삼촌은 생각했을지도 모른다.

그 다음에는 레이가 점심 식사용으로 데우려고 완두콩 통조림을 뚜껑도 따지 않고 난로 위에 얹었다가, 통조림통이 굉장한 소리를 내면서 폭발하면서 부엌 안이 온통 연기와 흩어진 콩으로 가득찼다. 호러스 삼촌은 통이 볼에 닿아서 화상을 입었다. 더욱 끔찍한 사건은 저녁 식사 뒤에 레이가 호러스 삼촌에게 실버브리지까지 같이 가보겠느냐고 제안한 것에서 비롯됐다. 호러스 삼촌은 그때까지 자동차를 한 번도 타 본 적이 없었지만, 여자아이 말까지 안 들을 수 있겠느냐면서 차를 탔다. 무엇이 잘못될지는 아무도 몰랐지만. 레이는 운전을 잘했다. 그러나 차는 오솔길로 가는 대신 울타리를 통과하여 헛간에 부딪히고 말았다. 결국 나무를 들이받고서야 간신히 멈추었는데, 범퍼가 구부러졌을 뿐 다른 손해는 없어서 레이와 호러스 삼촌은 그대로 계속해서 달렸다. 호러스 삼촌은 아무렇지도 않은 것 같았다.

집에 돌아오자 그는 그것이 레이의 출발 방법이라고 생각했다며, 해안 지방으로 돌아가면 자동차를 한 대 살 작정이라고 말했다.

"오늘 이렇게 불운이 계속되는 것을 보면, 너희 중에 누군가가 요정을 봤음에 틀림없어."

호러스 삼촌이 무사히 침실로 내려가자 주디 아주머니가 내뱉듯이 말했다.

패트는 슬프게 말했다.

"오늘 같은 날은 처음이야. 나는 이 1주일에서 오늘을 잘라내 버리고 싶어요. 좋은 인상을 주려고 그렇게 열심히 했는데! 하지만 통조림 깡통에 맞았을 때의 삼촌 표정처럼 우스운 것을 본 적이 없다니까!"

"난 있어! 내가 차를 헛간에 박았을 때의 삼촌 얼굴!" 레이가 말했다.

패트도 레이도 크게 웃었다.

"호러스 삼촌은 우리 모두를 형편없다고 생각하고 계실지도 몰라. 특히 너를 말야, 레이."

그러나 호러스 삼촌은 그렇게 생각하지 않았다. 그날 밤 껑다리 앨릭을 보고, 레이를 위해 1년분의 학비를 내놓겠다고 말했다.

"그 애는 씩씩하고 인상도 좋아. 나에게는 아이가 없잖아. 앨릭, 나는 네 딸들이 마음에 들었어. 일이 잘 안 풀릴 때에도 웃을 수가 있는 아이들이니까. 만사가 척척 잘돼 갈 때는 누구든지 웃을 수가 있지만……. 내가 동부에 오는 일은 다시 없을 거야, 앨릭.

그러나 한 번이라도 오기를 잘했다고 생각해. 주디 아주머니를 다시 만나서 좋았어. 주디 아주머니의 크림과 자두 파이도 맛있었고, 그런 것을 맛보았으니 앞으로 아무리 맛있는 것을 먹어도 맛있다고 여겨지지 않겠지만, 그래도 맛보기를 잘했어. 앨릭, 이곳에서 옛 전통이 지켜지고 있는 것을 볼 수 있어서 기쁘구나."

"최선을 다할 뿐이지……."

꺽다리 앨릭은 겸손히 말했다.

그러나 부엌에서는 주디 아주머니가 젠틀맨 톰을 향해 흰머리를 슬프게 흔들고 있었다.

"호러스는 더 이상 젊지 않아. 엉터리 같은 데가 완전히 없어져 버렸어. 더구나 그 엄숙한 표정! 한때는 표정이 엄숙하면 엄숙할수록 더 못된 장난을 계획하기도 했건만. 아, 아아!"

주디 아주머니는 한숨을 쉬었다.

"우리는 모두 너무 나이를 먹은 것 같아, 야옹 군!"

셋째 해

1

레이가 퀸즈아카데미로 가 버리자 패트는 몹시 쓸쓸해졌다. 패트의 퀸즈아카데미 시절과 같이 레이도 물론 금요일 저녁에는 집으로 돌아와서 주말이면 집 안은 북적거렸다. 그러나 나머지 날들은 적적해서 견딜 수가 없었다. 같이 웃기도 하고 떠들기도 하는 레이가 없고, 하루의 일을 서로 이야기할 수 있는 레이가 없고, 곁에 놓인 작은 흰 침대에서 잠드는 레이가 없다. 패트는 며칠 밤이고 울면서 잠이 들었다. 그리고 나서 패트는 지금보다도 더 '은빛숲'에 몸과 마음을 쏟아 부었다.

레이는 처음 1주일 동안은 집이 그리워서 견딜 수 없었지만, 드디어 학교도 그곳 도시도 아주 좋아졌다. 그렇기는 하지만 하숙집의 잠자리는 때때로 추울 때도 있고, 하나밖에 없는 창문은 화단이나 푸른 들, 안개 낀 언덕 등을 내다볼 수 있는 대신 아무것도 볼 것 없는 이웃집 벽을 마주 보고 있었다.

주디 아주머니는 아일랜드에 갈 준비를 하고 있었다. 고향을 방문하는 패터슨 가족과 함께 11월에 서머사이드에서 출발하기로 되어 있기 때문에, '은빛숲'에서는 10월 한 달을 대부분 그 이야기로 보냈다. 패트는 주디 아주머니가 출발한다고 생각만 해도 싫었지만, 그래도 준비는 열심히 했다. 아주머니는 한평생 열심히 일을 해 왔으니까, 아주머니의 고향 방문이 멋진 여행길이 되도록 해 주어야 한다. 그것이 당연하다. 모두들 아주머니의 여행을 자기 일처럼 생각했다. 꺽다리 앨릭은 시내에 가서 주디 아주머니의 트렁크를 사왔다. 앨릭이 트렁크를 내려 놓자 주디 아주머니는 묘한 표정을 지었다.

"내가 출발한다는 것은 알고 있지만, 아무리 생각해도 정말 같지가 않아, 패트. 저 트렁크가…… 저것이 내 것이라는 기분이 들지를 않아. 지금의 파란 상자라면 또 모르지만……."

그러나 그 파란 상자를 아일랜드에 가지고 갈 수는 없었다. 주디 아주머니는 〈북글렌 소식〉에 '은빛숲'의 주디 플럼 씨가 올겨울 아일랜드의 친척집에서 지낸다는 기사가 실린 것을 보고서야 마침내 자신이 여행을 떠난다는 것을 믿게 됐다. 신문에서 그 기사를 읽는 주디 아주머니는 이전보다도 더 묘한 얼굴이 됐다. 이제 돌이킬 수 없는 일이 된 것이다. 기사를 읽고 난 뒤 주디 아주머니는 패트를 향해서 말했다.

"패트, 내가 가지 않으면 안 되는 것도, 하느님의 특별한 뜻임에 틀림없어."

그러자 틸리턱이 명랑한 어조로 말했다.

"머독 맥거니걸 노인이 무덤 속에서 몸을 뒤척이며 말한 대로 여행만한 기분전환도 없어."

모두들 무엇인가 선물을 했다. 톰 삼촌은 가죽 여행 가방을, 엄마는 예쁜 빗과 거울을 주었다.

"정말, 내가 화장 도구를 가지게 될 줄이야! 사제가 훔쳤다는 은제 화장 도구가 생각나는군. 게다가 거울 뒤에는 내 이름이 새겨져 있어! 나이 드신 삼촌이 이 대단한 물건의 값어치를 알아주시면 좋을 텐데."

패트는 주디 아주머니에게 실내옷을, 바바라 고모는 진분홍의 오글쪼글한 실크 스카프를 주었다. 이 스카프는 한 번 썼을 뿐으로 주디 아주머니가 감탄해 마지않은 물건이다. 에디스 고모조차 보라색 테가 둘러진 부인용 회색 상의를 주었다. 패트는 그것을 입은 주디 아주머니를 상상만 해도 우스워서 견딜 수가 없었다. 그러나 주디 아주머니는 감격했다.

"정말 에디스가 친절하게도……. 나는 생각지도 못했어. 에디스와 나는 마음이 맞지 않았으니까. 아일랜드에는 이것이 꼭 맞는 불쌍한 할머니가 있을 거야."

주디 아주머니의 여행복 때문에 모두 골치를 앓았는데 겨우 주디 아주머니의 마음에 드는 것이 생겼다. 빨간 깃털이 붙은 회색 펠트 모자도 샀다. 어느 날 밤 주디 아주머니는 부엌에서 여행복을 입어봤다. 금이 간 거울에 비친 자신의 모습은 너무 현대적이었다. 주디 아주머니는 두려운 생각이 들어 재빨리 벗어버리려고 했다.

"어머나, 패트. 내 모습이 아니야! 무서워졌어! 원래의 내 모습으로 돌아갈 수 있을까?"

패트는 억지로 주디 아주머니를 식당으로 끌고 가서, 모두에게 그의 모습을 보여 주었다. 모두들 모자를 쓰고 외투를 입고 빨간 깃털을 꽂은 이 주디 아주머니가 정말 우리의 주디 아주머니인가 하고 놀라워하며 칭찬을 했다. 틸리틱은 주디 아주머니가 이렇게 예쁜 줄 알았더라면, 무슨 일이 있었을지도 모른다고 말했다.

레이가 말했다.

"아주머니의 여행을 방해하는 일이 생기지 말아야 할 텐데. 지금 그런 일이 일어난다면 아주머니는 몹시 실망할 거야. 하지만 금요일 저녁에 돌아왔을 때 아주머니가 없을 것을 생각하면! 아, 게다가 보기 싫은 보브 로빈슨 아주머니가 진짜처럼 버티고 있으면 말이야."

레이는 심하게 눈을 깜빡거렸다. 패트가 힘없이 말을 받았다.

"로빈슨 아주머니도 그렇게 나쁘지는 않아, 레이. 어쨌든 로빈슨 아주머니가 와주는 게 가장 좋은 방법이고, 또 겨울 동안뿐이니까."

"그 사람은 아는 척을 잘하고 쓸데없는 참견을 해서 애를 먹여. 언니는 보지 않았지만, 언니가 그 사람을 쓰기로 한 뒤 그 여자는 오솔길로 돌아가면서 세 걸음 걸을 때마다 의기양양해서 견딜 수 없다는 듯이 교활한 얼굴을 하고 혀를 핥고 있었어. 내가 보았는걸. 그래서 "은빛숲" 사람들에게 제대로 된 요리 방법을 가르쳐주어야겠다'고 생각하고 있다는 것을 알았어."

그들은 겨울 동안 패트를 도와 가사 일을 돌봐줄 사람을 서둘러 알아보아야 했는데, 몇 사람의 후보자 중에서 가장 무난하다는 실버브리지의 보브 로빈슨 부인이 마지막으로 뽑혔던 것이다. 틸리턱은 대번에 '퍼들덕'(운명이 속의 집오리)이라는 별명을 붙였는데, 그 이유를 추측하기는 어렵지 않다. 로빈슨 부인은 키가 작고, 통통하고 뒤뚱뒤뚱 걸었기 때문이다. '은빛숲' 사람들은 그녀를 퍼들덕 부인이라고밖에 생각할 수가 없게 되었다. 틸리턱이 붙인 별명은 매우 오래간다.

물론 주디 아주머니에게는 퍼들덕 부인이 필요악이다. 그녀는 흰머리를 흔들며 말했다.

"나 같은 것보다 그 사람이 훨씬 현대적임에 틀림이 없어. 작년에 그 가사 강습을 받았다지? 하지만 이곳의 고양이들을 만족스럽게 해 줄 수가 있을까?"

"무엇이든 대단히 신경을 써서 처리를 한대요." 껑다리 앨릭이 말했다.

"대단히 신경을 쓴다고? 그렇겠지." 주디 아주머니는 비꼬았다.

"당연한 일이야. 그 사람의 할아버지는 뜰에 해시계를 만들어 놓고, 그것에 해가 쬐지 않게 한다면서, 해시계 위에 덮개를 씌우는 사람이었다니까. 그렇고말고. 신경을 쓸 거야! 맞아, 꼭 어울리는 말이로군!"

"요리 강습을 50번을 받았더라도 아주머니가 만드는 사과튀김 같은 것은 만들 수 없을 거예요." 시드는 이렇게 말하고 한 접시 더 달라고 접시를 내밀었다.

그 다음에는 여권이 문제였다. 여권에 붙일 사진을 찍도록 주디 아주머니를 납득시키기 위해 집안 사람들은 매우 애를 먹었다.

"너라도 이런 얼굴을 하고서 사진 찍을 생각은 나지 않을 거야, 레이." 주디 아주머니는 부엌 거울을 가리키며 말했다.

그 거울은 어떤 사람에게도 좋은 인상을 주었던 예가 없다. 그러나 사진이 집에 도착했을 때, 새 모자를 쓰고 빨갛고 오글쪼글한 실크 스카프를 목에 걸친, 사진 속 자기 모습이 놀랄 만큼 멋지게 나와서 주디 아주머니는 크게 기뻐했다. 아주머니는 여권을 찬장 서랍에 넣어 두고, 곁에 아무도 없는 틈을 타서 몇 번이고 꺼내보곤 했다.

"모자 하나로 이렇게 달라질 줄은 생각지 못했어! 메드체스터 백작부인만큼이나 멋져 보이는군. 그분은 고귀한 혈통을 이어받은 귀족인데 말이야!"

주디 아주머니의 여행만 아니라면, 패트에게 10월은 말할 수 없이 즐거운 달이었으리라. 서리가 오지 않는 금빛 번쩍이는 가을이었던 것이다. 바람이 거셀 때는 과수원의 사과가 비 오듯이 떨어지고, '소곤소곤길'의 양치식물은 갈색으로 말라서 좋은 냄새를 풍겼다. 패트는 때로 '기다란 집'에 가서 수잰과 데이비드와 함께 유쾌한 저녁 시간을 보냈다. 그들은 탁탁 타오르는 난롯불을 쬐면서 몇 시간이고 활기 띤 이야기를 그칠 줄 몰랐다. 데이비드는 패트를 배웅하러 산을 내려오게 됐다. 그러나 그럴 필요가 전혀 없다고 주디 아주머니는 생각했다. 지금까지 패트는 밤에 가끔 혼자서 산을 내려오지 않았던가.

"정말, 홀아비들이란." 주디 아주머니는 분한 듯 중얼거렸지만, 패트가 알아듣지 못하도록 조심했다. 데이비드 커크의 일을 이러쿵저러쿵 말하면, 패트가 싫어한다는 것을 알고 있었기 때문이다.

그러는 동안에 맥긴티가 죽었다. 그것은 모두 전부터 예상하고 있던 일이었다. 그 작은 개는 여름내 허약해져 있었다. 귀도 멀고 또 어쩐지 애처로워 보였다. 고통을 호소하는 듯한 눈을 볼 때, 패트는 가슴이 찢어지는 듯했다. 그러나 맥긴티는 최후까지 패트가 옆에 올 때마다 꼬리를 흔들려고 애썼다. 그는 금갈색 머리를 패트의 손 위에 둔 채 죽어갔다.

주디 아주머니는 어린애같이 울었다. 틸리턱과 꺽다리 앨릭까지도 덩달아 코를 풀었다. 맥긴티는 묘지 안의 슈니클프리츠 무덤 옆에 묻혔다. 패트는 맥긴티의 죽음을 힐러리에게 편지로 알려야 했다.

다시는 개를 키울 수 없을 것 같아. 맥긴티가 없는 쓸쓸함은 무어라고 말할 수가 없어. 죽은 것을 잊고 늘 맥긴티를 찾게 되지. 힐러리, 맥긴티는 죽기 조금 전에 갑자기 머리를 쳐들고, 네 발자국 소리가 들리면 언제나 그랬듯이 귀를 쫑긋했어. 정말 발자국 소리를 들은 것 같았어. 갑자기 눈에서 슬픈 표정이 사라지고, 아주 즐거운 듯 한숨을 지으며 내 손에 머리를 기댔지……. 죽었다고 말하는 것은 너무 잔인해. 그냥 숨쉬기를 그쳤다고 말하고 싶어. 네가 여기 있었다면 좋았을 텐데. 맥긴티의 눈이 끊임없이 찾고 있던 것은 너였어. 금요일 밤에 우리가 퀸즈아카데미에서 돌아오면, 언제나 맥긴티가 마중 나왔던 것, 기억나? 그리고 훨씬 전에 네가 길을 잃어 몹시 무서워하고 있던 나를 구해준 그날 밤에도 맥긴티는 네 옆에 있었지. 작은 개에 지나지 않지만, 맥긴티가 사라진 뒤 내 생활에는 커다란 구멍이 뚫린 것 같아. 이것도 또 하나의 변화겠지. 레이도 가버리고 게다가 아주머니도 여행을 떠날 참이야. '은빛숲' 말고는 모든 것이 다 변해 버렸어. '은빛숲'만이 그대로이지. 나는 날이 갈수록 '은빛숲'이 더 좋아져.

이 편지를 읽고 힐러리 고든은 약간 얼굴을 찡그렸다. 레이한테서 온 편지의 어느 대목에서는 얼굴이 더욱 찌푸려졌다. 레이의 편지는 다음과 같다.

올여름에 돌아왔으면 좋았을 텐데, 징글. 빨리 오지 않으면 패트는 데이비드 커크와 결혼해 버릴지도 몰라. 정말이야. 이상하게도 그 남자는 패트에게 감화를 주고 있어. 데이비드가 이렇게 말했다는 둥 저렇게 말했다는 둥……. 패트는 늘 데이비드 얘기를 한다니까. 여태까지는 이야기 상대일 뿐이었지만, 그는 정말 이야기를 잘한다구. 얼마나 머리가 좋은데.

힐러리는 한숨을 쉬었다. 올여름에 섬으로 돌아갔더라면 좋았을지도 모른다. 그러나 힐러리는 일하면서 학교에 다니고 있는 형편이다. 그를 버린 어머니에게서 도움을 받기는 싫기 때문이었다. 따라서 여름에 집으로 돌아가는 것은——힐러리에게 있어서 '집'은 '은빛숲'을 말한다——예산이 허락하지 않았다.

2

11월 1일이 되자, 주디 아주머니는 짐을 꾸려야 했다. 아직은 따스하고 고요한 날씨지만 어젯밤에 처음으로 서리가 내려서 정원의 꽃들이 상했다. 패트는 꽃들이 보기 싫었다. 금잔화는 더욱 마침내

여름이 끝났다는 것을 알게 해주기 때문이었다.

부엌 한복판에 주디 아주머니의 트렁크가 놓여졌다. 패트도 짐 꾸리기를 거들었다.

"저 검은 병도 잊으면 안 돼." 시드가 옆으로 지나가면서 말했다. 주디 아주머니는 시드의 말을 무시하고 《실용백과》 책을 꺼내왔다.

"이것은 가지고 가야 해, 패트. 이 안에는 예법에 대해서 많은 것들이 쓰여 있으니까 말야. 그런데 조금 시대에 뒤떨어졌다고나 할까? 이 책은 좀 구식이긴 해. 아일랜드의 사촌들에게 최신식 예법을 모른다는 말은 듣고 싶지 않아. 그리고 패트, 새옷과 함께 저 와인색 드레스도 가지고 가려고 해. 나는 그 옷이 맘에 들거든. 새옷도 훌륭하지만 아직 입어본 적이 없기 때문에 어색할 것 같아. 너도 오래된 옷을 버리기 싫어했는데, 기억나니? 그리고 이것이 파란 상자의 열쇠야. 내가 떠나면 맡아 줘. 만약 내가 저쪽에서 좋지 않은 일이 일어났을 때, 뭐 그런 일은 일어나지 않겠지만, 서랍 안의 깡통에 나의 간단한 유언이 들어 있으니까."

"아주머니, 생각해 보세요……. 다음주 이맘때쯤 아주머니는 대서양 한복판에 있게 돼요." 패트가 말했다.

주디 아주머니는 진지한 얼굴이 되었다.

"패트, 부탁이 있어. 기도할 때 그 짧은 찬송가를 매일 밤 불러 줬으면 좋겠어……. '바다에서 위험에 시달리는 자'라는 구절이 있는 노래 말이야. 그러면 성난 듯한 큰 바다에서도 안심할 수 있을 테니까. 차, 고마워. 이제 짐을 꾸리는 일도 끝났어. 내가 알고 있는 어떤 여자는 고향인 아일랜드에 갈 때 트렁크를 4개나 가지고 갔대. 어떻게 그럴 수 있었는지. 그런데 모든 준비를 다 해놓고도, 막상 갈 수 없게 된다면 어떻게 하지, 패트? 그렇게 된다면 나는 슬퍼서 어떻게 돼 버릴 거야."

"아주머니의 여행을 방해하는 것은 아무것도 없을 거예요. 멋진 여행을 하고서 친척 분들을 즐겁게 해 드리고 돌아오세요."

"그랬으면 좋겠구나. 그렇지만 살아오면서 기대가 실망으로 바뀐 일이 너무나 많았거든. 패트, 젠틀맨 톰을 잘 돌봐줘. 퍼들덕에게 엉뚱한 짓을 당하지 않도록 해라. 불쌍하게도 내가 없을 때 그 고양이는 어떻게 될지."

"걱정하지 않아도 돼요, 아주머니. 내가 잘 돌봐줄 테니까. 요전에 아주머니가 어디로 갔을 때처럼 사라지지만 않는다면요."

그날 밤, 패트는 뒷계단 층계참에서 발을 멈추고 둥근 창을 통해 밖을 바라보았다. 폭풍우가 다가왔다. 성난 바람이 버드나무 가지를 괴롭히고 있었다. 구름이 '은빛숲'의 나뭇가지를 비로 쓸 듯이 달려갔다. 잠시 뒤에는 어두운 가을 들판에 비가 내릴 것이다. 그러나 '은빛숲' 안에서는 자기 마음만 가벼우면 이렇게 비가 쏟아지는 밤이라도 즐거울 것이다. 내일 밤 이때쯤에는 아주머니는 떠나고, 그 대신 퍼들덕이 흡족한 얼굴을 하고 있을 것이다. 어디에 나갔다 돌아와도 아주머니는 없을 것이다. '한입' 먹을 간식을 주는 아주머니도, 완두콩 수프를 젓는 아주머니도, 추운 밤에 '시인의 방' 침대에 깃털 이불을 가지고 와서 덮어줄 아주머니도 없다.

계단 위의 젠틀맨 톰이 이렇게 묻는 듯했다.

'이 가엾은 고양이는 어떻게 하라구요?'

다음날 아침 촉촉이 비가 내리는 가운데 껑다리 앨릭이 주디 아주머니를 역까지 태워다주었다. 주디 아주머니는 서머사이드의 브라이언 삼촌 집에서 하룻밤을 자고, 다음날 패터슨네 사람들과 같이 기선 환승열차에 타기로 돼 있다. '은빛숲' 사람들은 모두 문 근처에 서서 자동차가 보이지 않을 때까지 웃으며 손을 흔들었다. 패트가 부엌으로 돌아와 보니 거기에는 퍼들덕 부인이 마치 자기 집에서 일하는 것처럼 익숙한 얼굴로 과자를 만들고 있었다.

"마음에 안 들어."

패트는 화를 냈지만 그것은 공정치 못했다.

주디 아주머니가 떠난 뒤의 첫 번째 점심 식사는 보잘것없었다. 퍼들덕 부인의 수프는 주디 플럼의 수프를 따라갈 수 없었다.

"저 여자는 젓는 방법을 모르는군." 틸리턱이 패트에게 속삭였다.

그날 밤 레이가 돌아왔지만, 저녁 식사 분위기는 우울했다. 요리 강습을 받았음에도 퍼들덕 부인의 과자는 누가 털썩 주저앉은 것 같은 모양을 하고 있었다. 껑다리 앨릭은 말이 없었다. 틸리턱은 식사가 끝나자마자 곡식 창고의 보금자리로 물러갔다. 그는 모든 것이 맘에 들지 않았으며, 굳이 그것을 감추려 하지도 않았다.

레이는 침실로 가기 전에 부엌을 들여다보며 말했다.

"나는 마치 므두셀라 <small>(구약 성서에 나오는 인물. 960세까지 살았다 함)</small> 만큼이나 늙어버린 것 같아."

패트는 신음했다.

"나는 그보다 더 심해. 마치 중년 여자가 된 기분이라구."

부엌에서 부지런히 스웨터를 짜고 있는 퍼들덕 부인의 주변에 고양이는 한 마리도 없고, 젠틀맨 톰조차도 보이지 않았다.

레이는 아무것도 모르는 퍼들덕 부인의 살찐 등을 향해 "잠깐 고양이가 돼서 당신을 물어뜯고 싶어요"라고 중얼거렸다. 그렇지만 퍼들덕 부인이 이렇게까지 미움을 받을 이유는 없다. 사실 퍼들덕 부인은 주디 플럼이 아일랜드에 가 있는 동안 '가드너 집안 사람들을 도와주는' 자신을 훌륭하다고 생각하고 있었다.

토요일은 어둡고 가을비가 내리는 날이었지만, 힐러리에게서 반가운 편지가 와서 패트는 오전 시간을 기분좋게 지낼 수가 있었다. 그리운 힐러리! 얼마나 멋진 편지를 쓰는지! 비록 머나먼 토론토에 있지만 친구로서의 힐러리는 이곳에 있는 모든 애인들을 한데 모은 것만큼의 가치가 있다.

오후가 되고 비가 내렸다. 비는 초라한 뜰의 모든 것들을 엉망진창으로 만들었다. 틸리틱과 퍼들덕 부인은 벌써 싸움을 시작했다. 퍼들덕 부인이 어젯밤 밤새도록 '그냥 개'가 짖었다고 말하자, 틸리틱이 소리 없이 웃으면서 이렇게 말했기 때문이다.

"차라리 '그냥 개'가 고양이 소리를 냈다고 하지 그래요."

위니가 방의 벽지를 갈아붙이는 것을 도와주기 위해 시드는 패트 자매를 바닷가의 위니네 집까지 태우고 갔다. 쏟아지는 비에 섞여 낙엽이 날리고, 도로의 작은 도랑에는 물이 넘쳐 흐르고 있다. 그것은 밤이 돼서 집으로 돌아 갈 때도 마찬가지였다.

"지금쯤 아주머니는 배에 타고 있겠지. 핼리팩스에서 5시에 출항을 하니까." 레이가 한숨을 쉬며 말했다. "틸리틱이 바이올린을 켜고 있어. 어쩜 그럴 수가 있담? 틀림없이 퍼들덕의 환심을 사려고 하는 짓이야. 틸리틱의 머릿속에는 먹을 것밖에 없으니까."

"이 겨울을 어떻게 나지?" 패트가 말했다.

두 사람은 젖은 오솔길을 달려가서 부엌문을 열었다……. 그러고는 글자 그대로 마비가 된 것처럼 그 자리에 우뚝 서버렸다. 틸리틱의 바이올린이 그의 손 밑에서 한가한 소리를 내고 있다. 엄마는 테이블 곁에서 옷을 꿰매고 있고, 테이블 위에는 먹음직한 도넛이 큰 접시에 가득 담겨져 있다. 긴 의자에서 기분좋게 자고 있는 꺽다리 앨릭의 가슴 위에 스퀴덩크가 앉아 있고, '고약한 놈'과 포프카는 앨릭의 발치께에 동그랗게 쪼그리고 앉아 있다. 젠틀맨 톰은 누구를 용서해 주겠다는 듯이 꼬리를 길게 뒤로 빼고 카펫 위에 앉아 있다.

그리고 주디 아주머니가, 여느 때처럼 거친 융단 옷을 입고 난로 옆에 앉아 좋은 냄새가 나는 냄비를 휘젓고 있는 것이 아닌가! 뜨개질감은 무릎 위에 얹혀 있는데, 아무리 봐도 슬픔에 잠겨 있는 것 같지는 않았다.

한순간, 자매는 믿어지지 않는다는 듯 눈을 똑바로 뜨고 있었다. 그러고서 '아주머니'라고 부르면서 주디 아주머니에게 달려들었다. 두 사람이 비에 젖어 있음에도 주디 아주머니는 자매를 꽉 껴안았다.

"아주머니! 아주머니! 아, 아주머니……, 어떻게 된 거예요……? 어떻게 된 거예요……?"

"아무리 해도 갈 수가 없었어. 그저 그것뿐이야. 집을 나서자마자 그런 생각이 들었어. 내게는 말할 기운도 없었어. 하지만 나는 생각했어. '그렇게 선물을 받아 놓고서 지금 돌아간다면 얼마나 바보같이 보일까' 하고 말이야. 그래서 그날 밤은 브라이언 삼촌 집에서 쉬면서 참았어……. 두 번째로 좋은 손님 방에 묵었지……. 정말 융숭한 대접을 받았지. 그런데 나는 한숨도 자지 못했어. 자꾸 이곳 부엌만 생각나는 거야. 그 퍼들덕이 나 대신 부엌을 휘젓고 있다고 생각하니……. 그리고 외국을 돌아다니는 동안 나한테 무슨 일이 생길지도 모르는 일이고……. 빙산에 부딪히거나 거기서 죽으면 어떡해. 뭐, 죽는 게 두려워서가 아니라, 모르는 사람과 함께 묻히기가 싫은 거지. 그리고 너희들 누구에게 무슨 일이 일어나면 어쩌나 생각했어! 이렇게도 생각해 봤지. '틀림없이 모두 나보다는 그 퍼들덕 쪽을 맘에 들어할 것이다, 그 여자는 말을 잘하니까'라고. 해질 무렵 너희들이 모두 기분좋게 앉아 있고 숭배자들이 살그머니 들어오는 것이 눈에 선했어. '크리스마스 때 먹을 칠면조를 살찌워야 하고, 겨울옷 뜨개질도 해야 하고 어쩌면 조가 결혼식을 올리러 올지도 모르는데……' 하고 생각하니 견딜 수가 없었어. 그래서 아침 식사 때 브라이언에게 말했지. 마음이 변해서 패터슨 네 사람들과 아일랜드에 가는 것을 그만두고 '은빛 숲'으로 돌아가겠다고 말이야."

"아주머니, 요전번에는 만약 가지 못하게 되면 슬퍼서 어떻게 하느냐고 말하지 않았어요?"

"뭐, 어제는 어제고 오늘은 오늘이니까." 주디 아주머니는 진지한 얼굴로 말했다. "너희들은 내가 이번 여행에 온통 정신이 쏠려 있는 줄로 알고 있겠지만, 그저 힘을 좀 내보려고 애써 본 것일 뿐이야. 오늘 밤은 내 침대에서 잘 수가 있고, 젠틀맨 톰이 발 밑에서 동그랗게 몸을 말고 잔다고 생각하니 아주 기뻐. 오늘 오후에 브라이언 삼촌이 여기까지 데려다 주었는데, 내 부엌의 문지방을 넘을 때 나는 여왕도 부럽지 않았어. 그때 퍼들덕 부인이 어떤 표정을 하고 있었는지 너희들도 보았어야 하는 건데. 퍼들덕은 '이렇게 되리라고 생각했어요'라고 말하며 뺨을 맞은 요정처럼 분해했지."

"아주머니, 퍼들덕 부인은 어디 있어요?"

"실버브리지의 자기 집에 가 있을 거야. 내가 돌아온 것을 봤으니 오래 있을 수 없었겠지. 틀림없이 오늘 밤에는 기도 말고도 할 말이 많을 거야. 나는 그녀가 요리 강습회인지 어딘지 다녔다니까, 일요일에 먹을 맛있는 과자를 만들어 놓았을 거라고 생각하고 요리실에 가 봤지. 그랬더니 듣도 보도 못한 케이크와 닭이 밟고 지나간 듯한 파이가 있을 뿐이었어. 틸리틱은 그 파이를 조금 먹고 뱃속이 이상하다고 했어. 그래서 나는 그것도 요리냐고 말한 뒤 그것을 돼지 밥통에 던져 넣고, 도넛을 한 냄비 튀겼지."

"'바다를 찬양하라. 그러나 육지는 떠나지 마라'라는 것은 좋은 속담이야. 단적으로 말하면." 이렇게 말하고 틸리턱은 도넛을 9개나 먹었다.

모두들 너무 좋아했기 때문에 주디 아주머니는 마음속으로 안심하며 기뻐했다. 바깥에는 차가운 비바람이 몰아쳐와도 '은빛숲'의 부엌에는 만족한 얼굴들이 아늑하고 따스한 분위기를 빚어내고 있었다. 슬픔과 쓸쓸함은 어디론가 가버리고, 보인 강을 건너고 있는 윌리엄 왕조차 기뻐하는 듯했다. 바깥은 비가 내리는 11월의 밤이었지만, 안에 있는 사람들의 마음은 한여름이었다.

레이가 말했다.

"바깥의 폭풍우를 바라보는 것이 즐겁지 않아요? 저 굉장한 바람소리를 들어보세요. 나는 저 소리가 좋아요. 아주머니, 아주머니가 지금쯤 대서양에 있지 않아서 잘됐다고 생각해요."

"나는 지금 내가 좋아하는 곳에 있어, 귀염둥아. 그래서 정말 기쁘단다. 다시 '은빛숲'과 좋은 친구가 된 거지. 오랫동안 '은빛숲'이 나를 책망하는 것 같았거든. 나는 아무래도 '은빛숲'을 떠날 수가 없다는 것을 이제야 알았어. 그 생각이 뼛속까지 스며들었지. 그렇지만 그로 인해서 평생 입을 만큼의 옷이 생겼고, 준비하느라 재미있었으니, 이 또한 좋은 일 아니야? 게다가 주디 플럼이 아일랜드로 출발하나 싶더니 벌써 돌아왔다고 하는 얘기는 멋진 이야깃거리가 될 거야. 자, 크리스마스 계획이나 짜볼까?"

그날 밤 주디 아주머니는 패트네 가족들이 따뜻하게 하고 자는지 어떤지를 돌아보았다. 정말 사려깊고 다정한 아주머니다.

패트는 일어나서 주디 아주머니를 껴안으며 말했다.

"아주머니는 정말 의지가 돼요. 아주머니가 여기 있다고 생각하면……. 멀고 먼 파도 위가 아니고 여기요. ……말할 수 없이 기뻐요."

내가 돌아오는 발소리가
나의 친구에게
언제나 음악 소리로 들린다면
나는 부자일세.

월슨 맥도널드(캐나다 시인)의 이 시를 모르더라도 주디 아주머니는 대단한 부자가 된 기분이었다. 그런데 더할 수 없는 기쁨에 조그마한 먹구름이 끼어 있었다.

"패트, 받은 선물을 모두 돌려 줘야 하지 않을까?"

"그럴 필요 없어요, 아주머니. 아주머니에게 드린 것이니 이제 아주머니 것이에요."

그러자 주디 아주머니는 안심했다.

"그렇게 말해주니 정말 기쁘구나, 패트. 저 훌륭한 화장 도구를 돌려줘야 한다면 얼마나 마음이 아플지 몰라. 하지만 에디스 고모한테서 받은 옷은 돌려주려고 해. 거짓말을 해서 얻은 것이라는 말은 듣고 싶지 않으니까."

잠의 물결에 쓸려 들어가는 패트의 마음속에 슬픈 예감이 가로질렀다.

"그렇지만…… 아주머니가 출발하지 않았지만…… 무엇인가 이상한 일이 일어날 듯한 기분이 들어요."

3

봄이 되자 교사 자격증을 받은 레이가 퀸즈아카데미에서 돌아와 고향 초등학교에서 아이들을 가르치게 되었는데, 학기가 시작되기 전에는 한여름을 실컷 즐길 생각이었다. 지금의 레이에게 '즐긴다'는 것은 숭배자를 의미한다. 그리고 주디 아주머니가 말한 대로 숭배자들은 문전성시를 이루었다. 패트로서는 어린 '귀염둥이'가 벌써 숭배자를 맞을 나이가 됐다는 것이 생각할 수 없는 일이었지만, 그 점에 있어서 레이 자신은 조금도 의심치 않았다. 그리고 숭배자를 맞이하는 것을 좋아한다고 솔직히 말하는 것이었다. 그렇다고 해서 비니 집안 사람들이 말하는 것처럼 바람둥이는 아니었다. 비니 부인은 이렇게 말했다고 한다.

"대학에 간 덕분에 레이 가드너도 조금 좋아졌어. 하지만 남자를 좋아하는 것만은 고치지 못한 것 같아."

레이는 남자들에게 아무 말도 하지 않았지만, 그 표정은 이렇게 말하는 듯했다. "나에게로 오세요. 나는 그대가 알려고 하는 비밀을 알고 있어요. 그것은 나 말고는 아무도 그대에게 가르쳐 줄 수가 없어요."

레이는 위니처럼 아름답지도 않았고 패트만큼 재치가 뛰어나지도 않았지만 그래도 독특한 매력이 있었다.

"단적으로 말하면 글래머야"라는 것이 틸리턱의 평이었다. 톰 삼촌은 이렇게 말했다.

"저 개구쟁이에게는 사람의 마음을 사로잡는 무언가가 있어."

그것은 두 글렌 마을의 젊은이들도 알고 있었다. 아무리 심하게 무안을 주어도 이 냉정하지만 사랑스러운 처녀에게 젊은이들은 노예처럼 매여 있었다. 꺽다리 앨릭은 일요일을 좀 조용하게 지낼 수는 없겠느냐고 투덜댔다. 그러나 주디 아주머니는 그런 불평을 들으려고도 하지 않고 비꼬는 말투로 꾸짖었다.

"딸들이 존 B. 매디슨의 딸들처럼 되었으면 하는 건가? 그 집에는 딸이 여섯이나 되지만, 숭배자가 한 사람도 없어서 나누어 가질 수도 없다구."

일요일 오후에는 아무에게도 방해를 받지 않고 편히 낮잠을 자고 싶은 꺽다리 앨릭은 변명을 했다.

"모든 일에는 이유가 있는 법이죠."

주디 아주머니는 잘라서 말했다.

"숭배자의 경우는 그렇지 않아. 말하다 보니 생각이 나는데 '해변가' 뜰도 일요일 오후에는 마차로 가득했었지. 그중에는 앨릭 가드너의 마차도 섞여 있었을걸, 아마? 앨릭도 젊었을 때가 있었다는 것을 잊어서는 안 돼. 바보들의 소동을 조용히 바라보는 것도 재미있는 일 아닐까? 요전 일요일 오후에 '그냥 개'에게 어떤 일이 있었는지 들었어? 쇼트리드 집안의 한 청년이……, 로이드라는 이름이었던 것 같은데……, 현관 계단에 앉아 있었어. 기도회 때의 그 애 할아버지를 꼭 닮은 엄숙한 얼굴을 하고서 말이야. 불쌍하게도 그놈은……, 그놈이란 건 로이드를 말하는 것은 아니라 '그냥 개'를 말하는 거야……, 헛간 뒤 돌담 있는 곳에서 쥐를 발견하고 그 쥐를 구석으로 몰았대. 그러나 쥐가 덤벼들어서 '그냥 개'의 턱을 문 채 놓아주지를 않은 거야. '그냥 개'는 괴상한 울음소리를 내며 뒤뜰로 달려와서 내 부엌과 홀을 통과하여 계단에 있던 로이드의 옆을 지나 내 나팔꽃 화단으로 빠져나가갔어. '그냥 개'가 울부짖으며 길을 달려내려갈 때까지도 '그냥 개'의 턱에는 쥐가 매달려 있었대. 패트와 귀염둥이는 우스워 죽겠다고 하고 틸리턱은 무섭게 화를 내면서, 요새 쥐들은 악마가 씌운 게 틀림이 없다고 말했어. 그때 내가 말해줬지. '어머나, 악마를 그렇게 경솔하게 말하는 게 아니에요, 틸리턱 씨. 악마는 나이 들었을 테니까 정중히 대하지 않으면 안 돼요'라고. 로이드 쇼트리드는 넋이 나간 얼굴을 하고 있었어."

"무리도 아니에요. 나라도 일요일에 그런 일을 겪기는 싫으니까요."

"그렇긴 하지만, 그런 일이 일어나는 걸 어떻게 막을 수 있겠어? 그건 순전히 일요일 날 쥐 사냥을 나선 '그냥 개'의 잘못인걸. 그 일이 있기 전에는 그 젊은이는 진지한 표정이었다구. 틸리턱과 그의 말버릇으로 말하자면 모두들 익히 알고 있지. '은빛숲'에서 배운 것이 아니라는 것도. 나중에 '그냥 개'가 돌아왔을 때는 턱에 쥐도 매달려 있지 않았고, 온순하고 얌전한 모습이었어. 그때 이후로 로이드는 다시 '은빛숲'에 모습을 나타내지 않았어. 쇼트리드 집안 사람에게는 유머감각이 없다니까."

"로이드는 훌륭한 젊은이예요." 꺽다리 앨릭은 무뚝뚝하게 말했다.

"게다가 바느질도 잘하고." 주디 아주머니는 교활하게 덧붙였다.

"겨우 4살 때 이불 한 장을 꿰매치웠으니까 대단한 재능이었지. 로이드의 어머니는 손님이 올 때마다 그 이불을 꺼내 보이는 거야."

꺽다리 앨릭은 일어나서 방에서 나갔다. 도저히 주디 아주머니를 당해낼 수가 없을 것 같았기 때문이다.

레이가 돌아온 것을 축하하는 파티가 열렸다. 퀸즈아카데미에서 사귄 레이의 친구들이 모두 왔다. 레이는 춤을 좋아했다. 레이의 구두조차도 내버려두면 밤새도록 춤을 출 것 같았다. 그러나 패트의 발동작은 지난번 파티 때처럼 경쾌하지 않았다. 시드가 없었기 때문이었다. 비참한 생각에 잠겨 있는 시드는 서먹서먹한 태도였다.

초겨울에 북글렌 마을에서는 한 가지 화제로 떠들썩했다. 시드와 2년 동안 결혼을 약속했던 도로시 밀튼이 핼리팩스에서 온 사촌과 몰래 도망을 가서 결혼을 했다는 것이다. 그 사촌이라는 사람은 핼리팩스의 상점 일로 '여행'을 하고 있는, 놀기 좋아하는 사람으로 매력적인 젊은이였다. 시드는 가족의 동정을 받아들이려 하지 않고, 이 일에 대해서는 전혀 말하려고도 하지 않았다. 그러나 그 이후로 시드는 매우 무섭고 반항적이 되었기 때문에, 패트는 시드에게서 멀어진 듯했다. 시드는 맹렬한 기세로 일을 하고 낯선 사람처럼 어색하게 집을 드나들었다. 엄마는 말했다.

"시드는 참고 있는 거야. 시간이 지나면 잊혀지겠지. 도로시도 불쌍하지! 나는 시드보다 도로시가 더 안됐다고 생각해."

패트는 울면서 격렬히 반대했다.

"나는 그렇게 생각하지 않아요. 도로시가 미워요……. 시드의 마음을 아프게 하다니."

"뭐, 사람은 어쩌다 보면 마음에 금이 가는 법이야. 딱지맞은 남자는 시드가 처음이 아니야. 분별없는 처녀들이 있는 한, 딱지 맞는 남자는 시드가 마지막은 아닐 거야."

주디 아주머니도 이렇게 말은 했지만, 차마 시드의 눈을 마주볼 수는 없었다.

파티가 끝나자 패트와 레이는 비로드 같은 이끼가 낀 오솔길을 지나서 숲 속에 있는 자신들의 텐트로 갔다. 그곳은 어린 야생 벚나무로 둘러싸여 있었다. 야외에서 자고 싶다는 두 사람의 오랜 꿈이 이루어진 것이다. 비록 어느 날 밤, 바람에 텐트가 쓰러져서 어린 메리가 질식할 뻔한 적도 있었지만, 그래도 꿈보다는 실제가 더 아름답다.

'해변가'에서 또 갓난아기가 태어나서 어린 메리는 위니가 건강해질 때까지 패트가 돌봐주기로 했다. 집안 식구들이 모두 메리를 귀여워했지만, 패트는 너무 귀여워해서 응석받이로 만들고 말았다. 메리는 통통하게 살찐 발로 뜰을 뛰어 돌아다니고, 가끔 멈추어 서서 작은 코에 꽃을 갖다 대기도 했다. 메리가 주디 아주머니의 뒤를 따라다니면서 닭에게 모이를 주기도 하고, 고양이들의 놀이터인 낡은 헛간에서 고양이들을 쫓아다니기도 하는 것을 보면, 패트는 귀여워서 어쩔 줄을 몰라했다.

메리는 패트에게 온갖 것을 물었다.

"패트 이모, 고양이는 어째서 귀가 똑바르지 않아요?"

"패트 이모, 꽃은 작은 영혼을 가지고 있어요?"

"해는 어디로 가요, 패트 이모? 해는 어디로든지 가야 해요?"

"하느님은 주디 아주머니의 파란 상자 속에 살고 있나요, 패트 이모?"

패트는 결혼을 하고, 보조개가 들어간 귀여운 아이가 이런 질문을 해댄다면, '은빛숲'을 떠나 있는 슬픔도 충분히 메워질 수 있을 거라고 생각이 들기도 했다.

향기 가득한 밤에 패트 자매들이 어떻게 하고 있는지를 보러 온 주디 아주머니는 여러 가지 소식을 전해주고 갔다. 그날 주디 아주머니는 장례식에 다녀왔다. 실버브리지의 윌리엄 매디슨 노인이 죽었는데, 주디 아주머니가 '은빛숲'에 오기 전에 그의 어머니를 위해 2, 3개월 일한 적이 있었기 때문이다.

"모든 진행이 순조로웠어. 훌륭한 장례였지. 아마 그 노인이 보았다면 만족했을 거야. 장례식 절차를 즐기면서 정했다니까. 그는 사람들에게 신세를 지게 되어 미안하다고 하면서 예의 바르게 죽어갔대. 그 사람의 큰어머니인 폴리가 장례식 때 자신이 생각했던 자리에 못 앉았다고 화를 낸 것을 제외하곤, 식의 진행 방식에 불만을 말하는 사람은 아무도 없었어. 모든 사람을 만족시킨다는 것은 어려운 일이야. 폴리 매디슨은 '성스러운 크리스천'의 한 사람이래. 그들 중 가장 성스럽다지, 아마. "

그 '순회 전도사'의 제자들은 '성스러운 크리스천 교회'를 결성하고 있었기 때문에 글렌 마을에서 '성스러운 크리스천'이라고 비꼬아 불리고 있었다.

"그 사람들이 교회를 세운다는 말을 들었어요. " 패트가 말했다.

"그래……. 하지만 교회라고는 하지 않고 '집회소'라고 말한대. 그리고 폴리 매디슨이 땅을 제공한대. 그리고 휠러 씨가 돌아와서 그들의 목사가, 아니 그 사람들 말로는 양치기가 될 거래. 그 사람들은 목사를 인정하지 않고, 목사에게 월급을 주는 일도 없으니까. 휠러 씨는 정말 안개라도 먹고 사나봐. 너무도 정신적인 사람이라고 폴리 매디슨은 입에 침이 마르지만, 하늘이나 올려다보고 까다롭게 금하는 것이 많아서 그런 게 틀림없어.

어쨌든 폴리 매디슨의 남편은 신흥 종교에는 찬성하지 않아. 그 순회 전도사가 죽을 준비가 돼 있느냐고 묻자, 그는 이렇게 대답했다고 해. '내게는 살 준비가 돼 있는지 어떤지를 묻는 편이 좋아요. 사는 것이 먼저니까'라고 말이야. "

주디 아주머니가 휠러 씨의 이름을 말하는 순간 패트는 갑자기 레이가 동요하는 것을 알고 불안해졌다. 만약 또 휠러 씨가 레이에게 다가오면 어떻게 해야 할까!

4

휠러 씨는 돌아왔다. 그리고 레이에게 접근했다. 말하자면 '은빛 숲'에 거의 살다시피 하면서 사람들에게 좋은 면을 보였다, 아니 보이려고 노력했다. 가드너 자매는 이미 휠러 씨의 예배에는 출석하지 않았기 때문에, 성스러운 크리스천들은 휠러 씨가 레이 가드너와 바이올린 이중주를 연주하고, 고양이조차 지겨워할 정도로 패트와 같이 뜰을 거닐기보다는 더 영적인 시간을 보낼 방법이 있을 것이라고 생각했다. 그것은 휠러 씨가 오면 패트는 나서서 상대를 하고, 레이와 이중주를 할 때는 어김없이 그 장소에 있었기 때문이다. 사실 레이는 늘 휠러 씨를 비웃거나 놀리곤 했지만 그의 앞에서는 건방지지도, 담담하지도 않았다. 게다가 앳된 눈초리도 보이지 않고 얌전하게 굴었으므로 패트는 안심할 수가 없었던 것이다. 휠러 씨는 검은 눈에 숱많은 곱슬머리를 하고 있었는데 분명 그 나름의 매력도 있었고 감정이 풍부한 목소리를 갖고 있었다.

남글렌에서 교사를 하고 있는 폴리 아주머니의 딸이 휠러 씨에게는 바이런풍의 매력이 있다고 말했다는 소문이 있다. 바이런풍의 매력이 있건 없건 패트는 휠러 씨가 나타날 때마다 온화하고 끈기 있게 감독 역할을 했다. 휠러 씨는 이따금 레이를 한참 바라보았고 얘기를 걸 때도 목소리를 부드럽게 낮추었다. 그러나 패트와 얘기하는 것도 싫어하지 않았다. '비위를 잘 맞추는 인간이지 !'라고 틸리턱이 말했다.

주디 아주머니는 휠러 씨 일로 가끔 레이를 놀렸다.

"확실히 그 사람이라면 요리 걱정은 안 해도 될 거야, 귀염둥아. 그는 호두와 비스킷 말고는 아무것도 먹지 않는다니까. 당연히 월급도 필요 없겠지. 하지만 결혼하면 어떻게 아내를 부양할 생각이라지 ?"

"정말 쓸데없는 소리만 하는군요." 레이는 퉁명스럽게 말했다.

"그 사람이 아내를 부양하건 말건 그것이 나와 무슨 관계가 있다는 거예요 ?"

이 사건에 대해서 틸리턱은 불안해하고 있었다. 그는 휠러 씨를 위험 인물로 간주하고 있었기 때문에, 꺽다리 앨릭이 왜 그가 오는 것을 그대로 두는지 이상하게 생각했다. 틸리턱은 자신이 '성스러운 크리스천' 패들에 반대한다는 것을 보여주기 위해서 교회에 다니기로 결심했다. 그는 주디 아주머니에게 자신이 교회에 나가면 사람들이 모두 놀라지 않을까 걱정이라고 말했다. 그런데 몇 주 뒤에 겨우 용기를 내어 교회에 갔더니 아무도 반응을 보이지 않아서 그는 속으로 화가 났다.

"교회에는 예쁜 여자가 하나도 없더군. 목사도 별볼일없고. 말만 번지르르한 데다 악마에 대한 의견도 마음에 안 들어. 아무리 악마라도 줏대가 있어야지."

주디 아주머니는 소금에 절일 양배추를 가늘게 채썰면서 말했다.

"성스러운 크리스천이 있는 곳에 가는 게 어때요? 그 사람들은 늘 악마들과 레슬링을 한다는데?"

틸리턱은 뿌루퉁해졌다.

"이곳 사람들은 성스러운 크리스천 패들에 대해 너무 관대해. 얼마 안 있어 그들이 '은빛숲'을 방문할 날이 오겠군."

"휠러 씨 때문에 '은빛숲'에 해가 될 일은 없어요. 언젠가 당신이 크게 놀랄 일이 있을걸요."

"머리가 어떻게 된 게로군." 틸리턱이 비웃었다.

이때 패트는 뜰에서 기분 좋게 일을 하고 있었다. 이 뜰에 있으면 언제나, 왠지 모르게 변화로부터 안전하다는 기분이 들었다. 뜰은 지금 한창 유쾌한 분위기였다. 뜰의 꽃들은 죄수가 아니고 손님이었다. 파란 제비고깔, 아름다운 꽃이 금방 필 듯한 양귀비, 보라색 반점이 퍼져 있는 붉은 보랏빛 풍령초, 금빛과 흰색의 장미, 우윳빛과 포도줏빛의 백합.

서쪽에서는 빛나는 산 너머로 해가 지고 있다. 대기에는 은빛숲만의 향기가 감돌고, 이 아름다운 뜰 전체에 자수정과 같은 부드러운 그림자가 흔들거리고 있다.

보릿짚국화의 씨는 어쩌면 저리도 요정처럼 아름다울까! 수레뼈꾹새라는 이름은 얼마나 좋은 이름인가! 오래전의 이 같은 저녁때 패트는 일에서 돌아오는 조의 휘파람 소리에 귀를 기울이곤 했다.

지금은 휘파람소리가 전혀 들리지 않는다. 시드는 휘파람을 불지 않기 때문이다. 불쌍한 시드! 그 얄미운 도로시 때문에 언제까지 괴로워할 것인가? 시드는 하루 종일 일만 하고 밤 늦게야 집에 돌아온다. 가끔 엄마는 매우 슬픈 표정을 했다. 주디 아주머니는 참으라고, 시간이 지나면 제정신으로 돌아올 것이라고 말했다. 패트는 참는 것이 몹시 어렵게 느껴졌다. 때로는 시드를 마구 흔들어 주고 싶은 충동을 느끼기도 했다. 왜 시드는 패트에게 자꾸 거리를 두는 걸까? 그 생각이 늘 패트의 마음속에 그림자를 드리웠다.

께느른한 8월이 지나고 9월의 시원한 기운이 느껴진다. 또 한 번의 여름이 지나가려고 한다. 세월의 흐름이 갑자기 빨라진 듯하다. '그래, 은빛숲과 같이 나이를 먹는다면 그다지 괴롭지는 않아' 패트는 어린 나이에 걸맞은 생각을 했다.

갑자기 패트는 얼굴을 찡그렸다. 휠러 씨가 오솔길로 해서 이쪽으로 오는 것이다. 고맙게도 레이는 위니 언니에게 가고 없다. 오늘 밤은 또 얼마나 나를 질리게 할 것인가! 레이에게 눈길을 주지만, 레이는 물론이고 그 어느 누구도 자기를 반기지 않는다는 걸 언제쯤 알게 되려나. 모처럼의 즐거운 산책도 망쳐 버리겠어. 어젯밤에도 왔었는데…… . 정말 귀찮아서 견딜 수가 없을 것 같다.

그러나 그런 마음을 너무 겉으로 드러내면 '은빛숲'의 예의에 어긋날지도 모른다. 패트는 좀 서먹서먹하게 인사를 하고 침착하게 제비고깔 뿌리를 계속 뽑았다. 숲 속에서 헤매고 있던 '고약한 놈'이 심술궂게 몇 마디 했다. 이 '고약한 놈'만은 속지 않는다.

휠러 씨는 패트를 내려다보며 서 있었다. 패트는 옛날에 시드가 쓰던 펠트 모자를 쓰고 있었는데, 그것이 남성의 눈길을 끌 줄이야…… . 게다가 패트가 입고 있는 낡은 갈색 옷의 따뜻한 색감이 그녀의 크림색 피부, 반지르르한 머리, 호박색 눈동자 등을 돋보이게 하고 있다는 것을 패트는 알지 못했다. 정말 패트가 이렇게 아름답게 보인 적은 없었다.

휠러 씨가 너무 말없이 오래 있어서 패트가 그의 얼굴을 쳐다보았다. 그는 얼굴에 정열적인 눈빛——이 형용사는 폴리 아주머니의 표현이다——과 기묘한 표정을 띠고 패트를 바라보고 있었다. 믿기 어려운 생각이 패트의 머리에 떠올랐다가 사라졌다. 말도 안 되는 생각이다.

'그가 이렇게 내게 바싹 다가서 있지 않았으면 좋겠는데.' 그녀는 휠러 씨가 저녁 식사로 무엇을 먹었는지를 금세 알 수 있었다. 그의 붉은 입술 속에 아직 음식이 그득했다. 손톱을 깎은 것은 언제인지? 어째서 아무도 오지 않는 것일까? 누가 좀 있어 주었으면 싶을 때는 아무도 눈에 띄지 않고, 늘 혼자 있고 싶을 때에만 누가 나타나는 것은 왜일까?

"당신은 미소짓고 있군요……. 매혹적인 미소예요……. 무엇을 생각하고 있어요, 패트리샤?"

휠러 씨는 낮은 목소리로 부드럽게 속삭였다.

'어머나, 내가 무슨 생각을 하고 있는지 들려주면 어떨까!' 패트는 웃음을 참느라 애썼다. 그때 마치 청천벽력 같은 일이 일어났다. 휠러 씨가 패트의 손을 잡고 곰곰이 들여다본 것이다. 그가 중얼거렸다.

"작고 하얀 손이군요. 내 마음을 사로잡은 작고 하얀 손."

패트의 손은 햇볕에 그을려 있었고, 특별히 작지도 않았다. 패트는 손을 잡아빼려 했다. 그러나 휠러 씨는 패트의 손을 놓지 않고 한쪽 팔로 패트의 몸을 얼싸안았다. 틸리틱의 말마따나 상황이 점점 나빠지고 있었다. 만약 주디 아주머니가 부엌 창문으로 보고 있으면 어떻게 하나!

"그만, 이런 어리석은 짓은 그만두세요." 패트는 쌀쌀하게 말했다.

"나는 어리석지 않아요, 나는 현명해요……. 대단히 현명해서……. 몇만 년의 지혜를 지니고 있답니다." 휠러 씨의 목소리는 한 마디씩 말할 때마다 점점 낮아지고 부드러워졌다.

"나는 이 기회가 오기를 몇 주일 전부터 기다려 왔어요. 당신이 혼자 있을 때가 별로 없었으니까요. 당신은 천사들 중에서도 가장 사랑스럽고 아름다운 천사예요. 내가 얼마나 당신을 사랑하는지 알고나 있어요? 전생에도 천 번을 되풀이하여 사랑해 왔어요."

"그런 일은 아직 생각해 본 적이 없어요. 당신이 사랑하는 사람은 레이라고 믿었으니까요."

가련한 패트는 간신히 이렇게 말했다.

휠러 씨는 어른이 아이를 대하는 듯한 태도로 웃었다.

"어떻게 그런 생각을 할 수 있죠! 사랑스런 그대, 레이 양도 귀엽긴 하지만 내가 사랑하는 사람은 당신이었어요. 내 영혼이 아름다운 당신 눈 속에 빨려든 이후로 나는 변함없이 당신을 사랑했어요. 나는 태어나서 지금까지 줄곧 당신을 꿈꾸었고, 이제 그 꿈이 실현된 거예요."

휠러 씨는 패트를 더 가까이 끌어안으려 했다.

"당신은 내 사람……, 당신도 알고 계실 텐데요. 우리 함께 멋진 인생을 삽시다. 나의 여왕이시여."

패트는 제정신으로 돌아왔다. 패트는 자신이 우스운 처지에 놓인 것에 화가 나 그의 손을 뿌리치고 단호히 말했다.

"이런 바보 같은 짓은 모두 잊어버리세요, 휠러 씨! 당신이 그렇게 생각하시리라곤 꿈에도 생각지 못했어요! 게다가" 패트는 갈수록 더 화가 났다. "내가 당신과 결혼하리라고 어떻게 상상할 수 있지요?"

휠러 씨는 패트의 손을 놓고, 눈에 불쾌한 표정을 띠며 그녀를 내려다봤다.

"나에게 그런 생각을 불어넣어준 것은 당신이에요. 당신이 나를 싫어한다는 것은 믿을 수가 없어요." 휠러 씨의 목소리에는 거의 부드러운 느낌이 없었다.

"어쨌든 그렇게 믿어주세요."

패트의 말에 숨어 있는 매서움이 그의 마음에 상처를 주었다. 휠러 씨의 얼굴에 핏기가 몰리더니 갑자기 그는 전혀 다른 사람같이 됐다.

"당신은 분명히 나와 함께 있는 것을 즐거워했어요……. 그건 누가 봐도 명백한 일이었죠. 내게는 당신이 내 청혼을 기쁘게 받아들이리라고 생각할 충분한 권리가 있어요. 당신은 부끄러운 줄도 모르고 나를 유혹했지요. 지금 생각하면 장난삼아 한 짓에 불과하지만. 그런 것쯤은 나도 알고 있었어야 하는데…… 미리 주의를 받고 있었으니까…… 당신의 정체가 어떤 것인지 듣고 있었어요……."

휠러 씨의 화가 난 눈을 본 패트는, 언젠가 '소곤소곤길'에서 이끼가 낀 아름다운 돌을 뒤집어서 그 밑에 있는 것을 봤을 때의 느낌과 같은 기분이 들었다.

"돌아가시는 것이 좋겠어요, 휠러 씨."

패트는 얼음같이 차가운 목소리로 말했다.

"예, 돌아갑니다…… 돌아가고말고요……. 두 번 다시 여기에 발을 들여놓지 않을 테니 안심하세요."

자존심이 상한 휠러 씨가 화가 나서 사라지자, 패트는 복잡한 마음으로 부엌으로 뛰어들어가서, 의자를 점령하고 있는 고양이들을 몰아냈다.

"휠러 씨가 서둘러 오솔길로 돌아가던데, 도대체 둘이 뜰에서 무슨 얘기를 하고 있었지?" 주디 아주머니가 물었다.

"아주머니, 너무 마음이 복잡해서, 어떤 마음이 제일 강한지 잘 모르겠어요. 내가 싫어하는 남자가 나더러…… 패트 가드너에게 …… 결혼해 달래요! 게다가 그는 양파를 먹고 왔어요, 아주머니."

"저 사람이 채식주의자라는 것은 너도 알고 있잖아? 이런 일이 생길 것이라고 나는 전부터 짐작하고 있었어……." 주디 아주머니는 침착하게 말했다.

"아주머니! 어떻게 그런 생각을 하게 됐어요?"

"네가 저 남자를 보고 있지 않을 때, 저 남자가 너를 보는 눈초리로 알 수 있었지."

"아, 아주머니. 더욱 기막힌 것은 저 남자는 내가 자기를 유혹했다고 생각한다는 거예요! 이렇게 수치스러운 일은 없을 거예요. 그리고 내가 자기와 결혼할 마음이 없다는 것을 알자…… 얼마나 끔찍하게 굴었는데요. 저 남자는 예의라는 것을 전혀 모르는 사람이에요."

"원숭이는 높은 곳에 올라갈수록 꼬리를 더 내민다니까. 걱정하지 말아. 패트, 이것으로 그는 두 번 다시 오지 않을 거야."

"맞아요, 아주머니. 두 번 다시 이곳에 발을 들여놓지 않는다는 말은 진심인 것 같았으니까요."

"정말 유감이구나." 주디 아주머니는 비꼬았다. "그 사람도 올여름에는 꽤 햇볕을 못 쬐었어. 게다가…… 나는 그 남자가 마음에 들지 않아. 패트…… 한 꺼풀 벗으면 신사가 아닐 거라고 나는 늘 생각하고 있었어. 하지만 네가 늘 그 남자의 곁에 붙어 있어서……."

"나는 그 남자를 레이로부터 떼어놓으려고 했던 거예요. 나는…… 나는…… 그 남자에게 그런 내 마음이 전달될 줄 알았어요. 내가 그 남자를…… 저런 사람을 좋아한다는 것은 꿈에도 생각해본 적이 없어요! 아주머니, 때로는 세상이 우스꽝스럽고 지긋지긋해져요. '기다란 집'에 갔다 올게요. 휠러 씨에 대한 생각을 씻어버려야겠어요. 데이비드와 수잰과 기분 좋게 떠들다 보면 잊혀지겠지요."

패트가 나가자 주디 아주머니는 중얼거렸다.

"귀염둥이가 이 일을 어떻게 받아들이려나. 이 집에서는 주디 플럼 말고는 모두 다 눈먼 사람들뿐이야. 아, 이제 순회 전도사의 일이 해결돼서 다행이야. 하지만 저 커크라는 남자도 맘에 안 들어. 패트에게 눈독을 들이고 있으니까. 그는 서두르지 않아. 두 번째이고 보니 조심스럽기도 하겠지. 하지만 나에게는 조짐이 보여. 어라, 패트의 이야기를 다 듣고 난 뒤에도 햄이 무르지 않았네. 여왕님의 입에 맞을 정도로 잘 익었어. 얼음 창고에 넣어서 식혀 두어야지. 숭배자들은 새로 생기기도 하고 없어지기도 하지만 우리에게는 조그마한 위로가 필요하니까."

'기다란 집'에서 패트는 데이비드와 수잰과 함께 있는 동안 어느새 화도 수치도 잊어버리게 되었다. 베스의 초승달 모양 숲에서, 커크 남매가 피워놓은 모닥불을 둘러싸고 세 사람은 얘기도 하고 웃기도 했다. 이카보드는 데이비드 옆에 앉았고, '에메랄드 눈을 한 알폰소'는 처녀들 사이에 앉아 양쪽에 호의를 보이고, 서쪽의 보랏빛 구름의 성벽에서는 초저녁 샛별이 엿보고 있었다. 패트는 여기서 저녁을 지낼 때마다 자신이 점점 현명해지고 더 성숙해간다는 생각이 들었다. 그들의 화제는 매우 다양했고…… 풍부했고…… 활기가 있고…… 사상이 넘쳐났다. 과거의 망령은 사라졌다. 패트는 '기다란 집'을 베츠의 집으로 생각하기보다는 수잰과 데이비드의 집으로 생각하게 됐다.

데이비드는 생각했다.

'그녀는 조금씩 나이가 들어가고 나는 점점 젊어지고 있으니, 아마도 우리 두 사람은 잘 어울릴 거야.'

수잰은 생각했다.

'두 사람 모두 마음은 같은 나이야.'

그러나 '에메랄드 눈을 한 알폰소'와 이카보드가 어떻게 생각하고 있는지는 아무도 몰랐다.

넷째 해

1

11월 말 어느 날 저녁, 패트는 어쩐지 서글픈 기분으로 작은 응접실 창문을 통해 바깥을 내다보고 있었다. 또 하나의 여름이 끝났다. 이제 여름이 얼마나 빨리 지나가는지! 얇게 깔린 눈 위에 차가운 회색 황혼이 지고, 춥고 흐린 하늘에는 또 눈이 내릴 기미가 보였다. 그림자가…… 차갑다. 적의를 품은 그림자가 '은빛숲'으로 비쳐 들어오고 있는 것같이 보였다. 찌르는 듯한 바람이 자기의 불쾌감을 온 세상 속으로 흩뿌리려는 듯, 모든 것을 가차없이 두드려댔다. 노란 낙엽 몇 장이 잔디 위를 미친 듯이 날아갔다.

커다란 사과나무에는 잎이 진 뒤에도 오랫동안 누런빛을 띤 녹색 열매가 남아 있었다. 그 큰 가지에 걸린 빈 새 둥지 하나가 을씨년스럽게 바람에 흔들리고 있다. 이 사과나무의 사과는 맛이 없어서 따지는 않지만, 봄에 꽃이 필 때는 아름답기 때문에 패트는 이 나무를 베어내지 않았다. 패트의 말에 따르면 그날은 언짢은 날이었다. 패트는 둑 근처 깃털 같은 눈을 엷게 뒤집어쓰고 서 있는 키 큰 가문비나무의 근사한 모습을 보고도 여느 때처럼 몸을 떨면서 기뻐할 수가 없었다.

가령 '은빛숲'에서 싸움이 일어난다면, 이런 날이야말로 싸울 기분을 북돋을 것이라고 패트는 생각했다. 그러나 11월은 한 달 내내 짜증스러운 달이다. 어느 날은 눈부시게 화창한가 하면, 다음날은 먹구름이 낀다. 어떤 기분으로 하루를 맞이해야 좋을지 대중을 할 수 없는 달이다. 패트는 왠지 모르게 오늘 저녁이 마음에 들지 않았다. 끊임없이 손가락을 뻗치고 있던 '변화'의 긴 손길이 결국 자기에게 닿을 것 같은 예감을 쫓아 버릴 수가 없었다.

패트는 안정이 되지 않았다. '기다란 집'에 가고 싶었지만 커크 남매는 집에 없었다. 레이가 빨리 돌아왔으면 좋겠다고 생각했다. 레이는 학교가 끝나고 나서 어디엔가 들르는 것이 틀림없었다. 더구나 이 2달 동안 레이는 평상시와 같지 않았다. 어떤 점이 달라졌는지 정확히 알 수는 없었지만, 패트의 민감한 영혼은 그것을 느꼈다. 요즈음 레이는 퉁명스럽게 굴 때가 있다. 언제나 그렇게 명랑했었는데. 그리고 다른 사람과 함께 있을 때 패트가 무슨 미묘한 농담을 하고 재미나다는 듯이 레이의 동감을 얻으려 의미심장한 눈길을 주어도 무표정하게 얼굴을 돌려버리는 느낌을 받은 적도 있다. 그래서 이따금 무슨 오해라도 하는 게 아닐까 싶었다. 도대체 무엇이 문제람? 학교에서 어떤 문제라도 생겼나? 하지만 패트가 알기로는 학교에서는 잘 지내고 있는 것 같았다. 그러나 레이가 남모르는 고민을 안고 있다는 느낌을 떨쳐버릴 수가 없었다. 실제로는 변한 것이 아무것도 없지만, 그런데도 패트에게는 모든 것이 변해버린 것 같은 느낌이 들었다.

한 번은 패트가 레이에게 무엇인가 걱정되는 일이 있느냐고 물었는데, 레이가 화를 내며 바보 같은 소리 말라고 하는 바람에 입을 다문 적도 있었다. 이따금 아침에 레이의 파란 눈 밑에 그늘이 생기는 것이 설마 휠러 씨가 '은빛숲'에 발걸음을 뚝 끊고, 뉴브런즈윅에서 온 처녀에게 정신을 팔고 있다는 소문 때문은 아니겠지.

그런 일은 지나가 버릴 것이라 생각하고, 패트는 생각을 고쳐 먹었다. 그러는 동안에도 '은빛숲'이 있어서 참고 견딜 수가 있었다. '은빛숲'에 대한 패트의 애정은 해마다 깊어갔다. 사소한 집안 행사 하나하나가 패트에게는 대단히 중대한 것이었다. '은빛숲'으로 돌아올 때마다 그 편안함과 위엄과 아름다움이 그녀를 감싸는 듯했다. 이곳에서는 무서운 일 같은 것은 절대로 일어나지 않을 것이다.

주디 아주머니의 삶의 지혜는 결코 틀리는 일이 없었다. 그렇지만 패트는 레이와의 사이의 알 수 없는 차가운 변화를 주디 아주머니에게조차 털어놓을 수가 없었다. 밤이 돼서 모두가 부엌에 모이고, 틸리턱이 바이올린을 켤 때 패트는 자기 생각이 지나친 게 아닌가 하는 때가 있다. 레이는 여러 사람 중에서 가장 즐겁게 떠들었다. '조금 지나치게 떠든다'고 주디 아주머니는 생각했지만, 입 밖에 내어 말하지는 않았다. 모르는 체하고 지내다 보면 저절로 해결될 때가 오기 마련이다. 그것보다도 주디 아주머니가 근심하고 있는 것은 시드의 갈색 눈에 가끔 떠오르는 허망한 표정과 가끔씩 들리는 소문이었다.

시드와 레이가 들어와서 패트는 불을 켰다. 레이는 교과서를 의자에 던지듯 내려놓고는 아무 말도 하지 않았다. 그러나 시드 쪽은 킥킥 웃으면서 한 가지 뉴스를 알렸다.

"너의 순회 전도사는 가버렸어, 패트. '성스러운 크리스천'들은 그 일 때문에 너를 원망하고 있어. 네가 그 남자를 떼어버리고 바보 취급을 해서, 그 남자는 여기 있을 수 없게 됐대. 폴리 아주머니는 특히 너를 나쁘게 생각하고 있어. 그 전도사를 숭배하고 있었으니까."

시드가 놀리는 말투로 말을 해서 패트도 웃으면서 말하려고 하는

데, 헐떡이는 것인지 소리를 지르는 것인지 알 수 없는 짓누르는 듯한 목소리가 들려서 두 사람은 레이 쪽을 보았다.

"그렇게 불타는 듯한 눈으로 쳐다보면 눈썹이 다 타버리겠어."

시드가 말했다.

레이는 시드의 말은 들은 척도 하지 않고, 패트를 똑바로 쳐다보았다.

"그럼 언니 짓이었군…… 언니가 그 사람을 쫓아 버렸어!"

레이는 낮으면서도 날카로운 말투로 말했다. 레이의 그런 말투를 패트는 지금까지 들어 본 적이 없다. 패트에게는 아직 어린아이로만 생각되는 레이는 17살이었다.

패트의 입술에서 웃음이 나올 듯하다가 곧 사라져 버렸다. 이것은 어떻게 된 일일까. 가엾게도 이 애는 진심이었다! 금갈색 옷을 입은 레이가 볼에 홍조를 띠고 눈을 이상하게 반짝이고 있는 모습은 이 얼마나 아름다운가! 어두운 구석 쪽에서 레이의 머리는 램프처럼 반짝이고 있다. 레이는 아주 아름답고, 불합리하고, 무서울 정도로 진지했다. 이 점을 패트는 조심했어야 하는데 깜빡 실수를 했다.

"레이, 바보 같은 소리 하지 말아."

패트는 부드럽게 타일렀다.

"흥, 바보 같은 소리 하지 말라구?"

레이는 화를 냈다.

"그것이 언니의 방법이로군…… 지금까지 계속 그렇게 해왔었지. 물론 나 같은 어린애에게는 아무 권리도 없고 아무 감정도 없어. 감정 같은 것은 전혀 없어…… 한 사람의 인격체로 취급해 달라고 할 자격도 없으니까. '바보 같은 말은 하지 말라'고 현명한 패트리샤가 말씀하시는군요. 정말 영리한 생각이야!"

레이의 목소리는 격한 감정으로 떨리고 있다. 레이는 작은 응접실에서 뛰어나와 금빛 회오리바람처럼 계단을 뛰어올라갔다. 레이의 방까지 가는 데는 문이 세 개 있었는데, 그것들이 모두 부서지는 소리를 냈다.

"휴……!" 시드는 휘파람을 불었다.

"저 애가 휠러 씨에게 열중하고 있는 것은 전부터 알고 있었지만, 저 정도일 줄은 생각지 못했어."

"시드…… 설마 레이가 진심으로 좋아했던 것은 아니겠지!"

"뭐, 잠깐 동안의 연애에 틀림없어. 우리는 모두 그런 일에서 빠져나왔지만, 그 당사자로서는 괴로울 수밖에."

시드는 씁쓸하게 웃었다.

패트는 방으로 올라갔다. 우리 속에 갇힌 동물처럼 왔다갔다하던 레이는, 불쾌한 얼굴에 험악한 표정을 띠고 패트 쪽을 향했다.

"나를 그대로 내버려둬. 이만큼 괴롭혔으면 이제 충분하지 않아? 언니는 나한테서 그 사람을 빼앗았어. 그것도 일부러 말이야. 언니가 그 사람의 마음을 끌려고 하는 것을 나는 봤어. 그러니 나한테 무슨 기회가 있었겠어? 그래, 나는 언니를 용서했어. 하지만 지금 그 사람은 사라졌어……. 가 버렸다구……. 두 번 다시 만날 수 없다고 생각하면…… 나는 견딜 수가 없어. 나는 언니가 미워……. 정말 미워……. 모두가 다 미워!"

"제발 부탁이야, 싸우지 말자."

난처해진 패트는 이렇게 말하고, 마음을 가라앉히려고 최고급 실크 양말을 집어 들고 거울을 닦기 시작했다. 손에 무엇을 쥐고 있는지도 의식하지 못한 채. 패트의 말에 레이는 거칠게 반응했다.

"누가 싸움을 걸었는데? 내 탓으로 돌리지 마."

"참, 레이, 레이…… 내가 말하는 것을 오해하지 말아."

"흥, 오해라구? 그래, 올여름…… 여름 내내…… 그 사람이 나를 어린아이로 생각하게 하려고 애쓴 게 누군데? 흥, 자기가 사랑하는 남자가 다른 여자를 좋아하는 것을 보는 건 정말 흥미 있는 일이지 ! 게다가 그 여자가 자기 언니이고, 또 다만 즐기기 위해 일부러 그 남자를 유혹한 거라면 ! "

"레이…… 그런…… 그런 일은 없었어 ! 나는 그저 너를 구하려고 했을 뿐이야. 저…… 저…… ."

"나를 구한다고 ? 무엇으로부터 ? 대답을 못하는 것도 무리가 아니지. 그 사람으로 하여금 내가 제리 아놀드를 좋아한다고 믿게 해놓고 ! 제리 아놀드 ! 그런 사람을 내가 좋아한다니 ! 내가 줄곧 사랑해온 사람은 로런스 휠러였어. 언니도 그것은 알고 있었을 거야. 언니가 우리 사이를 비집고 들어오기 전에는 그 사람도 나를 사랑했어. 그래, 사랑했고말고. 우리는 처음 만난 순간 느꼈어…… . 우리가 전생에 천 번을 되풀이한 사람이었다는 것을. "

패트는 웃음이 나는 것을 참을 수가 없었다. 그 말투는 들은 기억이 있다. 그 정열적인 눈을 한 로런스 휠러의 말투 그대로가 아닌가 !

"우리 서로 얘기해 보면 어떨까…… . 적어도 얘기해 보려고 노력하면…… 어른답게. "

패트는 친절하게 제안했다.

"어머, 하지만 나는 어른이 아닌걸…… . 아직 어린아이에 불과한데 뭐…… ."

레이는 방 안을 왔다갔다 했다.

"어린아이는 볼 수도 사랑할 수도 괴로워할 수도 없어. 괴로워할 수도 없다구 ! 아, 이 2달 동안 내가 어떻게 지내왔는지 ! 아무도 알지 못했고, 아무도 이해해주지 않았어. 여태까지 나를 이해하려고 한 사람은 아무도 없었어. 언니도 그래. 언니는 '은빛숲'밖에 몰라. 언니가 그런 행동을 한 것도 '은빛숲'을 영원히 변하지 않게 하는 데 너무 열중한 탓이야. 언니가 동생을 이렇게 대하다니 ! "

패트는 더 이상 참을 수가 없었다. 로런스 휠러 같은 사람 때문에 이런 소동을 일으키다니!

"이제 됐어."

패트는 냉정하게 말을 끊었다.

"나도 같은 생각이야."

레이도 곧 냉랭해졌다.

"네가 제정신으로 돌아오면, 그렇게 소 같은 눈을 한 순회 전도사 때문에 자신이 얼마나 바보 같은 짓을 했는지 알게 될 거야."

그러자 레이는 눈이 파란 얼음같이 되어 말했다.

"정말 언니도 조금쯤은 천박하다고 생각지 않아? 사랑하는 패트리샤 언니? 물론 나 같은 것은 보잘것 없지. 하지만 취향이라는 게 있거든. 언니는 다른 몇 가지와 함께 그것을 잊어버린 것 같아. 두 번 다시 내 앞에서 로런스 휠러의 이름을 말하지 말아 줘."

패트는 나중에 후회할 말을 하지 않으려고 이를 악물었다. 말하고 싶은 충동이 곧 사라졌다.

"우리는 둘 다 화가 나서 어리석은 소리를 했어. 레이, 내일 아침이면 마음이 달라질 거야."

"마음이 달라질 거라고? 내 마음은 절대로 바뀌지 않아. 그리고 영원히 용서하지 않을 거야, 패트 가드너…… 언제까지나 말이야. 언니와 언니의 그 나이 먹은 홀아비 친구도 말이야!"

그러자 패트는 또다시 울컥 화가 치밀었다.

"이제 누가 천박하게 구는 건지 모르겠다! 적어도 커크 씨는 신사니까 말이야!"

"그럼 로런스 휠러는 신사가 아니라는 말이네?"

"좋을 대로 생각해. 이번에 그 사람의 이름을 또 끄집어낸 건 너야. 그렇게 단정하지 못한 사람을 두둔해서 할 말은 없어. 설마 네가…… '은빛숲'의 레이 가드너가…… 그런 사람을 진심으로 생각하리라곤 꿈에도 생각지 못했어. 게다가 청혼을 하러 오면서 양파를 먹고 온 사람을."

"뭐라고? 그러면 그 사람이 언니에게 청혼까지 했단 말야? 설마 언니가 그렇게까지 그 사람을 유혹한 줄은 몰랐어. 그렇게 되기 전에 그만둘 정도의 자존심은 있는 줄 알았는데."

"이제 그만해."

패트의 목소리가 떨렸다.

"나도 그럴 생각이야. 하지만 이것만은 말해두겠어, 패트 가드너. 언니는 사람들을 구하는 데 매우 열심이시니까 조금쯤은 시드를 돌봐주는 게 좋을 거야. 또다시 메이 비니의 주변을 맴돌기 시작했으니까. 나는 몇 주 전부터 이 일을 알고 있었지만, 언니가 걱정할까봐 아무 말 안 했어. 조금이나마 언니를 생각하는 마음이 있었기 때문이지. 하지만 언니는 내 생활을 언니 마음대로 하느라 정신이 없어서, 시드의 일 같은 것은 아무래도 괜찮다는 식이 돼 버렸어."

"레이, 우리는 둘 다 흥분하고 있어……. 우리 두 사람 모두 말해서는 안 될 말을 하고 있어. 잊어버리자. 우리가 싸웠다는 것이 사람들에게 알려져서는 안 돼."

"나는 세상 사람들이 다 안다 해도 아무렇지도 않아."

레이는 이렇게 말하고 방을 나가서 다시 돌아오지 않았다. 그날 밤 레이는 '시인의 방'에서 잤다……. 잤다고 한다면 말이다. 패트는 잠을 이루지 못했다. 밤새도록 한숨도 자지 못한 것은, 엄마가 수술 받기 전날 밤 이후 처음이었다. 패트는 지금껏 레이와 다툰 적이 한 번도 없었다. 두 사람은 오랫동안 비밀을 공유하며 서로 마음을 터놓고 지내온, 사이좋은 자매였다. 틀림없이 언짢은 꿈일 것이다.

비니 집안의 딸들은 언제나 싸우고 있기에 사람들도 그 집 딸들이 싸우는 것은 당연하다고 생각하고 있다. 그러나 그런 일이 '은빛숲'에서 일어날 리가 없다. 시드와 메이에 대해 레이가 말한 것이 사실일까? 그럴 리는 없다. 밑도 끝도 없는 소문에 지나지 않는다. 그럴 시드가 아니다. 물론 메이 비니는 아름답다. 탐스러운 검은 머리, 혈색이 좋은 살결, 웃고 있는 맑고 대담한 눈 등, 확실히 눈에 띄게 아름답다. 그러나 베츠를 좋아했던 시드가 메이를 좋아할 까닭이 없다. 시드가 한때 도로시를 좋아한 적은 있어도, 메이는 아닐 것이다. 패트는 곧 이 생각을 털어 버렸다. 글렌 마을에서는 쉽게 소문을 만들어 내니까. 지금은 레이와의 일 말고는 아무것도 생각하고 싶지 않았다.

드디어 새벽이 됐다. 이른 새벽은 어쩐지 쓸쓸하다. 인간미 있는 것이 아무것도 없다. 세계는 죽음이 임박했다. 게다가 한쪽 편의 침대에는 레이가 없다. 패트는 원래 레이가 깨는 것을 지켜보는 것을 좋아했다……. 아주 귀엽게 눈을 뜨기 때문이다. 아침 해가 레이의 머리에 곱게 비치면 베개 위는 따뜻한 금빛 연못처럼 보였다. 그러나 오늘 아침에는 레이가 없다……. 아침 해도 비치지 않았다. 패트는 일어나서 창 밖을 내다봤다.

엷게 쌓인 눈 위에 희미한 회색빛이 떨어지고 농장의 건물들이 모습을 나타내기 시작했다. 헛간에서 '민스파이 들판'으로 이어지는 양의 발자국은 목양신의 발자국인지도 모른다. 새벽 차가운 바람이 처마 밑에서 한숨을 쉬고, 작은 멧새 한 무리가 곡식 창고 지붕에 앉아 있다.

'여름이여 안녕 들판'에서는 건초 창고가 작은 회색 도깨비처럼 보였다. 패트는 부풀어오른 구름과 하얗게 펼쳐지는 들과 쓸쓸한 새벽 별을 울적하게 바라보았다. 모든 것이 예전과 똑같으면서도 모든 것이 무서울 만큼 변해 버렸다.

아침 식사에 나타난 패트는 마치 유령 같았다. 그러나 레이 쪽은 대단히 침착하고 밝고 상쾌한 표정이었다. 레이는 패트에게 쾌활하게 말을 건넨 뒤 시드를 놀리고, 주디 아주머니의 머핀을 칭찬하고, '고약한 놈'을 쓰다듬어 주고, 학교로 출발했다.

패트는 마음을 가라앉히려고 했다. 이미 끝난 일이다. 레이는 그렇게 감정을 폭발시킨 것이 부끄러워서 모르는 척하고 있는 것인지도 모른다. 그래서 아무 일도 없었던 것처럼 행동하려 하는지도 모른다.

"나도 잊어버리자."

패트는 마음먹었다. 그러나 주디 아주머니에게 모두 얘기한 뒤에도 마음에 무엇인가 응어리가 남았다. 주디 아주머니는 전부터 레이가 17살 소녀의 눈에는 대단하게 여겨질 슬픈 고민을 키워온 것이 아닐까 생각했었다.

"아주머니, 견딜 수가 없었어요. 우리는 둘 다 화가 나서 심한 말을 해버렸어요. 언제까지 잊지 못할 말을요."

"그래도 살다보면 이렇게 까맣게 잊어버렸나 싶을 때가 있지."

"하지만 너무…… 끔찍해요, 아주머니! '은빛숲'에서는 이제까지 싸움 같은 것을 해본 적이 없잖아요?"

"요즈음에 와서 없었다는 것이겠지, 패트? 아빠와 아빠 형제가 자랄 때는 지긋지긋할 정도로 싸웠어. 싸우는 소리가 서까래를 울렸지. 이번 일도 그때의 일처럼 흘러가 버리고 말 거야. 너는 남글렌의 앵거스 매클라우드 할아버지가 왜 목을 매지 않았는지 그 이유를 들어 본 적이 있니? 그 할아버지는 세상이 너무 시시해져서 목을 매어 죽으려고 했는데 아내와 싸우게 된 거야. 그런 일은 처음이었대. 그 덕분에 할아버지는 명랑한 기분이 되어 밖으로 나가서, 목을 맬 때 쓰려던 줄을 송아지를 붙잡아매는 데 써버리고, 두 번 다시 이상한 마음을 먹지 않았대. 가엾게도 귀염둥이는 괴로워하며 응어리가 언제까지라도 풀리지 않을 것으로 생각할 거야. 그저 모르는 척하고 있어, 패트. 그러면 모든 것이 제자리로 돌아올 거야."

"엄마한테 이 얘기를 하면 안 돼요. 엄마를 괴롭혀드리고 싶지는 않아요." 패트가 잘라 말했다.

패트가 방을 나가자 주디 아주머니는 젠틀맨 톰에게 말했다.

"엄마한테 숨길 수만 있다면 그 애는 내가 생각한 것보다 더 영리한 거지. 패트에게는 별것 아닌 것처럼 말했지만, 생각보다 심각한 일이 될 것 같구나. 두 사람 사이가 아주 친한 경우가 아니라면 싸움을 해도 금방 화해가 되지만, 패트와 귀염둥이처럼 사이가 좋은 경우에는 상처가 너무 커서 쉽게 잊혀지지 않을 거야. 그 순회 전도사가 처음 이곳에 왔을 때, 꺽다리 앨릭이 새총을 쏴서 그 남자를 쫓아버렸으면 좋았을 텐데. 도대체 처녀들은 그의 어디가 좋다는 걸까? 그 남자는 처음에 여기 왔을 때 하마터면 젠틀맨 톰을 깔고 앉을 뻔했는데 말야!"

<h2 style="text-align:center">2</h2>

패트에게 12월은 괴로운 달이었다. 하루하루가 상처 입은 동물이 몸을 질질 끌듯이 지나갔다. 겨울은 일찍 찾아왔다. 3주 동안 끊임없이 눈이 내렸다. 작은 악마 같은 눈보라가 뒤뜰에서 춤을 추기도 하고, 오솔길에서 소용돌이를 일으키기도 했다. 가는 곳마다 눈더미가 둑처럼 쌓였는데, 해가 닿는 곳은 하얗고 그늘진 곳은 푸르스름한 빛을 띠고 있었다. 사용하지 않는 연통은 이상한 눈 모자를 쓰고 있었다. 패트가 방한화를 신고 나가 보니 '비밀들판'에도 눈이 높이 쌓여 있었다. '은빛숲'에도 사람의 마음에도 봄은 다시 오지 않을 듯 싶었다. 이따금 갠 날에는 세상이 다이아몬드 가루로 돼 있는 것 같았다. 차고, 눈부시고, 아름답고, 무정했다.

얼어붙은 창 유리 너머로 바라보는 겨울 달은 싸늘하고, 바람의 하프 소리는 서먹서먹한 별 밑에서 사람의 마음을 울렸다. 별은 적어도 패트에게는 서먹서먹하게 느껴졌다. 모든 것은 예전 같지 않았다. 패트와 레이 사이에는 말할 수 없는 냉정함의 그늘, 잊어야 하지만 잊을 수 없는 그늘이 있었다.

레이는 겉으로 드러나는 것에 대해서는 끊임없이 떠들지만 그 밖의 것들에 대해서는 침묵을 지켰다. 차라리 화를 내는 것이 낫다고 생각될 만큼 무서운 침묵이었다. 레이는 언제나 겉으로는 즐겁고, 유쾌하고, 예의 바르게 행동했다. 패트로서는 레이의 예의 바른 행동을 견딜 수가 없었다. 마치 두 사람은 서로 모르는 사람 같았다. 아니, 실제로 모르는 사람이었다. 레이는 언니에 대해서 영원히 마음의 문을 닫아버린 것 같았다.

크리스마스가 가까워지자 레이는 아무렇지도 않은 말투로, 겔프에서 3개월간 자연연구를 할 수 있는 장학금을 받았다고 말했다.

학교 수업은 3개월간 남글렌의 몰리 매클라우드가 맡아주기로 했다.

"멋지구나."

패트는 말했다. 그러나 장학금을 탈 가능성에 대해 레이는 몇 주 전부터 알고 있었을 텐데, 그 일에 대해서 자기에게 한마디도 하지 않은 것이 마음에 걸렸다.

"멋지지?"

레이는 들떠 있었다. 그 뒤 레이는 여행 준비를 하고 계획을 말하기도 하면서 바쁘게 지냈다. 레이는 겔프에서 담배를 배우지나 않을까 걱정하는 주디 아주머니를 놀려대면서 즐거워했지만, 패트에게는 아무것도 의논하지 않았다. 패트가 크리스마스 선물로 진홍색 자수가 들어 있는 기모노를 선물하자 레이는 "아, 고마워! 아주 호화스러워"라고 말했을 뿐이었다. 그리고 호러스 삼촌이 새 외투를 사라고 보내준 수표에 대해서도 패트에게 얘기하지 않고, 커프스와 깃에 물개 가죽을 댄 표범가죽 외투를 사왔을 때도, 레이는 주디 아주머니와 엄마와 고모들에게는 보였지만 패트에게는 보이지 않았다. 다만 패트가 보려면 볼 수 있도록 자기 침대 위에 펼쳐놓았을 뿐이다. 패트는 마음에 너무 큰 상처를 입어 외투에 대해 말할 기분이 들지 않았다.

표범가죽 외투를 입고 작은 초록색 모자를 비스듬하게 쓴 레이는 매우 단정하고 어른스럽게 보였다. 레이는 출발하면서 다른 사람들에게 하듯이 패트에게도 키스를 했지만, 입술이 그저 패트의 볼을 스쳐갔을 뿐이다. 패트는 아픈 마음을 안고 레이의 모습이 보이지 않을 때까지 배웅한 뒤, 그날 밤 울면서 잠이 들었다. 그녀는 이루 말할 수 없이 쓸쓸했다. 레이가 잠을 자던 침대와, 신고 춤을 추던 청동색의 작은 슬리퍼를 보기만 해도 견딜 수가 없었다. 너무 낡아서 겔프에 가지고 가지 않았던 것이다. 슬리퍼 한 짝은 옷장 밑에서 쓸쓸히 구르고 있고, 또 한 짝은 침대 밑에 있었다. 패트는 일어나서 구두를 한데 모았다. 모아 놓고 보니 그처럼 쓸쓸하고 버려진 것 같지는 않았다.

실제로 이 몇 주 동안 레이와 같은 방에서 지내고 같은 식탁을 썼지만 서로에게 진정한 친근감은 없었다. 그러나 레이가 가버린 지금 희망도 레이와 같이 가버린 것 같았다. 패트는 너무 자존심이 상하고 마음의 상처가 커서 주디 아주머니에게조차 이 얘기를 할 수가 없었다. 주디 아주머니에게 말하지 못한 것은 이번이 처음이었다.

레이의 키스는 무척이나 차갑고 냉정했다. 전에는 통통한 두 손으로 패트의 목을 꼭 껴안았던 귀염둥이였는데! 그 생각을 하자 패트는 견딜 수가 없었다. 그녀는 벽에 걸려 있는 새 달력을 바라봤다. 틸리턱이 선물로 준 것이다. 패트는 전부터 새 달력에 매력을 느꼈다. 조금 무서운 느낌도 없지 않았지만.

달력을 한 장씩 넘겨가며 이날은 어떤 일이 일어날 것인지 생각해 보는 것이 재미있었다. 그러나 지금은 달력을 보는 것도 싫었다. 레이가 돌아올 때까지 3개월이나 기다려야 하는 데다, 3개월 뒤에 레이가 돌아와도 과연 사태가 더 좋아질 것인지?

'고약한 놈'이 터덜터덜 발소리를 내며 방으로 들어와서 침대 위에 올라 앉았다. 패트는 '고약한 놈'을 팔로 껴안았다. 귀여운 나의 고양이, 어쨌든 이 고양이만은 내게 남아 있다. 그리고 '은빛숲'도! 무엇이 오고 가든, 누가 나를 사랑하든 사랑하지 않든 나에게는 아직 '은빛숲'이 있다.

아침 식사 때 패트가 너무 여위고 마음이 가라앉아 있는 것 같아서 주디 아주머니는 순회 전도사를 마음속으로 저주했다.

우울한 그해 겨울 패트의 마음을 달래준 것은 '기다란 집'에서의 저녁 시간과——수잰과 데이비드는 아주 친절하고 이해심이 있다——힐러리에게서 오는 편지였다. 힐러리의 활기 넘치는 편지 가운데 어느 것인가 반드시 패트에게 힘을 주었다. 패트는 밤이 되기 전의 보랏빛과 푸른빛이 교차하는 시간에 그 편지들을 꺼내 읽었다. 이전 같으면 레이와 둘이서 얘기도 하고 농담도 하면서 지낼 시간이었다. 힐러리에게서 편지가 오는 날에는 잠이 잘 왔다. 레이한테서 편지가 오면 좀처럼 잠을 이룰 수가 없었다. 레이는 일정한 간격으로 패트에게 편지를 보냈다. 어느 것이나 비슷비슷하게 겉치레로 간단히 쓴 것이다. 누구한테 써보내도 지장이 없는 대학에서 일어난 뉴스나 농담뿐이었다. 그러나 '은빛숲'에 대해서는 한 마디도 쓰지 않았다. 집에서 하던 농담 같은 것은 하나도 들어 있지 않았다. 그런 것은 모두 엄마나 주디 아주머니에게 보내는 편지에만 적혀 있었다.

"교정 나무 위에 초저녁 샛별이 빛나고 있는 것을 보면, '은빛숲'이 생각나요." 주디 아주머니에게 보내는 편지에는 이렇게 쓰여 있었다. 패트는 그 편지가 자기에게 온 것이라면 얼마나 좋을까 생각했다.

패트가 레이에게 과자를 한 상자 보내자 레이에게서 감사 편지가
왔다.

"먹는 걸 생각하는 것은 확실히 어린애 같은 생각일지 모르지만,
언니가 보내준 소포를 보고 모두들 얼마나 기뻐했는지 몰라. 친절
하게도 과자 상자를 보낼 생각을 하다니 정말 고마워. (마치 내가
남처럼 여겨지는군, 하고 패트는 생각했다.) 톰 삼촌은 유행성 이
하선염을 앓고 있고, 틸리틱은 여전히 곡식 창고에서 달을 보며
찬송가를 부른다지? 또 시드는 여전히 메이 비니하고만 춤을 춘
다고 하고. 시드가 메이에게 넘어갈지도 몰라. 비니 집안 사람들
은 잡은 것을 놓아주는 법이 없으니까. 내가 집에 돌아갈 때 샛노
란 레인코트 차림으로 나타나면 북글렌 마을사람들이 모두 기절
하려나? 아니면 기다랗고 매끈한, 도시에서 유행하는 이브닝 드
레스를 입고 간다면? '은빛숲' 사람들도 유행이 변한다는 사실을
알아야 해. 어젯밤 힐러리에게서 편지가 왔어. 그가 대학 졸업반
이라고 생각하면 기분이 이상해져. 힐러리는 또 건축학 장학금을
받았대. 그리고 졸업을 하면 브리티시컬럼비아로 갈 생각이래. 내
가 떠나기 전에 여기에 올지도 모른대."

힐러리는 자기 계획에 대해서 패트에게 말해준 것이 아무것도 없었다. 그날 신문에 휠러 씨의 결혼이 발표되었다. 그 소식이 실려 있는 지면을 주디 아주머니는 거칠게 불 속에 집어넣고 부젓가락으로 눌러버렸다.

3월도 이제 2주밖에 남지 않았다. 주디 아주머니는 항아리에 염색약을 풀기 시작했다. 레이도 돌아올 것이다. 패트는 레이가 돌아오는 것을 겁내고 있는 자신을 발견했다. 그 사실이 견딜 수 없이 슬펐다.

꺽다리 앨릭이 주디 아주머니에게 물었다.

"올봄에 패트는 어떻게 된 거죠? 겨우내 그 애답지 않았는데……. 몹시 울적해 하고 있으니, 누군가를 사랑하고 있기라도 한 것일까?"

주디 아주머니가 코웃음을 치자 다시 앨릭이 말했다.

"그렇다면 강장제라도 먹이는 게 어떨까요? 아주머니는 매년 봄이 되면 우리에게 유황과 벌꿀로 약을 만들어 주었잖아요. 어쩌면 그 약이 패트에게 들을지도 몰라요."

그러나 주디 아주머니는 유황과 벌꿀은 패트에게는 그다지 소용이 없을 거라고 생각했다.

3

레이가 돌아오는 날은 날씨가 온화했다. 대자연이 아직 겨울과의 싸움에 지쳐 있는, 초봄의 나른한 오후였다. 패트는 간밤에 살짝 뿌려진 눈을 밟으며 '비밀들판'으로 향했다. 그곳에 가면 레이와 얼굴을 마주 대할 용기를 얻을 수 있을 것이라고 생각했기 때문이다.

흰 눈이 덮인 조용한 숲 속은 매우 아름다웠다. 한 발짝 앞으로 나갈 때마다 무엇인지 알 수 없는 새로운 것이 눈에 띄었다. 어느 야심적인 요정이 하얀 눈만 가지고도 이런 신기한 것들을 만들어 보일 수 있다고 자랑하는 듯했다. 패트는 이런 눈은 아름다움을 시험하는 좋은 수단이라고 생각했다. 눈은 추하고 뒤틀린 것을 여지없이 드러내 보여주고, 반면에 우아하고 아름다운 것에는 그 아름다움을 더해주니까. 그것은 가진 자가 더욱 풍성해지는 것과 같은 이치이다. 패트는 누군가 이 아름다움을 자신과 같이 나눌 수 있는 사람이 있으면 좋겠다고 생각했다. 힐러리⋯⋯, 수잰⋯⋯, 데이비드⋯⋯, 레이⋯⋯, 레이! 앞으로 몇 시간 뒤에 레이가 돌아온다. 겉으로는 다정하게, 맑지만 냉담한 눈으로 나를 볼 것이다.

"견딜 수 없어."

패트는 비참한 기분이었다.

해질 무렵이 되었다. 오솔길에 썰매의 방울 소리가 들려오자 패트는 자기 방으로 도망쳐 들어갔다. 사람들은 모두 부엌에 모여 레이를 기다리고 있었다. 엄마, 시드, 주디 아주머니, 틸리턱, 고양이들. 패트 자신은 그들과 전혀 관계가 없는 것같이 느껴졌다.

날이 추워졌다. 눈 덮인 나무들 뒤로 연초록색 하늘이 보이고, 자작나무 우듬지 위로 은빛 저녁별이 기쁜 듯 반짝이고 있다. 패트는 부엌에서 나는 웃음소리와 인사 나누는 소리를 들었다.

'자, 내려가지 않으면 안 된다' 하고 패트는 생각했다.

그때 나는 듯이 계단을 뛰어올라오는 발소리가 났다. 갑자기 방 안의 공기가 모두 빠져나간 듯한 순간, 레이가 뛰어 들어왔다. 변함없이 파란 눈과 키스를 받은 꽃 같은 입술을 한 레이가 얼굴을 장밋빛으로 빛내며 들어와 표범가죽 외투를 입은 채로 패트를 힘껏 껴안았다.

"패트 언니, 왜 아래층에 없었어? 아, 언니를 다시 만나서 기뻐!"

이것이야말로 진실한 레이였다. 패트는 자신이 소리내어 울지나 않을까 걱정이 됐다. 당장에 인생은 다시 아름다워졌다. 악몽에서 깨어나서 별하늘을 바라본 기분이 들었다.

"패트 언니, 내게 무어라고 말좀 해주지 않겠어 ? 아직도 화내고 있지는 않겠지 ? 화를 내고 있다고 해도 무리는 아니야. 나는 세계에서 제일가는 바보였어. 그때 다투고 나서 곧 깨달았지만, 자존심 때문에 그것을 인정하기가 싫었던 거야. 게다가 내가 거기가 있는 동안 언니의 편지가 너무 쌀쌀맞고 모가 나 있었어."

"뭐라고 !"

패트는 울다가 웃다가 했다. 두 사람은 서로를 힘껏 얼싸안았다. 모든 것이 잘됐다. 다시 사이 좋은 자매가 됐다.

근사한 밤이었다. 집안 사람들은 주디 아주머니가 특별히 만든 저녁 식사를 맛있게 먹었다. 레이는 가끔 고양이에게도 음식을 먹여주었다. 틸리턱과 주디 아주머니는 서로 경쟁적으로 애기를 했다. 예전처럼 친근함을 담은 레이의 눈길이 식탁 너머로 몇 번이고 패트의 눈과 마주쳤다. 윌리엄 왕까지도 언젠가는 정말로 보인 강을 건널지도 모르겠다는 그런 눈길이었다.

그러나 가장 멋진 일은 취침 시각에 찾아왔다. 두 사람은 전과 같이 즐거운 마음으로 여러 가지 애기를 했다. '고약한 놈'은 패트의 침대에서 발톱을 오므렸다폈다하고, 포프카는 레이를 보면서 금빛눈을 깜박이고 있었다.

"다시 사이 좋은 자매가 돼서 기쁘지 않아?" 레이가 부르짖었다. "새벽 별이 일제히 노래부른다는 그 성서의 구절이 떠오를 만큼 기분이 좋아. 내가 너무 나빴어.

내가 왜 그런 바보짓을 했을까? 가을 동안 자기 연민으로 괴로워하며 지내고, 그러다가 결국 폭발했지. 그것도 그런 사람 때문에! 그런 사람을 좋아했다고 생각만 해도 부끄러워. 내가 어째서 그런…… 그런 변덕을 부렸는지 모르겠어.

그래도 나는 몹시 괴로웠어. 물론 마음속으로는 허무하게 끝나리라는 것을 잘 알고 있었지. 그에게 몹시 열중해 있었을 때조차——내가 조금도 관심없다는 듯이 굴었을 때야——'은빛숲'의 처녀가 순회 전도사 같은 사람과 도저히 결혼할 수 없다는 것을 알고 있었어.

하지만 말은 그렇게 해도 그 남자에게 열중하지 않을 수가 없었어. 아주 로맨틱하게 보였으니까. 희망이 없는 사랑이잖아. 서로 사랑하는 두 영혼이 가문의 자부심 같은 무엇인가로 갈라지게 되는 거지. 나는 그것을 즐기고 있었을 뿐이야.

헛간에서 그 남자가 나를 볼 때의 눈초리란! 한 번은 성서의 '내 사랑아 너는 어여쁘고 어여쁘다 네 눈이 비둘기 같구나'라는 곳을 읽고 있는데, 그 남자가 똑바로 나를 봤기 때문에 나는 기뻐서 죽을 것 같았어. 그 무렵에 그 남자는 정말 나를 좋아했어. 그가 내게 써 보낸 시를 본 적이 없지, 패트 언니? 그 남자는 모든 것에 질투를 느꼈던가봐. '내 귀밑에서 속삭이는 바람'도 '내 머리에서 장난치는 햇빛'도 '내 베개를 비치는 달빛'에도 말이야.

음률이 그다지 좋지 않고 읊는 방법이 시시하기는 했지만, 내게는 대걸작으로 여겨졌어. 언니가 비집고 들어와서 내 코앞에서 그 남자를 채갔을 때 내가 맹렬하게 화를 낸 것도 무리는 아니었지? 그런데 그 남자는 결혼했어. 알고 있어, 패트 언니?"

"응, 신문에서 봤어."

레이는 킥킥 웃었다.

"그 남자는 내게 청첩장을 보내 왔어. 언니도 그것을 보았어야 하는 건데. 가장자리 둘레에 물망초 모양으로 장식을 했더라구! 내가 그때까지 정신을 차리지 못했다면, 그것을 본 순간 제정신이 들은 게 틀림없어. 패트 언니, 처녀들은 어째서 바보 흉내를 내야 하는 운명인지 모르겠어."

"우리는 둘 다 바보였어." 패트가 말했다.

"모두 달의 탓으로 돌리자구." 레이가 말했다.

두 사람은 매우 가까워진 느낌이 들었다. 잠시 뒤에 주디 아주머니가 맛있는 코코아와 비숍 빵과 건포도를 한 줌 가지고 방으로 들어 왔다. 마치 두 사람이 다시 어린 시절로 돌아가기나 한 듯이.

패트가 말했다.

"생각해 봐. 다른 사람들에게 오늘은 그저 수요일에 지나지 않지만, 나에게는 네가 집으로, 내게로 돌아온 날이야. 달력은 아직 3월인지 모르지만 내 마음은 4월이야. 봄의 노래로 가득 차 있는 4월."

"앞으로 내가 더 현명해지기를!"

레이가 코코아 잔을 들면서 말했다.

"우리가 더 현명해지기를!"

패트가 고쳐 말했다.

레이는 한숨을 쉬었다.

"집으로 돌아와서 기뻐. 겔프에서의 생활도 정말 즐거웠고 실제로 많은 것들을 배웠어. 자연 연구 이상의 것을 배웠지. 사교적인 면에서도 모든 일이 잘돼 갔어. 그곳에는 멋진 남자들도 있었어. 우리는 나이아가라 여행도 했지. 하지만 '은빛숲'만큼 좋은 곳은 없다는 언니의 생각에 나도 반쯤은 동감이야. 이곳의 고양이들이 얼마나 귀여운데! 섬을 떠나고 나서 멋진 고양이는 한 마리도 못

본 것 같아. 자신이 고양이임을 마음속 깊이 기뻐할 수 있는 진짜 고양이 말이야.

그런데 패트 언니, 축하하는 의미로 색다른 일을 해보고 싶어. 달밤에 바깥에서 잔다든지 하는 것 말이야. 하지만 그것은 너무 3월답지? 그러니까 우리는 즐거운 얘기를 하기로 해. 내가 없을 때 일어났던 일들을 하나도 남김없이 얘기해 줘. 언니의 편지는 너무, 너무 자애로웠어. 편지에는 조금도 활력이 없었어. 이것만은 얘기해 두지만, 패트 언니. 누구의 일이든 칭찬만 하는 사람의 편지는 아주 시시해. 틀림없이 언니에게는 얘기가 산더미같이 있을 거야.

무엇인가 재미나는 소식은 없어? 누가 태어났다든지, 결혼을 했다든지, 약혼을 했다든지 하는? 언니는 그렇지 않겠지, 패트 언니? 데이비드와 결혼하면 안 돼. 그 사람은 언니보다 나이가 너무 많아. 정말이야."

"쓸데없는 말은 하지 마, 레이. 데이비드는 친구일 뿐이야."

주디 아주머니는 아래층으로 내려가면서 기쁜 듯 중얼거렸다.

"귀여워라. 가드너 집안 사람들에게는 분별력이 있다는 것을 나는 알고 있었지."

너무 행복해서 잠을 못 이룬다는 것은 기쁜 일이다. 창 너머로 보이는 하늘까지 기뻐하는 듯 보였다. 패트는 눈을 뜨고, 며칠 전에 데이비드가 읽고 있던 시를——그때는 괴로운 기분이 들었지만, 지금은 친구처럼 여겨지는 시를——떠올렸다.

아침마다 일어나면
공기를 마시고, 동포를 사랑하고
제 몸의 자유를 즐기며 일하는 사람은
그 행복한 영혼이

이미 영원한 세계에 살고 있으리.

패트는 창가로 다가가며 이 시를 읊었다. 레이도 일어나서 패트 곁으로 왔다. 마침 주디 아주머니가 닭 모이를 들고 뒤뜰을 가로지르던 참이었다.

레이는 약간 가라앉은 목소리로 말했다.

"패트 언니, 아주머니도 이제 나이가 들었다는 생각이 들지 않아?"

"쉿!" 패트는 주춤했다. "무슨 일로도 이렇게 기쁜 아침을 망치고 싶지 않아."

그러나 아무리 눈을 감고 보지 않으려 해도 주디 아주머니가 늙어가는 것을 패트도 알고 있었다. 게다가 주디 아주머니는 언젠가 진지한 말투로 패트에게 이렇게 말했던 것이다.

"패트, 만약 내가 갑자기 병에 걸리거든 저 서랍장 제일 오른쪽 서랍에, 어깨 부분을 코바늘로 뜬 잠옷이 준비돼 있으니까."

"아주머니……, 어디 안 좋으세요?"

패트는 깜짝 놀라서 소리질렀다.

"뭐, 걱정할 것 없어, 패트, 나는 건강하니까. 오늘 아침 신문 부고란에 매기 패터슨이 샬럿타운에서 죽었다는 기사가 나와 있어서 해본 소리야. 내가 처음 이 섬에 왔을 때 매기와 나는 아주 친한 친구였지. 매기는 나보다 겨우 1살 위였거든. 맥더못의 성주 부인은 병에 걸렸을 때 레이스가 달린 실크 잠옷을 입고 의사를 맞았지."

패트가 엄마에게 아침 식사를 가지고 가자 엄마가 말했다.

"레이와 전처럼 사이가 좋아졌다니 엄마는 정말 기쁘구나, 패트."

패트는 눈을 깜박이며 엄마를 바라보았다.

"엄마도 알고 있을 줄은 몰랐어요."

패트는 천천히 말했다. 엄마는 웃었다.

"그런 일은 엄마에게 숨길 수가 없단다, 패트. 엄마들은 이런 것을 늘 알고 있으니까. 자, 이제 조금은 잊는다는 것이 현명하다는 것을 알고 있겠지."

패트는 몸을 굽혀서 엄마에게 키스를 했다.

"엄마, 아빠가 엄마와 사랑에 빠진 것은 정말 행운이었어요."

패트가 방을 나오자 홀에서 레이가 웃고 있었다.

"아, 패트, 패트 언니. 산다는 건 정말 보람이 있어. 방금 아주머니가 틸리틱에게 피마자 기름을 먹이는 것을 봤어. 언니가 보지 못해서 유감이야!"

그렇다, 다시금 인생은 살 만한 것이 되었다. 이제야 패트는 봄맞이 대청소에 몰두할 수 있을 것 같은 기분이 들었다. 전에 그토록 지루하게만 여겨졌던 나날도, 패트가 계획한 모든 일을 하기에는 부족할 것 같았다.

4

그해 봄, 데이비드와 수잰이 영국으로 여행을 떠났기 때문에 '기다란 집'은 여름내 닫혀 있었다. 패트는 대단히 쓸쓸했지만, 주디 아주머니와 레이는 안도했다.

"그 수잰이라는 처녀는 이곳에 오고 나서 줄곧 자기 오빠와 패트를 맺어주려고 했었지. 요즈음 나는 일이 그렇게 되어갈까봐 걱정이 이만저만이 아니었어. 게다가 그 남자는 헤어 토닉을 바르게 되었으니까! 지금은 패트에게는 별다른 숭배자는 없어. 남자들이 용기를 잃은 거지. 패트가 자신에게 어울리는 남자는 없다고 생각한다는 소문이 퍼져 있으니까."

주디 아주머니가 레이에게 말했다.

그러자 레이가 생각에 잠긴 채 말했다.

"글렌에 사는 남자치고 패트 언니가 손가락 하나만 까딱해도 달려오지 않을 사람은 아무도 없어요. 패트 언니가 동정적인 어조로 '이해해요'라고 말하는 데에 그 원인이 있다고 생각해요. 패트 언니 쪽에서는 별 뜻 없이 하는 말인데도요."

"귀염둥아, 이번 여름에 징글이 돌아올까?"

"돌아오지 않을 것 같아요, 아주머니. 브리티시컬럼비아에 산장을 짓는 계약을 따낸 걸요. 젊은 건축가에게는 좋은 기회지요. 게다가 지금은 우리와 많이 멀어진 것 같아요. 징글과 패트 언니는 사이좋은 친구일 뿐이에요. 징글에게 질투를 불러일으키는 일은 불가능해요. 내가 해봐서 알아요. 징글은 패트 언니가 징글을 좋아하는 것만큼밖에 패트 언니를 좋아하지 않는다구요. 아주머니, 나는 삼촌들이나 고모들이…… 그리고 우리 모두가…… 패트 언니에게 숭배자가 있느니 없느니 하면서 놀리는 것은 그만두는 것이 좋다고 생각해요. 패트는 온 집안 식구가 모두 덤벼들어서 자기를 시집보내려 한다고 생각하고, 가드너 집안 특유의 고집을 부리고 있는 거예요. 사실 그런 경향은 누구에게나 있으니까요. 만약 모두들 로런스 휠러를 그토록 경멸하지만 않았어도 나는 그런 사람에게 눈길도 주지 않았을 거예요."

"여자들이란 다 그렇지 뭐. 하지만 나로서는 죽기 전에 너와 패트가 너희들을 아껴주는 사람을 만나 행복하게 지내는 것을 보고 싶을 뿐이야, 귀염둥아."

그러자 레이가 웃었다.

"아주머니, 나는 겨우 17살이에요. 이제부터라고 해야 할까요? 그리고 죽는다는 말은 싫어요. 아주머니는 우리가 손자를 볼 때까지 살아 계셔야 해요."

주디 아주머니는 고개를 흔들었다.

"이제는 예전처럼 일을 빨리 해치울 수가 없단다, 귀염둥아. 아,

우리 모두 나이를 먹는 거지. 시간이 흐르는 것이 얼마나 빠른지 귀염둥이 양은 몰라."

"어쩌면 패트는 결혼을 하지 않을지도 몰라요. '은빛숲'을 너무 좋아한 나머지 어떤 한 남자를 위해서 '은빛숲'을 떠날 수가 없는 거예요. 데이비드가 가장 유력한 것은 '기다란 집'이 '은빛숲' 바로 옆에 있으니까 패트가 '은빛숲'을 바라볼 수 있다는 점에 있지요. 노마가 올여름에 결혼하는 것을 아세요?"

"들었지. 딸을 둘이나 좋은 곳으로 시집을 보냈으니 이제 브라이언 부인도 마음이 편할 거야.

노마는 손 하나 까딱하지 않아도 될 거야. 노마의 남편이 비록 귀족 집안 출신이기는 하지만, 돈이 많다고 해서 더 훌륭한 것은 아니지. 노마의 시어머니는…… 서머사이드의 맥밀란 집안 출신인데, 남편이 그 점을 결코 잊지 못하게 했어. 맥밀란 집안의 전통을 따라 실크 양말은 같은 것을 두 번 신지 않고, 하녀가 '마님, 식사 준비가 됐습니다'라고 말하기 전에는 수저에 손도 대지 않지. 그리고 섬에서 중요한 사람들을 모두 불러놓고 남편에게 늘 자신이 맥밀란 집안 사람이라는 것을 상기시켜 주는 거야. 그녀의 남편이 다행히 유머를 아는 사람이니까 망정이지, 그렇지 않으면 정말 진저리를 냈을지도 몰라.

그녀의 남편이 말한 이야기 중에 잊을 수 없는 이야기가 있어. 그의 아들인 짐과 데이비가 어린아이였던 어느 날 짐이 교회에서 아주 심각한 얼굴을 하고 돌아와서, 데이비를 향해서 '목사님은 예수라는 사람에 대해서 말했는데, 예수가 누구인지는 말하지 않았어'라고 말했지. 그러자 나중에 노마의 남편이 된 데이비가 '물론 맥밀란 집안 사람이었겠지'라고 말했다는 거야. 자기 어머니를 꼭 닮은 말투로 말이야. 데이비 아버지는 크게 웃고 말았지만, 그 얘기를 들은 너희 오너 할머니는 아주 불경스런 얘기라고 생각했지. 어쨌든 가드너 집안 사람은 맥밀란 집안 사람들에게 결코 뒤지지 않아.

자, 비스킷을 좀 만들어야지. 1주일쯤 뒤에 메리가 올 테니까. 그 애는 패트 어렸을 때와 똑같아. 정말이지 때로는 시계 바늘이 거꾸로 도는 게 아닌가 싶어. 패트도 그랬지만, 그 애도 언제나 같은 식으로 밤 인사를 했지. 게다가 묻는 말투도 비슷해. 그 애는 '나는 좋은 애가 되지 않으면 안 돼요, 아주머니? 아주머니와 둘이만 있을 때 이따금 나쁜 애가 되면 안 돼요?'라든가, '어두운 데 얼굴을 씻어서 뭘 해요, 아주머니?'라고 말하지. 정말 그 애가 오면 햇볕이 비치는 것 같고, 고양이는 물론 뜰의 제일 작은 꽃에 이르기까지 모두 싱글벙글하는 것 같아."

패트는 자신보다도 레이의 결혼 문제에 훨씬 더 관심을 가지고 있었다. 주디 아주머니의 말마따나 레이가 건실한 청년 두 사람 사이에서 '갈피를 못 잡고' 있었기 때문이다. 남글렌의 브루스 매디슨과 샬럿타운의 피터 앨워드는 두 사람 모두 레이 주위에 진을 치고, 서로를 무섭게, 그리고 낭만적으로 질투하였다. 어떤 사람의 말에 의하면 두 사람이 맞닥뜨렸을 때는 둘 다 얼굴이 새파랗게 질리는 것을 보았다고 했다. 틸리턱이 말했듯이 인생은 극적인 것이다.

변화를 가져오지 않는다면, 패트는 두 사람을 반대하고 싶은 생각이 없었다. 레이는 어느 한쪽으로 기우는가 싶다가도 곧 다른쪽으로 기울었다. 이 두 사람의 일을 레이는 항상 패트나 주디 아주머니와 의논하고 있다. 패트나 주디 아주머니도, 결국 레이가 둘 중 어느 한 사람을 선택할 것으로 보고 있었다. 이렇게 생각하는 것은 물론 패트에게는 싫었다.

그러나 물론 아직 몇 년 뒤의 일이기는 하지만 레이가 어쨌든 결혼을 해야 한다면 가까이 살고 있는 사람이 아니면 안 된다. 패트는 피터 쪽으로 기울었지만, 주디 아주머니는 브루스를 더 마음에 들어했다.

레이도 주디 아주머니와 같은 생각이었다.

"우리는 이를 데 없이 외모가 빼어난 한 쌍이 될 거야. 올여름에 나는 브루스가 정말 맘에 들었어. 그런데 겨울에는 피터를 더 좋아하게 되지 않을까 하는 생각 때문에 고민이야. 게다가 피터는 항상 내가 아름다운 사람이라는 느낌이 들게 해주거든. 그런 요령을 알지 못하는 사람도 있으니까……. 그렇지만 그 사람의 코가 문제야! 그 코 봤어, 패트 언니? 지금은 그다지 나쁘지 않지만, 몇 년 뒤에는 뼈마디가 튀어나온, 귀족적인 코가 되고 말 거야.

평생 매일 아침 그 코를 마주보고 아침 식사를 한다는 것은 생각할 수 없는 일이야. 게다가 내 딸들까지 그런 코를 이어받을지 모른다고 생각하면, 견딜 수가 없어. 물론 아들이라면 별 상관이 없어. 나처럼 코에 민감한 처녀는 많지 않으니까 결혼하는 데 크게 지장은 없을 거야. 하지만 딸이라면 안 돼!"

주디 아주머니는 어처구니없어했지만, 자신도 피터의 코는 그다지 맘에 들지 않았다. 이리하여 이 끊임없이 따라다니는 청혼자들 때문에 '은빛숲'에는 다시금 황금 시대가 돌아온 것 같았다. 그러나 이 모든 일을 유쾌하게만 생각했지 아무도 진지하게 생각하지는 않았는데, 어느 날 심각한 일이 발생했다. 패트가 바닷가 호텔의 댄스파티에 갔다온 다음날, 레이가 아침 식사 때 이렇게 보고한 것이다. 도널드 홈스가 패트의 매력 앞에 쓰러지는 바람에 그 소리가 수킬로미터 사방에 들릴 정도였다고. 게다가 레이가 이 말을 하는 동안 패트가 얼굴을 붉히는 것이 아닌가! 실제로 패트는 얼굴을 붉혔다. 그것을 보고 모두들 한 가지 결론에 도달했다. 그것은 패트가 장래의 남편이 될 사람을 만났다는 것이다.

곧 가드너 집안의 친척들 모두가 주의를 기울이기 시작했다. 여름 내 도널드 홈스는 끊임없이 '은빛숲'을 방문했다. 레이와 그녀의 두 청혼자는 이미 무대 중앙에서 사라지고 없었다. 모두가 도널드를 인정했다. 홈스 집안은 사회적으로나 정치적으로 바른 전통 위에 있었고, 도널드 자신도 지명도 있는 회계법인회사의 젊은 파트너였다.

주디 아주머니는 틸리턱을 향해 기쁜 듯 외쳤다.

"이번에는 괜찮은 것 같아. 가정교육이 제대로 된 사람이니까. 그 사람이라면 오래 갈 거야. 지금까지 기다렸던 것이 오히려 잘됐어요."

"오렌지꽃 냄새가 나는 것 같군요, 단적으로 말하면."

틸리턱은 톰 삼촌에게 말했다.

"잘되어야 할 텐데……."

단적인 말에는 그다지 흥미가 없는 톰 삼촌이 대답했다.

"패트가 그토록 제멋대로 굴었건만 정말이지 분에 넘치는 결과야."

에디스 고모가 신랄하게 말했다.

패트 자신도 사랑에 빠졌다고……정말로 사랑에 빠졌다고 믿고 있었다. 패트는 몇 주 동안이나 아름다운 말들과, 말보다도 더 아름다운 침묵과, 매혹적인 달과 꽃과 고양이에 정신이 팔려 지냈다. 비록 도널드가 고양이를 그다지 좋아하지 않는 게 아닌가 하는 남모르는 고민은 있었지만……. 그러나 적어도 그는 고양이를 좋아하는 시늉은 했다. 한 사람에게 모든 것을 다 바랄 수는 없는 일이다. 도널드는 집안도 좋고, 좋은 교육을 받았고, 외모 출중하고 매력적인 데다가, 레스터 콘웨이 이후 처음으로 패트에게 묘한 기분을 느끼게 했다. 패트는 레이에게 말했다.

"그런 느낌은 17살에 끝나버린 거라고 생각했었어."

'약혼할 남자 중 한 사람'을 기다리고 있던 레이는 목덜미에 정성껏 향수를 뿌리고 있었다.

"솔직하게 물을 테니까 솔직하게 대답해 줘, 패트 언니. 언니는 그 사람과 결혼할 작정이야?"

"나는 베티 백스터가 아니야."

패트는 농담조로 대답했다.

"화나게 하지 말아. 그 사람이 언니한테 청혼할 것이라는 것은 누구나가 알고 있는 사실이야. 솔직히 나는 그 사람을 형부로 삼고 싶어 견딜 수 없어."

패트가 진지한 표정이 됐다. 그녀는 샬럿타운의 신문에 자신의 약혼이 발표되는 것을 상상해 보았다.

"현관에서 그 사람의 발소리가 나면 나는 얼굴이 달아올라."

패트는 깊이 생각하는 듯한 말투로 말했다.

"그건 나도 알고 있어."

레이는 싱긋 웃었다.

"그리고 그 사람이 다른 여자를 칭찬하면 괴로울 정도로 질투가 나. 뭐, 확실히 결심이 선 것은 아니지만……, 완전하게는 말이야……. 레이, 그 사람이 '그렇게 해 주시겠습니까?'라고 말한다면 나는 '예, 좋습니다'라고 말할 생각이야."

레이는 일어서서 패트를 꼭 껴안았다.

"정말 기뻐. 울고 싶을 정도로."

"내 얘기를 털어놨으니까 너도 털어놔봐, 레이. 너는 두 사람 중에 누구와 결혼할 셈이야?"

레이는 스퀴덩크의 귀를 잡아당겼다. 스퀴덩크는 레이의 침대 위에 앉아서 여느 때처럼 맑은 눈으로 처녀들을 쳐다보았다. 젠틀맨 톰은 온 세상의 지혜를 한몸에 지니고 있는 듯한 얼굴을 하고 있고, '고약한 놈'은 인생이라는 것은 하나의 모험이라는 듯한 표정을 하고 있었다. 그런데 스퀴덩크만은 마음만 먹으면 영원히 아기고양이로 있을 수 있다는 얼굴이다.

"패트 언니, 나도 내 마음을 알았으면 좋겠어. 그 일에 대해서 나는 기분좋게 떠들어대고 있지만, 그것은 겉으로만 그럴 뿐이야. 정말은 모르겠어. 두 사람 다 좋기는 하지만. 언니, 두 사람과 사랑을 한다는 것은 불가능한 일일까? 분명 책에는 없어……. 하지만 실생활에서는 있을 수 있는 일이 아닐까? 나는 두 사람을 다 사랑하고 있기 때문이야. 두 사람 모두 좋은 사람이야. 그래서 브루스 쪽으로 마음을 정한 순간 피터에게 마음이 가 있음을 알게 되고, 또 그 반대도 마찬가지야. 지금은 그것밖에 말할 수가 없어.

그렇지, 노마의 결혼식이 다음주지. 그 전날 밤에 교회에서 예식 예행 연습을 한다고 해서 아주머니는 대단히 화를 내고 있어. '이제는 장례식 예행 연습도 할 거야'라고 말하는 거야. 언니가 도널드와 결혼하면 아주머니는 정신이 이상해 질 정도로 기뻐할 거야. 그러나 언니가 결혼해서 이곳을 떠나면 아주머니는 죽을 것처럼 슬퍼하겠지.

언니가 가버린다……. 그 생각을 하면 끔찍해. 아, 패트 언니, 사람이 사랑에 빠지는 일만 없다면 인생이라는 것은 멋있고 간단하지 않을까? 브루스와 피터 사이에서 결심이 섰으면 좋겠어. 하지만 아무래도 되지 않아. 그 둘 모두와 결혼할 수 있다면 얼마나 좋을까.”

뜰에서 자동차 소리가 들렸다. 레이는 브루스를——혹은 피터일지도 모른다——맞이하러 뛰어내려갔다.

이튿날 오후, 패트는 사과 젤리와 피클을 만들어야 하는 데도 '일하는 마르다가 되지 않고, 생각 깊은 메리가 되어' '비밀들판'으로 나갔다.

패트는 단풍나무 사이로 신비로운 에메랄드빛을 받으며 숲 속을 거닐었다. 몇백 년 동안의 고요가 잠겨 있는 것 같은 숲이었다. 패트는 숲의 한쪽 구석에 있는, 초록빛 이끼가 뒤덮인 오래된 통나무에 앉았다. 그곳은 몇 년이 지나도 거의 변하지 않았다. 그곳은 여전히 패트의 자리였고, 그녀의 비밀을 모두 털어놓을 수 있는 곳이었다. 그러나 오늘은 무엇인가가 패트와 이 숲 사이의 교감을 방해하고 있었다. 무엇인가가 패트를 불안하게 했다. 다가오고 있는 변화 탓인지도 모른다.

패트의 머리 위로 단풍나무 속에 진홍색 얼룩이 섞여 있는 것이 보인다. 또 여름이 지나가려 한다. 가을이 오는 조짐이 보인다. 모든 것이 쇠하고, 공기의 변화가, '비밀들판'의 공기조차도 변하고 있는 것이 느껴진다. 늘어진 풀은 보라색으로 변해 있다.

'그렇다. 도널드 홈스와 결혼하자. 나는 확실히 그 사람을 사랑하고 있다.'

패트는 일어나서 '비밀들판'을 향해 키스를 보냈다. 다음에 이 들판과 만날 때 그녀는 홈스 부인이 되어 있을 것이다.

돌아가는 길에 패트는 '행복들판'에 들를 예정이었다. 여름내 가지 않았기 때문에……. 그러나 패트는 그곳에 가지 않았다. '행복들판'은 이미 지나가 버린 것, 다시 돌이킬 수 없는 것들의 세계였다.

다음날 저녁, 패트가 자작나무 숲에 있을 때 도널드가 찾아왔다. 도널드 홈스는 훌륭한 사람이고, 패트를 깊이 사랑하고 있었다. 도널드에게는 패트가 사랑의 화신처럼 여겨졌다. 어깨에 어린 고양이를 얹은 패트는 연초록 옷에 빨간 허리띠를 매고 있었다. 그녀의 얼굴에는 소나무 숲, 산마루 목장, 항만을 불어가는 산들바람을 생각나게 하는 면이 있었다.

도널드는 어떤 일에 관해서 패트에게 물으려고 왔다. 그는 그 질문에 대한 패트의 대답을 확신하고 있었다. 그 여름 그를 대하는 그녀의 태도를 보아 그것은 너무나 분명한 일이었기 때문이다.

패트는 도널드의 붉게 상기된 얼굴에서 약간 옆으로 비켰다. 나무들 사이로 로빈슨 언덕의 짙은 보랏빛 숲과, 파랗게 펼쳐진 항만과, '연못들판'의 새로 자란 초록빛 클로버와, 우윳빛으로 흐린 하늘과,

'은빛숲'이 환히 내다보였다!

패트는 도널드를 향해 '네'라고 말하려고 입을 열었다.

패트는 자신이 떨고 있는 것을 느꼈다.

"저…… 저, 정말 죄송합니다. 나는 당신과 결혼할 수 없습니다. 결혼할 수 있으리라고 생각했지만, 역시 그럴 수 없습니다."

이것밖에 말할 수가 없었다.

5

패트는 그날 밤, '내일 아침이 되기 전에 지진이라도 일어났으면 좋겠다'고 생각하며 잠자리에 들었다. 세상 일이 몹시 따분해지고, 인생은 암울하게 보였다. 다시 말하면 패트는 마음속 깊은 곳에서부터 실망을 했다. 도널드를 잃었다고 생각하니 견딜 수 없이 쓸쓸해진 것이다. 그렇지만 도널드 때문에 '은빛숲'을 떠날 수 있을까? 그것은 있을 수 없는 일이다!

패트는 친척들로부터 민망할 정도로 꾸중을 들을 것이라고 생각했다. 그 예상은 적중했다. 한 차례 야단을 맞고 난 패트는 그다지 동정적이지 않은 레이에게 털어놓은 대로 '할인 매장에 널린 싸구려 레이온'이 된 것 같은 기분이었다. 엄마조차도 어느 정도 실망을 감추지 않았다.

"그 사람을 좋아할 수가 없었니, 패트?"

"좋아하려고 했어요……. 정말 그랬어요……. 엄마. 무어라 설명할 수는 없지만……. 대단히 죄송해요……. 저도 부끄러워 견딜수가 없어요……. 꾸중이라도 듣겠어요……. 하지만 아무래도 그와 결혼할 수는 없었어요."

누구나 할 말이 많았다. 친척은 모두 돌아가면서 패트를 책망했다. 껑다리 앨릭은 일방적으로 야단을 쳤다.

"하지만 저는 그 사람을 사랑하지 않았어요, 아빠……. 정말이에요."

패트는 비참한 생각이 들었다. 껑다리 앨릭은 언짢은 얼굴로 말했다.

"그것을 좀더 일찍 알지 못한 것이 유감이구나. 나는 내 딸이 바람둥이라는 소리를 듣고 싶진 않아. 안 돼, 그렇게 웃어 보여도안 돼. 너는 그 웃는 얼굴을 지나치게 이용해. 이것은 농담으로얼버무릴 일이 아니니까."

"너는 숲 속을 돌아다니다가 끝내 굽은 막대기밖에 줍지 못할 거야."

에디스 고모는 기분 나쁘게 주의를 주었다.

"너무해요, 에디스 고모."

패트는 벌레도 밟으면 꿈틀한다는 속담을 떠올렸다.

"저는 집안 사람을 기쁘게 하기 위해 결혼을 하는 것이 아니에요."

"도대체 어떤 남편을 원한다는 거냐?"

바바라 고모가 한탄했다.

"하느님만이 아시겠지"라는 에디스 고모는 하느님조차도 알 수없을 거라는 투로 말했다. "두 번 다시 오지 않을 좋은 기회였는데.”

“너도 이제 나이를 생각해야지. 어째서 그 남자와 잘 되지 않았을까?” 톰 삼촌이 온순하게 의견을 말했다.

패트는 자신의 감정을 감추기 위해 마구 떠들어댔다.

“내 안에 흐르는 영국계와 스코틀랜드계의 피는 그 사람이 마음에 들었어요, 톰 삼촌. 하지만 프랑스계의 피는 그를 좋아하지 않았고, 아일랜드계의 피는 어떻게 생각해야 할지 잘 몰랐어요.”

톰 삼촌은 머리를 흔들면서 어두운 얼굴로 말했다.

“정신차리지 않으면 남자들을 모두 빼앗기고 말겠다! 숭배자란 나무에 열린 열매처럼 한 자리에 그대로 있는 것이 아니니까 말이다.”

그러자 패트는 더욱 신이 나서 떠들어댔다.

“그러면 더욱 잘됐군요? 따는 수고를 하지 않아도 되니까요. 그저 매달린 대로 놔두면 돼요.”

톰 삼촌은 체념했다. 패트 같은 애는 어쩔 수 없다. 제시 고모는 원래부터 셀비 집안 사람은 마음이 변하기 쉽다고 말하고, 브라이언 삼촌은 패트가 장난삼아 홈스 청년을 다룬다는 것을 처음부터 알았다고 말하고, 헬렌 고모는 이전부터 패트는 다른 사람과 달랐다고 말했다.

“춤추러 가기보다는 숲 속을 돌아다니는 것을 더 좋아했으니까. 분명 보통사람과는 달라요.”

제일 견디기 힘들었던 것은 비니 부인의 동정이었다. 그녀는 패트를 만나자 이렇게 말했다.

“너는 남자 운이 없나보구나, 패트. 그 사람이 네 손가락 사이로 빠져 달아났다고 해도 실망하지 마라. 좋은 기회는 아직 얼마든지 있으니까. 게다가 설령 남편을 얻지 못한다 해도 요즈음에는 여자들도 세상을 살아갈 길이 얼마든지 열려 있으니까.”

비니 집안 사람에게 이런 말을 듣는 것은 견딜 수가 없었다. 마치 도널드 홈스로부터 거절을 당한 것처럼 말하지 않는가! 그보다 더 괴로웠던 것은, 도널드 홈스의 어머니가 그 가드너 집안의 처녀가 자기 집 아들을 유혹해서 여름내 애를 태우게 하다가 결국 차버렸다고 말했다는 소문을 들었을 때였다.

'하지만 그런 말을 듣는 것도 당연해.'

가련한 패트는 씁쓸한 마음으로 생각했다.

이 일에 대해 아무 말도 하지 않은 사람은 도널드 홈스뿐이었는데, 에디스 고모가 단언했듯이 그는 정말 끝까지 신사다운 태도로 침묵을 지켰던 것이다.

주디 아주머니도 처음에는 당황했지만, 다른 사람들이 모두 소중한 패트의 일을 나쁘게 말하는 것을 보자마자 마음을 고쳐먹고, 도널드 홈스에게 매우 색다른 할아버지가 있음을 기억해냈다.

"어느 쪽이냐 하면, 인색하고, 항상 털이 탄 고양이 같은 초라한 옷차림을 하고 돌아다녔어. 개도 멈추어 서서 바라볼 정도로 색다른 짓을 했지. 게다가 이종사촌 중에는 자신을 차버린 남자의 혼례식에 상복을 입고 참석한 사람도 있었어. 뭐, 어느 때 또 그런 일이 일어나지 않는다고는 말할 수 없으니까."

패트가 놀란 것은 시드가 패트 편을 들어준 것이다.

"내버려둬요. 도널드 홈스와 결혼하기 싫다면 할 필요가 없어요."

어느 날 밤 패트는 늦게까지 뜰에 있었다. '은빛숲'의 나무들이 바람에 요란한 소리를 냈고, 흘러가는 구름 사이로 초승달이 은은하게 '은빛숲' 위에 걸려 있었다. 처음에는 금빛 초록색 황혼이었던 것이 에메랄드빛으로 변했다. 먼 곳에서는 산들이 보랏빛 두건을 쓰기 시작했다.

여러 가지 일들이 있었음에도, 패트는 오랜만에 마음이 편안해지는 것을 느꼈다.

"만약 어떤 사람이든 '은빛숲'을 좋아하는 것을 바보짓이라고 한다면, 나는 늘 바보로 있을 거야. 나는 이곳 사람이야. 내가 영원히 이곳을 떠날 뻔 했다니 믿어지지가 않아."

뜰을 떠날 때 패트는 진심으로 말했다.

"이제 두 번 다시 아무에게서도 결혼 신청이 들어오지 않으면 좋으련만……."

이렇게 말한 뒤 갑자기 마음속에 어떤 생각이 떠올랐다.

"힐러리에게 내가 약혼했다는 사실을 알리지 않고 끝나서 잘됐어."

6

11월의 그 불길한 날은 처음에는 다른 날과 다르지 않았다. 그러나 오후 중간쯤에 젠틀맨 톰은 고조할아버지 니어마이아의 의자에서 내려오자 빙그르르 주위를 둘러봤다. 주디 아주머니와 패트는 복숭아 파이와 추수감사절에 사용할 칠면조 구이를 요리하기 시작하면서 젠틀맨 톰을 보고 있었다.

주디 아주머니가 나중에 생각해 보니까 젠틀맨 톰은 한참 동안 주디 아주머니를 바라보고 나서 집을 나갔다. 젠틀맨 톰은 뒤뜰을 가로질러 가늘고 검은 꼬리를 꼿꼿이 세운 채 '소곤소곤길'을 걷고 있

었다. 두 사람은 젠틀맨 톰의 모습이 안 보일 때까지 지켜보았지만 이렇게 나가는 것을 특별히 중요하게 여기지는 않았다. 가끔 이렇게 나갔다가도 밤이 되면 돌아오기 때문이었다. 그러나 그날 밤 젠틀맨 톰은 밤이 이슥해질 때까지 돌아오지 않았다.

젠틀맨 톰은 영영 돌아오지 않은 것이다. '은빛숲' 사람들에게 그 것은 큰 재난이었다. 옛부터 귀여운 고양이가 '낙원'에서 쥐를 쫓았고, 세월이 흐르면서 그들의 자리를 다른 새끼 고양이들이 대신했지만, 젠틀맨 톰의 자리만큼은 그 무엇으로도 메울 수 없었다. 너무 오랫 동안 정이 들어서 가족이나 매한가지였기 때문이다. 그들은 젠틀맨 톰이 영원히 살 것처럼 생각했던 것이다.

젠틀맨 톰의 운명에 대해서 아무런 단서를 얻을 수가 없었다. 모든 방면으로 수소문해 봐도 소용이 없었다. 젠틀맨 톰이 '은빛숲'을 나간 뒤 본 사람은 한 사람도 없는 것 같았다. 젠틀맨 톰이 잘못된 게 틀림이 없다고 패트와 레이는 슬퍼했으나, 주디 아주머니는 무엇인가를 알고 있었다. 주디 아주머니는 수수께끼 같은 소리를 했다.

"젠틀맨 톰은 뭔가를 보고 자신이 갈 곳으로 간 거야. 그곳이 어디냐고는 묻지마. 젠틀맨 톰은 원래 비밀을 지키는 기질이니까. 패트, 우리 모두 네가 죽을 것이라 생각했던 날 밤의 일을 기억하지? 물론 나는 젠틀맨 톰이 보고 싶어. 그 녀석은 영리하고 예의 바른 고양이였어. 젠틀맨 톰이 원한 것이라곤 자기 것으로 정해진 쿠션과 고기 한 조각, 그리고 가끔 우유를 핥아먹는 것뿐이었지. 젠틀맨 톰은 엎질러진 우유 옆에서 울고 있거나 하지는 않을 거야."

주디 아주머니는 젠틀맨 톰이 집을 나간 것을 담담하게 받아들이려고 했으나, 밤에 침대에 누웠을 때 검은 고양이가 발치께를 지키고 앉아 있는 것을 볼 수 없어 매우 쓸쓸했다.

그녀는 슬픈 듯이 중얼거렸다.

"변화가 오려는 거야. 젠틀맨 톰은 그것을 알고 있어. 그래서 집을 나간 거야. 젠틀맨 톰과 함께 '은빛숲'의 행운도 떠나간 것이 아니라면 좋을 텐데."

다섯째 해

1

패트는 '기다란 집'에서 데이비드와 수잰과 셋이서 초저녁 한때를 난롯가에서 시를 읽다 돌아오는 길이다. 그녀는 집에 들어가기 전에 잠시 발을 멈추고 '은빛숲'을 황홀한 마음으로 바라보았다. 어딘가로부터 돌아오든 패트는 반드시 이렇게 하는 습관이 있었다. 오늘 밤의 '은빛숲'은 특히 아름다웠다. 은색 자작나무와 몽롱하게 꿈꾸는 듯한 들판을 배경으로, 눈을 의심할 정도로 우아하고 아름다운 장면이 펼쳐져 있었다. 지붕에는 얼마 전에 내린 눈이 하얗게 빛나고 있었다. 몇 년 사이에 부쩍 커진 두 그루의 전나무가 눈송이로 레이스 장식을 단 듯한 가지를 집 서쪽으로 힘차게 뻗고 있었다.

남쪽으로는 잎이 떨어진 자작나무 두 그루가 서 있고, 그 두 그루 사이로 똑바로 보이는 곳에 진주 같은 보름달이 환히 보였다. 따뜻한 금빛 등불이 부엌 창문에서 비치고 있었다. 우리 집의 불빛이다. 저 문을 열면 아름다움과 빛과 사랑이 넘치는 곳으로 들어갈 수 있다고 생각하면서 문을 바라보는 것은 한없이 즐거운 일이다. 주변은 온통 달빛과 '은빛숲'이고, 들리는 것은 정말 바람일까 의심이 갈 정도로 가냘픈 바람이 들려주는 자연의 음악뿐이었다. '소곤소곤길'을 따라서 서 있는 나무들은 요정의 베틀로 짜여진 것만 같았다. 귀엽게 생긴 고양이 한 마리가 느릿한 걸음걸이로 눈 위를 걸어 패트 쪽으로 다가왔다.

패트는 정말 행복했다. 멋진 겨울이었다. 지금까지의 생애에서 가장 즐거웠던 겨울이 아니었을까. 젠틀맨 톰이 없어졌을 때 주디 아주머니가 예언했던 것과 같은 변화는 아직 일어나지 않았다. 위니 언니와 언니의 반짝반짝 빛나는 두 아이들이 가끔 찾아오고, 작은 메리는 한 번 찾아오면 몇 주일 동안 묵었다. 위니 언니는 패트가 메리를 너무 귀여워해 주어서, 집으로 돌아가면 손을 쓸 수가 없다고 투덜댔다. 언젠가 메리가 이렇게 말한 적이 있다.

"내가 고아였으면 좋았을 텐데. 그러면 패트 이모 옆에서 살 수 있으니까요. 패트 이모는 내가 하고 싶어하는 것을 무엇이든지 하게 해줘요."

딱 한 번 패트 이모가 메리에게 화를 낸 적이 있었다. 메리가 틸리턱의 손도끼를 꺼내서 칠면조 우리 뒤편의 이제 막 생명의 숨을 쉬기 시작한 어린 포플러 나무를 베어 넘겼을 때이다. 그때 패트 이모의 눈에서는 불꽃이 타올랐다. 메리는 패트 이모가 만약 자기를 용서한다 해도 용서받을 자격이 없다는 기분이 들었다. 바로 집으로 돌려보내졌음은 더 말할 것도 없다. 메리는 패트 이모가 그토록 화를 내는 것을 이해할 수 없었다. 그렇게 작은 나무인데 말이다. 메리가 작은 응접실에서 융단 위에 꿀을 한 통 쏟았을 때도, '시인의 방' 바닥에 물주전자를 엎었을 때도, 패트 이모는 별로 화를 내지 않았었다.

그러나 '은빛숲' 사람들은 메리를 너무 귀여워해서 응석받이로 만들고 말았다. 메리의 귀여운 얼굴은 늘 웃고 있었다. 눈, 코, 입,

보조개, 귀밑머리 등 모든 것에 웃음이 배어 있었다. 주디 아주머니는 메리가 어린아이 적의 패트를 '판에 박았다'고 말했지만, 사실은 메리가 더 예쁘게 생겼다. 그러나 메리에게는 어린 시절의 패트에게서 느껴졌던 꼬마 요정과 같은 매력은 없었다. 주디 아주머니는 오히려 그 편이 좋다고 생각했다.

아무리 희미하고 어렴풋한 것일지라도 자기가 두드러져 보이거나, 마을 사람들과 거리감을 느끼게 하는 차이 같은 건 없는 편이 좋을지도 몰랐다. 주디 아주머니가 이런 생각을 하게 된 까닭은 패트의 숭배자들이 이제는 '은빛숲'을 찾지 않는 데서 비롯된 것일지도 모른다.

도널드 홈스 사건 이후 글렌 마을 젊은이들은 패트에 대해 체념했다. 틸리턱이 이 얘기를 했을 때, 주디 아주머니는 패트가 지금까지 젊은이들에게 함부로 한 결과라고 비웃었지만, 마음속으로는 애를 태우고 있었다. 패트가 노처녀가 된다고 생각하면, 주디 아주머니는 미칠 것 같았다. 친척들 눈에 패트에게 구애하고 있는 것으로 보이는 데이비드 커크조차도 특별한 기미가 없는 것 같았다.

비니 부인이 '패트 가드너는 팔다가 남은 나머지'라고 말했다는 것을 듣고, 주디 아주머니는 몸을 떨면서 화를 냈다.

"여봐요, 비니 부인과 방울뱀과의 차이는, 틸리턱……, 뱀은 말을 못한다는 것뿐이에요."

남자들이 오지 않게 되고 나서도, 패트는 걱정하지 않았다. 패트는 주디 아주머니를 향해서 침착하게 말했다.

"나는 연애를 해도 오래가지 못해요. 한 번도 오래간 적이 없어요. 그것은 아주머니도 알고 있지요? 나는 변덕쟁이로 태어났나 봐요. 그래서 내 감정을 믿지 않기로 했어요. 자신만 상처를 입는다면 상관없지만 남에게 상처를 입히니까 말이에요. 내 인생에서 진정한 사랑은 하나밖에 없어요, 아주머니. '은빛숲' 말이에요.

'은빛숲'을 향한 내 마음만은 언제나 변하지 않고 진실해요. '은빛숲'은 다른 어떤 것으로도 채워지지 않는 내 마음을 만족시켜 주어요.

해리스 하이네스나 레스터 콘웨이나 도널드 홈스에게 열중해 있었을 때도, 늘 무엇인가 부족한 기분이 들었어요. 그것이 무엇이라고는 말할 수 없지만, 나는 알고 있어요. 그러니 나 때문에 너무 걱정하지 마세요, 아주머니."

주디 아주머니의 유일한 위안은, 지금도 힐러리에게서 정기적으로 편지가 오고 있다는 것이었다.

그날 패트는 힐러리에게서 책을 받았다. 청록색 가죽표지에 금빛 글자가 박힌 아름다운 책……. 패트의 마음에 쏙 드는 책이다. 힐러리가 보내주는 선물은 언제나 그랬다. 그것을 본 순간 힐러리가 '이건 패트 거야. 다른 사람에게는 어울리지 않아'라고 말했을 법한 것들뿐이었다.

이대로의 생활이 영원히 계속됐으면, 적어도 몇 년 동안만이라도 '서걱서걱 먹어 들어오는 변화에서 무사할' 수만 있다면……. 어린 시절에는 그것이 가능하다고 생각했지만, 지금은 그렇지 않다는 것을 알고 있다. 늘 무슨 일이, 생각지도 않은 일들이 일어나고 있다. 그날 패트는 주디 아주머니가 틸리틱에게 이렇게 말하는 것을 들었다.

"오, 모든 것이 너무 순조로워요. 머지않아 크게 놀랄 일이 생길지도 모르겠는걸."

틸리틱은 주디 아주머니에게 간장약이라도 먹어두라고 말했지만, 패트는 주디 아주머니의 말 속에 어떤 진실이 담겨 있을지도 모른다는 생각이 들었다.

'은빛숲'에서는 레이의 연애 사건이 패트의 연애 사건을 대신했다. 레이는 밤에 부엌의 난롯가에서 패트와 주디 아주머니에게 두 청혼자 이야기를 솔직하게 털어놓았다. 가끔 버터에 튀긴 계란이나 칠면조의 뼈처럼 로맨틱하지 않은 것이 그 자리에 등장하기도 했다. 레이의 생각은 수시로 바뀌어서 이틀 연속으로 같은 생각이었던 적이 한 번도 없었다.

"그렇게 계속 마음이 바뀌면 안 되잖아?"

패트도 참다못해 주의를 준 적이 있었다.

그러자 레이는 웃으면서 말했다.

"어머, 하지만 멋있지 않아? 생각해 봐. 몇 주 동안이나 같은 사람과 연애를 한다면 지루해서 견딜 수 없을 거야. 물론 나도 언젠가는 마음을 정할 생각이야. 둘 중 어느 한 사람과 결혼하겠지. 둘 다 결혼상대로는 훌륭하니까."

"레이! 그건 너무 타산적이야."

"패트 언니, 로런스 휠러가 물망초 무늬가 그려진 청첩장을 내게 보냈을 때 나는 로맨스와 인연을 끊었어. 그 덕분에 로맨스라는 병에서 영원히 치유된 거지. 그리고 난 타산적은 아니야. 감상적이지 않을 뿐이지. 다만 똑같이 훌륭한 두 남자 사이에 마음을 정하는 것이 어려운 거야."

"그 사람들에게는 부당한 일이잖아? 그리고 사람들이 수군거리고 있다구. 네가 두 남자 모두와 결혼을 약속했을 거라고."

"어머나, 그렇지 않은 것은 언니도 알고 있잖아? 그 사람들은 어느 쪽도 속아넘어갈 사람들이 아니야. 게다가 서로 질투는 하고 있지만, 모든 면에서 정말 훌륭한 사람들이야. 겉으로는 서로 얼마나 예의 바르게 대하는데…… 지금이 결투가 유행하는 시대라 해도 절대 결투 같은 것은 하지 않을 사람들이야."

"설마 너는 너 때문에 남자가 목숨을 걸었으면 하는 것은 아니겠지?"

"그럼…… 그런 일은 없어."

레이는 잠시 진지한 얼굴이 됐다.

"하지만 기꺼이 목숨을 걸겠다는 식이 되어 준다면 좋겠어. 브루스나 피터가 그렇게 해 줄 수 있을지 몰라. 그런데 두 사람 모두 이 일에 끝없이 스릴을 느끼고 있는 거야. 이를테면 경쟁이겠지. 게다가 남자들은 수줍은 청혼보다는 이런 쪽을 훨씬 좋아해. 제비로 정할까 하는 생각도 해. 정말이야. 두 사람 모두 똑같으니까 말이야. 피터의 코와 마찬가지로 브루스의 귀도 내 맘에 들지 않아. 그렇지만 이름은 둘 다 맘에 들어. 이 점은 매우 중요해. 만약 디킨스 소설에 나오는 것처럼 이상한 이름을 지닌 사람과 결혼을 해야 한다면 어떻겠어! 아주머니, 브루스가 40살쯤 되면 살이 찔까요? 그렇게 되면, 나는 싫어질지도 몰라요. 피터에게는 그런 위험은 없어요, 늘 도요새처럼 말라 있을 테니까요. 하지만 그 사람은 볼이 빨개요. 나는 남자는 볼이 빨간 것보다 창백한 편이 매력 있다고 생각해요. 그런데 그 사람의 어머니가 나를 마음에 들어하실지 모르겠어요."

"그 어머니 마음에 들지 않는다고 해도 그렇게 걱정할 것은 없어, 귀염둥아."

주디 아주머니는 레이의 '실없는 소리'를 대단히 재미있어했다.

"그의 어머니는 상식이 없다고 하니까. 삼복더위에 가족에게 펄펄 끓는 수프를 먹인다는 말을 늘 들었지. 피터에게 분별력이 있는 것은 아버지를 닮은 덕분이야."

"어젯밤, 나는 하마터면 피터에게 결혼하겠다고 말할 뻔했어. 그렇지만 달 때문에 그런 충동에 사로잡혔다는 것을 알 정도의 분별력은 있었어. 나는 달빛이 그윽하면 누구라도 좋아하게 되니까. 패트 언니, 그렇게 못마땅한 눈으로 보지 말아. 언니에게는 그럴 자격이 없어. 언니야말로 마음이 변하는 것으로 유명하잖아? 나도 결정을 할 수만 있으면 좋겠는데……. 정말이야. 이렇게 곤란

한 지경에 빠지다니! 이렇게 될 줄은 정말 생각해 본 적도 없
어."

패트는 더 참지 못하고 말했다.

"너는 그 사람들 가운데 어느 쪽도 좋아하지 않는 거야."

"패트 언니, 아니야…… 나는 정말 좋아해. 그래서 더욱 화가 나
……. 이런 것은 책에도 씌어 있지 않아."

"왜 그 사람들을 당장 정리하고 대학에 가지 않는 거니? 너는 전
에 의사가 되고 싶어했잖아?"

그러자 레이는 한숨을 쉬었다.

"비용이 너무 들어. 게다가 내 야심은 사라진 것 같아……. 아니,
그냥 해보는 소리가 아니야. '은빛숲'에서 우리는 그렇게 길러진
것 같아. 가정적인 딸로 좋은 남편을 만나서 귀여운 아이 몇을 낳
고 오손도손 살도록 말이야."

"그래, 오늘 밤 처음으로 분별 있는 말을 하는구나. 귀염둥아."

주디 아주머니는 싱긋 웃었다. 귀염둥이를 잘 아는 아주머니는 상
황을 심각하게 받아들이지 않았다. 이런 것은 귀염둥이의 애교에 불
과하고, '은빛숲'의 생활에 활기를 더해줄 뿐이다. 언젠가는 귀염둥
이도 그들 중 누구를 더 좋아하는지 알게 될 것이고, 훌륭한 결혼식
을 올리게 될 것이다. 그리하여 귀염둥이도 위니처럼 집에서 얼마
멀지 않은 곳에 살림을 차릴 것이다. 주디 아주머니는 마음속으로
이렇게 되기를 바랐다. 이 일로 걱정하는 사람은 패트뿐이었다. 어
째서인지 패트는 브루스 매디슨 부인, 혹은 피터 앨워드 부인인 레
이를 상상할 수가 없었다. 패트는 솔직한 자기 마음을 알고 싶었다.
그것은 레이가 그 두 사람을 좋아하지 않기 때문일까, 아니면 레이
의 결혼으로 인한 '은빛숲'의 변화를 두려워해서일까?

"내버려 둬, 패트, 하느님이 다 알아서 해결해 주실 거야."

주디 아주머니가 타일렀다.

봄이 가고, 여름이 가고, 9월이 됐다. 또다시 가을이 온 것이다. 패트는 서머사이드에서 3주간을 지낸 뒤 집으로 돌아왔다. 제시 고모가 병이 나서 브라이언 삼촌을 위해 살림을 돌봐주고 온 것이다. 아, 기쁘다! 집에 돌아온다는 것은 정말 좋은 것이다. '은빛숲'의 해님이 호박빛이었던가, 금빛이었던가? 뒤늦게 둑에 핀 접시꽃은 얼마나 멋진가! 공기는 얼마나 상쾌한가! 9월의 사과 과수원은 얼마나 향기로운가! 햇볕을 받으며 구르고 있는 두 마리의 고양이는 얼마나 귀여운가! 그리고 정원의 꽃들이 온통 나를 반기고 있다. 나를 찾고 있었다.

"무슨 새로운 소식 없어요, 아주머니? 내가 없는 동안에 일어났던 일을 하나도 빼놓지 말고 얘기해 주세요. 편지로는 잘 알 수가 없으니까……. 게다가 레이의 편지는 자세하지가 않아요."

"아, 아아. 레이 말이냐!"

주디 아주머니는 세계가 종말을 맞이한 듯한 표정을 하고 있었다. 그러나 '은빛숲'에 송두리째 마음을 빼앗기고 있던 패트는 그것을 알아차리지 못했다. 틸리턱은 손을 입에 대고 의미 심장한 기침을 하고는 '은빛숲'에서는 변함없이 큐피드가 바쁘게 돌아다녔다고 말했다.

"아, 피터와 브루스의 일이겠죠?" 패트는 웃었다. "그 불쌍한 사람들을 레이는 언제까지나 저대로 둘 작정이래요? 정말 농담이 아니군요. 그런데 레이는 어디 있어요?"

주디 아주머니는 틸리턱을 향해 얼굴을 찡그려 보이며 말했다.

"30분쯤 전에 학교에서 돌아와서 곧장 '민스파이 들판'에 있는 건초 더미로 올라갔어."

패트는 '민스파이 들판'으로 향했다. 반쯤 허물어진 건초 더미 위에 얼핏 레이의 모습이 보였다. 패트가 사다리를 오르자 레이가 패트를 붙잡았다.

"패트 언니, 돌아와서 반가워. 언니가 서머사이드에 가고 나서
100년도 더 된 것 같아. 나는 여기 누워서 마음껏 달콤한 공상에
잠겨 있었어. 목덜미에 쐐기벌레가 붙어 있는 것 같긴 하지만 상
관없어. 쐐기벌레에게도 권리는 있으니까."

패트는 기분 좋게 날숨을 내쉬며 레이 곁에 길게 누웠다. 푸른 하
늘의 남쪽에 커다란 금빛 구름이 가로놓여 있었다. 패트는 구름 없
는 하늘은 좋아하지 않았다. 위엄이 있어서 다가가기 어려운 느낌을
주기 때문이다. 구름이 약간 있는 쪽이 더 친근하고 인간적인 느낌
을 준다. 항만에서 불어오는 산들바람이 아주 서늘하고 기분이 좋
다. 바람 속에 농장의 비탈과 작은 골짜기들의 냄새가 실려왔다.

'미나리아재비 들판'은 올해는 목장이 돼버렸다. 미나리아재비꽃
이 필 무렵 시드와 함께 이 들에서 놀던 일이 생각났다. 패트는 꿈
꾸듯 말했다.

"이렇게 조용히 누워서 주변의 아름다움에 젖어 있다는 것, 얼마
나 기분 좋은 일이야?"

레이는 대답하지 않았다. 패트는 고개를 돌려, 건초 위에 누워 있
는 동생의 늘씬한 모습을 보았다. 레이의 눈이 어쩌면 저렇게 부드
럽게 빛나고 있을까! 무슨 일이 있었던 것이다……

"패트 언니, 나 결혼 약속을 했어."

레이가 말했다.

패트는 순간 전기에 감전된 느낌이었다.

"레이……, 혀를 좀 내밀어 봐."

"아니, 나 열 같은 것 없어, 패트 언니……. 정말이야."

"너, 정말이야, 레이?"

"정말이고말고. 아, 패트 언니. 나는 너무 행복해서 기운이 없고 몸이 떨려. 이렇게 행복할 줄은 몰랐어. 언니가 떠난 지 3주밖에 지나지 않았는데 모든 것이 변해 버렸어. 패트 언니, 이 3주 동안 인생이 옛날 이야기책과 똑같다는 생각이 들었어. 매일 매일이 가슴이 뛰는 한 장(章)이야."

패트는 숨을 들이마셨다. 패트도 기운이 빠지고 몸이 떨려왔지만, 행복해서 그런 것은 아니었다.

"누구야? 브루스야, 피터야?"

패트는 약간 쌀쌀한 말투로 물었다.

"아, 패트. 둘다 아니야. 브룩 해밀턴이야."

레이는 즐겁게 웃었다.

"브룩 해밀턴이라니?"

패트는 어안이 벙벙했다.

레이는 또 활짝 웃었다.

"브룩 해밀턴을 모른다고? 하긴 나도 3주 전에 몰랐으니까. 언니가 떠나던 날 밤, 도트의 댄스파티에서 만났어……."

"레이 가드너, 설마 만난 지 3주밖에 되지 않은 사람과 결혼을 약속했다는 것은 아니겠지!"

"그렇게 앞서가지 마, 패트 언니. 그 사람이 대학을 졸업할 때까지는 결혼하지 않을 거니까. 그러니까 서로를 알아갈 시간은 많이 있다구. 나는 그를 사랑해. 그것만은 분명해. 그날 밤 9시까지만 해도 나는 그를 본 적이 없었는데, 10시에는 사랑에 빠진 거야. 아주머니 말로는 그런 일은 천 년에 한 번쯤 있을까 말까 한 일이 래. 나는 전에는 한눈에 반한다는 것을 믿지 않았지만 지금은 믿 어."

"레이…… 레이……, 나도 그렇게 생각했던 적이 있었어. 나는 레스터 콘웨이를 몹시 좋아한다고 생각했어. 그런데 그것은 순전 히 달빛 때문이었어."

"도트의 댄스파티가 열렸던 날 밤에는 달이 뜨지 않았어. 달빛 때 문이라고는 할 수 없어."

"그렇겠지." 패트는 빈정거리는 투로 말했다. "그는 매우 잘생겼 고, 그러니까 네가……."

"그런데 그렇지가 않아. 곰곰이 생각해 보면 아주 못생긴 얼굴이 야. 하지만 정말 귀여워. 그의 파란 눈동자는 흔들림이 없고, 넓 은 어깨는 믿음직스러워, 검고 숱이 많은 머리칼은 갈퀴로 빗은 것 같지만 나는 그것도 모두 맘에 들어. 머리에 윤기가 자르르 흐 르면 브룩 해밀턴 같지 않을 것 같아. 괜찮아, 패트 언니……. 정 말이야. 엄마, 아빠 맘에 들어하고 아주머니까지 찬성한걸. 그 사 람이 대학을 졸업하면 우리는 결혼해서 중국으로 갈 거야."

"중국에?"

"그래. 그 사람은 아버지가 하는 사업체의 중국 지사를 맡기로 되 어 있대. 아, 깜박 잊었네. 그 사람은 핼리팩스의 해밀턴 집안 사 람이고, 도트의 사촌이야."

"하지만…… 중국이라면!"

"확실히 먼 곳이야. 그렇지만 패트 언니, 그런 것은 아무래도 좋 아…… 인디언 평원이건, 라플란드의 눈 덮인 들판이건…… 그 사람과 함께라면. 다른 사람에게는 이렇게 얘기하지 않아, 패트 언니. 하지만 언니한테는 죄다 얘기하고 싶어."

"브루스와 피터는 어떻게 하고?"

패트는 희미하게 웃으며 물었다.

"패트 언니, 그것이 참 우스워. 아, 얘기할 것이 태산 같아. 그 두 사람은 브룩의 일에 대해 아무것도 몰랐지 뭐야. 2주 전에 자신들 중 어느 쪽을 선택할지 정하지 않으면 안 된다고 나한테 말하는 거야. 그래서 나는 브룩과 결혼을 약속했다고 말했지. 그때 그 두 사람의 얼굴을 언니에게 보여주지 못하는 것이 유감이야. 결국 그들은 떠났어. 지금은 그들이 정말 존재했는지조차 가물가물해."

"그러면 그때 결혼을 약속한 거야? 만나고 나서 1주일 뒤에?"

"패트 언니, 우리는 만나고 나서 3일 뒤에 결혼 약속을 했어. 그렇게 할 수밖에 없었어. 만약 랜슬럿 경(아서 왕 전설에 나오는 원탁의 기사 중 하나)이 우리 집 뒤뜰에 말을 타고 와서 언니에게 자기와 결혼하지 않으면 안 된다고 한다면, 언니는 어떻게 하겠어? 브룩은 나에게 결혼해 주겠느냐고 묻지 않고, 그냥 자기와 결혼해야 한다고 말했어. 소용이 없었을 거야……. 아, 패트 언니, 나는…… 나는 울었어. 부끄러운 일이지만 사실이야. 왜 울었는지 나도 몰라. 왠지 모르게 마음이 놓였어……. 그 사람에게 나 같은 것은, 여러 사람 가운데 하나에 지나지 않는다고 생각했거든……. 게다가 도트의 말로는 그가 레노어 매디슨에게 열중하고 있다니까……. 레노어 매디슨은 그 사자코를 한 주근깨투성이 처녀야. 패트 언니, 울고 있는 것 아니지?"

"아니……, 아니야……. 울다니……. 하지만 정말 좀 뜻밖이야, 레이."

한순간 패트는 레이가, 이 레이가 낯선 사람처럼 느껴졌다. 겨우 3주 동안 '은빛숲'을 떠나 있었을 뿐인데 이런 일이 생기다니!

레이는 패트의 손을 꽉 붙잡았다.

"알아, 또 언니에게는 이 모든 것이 너무 빨리 진행되는 것으로 여겨지리란 것도 알아. 그러나 누군가 말했듯이, 심장박동수로 시간을 헤아린다면, 우리가 만난 지 1세기도 더 된 것 같은 느낌이야. 그 사람은 처음 보았을 때부터 낯설지 않았어. 그는 우리와 같은 부류야⋯⋯, 힐러리처럼⋯⋯. 우리의 들뜬 기분도 알고, 정말 잘 알고 있어. 언니도 만나 보면 다 알게 될 거야."

패트는 이해했다. 그녀는 브룩 해밀턴에게 무엇 하나 흠을 잡을 수가 없었다. 제부로서 더할 나위 없는 사람이었다. 그는 키가 크고 마른 체격이었는데, 기백이 있는 파란 눈에 일자로 뻗은 검은 눈썹을 하고 있었다. '약간 못생긴' 얼굴임에도, 브룩과 레이는 잘 어울리는 한 쌍의 선남선녀였다. 비록 그가 레이를 데리고 멀리 간다 해도 패트는 예전에 프랭크를 미워한 것처럼 브룩을 미워할 수가 없었다. 그러나 고맙게도 그것은 몇 년 뒤의 일이다. 게다가 레이가 그를 사랑하고 있는 것은 틀림없었다.

'나도 저렇게 누구를 좋아할 수 있으면 좋으련만.'

패트는 약간의 질투를 느꼈다. 그날 밤 오랫동안 패트는 자기 방에 혼자 앉아 있었다. 밖에서는 솔새가 지저귀고, 보랏빛 밤하늘이 패트를 내려다보고 있었다. 이제 앞으로는 늘 혼자 앉아 있게 될 것이다. 비로소 패트는 자신이 나이들었음을 느꼈다. 생전 처음으로 그녀는 미래에 대한 불안을 느꼈다. 침대 위에서 큰 소리로 가르랑거리는 '고약한 놈'이 밉기조차 했다. 고양이 주제에 저렇게 요란스럽게 기뻐하다니, 무례하기 짝이 없다. '고약한 놈'처럼 눈치 없는 놈도 없을 것이다.

'나에게 고양이 말고는 아무것도 남는 것이 없는 날이 올 거야.'

쓸쓸한 생각에 잠겨 있던 패트의 얼굴이 갑자기 밝아졌다.

"'은빛숲'이 있어! 그것으로 충분해."

잠자리에 들기 전에 패트는 레이의 침대 옆에 무릎을 꿇고 앉아서 레이의 어깨를 껴안았다.

"귀염둥아!" 패트의 입술에서 레이의 옛날 별명이 새어나왔다. "브룩은 좋은 사람이야……. 잘됐어. 두 사람 다 운이 좋은 거야……. 레이, 사랑한다……. 사랑스러운……, 너무나 사랑스러운 레이."

"언니처럼 좋은 사람은 이 세상에 다시 없을 거야. 언니는 어떻게 휠러 씨와의 일을 들이대며 나를 비웃지 않는 거지? 나는 언니가 그럴 거라고 생각했는데, 정말 인간으로서 어떻게 그런 충동을 참을 수 있는 거지?"

주디 아주머니는 레이가 결혼해서 중국으로 떠날 것을 생각하니 그렇게 기쁘지만은 않았다.

"나는 이교도에 대해 나쁘게 생각지 않아, 패트. 그러나 선교사를 보내는 것까지는 좋지만, 그 속에 섞여서 사는 것은 좋지 않아. 레이처럼 예쁜 숙녀가 중국에 가야 하다니! 그가 문명 세계에 만족하지 못한다면 못생긴 숙녀로 만족해야 하지 않을까. 물론 그가 훌륭한 젊은이가 아니라는 것은 아니야. 그의 삼촌은 좀 이상한 사람이었지만."

"어머, 아주머니. 그 사람의 삼촌이 어땠는데요?"

"뭐, 오래된 얘기니까 떠들지 않는 편이 좋을지도 몰라. 좋아, 아무래도 듣고 싶다면. 지금은 해밀턴 집안이 핼리팩스에 살고 있지만, 할아버지 대에는 샬럿타운에 살았어. 아이들이 아직 어렸을 때인데, 브룩의 삼촌이라는 사람은 말썽꾸러기였어. 소위 흰 양무리에 섞인 검은 양이었던 거야. 이렇게 말하면 양들에게 실례가 될지 모르겠지만, 비뚤어지기가 꼭 개의 뒷다리 같았지.

그가 아버지하고 싸우고서 서부로 가서 무엇을 했는가 하면, 자신의 마차가 건널목에서 기차와 부딪혀서 자신이 죽어 버렸다는 장문의 기사를 지방 신문에 실은 거야. 그의 친구 한 사람이 기자였거든. 그러고는 신문에 표시를 해서 고향의 늙은 부모에게 보냈지. 가엾게도 어머니는 탄식하며 슬퍼했어. 아버지는 그 정도는 아니었지만 역시 슬퍼했지. 그래서 부모들이 몹시 걱정을 하고 시신을 보내라고 전보를 쳤어. 그리고 영구차에다 장의사에다 모두 준비를 해 가지고 역으로 시체를 받으러 갔더니, 디키 해밀턴이 건강한 모습으로 웃으면서 기차에서 내리는 거야!"

"너무 심했군요! 하지만 그런 얘기를 레이에게 하면 안 돼요. 주디 아주머니."

"오, 염려 마. 비밀로 하고 전혀 얘기하지 않을 테니까. 그 다음에는 어떻게 됐을까, 패트? 그 다음 주에 이 젊은이는 신문에 난 그대로 죽어 버렸어. 어느 날 밤, 무리하게 마차를 몰다가 서부의 어느 교차로에서 기차에 부딪혀 돌아올 수 없는 길을 떠났지. 벌을 받은 거야.

하지만 귀염둥이는 확실히 브룩에게 아주 반해 버렸어. 내가 귀염둥이를 놀려주려고 '세상에는 그 사람 말고도 남자가 많다'고 말하니까 얼굴색이 변하더구나. 그리고는 '그렇지 않아요. 세상에는 그 사람밖에 아무도 없어요'라고 말하는 게 아니겠니? 그러니 그의 삼촌이 어떤 사람이든 참지 않으면 어떡하겠니? 나는 틸리틱은 아니지만, 결국 이번 일에는 어딘지 마법이 작용한 것 같아."

그러나 레이가 브룩과 결혼을 약속했다는 얘기를 전해들은 틸리틱은 "뭐라구요? 대단하군!" 하고 말했을 뿐이다. 이런 회오리바람 같은 구애는 틸리틱으로서도 감당할 수가 없었다. 그는 기분을 가라앉히기 위해 '난폭한 딕'의 묘석 위에서 바이올린을 켰다. 이것을 본 주디 아주머니가 질겁을 하자 시드가 놀려댔다.

"'난폭한 딕'이 아직도 바이올린 소리를 듣기 싫어하는지 어떻게 알아요, 아주머니?"

주디 아주머니는 화가 나서 대꾸했다.

"'난폭한 딕'이 천국에 있다면 음악을 들려주는 천사가 있을 테니까. 천국이 아니라도 그에게는 따로 생각할 게 많아."

틸리턱은 주디 아주머니가 코바늘 뜨기 깔개에 달 장미 송이를 만드는 데 쓰라고 자기의 낡은 붉은 셔츠를 주고서야 간신히 화해할 수 있었다.

그런데 주디 아주머니가 꼬마 메리에게 장난꾸러기 아이들이 마녀를 위해 빗자루가 되었다는 얘기를 들려주고 있을 때, 틸리턱이 진지한 얼굴로 "나도 그 빗자루 중의 하나였지!"라고 말하는 바람에 다시 사이가 틀어지고 말았다.

여섯째 해

1

1년 동안 '은빛숲'에서는 모든 일이 순조롭게 진행되었고, 모두들 즐겁게 지냈다. 엄마는 오랜만에 건강이 많이 좋아졌다. 시드는 원기를 되찾은 듯이 다시 모든 일에 흥미를 갖게 됐다. 시드의 이름이 어떤 처녀의 이름과 나란히 사람들의 입에 입에 오르내리는 일도 이제 없었다. 패트는 시드와 함께 오래도록 '은빛숲'에서 살려는 옛 꿈을 이룰 수 있지 않을까 기대하는 마음이 되었다.

옛날과 똑같은 생활이 되풀이되었다. 두 사람이 계획을 세우기도 하고, 농담도 하고, 희푸르게 저물어 가는 황혼녘에 산책을 나가기도 했다. 시드는 무엇이든 패트에게 얘기했다. 의견의 차이가 생기면 두 사람은 의기투합해서 꺽다리 앨릭이나 틸리턱을 괴롭혔다.

꺽다리 앨릭은 '은빛숲'이 저당잡혀 있는 동안은 집에 필요 없는 비용을 들이지 않으려고 했지만, 패트와 시드는 '은빛숲'에 새로 페인트 칠을 했다. 새로 단장한 '은빛숲'은 아름다웠다. 바라보고만 있어도 패트의 마음은 따뜻해졌다. 그리고 어느 겨울 저녁, 함께 산책을 나갔던 시드에게서 이런 말을 들을 때의 기쁨이란! 시드는 무뚝뚝한 어조로 이렇게 말했던 것이다.

"패트, 네가 정말 의지가 돼. 네가 없었다면 지난 2년 동안 나는 어떻게 살았을까 몰라."

"아, 시드!"

패트는 더 말을 하지 못하고 시드의 어깨에 얼굴을 비벼댔다. 그것은 인생에서 무엇보다 기쁜 순간이었다. 두 사람은 즐거운 마음으로 산책을 계속했다. 숲의 안쪽은 아름다웠다. 첫눈이 내린 뒤라서 숲은 흰옷으로 갈아입고 편안히 잠들어 있었다. 빼곡하게 들어선 어린 나무는 눈에 파묻힐 듯 휘어지고, 낮게 걸려 있는 태양에서 비쳐오는 따스한 금빛 햇살이 전나무의 짙은 청동색과 이끼의 잿빛 섞인 초록색을 더 선명하게 보이게 했다. 두 사람은 '행복들판'을 지나서 돌아왔다. '행복들판'에서는 요르단 강이 얼음 밑에서 낮은 소리로 노래를 부르고 있었다.

6월에는 꽃이 피어 그토록 아름다웠던 오래된 목장도 지금은 눈으로 하얗게 덮여 있다. 그러나 패트는 철 따라 변화하는 이 목장의 여러 모습을 모두 좋아했다.

시드가 헛간으로 들어간 뒤에도 패트는 문간에 서서 조용히 행복을 음미했다. 그날 밤은 서리가 내릴 것 같았다. 그녀의 오른편에는 저녁 어둠에 싸인 뜰이 있었다. 패트는 자신이 사랑하는 꽃들이 모두 눈 속에서 봄을 기다리고 있다는 것을 생각하면 기뻤다. 멀리 겨울 해를 등진 산이 거뭇하게 떠올라 있었다. 둑 저편에는 해묵은 가문비나무 한 무리가 서 있었다. 가끔 껑다리 앨릭이 그것을 베어내야 한다고 말했지만, 패트는 자르지 말아달라고 부탁했다. 낮에 햇빛 아래서 보면 시든 가지와 완전히 말라붙은 우듬지가 다 보이지만, 장밋빛으로 시작하여 은빛 섞인 초록으로, 투명한 남색으로 변해가는 이 신비로운 시간에 보면 옛날에 룬 문자로 된 마법의 주문을 외는, 키가 크고 홀쭉한 마녀를 연상케 했기 때문이다. 패트는 자기도 그 황혼녘의 마법에 참여하고 싶은 어린아이 같은 충동을 느꼈다.

왼편에는 과수원이 흰빛에 잠겨 있고, 눈 쌓인 울타리 위로 생명이 없는 듯한 나무들이 슬픈 죽음의 그림자를 드리우고 서 있다. 그러나 이것은 겉보기에 그럴 뿐이다. 이 나무들의 심장에는 생명의 피가 들어 있고, 머지않아 그 피가 온몸을 돌 것이다. 그리하여 연초록 잎과 핑크빛 꽃무리를 옷입게 될 것이다. 지금 눈이 쌓인 곳에 푸릇푸릇 풀이 자라고, 그 속에서 금빛 미나리아재비가 춤을 추게 될 것이다. 봄은 반드시 돌아온다. 그것을 잊어서는 안 된다.

희미하게 솟아오르는 달빛 아래의 '은빛숲'은……소중한 '은빛숲'은 아주 아름다웠다. '은빛숲'은 지금도 패트를 기쁘게 맞아준다. 어떤 변화가 생겼다가 사라지든 '은빛숲'은 패트의 것이다. 시드가 다시 옛날의 시드로 돌아온 지금 인생은 새로운 의미를 띠었다. 패트는 그의 사랑을 외투처럼 몸에 두르고 따뜻하고 만족스러운 기분이 됐다.

레이는 혼수함을 장만하기로 했고, 매일 놀랄 만큼 긴 편지를 브룩 해밀턴 앞으로 쓰고 있다. 레이는 변했다. 전보다 더 온화하고, 생각이 깊고, 여자다워졌다. 사랑이라는 것은 정말 사람을 온화하게 만드는 것이라고 시드가 놀려댔다. 이전과 같은 들뜬 기분은 없어지고, 자주 웃었다. 패트는 레이의 웃음소리가 이토록 맑은 적이 없었던 것처럼 생각됐다.

패트는 레이가 머지않아 결혼을 할 것이라는 사실을 받아들이기로 했다. 그러나 레이는 적어도 3년 안에는 결혼하지 않을 것이다. 그동안 그들은 사이좋게 지내고, 계획을 세우고, 가족이 모여 화목한 시간을 보낼 수 있다.

어느덧 겨울이 지나가고, 봄과 여름이 지나갔다. 9월은 반지같이 둥그런 달을 배태하였고, 가을은 다시금 마법의 차 한 잔을 제공하였다. 다만 틸리턱만 시간이 더디간다고 생각하는 듯했다. 숭배자들은 이미 발걸음을 끊었다. 레이가 약혼했다는 사실이 널리 알려졌고, 패트는 자신에게 어울리는 사람이 아무도 없다고 생각한다는 소문이 퍼져 있었기 때문이다.

틸리턱은 우울한 목소리로 말했다.

"이곳의 하루하루가 좀 시시해지지 않았어요, 주디? 낭만적으로 말하자면, 그다지 매력도 없고 말이야."

어쩌면 주디 아주머니도 그렇게 생각했을지 모른다. 그녀는 한숨을 내쉬었다……. 한숨을 쉰다는 것은 주디 아주머니답지 않았다. 앞으로 1주일 뒤면 패트의 생일인데도, 숭배자들은 한 사람도 볼 수가 없었다. 데이비드조차도 진심이 아니라고 주디 아주머니는 마음속으로 생각하고, 마치 자신이 한 번도 반대를 하지 않았던 것처럼 데이비드를 원망했다. 패트를 데이비드와 결혼시키고 싶어서가 아니라, 결혼을 하고 안 하고는 패트가 결정할 일이지 데이비드가 선택할 일은 아닌 것이다. 징글도 돌아온다는 소식이 전혀 없다.

"힐러리는 우리와 멀어졌어요, 주디 아주머니. 그에게 우리는 추억에 지나지 않아요. 그에게는 일과 포부가 있어요. 편지도 예전같지 않은걸요."

패트는 그에게 그다지 신경을 쓰고 있지 않은 것 같았다. 그녀는 여태까지보다도 더 '은빛숲'에 파묻혀서 시드와 다시 '떼려야 뗄 수 없는 사이'가 되어 있었다. 그것은 그것으로 좋았다. 그러나 이 몇 주일 동안 시드가 또 여자들을 쫓아다닌다는 것은 사실이었다. 그가 어디로 가는지 아무도 몰랐다. 다만 주디 아주머니만 아무에게도 말하지 못하는 불안한 추측을 하고 있을 뿐이었다. 다시 한숨을 쉬면서 주디 아주머니는 구운 콩과 베이컨을 솥 안에 탁 털어 넣었다. 그러자 갑자기 힘이 났다. 누구든지 이따금 '한입' 먹을 거리가 필요하고, 이 주디 플럼이 그것을 만들 수 있는 한, 마음의 위안이 되는 것이다.

1주일 뒤에 주디 아주머니는 그날을 되돌아보며, 그런 일이 생긴 것은 그녀가 하루하루를 따분하게 여긴 데 대한 벌이 아닌가 생각했다. 패트의 생일날 저녁 때, 시드가 메이 비니를 데리고 와서 무뚝뚝하고 도전적인 말투로, 그러나 침통한 표정으로, 오늘 샬럿타운에서 결혼했다고 공표했던 것이다.

메이는 대담하게 눈을 빛내며 주위를 둘러보았다.

"모두들 깜짝 놀랐죠? 너에겐 놀라운 생일 선물일 거야, 패트."

2

패트는 뜬눈으로 밤을 새웠다. 언제나 변함없는, 조용한 농장을 바라보면서 이 끔찍한 사실을 정면으로 바라보려고 했다. 패트는 '시인의 방'에 틀어박혀 문에 자물쇠를 채웠다. 옆에 레이가 있는 것조차 싫었다. 이런 일이 생겼다는 것을 아직은 믿을 수가 없었다. 너무 터무니없는 일이다. 누구라도 처음에는 믿지 못할 것이다. 이것은 꿈이다, 악몽이다. 곧 잠에서 깨어나겠지. 깨어나야만 한다. 그렇지 않으면 미쳐버릴 것이다.

그날 해질 무렵만 해도 패트는 매우 행복했다…… 신들로부터 무엇인가 멋있는 선물을 받을 것만 같은, 설명할 수 없는 행복한 기분이었다. 그런데 이제 두 번 다시 행복해질 수 없는 것이다. 이렇게 생각하는 것은 패트가 아직 젊기 때문이다. 눈 깜짝할 사이에 모든 것이 변해 버렸다. 시드를 영원히 잃고 만 것이다. 이렇게 가만히 바라보고 있으니, 그녀가 사랑하던 밭조차도 서먹서먹하게 적의를 품고 있는 듯했다.

'우리 기업이 외인에게,

　우리 집들도 외인에게 돌아갔나이다.'

　이틀 전 밤에 성서에서 이 구절을 읽었을 때, 패트는 그 비참한 정경을 생각하고 몸을 떨었는데, 그것이 지금 현실이 돼서 나타난 것이다…… 몇 시간 전까지 그토록 풍성하고 아름답던 삶이 지금은 너무나 추하고 공허하다.

　무서운 순간이었다. 아무도 뭐라고 말해야 좋을지, 무엇을 해야 할지 알지 못했다. 불안한 속에서도 만족감에 볼이 홍조를 띠고 있는 메이. 우울한 얼굴로 오만하게 버티고 서 있는 시드. 그 둘을 바라보는 패트의 얼굴이 말라붙는 듯했다. 메이는 비니 집안 사람답게 뻔뻔스럽게 그 순간을 빠져나가려고 했다.

　"자, 패트. 그렇게 찡그리지 말아. 지난 일은 지난 일이야, 아무리 우리가 지금까지 서로 미워했어도."

　확실히 그랬지만, 그렇다고 이렇게까지 그 기분을 낱낱이 들춰내는 것은 견딜 수 없었다. 패트는 대답을 하지 못했다. 메이의 모습이 보이지 않는 듯이, 메이의 말이 들리지 않는 듯이, 패트는 빙그르르 방향을 바꿔서 정신 없이 방을 나가버렸다. 생각할 수 있는 것이라곤 밝은 장소에서 도망쳐 나가 아무도 보이지 않는 장소로 가고 싶다는 것뿐이었다……. 거기서 상처 입은 짐승처럼 숨어 있고 싶었다.

그것을 보고 있는 메이의 수치를 모르는 아름다운 얼굴은, 패트에게 완전히 무시당한 분노로 새빨개졌다. 메이의 검은 눈에 보기 싫은 불꽃이 일었다. 그러나 시드 쪽을 향했을 때는 웃고 있었다.

"패트도 곧 진정이 될 거야. 나도 패트에게서 환영을 받으리라고는 기대하지 않았어."

레이 혼자만 침착했다. 그녀는 엄마, 아빠에게는 내일 알려야 한다고 생각했다. 주디 아주머니와 틸리틱은 할 말을 잃은 듯했다. 틸리틱은 고개를 흔들면서 곡식 창고로 물러가고, 주디 아주머니는 이렇게 타격받고 두려워했던 적은 일찍이 없었다고 생각하면서 자신의 부엌방으로 들어가 버렸다.

주디 아주머니는 잠자리에 들면서 초조하게 중얼거렸다.

"이렇게 될 줄 알았어……. 시드가 그 대담한 처녀와 돌아다닌다는 소문을 듣고 있었으니까. 젠틀맨 톰도 이렇게 될 것을 알고 있었던 거야. 영리한 고양이었으니까. 그래서 도망친 거지. 그놈은 비니 집안 사람 같은 것은 참을 수 없다는 것을 알고 있었어. 아, 나의 할머니만큼 마법을 잘할 수 있다면, 메이를 두꺼비로 만들어 버릴 텐데. 앞으로 어떻게 될지는 하느님밖에 모르시지. 세상일이 좀더 잘됐을 수도 있으련만. 이번 일로 패트가 상심하면 안 되는데."

3

패트는 그 두려운 밤 이후 소녀 시대에 영원한 작별을 고했다. 모든 희망이 사라져 버렸다. 지나간 몇 시간이 이미 영원처럼 생각되고, 내일은, 아니 다가오는 모든 날들이 더욱 나빠질 것이다. 패트의 생각은 슬픈 원을 그리며 빙글빙글 돌 뿐 어디에도 머물지 않았다. 메이 비니가 '은빛숲'에 들어와 산다니……. '은빛숲'은 비니 집안 사람들로 발 들여놓을 틈도 없어질 것이다. 비니 집안 사람들은 결속력이 강하니까. 비니의 아버지는 나이프로 완두콩을 찍어먹고, 어머니는 빵을 언제나 그레이비에 적셔서 먹는다. 집안 사람들 모두 저속한 말투에 목소리가 커서, 그 앞에 나가서 말을 하려면 미리 연습을 해야 할 정도다. 시드가 이런 사람들 틈에 섞이다니! 도저히 견딜 수가 없다.

아침이 돼도 패트는 아래층으로 내려가지 않았다. 갈 수가 없었다. 생전 처음으로 패트는 사람을 피했다. 밑에서 아침 식탁을 둘러싸고 있는 사람들의 얘기 소리가 들렸다. 메이의 기분 나쁜 웃음소리도 들렸다.

패트는 분노와 비참함 속에 주먹을 불끈 쥐었다. 그녀는 블라인드를 내려서 아침햇살과 보랏빛 안개에 싸인 유쾌한 바깥 세상을 차단했다.

잠시 뒤에 레이가 올라왔다. 단정하고, 쾌활하고, 여유 있는 태도였다. 레이의 파란 눈에는 어제저녁에 흘렸던 눈물 자국 같은 것은 없었다.

"패트 언니, 어젯밤에는 언니에게 혼자 있을 시간을 주어야 한다고 생각했어. 이런 일은 아침에 말하는 편이 좋으니까."

"어느 때든 말해서 무슨 소용이 있다는 거야?"

패트는 귀찮은 듯이 대답했다.

"우리는 이러한 사태를 맞아 서로 얘기해야만 해, 패트 언니. 이 일에 등을 돌리거나 곁눈으로 훔쳐보거나 모르는 척하려 해서는 안 돼. 현실을 바로 보고 미래를 준비해야 해."

"하지만 나는 감당할 수 없어…… 레이. 나는 할 수 없어."

가련한 패트는 절망적으로 부르짖었다.

"미래를 준비한다고? 미래 같은 건 없어! 메이 비니만 아니었어도! 나도 전처럼 바보는 아니야. 언젠가는 시드가 결혼하리라는 것은 이미 알고 있었어. 시드가 결혼하지 않았으면 바랐을 때조차 내 바람대로 되지는 않을 것이라는 것을 알고 있었어. 그렇지만 메이 비니라니!"

"알아. 나도 시드가 크게 실수했으며, 언젠가는 그것을 깨닫게 되리라는 것을 알고 있어. 메이는 천박하고 제대로 배우지 못했어. 주디 아주머니라면 부엌에서 자랐다고 하겠지……. 하지만……."

"시드가 어떻게 그럴 수 있었을까! 어떻게 메이 비니를 좋아할 수 있었을까? 베츠를 좋아했고…… 또 그 가엾은 도로시를 좋아한 시드가!"

"메이는 메이 나름대로 매력이 있어, 패트 언니. 우리는 모르지만 남자들은 알아. 게다가 메이는 전부터 시드를 목표로 삼고 있었어. 우리는 그저 그런가 보다 하고 되어가는 대로 맡겨야 해."

"나는 싫어. 어떻게 돼갈지는 모르지만 나는 점잖게 받아들이거나 하지 않아. 그런 일에는 언제까지라도 타협 같은 것은 하지 않을 테니까. 언제까지라도."

　이토록 오랫동안, 이토록 기이하고, 이토록 괴로운 오늘도
　언젠가는 내일이 돼서 잊혀져간다.

레이가 조용히 시를 인용했다.

"그런 일은 없어."

패트는 어두운 얼굴로 말했다. 레이는 그대로 말을 계속했다.

"오늘 아침에 아빠에게 얘기했어."

"그래? 아빠는…… 아빠는 뭐래?"

"아, 굉장했어. 가드너 집안의 화가 폭발했어. 하지만 나는 아빠

에게 엄마를 생각해서라도 이 일을 냉정히 생각하지 않으면 안 된다고 말했어. 아빠가 진정이 된 뒤에 우리는 의논했어. 시드와 메이는 당분간 여기서 살다가 1, 2년 뒤에 저당 문제가 해결되면 아빠가 다른 곳에 집을 지어 주기로 했지."

"그동안 '은빛숲'의 생활은 말이 아닐 거야……. 너도 알잖아."

패트는 격정적으로 외쳤다.

"몰라. 물론 지금처럼 즐겁지는 않겠지. 그렇지만 패트 언니, 엄마를 생각해서 우리가 참아야 한다는 것은 언니도 잘 알고 있을 텐데."

"엄마도 아셔?"

"응, 아빠가 얘기했어. 내가 얘기하라고 했어."

"그래서…… 그래서 엄마는 어떤 모습이었어?"

"엄마가 어떤 모습이었느냐고? 평소대로 씩씩했어! 우리는 엄마를 실망시켜드리면 안 돼, 패트 언니."

패트는 더듬어서 레이의 손을 찾아 꼭 잡았다. 어쩐지 두 사람의 나이가 거꾸로 되어 레이가 언니가 된 듯했다.

패트는 목이 메었다.

"최선을 다할게. 성서의 어딘가에 '용기를 가져라'라는 구절이 있어. 전부터 좋은 구절이라고 생각하고 있었어. 틀림없이 이런 때를 위해 있는 거야. 하지만 레이, 우리가 메이와 같이 살 수가 있을까? 메이의 습관, 이상, 관점이 우리와 너무 달라."

"메이에게도 어딘가 좋은 점이 있을지 몰라. 친구들한테 인기가 있다니까. 모두들 메이가 일을 잘한다고 해."

"이곳에는 메이가 할 수 있는 일이 하나도 없어."

패트는 쓸쓸한 얼굴로 말했다.

"언니도 알고 있지만, 어떤 일이든 실제로 닥치면 예상만큼 심하지 않아. 우리는 더 넓게 생각할 필요가 있어. 너무 한 가지 것에

만 집착하면 아무것도 보이지 않게 돼."

"메이가 곁에 있으면, 우리들은 우리다워질 수가 없어……. 있는
그대로의 우리 자신이 될 수가 없단 말야, 레이."

"그럴지도 몰라. 하지만 메이가 늘 곁에 있는 것은 아니잖아. 게
다가, 본인은 어떻게 생각하고 있는지 모르지만, 메이가 여기서
지휘봉을 휘두르지는 않을 거야. 아빠는 이렇게 말씀하셨어. '이
곳의 주인은 나고, 안주인은 너희 엄마다'라고 말이야. 그러니 된
거야. 나는 이제 학교에 가야 돼. 언니는 오늘 아침에 메이와 얼
굴을 맞대지 않아도 돼. 시드가 메이를 친정에 데리고 갔으니까."

처음으로 겁쟁이가 된 주디 아주머니가 슬며시 방으로 들어오자
패트는 늙은 주디 아주머니의 품으로 뛰어들었다.

"아주머니…… 아주머니…… 나에게 견딜 힘을 주세요."

"어, 견딜 힘? 우리는 끝까지 함께 견뎌낼 거야, 패트! '은빛숲'
의 명예를 위해 웃으면서 말이다. 그리고 이것을 기억하렴, 패트.
사람의 행복은 자신의 마음에 달려 있지, 외부에서 오는 것이 아
니라는 성경 말씀을 말야. 성경에 나오는 그대로는 아닐지 모르지
만 그런 의미였어."

"외부 것들이 우리를 자극하지만 않는다면, 모든 일이 잘 될 텐데요."

패트는 맥이 빠졌다.

"우리는 메이로부터 '은빛숲'을 지키지 않으면 안 돼. 여기 있는 동안 '은빛숲'을 엉망진창으로 만들어 놓을 테니까. 그것을 앞질러 막는 것도 즐거운 일이야, 패트, 외교관처럼 말이다. 그리고 집의 명예를 위해 소동이 일어나지 않게 해야 해. 네가 오늘 아침 아래 층으로 내려왔으면·꽤나 웃었을 텐데. 메이가 귀엽다고 쓰다듬어 주자 '고약한 놈'이 등을 확 돌려 버리지 않겠어? 다행히 메이는 동물을 좋아하니까 그 점은 걱정할 필요가 없어."

패트로서는 메이가 고양이를 좋아한다는 것조차 단점으로 여겨졌을 뿐이다. 패트는 메이의 장점을 인정하고자 하지 않았다.

"시드는 어땠어요, 아주머니?"

"아무리 봐도 행복한 신랑으로는 보이지 않았어. 게다가 내가 보는 바로는 벌써 메이가 하자는 대로 하고 있었어. 메이는 다정한 목소리로 시드를 부르고, 시드의 이마 위에 곱슬머리가 있다고 얘기했어! 마치 시드가 태어났을 때의 일을 내가 모르는 것처럼. 하지만 나는 크림같이 미끈미끈하게, 그리고 무척이나 정중하게 행동했지. 메이의 발목에 흘러내린 양말 같은 것에는 눈길도 주지 않고 말이야. 꺽다리 앨릭이 비니 집안의 소원대로 시드에게 '은빛숲'을 넘겨주지는 않으리라는 것을 알고 나는 안심했어. 앨릭은 이렇게 말했어. '내가 너희를 위해 새 집을 지어줄 때까지 너와 네 아내는 여기 있도록 해라.' 메이는 그 말이 마음에 들지 않았지. 자기가 '은빛숲'에 들어오면 이렇게 저렇게 할 작정이라고 떠들고 다녔으니까. 메이는 '내가 손가락 하나만 까딱 해도, 시드를 손에 넣을 수가 있어요'라고 말했는데, 정말 그 말대로 된 거야. 그러나 결코 '은빛숲'을 손에 넣을 수는 없을걸. 1, 2년은 금방 지나가, 패트, 그러면 메이도 '은빛숲'을 떠날 거야. 운이 좋으면 더 빨리 그렇게 될지도 모르고."

"오늘은 집에 돌아갔다면서요? 레이가 그랬어요."

"짐도 가져와야 하고, 비니 집안에도 알려야 하니까. 비니 집안에서는 기뻐하겠지. 메이가 설거지를 하겠다고 해서, 귀찮지만 시켰더니 여기저기 넣을 장소를 찾느라고 고양이가 발작을 일으킨 것처럼 소동을 벌였어. 그리고 자신의 솜씨를 자랑하려다가 오래된 파란 접시를 한 장 깨뜨렸지. 하지만 접시를 깨끗이 씻은 것은 사실이야. 싱크대도 기름투성이로 만들지 않았고."

설거지는 늘 패트가 해 왔다. 역시 아침 식사에 내려갔으면 좋았을걸 하고 후회가 됐다. 그쪽이 더 위엄이 있고 '은빛숲'다운 방식이었을 텐데.

"자, 아래층으로 가서 한술 뜨자, 패트. 새 햄과 계란을 버터에 튀겨 놨어. 차를 한 잔 마시면 기분이 안정될 거야. 그리고 메이가 없을 때 가끔 웃을 수가 있으니까."

주디 아주머니가 달래듯 말했다.

패트는 다시 블라인드를 올렸다. 가슴속에 지금까지 없던 응어리가 생기고, 그것은 이후에도 없어지지 않을 것 같은 기분이 들었다. 그러나 멀리 9월의 햇빛을 받은 '안개언덕'의 아름다운 모습이 바라보였다. '안개언덕'을 바라보는 동안 패트는 긍지와 침착성과 약간의 위엄을 되찾을 수 있었다.

아침 식사를 마치고 패트는 엄마를 보러 갔다. 엄마는 여느 때처럼 창백한 얼굴에 온화하고 맑은 표정을 띠고 있어서, 먹구름 사이로 보이는 별을 연상케 했다.

"패트, 물론 괴로울 거야. 시드가 불쌍해. 큰 실수를 저질렀으니. 하지만 최선을 다하면 어떤 일이든 해결되는 법이란다."

아, 불쌍하고 용감한 어머니!

패트는 씩씩하게 말했다.

"곧 괜찮아질 거예요. 나는 메이에게 잘해주기로 했어요, 엄마. 그리고 말다툼 같은 것은 하지 않을 거예요. '은빛숲'에 말다툼 같은 것을 있을 수 없으니까요. 하지만 비니 집안 사람들로부터 '은빛숲'을 굳게 지킬 작정이에요, 반드시!"

엄마는 웃었다.

"그럼 너만 믿으마, 패트."

일곱째 해

1

그해 겨울 몇 달 동안 패트와 레이에게는 온갖 지혜와 '외교적 수완'이 필요했다. 처음 몇 주간의 괴로움은 대단한 것이었다. 조화를 이루어 살아간다는 것이 불가능하다고 생각될 때도 있었다. 조그만 일에도 화를 잘 내는 메이의 성질이 일을 더 어렵게 했다. 메이가 일으킨 소동 중 몇 가지는 패트의 기억에 품위 없고 저속한 것으로 남아 있다. 그래도 일마다 빈정거리고 비웃는 것보다는 화를 내는 편이 낫다고 패트 자매는 생각했다.

메이는 매끈한 머리를 흔들어대면서 시드에게 말했다.

"나에게도 조금은 권리가 있다고 생각해. 늘 누군가 감시하고 비판을 해대면 무엇을 하더라도 힘들어 못 견디는 법이야."

시드는 화난 듯도 하고 호소하는 듯도 한 눈초리로 패트를 바라보았다. 패트는 가슴이 찢어질 듯했다.

메이는 자기 생각대로 안 되면 잔뜩 부어서 주디 아주머니의 말마따나 '입에 고양이를 물고' 하루이틀을 지냈다. 그렇게 부어 있어도 아무도 알아 주지 않는다는 것을 알고는 다시 애교를 부렸다. 패트는 이를 악물고 머리를 꼿꼿이 들었다.

'은빛숲에 말다툼은 없어. 메이가 무슨 짓을 하든 어떤 말을 하든, 나는 메이하고 다투지 않을 거야.'

메이가 노기가 등등하여 "너는 늘 나와 시드 사이를 떼어 놓으려고 했어!"라고 말했을 때조차 패트는 웃음을 띠고 "자, 자, 메이. 바보 같은 소리 하지 말아. 우리는 이제 어린애가 아니야"라고 말하고는 자기 방으로 올라가서 홀로 괴로워했다.

결국 메이도 포기할 건 포기하고 패트와 서로 타협했기 때문에 '은빛숲'의 생활은 겉보기에는 다시 평온해졌다. 한 가지 아무도 부정할 수 없는 것은 메이가 일꾼이라는 점이었다. 다행히 메이는 집안일보다는 밖의 일을 더 좋아했다. 주디 아주머니는 일손이 바빠 하는 수 없이 메이에게 소젖을 짜고 닭을 돌보게 했다. 그런데 확실히 우유분리기가 깨끗해졌다고 말했다.

"메이는 쓸모 없는 사교계 여자와는 틀려요. 우리 집 딸들은 모두 일하도록 길렀으니까요"라고 비니 부인은 의기양양했다.

메이는 무슨 일을 하든지 굉장히 떠들어댔다. 집안일을 늘 조용조용히 해왔던 '은빛숲'에서 이것은 죄악이었다. 패트는 레이에게 메이가 10분 동안에 다른 사람의 일년치 몫을 떠들어댄다고 말했다.

주디 아주머니와 메이는 누가 부엌을 닦느냐는 것으로 일대 결전을 벌였는데, 결국 주디 아주머니가 이겼다. 메이는 그런 일이 있고는 두 번 다시 주디 아주머니가 확보하고 있는 부엌의 특권을 침범하려고 하지 않았다.

패트는 불행한 상태에도 익숙해지는 법을 알았다. 그리고 불행한 사태의 틈새에는 다시 행복해질 수 있는 기회가 있음도 알았다. 물론 곳곳에 변화가 있었다. 자질구레한 여러 가지 변화가 큰 변화보다 더 견디기 힘든 것인지도 모른다. 그 한 가지 예로, 메이의 친구들이 '결혼 축하 모임'을 연 뒤에, '은빛숲' 곳곳에 싸구려 물건들이 뒤죽박죽 나뒹굴고 있기도 했다.

패트가 가장 싫어했던 것은 줄마노(보석의 하나. 줄무늬는 백색·갈색·청색 등의 동심원 모양임)를 입힌 굉장히 큰 테이블이었다. 메이는 그것을 홀에 있는 조상 대대로 내려오던 거울 밑에다 갖다 놓았다. 신성모독이라고 할 만한 일이었다. 게다가 메이의 화려한 새 쿠션이 가는 곳마다 흩어져 있어서, 다른 것들은 모두 색이 바래 보였다.

그러나 가구를 움직이는 일만큼은 메이의 마음대로 할 수가 없었다. 메이는 가구들을 원래의 자리에 두어야 한다는 것과, 랜드시어의 수사슴 판화가 들어 있는, 붉은 비로드와 금박으로 테두리를 한 30센티미터 너비의 액자를 식당에 걸면 안 된다는 것 등을 깨달았다. 한 바탕 소동을 피운 끝에, 메이는 그 액자를 자기 방으로 가져가 버렸다. 그곳이라면 어떻게 배치를 하든 아무도 참견하지 않을 것이기 때문이다.

"이렇게 하면 영애께서도 이의가 없으시겠지요." 메이는 패트에게 빈정대는 소리를 했다.

"물론 자기 방에서는 어떻게 하든 상관없어요."

패트도 짜증스럽게 대답했다.

이러한 시시한 언쟁이 언제까지 계속될지? 게다가 그날 오후, 메이는 오래된 브리스톨 도자기 꽃병에 커다란 꽃다발을 억지로 밀어넣다가 깨버렸다. 메이는 이 꽃병에 금이 가 있었다고 말했다. 전부터 금이 가 있었다고……. 메이는 금이 가 있는 것은 싫다고 했다. 그녀는 자기 방의 벽지도 갈아붙였다. 연분홍 바탕에 파란 장미 무늬로 바꾸었다.

비니 부인은 감탄을 했다.

"얼마나 밝아졌는지 몰라. 이 집 사람들이 '시인의 방'이라고 부르는 방의 그 회색 벽지를 보면 몸이 다 오싹할 지경이라니까, 메이. "

메이는 자기 개도 데려 왔는데, 지금까지 부르던 대로 로버라고 부르고 있었다. 로버는 병아리를 죽이고, 패트가 심어 놓은 구근을 파헤치고, 빨랫줄에 걸려 있는 옷을 물어뜯었다. 로버가 틸리턱의 가장 좋은 셔츠를 찢어놓은 탓에 틸리턱과 메이 사이에 한바탕 격전이 벌어졌다. 로버는 또 한가한 때는 고양이를 쫓아다녔다. 결국 '그냥 개'에게 혼이 나고, 메이가 없는 사이에 레이에게 둥글게 만 신문지로 얻어맞고 나서야 로버는 어느 정도 얌전해졌다. 패트는 자신이 그 개를 좋아하는 것이 아닐까 생각할 때마저 있었다. 조금이라도 괜찮은 개라면 좋아하지 않을 수 없었으므로.

패트의 예상대로 '은빛숲'은 비니 집안 사람들로 차고 넘쳤다. 메이의 형제들은 집안 곳곳에 담뱃재를 흘렸다. 메이의 자매나 사촌들은 주디 아주머니의 표현에 의하면 '가축'처럼 떼를 지어 몰려와서, 온 집안에 울려 퍼질 정도로 쇳소리를 지르는가 하면, 문 뒤에 서서 엿듣기도 했다. 그러다가 한 번은 그 장면을 주디 아주머니에게 들켰다. 그들은 손님대접이 어떻든 반드시 무엇인가 트집을 잡았다. 좋게 대접해주면 사람을 바보 취급한다고 말하고, 그냥 내버려두면 무시한다고 말했다.

올리브는 온 가족을 끌고 왔다. 올리브는 아이들을 벌주는 것에 찬성하지 않았다.

"어린 시절을 즐기게 해주고 싶어요. "

아이들은 즐겼는지 모르지만, 다른 사람들은 아무도 즐겁지 않았다. 주디 아주머니에게는 그 아이들이 '작은 악당들'이었다. 어느 날 주디 아주머니는 수프 냄비 속에서 더러운 회색 비로드로 만든 코끼리를 발견했다. 올리브의 6살짜리 아이가 '장난삼아' 넣은 것이었다.

비니 부인은 빈번이 찾아와서 오후를 주디 아주머니의 부엌에서 지내고, 자신이 아는 바로는 모든 것이 평화와 선의에 넘쳐 있다고 세상에 공표했다. 비니 부인은 메이가 부엌으로 가져온 참나무 흔들 의자에 앉아서 맹렬히 흔들어댔다. 주디 아주머니는 메이가 이 의자를 들여놓아 다행이라고 생각했다. '은빛숲'의 의자로는 105킬로그램이나 되는 비니 부인의 무게를 지탱할 수 없을 것이기 때문이다.

"아니, 그렇지 않아요. 107킬로그램이에요, 엄마"라고 메이가 주장하자 "내 몸무게 정도는 나도 알고 있어"라고 비니 부인은 힘 있게 반박했다. "그리고 몸무게 때문에 부끄럽다고 생각해 본 적은 없어. 네 이모 조세핀이 나에게 다이어트를 하라고 하지만, 나는 다이어트 같은 것은 안 해. 하느님이 주신 이 모습에 만족하니까. 조세핀에게도 그렇게 말해주었지."

주디 아주머니는 나중에 틸리턱에게 이렇게 말했다.

"그것과 하느님이 무슨 상관이람!"

비니 부인은 납작한 코에 금발이 어렴풋이 남아 있는 흰머리를 머리 꼭대기에 틀어올리고 있었다. 그녀는 세상의 온갖 소문을 이야기했고, 문법 같은 건 아예 무시했다. 게다가 뱃속의 여러 기관들도 그녀를 몹시 힘들게 했다. 패트는 시드가 비니 부인을 어떻게 참아내는지 의아해했다. 그리고 메이도 60살이 되면 자기 어머니처럼 될 것이다.

비니 부인이 혼잣말로 계속 떠들고 있는 동안, 머리핀이 모조리 빠져서 떨어지는 것을 보고 레이는 패트에게 심술궂게 속삭였다.

"저 머리를 파랗게 물들여 주고 싶어."

메이와는 다르게 비니 부인은 고양이를 '견디지' 못했다. 기침이 나기 때문이다. 메이의 말에 의하면, 사방 1킬로미터 이내에 고양이 한 마리가 들어오면 벌써 '키……키……' 소리내기 시작한다는 것이다. 그래서 비니 부인만 오면 고양이들은 쫓겨나야 했다. '고약한 놈'도 예외는 아니었다. 그러나 '고약한 놈'은 자기연민에 빠지지 않고 틸리턱의 곡식 창고에서 유유히 지냈다.

'하지만 젠틀맨 톰에게 그렇게 했더라면 어떻게 됐을까?'

주디 아주머니는 심술궂게 생각했다.

대개 한 사람 또는 두 사람 이상의 '비니 집안의 왈가닥 처녀들'이 비니 부인과 같이 와서, 메이와 쉴새없이 떠들기도 하고 말다툼을 하기도 했다. 비니 집안 사람들은 떠들면 남에게 피해가 된다는 것을 전혀 몰랐다. 너나할 것 없이 다른 누구를 향해서도 닥치는 대로 얘기를 한다.

그들은 '말을 함으로써 마음이 편해진다'고 말했다. 생각나는 대로 모두 떠들어대면 왜 안 되는지 그 까닭을 아는 사람이 한 사람도 없었다. 일할 때는 소리내서 하며, 감정은 남김없이 털어 버려야만 했다. 어떤 때는 그들의 끊임없는 얘기를 견디지 못해서 몹시 추운 겨울 오후인데도 틸리틱은 곡식 창고로 도망가고, 패트는 지난날의 기분 좋은 조용함이 그리워서 어찌할 바를 모를 때가 있었다.

패트와 레이에게는 그러나 한 가지 위안이 있었다. 지금도 밤만큼은 자기들끼리 지낼 수 있다는 점이다. 메이는 부엌에서 '심부름꾼들과 함께' 앉는다는 것은, 아주 좋지 않은 일이라고 생각했다. 그녀는 대개 시드와 춤추러 가거나 쇼에 가고, 집에 있을 때는 작은 응접실로 손님을 불렀다. 작은 응접실은 말 없는 사이에 메이에게 넘겨졌고, 메이가 그곳을 '거실'이라고 부르는 것을 주디 아주머니는 재미있어했다.

주디 아주머니는 틸리틱에게 눈짓을 하며 말했다.

"'은빛숲'에 거실은 하나밖에 없는데, 그건 내 부엌이에요. 다른 방 둘을 한데 합친 것보다 여기가 더 넓어요."

"훌륭한 말씀입니다."

틸리틱은 메드체스터 백작부인에게 말했던 것과 똑같은 말을 했다.

이런 식으로 패트와 주디 아주머니와 틸리틱은 밤이 되면 전과 같이 부엌에 모여서 '은빛숲'을 덮는 그림자를 잠시 잊고 지내는 것이다. 무엇인가 특히 괴로운 일이 있는 날에는, 씁쓸한 기분을 없애기 위해서 모두들 모여서 떠들썩하게 얘기들을 했다. 메이가 패트의 옷장 서랍 속을 들여다본 것이라든지, 또는 여주인 역할을 하기 좋아하는 메이가 사양하는 목사님에게 부엌에 아직 음식이 많으니 더 드시라고 권하는 것을 본 얘기 같은 것들이다.

네 사람은 비니 부인의 말에 대해서도 얘기하며 즐거워했다. 비니 부인이 레이에게 '바이러스라는 것은 1년생 식물인가 다년생 식물인가'라고 얼굴을 찡그리며 물었을 때의 이야기는 정말 우스웠다. 주디 아주머니와 틸리턱은 어디가 우스운지 전혀 몰랐지만, 그러나 처녀들이 웃는 것을 보고 자신들도 싱글벙글해졌다. 안심하고 웃을 수 있는 때라곤 거의 이런 저녁뿐이었다. 그들의 웃음소리를 메이가 듣기라도 하면, 자기 일로 웃는다 생각하고 뽀로통해지기 때문이다. 메이는 가끔 친정에 가느라 집을 비우는데 그런 때는 가끔 시드도 이전처럼 유쾌한 한때를 보내면서 주디 아주머니의 '한입' 거리를 기대하고 살짝 부엌으로 들어왔다.

시드와 패트는 사이 나쁘게 지낼 수가 없어서 오래전에 화해를 했다. 그러나 같이 산책을 하거나 대화를 하거나 계획을 세우는 일은 없어졌다. 메이가 싫어했기 때문이다. 요즘은 농장을 한 바퀴 돌 때, 메이가 시드를 따라다니며 이렇게 바꾸어야 한다든지 저렇게 바꾸어야 한다든지 하고 자세한 의견을 내놓았다. 메이는 또 가족들 전부에게도 자신의 의견을 득의양양하게 펼쳤다.

'베어야 할 나무가 많다. 너무 나무가 많다. 특히 계단 옆의 포플러는 지저분하다. 그리고 옛날 과수원은 완전히 정리해야 된다. 좋은 땅을 쓸모 없이 놀리고 있다' 등등.

그러나 메이는 묘지까지 없애버리자고는 말할 수 없었다. 비록 묘지가 집 바로 근처에 있어서, 밤에 헛간이나 닭장에 갈 때 무섭다고 말은 했지만.

메이는 기분이 좋아 패트를 향해 뽐내듯이 말했다.

"내가 너라면 집 주변을 조금 바꾸겠어. 현관 입구는 너무 구식이고, 벽을 몇 개 부술 필요가 있어. '시인의 방'과 내 방을 합치면 아주 적당한 크기의 방이 될 거야. 개구리에게 바지가 필요 없듯이, 여분의 침실이 두 개씩이나 필요하지는 않아."

"우리는 지금 이대로의 '은빛숲'이 좋아."

패트는 얼굴이 굳어졌다.

"그렇게 흥분할 것 없어. 나는 그저 내 생각을 말해본 것뿐이라구."

패트는 심술궂은 말투로 레이에게 말했다.

"메이가 이곳에서 자기 마음대로 할 수 있게 되면 늘 뜯었다 붙였다 할 거야."

주디 아주머니가 말했다.

"자기 할아버지처럼 말이지. 메이의 할아버지는 부수고, 고쳐 짓고 하는 것을 굉장히 좋아했으니까. 그 할아버지는 무엇이든지 바꾸자고 했지."

"아주머니, 어젯밤 작은 응접실을 지나가자니까 메이가 시드에게 이렇게 말하고 있는 거예요. '어쨌든 아버님이 돌아가시면, '은빛숲'은 우리 차지야'라고 말이에요, 정말 그렇게 말했어요! '아버님이 돌아가시면'이라고요."

주디 아주머니는 킥킥 웃기 시작했다.

"남의 유산을 노려봤자 기다리다 허탕치기가 고작이야. 아빠는 적어도 아직 20년은 건강할 테니까. 하지만 그런 말을 하는 것을 보니 역시 비니 집안 사람답군."

2

이따금 패트는 이 모든 것에서 도망쳐 나와 자신의 들판이나 숲으로 갔다. 그 아름다운 흰 빛에 싸여서 편안한 기분이 되는 것이다. 10분이면 '비밀들판'에 갈 수가 있고, 고민과 혼란에서 멀리 떨어져 목장의 고독에 잠길 수 있다고 생각하면, 온갖 괴로움을 견뎌내기가 한결 수월했다. 아직은 레이와 함께 이 세상의 것이라고는 믿어지지 않을 만큼 근사한 여명을 감상할 수 있다. 눈 덮인 뒷산에 뜬 보름달도 있고, 산골짜기 위 장밋빛 저녁 노을과 시원스럽게 자란 자작나무와 어두운 구석, 서로를 부르는 밤바람, 맑은 초록빛 황혼, 고통을 달래주는 조용한 별빛 가득한 하늘이 있다. 꽃봉오리가 부풀어오르는 4월, '고마운 4월이 아직도 이 세상을 찾아온다.' 게다가 사랑하고, 보호하고, 소중히 지켜야 할 '은빛숲'이 있지 않은가.

봄이 되면서 조 오빠가 돌아왔다. 마침내 결혼을 하려는 것이다. 비니 부인이 말했다.

"모두들 이니드 서튼이 조와 결혼하지 못할 거라고 생각했지. 그 처녀에게는 내가 몇 번이고 말해 줬어. '조에 대해 너무 마음을 놓고 있으면 안 돼. 뱃사람은 항구마다 좋아하는 여자가 있으니까. 너도 이젠 어린 처녀가 아니야. 뱃사람이란 믿을 수 없는 사람들이야. 실버브리지의 로리 맥퍼슨 부인을 봐. 그 사람은 뱃사람인 남편이 죽었다고 생각하고 재혼을 하려고 했어. 그런데 그때 그 남편이라는 사람이 갑자기 건강한 몸으로 나타난 거야'라고 말이야.”

서튼 집안에서 성대한 결혼식이 치러졌다. 모두들 구릿빛으로 그을은 조가 매우 잘생겼다고 생각했다. 패트도 조 오빠가 자랑스러웠다. 그러나 이제는 조 오빠도 낯설게 느껴졌다. 전에 조 오빠가 집을 나갈 때는 무척이나 슬펐는데……. 부산한 혼인 잔치가 끝나고, 조 오빠와 신부가 조의 새 배로 세계일주 신혼여행을 떠나버리고 나니, 패트는 조금 홀가분하기조차 했다. 이제 마음을 가라앉히고 대청소와 마당일을 시작할 수가 있으리라. 비니 부인은 결혼식에 대해 이렇게 말했다.

“화려한 결혼식이었어요. 개중에는 찰리 서튼 노인이 결혼식을 어떻게 그렇게 치를 수 있느냐는 사람도 있었지만, 나는 늘 말해왔지요. 대부분의 사람들에게 결혼식은 평생에 한 번뿐이니까, 조금 화려해도 좋다고 말이에요. 나는 늘 결혼식을 좋아했어요. 메이가 그렇게 도망가 버리다니, 메이도 대단한 말괄량이였지요. 그 얘기를 듣고 나는 당신네들 이상으로 놀랐어요. 그 애가 여기 와서 당신들과 같이 산다는 것에는 반대하지 않아요. 나는 늘 메이가 시댁 식구들과 잘 지낼 것이라고 생각했는데, 과연 그대로 됐어요. 세상 사람들은 ‘메이가 여기 와서 도저히 원만히 살아 갈 수 없다, 패트가 워낙 별나니까’라고 말하고 있었어요. 하지만 나는 ‘아니요, 패트는 별나지 않아요, 패트의 마음을 이해해주면 돼요’라고 말해 줬어요. 그렇지, 패트? 메이는 여기 올 때 너와 사이 좋게 지내려고 결심하고 왔단다.

메이가 ‘한쪽에서 참으면 싸움이 안 돼요, 엄마’라고 말하기에 나도 ‘바로 그거야, 메이. 무엇을 하더라도 숙녀답게 행동하라.

너는 이제 가드너 집안 사람이고, 그 집 가풍에 따라 살아야 해'
하고 말해주었어요. 그리고 이렇게 타일렀어요. '사람들에게 관대
하게 대하는 것을 잊어서는 안 돼. 그리고 무서워하면 안 돼. 내
딸이 겁쟁이라는 소리는 듣고 싶지 않으니까'라고 말이에요. 당신
들이 잘 지내고 있는 것을 보면 정말 기뻐요.

　그런데 주디 플럼은 확실히 대단한 골칫거리예요. 메이가 힘들
어해요. 메이는 원래부터 예민한 아이니까요. 하지만 그 애는 내
말대로 관대한 마음을 갖기로 했어요. 나는 '주디 플럼은 누구나
다 알 듯이 제멋대로이지만, 나이 먹고 허약해졌으니 네가 좀 기
분을 맞추어 주렴' 하고 말했어요. 그러자 메이는 '일하는 사람들
기분까지 맞추고 싶은 생각은 없어요. 나는 윗사람인걸요' 하고
말했지요. 메이는 늘 분별 있는 아이였죠. 그건 그렇고, 가엾은
이니드 서튼이 결혼할 수 있어서 잘됐어요. 지난 3년 동안 돌아올
지 어떨지도 모르는 조를 기다리며 꽤나 속을 끓였을 텐데 말이
죠. 패트, 너는 어떠니? 남자들은 도대체 무슨 생각인 걸까? 네
그 홀아비 구혼자는 좀 꾸물대는 것 아니니?"
여기서 비니 부인은 느물느물하게 웃었다. 그 웃음은 패트에게는
갈비뼈를 콕콕 찌르는 것과 같았다.

"사람들은 그 남자가 물러나려 한다고 말하고 있지만, 나는 '아니
요, 아직은 아니에요'라고 말해 주었지. 그렇지만 패트, 그에게
약간의 희망을 줄 필요가 있어. 메이는 이렇게 말했지. '나라면
다른 여자들이 가져가고 남은 것을 갖지는 않을 거예요'라고 말이
야. 하지만 패트, 너는 이제 더 이상 젊지 않다는 것을 알아야
해. 나는 18살 때 결혼했지. 17살에 결혼할 수도 있었지만, 어쨌
든 그때 나는 빨간 비로드 의상에 초록색 깃털 장식이 붙은 검은
비로드 모자를 썼어. 모두들 훌륭하다고 칭찬을 했지. 그렇지만
나는 실망스러웠어. 전부터 하늘색 의상을 입고 결혼식을 올리려

고 생각했기 때문이지. 하늘 나라의 빛깔로 말이야. "

"또 듣기 싫은 시를 읊고 있군. "

틸리틱이 주디 아주머니에게 작은 소리로 말했다. 그러나 그 말이 패트와 레이의 귀에 들렸기 때문에, 두 사람은 웃지 않으려고 참다가 질식할 뻔했다. 비니 부인은 자신이 웃음거리가 된 줄은 꿈에도 모르고 얘기를 계속했다.

"커크 남매가 '기다란 집'의 뜰에 해시계를 설치한다는 것이 정말이니 ? "

"예. "

패트는 짧게 대답했다.

"나는 그런 현대적인 것은 별로야. 나는 구식 시계가 좋아. "

비니 부인은 기분 좋게 말했다.

마침내 비니 부인이 비틀거리며 '거실'로 들어가 버리자 레이가 말했다.

"상관없어요. 곧 라일락의 계절이 돼요. "

이어 패트가 말했다.

"'은빛숲'에는 제비꽃이 피고……. "

다시 레이가 말했다.

"둑에는 새로 백합을 심어야 하고……. "

"'민스파이 들판'에는 크고 새빨간 네덜란드 연꽃이 피고……. "

"'행복들판'에는 갯버들이 피고……. "

"요르단 강가에서는 베이지가 춤을 추고……. "

"아, 우리에게는 소중한 것들이 많이 있어, 패트 언니. 아무도, 비니 집안 사람들조차 어떻게 할 수 없는 것이. "

아침해에 몸을 씻고 새처럼 가벼운 기분이 될 수 있는 날은 영원히 사라져버린 것일까 ? 새 집이 들어서고 '은빛숲'이 또 자신들만의 것으로 된다면, 그런 날이 다시 돌아올지도 모른다. 그러나 그것은 먼 훗날의 일이다. 주디 아주머니가 뒤뜰을 지나고 있다. 메이가 잊고 닭장에 넣지 못한, 비에 젖은 병아리를 몇 마리 껴안고 있다. 아주머니는 허리가 굽은 것 같다……. 패트는 몸이 떨렸다. 그러나 아무리 열심히 노력해도 상황은 슬플 정도로 나빠져갔다.

3

"오늘은 다른 일은 안 하고 봄을 즐기기만 할 거예요."

패트가 즐거운 어조로 말했다. 그날 아침에 메이가 친정에 갔기 때문에, 그들은 오붓하게 하루를 지낼 수 있었다. 식사도 세 끼 모두 그들끼리만 식탁에 둘러앉아 즐겁게 먹을 수 있었고, 예전처럼 얼마든지 얘기를 할 수 있었다. 가끔 패트와 주디 아주머니는 이렇게 메이가 자주 친정에 가는 덕분에, 자기들이 온전한 정신을 유지할 수 있다고 생각할 때가 있다. 모든 것이 다르게 보였다. 주디 아주머니는 메이가 없으면 세탁기의 상태도 좋아진다고 말할 정도였다. 집도 안도의 한숨을 쉬는 듯싶었다. 집은 아무래도 메이와 친해질 수 없었다.

'은빛숲'의 봄은 아름다웠지만 마음 편한 것은 아니었다. 메이와 같이 하는 대청소는 매우 힘든 일이었다. 메이는 여러 가지 제안을 했다.

"저 지저분한 앞뜰을 없애고 잔디를 깔면 어떨까, 패트?"라든지 "저곳에 창문을 냈으면 해, 패트. 이 방은 오후가 되면 몹시 어둡거든"이라든지 "과수원이 정말 집 안으로 들어오려고 하고 있잖아. 왜, 저 나무를 베지 않는 거지?" 등등.

패트가 나무를 베지 못하게 하는 것을 메이는 아무래도 이해할 수 없었고, 또 이해하려고도 하지 않았다. 지금 말하는 나무에 대해서만은 메이의 제안을 부당하다 할 수 없었다. 아닌 게 아니라 그 나무는 집과 너무 붙어 있었다. 저절로 싹터서 자란 사과나무가 모르는 사이에 큰 나무가 되어 있었던 것이다. 지금 이 나무의 가지들이 큰 응접실 창문을 가볍게 밀고 있었다. 메이가 이 말을 했을 때, 그 나무에는 당장이라도 필 듯한 작은 빨간 봉오리가 아름다운 별처럼 군데군데 달려 있다.

"이렇게 과수원 일부가 집 안으로 들어오는 것은 멋진 일이라고 생각해."

패트는 대답했다.

"그렇겠지."

이것은 메이가 자주 하는 말로, 경멸의 뜻이 잔뜩 담겨 있었다.

자기 의견이 한 가지도 받아들여지지 않자 메이는 주디 아주머니가 듣는 데서 자기 어머니에게 하소연했다.

"내 남편의 집에서 내가 할 수 있는 일이 아무것도 없어요."

메이는 '화단'만은 어떻게든지 만들려고 결심하고 시드를 귀찮게 했다. 결국 시드가 패트에게 얘기해 잔디밭 끝에 메이의 화단을 만들기로 했다. 그 주변에는 골짜기의 백합꽃이 잔뜩 피어 있었는데, 패트는 이것이 모두 파헤쳐지는 것을 보고 싶지 않았다. 그 자리에 메이는 아이리스라든지, 제비고깔이라든지, 비니 부인의 '후궁' 같은 것을 심었다. 사실 메이는 꽃 같은 것은 조금도 좋아하지 않았다. 그녀가 화단을 갖고 싶어한 것은, 그것이 지금 대유행이고 시내에서는 누구나 다 화단을 만들고 있다는 소리를 올리브에게서 들었기 때문이었다.

"메이가 시드를 끈덕지게 졸라서, 드디어 '비밀들판'에 따라간 것을 알고 있어?"

레이가 물었다.

패트는 알고 있었다. 메이는 돌아오자 웃어 보였다.

"너의 유명한 들판을 보고 왔어, 패트. 숲 가운데 난 작은 구멍같이 보이던데, 겨우 그런 것을 가지고 몇 년 동안이나 그 법석을

떨었던 거야 ? ”

　패트에게는 시드가 ‘비밀들판’을, 패트와 시드 두 사람만의 ‘비밀
들판’을 메이에게 보여주었다는 것은 더할 수 없는 배신 행위였다.
그러나 시드를 책망할 수는 없었다. 시드로서도 싸움을 피하려고 그
랬던 것일 테니까.

　메이는 패트가 싫어하는 일을 하지 않으려는 시드에게 “아내보다
여동생이 더 소중한 거야 ? ”라며 덤벼들었다.

　시드와 메이가 크게 싸움을 하기 시작했기 때문에 ‘은빛숲’에서는
여름내 어두운 나날이 계속됐다. 식사 때가 가장 심했다. 두 사람은
끊임없이 말다툼을 하고 있었다.

　어느 날엔가는 꺽다리 앨릭은 화를 냈다.

　“아, 한 번쯤은 싸우는 소리를 듣지 않고 식사를 하게 해다오. ”

　메이의 비꼬는 말과 시드의 기분 나쁜 대답을 잠자코 듣고 있던
패트는 일어나서 자기 방으로 가버렸다.

　“이제 더 이상 참을 수가 없어. 도저히 안 돼. ”

　패트는 거칠게 말하고 성가신 햇빛을 차단하려고 블라인드를 확

잡아당겼다. 그러나 블라인드는 패트의 손에서 미끄러져 빠져나가면서 무섭게 말려 올라가, 레이의 침대에서 자고 있던 '고약한 놈'을 죽을 만큼 놀라게 했다.

"당신에게는 고양이를 키울 자격이 없어."

'고약한 놈'이 말했다. 아니 그렇게 말하는 듯했다.

패트는 '고약한 놈'을 노려보았다.

"'은빛숲'에서 이런 일이 있다니, 이게 무슨 꼴이람!"

조금 뒤에 우편물과 꽃을 안고 들어온 레이는 문에 자물쇠를 잠갔다. 지금은 그럴 필요가 있었다. '은빛숲'은 이제 전처럼 안전하지 않았다. 언제 어느 때 메이가 노크도 없이 뛰어들어올지 모르기 때문이다. 메이는 노크를 하는 것을 우습게 여겨 '은빛숲의 거드름'이라고 불렀다.

"패트 언니, 그런 일로 너무 속상해하지 마. 나도 메이를 보며 매일같이 생각했어. 남의 머리에서 가발을 잡아당기던 개구쟁이 시절로 돌아갔으면 좋겠다고 말이야. 하지만 그런 기분이 들면 나는 브룩이 메이를 어떻게 바라볼까 생각해……. 틀림없이 재미있어 하는 눈빛일 거야. 그러면 메이는 조그마한 크기로 줄어들고 말아. 이런 생활이 끝없이 계속되는 것은 아닐 거야."

패트는 소리질렀다.

"그렇지 않아, 레이. 메이는 따로 나가 살고 싶지 않은 거야. '은빛숲'을 가지고 싶은 거야. 시드에게 그렇게 말하는 것을 들었어. 듣지 않으려고 해도 저절로 들려왔어. 화났을 때의 메이의 목소리가 어떤지는 너도 알고 있지? '나는 애덤스네 땅 같은 외진 곳에서는 살지 않을 거야. 그리고 헛간을 통째로 옮겨갈 수도 없는 노릇이고. 당신은 나에게 청혼할 때 '은빛숲'에서 살 거라고 했잖아? 그래서 나는 그럴 생각이야. 그리고 당신의 노처녀 여동생이 하라는 대로 하며 살고 싶지는 않아. 당신 여동생은 부모님에게 붙어 사는 식객일 뿐이야. 내가 집안을 돌보는 동안 밖에 나가서 자신의 생활비 정도는 벌어도 될 텐데'라고 말이야.

메이는 어떻게든지 시드를 우리에게서 떼어놓으려고 애쓰고 있어. 그리고 우리가 하는 모든 말과 행동에 대해, 또는 어떤 말과 행동을 하지 않는 것에 대해서까지 숨은 동기를 찾으려 든다니까. 지난주, 메이가 새로 산 옷에 내가 아무런 관심을 보이지 않는다고 화내는 것을 너도 보았지? 밝은 파랑색 실크에 싸구려 레이스가 달린 그 굉장한 옷 말이야. 나는 못 본 척하는 것이 예의라고 생각했지. '은빛숲'의 사람이 그런 옷을 입고 있다는 게 부끄러웠어. 그런데 메이는 늘 우리가 자기를 비웃고 있다고 시드에게 고자질하는 거야."

"어젯밤엔 메이가 달을 보며 뭐라고 하니까 언니가 웃었잖아." 레이는 싱끗 웃었다.

"웃지 않을 수가 있어야지? '은빛숲'의 그 전나무 가지 끝에 걸려 있는 초승달을 보고, 너무 기뻐서 깜빡 메이에게 가리켜 보였더니 '아유, 귀여워라!'라고 나의 새언니가 말씀하시는 거야. 그런 사람이 법적으로 '은빛숲'의 가드너 집안의 일원이 되다니!"

"그래도 전나무에 걸려 있는 초승달은 변함없이 아름답잖아?" 레이는 온화하게 말했다.

그러나 지금의 패트에게는 위로의 말 같은 것이 들리지 않았다. "식사 때의 일을 생각해 봐. 가장 좋을 때도 진정한 대화는 나눌 수 없고, 나쁠 때에는 오늘같이 되지. 레이, 진실되고, 아름답고, 즐거운 것은 전부 '은빛숲'에서 사라져버리고, 메이가 집을 비울 때만 약간 되돌아오는 듯한 기분이야. 게다가 메이는 전화를 몰래 엿듣지. '은빛숲' 사람이 전화를 몰래 엿듣는다는 것을 생각해 봐! 그리고 들은 것을 지껄이고 돌아다니는 거야. 메이가 말하는 것을 들으면 나는 비참해져서 죽고 싶어. 어제는 그 서머사이드의 사촌들을 한 무리 우리 방으로 데리고 들어가서 보여준 것 알아?"

"응, 우리 방에는 메이의 방처럼 머리핀이나 분가루 같은 것이 흩어져 있지 않았으니까."

레이는 먼지 하나 없는 자신들의 방을 사랑스러운 듯이 둘러보았다. 올봄에 패트와 둘이서 고른 옥수수색 커튼으로 바꿔 달았기 때문에, 방 안은 금빛으로 가득 차 있었다. 다른 곳은 어떻게 되어 있든 적어도 여기만큼은 아직 조용함과 편안함과 위안이 있었다.

"그리고 시드를 우리에게서 떼어놓으려고 애쓰고 있는 것 말인데, 그렇게는 안 될 거야. 지금은 시드도 메이가 어떤 사람인지 알고 있으니까. '은빛숲'의 주인은 여전히 아빠이고 말이야. 그러니까 안심하고 기다려. 지금 우편함에서 가지고 온 건데, 힐러리의 편지야. 이것을 보면 힘이 날 거야."

그러나 패트가 힐러리의 편지에 언제나 숨겨져 있는 그 잡을 수 없는 무언가를 찾아내려고 세 번이나 되풀이해서 읽었지만, 그다지 힘이 나지 않았다. 힐러리의 편지는 어느 것이나 그랬지만 이것도 느낌만 좋은 편지였다. 무척 오랜만에 온 편지였다. 이 편지를 쓰고 있는 동안 마음이 다른 데로 가 있었는지 어딘지 모르게 멀어진 듯한 느낌이었다. 그는 건축 공부 때문에 이탈리아에 갔다가 동쪽으로 이집트와 인도를 둘러볼 것이라고 했다. 1년은 걸릴 예정이란다.

"나는 전 세계를 돌아보고 싶어."

힐러리는 이렇게 쓰고 있었다. 패트는 몸을 떨었다.

'전 세계'라는 말이 아주 냉정하고, 터무니없이 크게 느껴졌다. 그러면서도 힐러리와 같이, 혹은 힐러리처럼 마음 맞는 친구와 세계를 보고 다니는 것도 좋겠다는 기분이 들었다. 사막의 저녁해를 뒤로 한 파일리(나일강 상류의 섬), 전설로 유명한 알람브라 궁전(스페인의 그라나다에 있는 무어인의 궁전), 달빛을 받은 진줏빛 타지마할(인도 북부의 아그라에 있는 흰 대리석으로 된 화려한 영묘), 힐러리의 말에 의하면 매우 오래된 장밋빛 도시인 페트라(요르단 남서부의 고도, 여러 가지 색의 성충암으로 만들어진 건축물의 유적) 등을 볼 수 있다면 참으로 멋있으리라. 그러나 그보다 더 한층 멋진 일은 다시 한 번 자기 것이 된 '은빛숲'을 바라보는 일이리라. 그녀는 그런 일이 두 번 다시 없을 것 같아 두려웠다. 아마 메이는 이곳에 머물겠지. 원하는 것은 반드시 이루는 성격이니까. 시드를 원하더니 제 것으로 만들었다. '은빛숲'도 무슨 수를 써서라도 손에 넣어 버릴 것이다. 벌써 지금도 여주인 행세를 하면서 '화단'을 핑계삼아 정원을 자기 것인 양 안내하고, 화단 둘레의 돌이 주디 플럼 주머니의 변덕에 의한 것이라는 둥 실례되는 말을 하고 있으니.

집 안이 메이네 식구들로 발 들여놓을 틈도 없을 지경이었다. 주디 아주머니는 틸리턱에게 이렇게 말하곤 했다.

"'은빛숲'은 메이네 사람들로 북적북적해. 어쩌면 비니의 집안은 저토록 아이들이 많을까!"

메이와 같은 눈을 하고 있는 보기 싫은 남동생은 언제나 와서 시드의 '심부름'을 하기도 하고 주디 아주머니를 놀리기도 한다. 주디 아주머니는 그 보복으로 그가 좋아하는 음식을 요리실에 감추어 버리고 모르는 척했다.

"가엾게도 주디 아주머니는 기력이 예전 같지 않아. 물건을 챙겨 두고도 두어둔 장소를 잊어버리는걸."

메이는 말했다.

요즘 메이는 부엌에 와서 자기 손님을 위해 주디 아주머니가 '뒤죽박죽'이라고 부르는 음식을 만들고, 기름이나 반죽이 묻은 그릇들을 전부 그대로 놔두었기 때문에, 설거지는 결국 주디 아주머니 차지였다.

주디 아주머니는 기분 좋은 메이와 '부어' 있는 메이 중 어느 쪽이 더 싫은지 몰랐다. 부어 있을 때에는 문을 탁 닫아 버리기도 하고 물건을 거칠게 다루지만, 입은 조용했다. 기분이 좋을 때는 쉴새없이 떠들어댔다. 지금 '은빛숲'은 거의 조용한 시간이 없었다. 참다 못한 주디 아주머니는 '난폭한 딕'의 묘석에 앉아서 뜨개질을 하게 됐다. 틸리턱도 '울보 윌리'의 비석에 앉아서 담배를 피웠다.

"번잡한 것을 좋아하는 나지만, 너무 번잡한 것은 아무래도……."

그는 이렇게밖에 말하지 않았다. 메이는 재미있어서 어쩔 줄 몰라 했다. 틸리턱과 주디 아주머니가 묘지에서 '연애'를 하고 있다고 일부러 떠들고 다녔다.

주디 아주머니는 분한 듯이 패트에게 말했다.

"메이가 무슨 소리를 해도 눈 하나 깜짝하지 않을 테니까, 아니, 메이가 내 부엌을 제멋대로 하게 두지는 않을 거야. 어제는 글쎄 윌리엄 왕과 빅토리아 여왕 그림 바로 밑 벽에 벌거벗은 여자 사진이 있는 달력을 걸었지 뭐야? 나는 그것을 내려서 불 속에 집어던져 버렸지. 메이에게 '저렇게 천한 여자는 왕이나 여왕님의 상대로는 어울리지 않아'라고 말해 줬어.

메이가 어제 여기 데리고 온 수영복 차림의 사촌도 이곳과는 어울리지 않아. 굵은 정강이를 드러내놓고 거침없이 들어와서, 니어마이아 고조할아버지의 의자에 앉아 버리는 게 아니겠어? 다리를 꼬고서. 그런데 그 다리의 색깔이 이상했어. 선탠이라던가 뭐라던가를 했는데, 흰색이 아니라 탈지우유를 치즈로 만든 것 같은 색이었지.

틸리턱은 한 번 보더니 곡식 창고로 도망쳐버렸지. 나도 달력을 불 속에 집어던질 때처럼 할 수는 없었지만 이렇게 말해 주었어. '다리를 드러내고 싶은 사람은 먹는 양도 줄여야 해'라고. 그 사촌은 '당신은 이상한 사람이네요'라고 말하더군. 어쨌든 나더러 대단한 사람이라고 하지 않아서 다행이야. 그 사람은 '대단한'이라는 말을 잘 쓰니까 말이야.

하지만 메이가 지금 원피스 수영복이 유행이라고 하는데 긴 옷에 뻣뻣한 속바지를 입고 해수욕을 가라고 하느냐고 나더러 말을 하기에 '당치도 않아. 나는 네 엘리스 큰어머니와 다르니까. 품위 있는 옷을 입혀 사람들에게 보이자는 거지. 나는 뭐 다리를 나무라는 것은 아니야, 특히 충분히 배경이 될 만한 해변에서는 괜찮지만, 네 사촌같이 저렇게 크고 뚱뚱하면 내 부엌에서는 모두 압도되어 버려'라고 말했더니 메이가 '엠마의 수영복은 대단한 것이라고 모두들 말해요'라고 말하기에 '대단하다고 말 잘했어. 틸리턱의 반응을 못 봤어? 틸리턱은 쉽게 지는 사람이 아니니까. 유행이라는 것은 원숭이가 한 마리 시작하면, 다른 원숭이들도 다 같이 따라 하는 법이야'라고 말해 줬단다.

메이는 자기 집안 식구를 바보 취급했다고, 하루 종일 한 마디도 말을 하지 않았지. 하지만 나로서는 친한 척하는 것보다는 성내는 편이 차라리 좋아. 오늘 아침에도 메이는 나를 유도해서 클리버의 일을 들으려고 했지만, 나는 아무것도 몰라. 무엇인가 알고 있니, 패트?"

"아무것도 몰라요."

패트는 방긋 웃었다.

"그럴 거라고 생각했어."

주디는 웃지도 않았다. 주디에게는 웃어야 좋을지 실망해야 좋을지 몰랐다. 클리버를 좋아하지 않았기 때문이다. 클리버는 맥길을 우등으로 졸업하고, 올여름 실버브리지 항으로 조사를 하기 위해 와 있었다. 패트와는 '기다란 집'에서 알게 되었고, 잠시 '은빛숲'에 출입했다. 놀랄 만큼 머리가 좋고, 갖가지 어려움이 많은 바실루스 균 연구로 이미 주목을 받고 있다. 그러나 불쌍하게도 클리버는 자신이 확대한 세균과 꼭 닮았기 때문에, 주디 아주머니는 아무리 생각해봐도, 도저히 그를 패트의 남편감으로는 볼 수 없었다.

"그렇다면 아직은 그 홀아비 쪽 같군. 특히 징글에 대한 소식이 정말이라면. 나는 전부터 패트의 신랑감이 이러이러했으면 좋겠다고 내 나름대로 생각해왔지. 하지만 나는 나이 든 바보이고, 비니 부인이 늘 말하듯 갈수록 늙어가니까." 주디 아주머니는 묘지에서 틸리 턱에게 말했다.

"늙은 마틸다 비니 부인은 이빨을 새로 갈아넣고, 새 모피 외투를 샀어. 이제 머리만 새로 산다면 당분간은 쓸모가 있을 텐데." 틸리 턱은 파이프를 두세 번 빨고 난 뒤 무게 있게 덧붙였다. "단적으로 말하면 말이야."

4

8월에 갑자기 에디스 고모가 죽었다. 집안 사람들은 모두 놀랐다. 에디스 고모를 깊이 사랑하고 있던 사람은 아무도 없었다. 사랑받을 만한 인물은 아니었기 때문이다. 그러나 안정된 질서의 일부를 이루고 있었기 때문에 그의 죽음은 또 다른 변화를 의미했다. 이상한 일은 에디스 고모를 계속 미워했던 주디 아주머니가 제일 먼저 그의 죽음을 슬퍼하고 탄식한 것이었다. 화를 내든지, 서로 예의를 갖춰 가시 돋친 비난을 주고받을 에디스 고모가 없으니 세상이 모두 시시해진 것처럼 주디 아주머니는 생각했다.

"그 사람이 나를 나쁘게 말하면서 이 부엌으로 들어오는 것을 두 번 다시 볼 수 없다고 생각하니 굉장히 이상한 기분이 들어, 패트."

힐러리 고든이 약혼한 사실을 기쁜 듯이 패트에게 전한 이는 물론 메이였다. 비니 집안 누군가가 밴쿠버에 살고 있어서, 그 약혼녀를 알고 있는 다른 비니로부터 편지를 받은 것이다. 그 약혼녀와 힐러리는 힐러리가 외국에서 1년을 지내고 돌아오면 결혼을 하고, 유명한 건축사무소 사장인 약혼녀의 아버지 밑에서 일할 거라고 했다.

"힐러리는 네가 아직 젊었을 때의 숭배자였지?"

메이는 악의를 품은 느릿느릿한 말투로 말했다.

그날 밤 레이는 패트에게 말했다.

"정말일 거야. 나도 얼마 전에 들었어. 도트는 친구가 밴쿠버에 사는데 힐러리 소식을 편지로 전해 왔대. 나는, 언니에게 말해도 좋은 것인지 어떤지 몰라서……."

"도대체 어째서 내게 얘기를 하면 안 돼?"

패트는 굉장히 냉정하게 말을 했다.

"하지만 언니와 힐러리는 원래 아주 좋은 친구였으니까……." 레이는 주저했다.

"그대로야!"

패트는 대들 듯이 말했다. 시냇물을 연상케 하는 갈색눈에는 위험한 불꽃이 타올랐다.

"우리는 원래부터 친한 친구였으니까 그에 대한 좋은 소식을 알아야 하는 것은 당연하지 않아? 다만…… 언짢은 기분이 드는 것은, 다른 사람을 통해서 내가 힐러리 소식을 알게 됐다는 것이야. 레이 가드너, 어째서 그런 식으로 나를 힐끔힐끔 보고 있어?"

레이는 용기를 내어 말했다.

"나는 이전부터 언니가…… 내가 생각하는 것보다 훨씬 더 힐러리를 좋아하고 있지 않나 생각하고 있었는데……."

패트는 얼마쯤 마음에 없는 웃음을 웃었다.

"레이, 바보 같은 소리를 하는 게 아니야. 힐러리의 일이라면 너도, 아주머니도 머리가 조금 이상해지는 모양이야. 나는 이전부터 힐러리를 좋아했고 앞으로도 그럴 거야. 내게는 힐러리가 소중한 오빠 같은 사람이야. 벌써 몇 년 동안이나 힐러리를 만나지 못했으니……, 물론 친구로서도 좀 틈이 생겼어. 그것은 어쩔 수가 없겠지. 편지 왕래도 자연히 끊겨 버린걸. 힐러리가 외국에 가고 나서는 한 통도 받지 못했어."

"힐러리가 떠났을 때 나는 아직 어린아이였지만 내가 그를 아주 좋아한 것을 지금도 기억해. 그렇게 좋은 사람은 세상에 또 없다고 생각했어."

"정말 그래. 그래서 그 사람에게 어울리는 사람과 결혼하기를 바라고 있는 거야."

"힐러리는 사실 언니를 좋아했던 것 아니야, 패트 언니?"

"아마 힐러리는 그렇게 생각하고 있었던가 봐. 그 감정을 이겨내리라는 것을 나는 알고 있었어."

"저어……."

레이는 무엇인가 은밀히 기쁜 일이 있는 듯 하루 종일 즐거워하고 있었는데 지금에서야 바로 그 얘기를 했다.

"대학에 학기가 시작하기 전에 브룩이 1주일 동안 오기로 돼 있어. 그때까지 미스 매콜리가 내 파란 조젯(얇고 투명한 드레스용 견직물) 옷을 만들어 주면 좋을 텐데. 그리고 거기에다 시내에서 본 아름답고 결이 고운 파란 비로드로 작은 재킷도 만들려고 해. 그 옷을 입으면 반드시 브룩이 나를 맘에 들어할 거야."

"어떤 옷을 입어도 마음에 들 것이라고 생각해."

패트가 놀렸다.

"그래도. 하지만 그것도 정도라는 것이 있어, 패트 언니."

'그런데 나는 무엇을 입든지 신경 써주는 사람이 없어.'

패트는 약간 쓸쓸하게 생각했다.

창밖에서는 달이 떠오르고 있었다. 패트는 '젊은 처녀 시절' 힐러리와 자주 달이 떠오르는 것을 바라보던 것을 생각해냈다. 메이의 말이 마음속으로 파고들어왔다. 비니 부인도 요전에 언짢은 말을 했다. "좋은 기회는 얼마든지 있으니까"라고 되풀이해 말했던 것이다. 남글렌의 처녀가 도널드 홈스와 약혼했다는 것을 알려 주면서 그렇게 말했다.

비니 부인은 그때 위로하는 말투였다.

"넌 아직 젊으니까. 네가 조금 노처녀가 되어 간다고 말할 때마다 나는 이렇게 말해. '당연하지 않아요? 몇 년 동안이나 패트가 맡아 온 책임을 생각해 봐요. 어머니가 병이 나서 얼마나 수고하고 있는지 몰라요. 아직 그런 나이가 아닌데도 나이 들어 보이는 것은 무리가 아니에요'라고."

패트는 비니 부인의 말을 듣고 흘려 버리는 버릇이 있었지만, 이 '아직 젊다'는 말은 괴로웠다. 거울 앞에 가서 냉정하게 자신을 바라보았다. 실제로 자신이 나이가 들었다고는 생각지 않았다. 짙은 갈색 머리는 여전히 윤기가 나고, 호박색 눈은 빛나고 있으며, 볼도 매끈하게 보기 좋았다. 눈꼬리에 약간 주름이 있는지 모르지만……. 저것은 무엇인지 모르겠네……? 패트는 약간 눈을 크게 뜨면서 몸을 앞으로 내밀었다. 설마, 그럴 리가? 역시 그랬다! 흰머리였다.

5

그날 밤 패트는 '기다란 집'으로 외출을 했다. 가벼운 발걸음으로 걸어갔다.

흰머리 같은 것은 생각지 않을 테야. 뽑지도 않을 테야. 셀비 집안 사람들은 모두 일찍부터 머리가 센다. 그게 어떻다는 거야? 머리는 어떻든 마음만은 늙지 않을 테야. 청춘의 깃발을 언제까지나 용감하게 펄럭이자. 얼굴에는 주름이 잡힐지 모르지만 영혼에는 하나도 잡히지 않게 하리라.

그렇게 생각하기는 했지만, 그날 패트는 이제 젊어지고 싶지 않다는 생각을 했다. 젊을 때는 여러 가지 일로 괴로운 생각을 한다. 나이를 먹으면 그토록 괴로워하지 않게 되리라. 나이를 먹으면 그토록 수고를 하지 않아도 된다. 모든 일이 안정되고, 대단한 변화도 없으리라. 알고 있는 사람들이 끊임없이 외국으로 가버린다든지 결혼해 버린다든지 하는 그런 일도 없으리라. 머리는 하얗게 셀지 몰라도 그런 것은 상관없다. 잃어버린 낙원을 생각하고 남모르게 고민하는 일도 없으리라.

그날은 전혀 유쾌하지 않았다. 메이는 성이 나서 문을 탁 닫아버렸다. 로버는 패트가 밖에 내놓고 식히던 초콜릿 설탕과자 한 접시를 먹어 버렸다. 주디는 무엇인지 낙심한 듯싶었다…… 힐러리의 일이 틀림없었다. 더구나 그 일에 대해서 말은 하지 않으면서도 쉴새없이 입안에서 '일이 이상하게 되고 말았다'고 중얼거렸다.

패트는 조금 따분한 기분이 들었다. 뭔가 힘을 낼 필요가 있다고 생각했다. '기다란 집'에 가면 그 무엇인가가 있을 것이다.

언제나 그랬다. 세상이 조금 시시해질 때마다, 이제까지 일어났던 변화나 더 나쁜 결과를 생각하고 도려내는 듯한 적막감에 쫓길 때마다, 패트는 언덕을 넘어서 데이비드와 수잰이 있는 곳으로 갔다.

'기다란 집' 문이 자기 뒤에서 덜컹하고 닫힐 때마다 불만과 고민의 세계를 문밖으로 쫓아내버리는 듯한 기분이 들었다. 전에는 '은빛숲'에 들어갈 때에도 늘 이런 기분이 들었다고 생각하자, 패트는 가슴을 찌르는 듯한 아픔을 느꼈다. 이제 다시는 '은빛숲'에서 그런 기분을 느낄 수 없다는 것은 대단히 괴로운 일이었다. 패트는 이런 상황에 익숙해질 것 같지가 않았다.

그러나 오늘 밤 데이비드와 수잰과 셋이서 난로를 둘러싸고——으스스한 9월 밤이어서 불이 필요했다——호도를 깨거나 얘기를 하거나 잠자코 있는 동안, 이 남매와 같이 있으면 언제나 그렇듯이 패트의 가슴에서 불쾌한 생각이 사라져 갔다. 수잰은 주로 말없이 알폰소를 무릎에 앉히고 앉아 있었다. 그러나 패트와 데이비드는 절대로 얘기가 끊기지 않았다. 패트는 난로 주변에 불규칙한 글자로 멋을 부려 써붙인 격언을 바라보았다.

세 가지 온화하고 좋은 일
여기 있으라
함께 있으며
서로를 위해 주라.

진실이었다. 그리고 이 말이 정말인 이상 설령 어떤 함정이 삶에 도사리고 있더라도, 그 어떤 일도 참을 수 있는 것이다. 수잰은 얼마나 좋은 사람인가! 데이비드의 눈은 또 얼마나 멋진지 모른다. 온화하지 않을 때는 기분이 들떠 있고, 들떠 있지 않으면 대단히 온화하다. 게다가 목소리는, 데이비드의 목소리는 언제나 무엇을 생각하게 했다. 확실히는 모르지만 패트의 마음을 강하게 끌어당기는 것은 확실했다. 또 데이비드가 패트를 대단히 좋아하는 것도 알고 있었다. 누군가 자기를 좋아한다는 것은 기쁜 일이고, 가고 싶을 때 찾아갈 수 있는 친구가 있다는 것도 고마운 일이었다.

　다른 때와 마찬가지로 데이비드가 패트를 전송했다. 이렇게 집까지 같이 걸어가는 것이 얼마나 즐거운지 패트는 오늘 밤 비로소 알았다. 오늘 밤은 산들이 8월 보름달을 머리에 이고 꿈꾸는 것 같았다. 두 사람은 빼곡이 들어선 가문비나무 숲을 지나갔는데, 이 소나무 밭은 늘 여러 가지 비밀을 숨겨둔 것같이 보였다. '파수꾼 소나무'가 아직도 망을 보고 있다. 무엇을? 들길을 지나서 시내를 건너, '소곤소곤길'로 나왔다. 문 앞에서 언제나 헤어지지만 아름다운 밤 경치에 마음을 빼앗겨서 두 사람은 잠시 말없이 서 있었다.

　희미한 음악소리가 들려왔다. 틸리턱이 잠자리에서 켜고 있는 바이올린 소리였지만, 떨어져 있어서인지 마법의 달 밑에서 연주하고 있는 요정의 곡조같이 감미롭게 여겨졌다. 나무들 저편에는 넓은 하늘이 고요한데 언제나 변함없는 별이 빛나고 있었다. 변하지 않는 것은 별뿐이다.

　데이비드는 패트와 둘이서 잠자코 서 있는 편이 다른 어떤 여성과 얘기하고 있을 때보다도 훨씬 많은 것을 이야기하는 것 같았다. 또 만약 자신이 이전부터 그렇게 하려고 생각하고 있었던 것, 그러니까 갑자기 패트를 껴안고 '사랑하는 사람이여'라고 말한다면 패트는 어떻게 할까……? 어떤 말을 할까 데이비드는 생각했다. 하지만 실제로 데이비드가 말을 꺼내 겨우 만족스러워진 패트의 기분을 가라앉게 했다.

"수잰은 자기의 작은 비밀을 당신에게 털어놓던가요?"

수잰이? 비밀을? 사람이 이런 말투로 말하는 비밀이란 하나밖에 없다. 갑자기 패트는 휘두르는 방망이라도 피하듯 한쪽 팔을 들었다.

"아, 아뇨."

패트는 희미하게 말했다.

"오늘 밤 당신과 두 사람만 있었다면 꼭 이야기했을 거요. 수잰은 매우 행복해하고 있소. 여기로 오기 전에 이전의 연인과 싸웠는데 이제는 화해했거든요. 그리고 결혼하기로 했어요."

너무했다! 정말, 너무했다. 그러면 수잰도 잊혀져 버리게 된다! 그러나 뭔가 의례적인 좋은 말을 하지 않으면 안 된다.

"그, 그녀가 언제나 행복하기를 바라고 있었어요. 틀림없이 행복해지리라고 생각해요." 패트는 괴로워하며 말했다.

데이비드는 조용한 말투로 말했다.

"그 애는 몇 년 동안이나 사랑했소. 그런데 왜 사이가 나빠졌는지 나는 몰랐소. 말이 없었으니까요. 우리 커크 집안 사람은 상대가 대학을 졸업할 때까지는 결혼을 하지 않소. 수잰의 상대는 자기 힘으로 학교에 다니고 있는 남자요. 만약 수잰이 결혼하면…… 나는……."

"당신은…… 당신은 적적하게 되겠군요."

패트는 스스로도 자기가 얼마나 얼빠진 소리를 하는가 생각했다.

"내가 어떻게 해야 할지 당신이 가르쳐 주지 않으면 안 돼요."

데이비드는 약간 몸을 앞으로 숙인 채 다가오고, 그 소리는 대단히 의미 있게 들렸다. 데이비드는 어쩌면 내게 결혼을 신청할지도 몰라……. 만약 그렇다면 도대체 나는 뭐라고 말하면 좋을까? 아무 말도 하지 말자! 오늘 하루 종일 쇼크를 잔뜩 받았다. 힐러리의 약혼, 흰머리, 수잰의 결혼 이야기! 아, 어째서 인생은 이렇게 불안정한 것일까? 자기 처지도 모른 채 안심할 수도 없고, 언제 어느 때 무서운 일이 닥칠지도 모른다. 그냥 데이비드의 말을 못 들은 척하고 집으로 들어가 버리자. 패트는 그렇게 생각하고 집 안으로 들어가 버렸다.

그러나 그날 밤 패트는 자기 방에서 달빛을 받고 앉아서 앞으로 걸어가야 할 인생의 두 가지 길을 한참 바라보고 있었다. 레이가 없어서 집은 조용했다. 패트는 쓸쓸한 생각이 들었다. '은빛숲'은 밤이 되면 언제나 편안함을 빼앗겨 탄식하는 것 같았다. 하늘에는 구름 한 점 없었지만 모진 바람이 불고 있었다.

"어째서 바람은 저렇게 서두를까요, 패트 이모?"

요전에 작은 메리가 물은 적이 있다. 그렇다, 모든 것이 서두르는 것 같다. 인생도 서두르고 있다. 사람을 가만히 내버려두지 않는다……. 바람 속의 나뭇잎처럼 날아가 버리고 만다.

어느 길로 갈까? 데이비드는 패트에게 결혼을 신청하려고 한다. 패트는 자신에게 그럴 마음이 있으면 데이비드는 틀림없이 결혼을 신청하리라는 것을 훨씬 이전부터 어렴풋이 느끼고 있었다. 패트는 데이비드를 무척 좋아했다. 그와 같이 가는 인생길은 틀림없이 즐거울 것이다. 시시한 날도 데이비드가 옆에 있으면 눈이 부시도록 화려했다. 같이 있으면 언제나 만족한 기분이 된다. 그런데 데이비드의 눈이 가끔 몹시 슬퍼질 때가 있다. 그것을 행복한 눈으로 만들어 주고 싶었다.

이만한 이유면 결혼하는 데 충분하지 않을까? 더구나 데이비드처럼 좋은 사람이라면? 결혼하지 않으면 자기 삶에서 영원히 데이비드를 잃게 된다. 수잰이 가고 나면 데이비드는 절대로 '기다란 집'에는 머물러 있지 않을 것이다. 패트는 더 이상 친구를 잃을 수는 없다. 도저히 그럴 수는 없다.

이 길을 선택하지 않는다면 어떻게 될까? 이대로 '은빛숲'에서의 생활은 계속되어 '패트 이모'가 되고, 집안의 혼례며 장례에 대해 의논이나 하고, 갈색 머리가 희끗희끗해질 거야. 그 흰머리가 패트의 머릿속에 떠올랐다. 갑자기 노인에게 어깨를 얻어맞은 기분이 들었다. 그러나 '은빛숲'이, 이 '은빛숲'이 제3자나 침입자의 손을 떠나 자기 것이 되고, 패트 스스로 사랑하고, 계획을 세우고 살 수만 있다면 모두 상관없다. 그렇다면 패트는 한시도 주저하지 않을 것이다. 그러나 그렇게 될 것인가? 다시 한 번 '은빛숲'이 자기 것이 될 것인가? 패트는 메이의 속셈을 알고 있다. 또 시드도 '은빛숲'을 나가서 다른 곳으로 옮기고 싶어하지 않는다는 것도 알고 있다. 아버지는 그 두 사람에게 대항할 수 있을까? 과연 반대하실 수 있으려나? 아니, 언젠가는 메이가 '은빛숲'의 여주인이 되어 버리겠지. 이 근심이 계속 패트를 따라다녔다. 만약 그렇게 된다면⋯⋯.

2, 3주 뒤 데이비드는 '기다란 집' 뜰에서, 지금도 가끔 베츠의 영혼이 느껴지는 그 뜰에서 조용히 패트에게 물었다.

"나와 결혼해 주겠소, 패트?"

패트는 한순간 가문비나무가 둥그렇게 둘려진 먼 동쪽 언덕을 잠자코 바라보고 있었다. 그러고 나서 패트는 조용히 말했다.

"네."

6

제일 먼저 엄마에게 알렸다. 언제나 차분한 엄마의 얼굴이 패트의 애기를 듣자 약간 바뀌었다.

"패트, 너는 정말 그 사람을 사랑하고 있니?"

패트는 창밖으로 눈을 돌렸다. 어젯밤에 서리가 내려서 뜰에 서 있는 나무들이 시들어 있었다. 엄마가 그런 것을 묻지 않았으면 좋을

텐데, 패트는 생각했다.

"정말 사랑하고 있어요, 엄마. 엄마가 말하는 의미와는 다를지도 모르지만."

"의미는 한 가지밖에 없단다."

엄마는 부드럽게 말했다.

"그렇다면 나는 그런 의미로는 사랑할 수 없는 종류인가 봐요. 나는 노력해 봤어요. 그런데 그렇게는 되지 않아요."

"노력한다고 되는 게 아니야."

"엄마, 나는 데이비드를 아주 좋아해요. 우리는 서로 잘 맞아요. 마음이 통해요. 데이비드도 나와 똑같은 것을 좋아해요. 나는 그 사람과 같이 있으면 늘 즐겁고 우리는 언제까지나 친구로 지낼 수 있을 거예요."

엄마는 그 이상 말을 하지 않았다. 레이의 혼수품 상자에서 뭔가를 꺼내들고 잘 보이지 않는 작은 바늘로 바느질을 시작했다.

'결국 모두 잘될 거야. 비록 내가 패트를 위해 바라는 바는 아니지만, 본인이 직접 고르는 것이 진짜니까. 데이비드 커크는 훌륭한 사나이야. 나는 늘 그를 좋아했지. 게다가 패트는 내게서 그다지 멀지 않은 곳으로 가게 되는 것이니까.'

다음은 주디 아주머니였다. 전부터 그처럼 패트가 '결혼을 해서 안정된 가족을 갖는 것'을 바라고 있던 것에 비하면 그렇게 좋아하는 기색은 아니었다. 그러나 주디 아주머니는 패트에게 축하의 말을 했다.

"커크 씨는 출신이 아주 좋아."

이미 결혼을 약속한 이상 주디 아주머니는 장래 가족의 한 사람이 될 사람을 나쁘게 말할 생각은 없었다.

"가엾게도, 패트는 자기가 생각하고 있는 것만큼 그렇게 행복하게는 되지 못할 거야. 게다가 여러 남자도 충분히 고를 수 있었으면서……. 그러나 무엇이 우리에게 가장 좋은지는 하느님만 알고 계시지!"

주디 아주머니는 단 하나의 믿을 만한 얘기 상대로 간주하고 있는 '고약한 놈'을 향해 말했다. 다만 '고약한 놈'이 젠틀맨 톰만큼 자신을 알아주지 못한다는 기분이 들기는 하지만.

패트는 레이에게 이 일을 털어놓고 이야기를 했다.

"패트 언니, 언니가 그 사람을 사랑하고 있다면……."

"네가 브룩을 사랑했던 것과는 달라, 레이. 나는 아무래도 그런 사랑은 할 수가 없어. 또 오래 지속시키지도 못하고. 데이비드에게는 내가 필요해. 수잰이 가버리면 말이야. 우리는 수잰이 결혼식을 올리기까지는 결혼하지 않아. 적어도 2년은 있어야 되겠지. 만약 내가 '은빛숲'에서 계속 살아갈 수 있다면 그 사람과는 결혼하지 않을 거야.

레이, 그 사람뿐 아니고 그 누구라도 마찬가지야. 메이가 여기 산다면 나는 여기서 계속 지낼 수가 없어. 더군다나 네가 중국으로 가버리면. 나는 처음부터 '은빛숲' 다음으로 '기다란 집'이 좋았어. '은빛숲'에서 가까우니까. 언제나 '은빛숲'을 내려다보고 지켜볼 거야."

'그것이 데이비드 커크와 결혼하는 진정한 이유인 거야.'
레이는 생각했다.

레이는 침실 바닥에 등나무 잎이 그림자를 떨구고 있는 것을 바라보았다. 마치 춤추는 목신(牧神)처럼 보였다. 레이는 갑자기 까닭도 없이 솟아오르는 눈물을 감추려고 눈을 깜박였다. 패트는 무엇을 잊으려 하고 있는 것이다. 그러나 이렇게밖에 말할 수가 없었다.

"행복을 빌게, 패트 언니. 언니는 행복해질 자격이 있어. 언제나 좋은 사람이니까."

아빠는 냉정하게 받아들였다. 좀더 젊은 사람이었다면 좋을 텐데. 그러나 커크는 좋은 사람이고, 살아가는 데 필요한 충분한 돈도 가지고 있다. 어딘지 모르게 품위도 있다. 꺽다리 앨릭은, 커크의 전쟁 소설이 비평가로부터 호평을 받고 있고, 지금 집필하고 있는《캐나다 연해주의 역사》가 대단한 기대를 받고 있다는 소문을 이미 듣고 있었다. 패트는 원래부터 머리가 좋은 남자를 좋아했다. 그 애에게는 자기가 좋아하는 대로 할 권리가 있다.

집안 사람이 아닌 다른 사람들은 놀라기도 하고 재미있어하기도 했다. 그중에는 마음속으로 찬성하지 않는 사람도 있다는 것을 패트는 알고 있었다. 위니 언니와 '해변가'의 할머니들은 모두 아무 말도 하지 않았지만 때로는 침묵 자체가 더 많은 것을 말하기도 하는 법이다. 바바라 고모만 불쌍한 듯이 말했다.

"하지만 패트, 그 사람은 벌써 백발이지 않아?"

"나도 그런걸요."

패트는 자신의 유일한 흰머리를 보여 주며 말했다.

톰 삼촌은 "이번에는 오래가면 좋을 텐데"라고 말했다. 메리듀 부인 일로 패트가 삼촌에게 그렇게 마음 써 주었는데, 삼촌이 이렇게 이야기해서 패트는 좀 섭섭했다.

메이는 대단히 기뻐했다. 그러다가 패트의 결혼식이 당장 치뤄지지는 않는다는 말을 듣고는 그 기쁨은 반으로 줄어든 듯했다. 비니 부인도 맹렬한 기세로 흔들의자를 흔들면서 하고 싶은 말은 다 해치웠다.

"그러면, 드디어 그 홀아비를 낚아챈 셈이군요. 내가 뭐라고 했어요? 절대로 체념하면 안 된다고 했지? 홀아비와 결혼하는 처녀의 마음을 나는 도저히 알 수 없지만⋯⋯. 하지만 태풍이 불 때는 어떤 항구라도 고마우니까. 물론 올리브에게도 말한 대로 그 사람은 좀 나이가 들었지만⋯⋯."

"나는 젊은 남자는 좋아하지 않아요. 나이 든 쪽이 오히려 얘기가 더 잘 통해요. 게다가 아주머니도 아시겠지만 그 사람의 귀는 끝이 뾰족하지는 않아요."

패트는 침착하게 말했다.

"경솔한 짓이야, 패트. 결혼이라는 것은 진실된 거야. 내가 방금 말한 대로 올리브에게 말하니까 그 애는 '젊은 남자의 노예가 되는 것보다는 아저씨한테 귀여움을 받는 것이 나아요. 패트도 전과 같이 젊지 않으니까. 어머니, 패트는 꼭 데이비드 커크의 좋은 아내가 될 거예요'라고 말하더군. 올리브는 전부터 패트를 좋아했어. 패트, 너에게는 악의가 없다고 올리브가 늘 그러더구나."

"그것 참 고마운 말이네요."

패트의 이상한 웃음이 그만 비니 부인의 기분을 상하게 했다. 이것이 패트의 가장 좋지 못한 점이다. 패트는 언제나 그 상대방에 대해서 비웃고 있는 듯했다. 아마 나이 먹은 홀아비와 결혼하면 늘 웃고 있을 수만 없다는 것을 알게 될 것이다.

수잰은 미칠 듯 기뻐했다.

"나는 처음부터 그렇게 되기를 바랐어요, 패트. 당신들은 서로를 위해 태어난 것 같아요. 오빠는 자신이 너무 나이가 많다고 좀 걱정했어요. 나는 말해 줬어요. 오빠는 하루하루 젊어져 가고, 패트는 늙어가니까 곧 똑같이 될 것이라고요. 내 오빠라고는 하지만 데이비드는 좋은 사람이에요. 오빠는 거의 기대하지 않았어요. 최근까지도 예전부터 자신에게는 경쟁 상대가 둘 있다고 말하면서 말예요."

"경쟁 상대?"

"'은빛숲', 그리고 힐러리 고든이라고요."

패트는 웃었다.

"'은빛숲'이 경쟁 상대라고요? 그것은 확실해요. 하지만 힐러리 쪽은……. 혹시 시드가 경쟁 상대라면 또 몰라도."

패트의 얼굴이 희미하게 변했다. 웃음이 얼마간 사라졌다. 힐러리와의 편지 왕래가 자연히 끊겼기 때문에 데이비드 커크와의 약혼을 알리지 않고 끝난 것이 잘 됐다고 생각했는데, 왜 이런 기분이 드는 걸까……?

여덟째 해

1

목요일에도 비, 금요일에도 비, 그리고 토요일까지 계속 비가 내렸다. 깡충깡충 뛰며 장난치듯 웃음 가득한 봄비가 아니라, 슬프고 희망 없는 비, '은빛숲' 유리창으로 흘러내리는 오래된 슬픔의 눈물처럼 보이는 가을비다.

레이가 말했다.

"때에 따라서 좋을 때도 있지만, 이런 비는 별로야. 뜰이 쓸쓸해 보이지 않아? 꽃의 유령밖에 남아 있지 않고…… 그것도 지저분한 유령이야. 여름에는 저 정원에서 즐겁게 일했건만……. 패트 언니, 내년 여름에도 그렇게 될까? 오늘 아침에는 뭔가 좋지 않은 일이 일어날 것 같아서 기분이 나빠."

주디 아주머니도 밤 사이 어떤 '전조'가 있었다면서 걱정을 하고 있었다. 그러나 처음에는 아무도 그런 예감을, 그날 오후 늦게 오솔길로 마차를 몰고 들어와서 묘지 울타리에 힘 없는 회색 작은 말을 매던 키가 크고 빼빼 마른 부인과 연결시켜 생각하지 못했다.

주디 아주머니는 그 부인이 긴 손에 여행 가방을 들고 흔들흔들 보도로 걸어 들어오는 것을 부엌 창문으로 바라보았다. '또 행상이구나. 이번 주에는 벌써 대여섯 명이나 찾아왔건만. 정말 귀찮아 죽겠어. 저 모양으로는 장사가 잘 안 될 듯싶은데.'

"마치 낚싯밥으로 쓰는 지렁이를 똑바로 세운 것 같아요."

레이가 신기하다는 듯이 웃었다.

"내가 당신이라면 저런 여자는 집 안에 들여보내지 않아."

토요일 오후에는 거의 빠지지 않고 '은빛숲'을 방문하는 비니 부인이 말했다.

주디 아주머니도 그렇게 하려고 생각했지만, 비니 부인의 말을 듣고나니 울컥 반감이 생겼다.

"당치도 않아요, '은빛숲'에서는 예의를 분간할 줄 아니까요."

주디 아주머니는 이렇게 고자세로 말하고 나서, 낯선 부인을 친절히 불러들여서 불 옆 의자에 앉혔다. '내 부엌에 누구를 불러들이건 말건 비니 따위가 관여할 바 아니지 않은가!'

"비도 참 어지간히 내리는군요."

한숨을 쉬면서 낯선 여자는 의자에 힘없이 앉았다. 그러고는 안심되는 듯이 가방을 바닥에 내려 놓았다. 놀랄 만큼 키가 크고 무척 말랐다. 초라하기 짝이 없는 검은 옷을 걸치고 터무니없이 큰 물빛 눈을 하고 있었다.

얼굴에 눈이 너무 두드러져서, 마치 얼굴에 눈밖에 없는 듯한 기분 나쁜 인상이었다. 눈에만 정신이 팔리지 않았다면 광대뼈가 좀 튀어나오고, 얇은 입술이 초승달처럼 옆으로 퍼져 있는 것도 알아챘을지 모른다. 부인이 노골적으로 싫어하는 눈길로 스퀴덩크를 바라보았기 때문에 민첩한 이 고양이는 쫓겨나기를 기다리지 않았다. 날씨가 어떤지 살펴보러 밖으로 나가 버린 것이다.

"비가 오는데 돌아다니는 것은 귀찮지만 10일을 예정한 이 섬에서의 일정도 거의 날짜가 다 되어 가서요."

"아주머니는 이 섬사람이 아니시군요?"

레이가 물었다. 쓸데없는 말을 한다고 주디 아주머니는 생각했다.

"설마 섬사람이 아닐라고!"

"네, 아니에요." 낯선 여인은 다시금 길게 한숨을 쉬었다.

"고향은 노바스코샤예요. 원래는 잘살았지만, 남편이 없으니까 어떻게든 제가 살림을 꾸려나가야 해서요. 결혼 전에 행상을 한 적이 있어서 또 그 길로 들어선 거죠. 무엇이든 해야 하니까요."

"이 냉정한 세상에서 과부로 산다는 것은 괴로운 일이죠."

주디 아주머니는 동정하는 마음에 수프 냄비를 끄집어냈다.

"아, 과부가 아니에요. 차라리 과부라면 더 나았게요."

그녀는 또 한숨을 쉬었다.

"제 남편은 몇 해 전에 나를 버렸어요."

"어머나!"

주디 아주머니는 수프 냄비를 다시 집어넣었다. 남편에게 버림을 받았다면 무슨 이유가 있었을 것이다.

"그럼 당신은 무엇을 팔고 있어요?"

"모든 종류의 알약, 연고, 강장제, 향수, 크림, 분가루를 취급하고 있어요."

여자는 가방을 열고 상품을 펴놓으려고 했다.

그때 마침 현관문이 열리고 틸리턱이 입구에 나타났다. 그는 안으로 더 들어오지 않았다. 그 자리에 뿌리 박힌 듯 우뚝 서 있었다. 눈만 보이는 부인은 어쩔 줄 모르고 손을 모은 채 두어 번 입을 열었다 닫았다 하다가 세 번째에야 간신히 소리쳤다.

"조사이어!"

"이런 젠장!" 틸리턱은 곤란한 표정으로 주위를 둘러보았다.

"나는 말짱해, 맨정신이라고. 이제 와서 술에라도 취해 있었더라면 좋겠다고 생각해본들 아무 소용없지……. "

"어머나, 이 아주머니는 당신이 모르는 분이 아니군요？" 주디 아주머니가 말했다.

"모르는 사람？" 부인은 아주 빠르게 눈을 돌렸기 때문에, 레이 는 옛날 이야기에 나오는 어떤 개를 떠올렸다. "이 사람이…… 원 래…… 내 남편이에요."

주디 아주머니는 틸리틱을 물끄러미 바라보았다.

"정말이에요, 틸리틱？"

틸리틱은 뻔뻔스럽게 밀고 나갈 생각이었다. 그는 고개를 끄덕인 뒤 씨익 웃어 보였다.

"어머나, 세상에！ 내내 거짓말만 듣다가 진실을 들으니 기분이 좋으네요！"

주디 아주머니가 비꼬며 말했다.

그러자 틸리틱이 한탄했다.

"당신이 내 말은 어느 것 하나 정말로 받아들이지 않는다는 건 나 도 알아요. 하지만 이…… 이 사람이 나한테 버림을 받았다고 말 하지만 그것은 말하자면 그렇다는 것뿐이에요. 나도 할 수가 없었 어요. 이 사람이 나더러 나가라고 그랬거든요."

"왜냐하면 이 양반은 예정론이라는 것을 믿지 않고, 또 믿으려고 도 하지 않았기 때문이에요." 틸리틱 부인이 말했다. "이 양반은 모 더니스트예요. 나는 예정론이라는 것을 믿지 않는 사람과는 살아갈 수 없었어요. 당신 같으면 살아갈 수 있겠어요？"

"나는 아직 겪어 본 적이 없어서요."

주디 아주머니가 대답했다.

틸리틱 부인은 주디 아주머니에게 호소하는 것 같았다. 예정론이 라는 것은 무엇을 말하는 것이냐고 비니 부인이 물었지만 아무도 대 답하지 않았다.

"이 사람이 나더러 나가라고 말했어요." 틸리턱은 되풀이했다. "그래서 나는 그 말대로 따랐을 뿐입니다. '이제는 지긋지긋하다'고 하면서요. 내가 말한 것은 그뿐이었지요. 제인 마리아, 내가 말한 것은 그것뿐이었잖소?"

틸리턱 부인의 눈에서는 눈물이 넘쳐났다. 마치 눈물 속에 빠져버린 게 아닐까 싶었다.

"언제 어느 때 돌아와도 좋아요, 조사이어."

틸리턱 부인은 흐느껴 울었다.

"예정론을 믿는다면 언제든지 돌아오세요."

틸리턱은 아무 말도 하지 않고 몸을 휙 돌려 밖으로 나가 버렸다. 눈물을 닦고 있는 틸리턱 부인을 주디 아주머니는 쌀쌀한 눈으로 바라보았다. 패트와 레이는 웃음을 억누르느라 고심했다.

"이런……, 이런 일로 보기 흉한 행동을 보여서 죄송합니다."

틸리턱 부인은 말했다.

"조사이어를 15년 동안이나 보지 못했으니까요. 조금도 변하지 않았군요. 죽 이곳에 있었습니까?"

주디 아주머니는 무뚝뚝하게 대답했다.

"뭐, 7년밖에 되지 않아요."

"그러면 저 사람의 일은 잘 아시겠군요? 아마도 저 사람이 굉장한 모험담을 늘어놓았겠지요? 나도 들었으니까요. 그것도 가면 갈수록 미치광이처럼 심해지지요."

"아저씨의 할아버지는 정말 해적이었어요?"

레이가 물었다. 레이는 늘 그 점이 알고 싶었다.

"글쎄, 어떨 것 같아요? 저 사람의 할아버지가 해적이라고요? 목사였을 뿐이에요. 하지만 조사이어답지 않아요? 로맨스니 비극이니 하면서 떠들기 좋아하잖아요! 원래부터 유명해지고 싶어서 견디지 못했어요. 자신이 들은 좋지 못한 소문이나 재난에 말려

들고 싶어서 정신을 못 차렸으니까요. 저 남자는 장례식은 좋아하지 않아요. 시체처럼 가만히 있을 수가 없으니까요. 하지만 나는 그런 일을 근심한 것은 아닙니다. 저 사람의 거짓말이 재미도 있고, 때로는 죄가 되지 않는 얘기도 필요한 법이니까요. 저 사람을 위해서 하는 말이지만 그는 함께 살기에 나쁜 사람은 아니에요. 또 교활한 술주정도 그다지 나쁘다고는 생각지 않아요. 물론 우리 큰아버지가 어떤 일을 당했는지는 주의를 줬습니다만…….

큰아버지는 술이 취해서 자기 침상인 줄 알고 물이 가득한 목욕통으로 뛰어들어갔죠. 그래서 목이 부러졌고, 물에 빠져 죽었어요. 아네요, 싫은 것은 조사이어의 생각입니다. 처음에는 소화불량 탓인 줄만 알았는데 진심이라는 것을 알고 나니 양심에 찔려서 견딜 수 없었어요. 조사이어는 아담과 이브 같은 것은 존재하지도 않았고, 예정론 같은 것도 말도 안 되는 말이며 바보 같다고 해요. 그래서 나는 나와 그런 생각 가운데 하나를 고르라고 말했어요. 그렇지만 나도 고민했습니다. 결점은 있었지만 저 남자를 사랑하고 있었기 때문이지요. 그동안 나는 계속 마음이 괴로웠습니다. 저 사람의 거침없는 영혼은 어떻게 될까요?"

이 질문에는 아무도 대답하려는 사람이 없었다. 비니 부인조차 그랬다.

"장사 때문에 이런 말을 하는 것이 아닙니다. 지금은 그다지 장사하고 싶은 생각도 없습니다. 심장이 좋지 않거든요. 쇼크를 받았으니까요. 지칠 대로 지친 심장이라 너무 고통스러워요."

틸리턱 부인은 조금 전보다 씩씩한 말투가 됐다.

그것이 육체적 고통인지 정신적 고통인지는 아무도 몰랐다. 비니 부인은 그것을 육체적 고통으로 받아들이고 동정을 담아 물었다.

"혹시 명치에 겨자찜질을 해 본 적이 있습니까, 틸리턱 부인?"

틸리턱 부인은 비통한 표정으로 말했다.

"지친 심장에는 별로 효과가 없을 것 같은데요. 아마 부인은 지쳐서 상한 심장으로 지낸 적이 없지요?"

"예, 다행히도 나는 튼튼하니까요. 다만 무릎 류머티즘이 문제지요."

그러자 곧 틸리턱 부인이 말했다.

"마침 좋은 약이 있습니다. 이 고약을 써보시지요."

비니 부인은 그 고약을 샀다. 틸리턱 부인은 다른 사람들에게도 호소하듯이 눈을 돌렸다. 주디 아주머니는 험악한 표정으로 이 집에 화장품 같은 것은 필요 없다고 거절했다.

"그런 것 없어도 모두들 예쁘니까요."

"아무리 예쁜 분이라도 바르면 더 예뻐져요."

틸리턱 부인은 한숨을 쉬면서 가방을 닫았다. 입구에서 그녀는 뒤돌아다보았다.

"조사이어가 15년 동안 얼마나 돈을 모았는지는 모르시겠죠?"

아무도 몰랐다.

"하긴, 돈 같은 것을 모았을 리가 없어요. 구르는 돌에는 이끼가 끼지 않는다고 주장하는 사람이니까. 그러나 게으름뱅이는 아니에요. 그 사람을 위해서 이것만은 말해 두겠어요. 그리고 내 말을 전해 주세요. '예정론을 믿어요, 조사이어. 그러면 언제든지 돌아와도 좋아요'라고요."

틸리턱 부인은 갔다. 보도를 따라서 발소리가 사라졌다. 패트와 레이는 오랫동안 참았던 웃음을 폭발시켰다. 비니 부인은 전부터 틸리턱에게는 아내가 있다는 느낌이 들었다고 말했다.

주디 아주머니는 거의 말을 하지 않았다. 틸리턱 부인이 뒤뜰에서 마차로 나가는 것을 보면서 단지 이렇게만 말했다.

"저런 키다리가!"

2

정말인지 아닌지 실버브리지에 심부름을 갔다고 하면서 틸릭턱은 저녁 식사에 모습을 보이지 않았다. 그러나 밤이 되어 주디 아주머니와 패트와 레이가 난롯가에 둘러앉아 사과를 굽고 있자니, 살짝 부엌문으로 들어와서 평상시대로 자기 방으로 슬그머니 들어갔다. 주디 아주머니는 부지런히 그를 위해 '한입' 먹을 것을 준비해 두고 눈에 띄게 친절하게 대해 주었다. 이제 아무도 주디 아주머니가 틸리턱에게 마음이 있다고 말할 수 없게 된 지금, 마음껏 점잖을 떨어도 아무 상관이 없으니!

"내게 가정이 있다는 말을 듣고 모두 좀 놀랐죠?"

틸리턱은 겸연쩍음과 뻔뻔스러움이 뒤섞인 듯한 말투로 말했다.

"틸리턱, 모두 얘기해 줘요. 우리는 너무 궁금해서 견딜 수 없을 지경이에요."

레이가 졸랐다.

틸리턱은 공손히 손가락을 모았다.

"별로 얘기할 것도 없어요."

틸리턱은 그렇게 말했다. 그리고 주디 아주머니가 부드럽게 '킁' 하고 콧소리를 내는 것을 신호로 얘기를 시작했다.

"어째서 이렇게 됐는지 나도 이따금 이상한 생각이 들어요. 일의 발단은 달빛이지요. 절대로 달빛에 방심하지 마세요."

"누구나 자기 실패를 남의 탓으로 돌리지 않으면 마음이 편치 않으니까요."

주디 아주머니는 기분좋게 이렇게 말하면서 틸리턱이 좋아하는 계피가 들어간 과자빵을 큰 접시에 가득 담아서 테이블 한쪽에 올려 놓았다.

"예전부터 알고 있기는 했지만 진짜로 만난 것은 어느 친지의 집에서인데, 우리는 현관에 나가서 얘기를 하고 있었어요. 그 무렵에는 그녀도 보기좋았는 데다 뼈에도 어느 정도 살이 붙어 있었지요. 그 눈이 달빛을 받고 견딜 수 없이 매력적으로 보였어요. 하지만 나는 정말 결혼 신청 같은 것은 할 생각이 없었어요. 정말이에요. 그것은 신청이 아니라 이른바 암시 같은 것이어서, 반은 동정심이고 반은 달빛 탓이었을 거예요. 그런데 아내가 너무 재빨리 승낙을 해버렸기 때문에 나는 뭐가 뭔지도 모르는 사이에 이미 결혼을 약속하고 말았어요.

이러지도 저러지도 못한다는 것은 이런 경우를 말하는 것이겠지요. 그래서 우리는 결혼식을 마치고 그녀의 집에서 살게 됐어요. 나처럼 로맨틱한 기질이 있는 자에게는 지루한 편이었지만 얼마 동안은 즐겁게 지냈어요. 더구나 젊은 사람들은 우리를 '잉꼬부부'라고 놀려댔지만 나는 아내한테 정말 잘해 줬어요, 주디.

심지어는 밤중에 일어나서 그녀에게 차를 갖다준 적도 몇 번 있었지요. 밤에 눈을 뜨면 차를 마시는 것을 전부터 좋아했대요. 또 심장에 좋다고도 했고요. 좋은 아내였지만 두세 가지 불만도 있었어요. 너무 한숨을 자주 쉬고, 내가 다른 못에 모자를 걸면 무섭게 화를 냈어요. 또 내가 구두를 벗지 않고 집에 들어가면 심하게 큰 소리로 꾸짖었어요. 우리가 겉으로 조금 싸우긴 했지만 생활에 긴장감을 안겨줄 정도에 지나지 않았어요.

그런데 결국 의견이 맞지 않게 된 것은 그 여자의 종교관 때문이에요. 나는 참을 수가 없었고, 그렇다고 말했어요. 아내는 정통파 그리스도교도였어요. 아니, 정통파 그리스도교도가 아니었던가? 어쨌든, 나도 정통파 그리스도교도였지만 그녀를 즐겁게 해주고 싶지 않아서 그렇다고는 말하지 않았지요. 게다가 어쨌든 예정론에도 싫증이 났고요.

아담과 이브 같은 존재는 없다고 그랬지만, 시적으로 말했던 것뿐인데, 아내는 심하게 화를 냈어요. 그래서 나는 진심인 척했지요. 그로부터는 도저히 같이 살 수 없게 되었고, 그녀가 나가라고 했을 때는 나도 서둘러 나왔던 것이지요. 어쨌든 아내가 투덜대며 만들어 주는 육즙이나, 주전자 씻은 물 같은 수프에는 지긋지긋했으니까요. 만약 그녀가 당신처럼 요리 솜씨가 있었다면, 주디, 나는 믿으라고 하는 것은 무엇이든 믿을 마음이 들었을 거예요."

틸리틱은 당당하게 말하고 나서 계피가 들어간 과자빵을 커다란 입으로 우적우적 씹었다.

"우리가 되돌아보아 조금이라도 비극적 요소가 없으면 인생은 지루한 것이니까."

틸리틱은 깨달음을 얻은 듯 말했다.

그러나 3일 뒤 '은빛숲'은 한순간 큰 혼란에 빠졌다. 틸리틱이 일을 그만두겠다고 말했기 때문이다.

모두 깜짝 놀랐다. 꺽다리 앨릭과 시드는 좋은 고용인을 잃게 되었고, 주디 아주머니와 레이와 패트는 친구를 잃게 되었기 때문이다. 그런 일이 있으리라고는 전혀 예상하지 못했다. 틸리틱은 오랫동안 그들의 생활의 일부가 되어 왔기 때문에 변화가 일어난다고 생각하자 패트는 우울했다.

"면목이 없기 때문이겠지. 그 언짢은 여자가 와서 그런 말만 하지 않았어도 틸리틱이 여기를 나가려는 생각은 하지 않았을 거야. 입으로는 뭐라고 하든, 그것이 진짜 그만두겠다는 원인이야. 나는 그저 그 여자가 미울 뿐이야."

레이가 말했다.

그날 밤 주디 아주머니는 틸리틱을 향해 불평을 했다.

"당신이 더 이상 우리를 견디지 못한다니 유감이에요."

"그렇지 않다는 것은 당신도 알 텐데, 주디. 여기는 내가 다른 어느 곳보다도 오래 있었어요. 그렇지만 한 곳에서 오래도록 만족했으면, 다른 곳으로 움직인다는 것이 예전부터의 내 생각이에요.

요즘 비니 집안 사람들이 너무 우글대는 것도 마음에 들지 않지만, 이젠 나도 나이가 들었죠. 나이를 이기는 장사는 없어요. 이곳 농사일도 지금은 좀 힘에 겨워요. 돈도 조금 모았으니까 남해안 친구와 여우 목장을 시작해 볼까 생각하고 있어요. 그렇지만 여기 사람들은 절대로 잊지 못해요. 당신의 수프를 그리워할 거예요, 주디."

틸리턱의 목소리는 떨렸다. 주디 아주머니는 저녁 식사 준비를 하면서 시끄럽게 소금통을 흔들었다. 갑자기 주디 아주머니는 그 소금통을 열려 있는 창밖으로 내던져 버렸다.

"저 놈의 통을 내가 20년이나 참아 왔지만 이제는 하루도 더 참을 수가 없어!"

주디 아주머니는 거친 소리를 질렀다.

어느 쓸쓸한 11월의 저녁에 틸리턱은 사라졌다. 문 어귀에서 뒤돌아보며 그는 작별 인사를 했다.

"당신들 모두 앞으로도 오래오래 행복하게 살아요! 시적인 말로 한다면, 당신들 같은 좋은 사람들 사이에서 지낼 수 있었다는 것은 내 유일한 행복이었어요. 당신들은 나 같은 재주 있는 사람을 잘 알아주었어요. 알아준다는 것은 고마운 일이에요. 껑다리 앨릭은 일해줄 보람이 있는 사람이고, 당신들 엄마는 성인이에요. 나는 어렸을 적 말고는 울어본 적이 없지만, 그녀가 쉬러 가기 전에 나에게 작별 인사를 할 때는 나도 그만 울 뻔했어요. 만약 머리가 돈 내 아내가 또 오거든 주디, 이제는 나도 예정론을 믿고 있다고는 절대로 말하지 마세요. 그것을 알면 그 여자는 무슨 수를 써서라도 나를 끌고갈 테니까요. 내가 자리를 잡으면 라디오를 찾으러 사람을 보낼게요, 안녕."

틸리턱은 우아하게 한 팔을 흔들어 보였다. 그리고 주디 아주머니의 완두콩과 양파 냄새를 슬픈 듯이 코로 맡아보고 나서, 즐거운 주디 아주머니의 영토를 등지고 나갔다.

박제품 올빼미를 옆구리에 끼고, 올 적에 썼던 낡은 털모자를 썼다. 저녁 어둠이 다가오는 오솔길로 아련히 멀어지는 틸리턱의 모습을 모두들 지켜보고 있었다.

'그냥 개'는 흔들 일이 없는 듯한 꼬리를 하고 틸리턱에게 붙어서 걷고 있었다. 갈비뼈처럼 기분 나쁜 구름에 걸려 있는 달이 안개언덕 위로 올라오고, 나무 가지 사이로 불어오는 바람은 몹시 슬픈 소리로 울었다.

레이의 얼굴이 일그러졌다. 목멘 소리를 했다.

"나…… 나…… 울고 싶어. 틸리턱이 오던 날 밤을 기억하고 있어? 내가 곡식 창고로 안내를 했어. 그랬더니 틸리턱은 계단을 올라갈 때 '귀여운 아가씨, 잘 자'라고 했어. 그때 벌써 오래전부터 알고 있던 것 같은 기분이 들었어."

"묘지에서 바이올린을 켠다고 책망을 하지 말걸……. 가엾게도 잘 구워진 애플파이 같은 것을 이제 두 번 다시 먹을 수 없겠지. 그 부인은 틸리턱의 영혼이 어떻게 될까 걱정했지만, 나는 그의 몸이 어떻게 될지 걱정스러워."

"온화한 사람이었어."

비니 부인이 말했다.

"어딘지 색다른 구석이 있었어요."

메이는 울음소리를 냈다.

패트도 울고 싶었지만 메이가 울고 있어서 억지로 참았다. 패트는 주디 아주머니를 살짝 껴안았다. 주디 아주머니는 어딘지 모르게 늙어 보였다.

"어쨌든 우리는 '은빛숲'에 아주머니가 있으니까 좋아요."

패트가 속삭였다.

주디 아주머니는 난폭하게 불을 쑤시면서 또렷또렷한 말씨로 말했다.

"차가운 세상이니까, 우리는 모두 조금이라도 따뜻해져야 해."

이렇게 해서 조사이어 틸리턱은 '은빛숲'의 연대기에서 사라졌다.

3

틸리턱이 가고 나서 '은빛숲'의 생활은 어딘지 모르게 변한 것 같았다. 그러나 어디가 달라졌는지 확실히는 몰랐다. 예를 들면 부엌에서 저녁을 먹을 때도 주디 아주머니와 틸리턱의 맞대결이 없어졌기 때문에 전처럼 밝지는 않았다. 틸리턱 대신 실버브리지의 짐 매콜리 청년이 왔다. 그는 일은 잘했지만, 그저 '짐 매콜리 청년'에 지나지 않았다. 곡식 창고 방을 배정해 주었지만, 밤이 되면 친구들을 만나러 나가 버렸다.

술주정도 하지 않고, 또 틸리턱보다는 순진하게 무슨 일이든 말을 잘들었기 때문에 꺽다리 앨릭의 마음에는 들었다. 그러나 주디 아주머니는 적극적인 면이 좀 부족하다고 말했다. 패트도 만족하고 있었다.

하지만 아무도 틸리턱의 자리를 감당할 만한 자가 없었다. 그리고 아무도 그렇게 하려는 자도 없었고. 그해 겨울 패트는 전보다도 더 '기다란 집'에서 저녁을 지낼 때가 많았다. 데이비드가 '은빛숲'에 올 때면 가끔 아래층으로 내려왔지만, 주디 아주머니의 부엌에서는 분위기에 맞지 않았다. 주디 아주머니는 '커크 씨'라고 말하면서 아주 공손한 태도를 취했고, 언제나 조개처럼 입을 다물고 있었다. 데이비드와 자기는 약혼한 사이고 아주 행복하다고 패트는 가끔 스스로에게 말했다. 두 사람은 서로 잘 이해하고 있어서 허물이 없었다. 바보 같은 짓은 하나도 하지 않고 사이 좋은 친구처럼 서로 통해 키스를 한두 번 할 정도였다. 패트는 데이비드의 키스가 조금도 싫지 않았다.

이렇게 해서 어느새 한겨울이 지나가고, 또 봄이 기적을 일으키며 지났다. 한여름은 '은빛숲'에 보물을 가져다 주었다. 어느 날 밤, 패트는 오소니어 호가 핼리팩스에 도착했다는 기사를 신문에서 읽었다. 다음날 힐러리에게서 전보가 왔다. 꼭 하루만 섬에 와서 묵겠다는 것이다.

레이는 패트가 방에서 멍하니 있는 것을 보았다.

"레이, 힐러리가 와. 힐러리가! 내일 밤 여기에 도착해."

"아, 너무 근사해! 힐러리가 출발했을 때 나는 아직 어린아이였지만 잘 기억하고 있어. 패트 언니, 이상한 얼굴을 하고 있잖아? 힐러리를 만나게 되어서 기쁘지 않아?"

패트는 불안한 모양이었다.

"나는 예전 그대로의 힐러리를 만나면 기쁘겠지만 어떨지 모르겠어. 틀림없이 변했을 거야. 우리는 모두 변했으니까. 내가 굉장히 늙었다고 생각하겠지?"

"패트 언닌 바보야! 웃을 때는 17살밖에 안 되어 보이는걸. 힐러리도 나이가 들었다는 것을 생각해."

그러나 패트는 그날 밤 잠을 잘 수 없었다. 잠자리에 들기 전에 전보를 다시 읽어 봤다. 전보는 힐러리를 의미했다. '은빛숲'에서 힐러리와 함께 맡던 전나무 향기, 힐러리와 함께 들은 행복의 바위 위를 흐르던 재잘대는 물소리, 주디 아주머니의 부엌에서 힐러리와 함께 먹던 간식. 하지만 어떨까? 정말 괜찮을까? 세월의 깊은 연못에 그렇게 간단히 다리가 놓여질 수 있을까?

'물론 우리는 낯선 사이가 되었어.'

패트가 그렇게 생각하자 슬퍼졌다. 그러나 그럴 리는 없을 것이다. 아무렴, 그렇고말고. 힐러리와 패트가 낯선 사이로 변했을 리가 없다. 다시 한 번 힐러리를 만날 수 있다는 것은, 힐러리의 목소리를 들을 수 있다는 것은…… 이렇게 가슴이 두근거리는 감정을 몇년 동안 느껴 본 적이 없다.

힐러리의 눈은 아직도 나를 보고 웃을까? 그 웃음 너머로 어렴풋이 그리움을 호소하면서. 보이지 않는 패트의 마음속 깊은 곳에서는 데이비드가 집에 없어서 다행이라는 묘한 안도감이 숨어 있었다. 데이비드와 수잰은 지금 노바스코샤에 가 있었다. 패트는 그런 기분을 인정하려 들지도 않았고, 똑바로 바라보지도 않았다.

이 소식을 듣고도 주디 아주머니는 매우 담담했다. 다음날, 힐러리가 좋아하는 것을 모두 만들어 놓고, 부엌 안을 번쩍번쩍 빛날 때까지 닦았다.

그 흰 고양이들과 윌리엄 왕에 빅토리아 여왕까지 모두 얼굴을 씻었다. 마치 황태자 전하라도 오시는 것 같다고 메이가 말했다.

"힐러리는 밴쿠버로 돌아가면 결혼할 거예요."

"그것은 하느님만이 생각하실 일이지 네게나 내게는 관계가 없는 일이야." 주디 아주머니가 말했다.

"패트는 이전부터 그 사람을 좋아하지 않았니? 힐러리가 약혼했다는 말을 듣고, 비로소 데이비드 커크와 친해진 것이잖아." 메이가 말했다.

"패트가 힐러리를 좋아한 일은 한 번도 없어. 잘못 생각한 거야. 넌 모를 거야." 주디 아주머니가 요리실로 가면서, '터무니없이 말

을 해도 할 수 없어'라고 작은 소리로 속삭인 것을 메이가 알아듣고
어깨를 으쓱했다.

"주디 아주머니가 말하는 것에 누가 신경 쓸 줄 알아!"

힐러리의 도착에 대비해서 패트가 옷을 갈아입으려고 2층으로 올
라갈 때, 비가 올 기미가 보이고 천둥소리가 들렸다. 패트는 옷을
세 벌 입어 봤지만 모두 마땅치 않아 벗어 버렸다. 결국 처음 입었
던 금잔화 빛깔의 얇은 옷을 입었다. 역시 노란빛이 가장 어울렸다.

패트는 갈색 머리를 부풀리고 즐거운 비명을 지르면서 자기 모습
을 바라봤는데, 이런 일은 무척 오랜만이었다. 거울은 아직 패트 편
이었다. 흥분 때문에 볼은 붉어지고, 금갈색 눈은 별 같았다. 틀림
없이 힐러리도 그다지 변하지 않았다고 생각할 것이다.

들뜬 기분으로 패트는 방 안을 서성거리며 목적도 없이 물건을 이
리저리 바꿔 놓고, 또 제자리로 되돌려 놓곤 했다. 데이비드가 떠나
기 전날 밤에 읽어 준 시에 무엇이라고 쓰여 있었지? 그 글귀가 갑
자기 패트의 머리를 스쳐갔다.

　땅 위의 것도 하늘의 것도
　옛 모습 그대로는 나타나지 않으리.

설마 이 시가 힐러리에 대해 말하고 있는 것은 아니겠지.

"만약 힐러리가 낯선 사람처럼 되어 있다면 나는 견딜 수 없을 거
야. 정말 견딜 수가 없을 거야. 낯선 사람처럼 나타나려면 아예
돌아오지 마."

갑자기 패트는 자신도 이유를 모르는 말을 했다. 데이비드에게서
받은 다이아몬드와 사파이어 반지를 손가락에서 빼어 테이블 위에
있는 쟁반 위에 떨구었다. 부끄럽게 생각되었지만, 도리가 없었다.
마음속의 어떤 강한 힘이 그렇게 하게 만들었다.

레이가 뛰어 올라왔다.

"패트 언니, 왔어! 지금 자동차에서 내리고 있어."

패트는 한순간 몸이 산산이 흩어지는 듯한 느낌이 들었다.

"나는 도저히 아래층에 내려가서 그 사람을 만날 수 없어. 그 사람은 아주 변해 버렸겠지……?"

"바보 같은 소리 하지 마. 아주머니가 안으로 안내하고 있어. 큰 응접실이야……, 빨리."

패트는 무작정 아래층으로 뛰어내려갔다. 넓은 방에서 누구와 부딪혔다. 그것이 누군지 패트는 몰랐다. 입구에서 문득 걸음을 멈추었다. 긴장되는 순간이었다. 그런 경험은 처음이었다. 부활하는 날 아침의 기분이 아마 그럴 것이리라.

"징글!"

무심코 옛 이름이 입에서 튀어나왔다. 틀림없이 징글이었다. 낯선 사람이 아니었다. 그가 낯선 사람이 되어 있으리라고 어째서 걱정을 했을까……! 힐러리는 패트의 손을 잡았다.

"패트…… 패트……, 하고 싶은 말이 산더미처럼 쌓여 있어. 그러나 한마디로 말하면…… 너는 변하지 않았네, 패트. 네가 변하지나 않았을까 걱정이 돼서 견딜 수가 없었어. 하지만 둘이서 요르단 강 다리 있는 곳에서 헤어진 것은 결국 어제의 일이었어. 그런데 왜 웃지 않니, 패트? 늘 네가 웃고 있는 모습을 기대하고 있었는데. ”

패트는 웃을 수가 없었다. 내일은, 아니 잠시 뒤에는 웃을지도 모른다. 그러나 몇 년 동안을 학수고대하면서 간신히 만난 지금은, 잠시 조용하지 않으면 안 된다.

그날 밤은 참으로 근사했다. 패트와 힐러리, 그리고 다시 젊어진 주디 아주머니, 물론 고양이들도 오래된 부엌에서 같이 지냈다. 마침 메이는 없었고, 레이는 눈치빠르게 자리를 비켜 주었다.

바깥에는 온 세상이 바람과 물의 대혼란에 싸여 있을지 몰라도, 이곳에는 평화와 아름다움과 기쁨만이 있다. 예전처럼 힐러리와 둘이서 폭풍우를 쫓아내고 호박색 차를 마시면서 주디 아주머니의 애플 케이크를 먹고, 유쾌했던 지난 일과 꿈 같은 것을 서로 얘기하는 그 시간은 더할 나위 없이 즐거웠다.

역시 힐러리는 조금 변해 있었다. 단정하고 아름다운 얼굴은 전보다 더 성숙해 보이면서 소년다운 윤곽은 없어졌다. 홀쭉한 몸에는 ——아주 보기 좋게 날씬했다——위엄과 안정감이 더해 있었다. 그러나 그 눈은 변함없이 사랑스럽게 웃고, 엷고 느낌이 좋은 입술은 아직도 사람의 마음을 끄는 듯한 웃음을 빙긋 띠고 있다. 갑자기 패트는 데이비드의 미소가 왜 자기 마음에 들었는지 알아챘다. 힐러리의 미소와 약간 닮았기 때문이다.

패트를 바라보고 있는 힐러리는 예전과 마찬가지로 자신의 상상력과 모든 희망을 한 인간의 모습에서 바라볼 수 있었다. 패트도 얼마쯤은 변해 있었다. 전보다 더 여자다워지면서 여하튼 더 바람직하게 변해 있었다. 가무스름한 정다운 얼굴, 갑자기 빙긋 웃는 웃음, 매력적인 갈색 눈……. 어느 것이나 그가 기억하고 있는 그대로였다. 턱에서 목에 걸친 실루엣이 등 뒤 은은한 램프빛에 녹아들어 얼마나 아름답게 보이는가! 그리고 훨씬 이전에 그를 언제나 비틀거리게 하던, 눈을 치켜뜨는 그 모습도 여전했다. 무의식적인 행동이어서 더욱 효과적이었다.

모두 옛날 그대로였다. 그러면서도 옛날 그대로는 아니었다! 세월은 이 오래된 집에도 친절했다. 그러나 젠틀맨 톰과 맥긴티는 없고, 주디 아주머니는 나이가 들었다. 주디 아주머니는 예전과 다름없이 애정이 넘치는 엷은 초록빛 눈으로 그를 보고 있다. 그 눈은 기억에 남아 있는 것보다 더 움푹하게 파였고, 머리에도 흰머리가 뚜렷하다. 그래도 아직 옛날 얘기를 하면서 간식을 만들고 있다. 오랜 하숙 생활 동안 힐러리는 늘 주디 아주머니의 '간식' 생각을 했다.

"아주머니, 저 흰 고양이 그림은 절 주시면 안 될까요? 물론 아직 까마득히 먼 훗날의 얘기지만, 아주머니가 이 세상과 작별하게 될 때 말이에요."

"그럼, 좋고말고." 주디 아주머니는 약속을 했다. "내가 지금까지 갖고 있는 그림이라고는 저것 한 장뿐이야. 고향에서 가지고 온 것이지만 저것이 없으면 내 부엌이라는 기분이 나지 않을 거야."

"나는 서재에 걸겠어요."

힐러리가 말했다.

"앞으로 지을 훌륭한 집 어느 곳에 말이지?"

주디 아주머니는 놀렸다.

"정말 굉장히 출세했어, 징글. 어머나! 미안해, 고든 씨라고 불러야 하나?"

"나를 그렇게 부르면 어떤 일을 당할지 몰라요, 아주머니? 옛날 별명으로 불러주어서 얼마나 기쁜지 모르는데. 출세라고 하니……. 그래요, 출세했어요. 원하는 것은 대개 손에 넣었고요. 다만 ……."

힐러리는 마음속으로 덧붙였다.

'가장 중요한 것만 빼고요.'

주디 아주머니는 패트에게 향한 힐러리의 눈빛을 알아차리고 요리실로 들어가 버렸다. 표면상으로는 다른 음식을 가지고 온다는 이유였지만, 사실은 문을 닫고 감정을 토하기 위해서였다.

주디 아주머니는 수프 그릇에게 얘기를 걸었다. "내가 커크 씨에게 무슨 좋지 않은 일이 일어나기를 바라는 것은 절대 아니야. 하지만 만약 어디로 사라져 버리든지 해주면, 하느님의 고마우신 은혜라고 생각할 텐데."

잠자리에 들 때까지 패트의 마음속 광채는 아침부터 변함없었고, 하루 종일 계속 되었다. 그날은 햇빛이 넘치는 화창한 날이었다. 들에도 숲에도 바다에도 아름다움이 빛나고 넘쳤다. 언덕 저편에는 커다란 크림색 구름 산이 호박색 골짜기에 솟아 있다. 공중에는 이른 아침의 어린 풀에서 풍기는 달콤한 냄새가 가득 차 있었다.

패트와 힐러리는 과거로 돌아갔다. 무지개 빛 과거가 보는 사람 모두에게 나타났다. 두 사람은 이전에 힐러리가 작은 고양이를 구하러 내려갔던 우물가로 나갔다. 오랜만에 우물을 들여다본 패트는 그 옛날 '우물 속의 패트'가 힐러리의 얼굴과 나란히 이끼로 둘러싸인 조용한 밑바닥에 비추어져 있는 것을 보았다.

두 사람은 '연못들판' '금잔화들판' '여름이여 안녕 들판' 등을 돌아다녔다. 과수원에서는 '은빛숲'의 고양이들이 모두 묻혀 있는 옛 동산에 있는 가문비나무 사이의 작은 묘지를 둘러 보았다.

"내가 귀여워했던 고양이나 개들의 영혼이 모두 진주의 문이 있는 곳에서 기쁜 듯이 가르랑가르랑, 캥캥거리며 나를 맞이하고 있는 것 같아."

묘지 한복판에 있는 맥긴티의 묘를 빠져나오면서 패트가 들뜬 기분으로 말했다.

"맥긴티를 여기에 묻었어, 힐러리. 그렇게 귀여운 개는 없었지. 그 뒤부터 개를 귀여워하고 싶은 생각이 없어졌어. 개가 들어오고 나가기는 하지만. 시드에게는 소가 있어서, 꼭 한 마리는 기르고 있지. 메이의 개도 나쁘지는 않지만…… 두 번 다시 개를 마음으로 귀여워하지 않으려고 해."

"나도 그래. 물론 개를 사서 제대로 기를 장소도 없었지만. 아마, 그 안에……."

힐러리는 말을 멈추고, 묘지의 오솔길과 주디 아주머니의 다년생 식물의 화단을 둘러 싼, 희게 칠한 돌을 바라보았다. 주디 아주머니는 칠면조 우리가 있는 화단가에 나는 풀을 싫어했다. 화단에는 사람 키보다 더 큰 제비고깔이 기세 좋게 피어 있었다. 메이는 자신의 제비고깔이 어째서 주디 아주머니의 것처럼 보기 좋게 되지 않는지 그 까닭을 몰랐다.

"이곳을 또 보게 돼서 기쁘군. 나도 희게 칠한 돌을 언젠가는 갖게 될 거야……."

힐러리는 또 말을 멈췄다. 그는 주변을 두루 바라보았다.

"그곳에 가서 훌륭한 집들을 많이 보고 왔어, 패트. 궁전이나 성 같은 것을 말이야. 그러나 '은빛숲'처럼 훌륭한 곳은 아무데도 없었어. 돌아와서 이렇게 변하지 않은 것을 보니 정말 기뻐."

"변하지 않도록 내가 살펴온 거야."

패트는 힘을 주어 말했다.

"저기 '제비들판' 집 굴뚝이 보이네." 힐러리는 자신에게 말하는 것 같았다.

"제비고깔꽃, '연못들판', 저 멀리 보이는 보라색 언덕의 서양 고리버들. 원래는 세 그루가 있었지. 맥긴티조차 이 어딘가에 있을 거야. 당장이라도 그 따뜻하고 까칠까칠한 작은 혀가 내 손을 핥을 것 같은 기분이 들어. 메리 앤 맥클레나한이 맥긴티를 찾아 준 것을 기억하고 있어? 그날 밤, 나는 메리 앤을 정말로 마녀라고 생각했어."

"기억하고 있어?" 두 사람은 이 말을 강조하기라도 하는 듯 반복하면서 얘기를 이어갔다.

"내가 간선 도로에서 길을 잃은 것을 네가 발견했던 그날 밤의 일을 기억하고 있어?"

"지붕 밑 방 창문에서 자주 신호를 보내곤 했던 일을 기억하고 있어?"

"너의 아버지가 서부로 가지나 않을까, 모두 근심했던 일을 기억하고 있어?"

"작은 바다 어귀에서 둘이서 파도에 시달렸던 일을 기억하고 있어?"

"성홍열 때문에 네가 금방 죽게 되었을 때의 일을 기억하고 있어?"

"너는 베츠를 기억하고 있어?" 패트는 아주 부드러운 말씨로 물었다. "네가 돌아오면 베츠도 돌아온 것 같은 생각이 들어. '기다란 집'에 살고 있으면서 지금이라도 산에서 틀림없이 가볍게 뛰어내려올 것이라는 기분이 든단 말야."

"아, 기억하고 있어. 마음씨 고운 애였지. 지금 '기다란 집'에는 누가 살고 있지?"

"데이비드 커크와 수잰 커크가 살고 있어. 남매야. 내 친구들이지. 지금은 집에 없지만."

패트는 내뱉듯 말했다.

"자, '행복들판'으로 돌아갈까, 힐러리?"

'행복들판'으로 돌아간다! 행복으로 되돌아갈 수가 있을까? 어쨌든 두 사람은 되돌아가려고 했다. 황금빛 여름 경치 속을, '은빛 숲'의 영원한 초록색 황혼 속을, 저쪽 들판 속을 빠져서 '요르단 강'

에 걸려 있는 낡은 다리를 건넜다.

"멋져. 이렇게 몇 년이 지났는데도, 돌 하나도 자리를 떠나지 않고 그대로 있어."

힐러리가 감탄했다.

모든 것이 옛날 그대로였다. 두 사람은 다시 어린 시절로 되돌아가 있었다. 바람이 부드럽게 두 사람을 따라오고, 깃털 같은 풀이 펼쳐져서 발을 시원하게 씻어주었다. 아름다운 초록빛 골짜기가 사방에 펼쳐져 있다. 모든 것이 지난날의 아련한 빛에 휩싸여 있었다. 시냇물 그늘에서 춤추고 있는 햇빛도 옛날 그대로였다.

두 사람은 '행복들판'과 '유령의 샘'을 다시 방문했다.

"나는 몇 년 만에 여기에 온 거야."

패트는 작은 소리로 말했다.

"올 기분이 아니었어……. 혼자서는…… 어째서인지. 와 보니 역시 멋있다."

힐러리는 가라앉은 목소리로 말했다.

"나의, 내 어머니가 와서……. 네가 나의 편지를 태웠던 날을 기억하고 있어?"

패트는 고개를 끄덕였다. 패트는 살짝 힐러리의 손 안에 자신의 손을 집어넣고, 그전처럼 동정을 담아서 꼭 쥐어주고 싶었다. 그의 말투에는 추억의 고통과 환멸감이 아직도 생생하게 남아 있는 것이 엿보였다.

"어머니는 돌아가셨어, 작년에. 내게 얼마쯤 돈을 남겨 주셨지. 처음에는 안 받으려고 했는데, 그것은 곧 돌아가신 어머니의 얼굴을 때리는 짓이나 마찬가지라는 생각이 들었어. 그래서 받기로 하고 동양에서 1년 동안 지낸 거야. 역시 어머니도 전에는 나를 사랑하고 있었다고 생각해. 내가 작은 징글 소년이었을 때는 말이야. 그 뒤에 어머니는 잊어버린 거야. 그 남자가 어머니에게 잊게 했던 거야. 나는 안 좋은 추억일랑 버리고 어머니를 생각하려고 해, 패트."

"그래, 그게 좋을 거야."

패트의 말투도 무거웠다.

"아주머니가 늘 그렇게 말씀하셨어. 그런…… 그런 기억은 생활에 독이 된다고. 나도 알아. 나도 내 생활에서 어떤 언짢은 기억은 털어 버리려고 애쓰고 있으니까. 아, 힐러리. 내가 지금 원래의 행복한 시절을 그리워하는 것이 어린애 같다는 것은 나도 알고 있어. 두 번 다시 돌아오지 않을 테니까. 하지만 네가 여기 이렇게 돌아와 있으면, 그 행복한 시절이 문득 저 모퉁이까지 와 있다는 기분이 들지."

저녁때 두 사람은 숲을 빠져나가 '비밀들판'으로 갔다. 이 들판에 대한 패트의 애정을 힐러리는 이전부터 이해하고 있었다. 그날 밤의 숲은 특히 아름다웠다. 애정어린 눈길로 사람들을 대했다. 그렇다고 언제나 이런 것은 아니다. 때로는 서먹서먹할 때도 있었다. 자기 일에 온통 마음을 빼앗기고 있기 때문이다. 때로는 상을 찡그리고 있을 때도 있었다.

그러나 패트와 힐러리가 어린이로 돌아갔기 때문에, 숲도 두 사람에게 스스럼없이 대했다. 작은 양지, 양치식물이 자라고 있는 오솔길, 속삭임, 바람이 좋아하는 자작나무 숲이 가는 곳마다 있고, 야생 초목의 색과 향기가 기분 좋게 줄 지어 있다. 전나무 가지에서 저녁해가 비치고, '비밀들판' 위에는 커다란 장밋빛 구름이 걸려 있었다. 옛날의 마법과 요술이 그대로 되살아났다.

'언제까지나 이렇게 있을 수 있다면!'

패트는 생각했다.

두 사람이 되돌아갈 때, 포플러 사이에서 달빛이 비처럼 쏟아졌다. 달빛 아래 향기가 비로드처럼 물씬 가라앉은 오래된 정원으로 두 사람은 들어갔다. 여기저기 하얀 장미가 희미하게 신비스러운 빛을 받고 있었다. 산들바람이 '소곤소곤길'에서 양치 식물의 향기를 날라왔다.

패트는 말이 없었다. 이야기 같은 것은 보통 때에 하는 것이지, 이렇게 매혹적인 시간에는 쓸모가 없었다. 아름다움이 패트의 몸에서 강물처럼 흐르는 듯했다. 이 시간과 이 장소의 마력에 패트는 온몸을 맡겼다. 과거도 없고 미래도 없다. 더 이상 말할 필요도 없고 현재밖에는 존재하지 않는다.

힐러리는 달빛에 빛나는 패트의 눈을 한참 들여다보았다. 몸을 가까이 구부리고 입을 열려고 했다. 그때 자동차가 서둘러 뒤뜰로 들어왔다. 떠들썩한 친구들의 목소리와 함께 메이가 말없이 차에서 내려 왔다. 패트는 몸을 떨었다. 메이가 돌아온 것이다. 마법의 하루는 이것으로 끝났다.

두 사람이 뜰에 있는 것을 보고 메이가 다가왔다. 인동덩굴의 냄새, 풍겨오는 양치식물의 향기, 이렇다 할 이유도 없이 풍겨오는 장미 향기 따위는 모두 메이에게서 흘러나오는 강한 싸구려 향수에 덮여 버렸다.

메이가 얼굴 가득 감정을 실어 인사했는데, 힐러리는 냉랭하게 머리만 가볍게 숙였을 뿐이었다. 다시 만나는 것을 기쁘게 받아들이지 않는 것 같았다. 메이는 언짢게 웃음을 지었다.

"방해가 된 것 같구나? 마침 데이비드가 없어서 다행이지, 패트?"

"무슨 말인지 나는 모르겠어!"

패트는 쌀쌀하게 말했다, 잘 알고 있으면서도.

메이는 힐러리 쪽을 향해서 심술궂게 말했다.

"패트가 데이비드 커크와 약혼한 것은 물론 들었겠지? 데이비드는 정말 멋있는 사람이야. 네가 그 사람을 만나지 못해서 유감이야."

아무도 입을 열지 않았다. 하고 싶은 말을 해 버린 메이는 집 안으로 들어갔다. 패트는 또다시 몸을 떨었다. 모든 것이 쓸모없어졌다. 갑자기 힐러리가 먼 존재처럼 느껴졌다. '은빛숲'에 솟아 있는 저 울창한 전나무처럼.

"정말이야, 패트?"

힐러리는 낮은 소리로 물었다. 패트는 고개를 끄덕였다. 말로는 할 수가 없었다.

힐러리는 패트의 손을 잡았다.

"옛 친구로서 모든 축복을 빌어, 패트. 알지?"

"물론이야."

패트는 경쾌하고 명랑하게 말하려고 했다.

"그리고 너도 축하해, 힐러리. 우리는 작년에 네 약혼 소식을 들었어."

"내가 약혼했다고?"

힐러리는 약간 웃으면서 말을 이었다.

"나는 약혼 같은 것은 하지 않았어. 아, 애너 러브데이와의 바보 같은 소문이 퍼진 걸 가지고 그러는군. 애너의 오빠와 나는 친구야. 이제 내가 돌아가면 그 친구의 사무실에서 근무하게 될 거야. 애너는 귀여운 아이여서, 따로 숭배자가 있어. 나의 생애에는 단 한 사람의 아가씨밖에 없어. 그 처녀가 누구인지 너는 알고 있을 거야, 패트. 나는 가망이 없다고 생각하고 있지만 아무래도 와서 만나 보지 않을 수가 없었어."

"곧 누군가를 발견하게 되겠지⋯⋯."

"아니, 너는 내가 다른 사람을 사랑할 수 없게 만들어 버렸어. 내게는 너 한 사람밖에 없어!"

패트는 더 이상 말을 하지 않았다. 말할 것이 없는 것처럼 생각됐다.

두 사람은 부엌으로 들어가, 힐러리가 여객선 환승열차로 돌아갈 때까지 한때를 아쉬워하면서 지냈다.

모두 모여 있었다. 주디 아주머니, 레이, 시드, 꺽다리 앨릭, 엄마까지 늦도록 아래층에 머물면서 석별의 정을 나누었다.

화려한 저녁이 됐다. 주디 아주머니는 활기에 넘쳐서 아무도 흉내낼 수 없는 독특한 이야기를 들려주었다. 힐러리도 다른 사람들과 어울려 웃기는 했지만, 그 웃음에는 즐거운 울림이 없었다. 패트는 두 번 다시 웃을 수 없을 것 같은 어두운 기분에 쫓기고 있었다.

패트와 주디 아주머니는 현관에 서서 자동차로 가는 힐러리를 바라보고 있었다.

"달밤에 돌아가는 사람을 보내는 것은 슬픈 일이야, 패트. 나는 두 번 다시 징글을 만날 수 없을 것 같아. 좋은 아이인데."

"'은빛숲'에는 두 번 다시 오지 않을 거 같아요. 아주머니, 모든 게 왜 이렇게 괴로운지 모르겠어요. 아름다운 우정조차도!"

조용했지만 목소리에는 울음이 섞인 것 같았다.

"나도 모르겠어."

주디 아주머니는 말했다.

"가위가 또 없어졌어요!"

부엌으로 되돌아온 두 사람에게 메이가 말했다. 가위를 잃어버린 것이 '은빛숲'에 있는 사람들 책임인 듯한 말투였다.

"아, 없어진 것이 그것뿐이면 좋을 텐데!"

주디 아주머니는 서글픈 듯 한숨을 쉬면서 부엌방으로 올라갔다. 주디 아주머니는 테니슨(19세기 영국 시인)과는 아무런 인연도 없지만, 세상은 어딘가 잘못되어 있다는 그의 의견에는 마음으로부터 찬성했음에 틀림없다. '그렇고말고요. 크게 잘못돼 있어요'라고.

지금의 주디 아주머니는 그 잘못이 바로잡히는 날이 오리라고는 도저히 기대할 수 없었다.

아홉째 해

1

힐러리가 돌아가고 나서 그는 딱 한 번 패트에게 편지를 보냈다. 이제부터 설계하려는 아름답고 작은 집의 연필 스케치가 잔뜩 그려져 있었다. 전과 다름없이 유쾌한 편지였다. 끝에 이렇게 쓰여 있었다.

괴로워하지 마, 패트. 내가 널 사랑하는데 너는 날 사랑할 수 없다고 해서 말이야. 패트, 나는 전부터 너를 사랑했어. 어쩔 수 없었어. 사랑하지 않고는 견딜 수 없었지. 어느 쪽을 고르라고 한다면 나는 역시 너를 사랑하는 쪽을 고를 거야. 희망이 없는 사랑을 잊으려는 사람도 있지만 나는 그렇지 못해. 패트, 내게 있어서 인생이 가져다 줄 수 있는 가장 큰 불행은 너를 잊는 것이야. 나는 영원히 너를 기억하고, 사랑하고 싶어. 잊음으로써 얻을 수 있는 어떤 행복보다도 기억 속의 사랑이 얼마나 더 좋은지 몰라. 너에 대한 내 애정은 내 생애에서 가장 값진 거야. 지금까지 그랬어. 그 덕분에 나는 더 초라해지지 않은 거야. 그 사랑은 내 생활을 풍요롭게 하고, 사물의 본질을 확인하는 흐리지 않은 눈을 갖게 했어. 이 사랑은 내 발 밑에 장치해 놓은 램프야. 그 덕분에 천한 정욕이나 망상 등 수많은 함정을 피할 수 있었던 것이지. 앞으로도 늘 그럴 거야. 그러니 내 일에 대해서 네가 가련하게 여기거나 불행한 기분이 되지 않았으면 해.

그러나 패트는 불행한 기분이었다. 그 기분은, 겉으로는 행복해 보이는 가을과 겨울 동안 이래저래 가슴속에 잠겨 있었다. 그러나 그동안은 행복한 나날로 보냈다.

꺽다리 앨릭은 1년 뒤 봄이 되면, 딴 농장에 시드와 메이의 집을 세워 준다고 딱 잘라 말했기 때문에 모두들 그렇게 생각했다. 메이는 역정을 내기도 하고 화를 내기도 했지만, 자신은 아무래도 '은빛숲'의 여주인공은 될 수 없다는 사실을 인정하지 않으면 안 되었다.

엄마도 지난 몇 년보다는 건강해졌다. 엄마는 제2의 청춘을 맞이하는 것이라고 웃으면서 말했다. 엄마는 다시 가족들 사이에 들어와서 생활하게 되었고, 친지를 방문하게 되었다. 그것은 기적 같았다. 엄마는 '좋은 날'을 기대할 수 없을 만큼 심각한 환자라는 사실을 몇 년 동안이나 당연한 것처럼 여겨 왔기 때문이다. 지금은 그 '좋은 날'이 예외가 아니라 당연한 것이 되어 있다. 그런 까닭에 그해는 메이가 있더라도 패트에게 유쾌하기만 하였다.

다만 정체를 알 수 없는 묘한 고통이 끈질기게 모든 일을 따라다녔다. 그 고통이 완전히 멈춘 일은 없었으나, 잊은 적은 자주 있었다. 패트가 정원을 손질하거나 바느질을 할 때, 계획을 세울 때, 작은 메리가 '은빛숲'에 와서 주디 아주머니의 토스트 빵을 먹고 싶어 할 때, '고약한 놈'이 우쭐대는 어린 고양이를 구박할 때, 패트와 수잰과 데이비드 세 사람이 '기다란 집'의 난롯가에 앉아 있을 때, 패트와 레이 둘이서 계획이나 곤란한 문제 등을 사이좋게 서로 이야기할 때, 아침 일찍 일어나서 안개 속에 잠겨 있는 '은빛숲'——자신의 집이며 사랑하는 훌륭한 집——에 도취될 때, 위니 언니가 금덩어리 같은 아기를 어르며 '은빛숲'을 방문할 때면 잠깐씩 고통을 잊었다. 위니 언니에게 쌍둥이 위니와 레이철이 태어난 것이다. 잡지 광고에서 오려낸 듯한 아기였다. 베개 한 개에 뉘어 놓은, 둥근 얼굴에 파란 눈을 가진 두 아기의 작은 모습을 볼 때마다 패트는 어쩐지 슬퍼져서 눈물을 참아야 했다.

앞으로 1년이 지나면 레이가 결혼식을 올릴 것이다. 혼례 준비 상자는 더 채울 수 없을 만큼 가득 차 있고, 패트와 둘이서 결혼식의 자잘한 계획까지 벌써 세우기 시작했다. 물론 집안 사람들 모두를 초대하는 성대한 결혼식이다.

"'은빛숲'에서는 마지막이 될 성대한 결혼식이야."

패트가 말했다.

"언니는 어떻게 할 거야?"

레이가 물었다.

"나 말이야? 나는 대단하게 하지 않아. 데이비드와 둘이서 어느 때든 몰래 나가서 식을 마치고 올 테야. 사치스럽게는 하지 않을 작정이야."

패트는 재빨리 대답하고 나서 다른 얘기를 했다. 데이비드를 좋아하는 것은 틀림없지만 결혼식을 올리지 않은 지금 상태가 더 좋았다. 패트는 결혼 같은 것은 생각하고 싶지 않았다. '은빛숲'을 떠난다는 일은 생각만 해도 견딜 수 없었다.

레이는 이상한 듯이 패트를 바라보았지만 아무 말도 하지 않았다. 레이는 나이에 비해 무척 현명했다. 레이는 생각했다.

'참견을 하면 안 돼. 패트의 여러 숭배자들의 일을 힐러리에게 편지로 알리지 않았으면 좋았을 텐데 하고 생각될 때가 있어. 그것은 아무래도 이롭기보다는 해가 된 것 같아. 만약 힐러리가 더 일찍 와주었으면 좋았을 텐데…….

인생에는 만약이라는 경우가 많이 있어. 내가 만약 브룩을 만난 그 댄스파티에 가지 않았더라면? 조금만 늦었으면 가지 않을 뻔했는데…….' 레이는 몸을 떨었다.

패트는 주디 아주머니를 향해서 말했다.

"레이의 결혼식은 '은빛숲'에서도 처음이라고 할 수 있는, 아주 훌륭하게 하고 싶어요."

"그래, 그러자꾸나. 한 1년쯤 준비하면 되겠지."

주디 아주머니도 찬성이었다.

그러나 패트가 몇 번이나 경험했듯이 일이란 그렇게 생각대로 되는 것이 아니다. 1주일 뒤에 청천벽력이라고 할 만한 일이 일어났다. 브룩으로부터 편지가 왔는데, 중국 지점의 지배인이 갑자기 죽어 내년이 아니고 지금 당장 그곳으로 가게 됐는데, 레이도 같이 가주겠느냐고 물어왔다는 것이다.

물론 레이는 같이 갈 작정이었다. 그러면 결혼식은 3일밖에 남지 않았는데 그것은 어떻게 되는 것일까?

"아무래도…… 시간이 없어."

패트는 숨이 끊어질 듯이 말했다.

패트와 레이는 헛간 건초 속에 앉았다. 메이나 왔다갔다하는 비니 집안 사람들에게 들킬 염려가 없는 곳은 그곳뿐이기 때문이다. 마른 클로버 냄새가 솔솔 풍기고 창고에서 사는 금색 고양이가 서까래 위에 거만한 모습으로 앉아서, 신비스러운 보석을 연상케 하는 눈으로 두 사람을 바라보고 있었다.

"충분해. 어떻게든 해볼 작정이야." 레이가 단호히 말했다. "릴리 로빈슨이 학교 쪽은 기꺼이 맡아줄 것이고, 웨딩 케이크는 필요 없고……."

"레이, 아주머니가 금방 죽기라도 했다는 거야? 물론 웨딩 케이크는 만들어야 해. 숙성시킬 시간이 없으니까 큰 기대는 할 수 없겠지만 어쨌든 아직 한번도 본 적이 없는 멋진 웨딩 케이크를 만들어 보일 테야. 하지만 의상은 어떻게 하지?"

"흰옷을 만들 수가 있을지 모르겠어, 패트 언니. 하얀 공단으로 말이야. 나는 구식이야. 빅토리아풍이지. 하얀 공단 옷을 입고 식을 올리고 싶어. 나는 공단을 굉장히 좋아하거든."

"어떻게든 되도록 해봐야지."

패트는 말했다. 곧 패트와 레이와 주디 아주머니 그리고 엄마는 이 문제에 대해 의논을 했다. 패트와 레이는 서둘러서 시내에 가서 공단 천을 사왔다.

그것을 이네즈 매콜리가 와서 아주 열심히 바느질을 했다. 몇 년 동안이나 그런 일은 손을 놓았던 엄마가 케이크는 직접 만들겠다고 나섰다.

"정말이야, 엄마만큼 잘 만드는 사람이 없어. '해변가' 집 딸들은 모두 여왕님의 입에나 맞을 정도의 과일 케이크를 만드니까."

주디 아주머니가 엄마 솜씨를 보증했다. '아주 작은 피로연'만이라도 했으면 좋겠다고 주디 아주머니가 졸랐지만 아무도 찬성하지 않았다.

"아니, 양쪽 친척을 다 부를 수 없어요. 모두를 초대 못하면 아무도 초대할 수 없어요, 아주머니. 브룩과 나는 집 식구들만 입회하는 가운데 식을 올릴 작정이에요."

주디 아주머니는 체념하지 않을 수가 없었다. 그러나 잿빛 머리를 흔들었다. '은빛숲'에서도 시대가 변했다. 이런 식으로 딸을 시집 보내다니.

"나도 나이를 먹어서 그런지 생각이 달라진 것 같아."

주디 아주머니는 주변에 사람이 없는지 조심스럽게 확인을 하고 나서 이렇게 말했다.

패트가 메이에게 레이가 결혼하게 됐다고 알리자, 메이는 머리를 곤두세우며 불평을 했다.

"이렇게 늦게 알려 주기야 ?"

"우리도 24시간 전에 알았을 뿐이야."

패트가 말했다. 메이는 일부러 불쾌한 표정을 유지하기로 마음먹었다. 그런데 어느 순간 메이가 싱글벙글하는 것을 주디 아주머니가 발견했다.

'또 한 사람의 방해자가 없어진다고 생각하는 거야 ?'

주디 아주머니는 속으로 비웃듯이 말했다.

비니 부인은 엄마에게 선심 쓰는 체하며 말했다.

"딸을 또 하나 치우게 됐으니 잘됐군요. 당신도 곧 나처럼 돼요. 외톨이로 말예요."

비니 부인은 깊이 한숨을 쉬고서 말을 이었다.

"네 쪽은 어때, 패트 ? 너도 슬슬 결단을 내리는 것이 좋지 않을까 ? 요즘 남자들은 우리 젊었을 때 같지 않으니까."

패트가 자기 방으로 도망을 가자 방에서는 레이가 소지품을 전부 침대 위에 쌓아 올리고 있었다.

"비니 부인이 한 이야기는 잊어버려, 언니. 그것보다 내 짐 꾸리는 것이나 좀 도와줘. 원래 짐 챙기는 것이 서툴러서 무엇을 가져가고 무엇을 두어야 할지 잘 모르겠어."

입을 벌리고 있는 트렁크를 보니 패트는 가슴을 도려내는 듯한 아픔을 느꼈다. 레이는 정말 가버리는 것이다. 중국으로 ! 어째서 레이도 위니 언니처럼 집 근처에서 살 수 있는 운명이 아닐까 ? 패트는 위니 언니가 시집갈 때도 비극이라고 느꼈던 것을 떠올렸다. 인생이라는 것은 변화되어 가는 동안, 그 변화가 인생의 일부가 되고 나중에는 그 변화가, 변화가 아닌 것이 되고 마는 것이다 !

위니 언니가 갓난아기를 데리고 온다. 위니 언니의 친정 나들이. 아, 얼마나 즐거운 일인가. 그러나 중국에서는! 그래도 레이는 안정된 기쁨에 잠겨 있다. 물건을 개고 담고 하는 동안, 오래전에 헤이젤 고모가 잘 부르던 옛 노래 한 구절이 생각났다.

'남는 사람보다 가는 사람 쪽이 훨씬 행복하다'라는 노래였다.

그럴 것이다. 패트는 레이의 행복이 부럽기도 했다. 그러면서도 안됐다는 생각도 든다. '은빛숲'에서 떠나야 할 레이가! '은빛숲'을 떠나서 그 누가 행복해질 수 있겠는가?

레이는 거울에 비치는 자기 모습을 찬찬히 바라보았다.

"내일 이맘때쯤 나는 부인이 돼 있을 거야. 나는 진작 결혼을 했어야 했어, 패트 언니. 벌써 어쩐지 학교 선생티가 없어진 듯한 기분이 들어. 브룩은 결혼 반지를 특별히 만들게 했어. 기성품은 싫어한다고 하면서. 식을 잘 치르면 좋을 텐데. 비니 부인도 힐끔힐끔 보고 있을 테니까."

"그 사람은 안 와, 레이!"

"올 거야, 엄마가 결혼식을 보러 와도 좋으냐고 메이가 묻는데 오지 말라고 말할 수가 없었어. 그래서 모든 일이 잘되도록 빌고 있어. 소중한 서약을 할 때 브룩의 얼굴을 쳐다보지 않을래. 너무 당연한 일이니까. 비니 부인 얘기로는 올리브도 그렇게 했대. 그랬더니 '참 기특하다'고 모두들 생각했었대. 어쨌든 나는 웃을 테야. 저 과수원에서 울고 있는 파랑새 소리를 들어 봐, 패트 언니. 중국에는 파랑새 같은 것은 없을 것 같은데. 아니 있을지도 몰라. 하지만 고양이는 있어. 중국에도 고양이는 있어. 이상한 비밀을 숨기고 있는, 털이 북슬북슬한 고양이 말이야. 그런데 '야옹' 소리를 중국말로 내는지 모르겠군. 그렇다면 그 소리는 어떨까? 하지만 물론 얼마 뒤에는 우리 아기가 태어날 테니까 모두 괜찮아. 나는 아이를 10명쯤 낳고 싶어."

“10명이라고? 왜 1다스는 싫고?”

패트가 킥킥 웃었다.

“어머나, 나는 욕심쟁이가 아니야. 조금은 남의 것도 남겨 놔야 해.”

“네가 얘기하는 것을 바바라 고모가 들으면 어떻겠니!”

패트는 말린 라벤더 한 봉지를 레이의 트렁크에 넣으면서 말했다. 중국에서의 첫날밤을 위한 숙면의 보조기구이자, 담요를 향기 나게 할 ‘은빛숲’의 라벤더.

“들을 리가 없어. 이런 일은 언니 말고는 아무에게도 얘기하지 않아. 우리는 아주 좋은 친구였어, 패트 언니! 같이 울기도 하고 웃기도 했어. 우리는 자매이면서 친구이기도 해. 서로 말하지 않았던 그 끔찍한 몇 주간은 별도로 하고. 그 일은 생각만 해도 부끄러워져. 하지만 내게는 아름다운 추억이 많아. 집이며 언니, 엄마, 아주머니…… 이런 추억이 램프처럼 평생 비춰주겠지. 요전 날 밤 둘이서 발견했던 그 아름다운 시 생각나?

사랑의 예언은 꽃이 채 지기도 전에 시들고
사랑이 가진 것은 한순간이겠지만
사랑의 추억은 어두운 12월도 대낮처럼 비춘다네.

정말 그렇지 않아? 우리는 ‘12월 말’이 돼도 아름다운 추억을 언제까지나 갖고 있을 테니까. 아, 모두가 그리워서 견디지 못하게 될 거야. 정말로 ‘은빛숲’ 때문에 애태울 때도 있을 거야. ‘은빛숲’이나 가족들을 모두 두고 가는데 어떻게 아무 느낌이 없겠어? 패트 언니, 섭섭해. 하지만…….”

“그래, 브룩 해밀턴이 있으니까.”

패트가 웃었다.

"그래." 레이는 생각에 잠겼다. "하지만 여기 남겨 놓고 가는 지금까지의 생활은 내게는 언제까지나 그리운 추억이 될 거야. 게다가 패트 언니처럼 좋은 언니는 없으니까."

"그만둬, 마음이 약해져서 엉엉 울고 싶어져. 네 결혼식을 눈물로 엉망이 되지 않게 하기 위해 결심하고 있는데."

"내가 가고 나서도 울지 마, 언니. 간 다음에 언니가 여기서 운다는 것은 생각만 해도 괴로우니까."

"조금은 울지도 몰라." 패트는 정직히 말했다 "그것은 할 수 없다고 생각해. 하지만 전처럼 슬픔에 겨워 하지는 않을 거야. 레이, 나도 변화를 받아들이게 되었어. 두려운 건 사실이고, 변화를 진심으로 좋아하는 사람의 마음은 여전히 모르겠지만. 이네즈가 마지막 가봉을 하라고 부르고 있어."

결혼식 전날 '은빛숲'에서는 비니 부인이 결국 오지 못할지도 모른다는 한 가닥 희망이 엿보였다. 비니 부인의 친정 사촌인 새뮤얼 코블딕 노인이 죽었는데, 장례식이 결혼식 한 시간 전으로 정해졌기 때문이다.

비니 부인은 메이에게 불평을 털어 놓았다.

"이런 때에 죽다니, 아주 귀찮은 일이야. 새뮤얼은 여러 해 동안 온몸이 쇠약해져서 고생은 하고 있었지만, 결혼식이 끝날 때까지 죽지 않았다면 오죽 좋았겠니? 원래 사람을 괴롭히던 사람이야. 마지막에는 굉장한 출혈로 죽었어. 나는 정말 실망이야. 귀여운 레이 양의 결혼식을 꼭 보려고 했는데."

"이번 장례식이 새뮤얼의 형 존 때보다는 순조롭게 진행되면 좋을 텐데. 존은 죽기 전에 자신이 장례식 준비를 모두 갖추어 놓으려고 했으니까. 그 시대 풍습대로 말이야. 아내를 하나도 신용하지 않았지. 인색한 여자라서 두 사람은 평생 싸우기만 했어. 제일 큰 싸움은 존의 장례식 때였지. 존의 아내는 존이 살아 있는 동안 존과는 아무 말을 하지 않았어. 장례식에 전혀 참석하려고도 하지 않고, 장례식에는 손 하나 까딱하려고 하지 않았기 때문에 장례식은 엉망이 된 듯했지." 주디 아주머니가 말했다.

비니 부인의 얼굴이 굳어졌다.

"어느 가족이든 조금씩 차이는 있지. 그런데 가련하게도 새뮤얼 부인은 너무 울적해 있어. 나는 오후 내내 옆에서 위로해 주었어."

"조상을 다녀왔다는 의미로군."

주디 아주머니는 인상 좋은 얼굴로 말했다. 주디 아주머니는 절대로 비니 부인의 말을 정정하거나 하는 일은 없지만, 때와 장소라는 것이 있다.

"뜻은 내가 말한 대로예요. 그리고 주디 아주머니, 말할 것을 일일이 가르쳐 주지 않아도 돼요."

둘이서 같이 지내는 마지막 밤을 패트도 레이도 좀처럼 잘 수가 없었다. 왜 그런지는 모르지만.

"자, 몸을 뒤치면서 자보자."

이 말을 몇 번이나 했는지 모른다. 두 사람은 몸을 뒤쳐도 잠이 오지 않아서 또 얘기를 시작하는 것이다.

"내일 날씨가 좋았으면 좋겠다. '은빛숲'에 햇볕이 듬뿍 쬐는 모습을 눈에 담아 가지고 가고 싶어."

레이가 말했다.

"내일이라고? 오늘이야! 작은 응접실의 시계가 막 12시를 쳤어. 오늘은 너의 결혼식 날이야, 귀염둥이 아가씨."

"내가 신부가 되어 머리가 아찔해질 시각이네." 레이는 웃었다. "그런데 나는 사실 아무렇지도 않을 것 같아. 브룩과 결혼하는 것은 누가 뭐래도 정말 당연한 일이니까."

언제 잠이 들었는지 모르지만, 패트가 일어나서 창밖을 내다보니 희미한 새벽빛이 주변을 물들이고 있었다. 패트는 깜짝 놀랐다. 오늘은 레이의 결혼식이다. 그리고 내일부터는 언제까지나 혼자서 일어나지 않으면 안 된다.

레이가 바라던 대로 날씨는 깨끗이 개었고, 곳곳에서 귀뚜라미가 기쁘게 울어댔다. 이리저리 부는 바람은 금빛 보리밭을 흔들고 있다.

"'은빛숲'의 날씨는 역시 다른 곳과는 완전히 달라. '제비들판'과도 다르고. 언니가 이곳이 다른 곳과는 다르다고 해서 내가 몇 번이고 놀려댔지만 마음속으로는 그렇다고 생각하고 있었어."

두 사람이 아래층으로 내려가자 메이가 들뜬 기색으로 말했다.

"멋진 날씨야!"

패트는 메이 때문에 날씨가 엉망이 되는 기분이었다. 그러나 메이에게는 모든 것이 '멋지거나' '유쾌한' 쪽이었다. 이 두 가지가 메이의 마음에 드는 형용사다. 패트는 메이가 레이의 결혼식에 상관하는 것도 싫었고, 칭찬하는 것도 마음에 들지 않았다.

오전 중에는 바빴다. 정오에 브룩이 도착했다. 패트는 피로연 테이블을 설치하고 장식을 했다. 메이도 자신의 권리를 주장하는 뜻에서 패트가 옷을 갈아입으러 2층으로 올라간 뒤에, 화단가에서 뜯어온 작은 송이가 섞인 커다란 꽃다발을 테이블 중앙에 꽂았다. 그것을 주디 아주머니가 이것 보라는 듯이 부엌으로 가지고 가서 투덜댔다.

"언제나 쓸데없는 짓만 하고 있어."

메이는 그 보복으로, 주디 아주머니가 포도주색 외출복 차림으로 나타나자 이렇게 말했다.

"그 옷도 모양이 아주 망가지지는 않았네요. 그리고 유행에도 크게 뒤떨어지지 않았고요."

2층에서는 신부가 드레스를 입고 있었다.

"이 파란 양말 띠는 행운의 표시야."

패트가 속삭였다.

레이는 희끗희끗 번뜩이는 공단과 망사를 입고 있어서 유령 같은 모습으로 서 있었다. 레이는 어머니의 오래된 면사포를 쓰고 있었다. 크림색이 약간 돌고 얼마간 구식인 면사포였다. 요즘 유행하는 턱밑에서 끈을 매는 모자 대신 그것을 머리 위에 높이 얹고 있었다. 그러나 레이의 젊음이 면사포 사이로 아름답게 빛나고 있었다. 레이에게서 흘러 넘친 행복은 모든 것을 아름답게 만들고 있었다.

"귀엽지 않아요?"

비집고 들어온 메이가 칭찬을 했다. 패트와 레이는 지금까지 몇 번이고 몰래 눈을 마주 보았다. 그리고 마지막으로 서로 또 바라보았다. 패트에게는 이것이 마지막이라는 것을 알았다. 적어도 몇 년 동안은.

"나는…… 나는 울면 안 돼. 어쨌든 지금은 안 돼."

패트는 자신에게 엄하게 타일렀다.

레이가 드레스를 쳐들고 아래층으로 내려가려 할 때, '고약한 놈'은 이때라고 생각한 모양이다. 녀석은 계단 끝에 몹시 화가 나서 앉아 있었다. '시인의 방'에서 쫓겨 나왔기 때문이다. 그런 녀석이 덥석 달려들어 레이의 가는 다리 부분을 문 것이다. 레이가 '악' 하고 작은 소리를 지르자 '고약한 놈'은 도망을 쳤다. 패트가 상처를 들여다보았다.

"피부는 찢기지 않았어. 하지만 레이야, 그 '고약한 놈'이 양말에 구멍을 냈어! 도대체 무엇 때문에 이런 짓을 하는지 모르겠네!"

"이제, 어떻게 할 도리가 없어." 레이는 억지로 웃음을 참으면서 말했다.

"스커트가 길어서 괜찮아. 내가 나빴어. 내가 '고약한 놈' 앞에서 문을 닫아 버렸어. 면사포에 걸리면 곤란할까봐. 오래 기른 고양이한테 그렇게 하면 안 되는 것인데…… 무는 것도 당연한 일이야."

패트에게는 그 뒤 모든 일이 꿈처럼 생각되었다. 식은 잘 진행됐다. 그러나 식이 치러지는 동안 양말의 '구멍' 말고는 아무 생각도 할 수 없었다고, 식이 끝난 다음 레이가 말했다. 스커트가 길기는 했지만 조금이라도 비니 부인이 알아차리면 큰일이라고 걱정했다. 결국 비니 부인이 오고야 만 것이다. 사랑하는 새뮤얼의 장례식이 끝나기가 바쁘게 미친 듯이 달려 온 것이다. '은빛숲'에 도착했을 때는 마침 신부가 계단을 내려오던 참이었다.

엄마는 얼굴이 창백했으나 다정하고 침착했다. 아빠는 젊은 시절 자신의 결혼식을 떠올리면서, 작은 아기를 자비로운 눈으로 바라보고 있었다. 아직 흔들 바구니에서 자라고 있다고 생각했는데, 어느 사이 성장해서 결혼식을 올리고 있는 것이다.

브룩이 신부를 포옹하고 키스를 하려고 했을 때, 아까의 일을 후회한 '고약한 놈'이 살아 있는 커다란 쥐를 물고 와서 속죄하는 양 레이의 발 밑에 놓았다. 그러자 당장에라도 눈물을 흘리려던 사람들은 일제히 웃어버렸다. 피로연은 레이가 바라던 대로 밝은 분위기로 진행됐다.

그럼에도 자기 방에 이별을 고하려고 문으로 향했을 때, 레이는 울음을 참을 수가 없었다. 그동안 집을 떠나 있었던 때의 일을 모두 돌이켜 보았다. 그리고 나서는 늘 반드시 되돌아왔다. 그러나 지금은 두 번 다시 되돌아오지 않을 것이다. 적어도 이 방을 나가 문을 닫으면, 레이 가드너로서는 두 번 다시 이 문을 열 수가 없다. 이 방과, 이 방에서 맺어진 행복한 웃음으로 가득한 지난날과의 인연은

이것으로 마지막이 되는 것이다. 레이는 패트에게 매달렸다.

"패트 언니, 매주 편지를 보내줘. 우리는 늦어도 3년쯤 되면 잠시
돌아올 수 있을 거야."

두 사람은 마침내 떠나 버렸다.

"그토록 귀엽고 아름다운 레이는 처음 보았어."

비니 부인은 뚱뚱한 몸을 흔들면서 흐느껴 울었다. 메이도 두세
방울 눈물을 짜내려고 했다. 그러나 패트는 조금도 울려고 하지 않
았다. 그러나 웃는 얼굴을 하고 있으면 얼굴에 금이라도 갈 듯한 느
낌이 들었다. 패트와 주디 아주머니는 방의 뒷정리를 하고, 접시를
닦고, 그릇들을 챙겼다. 해질 무렵, 패트가 부엌에 와보니 주디 아
주머니는 불을 피우고 그 옆에 앉아 있었다.

"이렇게 추운 밤에는 불도 나쁘지 않다고 생각해. 고양이도 좋아
하고. 패트, 불쌍한 틸리틱이 언제나 저 구석에서 담배를 피우고
있으면 좋을 텐데 하고 생각하고 있던 참이야. 그러면, 그러면 이
렇게 쓸쓸하지는 않을 거야."

주디 아주머니가 쓸쓸하다고 말한 것은 처음이었다. 패트는 옆 자
리에 앉아서 주디 아주머니의 무릎에 머리를 기대고 손을 끌어당겨
자신의 몸을 안게 했다. 이렇게 하고 두 사람은 말없이 오랫동안 앉

은 채로, 난롯불이 기분 좋게 탁탁 타오르는 소리와 주디 아주머니가 옆으로 껴안은 작은 고양이가 시끄러울 정도로 가르랑거리는 소리를 듣고 있었다. 주디 아주머니는 작은 짐승들을 어떻게 하면 기쁘게 할 수 있는지 그 방법을 알고 있었다.

"아주머니, 신부가 가버린 뒤에 이 오래된 부엌에서 이렇게 밤을 지내는 것도 이번이 세 번째지요. 헤이젤 고모 때와 위니 언니 때의 일을 기억해요? 여기 앉아서 아주머니는 옛날 이야기를 들려주었어요. 하지만 이번에는 이야기가 필요 없어요. 아주머니, 그저 조용히 앉아서 좀 응석을 부리고 싶을 뿐이에요. 난 지쳤거든요."

포프카가 들여보내 달라고 우는 소리가 들리자 패트는 일어나서 현관문을 열려고 나갔다. 그때 주디 아주머니는 한숨을 쉬면서 작은 소리로 중얼거렸다.

"아, 나도 이제 옛날 이야기를 다 말해버린 것 같다. 지금의 나는 다 녹아버린 양초 같아."

그러나 그 말이 패트의 귀에까지는 들리지 않았다. 주디 아주머니는 곧 장례식에서 얼굴이 새빨개져서 숨이 끊어질 정도로 달려온 비니 부인을 생각하고 킥킥 웃기 시작했다.

"왜 그래요, 아주머니?"

"아니, 웃을 생각은 아니었다, 패트. 하지만 언젠가 들었던 새뮤얼 코블딕 노인 생각이 언뜻 났어. 더 젊었을 때는 한잔 걸치는 것을 좋아했는데, 부인이 하도 날카롭게 감시를 해서 좀처럼 기회가 없었지. 그런데 어느 날 심한 독감에 걸렸는데 의사가 위스키를 한 병 가득 채워 넣어주었대. 그의 부인은 그것이 약인 줄만 알고 교회로 가버린 거야. 그런데 그곳에 이웃집에 사는 렘 모리슨 노인이 또 술 한 병을 몰래 가지고 온 거야. 그들은 '우리 둘 다 취할 수는 없어. 이것을 합쳐서 우리 중 한 사람이 대표로 마시지 않겠나? 어느 쪽으로 할 것인가는 제비를 뽑아서 정하자'고 말했어. 그런데 새뮤얼 노인으로 결정된 거야. 하지만 너는 오늘 밤에는 이야기를 듣고 싶지 않다고 그랬지?"

"그 얘기는 듣고 싶어요. 새뮤얼 노인은 어떻게 됐어요, 아주머니?"

"오, 세라 코블딕이 돌아와 보니, 환자가 방 한가운데서 춤을 추기도 하고 노래를 부르기도 하는데, 독감 같은 것은 어디로 가버렸는지 없어진 거야. 세라는 내막은 몰랐지만 의사더러 당신 약은 빨리 낫기는 하지만 환자에게는 너무 세다고 불평을 했다는구나. 그나저나 패트, 간식이라도 먹을까? 네가 아직 저녁을 먹지 않은 것을 알고 있어."

패트에게는 괴로운 밤이었다. 집 안 가득히 기분 나쁜 고요함이 감돌고 있는 듯싶었다. 어둠 속에서 패트는 오랫동안 창가에 앉아 있었다. 아래 뜰에는 하얀 풀협죽도(복숭아꽃과
비슷한 꽃이 핌)가 희뿌옇게 떠 있었다. 오래전에 귀여운 입을 한 친구 베츠가 보내준 많은 꽃들 중 하나다. 베츠를 잃은 고통은 깊은 밤 달빛이 희미하게 사라지듯이 시간이 흐르면서 부드럽게 사라졌지만, 그러나 이런 때에는 어김없이 되살아 나온다. 위니 언니와 조 오빠가 가버리고 나서 자주, 폭풍우가 내리는 밤이면 더욱더 잠들지 못하고 몸을 뒤척이던 것이 떠오른다. 레이의 하얀 작은 침대로는 도저히 눈길을 줄 수가 없었다.

그러나 다음날 아침의 해돋이는 굉장했다. 진홍색의 따뜻한 금빛이 파란 하늘에서 타오르고 있었다. 과수원 어디에선가 작은 새 한 마리가 지저귀고 있었고, '안개언덕'의 기슭에는 가을 기린초가 불꽃처럼 보였다.

여명은 변함없이 아름답게 찾아온다. 패트에게는 아직 '은빛숲'이 있다. 또 작은 메리가 가끔 찾아와서 레이의 침대에서 잘 것이다. 그 쓸쓸한 베개 위에는 메리의 금실 같은 머리가 빛날 것이다. 게다가 또 내 영원한 데이비드가 있다. 사랑스럽고 믿음직한 옛 친구 데이비드가. 나는 데이비드를 잊어서는 안 된다.

열째 해

1

레이가 가고 나서 패트의 마음이 안정될 때까지는 오랜 시간이 걸렸다. 때로는 오래도록 안정되지 않을 것이라는 생각마저 들었다. 가을의 한 주일 한 주일의 괴로움이란 이루 말할 수가 없었다. 어느 방이나 어느 장소에나 레이로 가득 차 있는 것만 같았다. 레이가 집에 있을 때 이상으로 그러했다. 저도 모르게 패트는 레이의 모습이 나타나기를 마음속으로 기대하고 있었다. 달밤에 자작나무 사이에서 힐끗 보이는 레이가 가벼운 발걸음으로 '소곤소곤길'을 걸어오고, 그날의 재미있던 일을 생각하며 웃으면서 학교에서 돌아온다. 금빛 장미 같은 젊음을 몸에 지니고……. 그러나 이제 다시는 돌아오지 않는다는 것을 알게 되자 다시금 슬픔이 치밀어 오르는 것이다. 마치 레이가 잠깐 동안 '은빛숲'에서 웃음까지 모두 가지고 간 듯했다.

그러나 웃음은 어느 사이에 되돌아 왔다. 밤이 되면 다시 부엌에서 농담이나 세상 이야기를 나누게 되었다.

패트가 그해 가을과 겨울을 겨우 지낼 수 있게 된 것은 두 가지 때문이었다. '은빛숲', 그리고 데이비드와 수잰과 같이 지내는 밤이 그것이다. '은빛숲'에 대한 패트의 애정은 조금도 줄지 않았다. 다른 사랑하는 것들이 패트의 삶에서 사라지고, 여러 가지 변화가 찾아오고, 혹은 찾아올 듯한 기미가 보일 때마다 '은빛숲'에 대한 애정은 해마다 점점 깊고 강해지는 듯싶었다.

톰 삼촌의 텁수룩하고 검은 턱수염도 지금은 하얗게 되었고, 위니 언니의 금발은 색이 바래서 엷은 갈색으로 변했다. 게다가…… 그 일이 마음에 떠오를 때마다 패트는 냉정하게 그 생각을 털어 버리지만……. 주디 아주머니도 늙었다. 메이의 심술 탓이라고만도 할 수가 없는 노릇이다.

그러나 엄마의 몸이 대단히 좋아져서 완쾌했다고 해도 좋을 정도였다. 그래서 엄마가 다시 한 집안의 주부 자리에 앉게 됐다. 누구나 기적이라고 말했다. 그래서 패트는 슬픔에 잠긴 바람이 처마 밑을 울리며 지나가는 잠 못 이루는 쓸쓸한 밤이면 가슴이 아파져도, 행복하고 만족스러웠다.

드디어 밤새 봄이 '은빛숲'을 손으로 매만지면서 겨울은 슬며시 꼬리를 감추었다. 아직 초록으로 바뀌지 않은 언덕을 흐리게 하는 비는, 엷은 초록빛 그늘처럼 보였다. 따뜻하고 습기 찬 바람이 싹을 트기 시작한 '은빛숲'을 지나갔다. '연못들판'에서는 옅은 안개가 회오리치기도 하고 흩어지기도 했다. 드디어 눈 같은 벚꽃이 오솔길에 지고, 아침이면 바람이 풀밭 위를 지나갔다. 뜰에서 어린 싹을 발견하고 즐거워하는 계절이 됐다.

"오늘은 다른 것은 다 무시하고 봄을 즐기기만 할 생각이에요."

대청소가 끝난 다음날 아침, 패트는 이렇게 잘라 말했다. 다른 곳에 신축할 예정이었던 시드 오빠네 집이 경제상의 이유로 또 1년 미루어졌지만 그래도 낙심하지 않겠다고 패트는 결심을 했다. 패트는 하루 종일 정원에서 계획을 세우기도 하고, 새로운 것을 발견하기도 하면서 기쁨에 잠겨 지내고 있었다. 주디 아주머니가 심은 꽃이 아름답게 자라나 한창 꽃을 피웠다. 패트에게는 꽃가게의 꽃들보다는 '은빛숲'의 한 송이 꽃이 더 아름다웠다.

"아주머니, 오늘 밤에는 과수원에서 저녁 식사를 해요."

과수원에 식탁을 차렸다. 패트와 엄마와 주디 아주머니와 작은 메리뿐이었다. 남자들은 모두 밖에 나가 있었고, 메이는 친정집으로 대청소를 거들러 갔다. 비니 집안에서는 언제나 다른 집보다 뒤늦게 대청소를 했다.

하얀 가지가 늘어진 사과나무 밑에서 먹는 저녁 식사. 사과꽃이 우유 잔으로 날아들고, 시인 윌리엄 카먼이 말한 '오랜 옛날의 서정시가 미치광이처럼' 공중에 감돌고 있었다. 이런 식사는 성찬이라고도 할 수 있었다.

패트는 행복했다. 엄마도 마찬가지로 행복했다. 작은 메리도 행복했다. 메리는 패트 이모 옆에만 있으면 언제나 행복했다. 설령 하늘이 무서우리만큼 크더라도. 하늘이 너무 크다는 것은 메리가 남모르게 무서워하고 있던 일로, 메리는 이것을 아무에게도 말한 적이 없었다. 주디 아주머니는 막 알에서 깨어난 보기 좋은 칠면조 병아리가 모두 죽어버렸기 때문에 하루 종일 슬퍼하고 있었지만, 그 주디 아주머니조차도 힘을 되찾고 앞으로도 아직 몇 년은 더 무사히 살 수 있을 것이라고 생각하기 시작했다.

'인생은 즐거워.'

패트는 황홀한 기쁨에 넘친 눈으로 주변을 돌아보며 생각했다.

그 몇 시간 뒤에 인생은 패트에게 생각지 않던 놀라움을 안겨 주었다.

황혼 무렵 패트는 '기다란 집'으로 가는 언덕을 올라갔다. 초록빛 공터와 같은 '안개언덕'을 지나서, 가문비나무 숲을 빠져나갔다. 라일락 향기는 예전과 다름없고, 솔새는 지금도 더욱 잊지 못할 옛날의 아름다운 소리로 저녁의 찬가를 부르고 있다. 데이비드는 정원의 돌 난로 옆에서 불을 피우고 있었다. 그는 패트에게 이야기 상대를 해달라고 말했다. 수잰은 시내에 나가고 없었지만, 이카보드와 알폰소가 곁에 앉아 있다.

패트는 벤치에 앉아서, 마음이 내키지 않는 듯 물었다.

"무슨 소식이라도 있어요?"

"아, 가문비나무 숲의 동남쪽 구석에 있는 야생 벚꽃이 피기 시작했어."

데이비드가 대답했다. 그것뿐 그는 오랫동안 잠자코 있었다.

패트는 신경을 쓰지 않았다. 패트는 가끔 두 사람을 찾아오는 푸근한 친근감을 주는 침묵은, 그동안 딴 생각도 할 수 있고 해서 좋아했다.

"수잰이 다음 달에 식을 올리게 됐어."

갑자기 데이비드가 말을 했다.

패트는 깜짝 놀라며 얼굴을 쳐들었다. 아무리 빨라도 가을이라고 생각하고 있었다. 수잰이 결혼을 하게 되면 데이비드는 혼자서 '기다란 집'에 있을 수는 없다. 그 일로 데이비드가 무슨 말을 하려는 건가? 패트는 이상하게 입과 입술이 마르는 것을 느꼈다. 그러나 물론……

"당신은 정말 나하고 결혼하고 싶소, 패트?"

이 무슨 당치도 않은 질문이람! 내가 결혼한다고 약속하지 않았던가? 두 사람은 행복한, 그리고 만족스러운 약혼 기간을 몇 년이나 지내오지 않았던가?

"데이비드! 그것은 무슨 의미예요? 물론……."

"기다려 봐요." 데이비드는 몸을 앞으로 내밀며 정면으로 패트의 얼굴을 바라보았다. "내 눈을 봐요, 패트. 얼굴을 돌리지 말고 나에게 진심을 말해 줘요."

데이비드의 강한 시선에 움츠러들어 패트는 우물거렸다.

"나…… 나, 말하지 않겠어요. 모르겠어요. 하지만 결혼하려고 생각하고 있어요, 데이비드. 오, 정말 그렇게 생각하고 있어요."

데이비드의 말투가 엄숙해졌다.

"당신이 알든 모르든 당신의 태도는 '어쨌든 결혼은 해야 해. 누구든 마찬가지니까 난 당신과 결혼을 해야지' 하는 것처럼 느껴져요. 사랑하고 있는 척하지만……나뿐만 아니라 당신 자신도 완전히 그렇게 생각해왔지만. 그런 식이라면 당신을 좋아할 수 없소, 패트."

뜰이 패트의 둘레를 빙글빙글 돌고 아래위로 뛰더니 이윽고 다시 차분해졌다.

"나…… 나는 당신을 행복하게 해 드리려고 했는데, 데이비드."

패트는 가냘프게 말했다.

"그것은 알고 있소. 나는 나 자신의 생애를 거는 것은 상관하지 않소. 그러나 당신의 인생까지……, 그것까지 걸 수는 없어."

"당신은 어떻게든 나를 차버릴 셈이군요, 데이비드. 나는 정말…… 당신을 아주 좋아하는데." 패트는 히스테릭하게 울고 웃었다.

"그것만으로는 충분하지 않소. 당신을 책망하고 있는 것이 아니야. 내 운을 시험해 본 거요. 당신이 나를 사랑할 수 있도록 가르칠 수 있다고 생각했소. 하지만 나는 실패했소. 모든 여자들이 나를 좋아하지만…… 나는 그 누구에게도 사랑은 받을 수 없는 남자야. 전에도…… 전에도 그랬어. 두 번 다시 그런 일을 되풀이해서는 안 돼……. 아주 고통스런 이런 옛 구절도 있소. '늘 입맞추는 이가 있고, 늘 외면하는 이가 있네'."

"반드시 그렇지는 않아요." 패트는 중얼거렸다.

"그래, 반드시 그렇지는 않소. 그러나 가끔 있는 일이오. 그렇기 때문에 나는 두 번 다시 그런 일을 당하고 싶지 않소. 우리는 언

제까지라도 사이 좋은 친구로 지낼 수가 있소, 패트. 그 이상은
될 수가 없는 거요."

"당신에게는 내가 필요해요."

패트는 온 힘을 다해 되풀이했다. 결국 마음속으로는 데이비드의
말이 옳다는 것을 알고 있고, 자기에게 데이비드는 한낱 도망갈 곳
에 지나지 않는다는 것과, 새벽 3시에 잠이 깰 때면 자신이 무언가
에 묶여 있는 죄수같이 생각되기는 하지만, 데이비드를 자신의 생애
에서 잃는 것은 견딜 수 없었다.

"그래요, 내게는 당신이 필요해요. 그러나 당신을 내 것으로 만들
수는 없었소. 작년 여름 힐러리 고든이 왔을 때부터 나는 알고 있
었소."

"데이비드, 왜 그렇게 바보 같은 생각을 하고 있어요? 힐러리는
원래부터 내게는 소중한 오빠 같은 사람이에요……."

"힐러리 고든은 당신 생활에 뿌리 박혀 있는 사람이오, 패트. 다
시 말하면 내가 도저히 미칠 수 없는 곳에 있는 사람이오. 그런
상대하고는 경쟁이 안 되오."

패트는 자신의 기분을, 표면에 나타난 기분을 어떻게 해석해야 좋
을지 알 수 없었다. 방금 일어난 일들이 모두 현실과는 거리가 멀게
느껴졌다. 정말 데이비드는 나와 결혼할 수 없다고 말했나? 그러나
가슴속 깊은 곳에서 패트는 자유를……, 이상한 해방감을 맛보고
있었다. 자유롭게 됐다고 생각하자 가벼운 현기증이 느껴졌다. 무언
가 머리를 아프게 하는 독한 술이라도 마신 것 같았다. 무의식중에
패트는 반지를 빼려고 했다.

데이비드는 손을 흔들었다. "아니 그것은 그대로 놔둬요, 패트.
다른 손가락에 끼워 둬요. 우리는 멋진…… 우정을 즐겨 왔으니까.
그 이상을 바란 것은 내가 분별력이 모자랐기 때문이오. 내 일은 걱
정하지 않아도 되오. 〈위클리 리뷰〉지의 편집장이 되기로 얘기가

됐소. 수잰이 결혼하면 인수할 작정이오."

이제 데이비드도 내 생활에서 사라져 버리는 것이다. 패트는 어떻게 해서 집으로 돌아왔는지 기억이 나지 않았다. 그러나 주디 아주머니가 부엌에서 뜨개질을 하고 있었기 때문에, 패트는 무뚝뚝한 얼굴로 마주보고 앉았다.

"아주머니, 나 거절당했어요."

"거절다, 당했다고?"

주디 아주머니는 그것밖에 말하지 않았다. 갑자기 그녀는 조심성 있는 테리어 개처럼 변했다.

"그래요. 심히 불쾌한 방법으로요. 오늘 밤 데이비드 커크가 나와는 결혼하지 않겠다고 말했어요."

패트는 비통한 모습을 보이려고 했다.

"어떤 일이 있어도 나와는 결혼할 생각이 없대요."

"뭐, 이쪽에서 결혼을 해달라고 부탁을 한 것도 아닌데……. 그 이유는 말했어?"

주디 아주머니는 아직 방심하지 않는 태세다.

"내가 데이비드를 사랑하지 않는대요……. 충분히 사랑하고 있지 않다고 했어요."

"응, 그러면 네 쪽은 어때?"

"그래요. 안 돼요, 그렇게 해보려고 했지만. 아주머니, 그렇게 해봤지만…… 하지만 처음부터 알고 있었던 것 같아요. 아주머니도 알고 있으면서." 패트는 낮은 소리로 말했다.

"끝났다 하더라도 나는 유감이라 여기지 않아."

주디 아주머니는 조용히 뜨개질을 계속했다.

"비니 집안 사람들이 뭐라고 할지 모르겠어요."

패트는 변덕스러운 말투로 말을 했다.

"설마, 비니 집안 사람들이 말하는 것에 신경 쓸 정도로 기가 죽은 것은 아니겠지, 패트?"

"그래요. 그 사람들이 뭐라든지 조금도 상관없어요. 다른 사람들이……. 하지만 좋아. 모두 이제까지 내가 하는 일에는 익숙해져 있으니까. 게다가 이것이 마지막이고, 더 이상 나의 힘겨운 연애 사건으로 걱정할 일도 없어졌어요. 이런 일은 이제 영원히 없어요, 아주머니."

"영원히라는 말은 앞으로 좀 더 두고 봐야 할 말이야." 주디 아주머니는 의심스러운 듯이 말하고 나서 참견을 했다. "너는 네 짝과 함께 해야 하는 거야. 그런 일은 적당히 해치울 수 있는 일하고는 틀려, 패트."

"어쨌든 아주머니, 이 얘기는 그만둬요. 저…… 유쾌하지 않아요. 나는 또 자유의 몸이 됐어요. 자유롭게 '은빛숲'을 사랑하고, '은빛숲'에서 살아도 돼요. 그것이 무엇보다 소중해요. 자유! 훌륭한 말이잖아요?"

패트가 부엌에서 나간 뒤에도 잠시 복잡한 표정으로 뜨개질을 계속하던 주디 아주머니가 마침내 '고약한 놈'을 향해 이렇게 말했다.

"그러면 이제 그 홀아비하고도 끝이로군! 고마운 일이야."

2

패트의 약혼 파기는 한 가족 사이에서도 그다지 동요를 일으키지 않았다. 변덕스럽고 제멋대로 하는 처녀이니까 그렇게 될 것으로 예상하고 있었다. 메이는 전부터 그렇게 될 것으로 알고 있었다면서 데이비드는 실제로 결혼하기에는 맞지 않다는 것을 알고 있었다고 했다. 아빠는 아무 말도 하지 않았다. 할 말이 아주 없는 것은 아니었지만. 엄마는 언제나처럼 이해해 주었다. 사실 마음속으로 안심을 했다. 수잰도 이해해 주었다.

"미안해요…… 정말 미안해요. 나는 굉장히 실망했어요. 하지만

이렇게 될 수밖에 없었어요. 모든 것을 운명 탓으로 돌려 버리면 속이 편하지만 혹시 당신을 실망시키지나 않았는지 모르겠어요. ……데이비드에게도 말이에요…… 나는 데이비드를 좋아했는데…… ."

패트는 원망스러운 듯이 말했다.

"사람에 따라서는 그것으로 충분할지 몰라도 데이비드는 그렇지 않았어요. 정말 유감이에요, 패트. 하지만 할 수 없어요. 그러니 그 일은 잊어버리고 앞으로 더 나아가지 않으면 안 돼요." 수잰은 조용히 말했다.

수잰이 결혼하고 데이비드가 사라지자 '기다란 집'은 다시 어둡게 닫혀 버렸다. 다시 '기다랗고 쓸쓸한 집'으로 돼 버린 것이다. 그 집은 숙명이 있어서 그 손에서 오랫동안 도망칠 수가 없는 것이다.

패트는 이 사태를 곰곰이 생각해 봤다. '내 마음은 편하다. 내 세계가 한때 파괴되어 엉망진창이 되고 위아래로 혼란에 빠졌지만 실제로 '은빛숲'에는 아무런 변화도 일어나지 않았다. 나와 '은빛숲' 사이로 끼어들어오는 것은 이제 아무것도 없다. 두 번 다시 없을 것이다. 나는 연애라든지 연애 비슷한 모든 것과 손을 끊었다. 이제부터는 나의 마음에서 '은빛숲'의 경쟁 상대가 되는 것은 없다. '은빛숲'

만을 위해서 살아갈 수가 있다. 적어도 적막할 때는 온전히 자신을 위해 살 수가 있기 때문이다.'

패트는 짙은 갈색 머리를 흔들며 검은 빛을 띤 갈색 눈을 반짝였다.

"자유는 기쁜 거야."

3

안개가 낀 듯한 10월 어느 날 저녁, 외양간의 늙은 흰 암소 옆에서 의식을 잃고 쓰러져 있는 주디 아주머니를 발견했다. 주디 아주머니는 오랫동안 젖 짜는 일은 허락받지 못하고 있었는데, 메이가 집을 비우고 남자들이 밖에서 지쳐서 돌아올 것을 알고 있었기 때문에 주디 아주머니는 그날 밤 황혼 무렵에 몰래 나갔던 것이다.

사람들은 주디 아주머니를 부엌방 침대로 옮기고, 닥터 벤틀리를 부르러 보냈다. 닥터 벤틀리의 치료로 주디 아주머니는 의식을 회복했지만, 부엌으로 내려온 의사의 얼굴은 어두워 보였다.

"심장 상태가 매우 나빠졌습니다. 지금까지 잘 버티었다고 생각해요."

패트의 마음은 무거웠다.

"여름내 상태가 좋지 않았어요. 나는 그것을 알고 있었지만 아주머니는 아무렇지 않다고 하시면서 선생님을 모시러 보내지 않았어요. '선생님보다는 나이가 고치니까'라고 하면서요. 내가 안 된다고 주장을 했으면 좋았을 텐데 말이에요. 아주머니가 나이가 드셨다는 것은 알고 있었지만, 그렇게까지 신경은 쓰지 않았어요. 아주머니가 병에 걸린다는 것은 생각조차 못했어요."

"그런 것은 문제가 되지 않아요. 나도 어떻게 할 수 없었을 테니까. 기껏해야 1주일이나 2주일이 고비예요."

그렇듯 쉽게 말하는 의사가 패트는 미워서 견딜 수가 없었다. 닥터 벤틀리에게 주디 아주머니는 늙어빠진 고용인에 지나지 않는다.

의사가 돌아가자 패트는 주디 아주머니가 누워 있는 부엌방으로 올라갔다. 은빛숲의 구름 사이에서 희미한 빛이 비스듬히 비치고, 주디 아주머니가 소중히 여기고 있는 자잘한 모든 것들이 모습을 드러내고 있었다.

주디 아주머니는 희미한 눈으로 사랑스럽게 패트의 얼굴을 봤다.

"정신은 잃지 않았어, 패트. 나는 젠틀맨 톰이 없어졌을 때부터 나의 마지막도 머지않았다는 것을 알고 있었어. 아직 내리지 않은 눈이 언제 내릴지 알아채듯이, 내 죽음이 슬슬 다가오는 것을 느끼고 있었어. 아, 오랫동안 남에게 폐 끼치지 않고, 쓸데없이 신세를 지지 않고 죽게 된 것은 잘된 일이야."

"아주머니…… 아주머니……."

"넌 네가 이 아줌마를 위해 가능한 일을 해 주는 것을 내가 신세지는 것이라고 생각지 않겠지, 패트. 하지만 나는 예전부터 나의 마지막이 오거든 오래 누워 있지 않도록 하느님께 소원을 빌었고, 가능하면 이 '은빛숲'에서 죽고 싶어. 몇 년 동안이나 나의 집이었지. 여기서 나는 행복하게 살았어, 패트. 그래서 지금은 이곳에서 죽는 것조차 마음 편한 생각이 들어."

주디 아주머니가 행복하게 살아 왔다고 생각하는 사람이 몇 사람이나 있을까 패트는 생각해봤다. 남이 보면, 작은 농장에서 단조롭고 고된 일만 했던 일생이다. '하지만 상관없어. 하늘 나라는 마음 속에 있다고 하니까.' 패트는 주디 아주머니가 행복했던 것을 알고 있고, 주디 아주머니에게는 남들이 자신에게 도움을 구하는 것, 자신을 필요로 하는 것 말고는 아무 소망이 없었다는 것도 알고 있다. 주디 아주머니에게 무엇보다 두려운 일은 남에게 필요하지 않은 사람이 되는 일이었다.

그러나 죽음을 이렇게 침착하게 말할 수 있는 것이 정말 주디 아주머니일까? 정녕 아주머니란 말인가……? 아주머니!

닥터 벤틀리는 2주라고 했지만 주디 아주머니는 4주 더 살았다. 주디 아주머니는 매우 행복하고 만족한 기분이었다. 마음에서 한시도 떨어진 적이 없는 이 집에서 자기 생애가 행복하게 끝나려 하는 것을 느끼고 있었다. '은빛숲'에 머물러 있기를 잘했다. 몸을 움직이지 못해서 방해가 된다고 사람들로부터 싫증을 느낄 때까지 쓸모없이 살지 않아도 된다. 무엇이든지 소원대로 잘 진행됐다.

패트는 잠시도 떨어지지 않고 주디 아주머니 곁에 붙어 있었다. 메이는 간호 같은 것은 전혀 하려고도 하지 않았다.

"나는 환자 돌보는 게 제일 싫어요."

들뜬 목소리로 이렇게 말했지만 사실 아무도 메이에게 간호를 시키려고도 하지 않았다.

"아, 시중을 들어 주다니 정말 기쁘구나."

주디 아주머니는 오랫동안 보아 온 그 웃음을 지으면서 패트에게 말했다.

"아주머니는 오랫동안 우리 모두의 시중을 들어 주었어요. 이번에는 아주머니가 시중을 받을 차례예요."

"패트, 다른 사람들 대신 네가 시중을 들어준다면야 좋지만!"

"나는 끝까지 함께 있을 거예요, 아주머니."

"네가 나에게 힘닿는 데까지 해주는 것은 알지만 몸이 피로해지면 안 돼, 패트."

"당분간은 피로하지 않아요. 아무것도 하지 않고 아주머니 간호만 하는걸요. 대신 메이가 일해요. 솔직하게 말하면 아주머니, 메이가 게으름뱅이는 아니에요."

"그렇지, 그렇지만 칠면조 병아리를 나처럼 잘 키울 수는 없을 거야." 주디 아주머니는 만족스럽게 말했다.

'고약한 놈'은 주디 아주머니의 곁을 거의 떠나지 않았다. 침대 위에 올라가서 주디 아주머니의 손이 닿을 정도의 자리에 웅크리고 앉아서, 주디 아주머니가 만지면 반드시 가르랑거렸다.

"저 크고 둥근 눈으로 '좋다면 내 목숨에서 하나나 둘이나, 얼마든지 드릴게요, 아주머니'라고 말하고 싶은 듯 나를 바라보고 있군. 확실히 비니 집안 사람들보다는 '고약한 놈'이 좋은 얘기 상대야."

주디 아주머니는 싱긋 웃으며 이렇게 덧붙였다. 비니 부인은 이따금 주디 아주머니의 곁에 '있어 주는 것'이 자신의 의무라고 생각해 자리를 지켰고, 주디 아주머니는 또 예의 바르게 그것을 참고 있었다. 주디 아주머니는 임종할 때까지 지켜오던 고풍스런 예절을 잊지 않으려고 애썼다. 그러나 비니 부인이 구르듯이 아래층으로 내려가면 주디 아주머니는 안심하고 한숨을 내쉬었다.

그렇다, 편히 누워서 지나간 일이나 오래된 농담, 즐거웠던 기억······, 지나간 세월의 여러 가지 눈물이나 웃음······, 인생의 온갖 괴로움이나 아름다움을 생각하는 것은 즐거운 일이다.

"아, 우리도 재미난 일이 많았지."

주디 아주머니는 킥킥 웃었다. 이제 마음을 괴롭힐 일은 아무것도 없다. 황혼이 되면 패트는 언제나 주디 아주머니와 얘기를 했다. 때로는 주디 아주머니가 평소와 다름 없이 너무도 씩씩해서 당치도 않은 희망이 패트의 가슴에 끓어오를 때도 있었다.

"나는 조금씩 옛일을 생각하고 있어, 패트. 그러면서 시간을 보내고 있는 거야. 네가 '은빛숲'에서 발가벗고 춤추고 있는 것을, 에디스 고모에게 들켜 모두에게 따돌림을 당한 밤 일을 기억하고 있니? 그리고 아빠가 수염을 깎아 버린 것을 보고, 네가 가슴이 터지도록 안타까워하던 때의 일은 어때?

그리고 페퍼가 우물에 빠진 일은? 징글과 그의 개가 집 둘레를 서성대던 때의 일을 기억하고 있어? 그 애 얼굴에는 원래부터 느낌이 좋은 곳이 있었어. 사람을 끄는 아이였어. 그 애가 너의 숭배자라고 말하는 것을 너는 싫어했지! '숭배자가 아니야. 그저 징글일 뿐이야'라고 화가 나서 말하지 않았어? 그러고는 둘이서 몰래 내가 있는 곳에 와서 건포도 한 주먹을 달라고 했지. 아, 그때가 좋았어.

하지만 지금 세상도 좋다고 생각해. 옛날에 좋았던 것이 없어지면 반드시 새로 좋은 것이 나오니까, 패트. 예를 들면 메리처럼 말이야. 오늘 오후 그 미나리아재비 같은 머리를 낡은 내 방에서 별처럼 반짝이면서 작은 혀로 계속 떠들어댔어. 굉장한 걸 물었지. '하느님에게는 신부가 있어요, 아주머니?'라고 묻더라구. '없어'라고 했더니 구멍이 뚫어지도록 내 얼굴을 보고 있다가 진지한 표정으로 '그럼 하느님 혼자예요, 아주머니?'라고 말하는 거야.

웃을 수도 없고……, 패트. 그 애는 별로 실례되는 말을 한 것도 아니고, 너도 알고 있듯이 농담이라면 나는 하나라도 놓치지 않으니까. 하느님도 그 애 얼굴을 보셨으면 웃으셨을 거야. 우리를 이렇게 농담을 좋아하게 만드신 것을 보면 하느님도 조금쯤 농담을 좋아하시는 모양이야, 패트.

나는 오래 살았어, 패트. 고맙게 생각하는 것도 많지만, 무엇보다도 네게 고마웠던 것은 거의 어떤 일에도 뭔지 모르게 우스운 곳을 찾아내는 재주야. 그래서 또 생각나는데…… 오늘 닥터 벤틀리가 와서 내 체온을 잴 때, 언젠가 헤이젤 고모 때문에 모두들 깜짝 놀랐던 때의 일이 생각났어.

헤이젤 고모가 심한 독감에 걸렸을 때, 에디스 고모는 그 이상한 작은 체온계로 열을 재려 했지. 헤이젤 고모는 에디스 고모가 수선을 피우는 것이 싫었어. 그래서 에디스 고모가 방에서 나가자 헤이젤 고모는 체온계를 입에서 꺼내 가지고 차를 끓이는 뜨거운 주전자 안에 꽂은 거야. 에디스 고모가 돌아오는 발소리가 들리자, 또 체온계를 입 안에 꽂은 거지. 그때 가엾게도 에디스 고모가 체온계를 보자, 허리가 끊어질 정도로 놀랐지. 날아가듯이 아래층으로 내려가서 아빠를 시켜 서둘러 의사를 부르러 보냈어. 그런 열이라면 헤이젤 고모는 폐렴이 될 것이 틀림없다고 생각한 거야.

하지만 사실을 알았을 때, 우리는 웃어버렸어. 가련하게도 에디스 고모는 두 번 다시 '체온계'라는 말을 꺼내지 않았어. 에디스 고모와 나는 아무리 해도 마음이 안 맞았지만, 그녀에게는 프린스 에드워드 섬에서 제일 가는 훌륭한 피가 흐르고 있는 것은 확실해."

"아주머니, 피곤하지 않아요?"

"이렇게 떠들면 안 된다는 거겠지? 괜찮아, 패트. 도리어 편안해. 게다가 어쨌든 긴 여행 끝에 와 있는걸."

어느 날 밤 주디 아주머니는 약간의 소장품 처분에 대해 유언을 했다.

"내 장례식 비용을 치르고 난 뒤에도 은행에 돈이 조금 남을 테니까, 그것은 위니와 귀염둥이와 네가 나누어 갖는 것이 좋겠다. 위니에게는 내 이름이 들어간 이불을 주고, 시드에게는 그 파란 상자를 준다고 몇 년 전부터 약속을 했어. 지붕 밑 방에 네게 줄 깔개가 몇 장 있어. 그리고 '젖소' 주전자와 그《실용백과》, 그리고 내 잡동사니 상자에 들어 있는 것 모두도 패트 네 거야. 나의 요리 만드는 방법이 모두 들어 있는 책도. 힐러리에게는 그 흰 고양이 새끼를 보내주고 싶어, 패트. 작은 구슬로 만든 바늘겨레는 바바라 고모에게 유물로 줘. 바바라 고모와 나는 원래부터 마음이 잘 맞았으니까. 그리고 그 검은 병은 누가 보기 전에 처리해 버려. 사람들에게 오해를 받을지 모르니까."

"반드시, 반드시 모든 것을 말씀대로 하겠어요, 아주머니."

"그리고 패트, 나를 그 오래된 묘지에 묻어주기 바란다. 그렇게 해 주겠지? 거기라면 '은빛숲'에서 그다지 멀지 않으니까. 울보 윌리의 묘와 담 사이에 조금 빈터가 있으니까 그곳을 내 자리로 하고, 머리 쪽에 하얀 라일락 작은 송이를 꽂아 주기 바랄게. 묘 위에는 우뚝 선 비석 말고 상석을 깔아 주었으면 해. 고양이들이 그 위에서 잠을 잘 수 있도록 말이야. 그렇게 하면 얘기 상대가 될 테니까. 그리고 오래된 외출복을 내게 입혀줘. 파란 것으로 말이야. 처음부터 나는 그것이 맘에 들었거든. 위니의 결혼식 때처럼 어색하지는 않을 거야. 그렇게 해주겠지?"

"아주머니……." 패트는 절대로 울거나 하지는 않았지만 아무래도 견딜 수 없는 때가 있었다. "하지만 나는 아주머니 없이 어떻게 …… '은빛숲'에서 어떻게 살아 갈 수 있을지 모르겠어요."

"어떻게든 되겠지. 반드시 길이 열리는 법이야. 단 한 가지는 어떨지 모르겠네……. 내년 봄에 돌과 말뚝을 누가 하얗게 다시 칠해 줄까. 메이는 하지 않을 거야. 그런 일은 싫어하니까." 주디 아주머니가 패트를 정감 있게 위로했다.

"내가 할 거예요, 아주머니. '은빛숲'을 아주머니가 해놓은 대로, 모두 그대로 해 갈래요."

"혼자서는 힘겨워, 패트."

그러나 주디 아주머니는 걱정하지 않았다. 하늘에 계신 하느님이 모두 보살펴 주실 것을 믿고 있기 때문이다.

그래도 한두 가지 주디 아주머니의 마음에 걸리는 것이 있었다.

"패트, 백작부인이 '은빛숲'에 오셨다는 것이 신문에 실렸을 때 그것을 누가 실리게 했는지 넌 알고 있었어? 패트, 그것은 내가 한 짓이었어. 고백하려고 몇 번 생각을 했지만 그만한 용기가 없었어. 그것을 모든 사람에게 널리 알리고 싶어서 전화로 부탁했던 거야. 더구나 신문사 사람이 조금 손을 댔지만. 용서해 주겠지, 패트?"

"용서하고말고요. 아주머니! 하지만 그런 일은…… 아무것도 아닌 일이에요."

"그런 일은 '은빛숲'의 규칙에 어긋난다는 것은 잘 알고 있었어. 그리고 패트, 내가 이야기한 것은 모두…… 대개 있었던 얘기지만, 가끔 연극같이 보이려고 내가 조금 손을 댄 것이 있을지도 몰라. 내 할머니도 마녀는 아니었고……. 그런데 다른 사람에게는 보이지 않는 것이 보였어.

지금도 기억하고 있는데 어느 날 내가 할머니와 같이 걷고 있었지. 겨우 10살인가, 12살 때였으니까. 그때 무슨 소문이 난 남자를 만났어. 보기에는 혼자 같았는데 할머니가 그 남자에게 이런 말을 하는 거야. '당신도, 당신 친구도 안녕하세요'라고. 그 남자의 얼굴을 잊을 수 없어. 할머니한테 어떻게 된 일이냐고 물어도, 할머니는 너는 몰라도 된다고 말할 뿐 아무것도 가르쳐 주지 않았어. 그러고 나서 잠시 뒤 그 남자는 자기 집 베란다에서 각오를 한 듯 목을 맨 거야.

자 이것을 얘기해 버렸으니까 이제 더 이상 마음에 걸릴 것은 없어. 모든 일이 잘될 거야. 나도 모르게 그것을 느낄 수 있어. 죽어가는 자는 영리해진다니까. 애정이라는 것은 절대로 죽지 않아, 패트. 나는 패트가 신부가 된 모습을 보고 싶었어. 패트, 하지만 패트가 없는 '은빛숲'에서 살지 않고 이렇게 끝내게 되어서 잘됐다고 생각해."

어느 날 오후 주디 아주머니는 조금 헛소리를 했다. 조 오빠의 휘파람 소리와 레이의 웃음소리를 듣는 것 같았다.

"'은빛숲'의 딸들은 원래 웃음소리가 아름답지"라고 중얼거렸다. 주디 아주머니는, "창에 촛불을 켜놓으면 어때, 패트?"라고도 말했다. 다시 무엇인가를 찾으며 파슬리 밭을 헤매기도 했다.

"나는 물건을 찾는 것이 서툴러진 모양이야."

그렇게 말하면서 주디 아주머니는 한숨을 쉬었다.

그러나 저녁때 패트가 부엌방에 올라가 보니 주디 아주머니는 편안히 드러누워 있었다. 비니 부인이 마침 아래층으로 내려가는 계단에서 패트와 엇갈렸을 때, 불길한 신음 소리를 냈다.

"정말 고마워. 이제 더 이상 비니 가족을 안 봐도 되겠군." 주디 아주머니가 말했다. "그녀가 계단에서 패트한테 신음 소리를 내는 것도 다 들었어. 계단을 반쯤 내려 간 곳에서 고양이에게 붙잡힌 쥐가 운이 나빴다고 말하는 것처럼 계단에서 비니 부인을 만난 것은 운이 나빴던 거야. 하지만 운은 그 사람에게 붙어 있어. 그녀는 내게 힘을 내게 하려고 장례식 얘기를 하고 갔어. '우리 아버지가 죽었을 때는 화려한 장례식을 했어요. 장례식에 사용된 꽃이 대단히 훌륭했던 것은 말할 것도 없고! 게다가 굉장히 많은 사람들이 모였어요!'라고 말을 했어. 내가 가족이라면 무척 위안이 됐을 거야."

"기분 괜찮아요, 아주머니?"

"이처럼 기분 좋은 것은 처음이야, 패트. 아프지도 괴롭지도 않아. 조금만 나를 일으켜 줘. 그리운 은빛숲도 한번 보고 싶고, 은빛숲 위에서 구름이 바람과 노는 것도 보고 싶어."

"지금 아주머니를 걱정하고 누가 와 있는지 알아요? 틸리턱이에요. 남해안에서 멀리 아주머니를 생각하고 왔대요."

"세상에, 이렇게 고마울 데가!"

주디 아주머니는 만족스럽게 말했다.

몸을 일으켜 세우면 창밖을 내다볼 수 있는 곳으로 주디 아주머니의 침대를 옮겼다. 패트가 베개를 받쳐주자 주디 아주머니는 추억에 넘치는 장소를 즐겁게 바라보았다.

은빛숲에서는 올빼미가 울어대고 있었다. 변덕스런 겨울 저녁 해를 쬐며 참을성 많은 오래된 밭들이 넓게 가로 놓여 있다. 저녁 어둠이 조용하게 깔린 텃밭에서는 꺽다리 앨릭이 잡초를 태우고 있었다. 꺽다리 앨릭에게 네덜란드산 방풍나물을 조금 나누어 달라고 조른 틸리틱이 쪼그리고 앉아서 열심히 땅을 파고 있었다. 바지 주머니에 찔러 넣은 막대 같은 것이 뒤로 솟아 나와 둘로 갈라진 꼬리처럼 이상하게 보였다.

주디 아주머니는 손을 뻗어 패트의 손을 잡고 웃으면서 중얼거렸다.

"악마가 꼬리를 삐쭉 세우고
손에는 작은 나무 삽
뜰에서 감자를 캐고 있는 것을
너는 본 적이 있는가."

그러곤 베개에 몸을 기댄 채 따뜻하고 애정어린 눈을 감았다. 주디 아주머니……, 일생 동안 용감하고, 밝고, 또 부지런히 살아 온 주디 아주머니는 웃으면서 죽어 갔다.

4

'은빛숲'에서는 죽음을 맞이할 준비가 됐다. 주디 아주머니는 큰 응접실에 당당히 눕혀졌다. 이상하게도 패트는 주디 아주머니가 부

억으로 자리를 정했어야 했던 게 아닌가 했다. 한편 바깥에서는 첫
눈이 펄럭이며 내리고 있었다. 부지런히 움직이던 주디 아주머니의
손은 결국 조용히 쉬게 되었다. 아름다운 꽃들이 보내져 왔지만 패
트는 뜰을 뒤져서 늦게 피는 국화 두세 송이와, 짙은 빨간색 꽃잎과
봉오리를 따다가 파란 외출복 가슴 위로 모아진 주디 아주머니의 손
에 살며시 쥐어 주었다.

　주디 아주머니의 얼굴에는 생전에 보지 못했던 아름다움과 위엄
이 감돌고 있었다. 장례식에는 많은 사람들이 모였다. 아주머니도
틀림없이 만족해할 것이다.

　드디어 모든 것이 끝났다……. 오싹하리만큼 조용하게 집 안이
정리됐지만, 나중에 부엌에서 이야기를 나누어야 할 주디 아주머니
는 없었다! 패트는 흐느껴 울면서 주디 아주머니가 있었더라면 자
신의 장례식에 대한 일을 즐겁게 말하기도 하고, 이상했던 일에 대
해서는 킥킥 웃기도 했을 것이다. 이상한 일은 장례식에서조차 일어
나는 것 같았다. 맬컴 앤더슨 노인이 주디 아주머니의 죽은 얼굴을
내려다보면서 여느 때와 같이 멋진 글귀를 토한 것이다.

　'가련한 여자여, 겉보기처럼 행복했으면 좋으련만.'

　그것이 아주 의심스럽다는 듯한 슬픈 말투였다. 그리고 올리브의

아들이 누이들에게, 창가에서 밀려났기 때문에 꽃을 운반하는 것을 못 보았다고 법석을 떨었다. 그때 그의 누이 하나가 달래면서 말했다.

"괜찮아, 어머니 장례식 때도 꽃을 볼 수 있으니까."

모든 것이 끝나자 패트는 견딜 수 없는 아픔을 어떻게 견디어 내야 할지를 생각하면서, 저승 같은 겨울 경치에서 눈을 돌려 부엌으로 갔다. 주디 아주머니 대신 엄마가, 의자에 빼곡이 앉아 있는 고양이들 옆에 앉아 있었다. 패트는 엄마 무릎에 머리를 파묻고 주디 아주머니가 쓰러진 이후 참아 왔던 눈물을 둑이 터진 듯이 흘리고 있었다.

"아, 엄마…… 엄마……. 내게는 이제 엄마와 '은빛숲'밖에 없어요."

열하나째 해

1

주디 아주머니가 돌아가고 난 뒤 1년 동안 패트는 차가운 고통의 파도에 가끔 시달렸다. 처음에는 글자 그대로 주디 아주머니 없이는 살아갈 수 없을 것 같았다. 주디 아주머니의 옛날 이야기가 끊어진 지금은 하루하루의 생활이 몹시 따분한 느낌이 들었다. 그러나 다른 사람들과 같이 패트도 '잊지 않으면 안 되니까 잊는다'는 것을 알게 되었다. 살아가면서 이제 겨우 참을 수 있게 되었고, 드디어 즐거움도 조금씩 느끼게 됐다. '은빛숲'이 패트에게 큰 소리로 이렇게 소리 지르는 듯했다.

"나를 다시 당신 집처럼 만들어 줘요. 내 방에 불을 밝히고, 내 마음도 따스하게 해 주세요. 내가 늙지 않도록 젊고 싱싱한 웃음 소리가 울리도록 해 주세요."

패트가 사랑했던 것들은 거의 모두 변하거나 사라져 버렸다. 예전의 기쁨에 넘치는 목소리는 벌써 들을 수 없게 됐다. 그러나 '은빛숲'은 역시 전과 다름없다.

주디 아주머니가 없는 첫 번째 크리스마스는 괴로웠다. 크리스마스날에는 집안 식구 모두 '해변가' 집으로 오라고 위니 언니가 말했지만, 패트는 받아들이지 않았다. 크리스마스에 '은빛숲'을 외톨이로 남겨 두라는 것인가? 패트는 도저히 그럴 수 없다!

관례적인 행사는 하나도 빼놓지 않고 치렀다. 이제는 엄마가 함께 참가하고 있으니까 모두 흐뭇한 크리스마스를 지낼 수 있었다. 톰 삼촌, 바바라 고모, 위니 언니와 프랭크 형부와 아이들이 왔다. 그날은 메이가 친정에 가 있었기 때문에 불유쾌한 사람은 하나도 없었다.

레이로부터 편지가 왔는데, 2년 뒤에 밴쿠버 지점으로 전근을 하기 때문에 그때 브룩과 둘이서 같이 돌아올 수 있다는 좋은 뉴스를 전해 왔다.

중국에 비하면 밴쿠버는 이웃이나 다름없다. 주디 아주머니가 늘 말했듯이, 반드시 무엇인가 힘을 내게 해주는 것이 있기 마련이다.

그러나 그날이 지나자 패트는 한숨을 쉬었다. 사람이 죽은 뒤에 치르는 크리스마스는 그다지 유쾌하지 않았다. 패트와 엄마는 크리스마스 행사가 끝난 뒤 부엌에서 얘기도 하고, 추억을 더듬으면서 웃기도 했다. 그들 곁에서는 고양이들이 가르랑거리기도 했다. 톰 삼촌과 아버지는 장기를 두었다. 그러나 패트는 한두 번 뒷계단에서 주디 아주머니의 발소리가 나지나 않나 귀를 기울이는 자신을 발견했다.

봄이 되자 희망은 또다시 패트의 친구처럼 찾아왔다. '은빛숲'에 대한 기쁨은 다시 강해지고, 생생하게 살아났다. '은빛숲'에 대한 애정으로 패트는 새삼 젊어진 듯했다. 가끔 지난 세월의 바늘 같은 추억이 되살아날 때는 있었지만. 이따금 흰머리가 보이고, 입가의 주름이 더욱 또렷해진 것도 알 수 있었다.

'우리는 모두 나이가 들었어.'

그렇게 생각하니 고통스러웠다. 그러나 정말 자신의 일에는 그다지 신경을 쓰지 않았다. 패트가 싫어하는 것은 다른 사람들에게서 볼 수 있는 변화였다. 위니 언니는 나이 지긋한 부인티가 났고 프랭크 형부는──그는 마침 주의회 의원으로 막 뽑힌 참이다──귀 윗부분 머리가 하얗게 되었다. 패트는 다른 사람들이 젊은 채로 있어 준다면 자신은 나이를 먹어도 상관없다고 생각했다. 더구나 브라이언 삼촌으로부터 언젠가 들었듯이 '젊어 보인다'는 말을 듣는 것은 견딜 수 없이 싫었다. 비니 집안 사람들이 패트를 '노처녀'라고 헐뜯고 있고, 그들 사이에서 패트를 '외톨이 다년생 식물'이라고 부르고 있는 것도 알고 있었다.

작은 메리조차도 어느 때인가 찡그린 얼굴로 물은 적이 있다.

"패트 이모, 이모에게는 숭배자가 없어요?"

패트는 여러 사람에게 자신이 저마다 다른 인물로 보여진다는 것을 생각하면 우스워졌다. 비니 집안 사람들에게는 연애에 실망하여 기운을 잃고 있는 노처녀이며, '해변가' 할머니들에게는 세상을 모르는 처녀이며, 레스터 콘웨이에게는 굉장한 매력 있는 손에 넣기 힘든 여성이다.

젊어서 홀아비가 된 레스터는 또 예전처럼 패트와 교제를 하려고 헛된 노력을 되풀이해 오고 있다. 패트는 그를 상대하지 않았다. 그토록 그에게 열중했던 퀸즈아카데미 시절의 일이, 현실을 떠난 먼 옛날 일처럼 떠올랐다. 확실히 그 무렵의 레스터는 호리호리하고 로맨틱하고 명랑했지만, 지금의 그는 뚱뚱하게 살이 쪄서 커다란 얼굴을 하고 있다.

레스터는 이전에 '은빛숲'을 비웃은 적이 있다. 그 때문에 패트는 절대로 레스터를 용서하지 않았다. 앞으로도 용서할 마음은 없었다.

봄이 되자 꺽다리 앨릭은 또다시 내년 봄에 새 집을 짓겠다고 선언했다. 지금까지 두 번이나 연기됐지만 저당금도 지불해버렸기 때문에 더 연기할 일도 없게 됐다. 패트는 그것을 낙으로 삼아 여름을 지냈다. 가을이 다시 돌아왔으나, 패트에게는 더 나아진 것도 없었다. 엄마는 가끔 걱정스럽게 패트를 지켜봤다. 때때로 패트는 신경과민에 빠지는 것 같았다. 저녁 어둠 속을 혼자 쓸쓸히 산책하기를 좋아했다. 햇빛 비치는 한낮의 그늘보다는 해질 무렵의 그늘에 더 친밀감을 느꼈다.

산책에서 돌아올 때는 패트까지도 회색 그림자의 친구처럼 보였다. 엄마는 그것을 좋아하지 않았다. 이 애는 이렇게 쓸쓸한 산책을 하면서 몇 년 전에 이미 꺼져버린 불로 자신을 데워보려는 것이 아닐까? 집에 돌아온 패트는 그런 표정을 하고 있었다. 엄마는 패트를 잠시 어딘가 친지의 집으로 보내려고 생각했지만, 패트는 웃기만 하고 받아들이지 않았다.

"어디를 가든지 나는 '은빛숲'의 반도 즐길 수가 없어요. 집을 떠났을 때 몇 번이나 향수병에 걸려서 죽을 뻔한 적이 있지 않아요? 내 일은 걱정하지 마세요, 엄마. 나는 건강해서 팔팔하니까요. 또 내년에는 '은빛숲'이 또 우리 것이 되니까요. 계획을 100가지나 세우고 있어요."

어느 날 밤, 문득 패트는 '은빛숲'에 혼자만 남아 있게 되었다. 예전에는 그렇게 많은 사람이 있던 오래된 집에 혼자 있는 것은 생전 처음이었다. 아빠와 엄마는 '해변가'에 가서 늦어야 돌아올 것이다. 엄마가 이렇게 다시 걸어다닐 수 있게 된 것은 기쁜 일이었다.

패트는 혼자 있어도 겁나지 않을 것이라고 생각했다. 사랑스런 '은빛숲'과 같이 있다면 혼자 있는 것은 아니지 않은가. 그러나 어쩐 일인지 안정이 되지 않아서 패트는 바깥으로 나갔다. 잎이 떨어진 자작나무에 신음하듯 바람이 지나가고, 오로라가 멋지게 보였다. 주디 아주머니가 오로라에 대해서 언제나 미신을 가지고 있던 것을 패트는 생각해냈다. 그것은 어떤 '조짐'이라는 것이다.

이런 밤에는 주디 아주머니가 살아 있는 것만 같아서 견딜 수가 없다! 지나간 세월이 패트의 주변에서 속삭이고 있었다. 오솔길에서 과수원으로 향하는 패트의 발 밑에서 낙엽이 바삭바삭 소리를 냈다. 패트는 시드와 둘이서 낙엽 속을 달리며 경쟁했던 옛 가을이 생각났다. 과거 속에서 패트를 부르는 소리가 바람에 섞여서 들려왔다. 여러 가지 일들이 되살아났다. 괴로웠던 일, 아름다웠던 일, 슬펐던 일, 기뻤던 일, 일생을 엉망진창으로 만드는 줄 알았던 일들이 지금에 와서는 어렴풋한 추억에 지나지 않는다. 나는 무엇인가에 사로잡혀 있다. 이것은 아니다. 흔들어 털어 버려야 하는 것이다. 집 안으로 들어가서 불을 켜야지. 집은 어둡고 적막한 것을 싫어하니까. 그러나 갑자기 변덕이 생겨서 입구 계단에서 잠깐 멈추어 섰다. 저 닫혀 있는 문은 꿈나라의 문이고, 저곳으로부터 나는 옛날의 '은빛숲'으로 들어갈 수 있을지 모르겠어.

패트는 한순간 묘한 기분에 사로잡혔다. 주디 아주머니도, 틸리턱도, 힐러리도, 위니 언니도, 조 오빠도 모두 저 속에 있으므로 자신이 재빨리 소리를 내지 않고 들어가기만 하면 그들을 찾을 수 있을 거라는. 그러면 완전히 내 곁을 스쳐간 그 세계가 다시 한 번 내게로 돌아올지도 모른다.

"바보 같은 일이야." 패트는 후들후들 몸을 털었다.

"이래서는 안 돼. 요즈음 너무 자주 이런 기분에 사로잡히거든."

패트는 곧장 문을 열고 안으로 들어가서 불을 밝혔다. '고약한 놈' 말고는 아무도 없었다. 그러나 그곳에는 조금 전까지 주디 아주머니가 있었다고 해도 좋을 듯싶었다.

그날 밤, 패트는 오랫동안 잘 수 없었다.

원인 모를 막연한 불안을 느끼고 있었다. 그녀가 나중에 말한 것처럼, 패트의 영혼이 패트가 알지 못하는 어떤 것을 알고 있음에 틀림없었다. 밤이 깊어지자 패트는 불편한 마음으로 잠들었다.

이렇게 해서 패트는 사랑하는, 오래된 방에서 마지막 밤을 지냈다. 이 방에서 패트는 소녀 시절의 꿈을 꾸고, 여자로서의 고통을 겪고, 패배를 견디고, 승리를 자랑했다. 그 베개에서 자는 일은 두 번 다시 없었다. 잠이 깨서 담쟁이덩굴이 엉킨 창문에서 아침해가 비치는 것을 보는 일도 두 번 다시 없었다. 이 창문에서 패트는 봄의 꽃, 여름의 녹음, 가을의 들판, 겨울의 눈을 바라보았다. 이 창문에서 별이 빛나고 해가 뜨는 것을 바라보았다. 격렬하게 기쁠 때도, 괴롭고 슬플 때도, 패트는 이 창가에서 무릎을 꿇었다. 그것이 지금 모두 끝난 것이다. 세월의 천사는 패트가 불안하게 잠을 자고 있는 사이, 그렇게 써넣고 페이지를 넘긴 것이다. 패트는 그것을 알지 못했던 것이다.

일요일이기 때문에 한 사람도 남지 않고 모두 교회에 갔다. 문을 나서면서, 패트는 어렸을 때 모두 교회에 가버리면 '은빛숲'이 쓸쓸할 것이라고 생각했던 것을 떠올렸다. '은빛숲'은 틀림없이 쓸쓸할 것이다. 집에서 집을 지킬 때는 즐거웠다. '은빛숲'의 얘기 상대가 되어 줄 수 있기 때문이었다.

자동차로 오솔길을 출발할 때, 왜 그런지 패트는 뒤돌아보지 않을 수 없었다. 11월의 음산한 날씨에도 포근히 감싸주는 듯한 나무들로 둘러싸인 '은빛숲'은 아름다웠다. 패트가 자기 집에 연민의 눈길을 보내는 동안 모퉁이를 돌아서 어느새 집이 보이지 않게 되었다.

목사님이 성서의 어느 구절을 말할 때——이상한 우연의 일치라고 늘 말하고 있지만, 오늘의 주제는 '이 집이 황무하리라'(구약성서 예레미야 22장 5절)였다——코리 로빈슨 청년이 교회에 들어와서 서둘러 통로를 지나, 껑다리 앨릭에게 한 마디 속삭였다. 패트는 그것을 들었다. 몇 분 뒤에는 교회 안의 모든 사람이 알았다.

'은빛숲'이 불타고 있다!

집으로 차를 달리는 도중, 패트는 천 번이나 죽을 듯한 기분이었다. 그러면서도 집에 도착했을 때는 묘하게 그 느낌이 없어졌다. 공포가 모든 것을 씻어버린 것 같았다. 굉장한 불길이 11월의 잿빛 언덕 중턱에서 무섭게 타오르는 것을 보고도 패트는 아무런 표정도 나타내지 않았다. 아무런 말도 하지 않았다.

양쪽 글렌 마을, 실버브리지, 바닷가 마을 사람들이 한 사람도 빠짐없이 모두 모인 것 같았다. 그러나 어떻게 할 수가 없었다. 몇 대를 이어 온 집이 사라지려 하는 것을 팔짱을 끼고 바라볼 수밖에 방법이 없었다.

그날 밤 '은빛숲'은 그 모든 추억, 모든 소유물과 함께 재가 되고 말았다!

2

온가족은 모든 일 안정될 때까지 '제비들판'으로 옮겼다. 패트는 함께 이 일을 정리하려고 하지 않았다. 패트에게 인생이란 갑자기 달나라의 한 풍경 같은 것이라는 생각이 들었다. 자신은 이 세상의 것이 아니고 또 심한 독감 뒤에 한두 번 느낀 적이 있는, 어느 세계의 것도 아닌 것 같은 기분이 들었다. 이 기분은 언제까지나 희미해지지 않을 것이다. 이 고난을 훌륭히 견디어낸 엄마는 패트의 모습이 걱정스러워 주의를 기울였다.

불이 난 것은, 메이가 불을 끄지 않은 석유 난로를 현관에 놓아둔 채 교회에 갔다는 것이 나중에 밝혀졌다. 그래서 난로가 폭발한 것이다. 패트는 어떻게 해서 그렇게 됐는지에 대해서는 조금도 흥미가 없었다. 무슨 일에든 흥미를 느끼지 못했다. 지하실 잿더미 속에서 주디 아주머니의 '젖소' 주전자가 상처 하나 없이 발견됐을 때도, 현관의 낡은 문이 경첩째로 잔디밭에 나가 떨어져 있는 것을 보았을 때도 마찬가지였다. 누군가가 불이 타오르는 집 안으로 들어가려고 문을 박차고 들어가려다 떨어진 것이다. 패트를 위해서 주디 아주머니가 지붕 밑 방에 놓아 두었던 코바늘뜨기로 만든 깔개가 고스란히

무사한 것을 알았을 때도 패트는 아무 느낌이 없었다. 화재 전날, 바바라 고모가 무늬를 본뜨기 위해 빌려 갔기 때문에 무사했던 것이다. 사람은 어떻게 할 수 없을 만큼 지쳤을 때는 아무 것에도 마음이 움직이지 않는 법이다.

약간 위안이 된 것은 하얀 새끼 고양이 그림이 타지 않은 일이다. 주디 아주머니가 죽은 뒤 그 액자를 소포로 힐러리에게 보낸 것이다. 힐러리에게서는 받았다는 통지가 오지 않았다. 화가 좀 났지만 힐러리의 사무실로 보냈으니까 틀림없이 받았을 것이다. 그렇다, 주디 아주머니의 새끼 고양이들이 타지 않았다는 것은 패트에게는 작은 기쁨이었다.

처음에 꺽다리 앨릭은 '은빛숲'을 다시 세우겠다고 했다. 보험에 들어 있기 때문이다. 보험에 관해서는 모두 다 기뻐했다. 그러나 아무리 보험에 들었다고는 하지만 조상 대대로 내려오던 가보나 집에 얽힌 오래된 추억은 되돌릴 수가 없다. 그런데 화재가 난 지 4일 만에 '해변가'의 프랜시스 할머니가 죽고, '해변가'의 가옥과 농장을 엄마에게 남겨 준 것을 알았다.

"세상일이란 이상하게 돼 가고는 하지."

바바라 고모가 말했다.

"정말로 이상하군요."

패트는 대단히 불쾌하게 맞장구를 쳤다.

환경이 다시 바뀌었다. 아빠와 엄마와 패트는 '해변가'에서 살게 됐다. 그리고 시드와 메이를 위해 새집이——추억이 없는 집이——'은빛숲'의 원래 자리에 세워지게 됐다. 지금까지의 '은빛숲'과는 다른 것이다. '은빛숲'은 없어졌고, 그곳에서는 두 번 다시 볼 수 없는 것이다.

메이는 노골적으로 의기양양해 있었다. 새집, 늘 바라던 내닫이창을 달 수 있다. 올리브가 있는 곳처럼 색의 배합을 고려한 부엌으로 만들어야지 ! 멋지다 !

엄마는 원래 자기 집으로 돌아가서 산다고 생각하자 내심 기뻤다.

'엄마가 나보다 젊어.'

패트는 쓸쓸히 생각했다.

패트는 나이가 많이 든 것 같은 기분이 들었다. '은빛숲'에 대한 애정이 패트를 젊게 지켜주고 있었던 것이다. 그러나 지금은 그것을 잃어버렸다. 아무것도 남아 있지 않다. 무섭다. 견디기 힘든 우울한 기분만 남아 있을 뿐이다.

"내 인생은 패배했어."

패트는 자신에게 말했다. 이제까지 많은 슬픈 생각을 해 왔기 때문에 시간이 흐르면서 더 괴로운 일도 점점 희미해지고 불유쾌한 생각도 없어졌다. 오히려 그립고 아름다운 추억으로 변해 가는 것도 알고 있었다.

그러나 가슴이 찢어지는 듯 아팠던 추억은 언제까지 잊혀지지 않았다. 모든 것이 패트의 주변에서 무너져 내렸다. 패트는 '해변가'의 생활과는 친해지지 않았다. 그 새롭고 슬프고 쓸쓸한 세상에서 자신은 어느 집 사람도 아니고, 누구의 것도 아니라는 무서운 기분에 시달렸다.

"아직 무엇인가 기뻐할 일이 있다면…… 이런 일이 일어나기 전에 주디 아주머니가 세상을 떠난 것이야."

그러나 그런 얘기는 아무에게도 하지 않았다. 패트의 마음을 알아주는 이는 엄마 말고는 아무도 없었지만, 엄마에게 더 이상 걱정을 끼치고 싶지 않았기 때문이었다. 그러나 마음은 불 꺼진 방과 같았다. 그리고 패트는 어떤 일이 일어난다 해도 두 번 다시 밝은 마음을 가질 수 없다고 생각했다.

3

2주가 지난 어느 날 저녁, 패트는 황혼 속에 집을 빠져나가, '소곤소곤길'을 유령같이 걸어서 '은빛숲'이 있던 장소에 가 보았다. 지금까지는 도저히 가 볼 엄두가 나지 않았는데 이제는 무엇인가가 패트를 끌어당겼다.

'은빛숲' 저택이 서 있던 장소에는 재와 검게 그슬린 서까래가 가득 차 있는 지하실이 입을 쩍 벌리고 있을 뿐이었다. 패트는 뜰에 있는 낡은 나무문에 기댔다. 바람이 불꽃을 숲 쪽으로 몰았기 때문에 이 나무문은 타지 않았던 것이다.

패트는 오랫동안 잠자코 그 근처를 바라보고 있었다. 패트는 교회에 입고 갔던 긴 파란 코트에 빨간 오글쪼글한 실크 옷을 입고 있었다. 옷은 지금 이것밖에 가지고 있지 않았다. 모자를 쓰지 않아 얼굴이 새파랬다.

그날 밤은 잔잔하고 온화해 거의 바람이 없었다. 근처에는 살아움직이는 것 하나 없고, 헛간에서 살던 마르고 모험을 좋아하는 고양이 한 마리가 무서워 떨면서 뒤뜰을 걷고 있을 뿐이었다. '고약한 놈'과 포프카는 '제비들판'으로 옮기고, 스퀴덩크는 위니 언니가 맡았다.

무엇보다도 패트의 마음을 몹시 아프게 한 것은 말라서 뻣뻣이 서 있는 자작나무 숲의 나무들이다. 그 무서운 일요일 여기에 서서 불꽃이 자작나무 숲을 황폐하게 만드는 것을 바라보던 기억을 떠올리며 패트는 몸을 떨었다. 집이 타는 것을 보는 것보다 더 괴로웠다. 내가 언제나 소중히 해 온 나무들, 내게는 부모와 같은 나무들이 반이상이나 죽었다. 부엌 입구에 있던 고리버들은 숯처럼 뿌리만 남아 있고, 우물 위로 뻗어 나왔던 단풍은 보기 흉한 모습으로 서 있다. 우물 덮개도 타버렸다. 메이가 이번에는 새로 펌프 장치를 하겠지. 그러나 그런 것은 상관없다. 무엇이든 상관없다.

집 근처에 있던 꽃밭은 몽땅 타버렸다. 주디 아주머니의 베이지, 쑥, 흰 라일락 등. 잔디는 낡은 황색 담요 같았다. 그 저편으로 붉은빛을 띤 갈색 그림자에 휩싸인 땅이 펼쳐지고, 숲은 꿈속에서 조용히 흔들리고 있었다. 멀리 실버브리지 쪽에서 앵거스 매콜리가 대장간에서 일을 하고 있는지, 모루를 두드리는 맑은 소리가 희미하게 들려온다. 마치 간사스러운 대장장이 악마가 언덕 사이에서 일을 하고 있는 것 같았다.

'가르치는 일이라면 할 수 있을 것 같아. 예전의 자격증이 아직 있으니까. 바닷가 초등학교에서는 안 써주겠지. 거기서는 애너 파머가 몇 년 동안이나 가르치고 있으니까. 하지만 나는 이제 새로운 생활을 시작할 수 없어. 나는 너무 지쳐버렸어. 그냥 살아가는 거야. 싫어하는 집에서 살고, 뿌리 없는 풀처럼 이곳저곳 떠돌아다니다가 마지막에는 쭈그러진 쓸모없는 사람이 돼 버리는 거야. 아, 나만 이렇게 '은빛숲'이 있던 장소를 바라보는 것일까.

그 성서의 옛 구절에 '그 성읍은 영원히 무더기가 되어 다시는 건축됨이 없을 것이니라'고 쓰여 있었는데 그대로 됐으면 좋았을걸. 어떤 집이건 두 번 다시 이곳에 세우고 싶지 않아. 신성한 것을 더럽히는 일이야…… 아, 눈을 떴을 때 이 모든 것이 꿈이었다고 한다면 얼마나 좋을까!' 패트는 생각했다.

"패트!"

그녀 곁 어두운 곳에서 느닷없는 목소리가 들렸다.

패트는 뒤돌아 보았다. 믿을 수가 없었다. 두 눈을 부릅떴다.

"징글!"

무심코 옛 이름이 입에서 나왔다. 멀리 보이는 작은 산에 자욱이 긴 저녁 어둠도 이제는 차갑고 무정한 것은 아니다. 그와 함께 무엇이 찾아온 듯했다. 용기, 희망, 격려…… 오래전 어느 저녁때, 어두운 간선 도로에서 헤매고 있던 패트를 그가 찾아냈던 때와 마찬가지로 강하게 스며드는 느낌과 기분이 교차했다. 패트는 두 손을 내밀었지만, 그는 패트를 팔로 껴안았다. 그의 입술은 패트의 입술을 찾고 있었다. 두려움과 기쁨이 교차되어 패트는 떨었다. 그리고 그때, 그때까지 자신의 마음을 혼돈시키려던 정체를 알 수 없는 오래고 오래된, 쑤시는 듯한 적막감이 영원히 사라져 버렸다. 둘은 키스를 나눴다. 그리고 패트는 알았다. 그것은 가정을 향해 흘러들어오는 밀물 같은 것임을.

"이 키스로 나는 너를 영원히 내 것으로 만든 거야." 힐러리는 자랑스럽게 말했다. "이제 너는 다른 누구의 것도 될 수가 없어. 나는 오랫동안 기다려 왔어."

힐러리는 전과 다름없이 웃었다.

패트는 그에게 안긴 채로 떨면서 서 있었다. 인생은 결국 지나가 버리는 것만은 아니었다. 이제 시작되었을 뿐이다.

"내게는…… 내게는 그럴 자격이 없어, 힐러리. 정말…… 정말…… 정말 당신이 여기 있는 거야? 나는 꿈을 꾸고 있는 것이 아닐까?" 패트는 부끄러운 듯이 속삭였다.

"정말이야, 패트. 기쁨, 환희, 멋진 것! 나는 섬의 신문에서 화재 기사를 보고 곧 출발한 거야. 그렇지 않아도 어쨌든 올 작정이었지. 우리의 집이 완성되기를 기다리고 있었을 뿐이야. 이 '은빛 숲'의 비극이 패트에게 어떤 것이었으리라는 걸 나는 잘 알고 있어. 바닷가에 우리의 집을 지어 놨어, 패트. 그 집에서 우리는 새로운 생활을 시작하는 거야. 옛날의 생활은 그저 그립고 신성한 추억의 보고가 되는 것이지. 시간을 파괴할 수는 없으니까. 그 집으로 나와 함께 가 주겠어?"

"세계 끝까지라도 당신과 같이 갈 것이고, 돌아올 때도 함께 올 테야, 힐러리. 내가 사랑하고 있던 것이 당신이었다는 것을 어째서 그렇게 긴 세월 동안 알지 못했을까? 다른 남자들과는…… 그 중에는 좋은 사람도 있었어. 나는 '은빛숲'을 떠날 수가 없어서 결혼할 수 없다고 생각했어. 그렇지만 그것은 상대가 당신이 아니어서였다는 것을 이제야 깨달았어."

"드디어 너는 나의 것…… 내 것이 된 거야, 패트! 게다가 네 눈은 여전히 검은빛을 띤 갈색이군, 패트. 이 어둠에서는 보이지 않지만 틀림없이 그렇다고 생각해. 또 이전과 변함없이 금빛 나는 크림색 장미 같은 얼굴을 하고 있다는 것도 알고 있어, 패트. 너의 편지도, 아주머니의 고양이도 2개월 전에 겨우 받았어. 나는 1년 이상이나 동양의 고대 문화를 연구하고 있었어. 편지는 전달해 받았지만 소포는 그렇게 할 수가 없으니까. 게다가 너는 우편 규정을 어기고 소포 속에 편지를 써 보냈더군, 패트. 오래된 묘지로 가서 우리의 상석 위에 앉아 '제비들판'으로 돌아가기 전에 한 시간, 너를 나 혼자 독점하고 싶어. 오늘 밤에는 달이 뜨겠지. 둘이서 달이 뜨는 것을 바라본 지가 얼마나 오래되었는지 모르겠어."

"오늘 밤에는 달이 뜬다."

이 말에는 늘 마법이 숨겨 있다. 패트는 행복한 나머지 무아경에 이르렀다. 오래된 묘지로 걸어가서 울보 윌리의 상석 위에 두 사람은 앉았다. 패트가 이런 기분이 된 것은 몇 년 만의 일이다. 두 번 다시 이런 기분이 될 수 없으리라고 생각했건만……. 마치 하늘의 악사가 패트의 영혼을 손가락으로 튕기며 아름다운 음악을 연주하고 있는 것 같았다. 인생은 언제까지나 이렇듯 풍부하고 보람 있으며, 이렇듯 의미 깊은 그대로 존재하는 것일까?

힐러리가 말했다.

"나는 너를 위해 준비한 집에 대해 모조리 말하고 싶어. 동양에서 돌아와서 그 액자와 너의 편지를 보자마자 곧 동부로 오고 싶은 생각이 들었어. 그러나 그날, 그곳 언덕을 방황하고 있을 때 한 장소를 발견한 것이야. 그때까지 한 번도 보지 못했던 장소인데도 바로 그곳이라는 것을 나는 알았어. 내가 찾던 장소였지. 한구석에서는 샘이 솟아나 시내가 졸졸 흐르고, 또 다른 구석에는 귀여운 사과나무 네 그루가 서 있고, 그 뒤쪽은 소나무로 덮인 언덕이 있지. 가까운 곳에는 강과 산이…… 연초록 산이 있어. 이름은 모르니까 우리가 그곳을 '안개언덕'이라고 부르기로 해. 그 장소는 어서 이곳에 집을 지어 달라고 소리를 지르는 것 같았어. 그래서 …… 나는 집을 지었지. 그 집은 패트를 기다리고 있어. 귀여운 집이야, 패트. 통통하고 빨간 굴뚝, 지붕 옆에는 뾰족하게 서 있는 작은 박공, '어서 오십시오'라고 이름붙인 문과, 또 하나 '편안히'라고 이름붙인 문이 있어. 집은 하얗게 칠을 했고, 문은 '은빛숲'처럼 짙은 초록색으로 했지."

"낙원 같은 기분이 들어, 힐러리……. 하지만 당신이 있는 곳이라면 그린랜드의 에스키모 움막에서라도 살 수 있어."

"아주 멋진 잼 찬장도 있어. 패트에게 꼭 필요할 것으로 생각했어." 힐러리는 으쓱거리며 말했다.

패트는 눈을 반짝이며 똑똑히 말했다.

"물론 필요해. 내가 살아서 움직이는 한 잼 선반은 필요해. 그리고 바닥에는 아주머니의 깔개를 깔고, '어서 오십시오'라는 문에 '은빛숲'의 낡은 경첩을 붙일 거야."

"식당은 집 뒤 소나무 숲을 향해 있는데 넓고 낮은 창문이 있어. 우리는 소나무 쪽으로 부는 바람에 귀를 기울이며 식사를 할 수가 있어. 또 한쪽 창으로는 저녁 식사를 하면서 저녁해를 내다볼 수가 있어. 이 집은 내가 직접 지었어, 패트. 내가 몸체를 만들었으니까. 패트는 이제 그 집에 혼을 불어넣지 않으면 안 돼. 진짜 장작을 지필 수가 있는 커다란 난로도 있지. 불만 당기면 돼. 패트가 불을 붙여서 방에 생명을 불어넣어 주는 거야."

"'은빛숲' 부엌처럼 말이야? 그렇게 하면 우리 집다워질까?"

"당신이라면 어떤 곳에서든 우리 집처럼 만들 수가 있어, 패트. 우리는 이 집에 앉아서 마음이 내킬 때 언제든지 바람이라든지, 비라든지, 안개라든지, 달빛이라든지 하는 것을 생각하는 거야. 우리를 보면 꼬리를 흔들어 대는 개도 기르고…… 한 마리가 아니고 여러 마리, 작은 개와 털이 복슬복슬한 고양이도 기르자. 또 '은빛숲' 고양이도 한 마리 기르고……. '고약한 놈'은 너무 늙어서 멀리까지 옮겨 갈 수 없을 거야."

"그래, '고약한 놈'은 '제비들판'에서 최후를 마치게 해야 해. 바바라 고모가 아주 귀여워해. 어린 고양이라면 택배로 보낼 수 있다고 생각해. 그렇게 한 적이 있어, 힐러리. 그런데 어째서 그동안 나한테 편지를 보내지 않았어?"

"편지를 보내도 쓸데없는 일이라고 생각했어. 오로지 패트를 조용히 두는 것이 좋다고 생각했지. 게다가 넌 날 너무 당연하다고 받아들이고 있었지, 패트. 오랜 세월 친구로서의 교제에 패트는 눈이 멀어 있었어. 결혼식은 언제 올릴까, 패트?"

패트는 부끄럼도 없이 대답했다.

"언제라도 당신 좋을 때. 적어도…… 내가 입을 옷을 두세 벌 준비할 수만 있으면……. 지금 입고 있는 것 말고는 누더기 한 조각도 없어."

"신혼여행은 오스트리아의 티롤 농가에서 지내, 패트. 나는 몇 년 전에 골라 놨어. 그럼 이제 집으로 돌아가자구. 우리 집으로. 이 말을 내가 혀 위에서 굴리듯이 말하는 것을 들어 봐. 당신도 알다시피 나는 내 집이라는 것을 가졌던 적이 없으니까. 아, 남의 집에서 사는 것은 이젠 지긋지긋해. 패트, 집 안에도 물론 물은 있지만, 나는 구석에 있는 샘에다 작은 우물을 만들고 돌로 둘러쌌어. 자그마하고 예쁜 우물의 양치식물 아래에서 물을 퍼 올리는 거야. 그곳에 매일 밤, 요정들을 위해 우유 접시를 놓아두자구. 아주머니의 흰 고양이들은 벌써 우리들 거실 벽에 걸려 있고, 몇 년 전 패트한테서 받은 그 파란 눈의 자기 개는 찬장 위에 앉아 있어."

"힐러리, 그런 것을 아직 가지고 있단 말이야?"

"가지고 있고말고. 그것은 가는 곳마다 내가 가지고 다녔지. 그것은 나의 마스코트야. 이제 우리 집안의 가보로 하자. 그리고 여기저기 돌아다니면서 패트가 좋아하는 것을 조금씩 모아 봤어."

"정원을 만들 곳도 있어?"

"아주 좋은 곳이 있으니 당연히 정원을 만들어야지, 패트. 요정과 같은 매발톱꽃, 그림자가 춤추는 양귀비, 웃고 있는 금잔화 등을 심어. 그리고 오솔길을 하얀 칠을 한 돌로 테를 두르자. 민달팽이라든지, 거미라든지, 해충이라든지, 곰팡이 같은 것은 절대로 들어오지 못할 거야. 패트는 원래 요정들과는 의리로 맺은 사촌 같은 사이였으니까. 그런 귀찮은 것들은 쫓아내지 않으면 안 돼."

얼마나 유쾌한 농담인가!

'이렇게 웃고 있는 것이 정말 난지 모르겠어. 한 시간 전에는 절망의 밑바닥에 있었지 않은가? 확실히 기적은 일어난다. 힐러리 곁에 있으면 마음놓고 웃을 수 있다. 멀리 있는 그 새로운, 아직 보지 못한 집에도 '은빛숲'같이 웃음소리가 넘칠 것이다. 게다가 2년만 있으면 레이도 캐나다로 오게 되고.'

패트는 생각했다.

두 사람은 행복한 나머지 멍하니 앉아 있었다. 달빛을 받으면서 '미래의 세월, 미래의 기쁨'을 즐기고 있었다. 정다운 사람들이 많이 잠들어 있는 오래된 묘지의 그림자가 흔들리고 있다.

그 사람들은 죽은 지 여러 해가 됐지만 그들의 애정은 아직도 살아 있다. 주디 아주머니가 말한 대로였다. 애정은 죽지 않는다……. 죽을 수가 없는 것이다.

달이 밝다. 하늘은 세상에 빛을 쏟아 붓는 커다란 은쟁반같이 둥그렇게 보였다. 바람이 살랑대며 불어와서 주디 아주머니의 묘지 상석 둘레에 나 있는 긴 머리털 같은 풀이 흔들렸다. 마치 상석 밑에 갇혀 있는 무엇인가가 깊은 숨을 몰아쉬며 위로 떠오르려는 듯한 인상을 주었다.

"아주머니에게 이 일을 알렸으면 좋을 텐데." 패트는 조용히 말을 이었다. "그리운 아주머니……, 아주머니는 처음부터 이렇게 되길 원하셨어요."

"이렇게 될 것을 아주머니는 알고 있었나 봐. 내게 이것을 보내 주었어. 몇 달이나 지난 뒤에 받은 거야. 가능하면 곧장 '은빛숲'

으로 오고 싶었지만 형편이 안 됐지. 게다가 또 적당한 기간을 두
는 편이 내게는 한층 더 좋은 기회가 되리라고 생각했던 거야."

힐러리는 수첩에서 구겨진 싸구려 봉투를 꺼내더니 파란 줄이 쳐
져 있는 종이 한 장을 빼냈다. 주디 아주머니는 거기에 매우 약하고
떨리는 글씨를 써넣었다.

징글에게
패트는 데이비드 커크를 거절했어요.
네가 돌아오면 충분히 가망이 있으리라고 생각해.

주디 플럼

"어머나, 아주머니야말로! 임종 자리에서 쓴 것이 틀림없어. 봐,
어떤 글자는 아주 흐리게 쓰여 있어. 그리고 누가 몰래 우체통에
넣어준 것이 틀림없어."

"이 편지를 받으면 내가 절망에서 소생한다는 것을 아주머니는 알
고 있었던 거야."

힐러리는 자연스럽게 당당히 말했다.

"아주머니는 그걸 알고서 돌아가신 거야. 그리고 패트."

결혼 약속을 한 이 중대한 때에 울려고 하는 패트에게 힐러리는
서둘러 덧붙여 말했다.

"결혼을 하면 당신도 아주머니와 같은 수프를 만들어 줄 테지?"

두 사람이 이제 '제비들판'으로 돌아가야 한다고 말했을 때, 갑자
기 잿빛 그림자가 울타리를 뛰어넘어 잠시 주디 아주머니의 상석 위
에 앉더니 이내 재빠르게 달아났다.

"'고약한 놈'이야!" 패트가 소리질렀다. "저놈을 붙잡아 가지고
데리고 가야 하는데. 나이를 너무 많이 먹어서 밤에 밖으로 나돌아
다니게 하면 안 돼."

"오늘 밤에 너는 내 것이야. 패트에게 고양이 뒤를 쫓아다니게 하지는 않을 거야. 아무리 '고약한 놈'이라 할지라도. 우리가 쫓아가지 않아도 우리 뒤를 따라오면서 잘 돌아갈 거야. 나는 영원히 잃어버렸다고 생각했던 무언가를 다시 찾았으니까. 한시라도 방심하지 않아."

오래된 묘지는 이 세상에서 가장 아름다운 소리를 들었다. 애인 품에 꼭 안긴 처녀의 낮고 정다운 웃음소리를.

또 하나의 만남

《패트 은빛숲의 집(Pat of Silver Bush)》과 《패트 삶과 꿈(Mistress Pat)》은 《그린게이블즈 빨강머리 앤》과는 다른 느낌의 걸작으로, 틀림없이 독자들에게 소중한 또 하나의 만남이 될 것이다. 패트에게는 어떤 독특한 인격이 있다. 루시 모드 몽고메리의 펜에서 태어나는 모든 인물들 하나하나가 생생하게 살아 있듯이.

1911년부터 1939년은 몽고메리가 목사 맥도널드의 아내로서, 교회와 관계된 일과 가정의 잡일 그리고 어린아이들 키우기 등 가장 바빴던 시기이다. 이 작품은 그 무렵 쓴 18권 가운데 한 권이다. 루시 모드 몽고메리는 맥도널드와 7년 동안이나 약혼을 하고 있다가, 겨우 결혼을 할 수 있었기 때문에, 흔히 말하는 30살 노처녀의 여러 가지 복잡한 일에 대한 이해와 공감대가 있었을 것은 쉽게 짐작할 수 있다. 이런 점은 작품 속에서 적지 않게 발견되고 있다.

몽고메리는 1874년 캐나다의 프린스에드워드 섬, 캐번디시 마을에서 태어났다. 《그린게이블즈 빨강머리 앤》 속의 '애번리(Avonlea)'라는 곳이 바로 이 캐번디시를 말하는 것이다. 경치가 아름답기로 유명한 프린스에드워드 섬이 얼마나 그녀의 문학에 영향을 끼쳤는지는 작품 전체에 나타나 있는 자연 묘사의 기교로도 어느 정도 짐작할 수 있다.

루시는 올컷 여사의 《작은 아씨들(Little Women, 1868)》이 출판되고 나서 6년 뒤에 태어났다. 1908년 그녀의 '앤'이 세상에 나오기까지 《작은 아씨들》의 4자매가 가정의 읽을거리에서 왕좌를 차지하고 있었지만, 《그린게이블즈 빨강머리 앤》이 출현하자 《작은 아씨들》의 명성도 흔들렸다.

1925년에 루시 모드 몽고메리의 남편 이완 맥도널드 목사는 온타리오 주 노발 교회로 초빙되었다. 그 무렵 상당히 건강을 해치고 있던 그는, 노발로 전임을 한 뒤 무척 건강해져서 교회 안팎의 일에 대해 의욕 넘친 활동을 했다. 벌써 이때에 몽고메리는 이미 14권의 책을 쓴 작가가 되어 있었지만, 목사의 아내로서의 책임도 절대로 소홀하지 않았다.

온타리오 주 여기저기에서 문학 모임의 강연을 부탁받고, 그 강연을 감당하면서도 루시는 자신이 목사의 아내라는 것을 한시도 잊지 않고 교회나 지역을 위한 일에도 최선을 다했다.

주일학교에서도 학급을 맡았고, 부인회의 지도적 역할도 해냈다. 지역의 친목 파티에서는 그녀는 언제나 무엇이든 직접 손으로 하는 일을 맡아했다. 그녀는 또 오르간 연주에도 재능을 가지고 있었다. 그것은 목사 부인으로서는 대단히 쓸모 있는 재능으로, 이따금 오르간을 칠 기회가 생기곤 했다.

전임지 리스크데일에서처럼 가사 일을 돕는 여자를 한 사람 쓰면서 오전은 자신의 집필 시간으로 배정했지만, 그때그때 적당한 심부름꾼을 구하기가 힘들어서 고생은 계속되었다.

몽고메리의 애독자라면 누구나 다 잘 알고 있듯이, 고양이는 그녀의 거의 모든 작품에서 중요한 역할을 한다. 노발에 살고 있을 동안에 완성한 두 책, 《패트 은빛숲의 집》과 《패트 삶과 꿈》에도 그것이 잘 나타나 있다.

한 편집자가 몽고메리 여사에게, 그녀의 유머가 참으로 훌륭하다는 말을 한 적이 있었다. 무슨 일에도 숨겨져 있는 유머를 발견하는 능력은 그녀의 매력이기도 하다. 이야기꾼 주디 아주머니의 기발한 어투는 이 책을 다 읽고 난 뒤에도 귓가를 맴돈다. 인생의 통찰력이 담긴 아주머니의 조언은 우리를 따스하게 해준다.

독자 여러분들은 이 작품을 통해 주디 아주머니와 패트 아가씨가 활약하는 모습을 생생하게 만나게 될 것이다.

서초 그린게이블즈에서

김유경

김유경

숙명여자대학교 미술대학 〈서양화 전공〉 졸업
창작미협전 「정월」 특선 목우회전 「주왕산」 입상
지은책 「조선 세시 열두달 이야기」 옮긴책 「잉걸스·초원의 집」
「몽고메리·그린게이블즈 빨강머리 앤」 10권

ANNE'S BOOKS
6
패트 삶과 꿈

루시 모드 몽고메리 지음/김유경 옮김
초판 발행/2004. 1. 1
발행인 고정일/발행처 동서문화사
창업 1956. 12. 12. 등록 16-345(윤)
서울강남구신사동540-22 ☎ 546-0331~6 (FAX) 545-0331
www.epascal.co.kr
＊잘못 만들어진 책은 바꾸어 드립니다.
전10권 각권 9,800원
＊

「앤스북스」 편찬·필름·제작 일체 「동판」자본으로 이루어짐에 따라
한국어 번역 편집 그림 장정 꾸밈 출판권 소유권자 「동판」에서 제조출판판매 세무일체 전담합니다.
사업자등록번호 211-90-02201
ISBN 89-497-0304-1 04840
ISBN 89-497-0289-3(세트)